KB163287

을 유 세 계 문 학 전 집 · 8 6

# 인형

## (하)

# 인형

## LALKA

(하)

볼레스와프 프루스 지음 · 정병권 옮김

❖ 을유문화사

## 옮긴이 정병권

한국외대 독일어과를 졸업하고, 베를린 자유대학(FU, Berlin)에서 문학 석사를, 폴란드 야기엘로인스키대학(UJ, Kraków)에서 문학박사 학위를 받았다. 한국외대 폴란드어과 교수로 근무했고 현재는 명예교수다. 한국동유럽발칸학회 회장을 역임했으며, 폴란드 아담 미츠키에비츠 대학(UAM, Poznań) 명예박사이자 폴란드 오폴레 대학(UO, Opole) 명예박사이다. 폴란드에서 십자훈장을 받고, 바르샤바 대학(UW)에서 폴로니쿰(Polonicum) 상을 받았으며, 폴란드 야기엘로인스키 대학에서 공로메달을 받았다. 저서로『폴란드어-한국어 사전』,『폴란드사』,『동유럽 발칸, 민주화와 문화 갈등』(공저) 등이 있고, 번역서로『판 타데우시(Pan Tadeusz)』(공역),『헤르베르트 시선』(공역),『자작나무 숲(Brzezina)』,『빌코의 아가씨들(Panny z Wilka)』,『포즈난 가정교사의 회고(Z pamiętnika poznańskiego nauczyciela)』,『개종자(Nawrócony)』,『헤르베르트 시선』(공역) 등이 있다. 그리고 「비스피아인스키의 베셀레(Wesele)에 나타난 베르니호라」, 「체스와프 미오시의 고향 유럽(Rodzinna Europa)에 나타난 독일상」, 「포촌텍(Początek)의 유대인들」, 「어둠이 땅을 덮는다(Ciemności kryją ziemię)의 토르크베마다 연구」, 「곰브로비츠의 트란스 아틀란틱(Trans-Atlantyk)에 나타난 '폴란드 민족성(polskość)'」 등 폴란드 문학, 역사 및 문화 관련 논문이 40여 편 있다.

**을유세계문학전집 86**
## 인형(하)

발행일·2016년 10월 1일 초판 1쇄 | 2020년 9월 25일 초판 3쇄
지은이·볼레스와프 프루스 | 옮긴이·정병권
펴낸이·정무영 | 펴낸곳·(주)을유문화사
창립일·1945년 12월 1일 | 주소·서울시 마포구 서교동 469-48
전화·02-733-8153 | FAX·02-732-9154 | 홈페이지·www.eulyoo.co.kr
ISBN 978-89-324-0468-4 04890  978-89-324-0330-4(세트)

**차례**

제2권

# 제1장 울적한 날들과 고통스러운 시간들

바르샤바-비드고스츠 열차를 타고 바르샤바를 떠난 지 15분쯤 지나서 보쿨스키는 두 개의 상이한 감정을 느꼈다. 상쾌한 공기가 그를 감싸는 동시에 이상한 무기력 상태에 빠지는 것을 느꼈다.

그의 움직임은 자유로웠고, 정신은 맑았으며, 생각이 분명했고 신속했다. 다만 모든 것에 대한 흥미가 사라졌다. 옆에 있는 사람이 누구인지, 어디서 오는지, 어디로 가는지 조금도 관심이 없었다. 그런 무관심은 바르샤바에서 멀어질수록 더 심해졌다. 프루스코프를 지나면서 비가 내리기 시작하여 그의 기분이 살짝 바뀌었다. 열린 창문을 통해 들어오는 빗방울이 그를 상쾌하게 했다. 그로지스크를 지나면서 시작된 천둥 번개가 그에게 어느 정도 생기를 일깨웠다. 그는 심지어 벼락 맞아 죽고 싶은 충동을 느꼈다. 그러나 천둥이 잦아지자 그는 다시 무관심 상태에 빠져들어 아무것에도 흥미를 느끼지 못했다. 그의 오른편에 앉은 사람은 그의 어깨에 기대어 잠을 자고, 그의 앞에 앉은 사람은 구두를 벗고 그의 무릎에 발을 올려놓고 있었다. 양말이 깨끗하기는 하지만.

자정쯤 되자 그도 잠인지 더 심각한 무관심인지 알 수 없는 무언가에 빠져들었다. 그는 커튼으로 객실 등을 가리고 눈을 감으며 이 이상한 무감각 상태가 해가 뜨면 끝나겠지 생각했다. 그러나 아침이 되어도 그런 상태가 끝나지 않았다. 아니, 오히려 더 심해졌다. 그런 무감각 상태가 그에게는 좋지도 나쁘지도 않고 그저 그랬다.

나중에 그에게서 여권이 회수되고, 그 후 아침을 먹고, 차표를 다시 사고, 짐들을 다른 기차로 옮겨 실었다. 그리고 계속해서 타고 갔다. 새로운 역, 다시 기차를 여러 번 갈아타고, 새로운 여행…… 기차는 흔들리고 덜커덩거리면서 시간이 어느 정도 지날 때마다 기적 소리를 울렸다. 그리고 멈췄다. 객실 안에 독일어로 말하는 사람들이 들어와 앉기 시작했다. 두 명, 세 명…… 나중에 폴란드어로 말하는 사람은 완전히 사라졌다. 그리고 객차는 독일어로 말하는 사람들도 가득 찼다.

창밖 풍경도 변했다. 가장자리를 둑으로 쌓은 숲들이 나타났는데, 나무들도 군인들처럼 일정한 간격을 두고 서 있었다. 지붕을 짚으로 덮은 오두막들이 사라지고 주위에 정원이 있는 기와지붕 5층 건물들이 자주 나타나기 시작했다. 다시 기차가 멈추고, 다시 식사가 있었다. 거대한 도시가 나타났다. 아! 아마 베를린인가 보다. 다시 기차가 달렸다. 객실로 들어와 앉는 사람들은 여전히 독일어로 말했다. 그런데 악센트가 조금 달랐다. 이윽고 밤이 되어 잠을 잤다…… 아니, 그것은 잠이 아니라 무감각 상태였다.

객실에 프랑스 사람이 둘 나타났다. 창밖으로 보이는 경치도 완전히 변했다. 넓은 지평선, 구릉, 포도밭들이 보이기 시작했다. 여기저기 몇 층짜리 큰 건물들이 있었는데, 오래되었지만 튼튼해 보였다. 그 건물들은 나무들로 가려져 있거나 담쟁이덩굴로 덮여 있기도 했다. 다시 가방 검사가 있었다. 다시 기차를 갈아탔다. 객실로 프랑스 남자 둘과 프랑스 여자 하나가 들어왔는데, 어찌나 시끄러운지 마치 열 명이 이야기하는 것 같았다. 그들은 교육을 잘 받은 사람들처럼 보였다. 그러나 그들은 크게 웃어 댔고, 몇 차례 자리를 바꾸고, 보쿨스키에게 미안하다고 했지만, 보쿨스키는 무엇 때문에 그러는지 몰랐다.

어느 정거장에서 보쿨스키는 '파리-그랜드 호텔'에 있는 수진에게 엽서를 써서 열차 승무원에게 지폐와 함께 건넸다. 그가 준 지폐가 얼마짜리인지, 그 전보가 제대로 배달될지 그는 신경 쓰지 않았다. 다시 밤이 오고, 보쿨스키는 잠인지 무의식인지 모르는 상태에 빠져드는 것을 느꼈다.

그는 눈을 감고, 자기가 잠들어 있다고 생각했다. 그리고 그 이상한 상태가 어느새 자기를 파리에 내려놓았다는 것을 느꼈다.

"파리! 파리!" 계속 자면서 그는 중얼거렸다. 그는 몇 년 전부터 계속해서 파리를 꿈꾸어 왔다. "그것은 지나갈 것이다! 모든 것이 지나갈 것이다!"

오전 10시, 새로운 역. 기차가 지붕이 있는 역에 멈추어 섰다. 시끄러운 소리, 외치는 소리, 달려가는 사람들. 바로 보쿨스키에게 프랑스 사람 셋이 다가와 도와주겠다고 했다. 갑자기 누군가가 그의 어깨를 쳤다.

"그래, 스타니스와프 표트로비츠, 자네가 파리에 온 것은 행운이야……."

보쿨스키는 순간적으로 체구가 크고 붉은 얼굴에 담황색 수염을 기른 사람을 보고 말했다.

"아, 수진!"

두 사람은 서로 껴안았다. 프랑스인 두 사람이 수진을 수행하고 있었다. 그중 한 사람이 보쿨스키에게서 짐표를 가져갔다.

"자네의 행운이야, 자네가 파리에 온 것은." 수진이 그의 볼에 다시 키스하면서 말했다. "자네가 없어서 나 파리에서 죽는 줄 알았네."

'파리······.' 보쿨스키는 생각했다.

"나한테는 중요하지 않아." 수진이 말을 계속했다. "자네가 그 좀생이 귀족들 사이에서 오만해지고, 내 생각은 하지 않은 것 말이야. 그러나 자네한테는 안된 일이지, 5만 루블을 잃을 뻔했으니······."

수진을 수행했던 두 프랑스인이 다시 나타나서 이제 가도 되겠다고 말했다. 수진이 보쿨스키의 팔을 잡고 그를 광장으로 안내했다. 그곳에는 승합 마차와 말 한 필이 끄는 마차와 말 두 필이 끄는 마차들이 수도 없이 있었다. 마차 앞이나 뒤에 마부들이 앉아 있었다. 10여 걸음 걸으니 하인이 딸린 말 두 필이 끄는 마차가 기다리고 있었다. 그들은 그 마차를 타고 갔다.

"보게." 수진이 말했다. "여기가 라파예트 거리야. 그리고 저기는 마장타 대로(大路)이고, 우리는 계속 라파예트 거리로 가는 거야, 오페라 극장 옆에 있는 호텔까지. 자네에게 말하는데, 이건 기적이야, 도시가 아니야! 곧 샹젤리제 거리와 센 강과 리볼리를 보게 될 거야. 음, 다시 한 번 자네에게 말하는데, 이건 기적이지, 도시가 아니야. 여자들은 약간 대담하지. 그러나 맛이 다르지······. 어쨌든 자네가 와서 기쁘네. 5만 루블 혹은 몇천 루블 이상이 아무것도 아닌 것은 아니지······. 오, 저것이 오페라이고, 카푸친 대로야, 그리고 이곳이 우리가 머물 집이네."

보쿨스키는 쐐기 모양의 거대한 5층 건물을 보았다. 3층까지는 베란다 난간이 쇠로 되어 있었다. 건물은 오래된 가로수가 늘어선 넓은 길가에 있었다. 길은 승합 마차와 마차들, 말 타고 가는 사람들, 걸어가는 사람들로 붐볐다. 교통량이 너무 많아서 마치 바르샤바 사람 절반이 무슨 사고를 구경하러 나온 것 같았다. 거리는 마룻바닥처럼 매끄러웠다. 여기가 바로 파리의 중심이라는 것을 알 수 있었다. 그러나 어떤 감동도, 호기심도 일지 않았다. 그의 관심을 끄는 것은 아무것도 없었다.

마차가 아름답고 멋있는 문 안으로 들어갔다. 하인이 마차 문을 열어 주었고 그들은 마차에서 내렸다. 수진이 보쿨스키의 팔을 잡고 작은 방으로 안내했다. 그 방이 위로 올라가기 시작했다.

"이것이 엘리베이터라네." 수진이 말했다. "내가 여기에 아파트를 두 개 가지고 있네. 하나는 2층에 있는데 하루에 100프랑짜리이고, 다른 하나는 4층에 있는데 10프랑짜리라네. 자네가 쓸 방은 10프랑짜리네. 어쩔 수 없었네, 박람회 기간이라서……."

그들은 엘리베이터에서 복도로 나왔다. 조금 후에 그들은 우아한 응접실로 들어왔다. 그곳에는 마호가니 가구들과, 닫집 밑에 있는 큰 침대, 문 대신 커다란 거울이 달린 옷장이 있었다.

"어서 앉게, 스타니스와프 표트로비츠. 식사를 하겠나, 한잔하겠나, 여기서 아니면 홀로 갈까? 그래, 자네의 5만 루블…… 나는 아주 기쁘네…… 더 될 수도 있지."

"좋아. 그런데 왜 받는 거야?"

수진이 소파에 털썩 앉으면서 손을 배에 대고 크게 웃었다.

"그거야, 자네가 묻는 대가이지! 다른 사람은 묻지 않아, 무엇 때문에 돈을 가져가는지. 그저 달라고만 하는 거야……. 유일하게 자네만 알고 싶어 해. 무슨 대가로 그런 돈을 번 것인지. 아, 자네는 좋은 사람이야!"

"그건 대답이 아닌데……."

"내가 곧 자네에게 말해 주지." 수진이 말했다. "우선, 자네가 이르쿠츠크에서 4년 동안 나에게 이성적으로 생각하는 것을 보여 준 대가라네. 자네가 아니었다면 오늘의 수진은 없었다네. 나는,

스타니스와프 표트로비치, 자네 쪽 사람이 아니야. 나는 선(善)에는 선으로 준다네……."

"그것도 대답은 아니네." 보쿨스키가 말했다.

수진이 하는 수 없다는 듯 어깨를 으쓱했다.

"자네는 이 방에서 나로부터 설명을 듣고 싶어 하지 않는군. 그러면 아래로 내려가서 이야기하세. 내가 몇 가지 파리 장신구를 살 수도 있고, 10여 척의 상선을 살 수도 있어. 그런데 나는 프랑스어도 독일어도 모르니 자네 같은 사람이 필요하지……."

"나는 배에 대해서는 모르는데."

"걱정 말게. 여기서 기차 엔지니어, 선박 엔지니어, 무기 엔지니어를 구할 수 있다네. 나에게는 그런 게 중요한 것이 아니라, 나를 대신해서…… 그리고 나를 위해서 말해 줄 사람이 중요해. 그리고 자네에게 말하는데, 우리가 일단 아래로 내려가면 자네는 두 눈으로 보고, 두 귀로 듣는 거야. 그러나 우리가 거기서 나올 때 자네는 아무것도 기억하면 안 되네. 자네는 할 수 있어. 스타니스와프 표트로비치, 아, 그리고 질문은 금물이네. 내가 10퍼센트를 받는데 자네에게 내 몫의 10퍼센트를 주겠네. 그러면 일은 다 끝나는 거야. 무엇 때문에, 누구를 위해서, 누구에게 대적하기 위해서, 이런 것들은 묻지 말게."

보쿨스키는 침묵했다.

"4시에 나에게 미국과 프랑스의 사업가들이 오네. 자네, 할 수 있겠지?" 수진이 물었다.

"좋네."

"그럼 시내 구경 좀 하겠나?"

"아니. 자러 가야겠네."

"그래, 그러면 좋아. 자네 방으로 가게."

수진의 방을 나온 두 사람은 10여 걸음 걸어서 응접실처럼 생긴 방으로 들어왔다. 보쿨스키는 침대에 쓰러졌다. 수진은 발끝으로 조심스럽게 밖으로 나가 문을 닫았다.

수진이 밖으로 나간 후 보쿨스키는 눈을 감고 잠을 청하려 애썼다. 그러나 잠이 오지 않았다. 그는 고통스러운 생각을 피해 바르샤바를 떠나왔지만, 그 생각을 떨쳐 버리지 못하는 한 잠이 올 것 같지 않았다. 그는 한참 동안 그녀가 여기 없으며, 그곳에 남아 있다는 생각을 했다. 그는 또 그녀가 그를 걱정한 나머지 크라코프세키에 프세드미에시치에 거리에서 우야즈도프스키 거리까지 헤매고 다니며 자신을 찾고 있다고 생각했다.

"그는 어디 있는 거지? 그는 어디에 있는 거야?" 유령이 속삭였다.

'만일 그녀가 내 뒤를 쫓아왔다면?' 보쿨스키는 스스로에게 물었다. '그렇다면 이 거대한 도시에서, 이렇게 큰 호텔에서 나를 발견하지 못할 텐데…….'

'그녀가 이미 나를 찾고 있는 건 아닐까?' 그는 생각했다.

그는 다시 눈을 감고 매트리스 위에서 뒤척거렸다. 매트리스는 지나칠 정도로 넓고 탄력이 너무 좋았다. 그는 두 종류의 웅성거리는 소리에 파묻혔다. 문 뒤 호텔 복도에서는 사람들이 떠들며 뛰어다니고 있었다. 마치 이 순간에 무슨 사고라도 난 것처럼. 그리고 창밖 길 위에서는 무슨 소린지 알 수 없는 소음이 울려 퍼지고 있었다. 그 소음에는 여러 대의 마차가 굴러가는 소리와 방울 소리, 사람들의 목소리, 트럼펫 소리, 총소리 외에도 알 수 없는 소리들이 섞여 있었는데, 억눌린 듯 약화되어 멀리서 들려오는 것 같았다.

그는 어떤 그림자가 자기 창문을 들여다보는 것처럼 보였고, 나중에는 누군가가 긴 복도의 문들을 두들기면서 "그가 여기 없어요?"라고 물으면서 지나가고 있는 환상에 사로잡혔다.

정말로 누군가가 와서 그의 문을 노크하고 아무 대답이 없자 그냥 지나갔다.

'그녀는 나를 못 찾는 거야! 못 찾는 거야……' 보쿨스키는 생각했다.

순간 그가 눈을 떴다. 그의 머리카락이 곤두섰다.

그의 맞은편에 자기 방과 똑같은 방이 있었다. 닫집이 있는 똑같은 침대와 그 침대 위에는…… 자신이 있었다! 그것은 그의 일생에서 느껴 본 가장 강력한 전율 중 하나였다. 이곳, 그가 완전히 혼자 있다고 생각하는 장소까지 떨어지지 않고 그를 계속 따라다니는 증인은…… 바로 자신이라는 것을 그는 자기 눈으로 확인하고 놀랐던 것이다.

"얼마나 기발한 염탐 행위인가……" 그는 중얼거렸다. "문에 거울을 달아 놓은 옷장이라니, 바보 같은 짓이다."

그는 침대에서 일어나 내려왔다. 또 하나의 자신도 똑같은 동작으로 내려왔다. 그는 창가로 다가갔다. 제2의 그도 똑같이 창으로 갔다. 그는 옷을 갈아입기 위해 서둘러 가방을 열었다. 또 다른 그도 똑같은 동작을 취했다. 그도 시내로 나갈 것처럼 보였다.

보쿨스키는 이 방에서 도망쳐야 한다고 생각했다. 바르샤바에서 그 유령을 피해서 왔는데, 그 유령이 여기까지 따라와 문지방 뒤에 서 있는 것이 아닌가.

그는 몸을 씻고, 깨끗한 속옷을 입은 뒤, 옷을 갈아입었다. 이제 겨우 12시 반이었다.

'세 시간 반 시간이 있다!' 그는 생각했다. '그동안 뭘 하지……'

그가 문을 열자 하인이 물었다.

"Monsieur……?"

보쿨스키는 계단 있는 곳으로 안내하라고 말한 뒤 하인에게 1프랑을 주고, 마치 누구에게 이끌리는 것처럼 4층에서 아래로 내려왔다.

호텔 문 밖으로 나와서 보도 위에 멈추어 섰다. 거리는 넓었고, 가로수가 있었다. 순식간에 그의 주위로 마차 여섯 대와 객실과 지붕에 여행자들을 실은 승합 마차가 지나갔다. 오른쪽으로 멀리 광장이 보였고, 왼쪽으로 — 호텔 아래쪽으로 — 그렇게 크지 않은 파라솔이 보였다. 그 아래에 남자와 여자들이 둥근 탁자 주위에 앉아서 커피를 마시고 있었다. 그들은 인도를 거의 차지하고 있었다. 남자들은 단춧구멍에 꽃이나 리본을 꽂고 마치 옆에 있는 5층 건물들을 의식하고 있는 것처럼 다리를 높게 꼬고 앉아 있었다. 여자들은 몸이 가냘프고 작았으며, 눈은 엷은 갈색이고, 눈빛이 불타는 것 같았다. 옷은 검소했다.

보쿨스키는 왼쪽으로 갔다. 그 호텔 모퉁이 뒤편에 다른 파라솔이 보였다. 그곳에도 사람들이 있었다. 그들 역시 인도 옆에서 무엇인가를 마시고 있었다. 최소한 백 명은 될 것 같았다. 남자들 얼굴에는 오만함이 서려 있고, 여자들은 서로 친구처럼 스스럼이 없고 생기가 넘쳤다. 말 한 필 혹은 두 필이 끄는 마차가 계속해서 지나갔고, 보행자들도 무리 지어 오가고 있었다. 황색과 녹색의 승합 마차가 가는 길을 승객들을 지붕까지 가득 실은 갈색의 승합 마차들이 수시로 가로질러 지나갔다.

보쿨스키는 광장 가운데까지 왔다. 그 광장을 중심으로 일곱 개의 길이 퍼져 나갔다. 하나, 둘…… 일곱 개의 길이라……. 어디로 갈까? 나무들이 있는 곳으로 갈까? 마침 90도로 서로 마주치는 두 길에 가로수가 있었다.

'호텔 벽 쪽으로 가 볼까.' 보쿨스키는 생각했다.

왼쪽으로 반쯤 돌다가 그는 놀라서 멈추어 섰다. 왼편 안쪽에 거대한 건물이 보였다. 1층에는 아케이드와 반신상들이 일렬로 서 있었고, 2층에는 거대한 석조 기둥들과 그보다 조금 작은 윗부분을 금으로 입힌 대리석 기둥들이 서 있었다. 모퉁이에는 지붕 높이만큼 독수리들과 도금한 흉상들이 도금한 뛰어다니는 말들의 형상들 위로 솟아 있었다. 가까이 있는 지붕은 평면이고, 멀리 보이는 지붕은 둥근 왕관 모양을 하고 있었으며, 더 멀리 보이는 지붕은 모서리가 셋이고 꼭대기에 형상들을 받치고 있었다. 도처에 대리석이고, 동이고, 금이고, 도처에 기둥들이고, 형상들이고, 커다란 메달들이 있었다.

'오페라 극장일까?' 보쿨스키는 생각했다. '여기만 해도 바르샤바 전체에 있는 것보다 더 많은 대리석과 동이 있는 것 같다!'

그는 자기 가게와 도시의 장식을 생각하며 얼굴이 붉어졌다. 그리고 계속해서 걸었다. 그는 파리가 첫걸음에 그를 압도하는 것을 느꼈다. 그러나 만족스러운 느낌이었다.

마차들, 승합 마차들 그리고 보행자들의 통행이 놀랍게도 점점 더 많아졌다. 몇 걸음 걸을 때마다 베란다가 있고, 원탁이 있고, 보도 가까이에는 사람들이 앉아 있었다. 하인이 앉아 있는 마차 뒤를 개가 끄는 작은 수레가 따라가고, 승합 마차가 그 옆으로 지나가고, 손수레를 끌고 가는 두 사람, 나중에 더 큰 이륜마차들, 그 뒤로 말을 타고 가는 신사와 숙녀, 그리고 끊임없이 이어지는 마차 행렬. 보도 가까이에 꽃수레, 과일 수레, 맞은편에는 파이 행상, 신문팔이. 고물 행상, 칼 가는 사람, 책 파는 사람⋯⋯.

　—M'rchand d'habits⋯⋯.

　— 'Figaro'⋯⋯!

　— Exposition⋯⋯!

— 'Guide Parisien'……! 3프랑! 3프랑!

누군가가 보쿨스키의 손에 책을 내밀었다. 그는 3프랑을 지불하고 길 건너편으로 갔다. 그는 빨리 걸었지만, 모두가 그를 추월했다. 마차들도 보행자들도. 물론 그것은 하나의 거대한 경주였다. 그래서 그는 걸음을 재촉했다. 하지만 그는 아무도 추월하지 못했다. 모두가 그를 주시하고 있었다. 특히 그를 귀찮게 하는 것은 신문팔이와 책 장수들이었다. 여자들이 그를 바라보고, 남자들은 비웃는 투로 그를 쳐다보았다. 바르샤바를 떠들썩하게 하는 보쿨스키가 이곳에서는 어린애처럼 어쩔 줄 몰라 하고 있다는 것을 그는 느꼈다. 그런데 그것이 나쁘지 않았다……. 아, 그 어린 시절로 얼마나 다시 돌아가고 싶었던가. 그때 아버지는 그를 상인에게 보낼까 아니면 학교에 보낼까, 이 문제에 대해 친구들과 상의했다.

그곳에서 길이 약간 오른쪽으로 구부러졌다. 보쿨스키는 처음으로 3층짜리 건물을 보았다. 서글픈 생각이 가볍게 스쳤다. 5층짜리 건물들 사이에 3층 건물이라……! 그것은 하나의 반가운 놀라움 같은 것이었다.

갑자기 마차 한 대가 그의 옆으로 지나갔다. 마부석에는 마부가, 의자에는 두 여인이 앉아 있었다. 한 여인은 전혀 모르겠지만, 다른 여인은…….

"그녀……?" 보쿨스키는 혼자 속삭였다. "있을 수 없는 일이야!"

그럼에도 불구하고 그는 온몸에서 힘이 빠지는 것을 느꼈다. 다행히 바로 옆에 커피숍이 있었다. 그는 보도 옆 의자에 몸을 던지듯 앉았다. 바로 웨이터가 다가왔다. 그가 뭔가를 묻고, 곧이어 코냑을 넣은 냉커피를 한 잔 가져왔다. 그와 거의 동시에 꽃 파는 아가씨가 그의 양복 주머니에 장미를 꽂아 주고, 신문팔이는 그의 앞에 「피가로」를 놓았다.

보쿨스키는 꽃 파는 아가씨에게 10프랑을, 신문팔이에겐 1프랑을 주었다. 그리고 냉커피를 마시면서 신문을 읽기 시작했다. "이자벨라 여왕께서는……."

그는 신문을 접어서 호주머니에 넣고, 냉커피를 다 마시지도 않고 커피값을 치른 뒤 자리에서 일어났다. 웨이터가 그를 눈 아래로 쳐다보고 가느다란 지팡이를 가지고 장난치던 두 손님이 다리를 더 높게 꼬고 앉더니, 그중 한 사람이 단안경을 통해서 오만스럽게 그를 바라보았다.

'만일 내가 저 교활하게 생긴 녀석의 얼굴을 때린다면?' 보쿨스키는 생각했다. '내일 결투가 벌어지고 그가 나를 죽일 수도 있겠지. 하지만 내가 그를 죽이면……?'

그는 교활하게 생긴 녀석 옆으로 지나가면서 그의 눈을 똑바로 쳐다보았다. 한껏 멋을 부린 녀석의 단안경이 조끼로 떨어지고 녀석의 얼굴에서 비웃음이 사라졌다.

보쿨스키는 계속 걸으면서 건물들을 유심히 살펴보았다. 여기 상점들은 얼마나 멋있는가! 여기서 제일 보잘것없는 상점도 바르샤바에서 제일 아름다운 그의 상점보다 더 나았다. 집들은 네모꼴이고, 층마다 거의 커다란 발코니가 있거나 그 층 전체를 따라 받침 기둥이 있는 난간이 있었다.

'파리에 사는 사람들은 모두 커피숍에서 아니면 현관을 통해서 끊임없이 서로 소통할 필요를 느끼고 있는 것처럼 보였다.' 보쿨스키의 생각이었다.

지붕들도 특이했다. 높은 지붕에는 굴뚝들과 함석으로 된 작은 굴뚝과 끝이 뾰족한 것들이 수직으로 솟아 있었다. 거리에는 한 걸음 뗄 때마다 가로수 혹은 가로등 혹은 키오스크 혹은 꼭대기가 둥근 기둥이 서 있었다. 이곳에서는 삶이 강렬하게 끓고 있어

끊임없이 움직이는 마차들의 행렬 속에서도, 사람들의 빠른 걸음 속에서도, 5층 석조 건물들을 받치고 있으면서도 소진되지 않고, 벽에서는 조상과 부조 형태로, 지붕에서는 발포(發泡)의 형태로, 거리에서는 셀 수 없이 많은 키오스크의 형태로 분출하고 있었다.

보쿨스키는 자신이 죽은 물에서 나와 갑자기 "요동치고, 속삭이고, 솟구치며……" 끓고 있는 물에 빠진 것처럼 생각되었다. 그도 자기 환경에서 치열하게 살면서 성장했는데, 이곳에서는 마치 무기력한 어린애처럼 느껴졌다. 이곳에서는 모든 것이, 모든 사람이 그를 압도했다.

그러는 사이에도 그의 주위에서는 여전히 "부글부글 끓고, 출렁이고, 속삭이고, 솟구치고 있었다". 인파도, 마차도, 나무도, 눈을 부시게 하는 전시물도, 심지어 거리 자체도 끝이 보이질 않았다. 보쿨스키는 천천히 황홀한 상태에 빠져들었다. 행인들의 시끄러운 이야기 소리도 들리지 않았고, 행상들이 외치는 소리와 마차들의 바퀴 소리에도 귀머거리가 되었다. 그리고 어디선가 저런 집들을, 저런 거리의 움직임을, 저런 커피숍들을 본 듯한 느낌이 들었다. 그리고 결국 이런 것들은 위대한 것도 아니라는 생각이 들었다. 그리고 드디어 그에게서 비판적인 안목이 눈을 뜨고, 혼자서 말했다. '파리에서는 바르샤바보다 더 자주 프랑스어를 들을 수 있지만, 이곳 악센트가 더 못하고, 발음도 더 분명하지 않구나.'

그렇게 생각하면서 그는 천천히 걸으며 사람들에게 길을 양보하지 않았다. 이제 비로소 프랑스 사람들이 그를 손가락으로 가리키기 시작했다고 그가 생각했을 때, 놀랍게도 그는 사람들이 점점 더 그에게 신경 쓰지 않는다는 것을 알아차렸다. 길 위에 한 시간 정도 있으면서 그는 파리라는 대양의 평범한 하나의 물방울이 되었다.

"그건 잘된 일이야!" 그는 중얼거렸다.

이 순간까지 몇십 걸음 걸으면서 좌우로 집들을 지나쳤고, 작은 샛길을 보았다. 이제는 똑같은 벽이 수백 걸음 걸을 때까지 계속 이어지고 있었다. 그는 불안한 생각이 들어 걸음을 재촉했고, 다행히 샛길에 도달하게 되었다. 그는 약간 우측으로 돌았다. 거리 이름이 보였다. 뤼 생피아크르(Rue St. Fiacre).

웃음이 나왔다. 폴 콕의 소설이 생각났다. 다시 옆길이 나타났다. 거리 이름이 보였다. 뤼 뒤 상티에(Rue du Sentier).

"모르는 이름이군." 그는 혼자 중얼거렸다.

수십 걸음 걷자 다시 거리 이름이 보였다. 뤼 푸아소니에르(Rue Poissonnière). 그 이름은 범죄 사건을 기억나게 했다. 나중에 짐나즈 극장 맞은편에서 나오는 여러 개의 짧은 길들이 보였다.

'이건 또 뭐야……?' 왼편으로 거대한 건물을 보며 그는 생각했다. 그가 지금까지 본 건물들과는 다르게 생겼다. 직사각형의 석조 건물이었다. 대문은 반원의 아치 모양을 하고 있었으며 두 개의 길을 횡단하고 있었다. 그 옆에는 승합 버스들이 멈춰 서는 부스가 있었다. 거의 맞은편에 커피숍과, 짧고 쇠로 된 난간에 의해 거리 중앙에서 나누어지는 보도가 있었다.

몇백 걸음 더 가니 비슷한 다른 대문이 나타났다. 그 사이에는 좌우로 뻗은 넓은 거리가 있었다. 통행이 갑자기 더 빈번해졌다. 여기에는 세 종류의 승합 마차와 전차가 다니고 있었다.

보쿨스키는 오른편을 바라보았다. 다시 두 줄의 가로등과 두 줄의 키오스크, 두 줄의 가로수, 두 줄의 5층 건물들이 바르샤바의 크라코프스키에 프세드미에시치에 거리와 노비 시비아트 거리를 합한 길이만큼 펼쳐져 있었다. 그 끝은 보이지 않았다. 다만 어디엔가 아주 멀리 있겠지. 거리는 하늘을 향해 솟아 있고, 지붕들은 땅을 향해 낮아지다가 완전히 사라졌다.

'비록 길을 잃고 모임에 늦을지라도 저쪽으로 갈 거야!' 그는 생각했다.

그때 모퉁이에서 한 젊은 여자가 그의 옆을 지나갔다. 그 여자의 키와 몸동작이 보쿨스키에게 강한 인상을 주었다.

'그녀……? 아니야. 우선 그녀는 바르샤바에 있고, 그리고 내가 벌써 두 번째 겪는 일인데……. 이건 환상이야.'

그러나 그에게서 힘이 빠지고 기억력도 사라졌다. 그는 두 가로수 길이 만나는 곳에 서 있었다. 그는 자기가 어디서 왔는지 전혀 기억이 없었다. 그는 놀라움에 사로잡혔다. 그것은 숲에서 길을 잃은 사람들이 겪는 그런 공포감이었다. 다행히 말 한 필이 끄는 마차가 다가왔다. 마부가 그에게 아주 친절한 웃음을 지어 보였다.

"그랜드 호텔." 보쿨스키는 자리에 앉으면서 말했다.

마부가 손으로 모자를 만지며 큰 소리로 말했다.

"가자, 리제트카! 이 고귀한 외국인이 네가 수고한 대가로 맥주 1리터를 주신다."

그가 옆으로 보쿨스키에게 고개를 돌리고 말했다.

"둘 중 하나입니다, 손님. 오늘 도착하셨거나 아니면 아침을 잘 드셨거나……"

"오늘 도착했습니다." 보쿨스키가 수염이 없는 넓고 붉은 마부의 얼굴을 보고 안심하며 대답했다.

"조금 마셨습니까? 금방 보입니다." 마부가 말을 막았다. "마차비가 얼마인지는 아시죠……?"

"걱정 마시오."

"가자, 리제트카! 이런 외국인이 마음에 듭니다. 우리 박람회에는 이런 분들만 오셨으면 합니다. 손님, 그랜드 호텔로 가는 것 맞지요······?" 마부가 보쿨스키에게 고개를 돌렸다.

"그렇습니다."

"가자, 리제트카! 이 외국 분이 나에게 강한 인상을 주신다. 손님, 베를린에서 오시지 않으셨죠······?"

"아닙니다."

마부가 그를 잠깐 바라보더니 다시 말했다.

"손님에겐 더 좋은 일입니다. 나는 독일인에게 불만은 없습니다. 비록 그들이 알자스와 로렌의 많은 부분을 차지했지만. 그러나 내 마차에 그들을 태우는 것을 좋아하지는 않습니다. 손님은 어디서 오셨습니까?"

"바르샤바에서 왔습니다."

"아, 정말이오! 아름다운 나라······ 풍요로운 나라····· 리제트카, 가자! 그러면 손님은 폴란드인이시죠? 나는 폴란드 사람들을 압니다! 여기가 오페라 광장이고, 그리고 여기가 그랜드 호텔입니다."

보쿨스키는 마부에게 3프랑을 주었다. 그리고 서둘러 대문으로 들어간 뒤, 그곳에서 4층으로 올라갔다. 그가 자기 방문 앞에 서자 바로 얼굴에 미소를 지으며 하인이 나타나 수진의 쪽지와 편지 뭉치를 건네주었다.

"흥미로운 분들이 많이 오셨습니다····· 여성분들도 많습니다!" 하인이 그를 바라보면서 명랑하게 말했다.

"그들은 어디 있어요?"

"연회장에, 열람실에, 식당에 있습니다······. 유마르트 씨가 불안해하십니다."

"유마르트 씨가 누군데?" 보쿨스키가 물었다.

"손님과 수진 씨의 비서입니다······ 아주 능력 있는 분입니다.

그는 손님에게 많은 봉사를 할 수 있습니다. 자기가 보너스로 천 프랑을 받게 된다고 확신하면⋯⋯." 하인이 여전히 명랑하게 말했다.

"그는 어디 있어요?"

"2층 연회실에 있습니다. 유마르트 씨는 아주 능력 있는 사람입니다. 그러나 제가 손님에게 도움이 될 수도 있습니다. 제 이름은 밀러입니다. 저는 사실 알자스 출신입니다. 제 명예를 걸고 말하는데, 제가 손님에게서 받는 대신 매일 10프랑씩 드리겠습니다. 만일 우리가 독일 사람들과 완전히 끝낼 수만 있다면."

보쿨스키는 자기 방으로 들어왔다.

"무엇보다도 남자분들은 그 남작 부인을 조심해야 합니다. 그 부인은 이미 열람실에서 기다리고 있습니다. 그러나 부인은 3시에 비로소 도착한 것처럼 행동할 겁니다. 맹세하지만, 그 부인은 독일 여자입니다⋯⋯ 저는 알자스 출신입니다!"

밀러는 마지막 말을 아주 작은 소리로 하고 복도로 물러났다.

보쿨스키는 수진의 쪽지를 펴서 읽었다. "모임은 8시에 있네. 자네에겐 시간이 충분히 있네. 그러니 방문자들을 만나 일을 처리하게. 특히 여자 방문자들과 잘 해결하게. 나는 너무 늙어서 그들을 즐겁게 해 줄 수 없다네."

보쿨스키는 편지들을 보기 시작했다. 대부분이 상인들, 이발사들, 치과 의사들의 광고물과 후원금 요청, 어떤 비밀들이 밝혀지는 이벤트의 초대장, 구세군의 성명서 등이었다.

그 많은 통신문 중에서 보쿨스키의 관심을 끈 것은 이런 것이었다. '젊고 우아하고 몸매 좋은 여성이 비용을 분담하여 당신과 함께 파리 구경하기를 갈망함. 회신은 호텔 도어맨에게 남기기 바람.'

"재미있는 도시군!" 보쿨스키는 중얼거렸다.

또 하나 흥미로운 것은 남작 부인에게 온 편지였다. 그 부인은 3시부터 열람실에서 데이트 상대를 기다리고 있었다.

"아직 30분이 남았군……."

그는 전화를 걸어 방으로 아침 식사를 가져오라고 했다. 몇 분 후에 햄, 달걀, 비프스테이크, 이름을 알 수 없는 생선, 여러 종류의 술병들, 블랙커피 내리는 작은 기계가 제공되었다. 그는 왕성한 식욕으로 식사를 하고, 잘 마셨다. 그리고 밀러를 불러 연회실로 안내하라고 지시했다.

하인은 그와 함께 방에서 복도로 나왔다. 그가 종에 손을 대더니 튜브에 대고 말한 뒤 보쿨스키를 엘리베이터로 안내했다. 1분 후에 보쿨스키는 이미 2층에 도달했다. 그가 엘리베이터에서 나오자 멋있게 차려입은 사람이 앞에 서 있었다. 수염은 그렇게 길지 않고, 연미복에 흰 넥타이를 하고 있었다.

"유마르트입니다……." 인사를 하면서 그가 말했다.

그들은 복도를 걸었다. 유마르트가 화려한 응접실의 문을 열었다. 보쿨스키는 하마터면 뒤로 물러설 뻔했다. 금을 입힌 가구들과 엄청나게 큰 거울과 양각으로 장식된 벽들을 보았다. 홀 중앙에는 고급 천으로 덮인 커다란 테이블이 있었고, 그 위에는 서류 더미가 놓여 있었다.

"방문자들을 들어오게 할까요?" 유마르트가 물었다. "그들은, 제가 보기에 위험하지 않습니다. 다만 남작 부인은…… 감히 말씀 드리면…… 부인은 열람실에 계십니다."

그는 인사하고 의젓한 걸음으로 다른 살롱으로 갔다. 그 방은 대기실인 듯했다.

'내가, 제기랄, 모험에 빠져드는 것 아니야?' 보쿨스키는 생각했다. 보쿨스키가 소파에 앉아서 서류를 들여다보기 시작하자마자

금색으로 수놓아 장식한 푸른색 연미복을 입은 하인이 들어와 명함이 놓인 접시를 전했다. 명함 위에는 '대령'이라는 글자만 있고 이름은 없었다.

"들어오시게 하게."

조금 뒤 멋있는 체구에 끝이 뾰족한 회색 턱수염과 코밑수염이 있는 남자가 예복 단춧구멍에 붉은 리본을 달고 나타났다.

"선생께서는 시간이 없다는 것을 알고 있습니다." 가볍게 인사하면서 손님이 말했다. "그래서 짧게 말씀드리겠습니다. 파리는 어느 면으로 보나 훌륭한 도시입니다. 유흥과 배움의 면에서도. 그러나 파리를 알기 위해서는 노련한 가이드가 필요합니다. 저는 모든 박물관, 화랑, 극장, 클럽, 기념관, 정부 및 사설 기관, 한마디로 모든 것을 알고 있습니다. 만일 선생께서 원하시면……."

"주소를 남겨 주십시오." 보쿨스키가 말했다.

"저는 네 개의 언어에 능숙합니다. 그리고 예술, 문학, 학문, 산업 분야에 대해 조예가 깊습니다."

"지금은 선생께 답을 드릴 수가 없습니다." 보쿨스키가 그의 말을 막았다.

"제가 신청할까요, 아니면 선생의 부름을 기다릴까요?" 손님이 물었다.

"제가 서신으로 연락을 드리겠습니다."

"기억해 주십시오." 그가 이렇게 말하고는 의자에서 일어나 인사하고 나갔다.

하인이 다른 명함을 가지고 왔다. 그리고 곧이어 두 번째 손님이 나타났다. 그는 몸이 둥글고 얼굴이 붉었는데 비단 가게 주인처럼 보였다. 그는 문에서 테이블까지 걸어오는 동안 계속 절을 했다.

"무슨 일이십니까?" 보쿨스키가 물었다.

"무슨 말씀이십니까? 선생께서는 에스카보 이름을 읽으시고도 알지 못하셨습니까? 한니발 에스카보……?" 그가 이상하다는 표정을 지었다. "에스카보 소총은 1분에 17발을 발사합니다. 그러나 지금 영광스럽게 선생 앞에 서 있는 이 사람은 30발을 발사합니다."

보쿨스키가 너무 놀란 얼굴을 했기 때문에 한니발 에스카보도 의아하다는 표정을 지었다.

"제가 잘못 들어온 것 아닙니까?" 그가 물었다.

"그러신 것 같습니다." 보쿨스키가 대답했다. "저는 장신구들을 취급합니다. 소총은 저와 관련이 없습니다."

"사람들이 저에게 말하기는…… 그것도 은밀하게……." 에스카보가 강조하듯 말했다. "여러분들은……."

"선생께 정보가 잘못 전달되었습니다."

"아, 그럼 실례했습니다. 다른 방일 수도 있겠습니다." 그가 물러나며 인사하면서 말했다.

새로운 손님이 들어왔다. 그는 하늘색 푸른 연미복에 흰 바지 차림이었다. 그는 키도 작고, 몸도 말랐으며, 얼굴도 검고, 눈빛도 불안했다. 그는 테이블까지 거의 달려와서 쓰러지듯 의자에 앉았다. 그리고 문 쪽을 두리번거리면서 보쿨스키에게 다가와 낮은 목소리로 말하기 시작했다.

"선생께서 놀라실 것입니다. 그러나 중요한 일입니다…… 너무 중요한 일입니다. 제가 요 며칠 동안 룰렛에 관해 중대한 발견을 했는데 여섯 번이나 일곱 번까지 판돈을 배로 늘려야 합니다……."

"죄송합니다, 저는 그런 일을 하지 않습니다." 보쿨스키가 그의 말을 막았다.

"저를 못 믿는 겁니까? 그것은 완전히 자연스러운…… 제가 마침 작은 룰렛을 가지고 왔습니다…… 보여 드려도 되겠습니까?"

"실례지만, 제가 지금 시간이 없습니다."

"3분, 아니, 1분이면……."

"30초도 없습니다."

"그럼 언제 오면 될까요?" 절망적인 얼굴로 손님이 물었다.

"어쨌든 빠른 시일은 아닙니다."

"공식적인 시범을 위해서 백 프랑만 빌려 주십시오……."

"5프랑은 줄 수 있습니다." 보쿨스키가 호주머니에 손을 가져 갔다.

"오, 아닙니다. 고맙습니다…… 저는 협잡꾼이 아닙니다. 그러면 주십시오…… 내일 돌려 드리겠습니다. 선생께서는 그사이에 생 각해 보시고……."

다음 손님은 뚱뚱하고 풍채가 좋았다. 그는 예복 단춧구멍에 축소형 훈장들을 줄줄이 달고 있었으며, 보쿨스키에게 철학 박사 학 위증, 훈장 및 직함을 제안하고, 보쿨스키가 그의 제안을 받아들이 지 않자 매우 이상하게 생각했다. 그는 인사도 하지 않고 나갔다.

그가 나간 후 몇 분 동안 휴식이 있었다. 대기실에서 여인들의 옷자락 스치는 소리가 보쿨스키에게 들렸다. 그가 귀를 곤두세우 는 순간, 하인이 남작 부인을 신고했다.

다시 한참 시간이 지났다. 그리고 드디어 너무 아름답고 출중한 여인이 나타나 보쿨스키는 자기도 모르게 소파에서 일어났다. 나 이는 마흔 정도, 큰 키에 이목구비가 뚜렷하고 균형 잡힌 자태가 대귀족 여인다웠다.

그는 말없이 여인에게 소파를 권했다. 부인이 자리에 앉았을 때, 그는 부인이 초조한 기색으로 손에 들고 있는 수놓은 손수건을 잡아당기는 것을 보게 되었다. 갑자기 부인이 그의 눈을 똑바로 처다보면서 말했다.

"선생은 나를 아세요?"

"아니요, 부인."

"그럼 선생은 한 번도 베를린이나 빈에 가 보신 적이 없군요."

"가 본 적이 없습니다."

부인이 깊은 한숨을 내쉬었다.

"더 잘됐습니다." 부인이 말했다. "더 대담해지겠습니다. 나는 남작 부인이 아닙니다…… 나는 전혀 다른 사람입니다. 하지만 그건 중요하지 않습니다. 나는 잠시 어려운 처지에 놓여 있습니다. 나는 2만 프랑이 필요합니다…… 이곳 전당포에 내 보석을 맡기고 싶지 않습니다. 그래서…… 이해하셨어요?"

"아니요, 부인."

"그러면…… 나는 중요한 비밀을 말할 수 있습니다."

"제게는 비밀을 알 권리가 없습니다." 당황한 보쿨스키가 대답했다.

부인이 소파에서 몸을 움직였다.

"선생에게 권리가 없다……? 그럼 뭣하러 여기 오셨습니까?" 부인이 가볍게 웃으면서 말했다.

"그렇지만 권리가 없습니다."

부인이 자리에서 일어났다.

"여기……." 동요하는 모습을 보이며 부인이 말했다. "주소가 있습니다. 24시간 동안 언제라도 저를 찾을 수 있습니다. 그리고 여기…… 쪽지, 이것이 선생께 어느 정도 생각할 틈을 줄 수도 있습니다. 그럼 저는 갑니다."

옷자락 스치는 소리를 내며 부인이 나갔다. 보쿨스키는 쪽지를 보았다. 거기에는 그와 수진의 인적 사항들이 적혀 있었다. 그것은 여권에 있는 내용들이었다.

'그렇지!' 보쿨스키는 생각했다. '밀러가 나의 여권을 보고 알아낸 것인데, 실수가 없지 않았다…… 보크루스키! 이게 뭐야, 세상에, 그들은 나를 어린애로 아나……?'

손님들이 더 이상 오지 않았기 때문에 보쿨스키는 유마르트를 들어오라고 했다.

"하명하실 것이 있으십니까?" 궁중의 우아한 시종장이 물었다.

"당신과 이야기할 게 있습니다."

"사적인 겁니까……? 그러면 앉아도 되겠습니까? 소개는 끝났습니다. 의상들은 가게로 보냈고, 배우들도 서로 동등하게 되었습니다."

그 말을 그는 약간 냉소적으로 했다. 그는 교육을 잘 받은 사람에 걸맞게 행동했다. 보쿨스키는 점점 더 놀랐다.

"그런데 말해 보세요." 보쿨스키가 말했다. "그 사람들은 도대체 누구입니까?"

"선생에게 왔던 사람들 말씀인가요?" 유마르트가 물었다. "다른 사람들과 같은 사람들입니다. 가이드, 발명가, 중개인…… 각자 자기가 할 수 있는 일을 합니다. 그들은 자기가 하는 일을 통해 최대한의 만족을 얻으려고 노력하지요. 그리고 가능하다면 가치 이상으로 돈 버는 것을 좋아하지요. 그것이 프랑스인들의 성격 아닙니까."

"선생은 프랑스인이 아닙니까?"

"저요……? 저는 빈에서 태어났습니다. 그리고 스위스와 독일에서 자랐고, 오랫동안 이탈리아, 영국, 노르웨이와 미국에서 살았습니다. 제 성이 국적을 가장 잘 압축하고 있지요. 제가 누구이고, 누구의 외양간에서 살고 있는지. 저는 황소들과 함께 사는 황소이고, 말들과 함께 사는 말이지요. 제가 돈을 어디서 벌고 무엇에 쓰는지 저는 알고 있습니다. 사람들도 저에 대해 알고 있지요. 그래서 저에게는 걱정할 것도 없지요."

보쿨스키는 그를 유심히 바라보았다.

"선생을 이해할 수 없는데요."

"보십시오." 그가 테이블 위로 손가락을 움직였다. "저는 세상을 너무 많이 돌아다녀서 국적 같은 건 신경 쓰지 않습니다. 저에게는 오직 네 개의 국적만 존재합니다, 언어와는 상관없이. 1번은 내가 그들이 돈을 어디서 벌어 무엇에 쓰는지 아는 사람들이고, 2번은 내가 그들의 돈의 출처는 알지만 어디에 쓰는지 모르는 사람들이고, 3번은 내가 그들이 돈을 어디에 쓰는지는 알지만, 돈의 출처를 모르는 사람들이고, 4번은 내가 그들의 돈의 출처도, 돈을 어디에 쓰는지도 모르는 사람들입니다. 나는 에스카보 씨에 대해 압니다. 그는 메리야스 공장에서 돈을 벌어 무서운 무기 만드는 공장 짓는 데 쓰고 있지요. 그래서 나는 그를 존경합니다. 하지만 남작 부인에 대해서는…… 돈이 어디서 나서 무엇에 쓰는지 모릅니다. 그래서 나는 부인을 신뢰하지 않습니다."

"저는 상인입니다, 유마르트 씨. 지금 말씀하신 이론에 유쾌하지 않게 상처를 받은 사람입니다."

"그건 알고 있습니다. 그리고 선생은 수진 씨의 친구이십니다. 이미 어느 정도 점수를 따신 겁니다. 그리고 선생에게 제 이론은 맞지 않습니다. 그건 수입이 좀 생길까 하는 기대를 가지고 한 강의입니다."

"선생은 철학자이십니다."

"저는 두 대학의 철학 박사입니다." 유마르트가 대답했다.

"선생도 ……역할을 하고 있군요."

"하인의……? 이렇게 말하고 싶으신 거죠?" 유마르트가 웃으면서 말을 막았다. "저는 살기 위해서 그리고 노후 연금을 위해 일합니다. 그러나 타이틀 같은 것은 신경 쓰지 않습니다. 이미 많이 가져 보았습니다! 세상은 아마추어 연극과 비슷합니다. 그러니 연극에서 주연을 하겠다며 자꾸 앞으로 나서고, 조연은 싫다는 것은 점잖지 못한 행동이지요. 어느 역할이나 좋습니다. 예술적으로 하고, 지나치게 심각하지 않다면."

보쿨스키가 몸을 움직였다. 유마르트가 자리에서 일어나 점잖게 인사하고 말했다.

"제가 선생을 모시고 싶습니다."

그는 곧이어 밖으로 나갔다.

"열이 있는 걸까……?" 보쿨스키가 두 손으로 머리를 누르면서 작은 소리로 말했다. "파리는 이상한 곳이라는 걸 알았다. 그러나 이렇게까지 이상하리라고는……."

보쿨스키가 시계를 보았을 때 3시 30분밖에 되지 않았다.

"미팅까지는 아직도 네 시간이 남았군." 어떻게 시간을 보낼지 격정하면서 그는 혼자 중얼거렸다. "새로운 것들도 많이 보았고, 새로운 사람들과 이야기도 많이 했는데, 이제 겨우 3시 반이라니!"

알 수 없는 불안이 엄습했다. 뭔가 없는 것 같은 느낌이었다. "다시 뭘 좀 먹을까? 아니야. 읽을까? 그것도 아니야. 이야기할까? 이미 충분히 이야기했잖아……." 그는 사람들이 지겨웠다. 그중에서, 그런대로 괜찮은 사람은 발명광과, 인간을 유형별로 분류하는 유마르트였다.

그는 커다란 거울이 있는 방으로 돌아가고 싶지 않았다. 파리의 특이한 것들을 보지 않는다면 그에게 남은 일이 뭐가 있겠는가. 그는 그랜드 호텔 식당으로 안내하라고 지시했다. 여기서는 모든 것이 훌륭하고 거대하다. 벽, 천장, 창문, 심지어 테이블의 길이나 숫자까지도. 그러나 보쿨스키는 이런 것들을 바라보지 않았다. 그는 금을 입힌 거대한 거미들에게 시선을 집중하며 생각했다.

'그녀가 남작 부인 나이가 되면…… 1년에 1만 루블 쓰는 것이 습관처럼 되겠지. 그건 알 수 없는 일이야, 남작 부인이 가는 길을 그녀도 그대로 따라가게 될 수도 있지 않을까? 그 부인도 젊었을 때에는, 나처럼 미친 사람이 그 부인한테 반했겠지. 그녀도 돈이 어디서 나는지 묻지 않았을 테고. 그러나 지금은 알겠지, 돈은 비밀 거래에서 나온다는 것을! 그처럼 아름다운 여자들을 기르고 있는 저주받은 세계…….'

홀은 그에게 답답했다. 그래서 그는 호텔을 나와 거리의 군중 속에 빠져들었다.

'먼저는 왼편으로 갔으니…….' 그는 생각했다. '이번에는 오른편으로 가 보아야지.'

끝없이 넓은 곳에서 맹목적으로 돌아다니는 것은 그에게 씁쓸하지만 매력적인 일이었다.

"저 엄청난 군중 속에서 길을 잃어버리면……." 그는 혼자 속삭였다.

그는 오른쪽으로 돌았다. 그리 크지 않은 광장 옆을 지나서 아주 큰 나무들이 무성한 광장으로 들어왔다. 그 중앙에 마치 그리스 사원처럼 원주로 둘러싸인 정사각형 건물이 있었다. 커다란 청동 문은 양각으로 장식되어 있고, 앞면 꼭대기에도 최후의 심판을 보여 주는 것 같은 양각 조각이 있었다.

보쿨스키는 바르샤바를 생각하며 그 건물을 한 바퀴 돌았다. 그곳에서는 크지도 않고 견고하지도 않은 평평한 건물을 얼마나 힘겹게 세우고 있는가. 그런데 이곳에서는 인간의 힘이 마치 재미 삼아 하는 것처럼 거대한 건물을 만들고도, 힘이 남아돌아 건물에 온갖 장식을 쏟아붓고 있다.

그는 맞은편의 길지 않은 거리를 보았다. 그 길 뒤편에 커다란 광장이 있었다. 광장에는 멀리 가냘픈 기둥이 서 있었다. 그는 그쪽으로 갔다. 가까이 갈수록 기둥은 높았고, 광장은 넓었다. 기둥 앞과 뒤에는 커다란 분수대가 있었다. 좌우로는 마치 정원처럼 황금빛 나무숲이 펼쳐져 있었다. 멀리 안쪽으로 강이 보였는데, 강 위로 매 순간 빠르게 지나가는 증기선이 내뿜는 연기가 흩어지고 있었다.

광장에는 비교적 작은 마차들이 돌고 있었고, 엄마와 보호자들과 같이 온 아이들이 많았다. 온갖 무기를 든 군인들이 주위를 돌고 있었고, 어디에선가 오케스트라가 연주하고 있었다.

보쿨스키는 오벨리스크 쪽으로 다가갔다. 그는 놀라움에 사로잡혔다. 그는 길이가 2킬로미터이고 폭이 5백 미터인 광장 중앙에 서 있었다. 그의 뒤에는 정원이 있고, 앞에는 아주 긴 큰길이 있었다. 양편으로는 녹지대와 궁궐이 펼쳐져 있었다. 멀리 조금 높은 곳에 거대한 문이 솟아 있었다. 이런 광경을 보면서 보쿨스키는 자기에게 최상급의 형용사가 부족하다는 것을 느꼈다.

"여기가 콩코르드 광장이고, 이 오벨리스크는 룩소르에서 가져온 것이고(오리지널입니다, 선생!), 우리 뒤는 튈르리 정원이고, 우리 앞은 샹젤리제이고, 저기 끝에는 개선문……."

보쿨스키는 주위를 둘러보았다. 그의 주위를 검은 안경을 쓰고 약간 닳은 장갑을 낀 남자가 맴돌고 있었다.

"우리 저쪽으로 가 볼까요…… 멋있는 산책이 될 겁니다! 저 인파가 보이지요……." 모르는 사람이 말했다.

그가 갑자기 침묵하더니, 재빨리 떠나갔다. 그리고 지나가는 마차들 사이로 사라졌다. 그러자 소매 없는 짧은 망토를 걸치고 등에 모자를 매단 군인이 보쿨스키를 바라보더니 말했다.

"선생은 외국인이시죠……? 파리에선 아는 체하는 사람을 조심해야 합니다."

보쿨스키는 기계적으로 호주머니를 만져 보았다. 이미 은으로 된 담뱃갑이 사라졌다. 그는 얼굴이 붉어졌다. 하지만 그는 공손하게 군인에게 고맙다고 말했다. 그러나 물건을 도난당했다는 말은 하지 않았다. 유마르트의 인간 분류가 생각났다. 그리고 혼자 중얼거렸다. 낡은 장갑을 낀 사나이가 돈을 어디에 쓰는지는 아직 모르지만, 그가 가진 돈의 출처는 알겠다고.

'유마르트 말이 맞아.' 그는 속으로 말했다. '돈의 출처를 알 수 없는 사람들보다는 도둑이 덜 위험하다……'

그리고 그는 바르샤바엔 그런 사람들이 아주 많다는 것을 생각했다.

'아마 그래서 그곳에는 승리를 기념하는 아치나 건물이 없는지도 모르지……'

그는 샹젤리제 거리를 걸으면서 끝없이 이어지는 이륜마차와 사륜마차의 행렬에 감탄했다. 그 사이로 신사와 숙녀들이 말을 타고 지나갔다. 그는 박쥐 떼처럼 그의 머리 위에서 맴도는 우울한 생각들을 털어 내며 걸었다. 그는 계속 걸었다. 그리고 자신을 보면서 두려운 생각이 들었다. 기쁨과 화려함으로 들끓고 있는 이 길에서 그 혼자 마치 튀어나온 내장을 끌고 가는 짓밟힌 벌레처럼 보였다.

개선문에 도착하자 그는 서서히 왔던 길로 다시 돌아갔다. 콩코르드 광장에 이르자 튈르리 정원 위로 커다란 검은 기구가 빠르게 위로 올라갔다가 한참 동안 머문 후에 천천히 아래로 떨어졌다.

'아, 저것이 지파르의 기구인가?' 그는 생각했다. '오늘 시간이 없는 게 안타깝구나!'

그는 광장에서 어떤 길로 들어섰다. 그러자 오른쪽으로 쇠 울타리와 기둥으로 분리된 정원이 펼쳐졌다. 기둥 위에는 꽃병들이 있었다. 왼편으로는 지붕이 반원 모양으로 된 건물들이 일렬로 늘어서 있고, 지붕 위에는 크고 작은 굴뚝들이 숲을 이루고, 난간이 끝도 없이 이어져 있었다. 그는 천천히 걸었다. 그는 파리에 겨우 여덟 시간 머물렀는데 벌써 지루해지기 시작하는 것이 걱정스러웠다.

"음!" 그가 한숨을 쉬었다. "박람회, 박물관들, 기구는……?"

그는 리볼리 거리를 따라 걸으면서 7시쯤 광장에 도착했다. 그곳에 손가락처럼 외롭게 고딕 탑이 솟아 있었고 주위는 나무들과 쇠막대로 된 낮은 울타리로 둘러싸여 있었다. 여기서 다시 몇 개의 길이 나뉘어 있었다. 보쿨스키는 피곤을 느꼈다. 그래서 이두 마차를 불러 타고 30분쯤 뒤 호텔에 도착했다. 오는 길에 이미 보았던 생드니 문도 만났다.

조선소 사장들과 관련 엔지니어들과의 미팅은 자정까지 이어졌다. 회의 때는 샴페인을 많이 마셨다. 대화 중에 수진을 거들어야 했던 보쿨스키는 메모도 많이 했다. 일을 하면서 비로소 마음이 안정되었다. 그는 맑은 정신으로 방으로 돌아왔다. 큰 거울 때문에 괴로워하지도 않고, 안내서에 있는 파리 지도를 침대로 가지고 왔다.

"놀랄 것도 없지!" 그는 중얼거렸다. "약 1백 제곱킬로미터의 면적에 2백만 인구, 수천 개의 거리와 만 몇천 대의 공용 마차들……."

그는 파리의 유명한 건물들의 긴 목록을 보았다. 이 도시에서 그것들을 다 볼 수 없을 것 같다는 체념 어린 생각이 들었다.

"박람회······ 노트르담······ 레알······ 바스티유 광장······ 막달레나······ 하수도······ 그래, 됐네!" ― 그가 말했다.

그는 촛불을 껐다. 거리는 조용했다. 창문으로 구름에 반사된 듯 회색빛이 들어왔다. 그러나 보쿨스키의 귀에서는 쉬쉬 하는 소리와 종소리가 울리고, 눈앞에는 마룻바닥처럼 매끄러운 거리들이 나타났다. 그것은 쇠 바구니에 둘러싸인 나무들이고, 그것은 정사각형 돌로 지어진 건물들이고, 그것은 다시 밀물처럼 밀려오는 인파와 어디서 와서 어디로 가는지 알 수 없는 마차들이었다. 그는 그 불안한 유령들을 바라보며 잠에 빠지면서, 파리에서의 첫 10일은 평생 잊지 못할 것이라고 생각했다.

나중에 그는 건물들의 바다와 조각상들의 숲 그리고 끝없이 길게 늘어선 나무들이 그의 머리 위로 쏟아지고, 헤아릴 수 없이 깊은 무덤에서 혼자 외롭게, 조용히 그리고 거의 행복하게 잠자는 꿈을 꾸었다. 그는 잠들었다. 아무것도 생각하지 않고, 아무도 기억하지 않고, 그렇게 영원히 잠들고 싶었다. 아! 만일 너무 작아서 사람의 눈에 띄지도 않는 그러나 너무 써서 온 세상에 독을 퍼뜨릴 수 있는 그의 안에 혹은 그의 옆에 놓인 한 방울의 슬픔이 아니라면.

처음으로 파리에 푹 빠졌던 날부터 보쿨스키에게는 삶이 신비롭게 생각되기 시작했다. 조선 사업에 대해 수진에게 자문하는 데 썼던 몇 시간을 제외하고 그는 완전히 자유로웠으므로, 아무 생각 없이 도시를 구경하면서 시간을 보냈다. 파리 안내 책자의 알파벳 순서에 따라 장소를 정하고, 파리 지도도 보지 않고 지붕 없는 마차를 타고 그곳으로 갔다. 계단에서 미끄러지기도 하고, 건물을 한 바퀴 돌기도 하고, 홀을 가로질러 가기도 하고, 흥미로운 것 앞에서는 걸음을 멈추고, 하루 전세 낸 이륜마차를 타고 알파벳 순서에 따라 다른 곳으로 이동했다. 그가 두려워하는 가장 위험한 일은 할 일이 없는 것이기 때문에, 저녁이면 그는 파리 지도를 보면서 메모를 했다.

그의 소풍에 가끔 유마르트가 동행했다. 유마르트는 그를 안내 책자에 없는 곳으로 인도했다. 상가 밀집 지대, 공장 지대, 수공업 지역, 대학생들이 사는 지역, 파리 최하층 사람들이 사는 지역의 식당과 커피숍 같은 곳으로. 그는 이곳에서 비로소 파리의 진정한 삶의 모습을 볼 수 있었다.

그렇게 돌아다니면서 그는 생자크, 노트르담, 팡테옹에도 들어가 보았고, 엘리베이터를 타고 트로카데로에도 가고, 파리 하수도에도 내려가 보고, 인간의 해골로 장식된 지하 묘지에도 가고, 박람회장에도 가고, 루브르, 클뤼니, 블로뉴 숲, 묘지들, 로통드 카페, 뒤 그랑 발콩, 분수대, 학교, 병원, 소르본 대학, 펜싱 홀, 음악당과 음악 학교, 가축 싸움장, 극장들, 증권 거래소, 7월 기념비와 성당 내부에도 가 보았다. 이 모든 광경들이 그의 주위에 혼란을 일으켰는데, 그 혼란이 그의 정신을 지배하고 있는 혼란과 어울렸다.

그는 자기가 보았던 — 둘레가 2킬로미터가 넘는 박람회장에서 부르봉 왕관에 있는 완두콩보다 크지 않은 진주에 이르기까지 — 대상들을 생각하면서 '내가 무엇을 원하는지?' 물었다. …… 그리고 아무것도 원하지 않는다는 것을 알게 되었다. 아무것도 그의 관심을 송두리째 끌지 못했고, 그의 심장의 고동을 빨리 뛰게 하지 못했으며, 그를 행동으로 옮기도록 일깨우지도 못했다. 몽마르트르 묘지에서 몽파르나스 묘지까지 걸어가는 대가로, 그 구간을 걷는 것이 그를 사로잡고 그에게 힘을 불러일으키기 위한 조건이었다면, 그에게 파리 전체를 제공한다 해도 그는 그 5킬로미터를 걷지 않았을 것이다. 그가 매일 10킬로미터씩 그 구간을 걸었던 것은 오로지 그의 기억을 무디게 하기 위해서였다.

그는 우연히 며칠 전에 이곳 파리에서 태어난 존재로, 그가 기억하고 있는 모든 것들은 전생의 꿈 같은 환상이고, 실제로는 한 번도 존재하지 않았던 것 같은 생각이 그에게 자주 들었다. 그럴 때면 그는 파리 한쪽 끝에서 다른 끝까지 미친 사람처럼 금화를 한 줌씩 뿌리면서 마차를 타고 가면 아주 행복하겠다고 혼자 중얼거렸다.

"될 대로 되라지!"

아, 그 작은, 그러나 쓰디쓴 그 한 방울의 슬픔만 아니라면!

가끔 울적한 날에는 왕궁, 분수대, 조각상, 그림들 그리고 기계들의 온 세계가 그의 머리 위로 무너져 내리는 것 같았다. 이런 일을 당할 때 그는 환영이 아니라 현실의 인간이었고, 정신적인 암환자였다.

그는 자신이 묵고 있는 호텔에서 불과 수백 미터 떨어진 몽마르트르 거리의 바리에테 극장에 간 적이 있었다. 유쾌한 연극 세 편이 상연되었는데 그중 하나는 오페레타였다. 그는 바보 같은 일에 취하고 싶어 그 극장에 갔다. 막이 올라가자마자 무대에서 울먹이며 말하는 소리가 들렸다.

"남자는 애인의 모든 것을 용서한다. 다른 남자 애인만 빼고……."

"때로는 세 번째, 네 번째 남자 애인도 용서해야지!" 그의 옆에 앉아 있던 프랑스 남자가 웃으면서 말했다.

보쿨스키는 숨이 막히는 것을 느꼈다. 그의 발밑에서 땅이 갈라지고, 천장이 그에게 떨어지는 것 같아 더 이상 앉아 있을 수가 없었다. 그는 자리에서 일어났다. 불행하게도 그의 자리는 극장 가운데에 있었다. 그는 식은땀으로 온몸이 젖는 것을 느끼며, 주위 사람들의 발을 밟으면서 연극이 상연되고 있는 극장에서 도망치듯 나왔다.

그는 호텔 쪽으로 빠르게 걸어 제일 먼저 눈에 띈, 구석에 있는 카페로 들어갔다. 웨이터가 그에게 무엇을 물었는지, 그가 어떻게 대답했는지 전혀 기억나지 않았다. 그의 앞에 커피와 코냑 한 병이 놓여 있다는 사실만 알았다. 병에는 코냑 한 잔의 양이 줄로 표시되어 있었다.

보쿨스키는 마시면서 생각했다.

'스타르스키가 두 번째 애인이고, 오호츠키는 세 번째 애인이고, 로시는……? 내가 박수 부대를 동원하고 극장으로 선물까지 가져다주었는데…… 그는 무엇일까? 어리석은 사람, 그녀는 타락한 여자 메살리나야, 육체적으로가 아니라면 정신적으로……. 그리고 나는, 나는 그녀에게 미쳐 있는 걸까? 내가!'

그는 분노가 자신을 안정시켰다고 느꼈다. 계산서가 나왔을 때 그는 코냑 병이 비어 있는 것을 알았다.

'코냑이 안정을 회복하는 데 도움이 된 거야.' 그는 생각했다.

그때부터 그는 얼마나 자주 바르샤바를 생각했으며, 몸동작이나 옷이나 얼굴이 그녀와 비슷한 여인들을 얼마나 자주 만났던가. 그때마다 그는 카페에 들어가서 코냑을 마시곤 했다. 그럴 때 그는 감히 이자벨라를 떠올렸고, 자기 같은 사람이 그녀 같은 여인을 사랑할 수 있다는 사실에 스스로 놀랐다.

'그러나 내가 마지막 애인이 될 자격이 있는지도 모르지…….' 그가 생각했다.

코냑 병은 비워졌다. 그는 머리를 손으로 받치고 졸았다, 손님들과 웨이터들에게 커다란 즐거움을 제공하면서.

그는 다시 며칠 동안 하루 종일 전람회, 박물관, 아르투아 식

우물, 학교, 극장을 찾아다녔다. 그런 것들을 알고자 하는 호기심에서가 아니라, 오로지 바르샤바와 관련된 기억들을 무디게 하기 위해서였다.

먹먹하고 불투명한 슬픔을 배경으로 그에게서 천천히 한 가지 의문이 피어났다. 파리는 어떤 질서에 의해 건설되었는가? 파리를 비교할 어떤 대상이 있었는가? 파리는 어떤 체계에 따라 건설되었는가?

팡테옹과 트로카데로를 보고 나서 파리는 동일하게 자신을 드러내고 있다는 것을 알았다. 집들의 바다, 그러나 수천 개의 거리로 나뉘어 있고, 고르지 않은 지붕들은 마치 파도처럼 보였다. 굴뚝들은 파도의 파편이고, 탑과 기둥들은 더 큰 파도 같았다.

'혼돈!' 보쿨스키는 생각했다. '그러나 수백만 명의 노력이 한곳으로 몰리는 곳에서는 다르게 될 수가 없을 것이다. 거대한 도시는 먼지구름 같은 것, 우연히 형성된 윤곽이 있을 뿐, 거기에 논리는 있을 수 없다. 도시에 논리가 있다면, 이미 오래전에 그 사실을 도시 안내 책자의 작가들이 발견했을 것이다. 그것이 그들의 역할 아닌가……?'

그는 자기가 힘들여 생각한 것에 대해 웃으면서 파리 안내 책자를 들여다보았다.

'단 한 사람, 그것도 천재적인 사람이 어떤 스타일과 어떤 계획을 창안할 수 있겠지. 그러나 수 세기에 걸쳐 일하는 수백만의 사람들, 서로에 대해서 알지 못하는 사람들이 어떤 논리적인 전체를 만들어 낸다는 것은 불가능한 일이다.'

그러나 그는 대단히 놀랍게도 천천히 알게 되었다. 천 몇백 년 동안에 걸쳐 서로 알지 못하고 어떤 계획에 대해서도 생각하지 않은 수백만의 사람들에 의해 건설된 파리는 계획을 가지고 있고,

또한 아주 논리적인 전체를 형성하고 있었다.

파리는 북에서 남으로 9킬로미터, 동에서 서로는 11킬로미터인 거대한 사발과 닮았다는 사실에 그는 놀랐다. 그 사발은 남쪽에서 센 강에 의해 깨지고 나누어졌다. 그 강은 남동쪽 구석에서 시작되는 아치로 도시 가운데를 자른 뒤 남서쪽 구석으로 굽어지고 있다. 그런 계획은 여덟 살 난 어린애도 그릴 수 있을 것이다.

'그래, 좋아.' 보쿨스키는 생각했다. '그러나 한편에 노트르담, 다른 편에 트로카데로, 그리고 루브르, 증권 거래소, 소르본과 같은 특이한 건물들을 세우는 그런 질서가 어디에 있는가! 혼란이지……'

파리 지도를 유심히 바라보면서 그는 파리 사람들도 알지 못하는 사실을 발견했다. 그것은 놀랄 일도 아니었다. 심지어 전 유럽에 대해 알 권리를 요구했던 K. 베데커*도 보지 못한 사실이었다.

파리에는 외관상의 혼돈에도 불구하고 계획과 논리가 있다. 비록 십수 세기에 걸쳐 서로 알지 못하고, 논리와 스타일에 대해서 생각해 보지도 않은 수백 만의 사람들에 의해 건설되었는데도 불구하고.

파리는 도시 형성의 축인 척추라고 불릴 만한 것을 가지고 있다.

뱅센 숲은 남서쪽에 있고, 블로뉴 숲의 가장자리는 파리의 북서쪽에 있다. 그래서 도시 형성의 이 축은 길이가 6킬로미터에 달하는 거대한 유충을 닮았다. 이 유충은 뱅센 숲에 싫증을 느끼고, 블로뉴 숲으로 산책을 나갔다.

꼬리는 바스티유 광장에 있고, 머리는 에트왈에, 몸은 거의 센 강에 닿아 있고, 샹젤리제가 목을 이루고 있으며, 튈르리와 루브르는 코르셋에 해당하고, 파리 시청, 노트르담, 바스티유 광장에 있는 7월 혁명 기념비가 꼬리를 이루고 있다.

이 유충은 길고 짧은 많은 다리를 가지고 있다. 머리에서부터 시작하면 첫 번째 한 쌍의 다리는 왼편의 샹드마르, 트로카데로 궁과 박람회장, 그리고 오른편의 몽마르트르 묘지이다. 조금 짧은 두 번째 한 쌍은 오른편의 군사 학교, 앵발리드, 하원 의회 건물과 왼편의 막달레나 교회, 오페라 극장이다. 그리고 꼬리 쪽으로 계속 가면 왼편에 있는 미술 학교와 오른편에 있는 팔레 루아얄, 은행, 증권 거래소, 그리고 다시 왼편의 프랑스 학술원, 화폐 주조소, 오른편의 레알, 다시 왼편의 뤽상부르 궁, 클뤼니 박물관, 의과 대학, 오른편의 공화국 광장, 프린스 외젠 병영이 각각 쌍을 이루고 있다.

형성 축 및 도시의 전반적인 윤곽의 규칙성과는 별도로 보쿨스키는 한 가지를 더 확인할 수 있었는데, 이것은 파리 안내 책자에도 언급되어 있지만, 파리에는 인간 노동의 모든 분야가 있으며, 그 체계에 어떤 질서가 있다는 점이다. 바스티유 광장과 공화국 광장 사이에는 산업과 수공업이 집중되어 있고, 그 맞은편 센 강 건너편엔 학생들과 학자들의 보금자리인 라틴 구(區)가 있다. 오페라 극장, 공화국 광장과 센 강 사이에는 금융업과 수출상들이 모여 있으며, 노트르담, 프랑스 학술원과 몽마르트르 묘지 사이에 대귀족 잔여 세대가 둥지를 틀고 있다. 오페라 극장부터 에트왈까지는 신흥 부자들의 구역이 펼쳐 있고, 그 건너편, 센 강 왼편, 앵발리드와 군사 학교 옆은 군국주의의 본거지이며, 동시에 만국 박람회장이 자리 잡고 있다.

그런 관찰들이 보쿨스키의 정신에 새로운 흐름을 깨어나게 했다. 그런 흐름들은 처음엔 생각하지 않았거나 혹은 구체적으로 생각하지 않았다. 대도시는 식물과 동물들처럼 자체적인 해부학과 생리학을 가지고 있다. 자신의 자유 의지에 대해 큰 소리로 말하는 수백만 명의 사람들이 일해서 이루어 놓은 결과는 규칙적인 벌집을 만드는 벌들이나 둥근 무더기를 쌓아 올리는 개미들의 노동 혹은 규칙적인 결정체를 만드는 화학적 결합의 결과와 같은 것이다.

그래서 사회에 우연은 없는 것이다. 인간의 오만에 대한 풍자처럼 불굴의 법칙이 가장 변덕스러운 민족인 프랑스인들의 생활에 분명하게 나타나 있다니! 프랑스 민족을 메로빙거 왕조, 카롤링거 왕조, 부르봉 왕조와 보나파르트 집안이 지배했고, 세 번의 공화국과 몇 차례의 무정부 상태가 있었으며, 종교 재판이 있었는가 하면 무신론이 팽배했고, 지배자들과 장관들은 마치 옷의 재단이나 하늘의 구름처럼 자주 바뀌었다. 그러나 그토록 많은 근본적인 변화에도 불구하고, 파리는 점점 더 정확하게 센 강에 의해 깨어진 사발의 형태를 취했으며, 점점 더 분명하게 바스티유 광장에서 에트왈까지 이어지는 축이 나타났으며, 점점 더 명백하게 학문과 산업, 세습 귀족과 상공인들, 군인 계급과 신흥 부자들 구역 간의 경계가 형성되었다.

그런 숙명론을 보쿨스키는 요란했던 파리의 10여 가문들의 역사에서 보았다. 소박한 수공업자인 할아버지는 탕플 거리에서 하루에 열여섯 시간씩 일했다. 라틴 구에 푹 빠져 있던 그의 아들은 생앙투안 거리에 더 큰 공장을 지었다. 그 학구적인 지역에 더 깊숙이 빠져 있던 손자는 거상이 되어 불바르 푸아소니에로 자리를 옮겼다. 한편 증손자는 백만장자가 되어 샹젤리제 이웃에 살았는데…… 그의 딸들은 생제르망 거리에 살면서 신경 질환을 앓았다. 그런 식으로 바스티유 광장 주위에서 근면으로 부자가 된 집안이 튈르리 근방에서 망가지고, 노트르담 근방에서 멸망했다. 도시의 형태학은 그곳에 사는 주민들의 역사와 닮아 있었다.

보쿨스키는 불규칙적이라고 간주되는 사실에 있어서의 이상한 규칙성을 생각하면서 그런 종류의 연구가 자신의 냉담함을 치료할 수 있을지도 모른다고 느꼈다.

"나는 이상한 사람이야." 그가 말했다. "나는 미친 상태에 빠졌는데, 문명이 나를 거기에서 꺼내 준 거야."

파리의 나머지 날들에서 매일 그에게 새로운 아이디어가 떠오르거나 자신의 정신 상태의 비밀들이 밝혀졌다.

한번은 카페 앞에 앉아서 냉커피를 마시고 있을 때, 거리의 테너 악사가 베란다 쪽으로 다가오더니 하프 반주에 맞추어 노래를 불렀다.

Au printemps, la feuille repousse
Et la fleur embellit les pres,
Mignonette, en foulant la mousse,
Suivons les papillons diapres.
Vois les se poser sur les roses;
Comme eux aussi je veux poser
Ma levre sur tes levres closes,
et te ravir un doux baiser!


봄에 잎들이 나무에서 쏟아져 나오고,
꽃들이 초원을 아름답게 꾸미니,
나의 사랑하는 사람이여,
들판을 달리며 형형색색의
나비들을 쫓아다니자.
장미에 파묻히는 나비들이 보이는가,
나도 나비들처럼 나의 입으로 너의 입술을 누르고 싶어라.

달콤한 키스를 훔치고 싶어라!

그러자 곧바로 몇 명의 손님들이 마지막 절을 반복했다.

> Vois les se poser sur les roses;
> Comme eux aussi je veux poser
> Ma levre sur tes levres closes,
> et te ravir un doux baiser!

"멍청한 사람들!" 보쿨스키는 중얼거렸다. "따라서 할 것이 무엇인가, 바보 같은 소린데."

울적한 심정으로 그는 자리에서 일어났다. 그는 가슴에 통증을 느끼면서, 활기차게 소리 지르고 이야기하며 학교에서 돌아오는 어린애들처럼 노래 부르는 군중들 사이를 뚫고 앞으로 나아갔다.

"어리석은 이들! 어리석은 이들!" 그는 반복해서 중얼거렸다.

갑자기 그에게 생각이 떠올랐다. 그러면 그는 어리석지 않은가?

'만일 모든 사람들이…….' 그가 자신에게 말했다. '나와 비슷하다면, 파리는 슬픈 미친 사람들의 병원처럼 보일 것이다. 모두 환각 상태에 빠져 있고, 길은 웅덩이로 변하고, 집들은 폐허로 변할 것이다. 그러나 그들은 삶을 있는 그대로 즐기며, 실질적인 목표를 추구하고, 행복하고, 위대한 작품을 만들고 있다.

그런데 나는 어떤 목표를 추구했던가? 한때는 영구 기관과 풍선 조작에 매달리다가, 나중에는 나의 동맹자들이 모두 말렸던 지위를 얻기 위해 애썼고, 결국에는 나에게 접근이 거의 허용되지 않은 여인을 목표로 삼았다. 그 후 나는 항상 희생했으며, 나를 그들의 종이나 노예로 만들고 싶어 하는 계급들이 만들어 낸 이념

에 굴복했다.'

그리고 그는 상상했다. '내가 만일 바르샤바가 아닌 파리에서 태어났더라면 어땠을까. 무엇보다도 수많은 학교가 있기 때문에 어린 시절에 더 많이 배울 수 있었을 것이다. 나중에 상인이 되어서도 불쾌한 일들은 더 적게 겪었을 것이고, 대학에서 공부하는 데 더 많은 도움을 받았을 것이다. 그리고 나는 영구 기관 같은 것을 만들려고 하지 않았을 것이다. 왜냐하면 이곳 박물관에는 한 번도 제대로 작동하지 않은 그런 비슷한 기계들이 많이 있다는 것을 알았을 테니까. 내가 만일 풍선 조작에 몰두했다면, 나는 기존의 모델들과 나 같은 몽상가들을 무더기로 알게 되었을 것이고, 아이디어의 실용성에 대해서도 도움을 얻을 수 있었을 것이다.

그리고 내가 재산을 가지게 되었을 때, 나는 대귀족 처녀와 사랑에 빠질 수도 있었을 것이다. 그녀에게 접근하는 데 그처럼 많은 장애를 만나지도 않았을 것이고, 그녀를 사귈 수도, 혹은 그녀의 마음을 차지할 수도 있었을 것이다. 그러나 어떤 경우에도 나를 미국에서 흑인 취급하듯 하지는 않았을 것이다.'

그런 이 파리에서도 내가 사랑에 빠져 미칠 수 있을까?

여기서 사랑은 절망하는 것이 아니라, 춤추고 노래하고 가장 즐겁게 살아가는 것이다. 그리고 법적인 결혼을 하지 않더라도 자유로운 부부가 될 수 있고, 애들을 키울 수 없을 경우에는 보모에게 맡길 수도 있다. 이곳에서는 사랑이 이성적인 사람을 광적인 상태로 몰고 가는 일은 아마 없을 것이다.

지난 2년 동안 나의 생활은 한 여인의 뒤를 쫓아다니는 것이 전부였다. 그러다가 그녀를 더 정확히 알고 나서야 마음을 접을 수 있었다. 나의 모든 에너지, 학문, 능력, 그 많은 재산을 오로지 하나의 감정에 쏟아부었다. 그 이유는 단 하나, 나는 상인이고 그녀

는 대귀족이라는 것. 이런 사회는 나에게뿐만 아니라 그 자체에도 해가 될 것이다······.'

여기서 그는 자기 자신에 대한 비판의 절정에 이르렀다. 그는 자기 처지가 난센스라는 것을 알게 되었고, 이 상태에서 빠져나오기로 결심했다.

'어떻게 해야 하나, 어떻게 해야 하지······?' 그는 생각했다. '도대체 다른 사람들은 어떻게 하고 있을까.'

그런데 다른 사람들은 어떻게 하나? 그들은 무엇보다도 비범하게 일한다. 일요일도 쉬는 날도 없이 매일 열여섯 시간씩 일한다. 그 덕택에 그들은 살아남을 수 있는 것이다. 가장 강한 자만 살 수 있는 권리를 가진다. 병든 자는 1년도 못 채우고 사라진다. 능력 없는 자는 몇 년 버티다 죽는다. 가장 능력 있고 가장 강한 자만 남는다. 수 세대에 걸쳐 전사들처럼 일한 덕분에 그들은 필요한 것을 충족하면서 만족한 생활을 누릴 수 있다.

거대한 하수 시설이 그들을 병으로부터 보호하고, 넓은 도로가 공기의 흐름을 쉽게 하고, 중앙 시장이 식품을 공급하고, 수천 개의 공장이 옷과 도구를 공급해 준다. 파리 시민은 자연을 보고 싶으면 교외로 나가거나 시내에 있는 숲으로 가고, 예술을 감상하고 싶으면 루브르 박물관으로 가고, 공부하고 싶으면 박물관이나 연구소가 있다.

모든 분야에서 행복을 위한 일, 그것이 파리 사람들 삶의 내용이다. 피곤을 방지하기 위해 수천 대의 마차들이 있고, 지루하지 않도록 수백 개의 극장과 공연장이 있으며, 무지에 대항하기 위해 수백 개의 박물관, 도서관, 강연회가 있다. 이곳에서는 사람들만 배려하는 것이 아니라, 말들을 위해서도 길이 잘 다듬어져 있다. 여기서는 나무도 특별히 보살핌을 받는다. 옮겨 심을 때에는 특수

제작한 수레를 이용하고, 철망으로 보호하고, 습기가 잘 통하도록 조치하고, 병들면 돌본다.

그렇게 돌보기 때문에 파리에 있는 모든 것들은 여러 가지 유익한 것을 제공한다. 집, 가구, 용기 들은 유용하기만 한 것이 아니라 또한 아름답다. 몸에도 좋고, 정신에도 좋다. 반대로 예술품들은 아름답고 또한 유용하다. 개선문에도 교회의 탑에도 계단이 있어서 꼭대기까지 올라가 높은 곳에서 도시를 바라볼 수 있게 되어 있다. 조각상들과 그림들은 아마추어 애호가들은 물론 예술가들과 수공업자들에게 접근이 허용되어 있어서, 그들은 화랑에 복사물을 전시할 수 있다.

프랑스인들은 무엇을 만들 때, 그것이 먼저 용도에 맞는지 고려하고 다음으로 아름답게 만드는 것을 중요하게 생각한다. 그리고 더 나아가 그것의 내구성과 청결을 고려한다. 보쿨스키는 그것을 도처에서 확인했다. 쓰레기를 실어 나르는 마차에서부터 울타리를 쳐 놓은 밀로의 비너스에 이르기까지. 그는 예술도 경제와 비슷한 관점에서 파악했다. 이곳에서는 인간의 노동이 헛된 것이 없다. 세대마다 조상으로부터 물려받은 가장 훌륭한 작품에 자기들의 업적을 추가해서 후대에 물려준다.

그런 식으로 보면 파리는 노아의 방주이다. 이곳에 수십 세기가 아니라면, 십수 세기 동안 인류 문명의 업적이 모여 있다…… 아시리아의 기괴한 조각상과 이집트의 미라부터 최신의 기계, 전기 공학의 결과물에 이르기까지, 4천 년 전에 이집트 여인들이 물을 담아 나르던 항아리부터 셍모흐(Saint-Maur)의 거대한 수력 바퀴에 이르기까지.

'그런 기적을 이룬 사람들은……' 보쿨스키는 생각했다. '혹은 그런 것들을 한곳에 모은 사람들은 나처럼 시간만 낭비하는 미친

사람이 아니다.'

그렇게 말하면서 그는 부끄러움이 온몸에 퍼지는 것을 느꼈다.

수진의 비즈니스 건을 해결한 후 그는 몇 시간 동안 파리 시내를 배회했다. 모르는 거리에서 길을 잃기도 했고, 엄청난 군중 속에 빠지기도 했고, 사건과 물건들의 외형적 혼란 속에 잠기면서 그 바닥에서 질서와 법칙을 발견했다. 그는 다시 기분 전환을 위해 코냑을 마시고, 카드놀이나 룰렛을 하고, 유흥에 몸을 맡기기도 했다.

문명의 화산 같은 불길 속에서 무엇인가 비범한 것이 그를 만나고, 이곳에서 그의 인생의 새로운 시기가 시작되는 것처럼 보였다. 동시에 그는 지금까지의 산만한 지식과 견해가 어떤 전체로, 자기의 존재와 세상의 많은 비밀을 그에게 설명해 줄 수 있는 어떤 철학적 체계로 모이는 것을 느꼈다.

'나는 무엇인가?' 그는 자주 물었고, 조금씩 스스로 해답을 찾았다. '나는 삶을 허송하는 인간이다. 나는 대단한 재능과 에너지를 가지고 있으나, 문명의 발전을 위해 아무것도 한 것이 없다. 내가 이곳에서 만난 탁월한 사람들은 내가 가지고 있는 힘의 절반도 가지고 있지 않지만, 그럼에도 불구하고 그들은 기계와 건물과 예술 작품과 새로운 견해를 남기고 있다. 그런데 나는 무엇을 남길 것인가? 아마 내 가게를, 그것도 제츠키가 돌보지 않으면 오늘이라도 망할 것이다……. 그러나 내가 허송한 것만은 아니다. 세 사람을 확실하게 붙들었다. 그리고 만일 우연의 도움이 없었다면 내가 지금 가지고 있는 재산도 만져 볼 수 없었을 것이다!'

나중에 그에게 생각이 떠올랐다. 그는 어디에 에너지와 인생을 소모했던가……?

그에게 맞지 않는 환경과 싸우는 데 소모했다. 그에게 배우고 싶은 욕망이 있었다 해도 그는 할 수 없었다. 왜냐하면 그의 나라에는 학자가 아니라 가게 점원이나 사동이 필요하기 때문이다. 그가 사회를 위해 봉사하고 싶어 해도, 심지어 그의 삶을 희생하면서까지, 그에게 프로그램 대신 환상적인 꿈 같은 것을 제안한다. 그리고 나중에는 그를 잊는다. 일자리를 찾아도 구할 수가 없다. 그러나 돈 때문에 늙은 여자와 결혼할 수 있는 길은 넓게 열려 있다. 드디어 그가 사랑에 빠져서 한 가정의 합법적인 아버지가, 한 집안의 가장이 되고자 하면, 그의 주위에서 모두 가장의 신성함을 칭찬하지만, 그는 출구 없는 상황에 놓이게 된다. 그렇다. 그는 자기가 사랑에 빠진 여자가 머리가 돈 흔한 바람난 여자인지, 자기처럼 가야 할 길을 발견하지 못하고 갈팡질팡하고 있는 존재인지 알지 못한다. 그녀의 행동으로 판단하면 가장 좋은 남편감을 찾는 결혼 적령기 처녀이고, 그녀의 눈을 보고 판단하면 천사의 영혼을 가지고 있으나 인습에 날개가 묶여 있다.

'만일 나에게 1년에 몇만 루블과 휘스트 카드놀이 할 사람들만 있어도 충분하다고 한다면, 나는 아마 바르샤바에서 가장 행복한 사람일 것이다.' 그는 스스로에게 말했다. '그러나 나는 오장육부 외에도 지식과 사랑을 갈망하는 정신을 가지고 있기 때문에 그곳에서는 생존할 수가 없다. 그런 지대에서는 어떤 종류의 식물도, 어떤 종류의 인간도 성장할 수가 없다……'

지대……! 한번은 기상대에서 유럽 기후 지도를 본 적이 있는데, 파리의 평균 온도가 바르샤바보다 5도 정도 높다는 것을 알게 되었다. 그것은 파리가 바르샤바보다 1년에 2천 도의 열을 더 많이 가지고 있다는 의미이다. 따뜻함은 힘이고, 그것도 강력한, 만일 유일한 창조적인 힘이 아니라면, 그래서…… 수수께끼가 풀린 것이다.

'북쪽은 더 춥다.' 그는 생각했다. '식물과 동물의 세계는 풍부하지 않다. 그래서 인간을 위한 식량은 구하기가 더 어렵다. 그것으론 충분하지 않다. 그래서 인간은 따뜻한 집을 짓고, 따뜻한 옷을 마련하기 위해 더 많은 일을 해야 한다. 프랑스 사람들은 북쪽에 사는 사람들보다도 더 많은 자유로운 힘과 시간을 가지고 있다. 그들은 물질적 필요를 충족시키는 데 힘과 시간을 소모할 필요 없이, 정신적이고 창의적인 일을 위해 쓴다.

불리한 기후적 조건에 더하여 대귀족을 빼놓을 수가 없다. 이들이 민족의 모든 저축을 통제하고 있는데, 그들은 그것을 무의미한 방탕에 탕진했다. 그것은 곧 밝혀질 것이다. 왜 탁월한 재능을 가진 사람들이 그곳에서는 재능을 살리지 못할 뿐만 아니라, 그냥 사라져야 하는지.'

"이제 나는 죽지 않을 거야!" 의욕 상실증에 깊이 빠진 사람이 중얼거렸다.

그 순간, 처음으로 그의 머릿속에서 폴란드로 돌아가지 않겠다는 생각이 분명한 윤곽을 드러냈다.

'가게를 팔 거야. 내 재산을 모두 회수해서 파리에 자리를 잡을 거야. 그럼 나를 원하지 않는 사람들과 부딪히는 일도 없겠지. 이곳에서 박물관에도 가고, 전문적인 공부도 할 수 있을 것이고, 행복하지는 않겠지만 인생이 그런대로 흘러가겠지. 그러나 적어도 고통스럽지는 않을 거야……'

그를 폴란드로 돌아가게 하고, 그를 폴란드에 잡아 둘 수 있는 일은 단 한 가지 사건이고, 단 한 사람이지만…… 그러나 그 일은 오지 않았고, 그 대신 다른 일이 벌어졌는데, 그것이 그를 점점 더 바르샤바로부터 멀어지게 하면서 그를 파리에 더 강하게 묶어 두었다.

# 제2장 환상

어느 날 평소와 마찬가지로 그는 영접실에서 고객들과 사업상 일을 끝냈다. 그를 위해 결투하겠다는 사람을 돌려보내고, 복화술사로서 외교적인 일을 하겠다는 사람도 내보내고, 세 번째로 벨라루스에 있는 베레지나 강가에서 나폴레옹 1세의 참모들이 발견한 보물을 보여 주겠다는 사람도 돌려보냈을 때, 푸른 제복을 입은 하인이 말했다.

"가이스트 교수가 오셨습니다."

"가이스트……?" 되물으면서 보쿨스키에게 이상한 느낌이 들었다. 쇠가 자석에 끌려갈 때 이런 비슷한 감정을 가질 거라는 생각이 들었다.

"들어오시라고 하게."

조금 후에 아주 작고 몸이 마른, 얼굴이 왁스처럼 누런 사람이 들어왔다. 머리에는 흰머리가 하나도 없었다.

'저 사람은 몇 살이나 먹었을까……?' 보쿨스키는 생각했다.

손님이 그사이에 재빨리 그를 쳐다보았다. 그렇게 1분, 2분 동안 서로 탐색하며 앉아 있었다. 보쿨스키는 손님의 나이를 측정하고, 가이스트는 그를 탐색하는 것 같았다.

"무슨 지시를 하시려는지?" 보쿨스키가 먼저 입을 열었다.

손님이 의자에서 몸을 흔들었다.

"내가 무슨 지시를 하겠습니까?" 어깨를 움츠리며 손님이 말했다. "나는 구걸하러 왔습니다, 지시하러 온 게 아니라……."

"제가 뭘 할 수 있을까요?" 보쿨스키가 물었다. 손님의 얼굴에 이상한 호감이 번지는 것 같았다.

가이스트가 손으로 머리를 쓰다듬었다.

"무언가 다른 것을 가지고 왔습니다." 그가 말했다. "무언가 다른 것에 대해서 말하겠습니다. 나는 당신에게 새로운 폭발물을 팔려고 합니다."

"저는 그걸 사지 않을 겁니다." 보쿨스키가 말을 막았다.

"사지 않는다고……?" 가이스트가 물었다. "그러나 사람들은 당신들이 함대를 위해서 그런 비슷한 것을 구하고 있다던데. 하지만 그것은 별로 중요하지 않고, 당신을 위해서 나는 다른 것을 가지고 있습니다."

"저를 위해서요?" 보쿨스키가 물었다. 가이스트의 말보다는 눈빛이 더 이상하게 생각되었다.

"그저께 당신은 열기구를 날린 적이 있지요?"

"그렇습니다."

"당신은 재산도 있고, 자연 과학에 대해서도 잘 알고 있습니다."

"그렇습니다." 보쿨스키가 대답했다.

"발코니에서 뛰어내리고 싶은 적이 있었지요?" 가이스트가 물었다.

보쿨스키가 의자와 함께 뒤로 물러났다.

"놀랄 것 없습니다." 손님이 말했다. "나는 지금까지 약 천 명 정도의 자연 과학자들을 보았습니다. 그리고 내 실험실에서 네 명이 자살했습니다. 그래서 그런 부류의 사람들을 압니다……. 내가 자연 과학자를 몰라보도록 당신은 너무 자주 기압계를 쳐다봅니다. 그러나 자살을 생각하고 있는 사람은 여학생도 알아봅니다."

"제가 무엇을 해 드릴까요?" 보쿨스키가 얼굴의 땀을 닦으면서 다시 물었다.

"길게 말하지 않겠습니다." 가이스트가 말했다. "당신은 유기 화학이 뭔지 아시죠?"

"그것은 탄소 화합 화학이지요······."

"수소 화합 화학에 대해서는 어떻게 생각하세요?"

"그런 것은 없습니다."

"아니요, 있습니다." 가이스트가 대답했다. "에테르와 지방 대신 방향족이 새로운 합금을 만들어 냅니다. 새로운 합금은, 수진 씨, 아주 흥미로운 특성을 가지고 있습니다."

"그것이 나와 무슨 상관이 있습니까?" 보쿨스키가 작은 소리로 말했다. "나는 상인입니다."

"당신은 상인이 아니라, 절망에 빠진 사람입니다." 가이스트가 말했다. "상인은 풍선 타고 날아가는 건 생각하지 않습니다. 그것을 보고 나는 생각했습니다. '이 사람이 바로 내 사람이다.' 그러나 현관에서 나오자 당신은 눈에서 사라졌습니다. 오늘의 만남이 우리를 아주 가깝게 했습니다. 수진 씨, 우리는 수소의 결합에 대해 이야기해야 합니다. 만일 당신이 부자라면······."

"그런데 나는 수진이 아닙니다."

"그건 중요하지 않습니다. 나에게는 절망에 빠진 돈 많은 사람이 필요합니다." 가이스트가 말했다.

보쿨스키는 거의 두려움을 느끼며 가이스트를 바라보았다. 머리에서 의문이 맴돌았다. 이 사람은 마술사야 아니면 비밀 요원이야? 미치광이일까 혹은 어떤 영적인 존재일까······? 누가 알겠어,

사탄도 전설인데, 그리고 어떤 순간에 인간에게 보이지 않을 수도 있지 않을까……? 분명한 사실은 나이를 알 수 없는 이 늙은이가 보쿨스키의 가장 비밀스러운 생각을 알아냈다는 것이다. 실제로 그는 요즘 자살을 꿈꾸고 있었다. 그러나 확신이 없어서 어떻게 실행할 것인지 구체적으로 생각하지 못하고 있었다.

손님은 그에게서 눈을 떼지 않았고, 부드럽지만 미묘한 웃음을 짓고 있었다. 보쿨스키가 그에게 뭔가를 물어보려고 입을 열자, 그가 먼저 말했다.

"걱정할 것 없습니다. 나는 많은 사람들과 그들의 성격에 대해서, 그리고 나의 발견에 대해서 이야기했습니다. 당신이 알고자 하는 것에 대해서 내가 미리 말하겠습니다. 나는 가이스트 교수입니다. 대학과 공과 대학 주위에 있는 모든 카페에선 나를 미친 늙은이라고 말합니다. 한때 나는 위대한 화학자로 불렸습니다. 오늘날 화학계의 의무적인 견해에서 내가 벗어나지 않았을 동안에는. 나는 논문을 썼고, 내 이름으로 혹은 내 동료들과 함께 발견도 했습니다. 그들은 양심적으로 나와 소득을 나누었습니다. 그러나 학술원 연감에 없는 현상을 내가 발견한 이후에, 나는 미친 사람으로 공표되었을 뿐만 아니라 이단자, 배신자로 알려졌습니다."

"이곳, 파리에서?" 보쿨스키가 한숨 섞인 목소리로 물었다.

"오호!" 가이스트가 크게 웃었다. " 바로, 여기 파리에서요. 어떤 알트도르프나 노이슈타트 같은 독일 도시에서 이단자와 배신자는 성직자, 비스마르크, 십계명, 프로이센 헌법 등을 믿지 않는 사람이지요. 이곳에서는 자유롭게 비스마르크와 헌법을 조롱해도 되지만, 그 대신에 곱셈 구구표, 파장 이론, 비중의 불변성 등을 믿지 않으면 변절자 취급을 받지요. 어떤 도그마로 뇌를 압박하지 않는 도시가 있다면 말해 보시오, 그러면 나는 그 도시를 세계의 수도,

미래 인류의 요람으로 만들겠소."

보쿨스키는 정신을 차렸다. 그는 확신했다, 자기가 마니아와 같이 있다는 것을.

가이스트는 그를 바라보며 웃고 있었다.

"수진 씨, 곧 말을 마치겠소." 그가 말했다. "나는 화학에서 여러 가지를 발견했소, 새로운 학문도 만들었고, 알려지지 않은 산업 물질도 찾아냈소, 내 이전에는 감히 꿈도 못 꾸던 것들이오. 그러나…… 나에겐 몇 가지 헤아릴 수 없이 중요한 요소들이 부족하다오. 내 모든 재산을 연구에 바쳤소. 10여 명의 사람들을 투입했소. 나는 지금 새로운 재산과 새로운 사람들이 필요하다오……."

"당신은 어떻게 나를 그처럼 신뢰하게 되었지요?" 한결 차분해진 보쿨스키가 물었다.

"그건 간단합니다." 가이스트가 말했다. "자살을 생각하는 사람은 미친 사람, 형편없는 사람 혹은 이 세상이 너무 좁은 대단한 가치가 있는 사람 중 하나입니다."

"내가 형편없는 사람이 아니란 걸 어떻게 아셨지요?"

"말이 암소가 아니란 걸 당신은 어떻게 아세요?" 가이스트가 대답했다. "강요된 휴가 기간 중에, 유감스럽게도 그것이 몇 년째 계속되고 있지만, 동물학과 인간의 종류에 대해 연구하고 있습니다. 손이 두 개인 그 하나의 형태에서 굴과 지렁이부터 시작해 부엉이, 호랑이에 이르기까지 수십 가지 동물 유형을 발견했습니다. 당신에게 할 말이 더 있습니다. 그런 유형의 혼합을 발견했습니다. 날개 달린 호랑이, 개의 머리를 가진 뱀, 거북이 등피를 가진 매, 이런 것들을 천재적인 시인들의 판타지가 이미 예감했습니다. 여기저기 있는 짐승들 혹은 괴물들의 동물 쇼에서 비로소 이성과 따뜻한 마음과 에너지를 가진 진짜 사람을 발견했습니다. 수진 씨, 당신은 틀림없이 인간적인 성품을 가지고 있습니다. 그렇기 때문에 내가 마음을 터놓고 말하는 것입니다. 당신은 열 명 중 하나, 10만 명 중 하나일 수도 있습니다."

보쿨스키가 이마를 찌푸렸다. 가이스트가 화를 냈다.

"무슨 일이에요? 내가 몇 프랑 얻기 위해 당신에게 아부한다고 생각하세요? 내가 내일 다시 와서 당신이 이 순간 공정하지 못했고 어리석었다는 것을 당신이 확인할 수 있도록 할 겁니다."

그가 의자에서 일어났다. 그러나 보쿨스키가 그를 붙잡았다.

"화내지 마세요, 교수님, 당신을 모욕할 생각은 없었습니다. 나는 이곳에서 거의 매일 온갖 교활한 사람들을 만납니다……."

"내일 아시게 될 것입니다. 내가 교활한 사람도, 미친 사람도 아니라는 것을." 가이스트가 대답했다. "나는 당신에게 겨우 예닐곱 명만 본 것을 보여 주겠습니다. 그들은 모두 죽었습니다. 오, 그들이 살아 있다면……!" 그가 한숨을 쉬었다.

"왜 내일입니까?"

"나는 여기서 멀리 떨어진 곳에 삽니다. 나에게는 마차가 없습니다."

보쿨스키가 그의 손을 꼭 잡았다.

"화내지 않을 거죠, 교수님? 만일……."

"만일 당신이 나에게 마차를 준다면……? 아닙니다. 내가 미리 말했지요, 나는 거지라고. 아마 내가 파리에서 가장 비참한 사람일 수도 있습니다."

보쿨스키가 그에게 1백 프랑을 주었다.

"걱정 마세요." 가이스트가 웃었다. "10프랑이면 됩니다. 아무도 모르는 일이지요, 내일 당신이 나에게·10만 프랑을 주지 않는다고……. 당신은 재산이 많지요?"

"백만 프랑 정도."

"백만!" 가이스트가 손으로 머리를 감싸면서 반복했다. "두 시간 후에 다시 오겠습니다. 나는 당신에게 필요한 사람이 될 겁니다. 당신이 나에게 필요하듯이……."

"그러면 교수님, 3층에 있는 내 방으로 오십시오. 여기는 공적인 공간입니다."

"그게 더 좋겠습니다. 3층이 더 좋습니다…… 두 시간 후에 다시 오겠습니다." 가이스트가 말하고 재빨리 방에서 나갔다.

조금 뒤에 유마르트가 나타났다.

"늙은이가 선생을 지루하게 했나요?" 그가 보쿨스키에게 말했다. "어땠어요……?"

"그는 어떤 사람인가요?" 보쿨스키가 지나가는 말투로 물었다.

유마르트가 아랫입술을 내밀었다.

"미친 사람이지요. 그러나 내가 학생일 때 그는 위대한 화학자였지요. 그러다 어떤 발견들을 연달아 발표하고, 그리고 아마 몇 가지 이상한 현상들을 공개했지요. 하지만……."

그가 손가락으로 이마를 쳤다.

"왜 그를 미친 사람이라고 하지요?"

"몸이나 금속의 비중을 줄일 수 있다고 생각하는 사람을 다르게 부를 순 없지요. 잘 기억나지 않습니다만."

보쿨스키는 그와 헤어져서 자기 방으로 왔다.

'얼마나 이상한 도시인가?' 그는 생각했다. '보물 찾는 사람들, 돈 받고 명예를 수호하는 사람들, 비밀 거래를 하는 우아한 여인들, 화학에 대해 토론하는 웨이터, 몸의 비중을 줄이려는 화학자가 있는 곳…….'

5시 전에 가이스트가 나타났다. 그는 약간 흥분해 있었다. 그는 방으로 들어오자 자물쇠로 문을 채웠다.

"수진 씨, 우리가 서로 이해하는 것이 나한테는 아주 중요합니다. 당신에게는 어떤 의무가 있습니까? 즉 부인이나 애가 있습니까? 없는 것처럼 보이기는 하지만……."

"아무도 없습니다."

"재산은 있지요? 백만……."

"거의."

"이야기해 보세요, 왜 자살을 생각했나요?"

보쿨스키가 몸을 흔들었다.

"순간적인 생각이었소. 풍선에서 어지러움을 느꼈던 거지요."

가이스트가 머리를 돌렸다.

"재산도 있고, 적어도 지금까지 명예를 얻으려고 애썼던 것도 아닐 테고, 그렇다면 여자 문제군!" 가이스트가 큰 소리로 말했다.

"그럴지도 모르죠." 보쿨스키가 매우 당황해서 말했다.

"여자였구먼! 그거 좋지 않아. 여자에 대해서는 절대로 알 수 없지. 여자가 무엇을 하는지, 어디로 끌고 가는지……. 어쨌든 들어 봐요." 그가 눈을 주시하면서 말했다. "만일 다시 죽고 싶은 생각이 들거든…… 알겠어요…… 죽지 말고, 나한테 오세요."

"지금 당장 갈 수도 있지요." 보쿨스키가 눈을 아래로 내리면서 말했다.

"당장은 안 돼요!" 가이스트가 생생한 목소리로 말했다. "여자들은 사람을 당장 파멸시키지 않지요. 그런데 그 사람과는 계산이 다 끝났나요?"

"그렇다고 볼 수 있지요……."

"아하! 당신이 그렇게 생각한다. 그거 좋지 않은데. 만일의 경우에 대비해 내 충고를 잊지 마시오. 내 실험실에서는 아주 쉽게 죽을 수 있다오!"

"그런데 교수님은 뭘 가지고 왔지요?" 보쿨스키가 물었다.

"좋지 않아! 좋지 않아!" 가이스트가 중얼거렸다. "내 폭발물을 사 줄 상인을 찾아야 해요. 난 우리가 서로 연결될 것으로 생각했는데."

"먼저 가지고 온 것을 보여 주세요." 보쿨스키가 말을 막았다.

"당신 말이 맞아……." 가이스트가 이렇게 말하고, 호주머니에서 중간 크기의 상자를 꺼냈다. "보세요. 이것 때문에 사람들이 나를 미쳤다고 합니다!"

그것은 양철로 된 상자였다. 그리고 특이한 방식으로 잠겨 있었다. 가이스트가 순서대로 여러 곳에 박혀 있는 못을 건드렸다. 가끔 그는 보쿨스키에게 의심스러운 눈길을 주었다. 한번은 망설이면서 상자를 숨기고 싶어 하는 동작을 취하기도 했다. 그러나 곧 정신을 차리고 몇 개의 못을 두드렸다. 그러자 뚜껑이 솟구쳤다.

그 순간에 새로운 의심이 그를 엄습했다. 가이스트는 소파에 주저앉더니 상자를 자기 뒤로 숨겼다. 그리고 겁에 질린 듯 방 안과 보쿨스키를 두리번거렸다.

"내가 바보 같은 짓을 하고 있군!" 그가 중얼거렸다. "바보같이 거리에서 처음 본 사람에게 모든 것을 다 내보이다니……."

"당신은 나를 못 믿지요?" 보쿨스키가 적지 않게 동요하면서 물었다.

"나는 아무도 믿지 않아요." 그가 쌀쌀하게 말했다. "누가 나에게 어떤 보장을 할 수 있겠어요? 맹세한다 혹은 명예를 걸고……? 나는 맹세라는 말을 믿기에는 너무 늙었지요. 오로지 공동의 이해관계만이 비열한 배반을 그럭저럭 막을 수 있지요. 그것도 항상 그렇지는 않지만……."

보쿨스키는 어깨를 으쓱하고 의자에 앉았다.

"당신의 걱정거리를 나에게 나누어 달라고 강요하지 않겠어요. 내 걱정도 너무 많답니다."

가이스트는 그에게서 눈을 떼지 않았지만, 서서히 마음의 안정을 찾았다. 그리고 끝에 가서 말했다.

"테이블로 와서…… 한번 보세요, 이게 무엇인지."

그는 검은색의 쇠구슬을 보여 주었다.

"인쇄용 구슬처럼 보이는데요."

"손으로 들어 보세요……."

보쿨스키는 구슬을 들어 보고, 그것이 너무 무거워서 놀랐다.

"백금인데요."

"백금이라고……?" 가이스트가 가볍게 비웃으며 반복했다. "이게 백금입니다." 가이스트가 같은 크기의 백금 구슬을 그에게 주었다. 보쿨스키는 두 개의 구슬을 번갈아 가며 두 손으로 들어 보았다. 그의 놀라움이 더 커졌다.

"이게 백금보다 두 배쯤 더 무겁지요……?" 보쿨스키가 작은 소리로 물었다.

"그렇습니다!" 가이스트가 웃었다. "동료 교수 중 한 사람은 이걸 '압축된 백금'이라고 불렀답니다…… 괜찮은 표현이지요, 그렇지요? 비중이 30,7인 금속 이름으로는……. 그들은 항상 그런 식이지요, 새로운 물체의 이름을 발견하는 데 성공할 때마다 그들은 자연법칙의 이미 알려진 원칙에 근거하여 이름을 지었다고 말합니다. 대단히 훌륭한 멍텅구리들이지요, 소위 말하는 인류라는 무리 중에서 가장 영리한 멍텅구리들……. 그리고 이건 알겠지요?" 가이스트가 말했다.

"글쎄, 이것은 유리 막대인데." 보쿨스키가 대답했다.

"하! 하!" 가이스트가 웃었다. "손에 들고 보세요…… 흥미로운 유리라는 것이 사실이지요? 쇠보다 더 무겁고, 낟알 모양의 조각으로 되어 있고, 탁월한 열선과 전선이 될 수 있고, 여기에 대패질도 가능하지요. 유리가 정말 금속처럼 되었지요? 당신은 이걸 달구어서 망치로 두드리고 싶겠죠……?"

보쿨스키는 눈을 비볐다. 세상에서 이런 유리를 본 사람이 아무도 없을 것이라는 데 조금도 의심이 가지 않았다.

"그리고 이건……?" 가이스트가 다른 금속 조각을 보여 주면서 물었다.

"그건 아마 금속이지요."

"나트륨도 칼륨도 아니라고……?" 가이스트가 물었다.

"아니요."

"이 금속을 손에 들어 보세요."

이제 보쿨스키는 놀라움을 넘어 약간 불안해졌다. 금속처럼 보이는 물건은 얇고 투명한 종잇조각보다 더 가벼웠다.

"혹시 속이 비어 있는 것 아니에요……?"

"그럼 이것을 잘라 보세요, 자를 것이 없으면 나에게 오세요. 그러면 비교할 수 없을 만큼 많은 이것과 비슷한 신기한 것들을 보게 될 겁니다. 그리고 당신이 원하는 대로 그것들을 가지고 실험도 해 볼 수 있습니다."

보쿨스키는 차례대로 백금보다 더 무거운 금속, 투명한 금속, 솜털보다 더 가벼운 금속을 살펴보았다. 그것들을 손에 들고 있을 때, 세상에서 가장 자연스러운 물건들처럼 보였다. 정신에 영향을 미치는 대상보다 더 자연스러운 것이 무엇이 있겠는가? 그러나 가이스트에게 그것들을 돌려주고 나자, 그에게 경이로움과 믿을 수 없다는 생각과 경이로움과 불안함이 밀려왔다. 보쿨스키는 다시 그것들을 바라보고, 고개를 갸우뚱거리고, 그런 변화를 믿었다가 의심했다가 했다.

"어때요?" 가이스트가 물었다.

"당신은 이것들을 화학자들에게 보여 주었나요?"

"보여 주었지요."

"그들은 뭐라고 하던가요……?"

"그들은 살펴보고, 고개를 끄덕이더니 이것들은 날조이고 요술이라면서, 진지한 학문이 다룰 수 없는 것들이라고 말했습니다."

"어떻게 그럴 수가, 그들은 시험해 보지도 않던가요?" 보쿨스키가 물었다.

"아니요. 그중 몇 명은 '자연법칙'에 반하는 것과 자기 생각의 착각 중 하나를 고르라면 자기 생각을 의심하는 쪽을 택하겠다고 말하더군. 그리고 그들은 그와 유사한 진지한 요술 경험은 건전한 이성을 미혹하는 것이기 때문에 단호하게 경험을 포기하겠다고 말하기도 했지요."

"그런데 당신은 그 발명을 공표하지 않았나요?"

"공표할 생각도 안 했어요. 물론 뇌의 무기력 덕분에 내 발명의 비밀은 안전하게 보장되었지요. 그렇지 않았더라면, 조만간에 내가 그들에게 주고 싶지 않았던 제조 공정이 모두 밝혀지고 알려졌겠지요."

"구체적으로 말하면……?" 보쿨스키가 말을 막았다.

"그들이 공기보다 더 가벼운 금속을 만들었겠지요." 가이스트가 차분한 목소리로 대답했다.

보쿨스키는 등으로 의자를 밀었다. 한동안 두 사람은 말이 없었다.

"그런데 당신은 왜 그 투명 금속을 사람들한테 숨기지요?" 보쿨스키가 드디어 말을 꺼냈다.

"이유야 많지요." 가이스트가 대답했다. "우선 그 제품은 오로지 내 실험실에서만 나와야 해요, 비록 나 자신이 그 제품을 받지 못하더라도. 두 번째는, 세상의 모습을 변화시킬 유사한 제품이 소위 말하는 오늘날 인류의 소유물이 되지 못할 것입니다. 조심성 없는 발명 때문에 불행이 너무 많이 증가하고 있어요."

"당신을 이해할 수 없는데요."

"그러면 잘 들어 봐요. 소위 말하는 인류 중에 인간의 모습을 한 황소, 양, 호랑이, 뱀이 각각 만 명씩 정도 되고, 진정한 사람은 오로지 하나밖에 없어요. 상황은 항상 그랬답니다. 심지어 청동기 시대에도. 그런 인류에게 수 세기가 지나면서 다양한 발명이 쏟아져 나왔지요. 청동, 철, 자침(磁針), 인쇄, 증기 기관, 전보가 무차별하게 천재, 바보, 고결한 사람, 범죄자 들의 손에 들어왔지요. 그 결과가 어땠나요……? 어리석은 짓과 범죄가 점점 강력한 도구들을 얻으면서 점점 증대하고 더 강력해졌지요, 점점 없어지는 것이 아니라. 나는 그런 오류를 반복하고 싶지 않소. 내가 마지막으로 공기보다 더 가벼운 금속을 발견하게 되면, 나는 그것을 참된 사람들에게만 줄 것이오. 그래서 그들이 자기들만 사용하는 무기를 갖추어, 그들의 종족이 점점 증가하고 더 강해지고, 인간의 모습을 하고 있는 짐승과 괴물은 점점 사라지도록. 만일 영국인들에게 자기들 섬에서 늑대를 모두 몰아낼 권리가 있다면, 참된 사람에게는 적어도 인간의 모습을 한 호랑이를 지구에서 쫓아낼 권리가 있지요……."

'이 사람, 머리가 이상한 것 아니야.' 보쿨스키에게 이런 생각이 들었으나, 조금 후에 소리 내어 말했다.

"당신의 계획을 실현하는 데 무엇이 장애가 되나요?"

"돈과 조수가 부족합니다. 마지막 발견까지 약 8천 번의 실험이 요구됩니다. 간단히 계산해서 한 사람이 하면 20년이 소요됩니다. 그러나 네 사람이 그 일을 하면 5~6년이 걸립니다……."

보쿨스키가 의자에서 일어나 생각에 잠긴 채 방 안을 걷기 시작했다. 가이스트는 그에게서 눈을 떼지 않았다.

"가정해 봅시다." 보쿨스키가 입을 열었다. "내가 당신에게 돈과, 그리고…… 한 명…… 두 명까지 조수를 줄 수 있다고 합시다. 그런데 당신의 금속이 어떤 이상한 신비로운 것이 아니고, 당신의 희망이 환상이 아니라는 증거는 어디 있나요?"

"나한테 와서 그게 무엇인지 직접 보십시오. 그리고 몇 가지 경험도 할 수 있습니다. 그러면 알게 될 겁니다. 다른 방법은 모릅니다." 가이스트가 대답했다.

"그러면 언제 갈 수 있을까요?"

"원하실 때 아무 때나. 나에게 몇십 프랑만 주세요. 필요한 실험 재료 살 돈이 없으니까. 그리고 이것이 내 주소입니다." 지저분한 종잇조각을 주면서 가이스트가 말을 마쳤다.

보쿨스키는 그에게 3백 프랑을 주었다. 가이스트가 자기 물건을 챙겨 상자를 닫고 나가면서 말했다.

"오기 전에 먼저 편지를 보내 주세요. 아마 나는 집에서 증류 시험관 먼지를 닦고 있을 겁니다……."

가이스트가 나간 후에 보쿨스키는 마치 의식이 멍해진 것 같았다. 그는 화학자가 사라진 문과 테이블 위를 바라보았다. 바로 이 테이블 위에서 화학자는 조금 전에 그에게 초자연적인 물건들을 보여 주었다. 그는 자기 손과 머리를 만져 보고 발뒤꿈치에 힘을 주며 방 안을 걸어 다녔다. 자기가 꿈을 꾸고 있는 것이 아니라 깨어 있다는 것을 확인하기 위해서.

'그러나 한 가지는 사실이잖아.' 그는 생각했다. '그가 두 가지 물건을 보여 주었는데, 하나는 백금보다 무거웠고, 다른 것은 나트륨보다 훨씬 가벼웠다. 그는 또 공기보다 더 가벼운 금속을 찾고 있다고 말하지 않았던가!'

"만일 그런 일에 어떤 속임수가 없다면……." 그는 큰 소리로 말했다. "나는 이념을 가지게 되는 거지. 그것을 위해서는 몇 년 동안 자유를 박탈당하고 살 만한 가치가 있지. 몰두할 수 있는 일을 발견할 뿐만 아니라, 젊은 날의 가장 대담한 꿈을 실현할 수도 있다. 그리고 내 앞에 놓인 목표를 볼 수도 있다. 이것은 인간의 영혼이 추구했던 어떤 것보다 더 높은 목표이다. 공중 여행 문제가 해결되고, 인간은 날개를 가지게 될 것이다."

그는 어깨를 으쓱하고 두 손을 벌리며 중얼거렸다. "아니야, 그런 일은 불가능해!"

새로운 진리의 무게인지 아니면 새로운 환상의 무게인지 그를 몹시 압박하여, 그는 누군가와 그것을 일부분이라도 나누지 않으면 안 되겠다고 느꼈다. 그는 1층 응접실로 내려가서 유마르트를 불렀다.

그 이상한 대화를 어떻게 시작하는 것이 좋을까 생각하고 있는데, 유마르트가 스스로 이야기를 쉽게 했다. 홀에 나타나자마자 그가 가볍게 웃으면서 말했다.

"늙은 가이스트가 선생 방에서 나올 때 얼굴이 아주 밝던데요. 선생이 설득당하셨습니까 아니면 그가 패배했습니까……?"

"글쎄, 말로 누군가를 설득한다는 것이 쉽지 않겠지요. 설득하려면 사실을 보여 주어야겠지요." 보쿨스키가 대답했다.

"그래서 사실이 있었나요……?"

"일단 그런 사실에 대한 예고만 있었고……. 그런데 한번 말해 보세요." 보쿨스키가 말을 이어 갔다. "만일 가이스트가 당신에게 아무리 보아도 금속인데, 물보다 두 배 내지 세 배 가벼운 것을 보여 준다면 당신은 어떻게 판단하겠어요? 만일 금속처럼 보이는 물건을 당신 눈으로 보고 또 그것을 손으로 직접 만져 본다면……?"

유마르트의 웃음이 가벼운 냉소로 변했다.

"어떻게 말해야지, 세상에, 팔미에리 교수는 그보다 더 큰 기적을 1인당 5프랑 받고 보여 주는 것에 대해서……."

"팔미에리가 누군데요?" 보쿨스키가 놀라서 물었다.

"최면술 교수." 유마르트가 대답했다. "뛰어난 사람이지요…… 우리 호텔에 살고 있어요. 빽빽하게 수용하면 60명 정도 들어가는 홀에서 하루에 세 번 최면술을 보여 주고 있지요. 지금 8시니까 곧 저녁 상연이 시작될 겁니다. 원하시면 같이 갈 수 있어요. 저는 입장이 무료입니다……."

보쿨스키의 얼굴이 심하게 붉어지더니 곧이어 이마와 목까지도 붉어졌다.

"가 봅시다." 보쿨스키가 말했다. "그 팔미에리 교수에게." 하지만 그는 속으로 이렇게 말하고 있었다. '그래, 그 위대한 사상가 가이스트는 요술쟁이이고, 나는 바보구나. 5프랑의 가치밖에 없는 공연에 나는 3백 프랑을 지불했으니……. 그가 나를 제대로 잡았군!'

그들은 3층에 있는 살롱으로 올라갔다. 그곳도 이 호텔의 다른 홀처럼 화려하게 꾸며져 있었다. 홀 안은 이미 관객들로 채워져 있었다. 늙은이, 젊은이, 여자, 남자, 우아한 옷을 입은 사람…… 모두가 팔미에리 교수에게 지대한 관심을 가지고 있는 사람들이었다. 팔미에리 교수는 방금 최면술에 대한 강의를 마쳤는데, 강의는 길지 않았다. 교수는 중년의 나이에, 마치 시든 식물처럼 생기가 없고, 머리는 갈색이고, 헝클어진 턱수염에, 인상적인 눈을 가지고 있었다. 그는 몸매 좋은 서너 명의 여자들과 초췌하고 냉담한 표정을 짓고 있는 서너 명의 남자들에게 둘러싸여 있었다.

"저 사람들이 영매(靈媒)랍니다." 유마르트가 속삭였다. "저 사람들을 통해서 팔미에리가 최면술을 보여 주지요."

약 두 시간 동안 이어진 공연은 팔미에리가 시선을 통해 영매들을 잠들게 하고, 그들이 걸어 다니고, 질문에 대답하고, 여러 가지 행동을 수행하는 식으로 진행되었다. 그 외에도 팔미에리에 의해 잠든 사람들이 그의 지시에 따라 비범한 체력, 놀라운 무감각과 과민한 반응을 보여 주었다.

보쿨스키가 이런 광경을 처음 보았고, 믿을 수 없다는 표정을 감추지 않았기 때문에 팔미에리가 그를 맨 앞줄에 있는 의자에 앉으라고 권했다. 보쿨스키는 몇 가지 공연을 보고 나서 이것은 요술이 아니라, 신경 조직의 알려지지 않은 특성에 기초한 것이라고 확신하게 되었다.

하지만 그의 관심을 가장 많이 끌고, 그를 놀라게까지 한 것은 그 자신의 인생과 어느 정도 관련 있는 두 가지 경험이었다. 그것은 존재하지 않는 물건을 존재한다고 영매로 하여 믿게 하는 것이었다.

잠들어 있는 영매 중 한 사람에게 팔미에리가 이것은 장미라고 말하면서 코르크 마개를 주었다. 그 순간 영매는 대단히 만족스러운 표정으로 코르크 마개 냄새를 맡기 시작했다.

"당신, 지금 뭐하고 있어요?" 팔미에리가 영매에게 큰 소리로 물었다. "그건 아위(阿魏)야……." 그러자 영매는 즉시 구역질을 하며 코르크 마개를 내던지고 냄새가 난다고 불평하면서 손을 닦았다.

팔미에리는 다른 영매에게 손수건을 주었다. 그가 영매에게 손수건이 1백 파운드 무게가 나간다고 말하자 잠에 빠진 영매의 몸이 무게 때문에 굽어지고, 떨리고, 땀을 흘리기 시작했다.

그 광경을 보면서 보쿨스키 자신도 땀이 나는 것을 느꼈다.

'이제 알겠다.' 그가 생각했다. '가이스트의 비밀을. 그가 나에게 최면을 걸었던 거야……'

하지만 그의 마음을 가장 아프게 한 것은 팔미에리가 힘없어 보이는 젊은이를 잠들게 한 후 그를 수건으로 덮은 다음 그에게 석탄 푸는 삽을 주며 젊고 예쁜 아가씨라고 말하면서 이 아가씨를 사랑해야 한다고 말했을 때다. 최면에 걸린 그는 삽을 꼭 껴안고 키스하며, 삽 앞에 무릎을 꿇고 감정이 복받치는 표정을 지었다. 사람들이 그 삽을 소파 아래로 가져다 놓자, 그를 붙잡는 네 명의 건장한 사람들을 밀어젖히고 그는 마치 개처럼 네 발로 기어서 그 뒤를 따라갔다. 팔미에리가 아가씨가 죽었다고 말하면서 삽을 감추었을 때, 그는 극도로 절망한 나머지 바닥에 뒹굴고 머리를 벽에 부딪혔다.

팔미에리가 그의 눈에 대고 입김을 불자, 얼굴이 눈물로 범벅이 된 젊은이가 깨어났다. 관중 속에서 박수와 웃음소리가 터졌다.

보쿨스키는 몹시 흥분하여 홀에서 나왔다.

"아, 모든 것이 속임수였다니! 가이스트의 발명품이라는 것도, 그의 현명함도, 내가 사랑에 미친 것도, 심지어 그녀도…… 그녀 자체도 마술에 걸린 느낌의 환상에 불과한 것이다. 실망시키지도 않고 속이지도 않는 유일한 일은 아마…… 죽음일 것이다."

호텔에서 거리로 나온 그는 카페에 들어가 코냑을 주문했다. 이번에는 한 병 반이나 마셨다. 그는 술을 마시면서 그가 가장 많이 현명한 사람들을 만나고, 가장 많은 속임수와 가장 많은 실망을 경험한 이곳 파리가 그의 무덤이 되리라고 생각했다.

'내가 기다릴 게 뭐 있겠나……? 내가 무엇을 더 경험하게 되겠나……? 만일 가이스트가 천박한 사기꾼이고, 만일 석탄 푸는 삽

을 사랑하게 된다면, 내가 그녀에게 빠졌듯이, 나에게 남는 것이 무엇이 있겠는가……?'

그는 코냑에 취해 호텔로 돌아와서 옷을 입은 채 잠이 들었다. 그리고 아침 8시에 눈을 떴을 때, 그의 머릿속에 제일 먼저 이런 생각이 떠올랐다. '가이스트가 최면술로 나를 속인 것이 틀림없어. 그러나…… 내가 그녀에게 미쳤을 때는 누가 나에게 최면을 걸었을까?'

문득 팔미에리에게서 정보를 얻을 수 있겠다는 생각이 스쳤다. 그래서 그는 재빨리 옷을 갈아입고 3층으로 내려갔다.

최면술의 대가는 손님들을 기다리고 있었다. 그러나 아직 손님이 없었기 때문에 그는 자문료 20프랑을 먼저 받고 보쿨스키를 즉시 맞아들였다.

"당신은 누구에게나 석탄 푸는 삽을 여자라고, 손수건이 백 파운드 무게가 나간다고 최면을 걸 수 있습니까?" 보쿨스키가 물었다.

"잠들 수 있는 사람은 누구에게나."

"그러면 나를 잠들게 하고, 손수건 기술을 시험해 보세요."

팔미에리가 최면을 걸기 시작했다. 그는 보쿨스키의 눈을 응시하고, 이마에 손을 대고, 손으로 어깨부터 손바닥까지 쓸어내렸다. 그러나 이내 못마땅한 듯 보쿨스키에게서 떨어지며 말했다.

"당신은 영매가 아닙니다."

"만일 내가 손수건을 들고 있던 사람처럼 그런 일을 경험했다면요?" 보쿨스키가 물었다.

"그건 불가능합니다. 당신을 최면 상태로 만들 수가 없습니다. 만일 당신이 수면 상태에 빠져서 손수건의 무게가 백 파운드가 되는 환상을 본다고 해도, 깨어난 후에 당신은 그것을 기억하지 못합니다."

"다른 누군가는 최면을 걸 수 있다고 생각하지 않습니까?"

팔미에리가 모욕감을 느낀 듯 큰 소리로 말했다.

"나보다 더 나은 최면술사는 없어요. 당신을 수면 상태에 빠지게 할 수 있어요. 그러나 몇 달 동안 작업을 해야 합니다…… 비용은 2천 프랑 정도 들 겁니다. 나의 기를 거저 뺏기는 것은 생각할 수 없으니까요."

보쿨스키는 전혀 만족스럽지 못한 상태로 최면술사와 헤어졌다. 그는 이제 의심하지 않았다. 이자벨라가 자기에게 마술을 걸었을 수도 있고, 또한 그녀는 충분히 많은 시간을 가지고 있었다는 것을. 그러나 가이스트는 몇 분 동안 그를 수면 상태에 빠지게 할 수 없었다. 그리고 팔미에리가 말하지 않았는가, 수면 상태에 빠진 사람은 자기의 환상을 기억하지 못한다고. 한데 그는 늙은 화학자가 방문했을 때의 일을 세부적인 것까지 하나하나 기억하고 있다.

만일 가이스트가 그를 최면 상태로 만들지 않았다면, 그는 사기꾼이 아니다. 그러면 그의 금속들은 존재하는 것이다…… 공기보다 더 가벼운 금속을 발명하는 것도 가능한 일이다!

'이것이 도시다.' 보쿨스키는 생각했다. '바르샤바에서 평생 경험한 것보다 더 많은 것을 나는 이곳에서 한 시간 동안에 경험했다…… 이것이 도시다!'

며칠 동안 보쿨스키는 매우 바빴다.

무엇보다 수진이 10여 척의 배를 구입한 후에 파리를 떠났다. 그 거래에서 보쿨스키에게 돌아온 합법적인 소득이 엄청나서, 지난 몇 달 동안 보쿨스키가 바르샤바에서 지출했던 금액을 충당할 만큼 되었다.

수진과 헤어지기 전에 보쿨스키는 수진의 화려한 방에서 아침을 같이 먹으며 자연스럽게 수익에 대한 이야기를 나누었다.

"자네는 동화 같은 행운을 가진 거야." 보쿨스키가 입을 열었다.

수진이 샴페인을 한 모금 마시고 반지들로 장식된 손을 배에 대고 말했다.

"그건 행운이 아니라, 스타니스와프 표트로비츠, 그건 수백만 루블이야. 작은 칼로는 냇버들을 자르고, 도끼로는 참나무를 자르지. 동전을 가지고 있으면 수익도 동전 수준이 되지. 그러나 수백만 루블을 가지고 있으면 버는 것도 수백만 루블이 되어야겠지. 1루블은, 스타니스와프 표트로비츠, 과로한 보잘것없는 말 같은 거야. 자네는 몇 년을 기다려야 할 거야, 새로운 1루블을 자네에게 낳아 주기까지. 그러나 백만 루블은 돼지처럼 불어나지. 매년 몇백만씩 가져다주지. 2, 3년 후에, 스타니스와프 표트로비츠, 자네는 백만 루블을 모으게 될 거야. 그때 자네는 확실히 알게 될 걸세, 돈이 돈을 따라온다는 것을. 비록 자네와 함께는……."

수진이 한숨을 쉬고, 눈썹을 찡그리더니 다시 샴페인을 한 모금 마셨다.

"나와 함께라니 무슨 말인가?" 보쿨스키가 물었다.

"자네와 함께, 그것은, 자네는 이곳에서 자네 사업을 위해 아무일도 하지 않고…… 위와 아래만 보면서 돌아다니고, 무엇을 바라보는 것도 아니고, (기독교인에게 말하는 것은 부끄러운 일이지만!) 풍선을 타고 공중을 날아다니기나 하고…… 곡마단 곡예사가 될 생각인가……? 거기다가, 스타니스와프 표트로비츠, 자네에게 말하는데, 자네는 아주 고귀한 남작 부인의 기분을 상하게했어. 그 부인 집을 방문해서 카드놀이도 하고, 젊고 예쁜 아가씨들도 만날 수 있고, 여러 가지 일들을 경험할 수 있지. 자네에게 충고하는데, 떠나기 전에 그 부인에게 할 일을 주게. 변호사에게 1루블을 안 주면, 그는 자네에게서 백 루블을 가져갈 방법을 찾을 걸세. 아, 이 친구여……"

보쿨스키는 잠자코 경청했다. 수진이 다시 한숨을 쉬더니 말을 이었다.

"그리고 자네가 마술사와 상담하다니(저런! 순수하지 못한 힘이야……), 자네에게 말하는데, 찌그러진 동전 하나도 건지지 못할 걸세. 그리고 신을 모독하는 일이기도 하고. 좋지 않아! 가장 안 좋은 것은, 자네를 아프게 하는 것이 무엇인지 아무도 모르고 있다는 사실을 자네는 어떻게 생각하나? 그런데 모두 알게 되었어. 자네가 어떤 윤리적인 아픔을 가지고 있다는 것을. 자네가 위조지폐를 사려 한다고 생각하는 사람도 있고, 자네가 아직 파산하지 않았다면 파산하길 원한다고 떠드는 사람들도 있어."

"자네는 그것을 믿는가?" 보쿨스키가 물었다.

"에이, 스타니스와프 표트로비츠, 자네가 나를 바보로 생각할 리는 없지. 자네는 생각하지, 자네에게 여자 문제가 있다는 걸 내가 모르고 있다고……? 그래, 여자 좋지, 여자는 건실한 사람의 머리까지 돌게 하지. 그래, 자네에게 돈이 있는 한, 맘껏 즐기시게. 그러나 자네에게, 스타니스와프 표트로비츠, 한마디 하겠네. 괜찮겠나……?"

"좋아, 어서 하게."

"자기 수염을 깎아 달라고 부탁한 사람은 조금 긁혔다고 해서 화내지 않아. 자네에게 우화 하나를 들려주지. 프랑스에 만병통치의 기적 같은 물이 있어, 그 이름은 잊었지만. 잘 들어 봐, 무릎으로 기어서 그곳에 온 사람들이 있어. 그러고는 감히 쳐다보려고도 하지 않아. 그런가 하면 그 물을 제멋대로 마시고, 심지어 이를 닦는 사람들도 있어. 아, 스타니스와프 표트로비츠, 자네는 모르지,

물을 제멋대로 마시는 사람이 기도하는 사람을 비웃는 것을…….
생각해 보게, 자네가 그런 사람이 아닌지. 만일 그런 사람이라면
모든 것에 침을 뱉게. 그런데 무슨 일인가? 고통스러운가? 사실이
야. 와인 한잔하지…….”

"그런 물에 대해서 들은 바 있나?" 보쿨스키가 어정쩡하게 물
었다.

"분명히 말하는데, 나는 비범한 것에 대해 들은 것이 없네." 수진
이 가슴을 치면서 대답했다. "상인에게는 점원이 필요하고, 여자에
게는 앞에서 무릎을 꿇는 남자가 필요하지, 무릎 꿇지 않는 대담
한 남자가 보이지 않게 가리기 위해서라도. 자연스러운 일이야. 스
타니스와프 표트로비츠, 자네는 대중들 속으로 가지 말게. 만일
간다면 머리를 들게. 50만 루블은 적은 돈이 아니야, 그런 돈을 누
구도 가볍게 보아서는 안 되지."

보쿨스키는 자리에서 일어나 마치 뜨거운 쇠로 수술 받은 사람
처럼 몸을 폈다.

'그럴 수도 있고, 그렇지 않을 수도 있겠지…….' 그는 생각했다.
'만일 그렇다면, 내 재산의 일부를 행복한 숭배자에게 나를 치료
한 대가로 주겠다!'

보쿨스키는 자기 방으로 돌아왔다. 그리고 처음으로 아주 냉정
하게 이자벨라를 흠모하는 남자들에 대해 곰곰이 생각해 보았다.
그중 일부는 이자벨라와 함께 있는 것을 보았고, 또 다른 사람들
에 대해서는 듣기만 하고 보지는 못했다. 그는 그들이 했던 특이
한 이야기와 다정한 눈길, 이상한 단음절 언어, 멜리톤 부인의 모
든 보고들, 이자벨라를 놀란 눈으로 바라보는 사람들 사이에 떠도
는 그녀에 대한 모든 이야기들을 생각해 냈다. 그는 드디어 깊게
숨을 쉬었다. 그를 미로에서 끌어낼 수 있는 어떤 실마리를 찾아

낸 듯한 생각이 들었다.

'거기서 나온 뒤 아마 가이스트의 실험실로 갈지도 모르지.' 그의 심장에 경멸의 첫 씨앗이 떨어지는 것을 느끼면서 그는 생각했다.

"그가 옳아, 모두 옳아!" 그는 웃으면서 중얼거렸다. "그러나 선택을 해야 하는데, 그 선택이 여러 가지가 될 수도 있지. 에이, 나는 얼마나 보잘것없는 동물인가. 가이스트는 나를 사람으로 보는데……."

수진이 떠난 후 보쿨스키는 오늘 제츠키에게서 온 편지를 두 번째 읽었다. 늙은 점원은 사업에 대해선 조금 쓰고, 남편이 어딘가에서 사라진 그 불행하지만 아름다운 스타프스카 부인에 대해서는 아주 많이 썼다.

"죽을 때까지 나는 자네에게 빚을 지게 될 걸세." 제츠키가 썼다. "만일 자네가 루드빅 스타프스키가 죽었는지 살았는지 결정적인 단서를 찾아 준다면."

편지 말미에는 스타프스키가 바르샤바를 떠난 후 머물렀던 장소와 날짜들이 적혀 있었다.

'스타프스카? 스타프스카……?' 보쿨스키는 생각했다. '아, 이제 알겠다! 어린 딸이 있는 그 아름다운 부인이 내 집에서 살고 있지……. 얼마나 기막힌 우연인가. 그 집에 살고 있는 그 부인을 알기 위해서 내가 웽츠키의 집을 샀는지도 모르지. 내가 이곳에 머무르는 한, 그 부인은 나와는 아무 상관이 없잖은가. 그렇다고 그 부인을 도와주지 않을 것까지는 없지. 제츠키가 부탁하는데……. 아! 잘됐군. 남작 부인에게 선물을 줄 이유가 생겼구면. 그렇지 않아도 수진이 남작 부인을 그렇게 추천까지 했으니…….'

그는 남작 부인의 주소를 챙겨 들고 생제르망 근처로 향했다.

남작 부인이 살고 있는 집의 현관방에는 골동품들이 있었다. 보쿨스키는 수위와 이야기하면서 자기도 모르게 책들에 눈이 갔다. 그는 반갑게도 미츠키에비츠의 시집을 발견했다. 그는 그 시집을 호퍼네 집 점원으로 일할 때 읽은 적이 있다. 닳은 표지, 색이 바랜 종이를 보면서 그의 눈앞에 젊은 날들이 스쳐 지나갔다.

그는 즉시 그 책을 사서 마치 성유물에 하듯 키스할 뻔했다.

1프랑을 팁으로 받은 수위는 보쿨스키에게 호감을 가지고 웃는 얼굴로 남작 부인의 아파트 현관문까지 안내하고는 즐거운 시간을 가지시기 바란다고 말했다. 보쿨스키가 초인종을 누르자 짙은 붉은색 연미복을 입은 하인이 나타났다.

"아하!" 하인이 중얼거렸다.

응접실에는 당연한 일이지만, 도금한 가구들과 그림들, 양탄자와 꽃이 있었다. 조금 후에 남작 부인이 나타났는데, 모욕을 당한 사람의 표정이었지만 용서할 준비는 되어 있었다.

실제로 부인은 보쿨스키를 용서했다. 짧게 이야기하는 사이에 보쿨스키는 방문 목적을 밝히고, 스타프스키의 성명과 그가 머물렀던 장소들을 기록으로 남겼다. 그러면서 보쿨스키는 남작 부인이 광범위한 인맥을 동원해서 실종된 사람에 대한 정확한 정보를 알아내어 자기에게 알려 주기 바란다고 부탁했다.

"그것은 가능한 일이지요." 위대한 귀부인이 말했다. "그러나……비용이 들어도 괜찮겠어요? 독일 경찰, 영국 경찰, 미국 경찰에 의뢰해야 하는데……."

"그래서……?"

"그래서 선생이 3천 프랑을 지불해야 하는데?"

"여기 4천 프랑이 있습니다." 보쿨스키가 4천 프랑이 기입된 수표를 부인에게 건네면서 말했다. "대답을 언제쯤 기대할 수 있을까요……?"

"그건 말하기 어렵습니다." 남작 부인이 말했다. "한 달 후가 될 수도 있고, 1년이 걸릴 수도 있죠. 그런데……." 부인이 냉정하게 덧붙여서 말했다. "정말 진지하게 찾아보는 것인지 선생께서 의심하는 건 아닌지 모르겠습니다."

"그렇게 많이 의심하지는 않습니다. 로스차일드에 따로 2천 프랑을 남겨 두고, 그 실종자에 대한 소식을 가져오면 지불하라고 했으니까요."

"선생은 곧 파리를 떠나세요?"

"오, 아닙니다. 한동안 머무를 겁니다."

"아, 파리가 선생을 유혹했나 보군요!" 남작 부인이 웃으면서 말했다. "우리 응접실 창문에서 보면 파리가 더 마음에 들 거예요. 매일 저녁 저는 손님을 맞이합니다."

두 사람은 만족스럽게 헤어졌다. 남작 부인은 고객의 돈에 대해서, 보쿨스키는 한 번에 수진의 충고를 이행하고, 제츠키의 부탁을 해결한 데 대해 흡족했다.

이제 보쿨스키는 파리에서 완전히 혼자가 되었다. 물론 해결해야 할 어떤 용건도 없는 자유로운 몸이었다. 그는 다시 전시회, 극장, 가 보지 못한 거리들, 못 보고 지나쳤던 박물관들을 찾았다. 그리고 프랑스의 거대한 힘, 건물들의 규칙성, 인구 백만 도시의 생활, 문명의 발전을 가속화하는 데 미치는 온화한 날씨의 영향에 대해 경탄했다. 그는 다시 코냑을 마셨고, 맛있는 요리를 즐겼고, 남작 부인의 응접실에서 매번 잃으면서도 카드놀이를 했다.

그런 식으로 시간을 보내는 것이 눈에 띄게 그의 기력을 빼앗았고, 그에게는 한 방울의 기쁨도 선사하지 않았다. 한 시간이 하루처럼 더디게 갔고, 하루하루가 끝없이 길게 느껴졌고, 밤에는 편한 잠을 잘 수가 없었다. 그는 좋은 꿈도 불쾌한 꿈도 꾸지 않고 깊은 잠에 빠지고 싶었고, 의식을 완전히 잃고 싶었으나, 이유를 알 수 없는 괴로움의 심연에서 벗어날 수 없었다. 그 속에 빠진 그의 정신은 바닥도 가장자리도 찾지 못하고 있었다.

"나에게 어떤 목표든 주시오…… 그렇지 않으면 죽음을 주든가……." 그는 하늘을 보면서 가끔 말했다. 그리고 조금 후에 웃으며 말했다.

"내가 누구에게 말하는 거야? 눈먼 힘의 메커니즘 속에서 누가 내 말을 듣겠나, 나는 그 힘의 장난감이 되었는데? 이 얼마나 무자비한 운명인가. 아무것에도 연결되어 있지 않고, 아무것도 갈망하지 않고, 그리고 그렇게 많이 이해한다는 것이……."

그는 거대한 공장을 보는 것 같았다. 그곳에서 새로운 태양들이, 새로운 행성들이, 새로운 품종들이, 새로운 민족들이 나오고, 그 민족들 속에 있는 사람들과 가슴들을 희망과 사랑과 고통이라는 복수의 여신이 찢고 있다. 그것들 중에서 무엇이 가장 나쁜가? 고통은 아니다. 적어도 고통은 속이지는 않는다. 그리고 희망은 깊이 떨어지면 떨어질수록 더 높이 올라간다……. 그러나 사랑이라는 나비의 날개 하나의 이름은 불확실이고, 다른 날개의 이름은 속임수이다.

"어떻게 되건 무슨 상관이야." 그가 중얼거렸다. "이미 우리가 뭔가에 취해야 한다면, 아무것이라도 취해 보자. 그런데 무엇에 취하지……?"

그때 자연이라고 불리는 어둠 깊은 곳에서 두 개의 별 같은 것이 그의 앞에 나타났다. 하나는 창백하지만 변함이 없는 것으로, 가이스트와 그의 금속들이었고, 다른 하나는 태양처럼 빛을 발하는데 금방 꺼지는 것으로, 그녀였다…….

'어느 것을 택하지?' 그는 생각했다. '만일 하나가 의심스럽다면 다른 하나는 도달할 수 없거나 불확실하다. 비록 내가 그녀에게 도달하더라도, 언제 내가 그녀를 믿을 수 있겠는가……? 내가 그녀를 믿을 수 있을까……?'

이 모든 것과 함께 그는 자신의 이성과 감성이 벌이는 결정적 싸움의 순간이 다가오고 있는 것을 느꼈다. 이성은 그를 가이스트 쪽으로 끌고, 가슴은 바르샤바로 끌고 있었다. 그는 언젠가는 그중 하나를 택해야 한다는 것을 느끼고 있었다. 그에게 굉장한 명성을 가져다줄 힘든 작업인가 아니면 그를 재로 태워 버릴 것을 약속하는 불같은 정열인가.

"만일 이것이나 저것이나 석탄 삽이거나 백 파운드 나가는 수건 이라면……?"

그는 다시 한 번 최면술사 팔미에리를 찾아가 20프랑을 지불하고 그에게 묻기 시작했다.

"당신은 나에게 최면을 걸 수 없다고 생각하십니까?"

"할 수 없다니 무슨 말이에요!" 팔미에리가 화를 냈다. "당장은 안 됩니다. 당신은 영매가 아니기 때문에. 그러나 당신을 영매로 만들 수는 있습니다. 몇 개월 동안에는 안 되더라도 몇 년 동안에는 가능합니다."

'그렇다면 가이스트가 나를 현혹한 것은 단연코 아니야.' 보쿨스키는 생각했다. 그는 다시 큰 소리로 말했다.

"팔미에리 선생, 여자가 사람에게 최면을 걸 수 있나요?"

"여자뿐만 아니라 심지어 나무, 문의 손잡이, 물, 한마디로 모든 것들을 통해서 최면술사는 최면을 걸 수 있습니다. 나는 핀을 통해서도 최면을 걸 수 있습니다. 나는 영매에게 이렇게 말합니다. '내가 이 핀에 기를 불어넣으면, 당신은 이 핀을 보고 잠이 든다.' 여자에게 내 힘을 전달하는 것은 더 쉽지요. 아시겠어요. 최면에 걸린 사람은 영매가 되는 겁니다."

"그러면 내가 그 여자에게 연결되는 겁니까, 마치 당신의 영매가 석탄 삽에 빠지듯." 보쿨스키가 물었다.

"바로 그렇습니다." 팔미에리가 시계를 보면서 대답했다.

보쿨스키는 그와 헤어져 길을 걸으면서 생각했다.

'가이스트가 나를 최면술로 기만하지 않았다는 증거는 가지게 되었군. 그러기엔 시간이 충분하지 않았지. 하지만 그녀가 그런 식으로 나를 홀리지 않았다고는 확신할 수가 없어. 시간은 충분했으니까. 그런데…… 누가 나를 그녀의 영매로 만들었을까?'

그의 이자벨라에 대한 사랑을 일반적인 남자들의 일반적인 여자들에 대한 감정과 비교하면 할수록 더욱 자연스럽지 못한 것처럼 보였다. 어떻게 한눈에 사랑에 빠질 수 있을까? 어떻게 몇 달에 한 번 보는 여자에게 미칠 수가 있을까? 그것도 볼 때마다 그녀는 전혀 관심이 없다는 것을 확인시킬 뿐인데.

"그래!" 그는 중얼거렸다. "어쩌다 한 번씩 만나기 때문에 그녀를 이상화하는 거야. 그녀를 더 잘 알고 나면 완전히 실망하지 않는다고 누가 장담하겠어?"

가이스트로부터 아무 소식이 없는 것이 이상했다.

'더 이상 내 앞에 나타나지 않으려고 화학자가 3백 프랑을 가져간 것은 아닐까……' 그는 생각했다.

그러나 그런 의심을 한 자신이 부끄러웠다.

"혹시 그가 아픈 것은 아닐까?" 그가 작은 소리로 말했다.

그는 마차를 타고 주소를 찾아서 갔다. 시내 경계를 넘어 멀리 샤랑통 근방이었다.

마차가 주소에 있는 길의 담벼락 앞에서 멈추었다. 담 너머로 지붕과 창문 윗부분이 보였다.

보쿨스키는 마차에서 내려 철문을 향해 다가갔다. 문에는 노커가 달려 있었다. 10여 차례 두드린 후에 갑자기 문이 열렸다. 보쿨스키는 마당으로 들어갔다.

집은 단층이었고 아주 낡았다. 벽에는 곰팡이가 끼었고, 먼지가 낀 창문은 여기저기 깨져 있었다. 앞 벽 가운데에 문이 있었다. 그 문으로 올라가는 돌계단이 몇 개 있었는데, 그것도 망가져 있었다.

대문이 삐거덕거리는 소리를 내며 다시 잠겼다. 문을 열어 준 수위는 보이지 않고, 보쿨스키 혼자 마당 한가운데에 놀라고 당황한 채 서 있었다. 갑자기 1층 창문에 붉은 모자를 쓴 머리가 나타나더니 낯익은 목소리가 들렸다.

"거기 수진 씨세요……? 안녕하세요!"

머리가 사라졌다. 그러나 열린 창문이 그게 환상이 아니라는 것을 보여 주었다. 드디어 몇 분 후에 가운데 있는 문이 삐걱거리며 열리더니 가이스트가 나타났다. 그는 다 떨어진 푸른 바지에, 나무 실내화를 신고, 지저분한 플란넬 러닝셔츠를 입고 있었다.

"수진 씨, 축하해 주세요!" 가이스트가 말했다. "내 폭약을 영-미 회사에 팔았어요. 괜찮은 거래를 했다고 봅니다. 선불로 15만 프랑을 현금으로 받고, 1킬로그램 팔 때마다 25상팀을 받기로 했어요."

"그래요, 그런 조건으로 당신 금속들도 팔아 버릴 수 있겠군요." 보쿨스키가 웃으면서 말했다.

가이스트가 태연스럽게 경멸적인 표정으로 그를 쳐다보았다.

"그 조건은……." 가이스트가 말했다. "나의 처지를 많이 변화시켜서 몇 년 후에는 돈 많은 동업자를 구할 필요가 없을 겁니다. 그러나 그 금속들에 관해서는, 방금도 그 일을 하고 있었소. 보십시오……."

그가 현관 왼편에 있는 문을 열었다. 보쿨스키는 넓은 정사각형의 홀을 보았다. 홀은 아주 추웠다. 홀 가운데에 양동이 비슷한 커다란 원주가 서 있었다. 쇠로 된 홀의 벽은 두께가 80센티미터 정도였고, 네 군데에 단단한 테로 조여 있었다. 높은 바닥에 기구들이 단단히 고정되어 있었는데, 하나는 안전밸브처럼 보였다. 그 밑에서 가끔씩 증기구름이 흘러나와 공중에서 금방 사라졌다. 다른하나는 압력계 같았는데 바늘이 움직이고 있었다.

"스팀 보일러입니까?" 보쿨스키가 물었다. "벽을 왜 저렇게 두껍게 했어요?"

"한번 만져 보세요." 가이스트가 말했다.

그걸 만져 본 보쿨스키는 고통스러운 듯 짧은 소리를 냈다. 손가락에 수포가 생겼는데, 열 때문이 아니라 냉 때문이었다. 양동이는 놀라울 정도로 차가웠다. 그 냉기가 홀 전체에서 느껴졌다.

"내부 기압이 6백이에요." 가이스트가 말했다. 그는 그 숫자에놀라 몸을 떠는 보쿨스키의 불운에는 관심을 보이지 않았다.

"화산이구먼……!" 보쿨스키가 작은 소리로 말했다.

"그래서 당신더러 이곳에서 일하라고 한 거요." 가이스트가 말했다. "보다시피 여기서 사고는 쉽게 일어나요. 위로 가 봅시다."

"스팀 보일러를 감시하는 사람 없이 그냥 놔두어도 괜찮아요?" 보쿨스키가 물었다.

"오, 이런 일에 애 보는 여자까지 둘 필요는 없죠. 모든 것은 스스로 움직이고 있어요. 예상 밖의 일은 일어나지 않아요."

위로 올라가자 사면에 창문이 달린 큰 방이 나타났다. 방에 있는 주된 가구들은 테이블들이었다. 유리, 사기, 납, 구리로 된 시험관, 사발, 파이프 등이 글자 그대로 아무렇게나 내던져져 있었다. 테이블 밑과 구석에는 10여 개의 포탄이 놓여 있었는데, 그중 몇 개는 터진 것이었다. 창문 밑에는 여러 가지 색깔의 액체가 가득 들어 있는 돌 혹은 구리로 된 접시들이 있었고, 벽 하나를 따라 벤치와 소파가 놓여 있었고 그 위에는 거대한 전지가 있었다.

몸을 돌린 그는 문 옆에 쇠로 된 붙박이장과 그 속에 있는 더러운 솜이 보이는 찢어진 이불로 덮인 침대, 창 밑에 종이들이 놓여 있는 탁자, 그 앞의 찢어지고 낡은 가죽 안락의자들을 보았다.

보쿨스키는 일용 노동자처럼 나무 샌들을 신고 있는 늙은이를 보고, 나중에 그의 실험 기구들을 보았다. 기구들에도 가난의 흔적이 뚜렷했다. 저 사람은 자신의 발명품으로 수백만 프랑을 가질 수 있었을 것이라는 생각이 들었다. 하지만 그는 미래의 보다 나은 인류를 위해 그것들을 포기했다……. 가이스트는 이 순간에 아직 태어나지도 않은 세대를 약속의 땅으로 인도하는 모세처럼 보였다.

그러나 늙은 화학자는 보쿨스키의 생각을 알지 못했다. 그는 어두운 표정으로 보쿨스키를 보면서 말했다.

"수진 씨, 유쾌하지 않은 장소, 유쾌하지 못한 작업이지요? 40년 동안 나는 이런 식으로 살고 있소. 이 실험 기구들에 수백만 프랑이 들어갔소. 그래서 주인은 즐기지도 못하고, 하인도 없고, 때로는 심지어 먹을 것도 없다오……. 이건 당신이 할 일이 못 됩니다." 그가 손을 내저으며 말했다.

"교수님께서 잘못 생각하신 거요." 보쿨스키가 말했다. "그리고 무덤 속도 더 즐겁지는 않을 거요."

"웬 무덤…… 어리석은 일…… 감상주의!" 가이스트가 중얼거렸다. "자연에는 무덤도 죽음도 없어요. 존재의 여러 가지 형태이죠. 그 형태 중 어떤 것들이 우리가 화학자가 되는 것을 허용한 거죠, 다른 것들은 화학적 물질에 불과해요. 모든 현명함은 제공되는 기회를 이용하고 있다는 데 기반을 두고 있어요. 어리석은 일에 시간을 뺏기지 않고, 무엇인가를 하는 거지요."

"그것을 이해합니다." 보쿨스키가 말했다. "그러나 용서하세요. 당신의 발명이 너무 새로워서……."

"나도 이해해요." 가이스트가 말을 막았다. "내 발명이 너무 새로워서…… 당신은 그것을 속임수로 여겼지요! 그런 점에서 학술원 회원들이 당신보다 더 현명하지 않아요. 그래서 당신은 좋은 일행을 가진 셈이지요! 아! 내 금속들을 다시 보고 싶지요……? 좋습니다. 아주 좋아요."

그는 쇠로 된 장으로 가서 아주 복잡한 방식으로 그것을 열었다. 그리고 순서대로 백금보다 더 무거운 금속 막대기, 물보다 더 가벼운 금속 막대기 그리고 투명한 금속 막대기를 꺼냈다. 보쿨스키는 그것들을 바라보고, 무게를 재 보고, 뜨겁게 달구어 보고, 달군 것을 두드려 보고, 전류에 접촉해 보고, 또 가위로 잘라 보았다. 그렇게 실험하는 데 몇 시간이 걸렸다. 실험 결과, 그는 물질적인 관점에서 그것들은 틀림없는 금속이라고 확신했다.

실험을 마친 후 지친 보쿨스키는 안락의자에 쓰러지듯 앉았다. 가이스트가 자신의 견본들을 장에 넣고, 장문을 닫은 다음 웃으면서 물었다.

"그래, 사실인가요 아니면 속임수인가요?"

"아무것도 이해할 수 없어요." 그는 손으로 관자놀이를 누르면서 작은 소리로 말했다. "머리가 터질 것 같아요…… 금속이 물보다 세 배나 가볍다…… 납득할 수 없는 일이야!"

"혹은 금속이 공기의 10퍼센트 정도 가볍다. 어때요……?" 가이스트가 웃었다. "비중 개념에 맞지 않는 일이지요…… 자연법칙이 무너진 것이고, 그렇지요? 하! 하! 이 모든 것은 아무것도 아니에요. 자연법칙은, 우리가 아는 한, 내 금속에 있어서도 전혀 변함이 없어요. 오로지 물체의 특성과 내적 구조에 대한 우리의 이해를 확장시키고, 인류 기술의 한계를 확대시키는 것이지요."

"비중이라니요?" 보쿨스키가 물었다.

"내 말을 들어 보세요." 가이스트가 말했다. "내 발명의 본질이 어디에 근거하고 있는지 곧 알게 될 거예요. 내가 서둘러 말하면 당신이 따라오지 못할 수도 있겠지만. 여기에는 기적도 속임수도 없어요. 초등학생도 이해할 수 있을 만큼 단순한 일이지요."

그가 테이블에서 육방면체 금속을 들어 보쿨스키에게 주면서 말했다.

"이건 가로세로 높이가 10센티미터인 정육면체이고, 속이 가득 찼고, 쇠를 부어 만든 것이오. 손으로 들어 보시오, 무게가 어느 정도 나갈 것 같소?"

"8킬로⋯⋯."

가이스트가 같은 크기의 쇠로 된 다른 정육면체를 주면서 물었다.

"이것의 무게는?"

"5백 그램⋯⋯. 하지만 이건 속이 비었어요." 보쿨스키가 말했다.

"맞아요! 그리고 이 철사 줄로 된 정육면체는 무게가 어느 정도 될 것 같아요?" 가이스트가 그것을 보쿨스키에게 주면서 물었다.

"십 몇 그램⋯⋯."

"이제 알겠지요." 가이스트가 말을 막았다. "우리는 같은 크기, 같은 금속으로 된 세 개의 정육면체를 가지고 있어요. 그러나 무게는 서로 다르지요. 왜 그럴까요? 왜냐하면 가득 찬 정육면체에는 쇠가 가장 많이 들어 있고, 속이 빈 것에는 더 적게 들어 있고, 철사로 된 것에는 더 적게 들어 있기 때문이지요. 이제 상상해 보세요, 나는 완벽한 미립자 대신 철사형 미립자를 만드는 데 성공한 거요. 발명의 비밀이 이해되지요? 그것은 물질의 내부 구조를 변경시킨 데 근거하고 있어요. 이것은 오늘날의 화학에서도 새로운 게 아니지요. 어떻게 생각하세요……?"

"내가 견본들을 보고 있을 때는 믿지요." 보쿨스키가 대답했다. "당신 말을 들을 때는 이해해요. 그러나 여기서 나가면……."

가이스트가 실망한 듯 두 손을 벌렸다.

그러고는 다시 장을 열고 무언가를 한참 찾더니 작은 금속 줄을 꺼냈다. 색깔이 놋쇠 같았다. 그것을 보쿨스키에게 주면서 말했다.

"이걸 가져가세요. 내 이성에 대한 회의를 막고, 혹은 나의 정직성에 대한 부적으로. 이 금속은 물보다 다섯 배 정도 가볍소. 그것이 우리의 만남을 잘 상기시켜 줄 것이오. 그리고……." 그가 웃으면서 말했다. "그것은 여러 가지 장점을 가지고 있소. 어떤 화학 반응도 두려워하지 않소…… 나의 비밀을 누설하기 전에 빨리 사라집니다. 이제 가 보시오, 수진 씨, 쉬고 나서 생각해 보세요. 자신과 어떻게 해야 할지."

"다시 오겠소." 보쿨스키가 작은 소리로 말했다.

"오, 아니요! 금방은 안 돼요!" 가이스트가 말했다. "당신은 아직 세상과 계산을 끝내지 않았소. 그리고 나는 몇 년 동안 쓸 돈이 있소. 그래서 절박하지 않소. 당신이 예전의 미혹에서 완전히 벗어나게 되면 그때 오시오……."

가이스트는 보쿨스키와 서둘러 악수하고 그를 문 쪽으로 밀었다. 계단에서 다시 한 번 작별 인사를 하고는 실험실로 돌아갔다. 보쿨스키가 마당으로 나왔을 때 대문은 이미 열려 있었다. 문밖에 바로 마차가 있었다. 그가 올라타자 마차 문이 닫혔다.

시내로 들어온 보쿨스키는 바로 금메달을 하나 샀다. 그리고 메달에 새로 얻은 금속 줄을 연결해서 자기 목에 걸었다. 그는 시내를 산책하려 했으나, 거리가 너무 붐벼서 피곤할 것 같아 호텔로 돌아왔다.

"내가 왜 돌아왔지?" 그는 혼자 중얼거렸다. "나는 왜 가이스트에게 일하러 가지 않나……?"

그는 안락의자에 앉아서 과거의 회상에 잠겼다. 그는 호퍼네 가게, 식당 방들, 자기를 비웃던 손님들을 보았다. 자기가 만들었던 영구적으로 움직이는 기계와, 방향을 조정하려고 애썼던 풍선 모형도 보았다. 그는 자기에 대한 사랑 때문에 수척해지던 카시아 호퍼도 보았다.

"일하러 가야지! 왜 나는 일하러 가지 않는 거야……?"

그의 시선이 자기도 모르게 책상으로 갔다. 그곳에는 얼마 전에 샀던 미츠키에비츠의 책이 놓여 있었다.

"저 책을 몇 번이나 읽었던가!" 책을 집어 들면서 그가 작은 소리로 말했다.

책이 저절로 열리고 보쿨스키는 읽었다.

"나는 자리를 떨치고 일어나서 달린다. 나의 기억에 너의 잔인함을, 저주하는 말들을 저장하고, 이미 백만 번도 더 하고, 잊어버렸던 말들……. 그러나 너를 보면 나는 이해할 수가 없다. 왜 내가 평온해지고, 대리석보다 더 차가워지는지, 새롭게 달아오르기 위해, 옛날처럼 침묵하기 위해서……."

"이제야 알겠다. 내가 누구에 의해 마술에 걸렸는지……."

눈물이 고이는 것을 느꼈다. 하지만 그는 참았다. 눈물이 얼굴로 흐르지는 않았다.

"당신들이 나의 인생을 망쳤소…… 두 세대에 해독을 끼친 것이오!" 그가 작은 소리로 말했다. "이것이 당신들의 사랑에 대한 감상주의적 견해의 결과라오."

그는 책을 덮고, 책장이 떨어져 나갈 정도로 힘껏 방구석을 향해 던졌다.

책은 벽에 부딪히고, 세면대를 거쳐 슬픈 소리를 내며 바닥으로 떨어졌다.

'너에게는 그게 잘된 거야! 거기가 네 자리야……' 보쿨스키는 생각했다. '사랑은 성스러운 비밀이라고 나에게 알려 준 사람이 누구야? 누가 나에게 가르쳤는가, 평범한 여인을 경멸하라고, 그리고 이해할 수 없는 이상을 추구하라고……? 사랑은 세상의 기쁨이고, 인생의 태양이고, 황야의 즐거운 멜로디이고, 그래서 너는 사랑에서 무엇을 얻었는가……? 장례식 제단, 그 앞에서 짓밟힌 인간의 가슴을 장사 지내며 사람들이 노래 부르고 있다!'

그때 그에게 의문이 떠올랐다.

'만일 시가 너의 인생에 독을 넣었다면, 누가 시에 독을 탔을까? 그리고 미츠키에비츠는 왜 프랑스 가수들처럼 웃고 허튼소리를 하는 대신 오로지 동경하고 절망할 수 있었을까?

그도 나처럼 지체 높은 여인을 사랑했기 때문이다. 그런 여인은 건전한 이성과, 근면과 희생의 대가로 얻을 수 없고, 심지어 천재도 차지할 수 없다. 그러나…… 돈과 신분의 상품이 될 수 있다.'

"불쌍한 희생자!" 보쿨스키는 작은 소리로 말했다. "당신은 당신이 가지고 있는 가장 좋은 것을 민족에게 주었소. 민족이 당신에게 가득 안긴 고통과 함께 당신의 영혼을 민족에게 쏟아부은 당신의 잘못이 무엇인가? 당신과 나의 불행은 민족 탓이오……."

그는 자리에서 일어나 존경심을 가지고 흩어진 책장들을 모았다.

'민족 때문에 당신이 희생된 것만으로는 충분하지 않소. 당신은 민족이 잘못한 일에 대해 책임을 져야 하는 것 아니오……? 민족이 잘못한 거요, 당신의 심장이 노래하는 대신에 깨진 종처럼 신음하는 것은.'

그는 소파에 누워서 다시 생각했다.

'이상한 나라야. 오래전부터 대귀족과 가난한 평민, 두 개의 전혀 다른 민족이 살고 있는 곳. 어떤 사람들은 이렇게 말하지, 그들은 귀족적인 식물이어서 점토와 분뇨를 흡수할 권리가 있고, 평민은 그들의 이상한 요구도 받아들이고, 그들의 부당한 짓에도 저항할 힘이 없다고.

어떻게 모든 것이 한 계급의 독점을 영구화하고 다른 계급은 싹부터 자르도록 짜여 있단 말인가! 가문의 권위에 대한 신뢰가 너무 강력하여 심지어 수공업자의 아들들과 상인들이 귀족 문장을 사거나 몰락한 귀족 행세를 하고 있다.

어느 누구도 자신의 우수함을 내세우려는 용기를 가지고 있지 못하다. 나조차도 어리석게 수백 루블을 주고 귀족 문서를 사지 않았던가.

내가 그런 곳으로 돌아가야 하나? 무엇하러……? 이곳에는 적어도 인간에게 부여된 모든 능력을 가지고 사는 민족이 있다. 여기서는 의심스러운 고대의 곰팡이들이 높은 자리를 독차지하지 않고, 노동, 이성, 의지, 창의성, 지식, 심지어 미와 실용성 그리고 솔직한 감정에 이르기까지 본질적인 힘들이 쑥쑥 앞으로 나아가고 있다. 저곳에서는 노동이 형벌 말뚝이고, 방탕이 승리를 구가하고 있다! 재산을 모은 사람에게는 구두쇠, 수전노, 벼락부자라는 칭호가 붙는다. 돈을 탕진하면 통이 크고, 사심이 없고, 아량이 있다고 한다……. 저곳에서는 단순함이 이상한 것이고, 절약은 수치이고, 박식은 미친 짓과 다름없고, 숙련된 기술은 가난의 상징이다. 저곳에서는 사람대접을 받으려면 돈과 타이틀이 있거나 귀족의 현관방을 밀고 들어가는 재주라도 있어야 한다. 내가 그런 곳으로 돌아가야 하나……?'

그는 생각하면서 방 안을 돌아다녔다.

'가이스트가 1번, 내가 2번, 오호츠키는 3번…… 두 사람을 더 구하면 4~5년 안에 공기보다 더 가벼운 금속을 발명하는 데 필요한 8천 번의 경험을 다 해 볼 수 있을 것이다. 그때 무슨 일이 일어날까? 오늘날의 세계는 어떻게 될까? 날개도 없이, 복잡한 메커니즘도 없이, 장갑 군함처럼 튼튼한 날아다니는 기계를 처음 볼 때?'

창문 밖 거리에선 함성이 점점 더 퍼지고 강력해져서 온 파리와 프랑스와 유럽을 뒤덮는 것 같았다. 모든 인간의 목소리가 하나의 거대한 외침으로 쏟아졌다.

"명성! 명성! 명성!"

"내가 미쳤나?" 그가 중얼거렸다.

그는 재빨리 조끼 단추를 풀고 내의 밑에서 황금 메달을 꺼내 열었다. 놋쇠 비슷하면서 솜털처럼 가벼운 금속 줄은 제자리에 있었다. 가이스트는 그를 속이지 않았다. 거대한 발명으로 가는 길은 활짝 열려 있다.

"이곳에 머무를 거야!" 그는 작은 소리로 말했다. "신도 인간도 이런 일을 소홀히 한 데 대해 용서하지 않을 것이다."

이미 어둠이 깔렸다. 보쿨스키는 책상 위의 가스등에 불을 붙였다. 그는 종이와 펜을 꺼내 쓰기 시작했다.

"나의 이그나치! 자네와 아주 중요한 일에 대해 이야기하고 싶네. 내가 바르샤바로 돌아가지 않기 때문에, 자네에게 부탁하는데, 자네가 가능한 한 서둘러서……."

그는 갑자기 펜을 던졌다. 자기가 쓴 "내가 바르샤바로 돌아가지 않기……"라는 문장을 보는 순간 불안감이 엄습했다.

"왜 내가 돌아가지 않아야 하지?" 그가 혼자 말했다.

"그러면 뭐하러 돌아가지? 다시 이자벨라를 만나고, 다시 의욕을 상실하기 위해서……?"

'이제 그만 이 어리석은 일은 끝을 내야 해.'

그는 방 안을 돌아다니면서 생각했다.

'여기 두 개의 길이 있다. 하나는 인류의 헤아릴 수 없는 개혁으로 가는 길이고, 다른 하나는 즐거움으로 가는 길인데, 여인을 얻을 수 있는 것도 예상할 수 있다. 어느 것을 택하지?

이미 그것은 사실이다. 하나하나가 새롭고 중요한 물질이다. 모든 새로운 힘은 문명의 새로운 차원이었다. 청동은 고전 문명을 만들었고, 철은 중세를 만들었으며, 화약은 중세에 종지부를 찍었고, 석탄은 19세기의 문을 열었다. 여기서 망설일 게 뭐 있나. 가이스트의 금속은 꿈도 꾸지 못한 문명의 시작을 알릴 것이다. 누가 알겠는가, 인류를 바로 고결하게 할 수도 있지 않을지…….

다른 길을 택하면 나는 무엇을 가지게 되지? 나 같은 신흥 부자들과 함께 목욕하는 것을 망설이지 않는 여자를 가지겠지. 그런 세련된 여자들의 눈에 나는 무엇일까? 그런 여자들의 삶에서 가장 중요한 내용은 공허한 대화, 무의미한 농담, 진실성이 없는 칭찬인데. 그녀를 포함해서 그런 여자들의 무리는 너덜너덜한 옷을 입은 가이스트와 그의 엄청난 발명을 보고 무슨 말을 할까? 그들은 너무 무지해서 그것을 보고도 놀라지 않을 것이다.

내가 그녀와 결혼한다고 생각해 보자. 그러면 어떻게 될까? 나를 존경한다는 온갖 사람들과 여러 종류의 친척들 그리고 내가 어떻게 알겠어, 누가 또 있는지! 이 모든 사람들이 나의 살롱으로 몰려들겠지……. 그러면 나는 다시 그들의 시선에 눈을 감아야 하고, 그들의 칭찬에 귀를 막아야 하고, 그들의 은밀한 대화로부터 멀리 떨어져야 한다. 그들은 무슨 이야기를 할까? ……나의 치욕과 나의 어리석음에 대해서가 아니겠어……?

그런 생활을 1년쯤 하고 나면 사람들이 나를 비참하게 만들어서, 품위가 떨어진 나는 그런 사람들을 오히려 부러워하게 되겠지…….

아, 차라리 배고픈 개에게 심장을 주는 것이 낫겠다. 나와 그들의 차이를 구별할 줄도 모르는 그런 여자에게 마음을 주느니.

이제 그만 끝내자!'

그는 다시 책상에 앉아 가이스트에게 편지를 쓰기 시작했다. 그는 갑자기 중단했다.

"내가 웃기는 사람이군." 그가 큰 소리로 말했다. "내 사업도 정리하지 않고 스스로 의무를 짊어지겠다고 쓰다니……."

'시대가 변한 거야!' 그는 생각했다. '옛날에는 가이스트 같은 사람이 사탄의 상징이었지. 그래서 여성의 모습을 한 천사가 인간의 영혼을 위해서 그런 악마와 싸웠지. 그런데 오늘날에는…… 누가 사탄이고, 누가 천사지?'

그때 노크 소리가 났다. 사환이 들어오더니 보쿨스키에게 편지를 건넸다.

"바르샤바에서……." 보쿨스키가 작은 소리로 말했다. "제츠키한테서 왔나? 또 무슨 편지를……. 아, 회장 부인한테서 왔군! 이자벨라의 결혼 소식을 전하려고 하나?"

그는 봉투를 뜯었다. 그러나 읽기를 망설였다. 심장이 빠르게 뛰기 시작했다.

"아무러면 어때!" 그는 중얼거리고 읽기 시작했다.

나의 사랑하는 스타니스와프! 자기 친구들을 모두 잊고 파리에서 맘껏 즐기고 있는 것 같으니 좋네. 자네의 돌아가신 불쌍한 백부님 묘는 여전히 약속한 돌을 기다리고 있고, 또 나는 자네와 설탕 공장 건립에 대해 상의하고 싶네. 노년을 위해 그 공장을 지으라고 사람들이 나를 설득하고 있다네. 스타니스와프, 자네가 부끄러워해야 하고 또 유감스럽게 생각해야 할 일이 있네. 벨라의 얼굴에 피어나는 홍조를 보지 못하다니. 벨라는 지금 우리 집에 있네. 내가 자네에게 편지 쓴다는 소리를 듣고 얼굴이 더 붉어졌다네. 사랑스러운 애야! 벨라는 고모네 집에 살면서 자주 우리 집에 온다네. 내가 추측하기에 자네가 그녀에게 적잖이 언짢은 일을 한 것 같네. 잘못했다는 말을 하는 데 오래 끌지 말게. 그리고 가능한 한 빨리 나에게 오게. 벨라는 며칠 더 이곳에 있을 것이네. 자네에게 용서를 빌게 할 수도 있으니⋯⋯.

  보쿨스키는 의자를 박차고 일어났다. 그는 창문을 열고 그곳에서 회장 부인의 편지를 다시 읽었다. 눈에서는 광채가 나고 얼굴은 붉어졌다.

  그는 초인종을 한 번, 두 번, 세 번 울렸다⋯⋯. 그러다 참지 못하고 복도로 나갔다.

  "사환! 헤이, 사환!"

  "예, 갑니다."

  "계산서 가져오게."

  "어떤 계산서 말씀입니까⋯⋯?"

  "지난 5일간의 모든 계산서! 모든. 알아들었나?"

  "지금요?" 사환이 어리둥절했다.

  "당장. 그리고 파리 북역으로 갈 마차도⋯⋯. 서두르게!"

# 제3장 사랑 속에서 행복한 사람

파리에서 바르샤바로 돌아온 보쿨스키는 회장 부인의 두 번째 편지를 받았다. 부인은 바로 자기에게 와서 몇 주 동안 즐기며 지내라고 재촉했다.

스타니스와프, 자네의 최근 일이 잘되었고, 내가 자네와 알게 된 것을 자축하기 위해 자네를 초대한다고 생각하지 말게. 그럴 때도 있었지만, 나에게 그런 일은 없네. 단지, 힘든 일을 한 후에 좀 쉬고, 내 집에서 즐거운 시간을 가지기를 바랄 뿐이네. 우리 집에는 늙고 재미없는 안주인 외에 젊고 예쁜 아가씨들도 있다네.

"내가 젊고 예쁜 아가씨들에게 관심이 많다!" 보쿨스키는 중얼거렸다. 그리고 곧이어 생각했다. '나의 어떤 일이 잘됐다고 회장 부인께서 쓴 것일까? 내가 돈 벌었다는 소문이 그곳까지 퍼졌다는 말인가, 아무에게도 그것에 대해 이야기한 적이 없는데?'

그가 서둘러 그동안의 업무를 파악한 뒤에는 회장 부인의 말이 더는 이상하지 않았다. 그가 파리로 떠난 날부터 매출이 증대하기 시작하여 한 주가 지날 때마다 영업이 빠르게 성장했다. 그와 관련하여 수십 곳의 새로운 거래처가 생겼고, 빠져나간 거래처는 한 군데밖에 없었다. 오랫동안 거래하던 그 가게는 창고를 가지고 있지 않고 비단 가게밖에 없기 때문에 더 이상 거래를 지속할수 없어서 존경하는 보쿨스키 상회와 새해에 모든 계산을 정리한다는 편지를 보내왔다. 거래는 아주 활발해서 이그나치가 자기 책임하에 새 가게를 빌리고, 여덟 명의 점원과 두 명의 발송 담당 직원을 채용했다.

보쿨스키가 장부 열람을 끝내자(역에서 돌아온 후 제츠키의 재촉으로 그는 몇 시간에 걸쳐 보았다) 이그나치가 내화성 금고를 열고 엄숙한 표정으로 수진의 편지를 꺼냈다.

"이 무슨 의식인가?" 보쿨스키가 웃으면서 물었다.

"수진의 편지는 각별히 조심스럽게 보관해야지." 제츠키가 힘주어 말했다.

보쿨스키가 어깨를 으쓱하고 편지를 읽었다. 수진은 겨울에 할 새로운 사업을 제안했다. 그는 이 일도 지난번 파리에서 처리했던 일만큼 중요하다고 했다.

"자넨 어떻게 생각하나?" 그가 이그나치에게 편지 내용을 설명하고 물었다.

"이보게, 스타흐." 이그나치가 아래를 보면서 말했다. "나는 자네를 믿기 때문에 설령 자네가 도시에 불을 지른다 해도, 자네에게 고귀한 목적이 있었을 것이라고 확신하네."

"자네는 치료할 수 없는 몽상가야, 이보게 늙은이!" 보쿨스키가 작은 소리로 말하고 대화를 중단했다. 틀림없이 이그나치는 그 일에 어떤 정치적인 의도가 있다고 생각할 것이다.

하지만 제츠키 자신은 그렇게 생각하지 않았다. 보쿨스키가 자기 방에 들어왔을 때 명함과 편지들이 한 묶음 놓여 있었다. 그의 부재중에 백 명 정도의 영향력 있고, 신분이 높고, 재산 있는 사람들이 그를 찾아왔었다. 그중 절반 정도는 보쿨스키가 모르는 사람들이었다. 더욱 특이한 것은 편지들이었다. 재정적 지원을 부탁하거나, 여러 가지 민사나 군사 사건에서 보호를 요청하거나 혹은 무명으로 그를 비난하는 내용들이었다. 어떤 사람은 그를 배신자라 했고, 다른 사람은 그가 과거 호퍼네 가게에서 일했던 점원이라고 하면서, 오늘날에는 자진해서 대귀족들의 집에 있는 하인들의 제복보다 더 큰 제복을 입고 있다고 그를 비난했다. 다른 익명의 편지는 그가 행실이 좋지 않은 여자를 돌보고 있다는 내용이었다. 또 다른 편지에는 스타프스카 부인은 요부이며 싸우기 좋아하는 여자인데, 사기꾼 제츠키가 새로 구입한 집세를 빼돌려 비르스키라고 하는 관리인과 나누어 가진다고 쓰여 있었다.

'나에 대한 온갖 소문이 떠돌아다니고 있구먼!' 편지 뭉치를 바라보면서 그는 생각했다.

거리에서도 마찬가지였다. 조금만 주의를 기울이면 자기가 많은 사람들의 관심 대상이라는 것을 알 수 있었다. 많은 사람들이 그에게 머리 숙여 인사했고, 어떤 때는 스치면서 전혀 모르는 사람이 자기를 가리키기도 했다. 자기를 보고 눈에 띄게 불쾌한 표정으로 고개를 돌리는 사람들도 있었다. 그를 무안하게 대했던 이들 중에는 이르쿠츠크에서 알게 된 두 사람도 있었다.

'저 친구들이 왜 저러나.' 그는 속으로 말했다. '머리가 이상해졌나……?'

바르샤바에 머문 지 이틀째 되는 날, 그는 수진에게 편지를 썼다. 그의 제안을 받아들이고, 10월 중순경 모스크바에 갈 것이라고 했다. 그는 늦은 저녁에 회장 부인에게 갔다. 부인은 얼마 전에 새로 개통된 철로에서 불과 몇 마일 떨어진 곳에 장원을 가지고 있었다.

그는 역에서 자신이 다른 사람의 주목을 받고 있다는 것을 느꼈다. 역장이 스스로 자신을 소개하고, 그에게 특별한 자리를 드리라고 지시했다. 수석 차장이 그를 좌석이 있는 차량까지 안내하고, 안 그래도 그가 방해받지 않고 잠자고, 일하고, 대화할 수 있는 편한 자리를 드리려 했다고 말했다.

기차는 오랫동안 서 있다가 천천히 움직이기 시작했다. 이미 늦은 밤, 달은 안 보이고, 하늘에는 구름이 없어 평소보다 별이 더 많이 보였다. 보쿨스키는 창문을 열고 별들을 바라보았다. 시베리아의 밤이 생각났다. 그곳에서 하늘은 가끔 칠흑처럼 어두웠고, 별들은 눈보라처럼 많았다. 하늘에 작은곰자리가 바로 머리 위에 떠 있는 것 같고, 헤르쿨레스자리, 페가수스자리, 쌍둥이자리가 이곳의 지평선 위보다 더 낮게 비추었다.

'내가 오늘 천문학에 대해 알게 되었을까, 호퍼네 점원인 내가, 만일 내가 그곳에 없었다면?' 그는 쓰디쓴 심정으로 생각했다. '만일 수진이 나를 억지로 파리로 부르지 않았더라면, 내가 가이스트의 발명을 알았을까?'

그는 영혼의 눈으로 극동과 서유럽 사이를 오갔던 자기의 인생 행로를 돌아보았다. '내가 할 수 있는 모든 것, 내가 가진 모든 것, 내가 앞으로 할 수 있는 모든 것은 이곳에서 기원하지 않았다. 이곳에서 내가 찾은 것은 멸시, 시기 혹은 내가 잘됐을 때 받았던 진의가 의심스러운 박수뿐이었다. 그러나 만일 내가 잘못되었더라면, 오늘 나에게 고개 숙여 인사했던 바로 그 사람들이 나를 짓밟았을 것이다……'

"나는 여기서 나갈 거야." 그가 작은 소리로 말했다. "나는 나갈 거야! 혹시 그녀가 나를 붙들면…… 내 마음에 들게 재산을 쓸 수 없다면, 재산이 나에게 줄 수 있는 것이 무엇이 있겠는가? 동업자들 클럽, 가게, 잡담하지 않기 위해 카드놀이를 해야 하고, 카드놀이를 하지 않기 위해 잡담해야 하는 그런 개인 살롱을 오가는 동안에 곰팡이 피어나는 그런 생활이 무슨 가치가 있겠나……?"

'궁금한데.' 조금 후에 그는 생각했다. '무슨 일로 그렇게 중요한 듯 회장 부인이 나를 초대하지? 혹시 이자벨라 때문일까……?'

몸이 뜨거워졌다가 천천히 정신에 변화가 일어나는 것을 그는 느꼈다. 그는 자기를 사랑했던 아버지, 백부, 카시아 호퍼를, 그가 진심으로 잘되기를 바라는 제츠키, 레온, 슈만, 공작과 많은 사람들을 회상했다. 주위에 따뜻한 가슴을 가진 사람들이 없다면 그의 모든 학문과 재산이 무슨 가치가 있는가? 보다 고귀하고 보다 나은 인류의 최종적인 승리를 보장하는 무기가 되지 못한다면, 가이스트의 위대한 발명이 무슨 소용이 있는가……?

"우리 나라에서도 할 일이 적지 않다." 그가 작은 소리로 말했다. "여기에도 끌어 올려 주고 힘을 북돋아 줄 가치가 있는 사람들이 있다. 세기적인 발명품들을 만들어 내기에는 난 이미 너무 늙었다. 그런 일은 오호츠키 같은 사람들이 하라고 해. 나는 다른 사람들을 행복하게 하는 일을 선호한다. 그리고 나도 행복해지고……."

그는 눈을 감았다. 그러자 이자벨라를 보는 것 같았다. 그녀가 특유의 이상한 표정으로 그를 바라보면서 부드러운 미소로 그의 의도에 수긍하고 있었다.

칸막이 객실 문을 노크하는 소리가 들리더니 수석 차장이 나타나 말했다.

"달스키 남작께서 여기 오셔도 되는지 여쭙습니다. 그분도 이 차량에 계십니다."

"남작께서……?" 이상하게 생각한 보쿨스키가 되물었다. "물론 이지, 어서 오시라고 하세요……."

수석 차장이 물러나며 문을 닫았다. 보쿨스키는 생각해 냈다. 남작은 동방과 무역하는 회사 임원이고, 이자벨라에게 청혼한 몇 안 되는 사람 중 하나이다.

'그가 왜 나를 찾는 거지?' 보쿨스키는 생각했다. '그도 회장 부인에게 가는지도 모르지. 신선한 공기 속에서 이자벨라에게 청혼하기 위해……? 만일 스타르스키가 선수를 쓰지 않았다면…….'

복도에서 발소리와 이야기하는 소리가 들렸다. 칸막이 객실 문이 열리고 수석 차장이 모습을 드러냈다. 그 옆에 절반쯤 흰 코밑 수염을 조금 기른 마른 몸의 남자가 서 있었다. 거의 흰 그의 턱수염은 더 적었고, 머리는 회색이었다.

'이 사람이 아닐지도 모르지?' 보쿨스키는 생각했다. '그 사람의 머리는 완전히 검었는데…….'

"방해해서 대단히 실례합니다." 기차가 덜컹거리는 바람에 몸을 기우뚱하면서 남작이 말했다. "대단히…… 혼자 계신 것을 방해하고 싶지 않았습니다, 혹시 선생께서도 우리가 존경하는 회장 부인께 가는 중이 아니신지 여쭙고 싶지 않았다면. 부인께서는 일주일 전부터 선생을 기다리고 계십니다."

"부인께 갑니다. 남작님, 안녕하십니까? 앉으십시오."

"아, 참 잘됐습니다." 남작이 큰 소리로 말했다. "저도 그곳으로 갑니다. 거의 두 달 전부터 저는 그곳에 살고 있습니다. 그 말은…… 선생, 계속 사는 것은 아니고, 끊임없이 왕래하고 있습니다. 바르샤바에 있는 집을 수리하는 중이라……. 지금은 빈에서 오는 중입니다. 그곳에서 가구를 샀거든요. 저는 회장 부인 댁에는 며칠만 묵습니다. 왜냐하면 제 저택에 있는 모든 가구의 커버를 바꾸어야 하거든요. 새로 간 지 2주밖에 안 됐는데. 하지만 어쩔 수 없잖아요…… 마음에 안 든다고 하니. 그래서 다 뜯어내야지, 다른 방법이 없어요!"

그가 웃으면서 눈을 깜박거렸다. 보쿨스키는 식은땀이 났다.

'누구를 위한 가구란 말인가……? 커버가 누구 마음에 안 들었다는 건가……?' 그는 걱정스럽게 속으로 혼자 물었다.

"존경하는 선생께서는……." 남작이 말을 계속했다. "이미 사명을 완수하셨습니다. 축하합니다!" 보쿨스키의 손을 꼭 잡으면서 남작이 말했다. "처음 만났을 때부터, 선생, 선생에 대해 경의와 친근감을 느꼈습니다. 그것이 지금은 거의 존경으로 변했습니다. 우리가 정치계에서 물러난 것이 우리에게 적지 않은 피해를 초래했습니다. 선생께서 처음으로 비이성적인 금주 원칙을 깨셨습니다. 그 일에 대해 선생을 존경합니다. 그러나 우리는 국가에 관한 일에 관심을 가져야 합니다. 그 일에 우리의 재산과 우리의 미래가 달려 있습니다."

"남작님, 무슨 말씀이신지 모르겠습니다." 보쿨스키가 갑자기 말을 막았다.

남작이 몹시 당황하여 한동안 움직임도 말도 없이 앉아 있다가 더듬거리며 말했다.

"실례했습니다! 그럴 의도는 없었습니다. 그러나 생각합니다. 존경하는 회장 부인에 대한 나의 우정은, 선생, 그분은……."

"설명은 그만 끝내시지요." 보쿨스키가 웃으면서 그의 손을 꼭 잡고 말했다. "그런데 빈에서의 구매는 만족하십니까?"

"아주…… 선생, 아주 만족합니다. 그런데 선생께선 믿으시겠습니까. 선생이 파리에 계실 때 존경하는 회장님의 추천으로 선생을 찾아가려고 한 적이 있었습니다."

"오셨으면 잘 모셨을 텐데…… 그런데 무슨 일이었습니까?"

"파리에서 다이아몬드 세트를 사려고 했습니다." 남작이 말했다. "그러나 빈에서 아름다운 사파이어를 보았습니다. 마침 지금 가지고 있습니다. 선생께서 허락하신다면…… 선생은 보석 전문가시죠?"

'사파이어는 누구를 위한 것일까?' 보쿨스키는 생각했다. 그는 자세를 똑바로 하고 싶었으나, 손도 다리도 움직일 수가 없었다.

그사이 남작은 여러 호주머니에서 네 개의 사파이어 갑을 꺼내 의자 위에 놓고 차례로 하나씩 열기 시작했다.

"이것은 팔찌입니다. 얼마나 검소합니까, 돌 하나로 되어 있고…… 브로치와 귀걸이는 장식을 더 많이 했지요. 테도 바꾸라고 했습니다. 이것은 목걸이입니다. 단순하지만, 멋있습니다. 그래서 아름답지요. 그러나 선생, 사실 광채는?"

그렇게 말하면서 그는 깜박거리는 촛불 빛 속에 사파이어를 보쿨스키의 눈앞으로 밀었다.

"선생 마음에 들지 않습니까?" 보쿨스키가 아무 말이 없자 남작이 갑자기 물었다.

"물론, 아주 아름답습니다. 이 선물을 누구에게 가져갑니까?"

"제 약혼녀에게." 이상한 어조로 남작이 대답했다. "회장 부인이 우리의 약혼에 대해 선생께 알렸다고 생각하는데……."

"아니요."

"제가 청혼하고 청혼이 받아들여진 지 오늘이 바로 5주째 되는 날입니다."

"선생은 누구에게 청혼했나요? 회장 부인에게……?" 보쿨스키가 다른 목소리로 물었다.

"아니요!" 남작이 뒤로 물러나면서 큰 소리로 말했다. "에벨리나 야노츠카 양에게 청혼했습니다. 회장 부인의 손녀지요……. 기억 나지 않으세요? 백작 댁의 부활절 만찬 때 있었는데, 선생께서 못 보셨습니까……?"

에벨리나 야노츠카가 이자벨라 웽츠카가 아니고, 남작이 이자 벨라에게 청혼한 것이 아니며, 사파이어를 이자벨라에게 가져가 는 것도 아니라고 보쿨스키가 결론을 내리기까지는 한참의 시간 이 흘렀다.

"죄송합니다." 보쿨스키가 불안해하는 남작에게 말했다. "정신 이 산만해져서 제가 무슨 말을 하는지 몰랐습니다……."

남작이 자리에서 일어나 서둘러 보석들을 챙겼다.

"제가 눈치가 없었습니다!" 남작이 큰 소리로 말했다. "선생의 눈 에 서린 피곤을 보고도 선생에게서 잠을 쫓으려 하다니……."

"아닙니다. 졸리지 않습니다. 남은 길도 선생과 동행하면 좋겠습 니다. 잠깐 정신이 혼미해졌지만 지금은 괜찮습니다."

남작은 작별 인사를 하고 나가려 하다가 보쿨스키가 실제로 생 기를 되찾은 것을 보고, 몇 분 동안만 더 있을 생각으로 다시 자 리에 앉았다. 그는 자기의 행복을 누군가에게 말하고 싶어 했다.

"얼마나 귀여운 여인인지!" 남작은 점점 활발하게 제스처를 써 가며 이야기했다. "제가 그녀를 알았을 때, 그녀는 조각상처럼 차 가웠고, 옷에만 관심이 있었어요. 오늘에 와서야 그녀의 보석 같 은 감정을 발견했습니다. 모든 여자들처럼 그녀도 옷을 좋아합니 다. 그러나 이성적입니다! 제가 지금 보쿨스키 선생에게 말하는 것 은 지금까지 아무에게도 하지 않았습니다. 저는 아주 젊었을 때 머리가 회색으로 변하기 시작했습니다. 그렇지 않았더라면 가끔 콧수염에 포마드를 바르는 일도 없었을 것입니다. 그런데 선생, 누가 생각이나 했겠습니까. 그녀가 포마드 바른 것을 보자마자 절대 못 바르게 했습니다. 그녀는 회색 머리를 좋아하고, 그녀에게 정말 아름다운 것은 오로지 회색 머리 남자라고 말했습니다. 그래서 제가 그녀에게 '반백의 머리에 대해 어떻게 생각하십니까?'라고 물어봤습니다. 그녀는 '아주 흥미로워요'라고 대답했습니다. 그녀가 그렇게 말하다니! 제 이야기가 지루하지요, 보쿨스키 선생?"

"아니요, 선생! 행복하신 분을 만나서 매우 반갑습니다."

"저는 정말 행복합니다. 저에게는 예상치 못한 기쁨입니다." 남작이 말을 계속했다. "항상 결혼에 대해 생각했고, 몇 년 전에 의사들이 저에게 결혼을 권했습니다. 그래서 저는 낭만적인 사랑까지는 바라지 않지만, 아름답고, 교육을 잘 받고, 이름 있고, 외모가 좋은 아가씨를 차지할 계획을 세웠습니다. 지금 선생이 계시지만, 사랑이 나의 길을 막았고, 한눈에 심장에 불을 붙였습니다. 보쿨스키 선생, 저는 정말로 사랑에 빠졌습니다······ 아니, 저는 미쳤습니다. 이런 말, 아무에게도 하지 않을 것입니다. 그러나 선생에게는, 첫 순간부터 저는 거의 형제 같은 감정을 느꼈습니다. 저는 미쳤습니다! 저는 잘 때, 오로지 그녀만 생각합니다. 그녀를 못 볼 때에는 꿈을 꿉니다. 저는 실제로 아픕니다. 입맛도 없고, 슬픈 생각과 끊임없는 불안······.

제가 지금 선생에게 하는 말은, 보쿨스키 선생, 선생 자신에게도 하지 마시길 부탁드립니다. 저는 그녀를 시험하려고 합니다. 그건 점잖지 못한 일입니다. 그렇죠, 선생? 그러나 어쩔 수 없습니다. 사람은 행복을 믿기가 쉽지 않습니다. 그녀를 시험하면서, 아무에게도 말해서는 안 됩니다, 선생! 저는 혼전 재산에 관한 서류를 작성하도록 지시했습니다. 그에 의하면 누군가의 잘못으로 결혼이 이루어지지 못하면, 선생, 이해하시겠습니까? 실망의 대가로 제가 그녀에게 5만 루블을 지불하기로 되어 있습니다. 그녀가 나를 거절하지 않을까 하는 불안 때문에 심장이 굳어졌습니다……. 선생은 어떻게 생각하십니까? 회장 부인이 그 계획을 그녀에게 말했을 때, 아가씨가 울면서 이렇게 말했습니다. '제가 5만 루블을 위해서 그를 거절할 것이라고 그가 생각하다니, 이게 무슨 일이에요? 그가 저를 이기적이라 의심하고, 여자의 가슴에서 일어나는 숭고한 동기를 인정하지 않는다면, 그는 당연히 이해해야 합니다. 제가 5만 대신에 백만을 주지 않을 것을…….'

이 말을 회장 부인이 반복했을 때, 저는 에벨리나 양의 방으로 달려가서 한마디 말도 하지 않고 그녀의 발 앞에 무릎을 꿇었습니다. 저는 지금 바르샤바에 유언장을 남겨 놓았는데, 거기에 그녀를 유일한 상속녀로 지정했습니다. 비록 제가 결혼 전에 죽더라도. 그 아가씨가 지난 몇 주일 동안 저에게 준 만큼 그렇게 많은 행복을 저의 가족도 평생 주지 못했습니다. 나중에 어떻게 되겠어요! 나중에 어떻게 되겠어요, 보쿨스키 선생……? 아무에게도 이런 질문을 하지 않았습니다." 남작이 말을 마치고, 힘주어 보쿨스키의 손을 잡았다. "안녕히 주무세요."

"재미있는 이야기야!" 남작이 나간 후에 보쿨스키가 중얼거렸다. "노인네가 목까지 빠졌구먼."

그는 짙은 자홍색 의자에 그림자처럼 남아 있는 남작의 모습을 지울 수가 없었다. 그는 남작의 마른 얼굴에 피어나던 벽돌색 홍조, 밀가루를 뿌린 것 같은 머리, 건강하지 않은 기색이 희미하게 빛나는 깊이 팬 눈을 떠올렸다. 끊임없이 목을 가리고, 창문이 잘 닫혔는지 확인하고, 칸막이 객실 안으로 들어오는 바람을 피해 계속 자리를 바꾸는 사람에게서 터져 나오는 열정이 우스우면서도 씁쓸한 인상을 남겼다.

'난처한 상황이야!' 보쿨스키는 생각했다. '젊은 여자가 그런 미라 같은 사람을 사랑할 수 있을까? 그는 틀림없이 나보다 열 살은 더 먹었을 것이다. 그리고 허약한 데다 또 얼마나 순진한가!'

좋아. 하지만 그 아가씨가 정말 그를 사랑한다면……? 아가씨가 그를 속이고 있다고 보기는 어렵다. 일반적으로 볼 때 여자들이 남자들보다 더 고결하다. 여자들이 남자들보다 범죄도 더 적게 저지르고, 우리보다 훨씬 더 자주 희생한다. 아침부터 밤까지 돈 때문에 거짓말을 하는 비열한 남자를 찾기 어렵다면, 정직한 집안에서 자란 젊은 아가씨에게 그런 의심을 할 수 있겠는가?

만일 그의 매력 때문이 아니라 그의 신분 때문이라면, 물론 눈에 뭐가 씌어서 사랑에 빠질 수도 있다. 그렇지 않다면 틀림없이 그녀가 거짓으로 코미디를 연기하고 있는 것이다. 그러면 남작이 그것을 눈치챘을 것이다. 사랑은 현미경을 통해서 보기 때문에.

만일 젊은 아가씨가 할아버지 같은 사람을 사랑할 수 있다면, 왜 그 아가씨는 나를 사랑해서는 안 되는 건가……?'

"나는 항상 나의 일로 귀결시키고 있구나!" 그가 한숨을 쉬었다. "그런 생각은 이미 편집광의 일종이야……."

그는 남작이 닫은 창문을 다시 열었다. 그리고 집요하게 밀려오는 회상들을 떨쳐 버리기 위해 다시 하늘을 보았다. 날개 달린 말 페가수스는 이미 서쪽으로 내려갔고, 동쪽에서는 황소와 오리온, 작은개와 쌍둥이가 떠올랐다. 그는 하늘의 한 부분에 빽빽하게 뿌려진 별들을 바라보았다. 어떤 물질적인 연결 고리가 할 수 있는 것보다 더 강력하게 먼 세계를 하나의 전체에 연결하는, 보이지 않는 끌어당기는 힘이 머리에 스쳤다.

'끌어당기는 것 — 연결하는 것, 그건 본질적으로 같은 거야. 자기에게로 모든 것을 잡아당기는 강력한 힘은 비옥해서 모든 생명이 그것으로부터 솟아 나온다. 지구에서 태양과의 연결을 제거하면, 지구는 어느 공간으로 날아가 몇 년 후에는 얼음덩어리가 될 것이다. 어떤 떠돌이별을 태양계 안에 던져 넣으면, 누가 알겠는가, 그 별에서 생명체가 생겨나지 않는다고? 왜 남작은 모든 자연에 적용되는 연결의 법칙 아래서 무너져야 하는가? 그와 그의 에벨리나 사이의 절벽이 지구와 태양 사이보다 더 큰가? 인간의 미친 짓을 이상하게 볼 것이 뭐 있나, 만약 세계가 그런 식으로 미쳐 있다면……'

그사이 기차는 여전히 천천히 갔다. 정거장에서는 오랫동안 멈춰 있었다. 공기는 차가웠다. 동쪽에서는 별들이 흐려지기 시작했다. 보쿨스키는 창문을 닫고, 흔들거리는 의자에 누웠다.

'만일……' 그는 생각했다. '젊은 여자가 남작과 사랑에 빠질 수 있다면, 나는 왜……. 그 아가씨가 그를 속이고 있는 것은 아니다. 여자들이 일반적으로 우리보다 더 고결하다, 거짓말도 덜 하고.'

"실례합니다. 여기서 내리셔야 합니다. 남작님은 벌써 차를 드시고 계십니다."

보쿨스키는 정신을 차렸다. 그의 머리 위에 수석 차장이 서 있었다. 그가 정중한 태도로 보쿨스키를 깨웠다.

"아니, 벌써 날이 샜어요?"

"예, 9시입니다. 30분 동안 역에 서 있었습니다. 남작님의 지시가 없어서 선생님을 깨우지 않았습니다. 그러나 기차는 곧 떠납니다."

보쿨스키는 서둘러 기차에서 내렸다. 역은 새로 생겼고, 아직 공사가 다 끝나지 않았다. 그럼에도 불구하고 그에게 씻을 물을 주고, 옷을 깨끗이 털어 주었다. 완전히 잠에서 깬 그는 조그마한 구내식당으로 갔다. 그곳에서는 상쾌한 얼굴로 남작이 세 번째 찻잔을 비우고 있었다.

"안녕하세요!" 보쿨스키의 손을 다정하게 잡으면서 남작이 큰 소리로 말했다. "주인 양반, 이분에게 차 드리세요. 날씨가 좋습니다. 말 타고 산책하기 좋겠습니다. 그들이 우리에게 재미있는 일을 했군요."

"무슨 일이 있습니까?"

"말이 오기를 기다려야 합니다." 남작이 말했다. "다행히 선생께서 오신다고 제가 2시에 회장 부인께 전보를 보냈습니다. 그제도 바르샤바에서 회장 부인께 전보를 보냈습니다. 그런데 역장이 말하기를, 제가 실수로 말을 내일로 주문했다고 알려 주었습니다. 오늘 2시에 전보를 보낸 것이 정말 다행입니다. 3시에 여기서 파발꾼을 보냈고, 6시에 회장 부인이 전보를 받았을 것이고, 늦어도 8시에 말을 보냈을 것입니다. 아직 한 시간은 더 기다려야 할 것 같습니다. 그 대신 이 지방을 좀 더 잘 볼 수 있습니다. 아주 아름다운 곳입니다."

아침 식사 후에 그들은 플랫폼으로 나갔다. 그곳에서 보는 주위는 평원이었고, 숲도 거의 없었다. 도처에 나무들이 무더기로 서 있었고, 그 가운데에 석조 건물들이 있었다.

"저기 보이는 것이 귀족들의 저택인가요?" 보쿨스키가 물었다.

"아, 그렇습니다. 많은 귀족들이 이 지역에 살고 있습니다. 이곳 토지는 경작하기가 아주 좋습니다. 이곳에 많이 있지요, 루핀, 클로버……."

"마을은 보이지 않습니다." 보쿨스키가 끼어들었다.

"이곳은 귀족들의 토지입니다. 이런 속담이 있지 않습니까. '귀족들의 들판에는 곡식 더미가 많고, 농민들의 들판에는 사람이 많다'는."

"들었습니다." 보쿨스키가 갑자기 말했다. "회장 부인님 댁에 손님이 많이 모인다고."

"아, 선생!" 남작이 큰 소리로 말했다. "날 좋은 일요일은 마치 클럽 무도회 같습니다. 수십 명이 모입니다. 오늘도 틀림없이 많은 손님들을 보게 될 겁니다. 무엇보다도 제 약혼녀가 그곳을 좋아합니다. 그리고 봉소프스카 부인도 올 것입니다. 예쁜 미망인이지요. 나이는 서른이고, 재산이 엄청나게 많습니다. 그 부인 주위를 스타르스키가 맴돌고 있는 것으로 알고 있습니다. 선생은 스타르스키를 아시나요……? 좋지 않은 사람입니다. 오만하고 뻔뻔하지요. 이성적이고 안목도 있는 봉소프스카 부인이 그렇게 경솔한 친구와 어울리다니 정말 이상한 일입니다."

"그리고 또 누가 있습니까?" 보쿨스키가 물었다.

"펠라* 야노츠카 양이 있습니다. 제 약혼녀의 사촌 여동생인데, 아주 예쁜 아가씨입니다. 열여덟 살이지요. 그리고 오호츠키도 있습니다……."

"그렇습니까? 그는 거기서 뭘 합니까?"

"제가 떠날 때, 그는 하루 종일 고기만 잡고 있었습니다. 하지만 그의 취미는 자주 바뀌기 때문에 지금은 사냥꾼이 되어 있을지도 모릅니다. 그러나 귀족다운 청년입니다. 아는 것도 많고! 이미 실적도 있지요. 몇 가지 발명을 했습니다."

"그렇습니다. 비범한 사람입니다." 보쿨스키가 말했다. "그리고 회장 부인 댁에 누가 또 있습니까?"

"상주하는 손님은 더 이상 없고, 웽츠키 씨가 딸과 함께 자주 와서 며칠씩 묵고 갑니다. 출중한 여인이지요." 남작이 말을 이었다. "보기 드문 특출한 인품에. 선생은 아직 그들을 알지 못하나요? 그녀의 마음을 얻고, 그녀와 결혼하는 사람은 행복한 사람입니다.

얼마나 매력 있고, 또 지적인지. 살아 있는 여신처럼 그녀를 숭배할 만하지요…… 그렇게 생각 안 하세요?"

그의 질문에 적당한 대답을 찾을 수가 없어 보쿨스키는 주위를 둘러보았다. 다행히 그 순간에 역의 사환이 달려와서 마차가 왔다고 알려 주었다.

"아주 잘됐군!" 남작이 큰 소리로 말하고 사환에게 몇 즈오티를 주었다. "이보게, 우리 짐 좀 가지고 가게. 선생, 이제 갑시다…… 두 시간 후면 선생은 제 약혼녀를 보게 될 겁니다."

# 제4장 시골 마을의 유흥

짐을 마차에 모두 옮겨 싣는 데 15분이 걸렸다. 드디어 보쿨스키와 남작이 자리에 앉고, 모래빛 제복을 입은 마부가 공중에 채찍을 흔들자, 건강해 보이는 회색빛 두 마리 말이 빠르게 움직이기 시작했다.

"오, 봉소프스카 부인을 선생께 추천하고 싶습니다." 남작이 말했다. "여성이 아니라 다이아몬드입니다. 얼마나 독특한지! 주위에 흠모하는 남자들이 많은 것을 즐기면서도 재혼할 생각은 하지 않고 있습니다. 그 여인을 흠모하지 않는다는 것은 어려운 일입니다. 사실 흠모한다는 것은 모험이지요. 스타르스키는 오늘날 그가 했던 모든 경박한 행동으로 벌을 받고 있습니다. 선생은 그를 아시나요?"

"한 번 보았습니다."

"세련된 사람이지만, 호감 가는 사람은 아닙니다." 남작이 말했다. "제 약혼녀가 싫어합니다. 그가 제 약혼녀의 신경을 자극합니다. 그래서 그가 있으면 그녀의 기분이 좋지 않습니다. 저는 이상하게 생각하지 않습니다. 본성이 서로 반대이니까요. 그녀는 진지한데 그는 경박하고, 그녀는 정직하고 감성적인데 그는 냉소적입니다."

보쿨스키는 남작의 이야기를 들으면서 주위를 둘러보았다. 풍경의 분위기가 천천히 변했다. 역을 떠난 지 30분쯤 되자 지평선에 숲들이 나타났다. 숲들은 언덕 가까이에 있었다.

길은 언덕들 사이로 꾸불꾸불 나 있었는데 언덕 위로 올라갔다가 아래로 내려왔다.

언덕들 중 하나에 올라왔을 때 마부가 그들을 향해 고개를 돌리고 채찍으로 앞을 가리키며 말했다.

"오, 저기 신사 숙녀 분들이 관광용 사륜마차를 타고 가십니다."

"어디? 누가?" 남작이 거의 마부석으로 올라가면서 큰 소리로 말했다. "아, 그렇군. 저 사람들…… 네 마리의 연갈색 말이 끄는 노란 관광 마차……. 누가 타고 가지? 선생께서도 한번 보세요."

"무언가 붉은 장밋빛처럼 보입니다." 보쿨스키가 대답했다.

"아, 봉소프스카 부인입니다. 나의 약혼녀일까……?" 남작이 작은 소리로 말했다.

"아가씨들이 몇 분 계십니다." 보쿨스키가 말했다. 순간 그는 이자벨라를 떠올렸다. '만일 그녀가 그들과 함께 가고 있다면 좋은 징조다.' 그는 그렇게 생각했다.

두 대의 마차가 빠르게 서로 접근했다. 관광 마차에서는 채찍이 힘차게 공중에서 춤추고, 큰 소리가 나고, 손수건이 펄럭였다. 한편 다른 마차에서는 남작이 점점 밖으로 몸을 내밀고, 감동으로 몸을 떨고 있었다.

남작이 탄 마차는 멈췄으나, 관광 마차는 마치 웃음소리와 외치는 소리들의 폭풍처럼 수십 미터 더 앞으로 나간 뒤에 섰다.

언뜻 보니 뭔가에 대해 소란스럽게 논의를 하고, 어떤 결정이 내려진 것 같았다. 왜냐하면 마차에서 사람들이 내리고, 관광 마차는 떠나갔기 때문이다.

"안녕하세요, 보쿨스키 선생!" 마부석에서 누군가가 긴 채찍을 흔들면서 큰 소리로 말했다. 보쿨스키는 오호츠키를 알아보았다.

남작이 사람들에게 달려갔다. 맞은편에서 하얀 망토에 하얀 비단 파라솔을 든 여인이 그를 향해 손을 내밀고 천천히 걸어왔다. 손에서는 넓은 소매가 아래로 처져 있는 것 같았다. 남작은 이미 멀리서부터 모자를 벗고, 약혼녀에게 달려가 그녀의 소매 속에 거의 잠겼다. 감정의 폭발은 그에게는 짧았으나 보는 사람들에게는 아주 길었다. 남작이 갑자기 정신을 차리면서 말했다.

"아가씨, 보쿨스키 선생을 소개합니다. 저의 가장 친한 친구입니다…… 이분은 이곳에 오래 머물기 때문에 제가 없는 동안 아가씨 곁에서 제 역할을 할 겁니다."

그는 다시 소매 안쪽에 몇 차례 키스를 더 했다. 그 소매에서 아름다운 손이 보쿨스키를 향해 나왔다. 보쿨스키는 그 손을 잡았다. 손이 얼음처럼 차가웠다. 그는 하얀 망토를 입은 여인을 바라보았다. 창백한 얼굴과 커다란 눈을 보았다. 눈에는 슬픔과 두려움이 서려 있었다.

'특이한 약혼녀구나!' 보쿨스키는 생각했다.

"보쿨스키 선생!" 남작이 두 여인과 한 남자를 향해 몸을 돌리고 불렀다. 그들이 두 사람 쪽으로 다가오고 있었다. "스타르스키 씨입니다." 남작이 덧붙여 말했다.

"전에 뵌 적이 있지요!" 스타르스키가 모자를 반쯤 벗으면서 말했다.

"그렇습니다." 보쿨스키가 응답했다.

"우리가 어떻게 탈까요?" 남작이 다가오는 관광 마차를 보고 물었다.

"모두 함께 타요!" 금발의 젊은 아가씨가 큰 소리로 말했다. 보쿨스키는 이 아가씨가 펠리치아 야노츠카라고 생각했다.

"우리 마차에 자리가 두 개 있어요." 남작이 달콤한 어투로 말했다.

"이해는 하지만, 그렇게는 안 돼요." 붉은 장밋빛 옷을 입은 아름다운 저음의 숙녀가 말했다. "약혼한 두 사람은 우리와 함께 가고, 원하시면 오호츠키 씨와 스타르스키 씨는 저 마차로 가세요."

"왜 제가요?" 오호츠키가 높은 마부석에서 큰 소리로 말했다.

"그리고 저는 왜요?" 스타르스키도 말했다.

"오호츠키 씨는 마차를 잘 못 몰고, 스타르스키 씨는 지겨우니까." 미망인이 단호하게 대답했다.

부인은 아름다운 밤색 머리에 검은 눈과 명랑함과 에너지가 넘치는 얼굴이었다.

"부인께서 저를 해고하시는 거예요!" 스타르스키가 우습게 한숨 쉬었다.

"당신도 아시잖아요, 나를 좋아해도 지겹게 하는 사람은 언제든 해고한다는 것을. 자, 이제 타십시오, 신사 숙녀 여러분. 약혼하신 분들은 서로 마주 보고, 펠라는 에벨리나 옆에."

"오, 아니에요!" 금발의 아가씨가 반대했다. "제가 마지막에 타겠어요. 할머니는 약혼한 분들 옆에 제가 앉는 것을 허락하지 않으세요."

남작이 솜씨보다 우아하게 약혼녀를 자리에 앉히고, 그 앞에 앉았다. 그리고 미망인이 남작 옆에 앉았다. 스타르스키는 약혼녀 옆에, 펠리치아는 스타르스키 옆에 앉았다.

"앉으세요." 미망인이 의자 절반을 덮고 있는 붉은 장밋빛 옷자락을 자기 쪽으로 당기면서 보쿨스키에게 말했다.

보쿨스키는 펠리치아 맞은편에 앉았다. 그는 아가씨가 놀라움과 감동이 어린 눈으로 자기를 바라보고 있는 것을 보았다. 아가씨의 볼에 순간순간 홍조가 퍼졌다.

"마부에게 고삐를 넘겨주시라고 오호츠키 씨에게 부탁해도 될까요?" 미망인이 말했다.

"부인께서 끊임없이 저를 좋지 않게 대하십니다" 오호츠키가 화난 목소리로 말했다. "제가 몰고 갈 겁니다."

"분명히 말하는데, 만일 우리가 넘어지면 가만두지 않을 거예요."

"두고 볼 일입니다." 오호츠키가 대꾸했다.

"여러분, 들었지요, 저 사람이 나를 협박합니다!" 미망인이 큰 소리로 말했다. "나를 위해 나설 사람 없어요?"

"제가 부인의 복수를 하지요." 스타르스키가 서툰 폴란드어로 말하며 끼어들었다. "우리 둘이 저 마차로 옮겨 탑시다."

아름다운 미망인은 어깨를 으쓱하고, 남작은 다시 약혼녀에게 키스했다. 약혼녀는 웃으면서 작은 소리로 남작과 이야기했다. 그러나 그녀의 얼굴에서는 슬픔과 두려운 기색이 사라지지 않았다.

스타르스키가 미망인과 장난하고 있을 때, 펠리치아의 얼굴은 붉어지고, 보쿨스키는 약혼녀를 바라보고 있었다. 그것을 알아차린 약혼녀가 보쿨스키에게 나무라는 눈빛을 보내고, 그녀의 끝없는 슬픔이 갑자기 소녀 같은 명랑함으로 바뀌었다. 자진해서 그녀는 남작에게 키스하라고 손을 내밀기까지 했고, 우연인 척 남작을 발로 건드리기도 했다. 남작은 너무 감동하여 얼굴이 창백해지고 입술이 파래졌다.

"그런데 당신은 마차를 몰 줄 몰라요!" 미망인이 양산 끝으로 오호츠키를 건드리려고 애쓰면서 큰 소리로 말했다.

그 순간 보쿨스키가 밖으로 뛰어내렸다. 동시에 고삐에 매인 앞선 말들이 길 가운데로 돌았고, 마차의 채에 매인 뒤쪽의 말들이 앞선 말들을 따라 움직이자, 마차가 급하게 왼쪽으로 기울었다. 보쿨스키가 마차를 붙들고, 마부가 고삐를 잡아당겨 말들이 멈췄다.

"제가 말했잖아요, 저 사람이 우리를 넘어뜨릴 거라고!" 미망인이 큰 소리로 외쳤다. "스타르스키 씨, 또 무슨 일이에요……?"

보쿨스키는 관광 마차를 쳐다보았다. 그리고 순간적으로 마차 안에서 일어난 일들을 보았다. 펠리치아는 떼굴떼굴 웃으며 굴렀고, 스타르스키는 아름다운 미망인의 무릎에 얼굴을 파묻었고, 남작은 마부의 목을 잡아당겼고, 그의 약혼녀는 두려움으로 창백해져서 한 손으로 마부석 난간을 잡고, 다른 손으로는 스타르스키의 어깨를 짚었다.

눈 깜짝할 사이에 마차는 다시 중심을 잡아 똑바로 섰고, 모든 것이 정상으로 돌아왔다. 펠리치아만 웃음을 터뜨리고 있었다.

"이해할 수 없어, 펠라, 어떻게 그런 순간에 웃을 수 있니." 약혼녀가 말했다.

"왜 웃으면 안 돼? 안 좋은 일이라도 일어나는 거야? 우리와 함께 보쿨스키 선생이 타고 있는데……" 아가씨가 말했다. 그녀는 어느 때보다 얼굴이 더 붉어진 것을 스스로 느끼고 미리 손바닥으로 얼굴을 가렸다. 그리고 나중에 보쿨스키를 바라보았는데, 시선은 그녀가 몹시 모욕당했다는 것을 보여 주고 있었다.

"나로 말하면, 그런 비슷한 사고를 몇 개쯤 미리 예약할 준비도 되어 있지요." 스타르스키가 저의 있는 눈초리로 미망인을 바라보면서 말했다.

"당신의 애정 표시로부터 내가 안전하다는 것을 전제로 하고. 펠라, 내 자리에 앉아." 미망인이 이마를 찡그리며 보쿨스키 맞은편에 앉으면서 대꾸했다.

"또 무슨 일이지요. 부인께서 오늘 스스로 말했잖아요, 미망인에게는 모든 것이 가능하다고."

"그러나 미망인들이 모든 것을 다 허용한 건 아니에요. 아니지요, 스타르스키 씨, 당신은 그 일본식 습관을 버려야 해요."

"그건 범세계적인 관습입니다." 스타르스키가 대답했다.

"어떻든 내가 속한 세계에선 통용되지 않아요." 미망인이 얼굴을 찡그리며 잘라 말하고는 길을 내려다보았다.

마차 안이 조용해졌다. 남작은 만족스러운 듯 코밑수염을 만지고 있고, 그의 약혼녀에게서는 슬픈 표정이 더 깊어졌다. 보쿨스키 옆의 미망인 자리를 차지한 펠리치아는 이따금 어깨 너머로 무시하는 듯 울적한 시선을 보내면서 보쿨스키에게 반쯤 등을 돌리고 앉아 있었다. 그런데 무엇 때문일까? 그는 그것을 모르지.

"선생은 말을 잘 타세요?" 봉소프스카 부인이 보쿨스키에게 물었다.

"왜 그렇게 생각하십니까?"

"어머나! 왜냐고요? 먼저 제 질문에 대답해 보세요."

"특별히 잘 타진 못하고 그럭저럭 탑니다."

"선생은 틀림없이 말을 잘 타실 겁니다. 율리안 같은 거장처럼 말을 다루는 솜씨로 보아서. 우리 같이 말을 타게 될 것입니다…… 오호츠키 씨, 당신은 오늘부터 산책에서 빠져도 됩니다."

"아주 반가운 일입니다." 오호츠키가 대답했다.

"숙녀에게 그런 식으로 대답하다니 좋네요!" 펠리치아가 크게 말했다.

"그들과 산책하는 것보다는 대답하는 편이 더 낫지요. 지난번 봉소프스카 부인과 함께 말을 타고 산책할 때 두 시간 동안 여섯 차례나 말에서 내려왔어요. 5분을 편하게 있지 못했지요. 보쿨스키 선생께도 한번 해 보세요."

"펠라, 저분에게 말해, 내가 저분과 대화하는 것 아니라고." 미망인이 오호츠키를 가리키며 말했다.

"이봐요, 이봐!" 펠리치아가 불렀다. "이 부인은 당신과 대화하시지 않아요……. 부인이 말씀하시길, 당신은 교양이 없대요"

"아, 그래요, 부인은 매너 좋은 사람들과 함께 있는 것을 바라셨군요." 스타르스키가 말했다. "시도해 보세요, 제가 사과할 수도 있으니까요."

"선생은 파리에서 오신 지 오래되었나요?" 미망인이 보쿨스키에게 물었다.

"내일이 일주일 되는 날입니다."

"저는 4개월 동안 파리를 보지 못했어요. 사랑스러운 도시인데."

"자스와벡!" 오호츠키가 소리쳤다. 그는 채찍을 높이 들어 치려했으나, 제대로 되지 않았다. 왜냐하면 뒤로 간 채찍이 여자들의 파라솔들과 남자들의 모자들 사이에서 엉키고 말았기 때문이다.

"아니에요, 여러분." 미망인이 소리쳤다. "제가 계속 이 마차를 타고 가기를 여러분이 원하신다면, 저 사람을 묶으세요. 저 사람은 한마디로 위험해요……."

마차 안은 다시 소란스러워졌다. 펠리치아가 오호츠키를 편들고 나섰기 때문이다. 그녀는 오호츠키가 처음 마차를 몰지만 잘하고 있으며, 경험이 아주 많은 마부들에게도 사고는 일어날 수 있다고 주장했다.

"사랑하는 펠리치아." 미망인이 대꾸했다. "너는 눈이 잘생긴 남자는 모두 훌륭한 마부라고 생각하는 나이구나."

"드디어 오늘에야 나는 입맛을 찾을 수 있을 것 같군……." 남작이 자기 약혼녀에게 말하고 나서 자기 목소리가 너무 컸다는 것을 알고 작은 소리로 말하기 시작했다.

그들은 회장 부인의 영지 안으로 들어왔다. 보쿨스키는 저택을 살펴보았다. 완만한 언덕 위에 높이 서 있는 2층 건물 양옆에 1층 부속 건물이 날개처럼 붙어 있었다. 건물 뒤에는 공원이 있고 공원의 오래된 나무들은 초록빛을 내뿜고 있었다. 건물 앞에는 넓은 초원이 펼쳐져 있는데, 산책로로 나뉘어 있었고, 군데군데에 화단과 조각상, 정자로 꾸며져 있었다. 언덕 밑에 마치 천처럼 넓게 펼쳐진 연못은 햇빛을 받아 반짝이고 있었다. 연못 위에는 보트와 백조들이 흔들거리고 있었다.

초록색 배경에 흰 기둥들이 늘어선 저택은 선명하고 밝게 보였다. 건물 좌우에 있는 나무들 사이로 석조 농장 건물들이 보였다.

이번에는 오호츠키가 제대로 휘두른 채찍 소리와 함께 마차는 대리석 다리를 지나 바퀴 하나만 잔디를 건드리고 저택 앞에 멈췄다. 여행자들은 내리고, 오호츠키는 채찍을 마부에게 주지 않고 마구간으로 마차를 몰고 갔다.

"아침은 1시에 있습니다."* 펠리치아가 큰 소리로 말했다.

검은 프록코트 차림의 늙은 하인이 남작에게 다가와서 말했다.

"마님께서는 식료품 창고에 계십니다. 여러분들께서는 각자 방으로 가셔도 됩니다."

그가 손님들을 오른쪽에 있는 별채로 안내한 다음 보쿨스키에게 넓은 방을 가리켰다. 그 방의 열린 창문으로 공원이 보였다. 조금 후 물을 가져온 제복 차림의 사환이 가방을 열고 정리했다.

보쿨스키는 창문 밖을 바라보았다. 넓은 잔디밭을 오래된 가문비나무, 낙엽송, 보리수 무리들이 장식하고 있었고, 그 뒤로 멀리 숲 언덕이 보였다. 창가에는 라일락이 덤불을 이루고 있었고, 덤불 속 새집에 참새들이 날아들고 있었다. 붙잡을 수 없는 향기를 머금은 9월의 따스한 바람이 매 순간 방으로 들어왔다.

손님은 구름을 쳐다보았다. 구름이 가문비나무의 검은 가지 사이로 스며드는 강한 빛을 받고 있는 나무들의 꼭대기를 스치고 있는 것 같았다. 그 광경이 그를 기분 좋게 했다. 그는 이자벨라를 생각하지 않았다. 그의 영혼을 불태웠던 그녀의 모습은 단순한 자연의 매력 앞에서 연기처럼 흩어졌다. 아픈 가슴도 잠잠해졌고, 오랜만에 처음으로 그의 마음에 평온과 정적이 찾아왔다.

그는 자신이 방문객이라는 사실을 깨닫고 서둘러 옷을 갈아입었다. 그가 옷을 다 입자마자 조용히 문 두드리는 소리가 나더니 늙은 하인이 들어왔다.

"마님께서 식당으로 오시랍니다."

보쿨스키는 그의 뒤를 따라갔다. 복도를 지나자 바로 넓은 식당이 나타났다. 식당 벽 절반은 검은 나무 패널로 가려져 있었다. 펠리치아는 창가에서 오호츠키와 이야기하고 있었다. 식탁에는 봉소프스카 부인과 남작 사이에 놓인, 팔걸이가 높은 안락의자에 회장 부인이 앉아 있었다.

손님을 본 회장 부인이 일어나서 몇 걸음 앞으로 나왔다.

"어서 와요, 스타니스와프 씨." 회장 부인이 말했다. "그리고 나의 청을 들어주어서 고마워요."

보쿨스키가 부인의 손을 향해 몸을 굽히자 부인이 그의 이마에 키스했다. 그것이 주위에 있는 사람들에게 특별한 인상을 남겼다.

"여기 앉아요, 카지아 옆에. 그리고 카지아 너에게 부탁하는데, 이분을 잘 기억해."

"보쿨스키 씨는 그럴 만한 일을 하셨습니다. 이분의 신속한 판단이 없었더라면 오호츠키가 우리 모두의 뼈를 부러뜨렸을 거예요."

"그건 또 무슨 말이야……?"

"그는 말 두 필이 끄는 마차도 몰 줄 모르면서, 네 마리 말이 끄는 마차를 몰았어요. 그가 하루 종일 물고기 잡을 때가 더 좋아요."

"하느님! 얼마나 다행인지, 내가 저 여인과 결혼하지 않은 것이."
오호츠키가 보쿨스키에게 인사하면서 작은 소리로 말했다.

"오, 이봐요! 당신이 내 남편이 되는 것보다는, 차라리 마부가 되는 게 더 낫지요." 봉소프스카 부인이 크게 말했다.

"저 둘은 항상 다투기만 해!" 회장 부인이 웃으면서 말했다.

에벨리나 야노츠카가 들어왔다. 그리고 몇 분 뒤에 다른 문으로 스타르스키가 들어왔다.

그들은 회장 부인에게 인사했다. 부인은 그들을 친절하게 맞이했으나 근엄했다.

아침 식사가 차려졌다.

"우리 집에서는, 스타니스와프 씨, 식사 때 의무적으로 모두 함께 모이는 것이 관습입니다. 그 외에는 각자 하고 싶은 일을 합니다. 그래서 자네에게 말하는데, 지루해지지 않으려면 카지아 봉소프스카를 돌보게나."

"저도 당장 보쿨스키 씨를 포로로 삼을 거예요." 미망인의 반응이었다.

"오호!" 회장 부인이 슬쩍 보쿨스키를 보면서 작은 소리로 말했다.

펠리치아의 얼굴이 붉어졌다. 오늘 몇 번째인지 알 수 없지만. 그녀가 오호츠키에게 와인을 따라 달라고 말했다.

"아니, 아니…… 물을 주세요." 그녀가 생각을 바꾸었다.

오호츠키가 머리를 흔들며 어떻게 해야 할지 모르겠다는 듯 손을 펴더니 그녀가 원하는 대로 해 주었다.

식사 중에 에벨리나는 남작하고만 이야기했고, 스타르스키는 검은 눈의 미망인과 희롱했다. 식사 후에 손님들은 회장 부인에게 인사하고 각자 헤어졌다. 오호츠키는 백부네 저택으로 갔다. 그곳에 있는 목적으로 최근에 만들어진 그의 방에 그는 기상 전망대를 설치했다. 남작은 약혼자와 공원으로 산책하러 갔고, 회장 부인은 보쿨스키를 붙들었다.

"어디 한번 말해 보게." 회장 부인이 말했다. "첫인상이 중요한데, 봉소프스카 부인 어때?"

"용기 있고, 명랑한 것 같아요."

"자네 말이 맞아. 그리고 남작은?"

"그는 잘 모르겠습니다. 늙었잖아요."

"오, 늙었지. 아주 늙었지." 회장 부인이 한숨 쉬듯 말했다. "그런데도 그는 결혼하려 해. 그의 약혼녀에 대해 어떻게 생각하나?"

"전혀 모르겠습니다. 이상한 것은 남작이 그 아가씨 마음에 들었다는 것입니다. 한 가지, 남작은 정직한 사람일지도 모릅니다."

"그래. 그 애는 이상한 계집이야." 회장 부인이 말했다. "그리고 자네에게 말하는데, 그 애에 대한 내 애정이 식기 시작했어. 나는 그 애의 결혼에 간섭하지 않아, 그 애를 부러워하는 처녀들도 많으니까. 모두가 말하지, 그 둘은 훌륭한 한 쌍이라고. 그러나 내가 죽은 후 그 애 몫은 다른 사람들에게 갈 거야. 남작이 많은 재산을 가지고 있으니, 나의 2만 루블은 필요 없겠지."

늙은 회장 부인의 목소리에 흥분이 배어 있었다.

곧이어 부인은 보쿨스키에게 공원으로 가 보라는 말을 남기고 헤어졌다.

보쿨스키는 마당으로 나왔다. 부엌이 있는 왼편 별채 근처에서 그는 공원 쪽으로 방향을 바꾸었다.

그가 자스와벡에서 처음에 보았던 두 가지 일이 나중에 자주 생각났다.

무엇보다 그는 부엌에서 멀지 않은 곳에 있는 오두막을 보았다. 그 앞에 쇠줄에 묶인 개가 낯선 사람을 보고 마치 광견병에 걸린 것처럼 짖고, 으르렁거리고, 몸을 뒹굴었다. 그럼에도 불구하고 개의 눈이 순해 보이고 꼬리를 흔들고 있어서 보쿨스키는 다가가 개를 쓰다듬었다. 그렇게 사납던 짐승도 기분이 누그러져서 나중에는 그를 가지 못하게 했다. 개가 우는 소리를 내면서 그의 옷을 잡고, 마치 쓰다듬어 주기를 바라는 듯, 적어도 인간다운 표정을 바라는 것처럼 바닥에 누웠다.

'쇠줄에 묶인 이상한 개구나!' 보쿨스키는 생각했다.

그 순간 부엌에서 새로운 놀라운 현상 같은 것이 나왔다. 몸이 뚱뚱한 늙은 하인이라니! 보쿨스키는 지금까지 몸이 뚱뚱한 농부를 본 적이 없었다. 그가 농부에게 말을 걸었다.

"왜 저 개를 줄에 묶어 놓고 있나요?"

"개가 사나워져서 도둑이 못 들어오도록 하려고." 하인이 웃으면서 말했다.

"그러면 왜 처음부터 사나운 잡종을 가져오지 않았어요?"

"마님이 사나운 개를 싫어하세요. 여기서는 개가 순해야 해요."

"여기서 무슨 일을 하세요?"

"양봉을 하고 있습니다. 전에는 농장 일을 했는데, 황소가 제 갈비를 부러뜨리는 바람에 마님이 저더러 벌을 치라고 하셨습니다."

"일하기는 좋아요?"

"처음엔 일이 없어 지루했는데, 지금은 익숙해져서 괜찮습니다."

보쿨스키는 농부와 헤어진 후 공원으로 가서 오랫동안 아무것도 생각하지 않고 보리수나무 길을 산책했다. 이곳에 도착했을 때 그는 파리의 온갖 잡음들, 바르샤바의 소음, 기차의 육중한 쇳소리로 포만 상태였고 중독되어 있었던 것 같았는데, 이 순간 불안과 고통을 유발했던 그 모든 것들이 그에게서 증발하는 것처럼 생각되었다. 만일 누가 그에게 시골이 뭐냐고 묻는다면 그는 정적이라고 대답할 것이다.

그때 뒤에서 빨리 다가오는 발소리를 들었다. 오호츠키가 어깨에 낚시 도구를 걸치고 그를 뒤쫓고 있었다.

"펠리치아 양 못 보셨어요?" 그가 물었다. "2시 반에 나랑 같이 낚시하러 가기로 했는데…… 여자들 시간관념이란 게 이렇지. 선생도 우리와 같이 가시죠? 흥미 없어요? 선생은 스타르스키와 카드놀이를 더 좋아하시겠죠? 그는 (셋이서 하는) 프레페랑스 카드놀이 성원이 될 때를 제외하고, 언제나 (둘이서 하는) 카드놀이 할 준비가 되어 있지요."

"스타르스키 씨는 여기서 뭐합니까?"

"뭐하기는요? 그는 대고모이자 대모인 회장 부인 집에 살면서 지금은 상속 재산을 받을 수 있을까 걱정하고 있지요. 30만 루블이지요! 그러나 회장 부인은 적지 않은 그 돈을 모나코 도박장에 주느니 기아들 후원금으로 내놓으려 하시죠. 불쌍한 젊은이!"

"그에게 안 좋은 일이라도 있나요?"

"있고말고요! 할머니가 돌아가신 후에 유산을 못 받았고, 카지아하고도 단절되었어요. 자업자득이지요. 선생도 알아 두세요." 오호츠키가 낚시를 고치면서 말을 이었다. "봉소프스카 부인이 처녀일 때 그를 좋아했지요. 카지오와 카지아, 잘 어울리는 한 쌍이지요……? 제가 보기에 카지아는 그에 대한 과거의 좋은 감정 때문에 3주 전에 여기에 온 것 같아요. 죽은 남편이 약간의 유산을 남겼고, 회장 부인이 받은 만큼은 안 되지만! 두 사람은 며칠 동안 잘 지냈지요. 카지오가 결혼 지참금을 담보로 유대인에게 어음을 주고 새로 돈을 빌렸는데, 그때 뭔가가 잘못되었지요…… 봉소프스카 부인은 그를 거들떠도 안 보는데, 그는 부인에게 알랑대고 있지요. 한마디로 비참하지요! 그는 여행도 포기하고, 모래밭에 주저앉아야 할 겁니다. 오래전부터 신장 결석을 앓고 있는 그의 백부가 죽지 않는 한."

"그런데 지금까지 그는 무엇을 했습니까?"

"무엇보다도 빚을 졌지요. 도박도 하고, 여행도 하고. 주로 파리와 런던의 술집을 돌아다녔지요. 그가 중국에 갔다는 것은 믿을수 없어요. 그는 특히 젊은 유부녀들을 많이 농락했어요. 그 분야에서는 도사지요. 유부녀들은 그를 거절하지 못하고, 처녀들은 스타르스키가 집적거리면 곧바로 결혼하게 된다고 믿고 있어요. 다른 직업과 마찬가지로 그것도 좋은 일 아니에요!"

"그렇습니다." 보쿨스키가 작은 소리로 말했다. 그에게서 라이벌에 대한 불안이 약간 사라졌다. 그는 이자벨라를 농락하지 못할 거야.

그들은 공원 끝까지 왔다. 울타리 안쪽에 석조 건물들이 줄지어 서 있었다.

"오, 보세요, 회장 부인이 얼마나 특별한 분인지." 오호츠키가 울타리를 가리키며 말했다. "저기 석조 건물들이 보이죠? 모두 방네 개가 있는 하인들이 사는 집이랍니다. 저기 있는 집은 하인들의 어린애들 보호소입니다. 30명의 어린애들이 저곳에서 놀고 있지요. 씻겨 주고 잘 보살펴 주고 있답니다. 마치 귀족의 어린애들처럼……. 저기 별장처럼 보이는 집은 노인들을 위한 곳이지요. 지금 네 명 있는데, 손님방 매트리스를 청소하면서 휴가처럼 지내고 있지요. 제가 우리 나라 여러 곳을 돌아다니면서 보았는데, 하인들은 돼지처럼 살고 있었고, 그들의 어린애들은 진흙 속에서 돼지 새끼들처럼 뒹굴고 있었어요……. 여기 처음 왔을 때, 저는 놀라서 다시 보았습니다. 제가 유토피아의 섬에 있는 것 같기도 하고, 실현될 수 없지만 귀족이 마땅히 해야 할 일을 작가가 묘사한 지루하지만 고결한 소설 속에 있는 것 같기도 했습니다. 늙은 회장 부인이 저를 놀라게 했습니다. 부인께서 어떤 도서관을 가지고 계시고 무엇을 읽으시는지 선생께서도 차차 알게 될 겁니다. 부인께서 언젠가 제게 진화론의 어떤 문제에 대해 설명해 달라고 하셨을 때 당황했습니다. 부인께서는 진화론이 생존 경쟁을 자연의 기본 법칙으로 인정하기 때문에 역겹게 생각하십니다."

길이 다 끝날 즈음에 펠리치아가 나타났다.

"율리안 씨, 이제 갈까요?" 그녀가 오호츠키에게 물었다.

"갑시다. 보쿨스키 선생도 우리와 같이 갑니다."

"아아……?" 아가씨가 의외라는 반응을 보였다.

"아가씨는 제가 가는 걸 원하지 않으세요?" 보쿨스키가 물었다.

"물론 원하지요. 그런데…… 선생님은 봉소프스카 부인과 같이 있는 것을 더 좋아하실 거라고 생각했습니다."

"펠리치아 양!" 오호츠키가 불렀다. "너무 심술궂게 굴지 말아요. 그것으론 안 통해요."

무안해진 아가씨가 혼자 연못을 향해 앞서가고, 두 남자가 그 뒤를 따라갔다. 그들은 무더위 속에 오후 5시까지 낚시질을 했다. 오호츠키는 6센티미터짜리 모샘치를 한 마리 잡았고, 펠리치아는 소매 깃을 찢겼다. 그 때문에 두 사람 사이에 다툼이 생겼다. 젊은 여자들은 낚시질을 어떻게 하는지 모르고, 남자들은 잡담하지 않고는 한순간도 가만히 있지 못한다고 서로 비난했다.

저녁 만찬 시간을 알리는 종소리가 두 사람을 화해시켰다.

만찬 후에 남작은 자기 방으로 돌아갔다. 항상 이 시간에 그는 편두통을 느꼈다. 다른 사람들은 공원 정자에 모여 과일을 먹었다.

보쿨스키는 30분 후에 나타났다. 그는 자기가 제일 먼저 왔으리라 생각했으나, 모든 여자들이 이미 모여 있었다. 스타르스키가 그들에게 강연을 하고 있었다. 그는 자작나무 의자에 다리를 넓게 벌리고 앉아 승마용 채찍으로 구두 아래를 치면서 지루한 표정으로 말했다.

"역사상 결혼이 어떤 역할을 한 경우를 보면, 사랑 때문에 한 결혼이 아니라 이성적인 판단에 의한 결혼이라는 것을 알 수 있습니다. 우리가 오늘날 야드비가*나 마리아 레스친스카*에 대해서 무엇을 알겠어요, 만일 그들이 이성적인 선택을 하지 못했다면? 스테판 바토리*나 나폴레옹 1세는 무엇이 되었겠습니까, 만일 그들이 영향력 있는 여인들과 결혼하지 않았다면? 결혼은 사랑만으로 하기에는 너무나 중요한 일입니다. 그것은 두 사람 영혼의 시적인 결합이 아니라, 많은 사람들과 많은 이해관계를 위해 중요한 사건이지요. 내가 오늘 하녀나 가정 교사와 결혼한다면, 내일이면 나는 나의 세계에서 잊히게 됩니다. 아무도 나에게 사랑의 감정이 어떠냐고 묻지 않을 겁니다. 나는 무슨 수입으로 집을 꾸려 나가고, 누구를 집으로 초대하겠어요?"

"사랑하지 않는 사람과 정치적인 이유로 하는 결혼 다르고, 돈 때문에 하는 결혼 다르지." 회장 부인이 땅을 보고 손가락으로 테이블을 두드리며 말했다. "그건 가장 성스러운 감정에 대한 폭력이지."

"아, 사랑하는 할머니." 스타르스키가 한숨을 쉬면서 말했다. "1년에 2만 루블이 있으면 감정의 자유로움에 대해 말하기 쉽습니다. '치사한 돈!', '더러운 돈!' 모두들 그렇게 말하지요. 그러나 왜 모든 사람이, 머슴부터 장관에 이르기까지 의무적인 일로 인해 자기의 자유를 구속하고 있습니까? 광부와 선원은 무엇 때문에 목숨을 걸고 일합니까? 물론 돈 때문입니다. 그 치사한 돈이 하루에 몇 시간, 1년에 몇 달, 일생에서 몇 년이라도 자유를 줍니다. 모두가 위선적으로 돈을 경멸하지요. 그러나 우리 모두는 알고 있지요, 돈이 개인의 자유, 학문, 예술, 심지어 이상적인 사랑을 자라게 하는 퇴비라는 것을. 기사들과 음유 시인들의 사랑이 어디에서 태어납니까? 확실한 것은 구두공들과 대장장이들 사이에서, 심지어 의사들과 변호사들 사이에서도 생겨나지 않습니다. 재산이 많은 계급들이 그런 사랑을 소중하게 가꾸지요. 그 계급들이 얼굴이 아름답고 손이 하얀 여인을 만들고, 여자를 신처럼 모실 만큼 시간이 많은 남자들을 배출합니다.

여기 우리 중에 행동으로 보여 준 대표적인 인물이 있습니다. 바로 보쿨스키 선생입니다. 그는 할머니께서 말씀하셨듯이, 여러 차례 영웅적인 행동을 보여 주셨습니다. 무엇이 그를 위험으로 끌어들였을까요……? 물론 돈입니다. 오늘날 돈이 그의 손에서 힘입니다.”

갑자기 조용해졌다. 모두 보쿨스키를 쳐다보았다. 그가 한참 후에야 입을 열었다.

“그렇습니다, 선생 말이 맞습니다. 저는 힘들게 모험하면서 재산을 모았습니다. 그런데 아십니까, 제가 왜 그렇게 했는지……?”

“잠깐 실례합니다.” 스타르스키가 끼어들었다. “제가 선생을 비난하는 것이 아니라, 모든 사람에게서 칭찬받을 만한 모범이라는 것을 인정합니다. 그런데 선생은 어떻게 아십니까, 돈 때문에 결혼한 사람에게는 고귀한 목표를 가질 전망도 없다는 것을? 제 부모님은 순수한 사랑으로 결혼하셨습니다. 하지만 그분들은 평생 행복하지 않으셨습니다. 두 분 사랑의 결실인 저에 대해서는 할 말이 없습니다……. 그런데 이 자리에 계신 우리 존경하는 할머니께선 사랑과는 맞지 않는 결혼을 하셨습니다. 그리고 오늘날 주위 사람들의 축복을 받으며 사십니다. 더 좋은 점은…….” 그가 회장 부인의 손에 키스하고 말을 계속했다. "사랑에만 집착한 나머지 나에게 물려줄 재산을 생각하지 못한 우리 부모님의 잘못을 바로잡으시는 것입니다. 그리고 우리는 매력적인 봉소프스카 부인에게서 두 번째 모범적인 예를 봅니다."

"오, 이보세요." 얼굴이 붉어진 미망인이 말을 막았다. "당신은 마치 최종심 검사처럼 말하는데, 보쿨스키 선생처럼 나도 묻겠어요, 당신은 아세요, 내가 왜 그랬는지……?"

"그러나 부인도 그렇게 했고, 할머니도 그렇게 했고, 우리 모두도 그렇게 할 겁니다." 스타르스키가 비꼬는 투로 차갑게 말했다. "물론 감정에 맡겨도 될 만큼 충분한 재산을 가지고 계신 보쿨스키 선생을 제외하고……."

"저도 그렇게 했습니다." 절제된 목소리로 보쿨스키가 말했다.

"선생도 재산을 보고 결혼했나요?" 눈을 크게 뜨면서 미망인이 물었다.

"재산 때문에 한 것은 아니고, 직장을 가지고 싶었고, 굶어 죽지 않기 위해서였습니다. 스타르스키 선생께서 말씀하시는 그 법칙을 잘 압니다……."

"아, 그래요?" 스타르스키가 할머니를 쳐다보면서 말했다.

"그래서 제가 압니다. 그 법칙에 지는 사람들을 유감스럽게 생각합니다." 보쿨스키가 이렇게 말을 마쳤다. "그것이 아마 인생에서 가장 큰 불행일 겁니다."

"자네 말이 맞아." 회장 부인이 말했다.

"보쿨스키 선생, 선생이 점점 흥미로워지기 시작합니다." 봉소프스카 부인이 그에게 팔을 내밀면서 말했다.

에벨리나는 대화 중 내내 머리를 숙이고 자수에만 몰두하고 있었다. 그 순간 그녀가 머리를 들고 스타르스키를 쳐다보았는데, 보쿨스키가 이상하게 생각할 만큼 절망적인 표정을 지었다. 그러나 스타르스키는 여전히 승마용 채찍으로 자기 구두 끝을 때리고 있었고, 시가를 깨물고, 비웃는 듯 서글픈 듯 웃고 있었다.

정자 뒤에서 오호츠키의 목소리가 울렸다.

"내가 말했잖아, 그분은 여기 계시다고……."

"정자에 계시지 여기 숲은 아니잖아요." 손에 바구니를 든 젊은 아가씨가 말했다.

"아, 미련하기는!" 여인들을 불안한 눈빛으로 쳐다보며 오호츠키가 중얼거렸다.

"오호! 율리안 씨께서 다시 승리자처럼 왕림하시는군요." 미망인이 말했다.

"정말입니다. 빨리 오기 위해서 숲을 가로질러 왔습니다." 오호츠키가 설명했다.

"오늘 마차로 우리를 태우고 오듯이 길을 가로질러 오셨군요."

"정말이라니까요……."

"설명은 그만하고 나를 데리고 돌아가자." 회장 부인이 말했다.

오호츠키가 노부인에게 팔을 내밀었다. 그러나 그의 표정이 걱정스러운 듯 보였고, 쓰고 있는 모자도 비스듬해서 봉소프스카 부인이 그것을 보고 너무 재미있어 했다. 그러자 펠리치아의 얼굴에 다시 홍조가 나타났고, 오호츠키는 화난 눈빛으로 몇 차례 미망인을 쳐다보았다.

모두가 왼편으로 돌아 옆길을 통해서 농장 건물들 쪽으로 갔다. 맨 앞에 회장 부인과 오호츠키가 가고, 그 뒤에 바구니를 든 아가씨, 조금 떨어져서 미망인과 펠리치아, 그들 뒤에 보쿨스키, 그 뒤에는 에벨리나와 스타르스키가 따랐다. 문 옆에 오자 앞쪽에서 나는 소리가 커졌다. 그 순간 보쿨스키는 자기 뒤에서 작은 소리로 이야기하는 것을 들은 것 같았다.

"가끔 무덤에 누워 있었으면 좋겠다는 생각이 들어요……." 에벨리나가 속삭였다.

"용기를 내야죠…… 용기를 내야죠……." 동일한 어조로 스타르스키가 그녀에게 말했다.

그제야 보쿨스키는 농장에 온 목적을 알게 되었다. 마당에서 닭들이 떼로 회장 부인에게 달려왔다. 노부인은 닭들에게 바구니에서 곡식을 꺼내 던져 주었다. 닭들 뒤에서 닭을 돌보는 늙은 마테우소바 부인이 나타나 노부인에게 보고했다. 모든 것이 정상이고, 단지 오늘 아침에 마당 위로 매 한 마리가 빙빙 돌고 있었으나 아무 일도 없었고, 오후에는 암탉 한 마리가 목에 돌이 걸려서 약간 숨을 못 쉬었지만 지금은 괜찮다고 말했다.

가금류를 돌아본 후에 회장 부인은 외양간을 살펴보았다. 이곳에서 대부분이 성년인 머슴들이 노부인에게 보고했다. 이곳에서 하마터면 사고가 일어날 뻔했다. 마구간에서 상당히 큰 새끼 말이 갑자기 개처럼 두 발을 앞으로 치켜들었다. 다행히 오호츠키가 장난을 좋아하는 새끼 말을 막았고, 회장 부인은 새끼 말에게 평소에 주던 양만큼 설탕을 주었다.

"할머니에게 언제 상처를 낼지도 모르겠네." 스타르스키가 못마땅해하며 말했다. "나중에 큰 말이 되는 망아지들을 저렇게 귀여워하는 데 익숙해지신 것을 누가 보았겠어!"

"너는 항상 이성적으로 말하더라." 회장 부인이 망아지를 쓰다듬으면서 말했다. 망아지는 노부인의 어깨에 머리를 기대고 있었다. 나중에 그 망아지가 노부인의 뒤를 쫓아오자 머슴들이 그 짐승을 마구간으로 들여보냈다.

'특이한 부인이구나.' 동물에게서뿐만 아니라 사람에게서도 자기에 대한 애정을 불러일으키게 할 줄 아는 노부인을 바라보며 보쿨스키는 생각했다.

저녁 식사 후에 노부인은 잠자리에 들었고, 봉소프스카 부인이 공원으로 산책 가자고 제안했다. 남작은 마음이 내키지 않았으나 동의했다. 그는 두꺼운 외투를 입고, 목을 수건으로 감싸고, 약혼녀와 팔짱을 끼고 앞서 나갔다. 그들은 무엇에 대해 이야기할까? 아무도 모르지만, 그러나 많은 사람들이 보았다, 약혼녀는 창백하고 남작의 얼굴엔 붉은 점들이 있는 것을.

밤 11시경에 모두 헤어졌다. 남작이 잔기침을 하면서 보쿨스키를 방까지 안내했다.

"선생께서 제 약혼녀를 보셨지요……? 얼마나 아름다운지! 여신을 보는 것 같죠? 거기다 그녀의 얼굴에 미묘한 울적함이 나타날 때, 저는 그녀를 위해 목숨을 바칠 수 있어요. 선생을 제외하고 누구에게도 말하지 않았어요. 그러나 선생은 아시지요. 그녀는 나에게 그런 인상을 주어요. 나도 잘 모르겠어요. 그녀를 감히 애무해도 되는 건지……. 그녀에게 기도하고 싶을 뿐입니다, 한마디로 그녀의 발 앞에 무릎을 꿇고 그녀의 눈을 바라보고 싶어요. 선생, 그녀가 그녀 옷자락 끝에 키스하는 것을 허용한다면 더없이 행복할 겁니다. 제 이야기가 지루하지요?"

눈에 핏발이 설 정도로 남작이 심하게 기침했다. 한참 쉬고 나서 그가 말을 계속했다.

"제가 기침을 잘 안 하는데, 오늘 약간 감기 기운이 있습니다. 가을과 그믐께에만 예외이고, 제가 평소엔 감기에 잘 안 걸립니다. 그러니 곧 좋아질 것입니다. 그저께 하우빈스키와 바라노프스키를 초대해서 진찰을 받았습니다. 제가 건강을 잘 관리하고 있기 때문에 곧 나을 것이라고 그들이 말했습니다. 제가 그들에게 물어

보았지요. 이것도 선생에게만 말합니다. 저의 결혼에 대해 어떻게 생각하느냐고. 그러나 그들은 결혼은 개인적인 일이라고만 말했습니다. 그래서 베를린 의사들이 오래전부터 나더러 결혼을 권했다고 그들에게 말했습니다. 그 말을 듣고 그들이 다시 생각하게 되었지요. 그들 중 한 사람이 바로 이렇게 말했습니다. '안됐습니다, 정말 안됐습니다. 어르신께서 그들의 권고를 바로 이행하지 않으셨다니……' 그래서 선생께 말씀드리지만, 지금은 강림절 전에 끝내려고 결정한 상태입니다."

그가 다시 기침하기 시작했다. 조금 쉬었다가 그가 갑자기 보쿨스키에게 다른 목소리로 물었다.

"선생은 내세를 믿습니까?"

"왜요……?"

"보세요, 그런 믿음이 사람을 절망으로부터 보호합니다. 예를 들면 저는 이해합니다. 저 혼자서는 제가 행복할 수 있을 만큼 그렇게 행복할 수 없으며, 그녀에게 완벽한 사랑을 주지 못한다는 것을. 우리는 다른 더 좋은 세상에서 둘이 모두 젊을 때 만나게 되리라는 생각이 유일한 위로가 됩니다. 그녀는……." 남작이 생각에 잠긴 채 말했다. "그곳에서 나에게 속할 것입니다. 왜냐하면 성경이 가르치고 있잖아요. '지상에서 결합된 것은 천상에서도 결합되리니…….' 오호츠키처럼 선생도 그런 것을 믿지 않을 수 있습니다. 그러나 선생은…… 가끔 믿고, 그렇게 되지 않을 것이라는 말은 하지 않을 것을 인정하십시오."

벽 뒤의 시계가 자정을 알렸다. 남작이 놀라서 말을 중단한 뒤 보쿨스키에게 인사하고 헤어졌다. 몇 분 후에 별채 끝에서 그의 기침 소리가 계속해서 심하게 들려왔다.

보쿨스키는 창문을 열었다. 부엌 옆에선 인도산 수탉 소리가 요란했고, 공원에서는 올빼미 울음소리가 들렸다. 하늘에서 별 하나가 떨어져 나무 뒤로 사라졌다. 남작은 아직도 기침을 했다.

'사랑하는 사람들은 모두 남작처럼 눈이 멀까?' 보쿨스키는 생각했다. '나에게는, 그리고 여기 있는 모든 사람에게도 분명한데, 그 아가씨가 그를 조금도 사랑하지 않는다는 것이. 그녀는 아마 스타르스키를 사랑하고 있지 않을까……? 아직 상황을 이해할 수 없어.' 그는 계속 생각했다. '그러나 아마도 이럴 확률이 가장 높아. 그 아가씨는 돈 때문에 결혼하는 것이 확실해. 그리고 스타르스키가 자신의 이론으로 그 결혼을 강하게 밀고 있어. 그가 그녀를 약간 사랑하고 있는 것 아닐까……? 아니, 그럴 가능성은 없어. 그는 이미 그녀에게 싫증이 나서 결혼하라고 그녀를 강하게 밀어붙이고 있어. 비록…… 아니지, 그 결합은 소름 끼치는 일인데도. 오로지 몸을 파는 여자들만 자기들을 가지고 장사하는 애인들을 가지고 있지. 얼마나 바보 같은 생각인가! 스타르스키는 실제로 그녀의 친구일 수 있고, 자기가 믿는 것을 그녀에게 설득하고 있는지도 모르지. 그는 공개적으로 말하고 있잖은가, 자기는 오로지 돈 많은 여자하고만 결혼할 거라고. 그 원칙도 다른 원칙과 마찬가지로 좋다. 오호츠키도 그렇게 말할 것이다. 언젠가 회장 부인이 이렇게 말한 것은 당연해, 오늘날의 세대는 가슴은 차갑고 머리는 강하다고. 우리의 예는 그들에게 감상주의로 보여서 거부되고, 그들은 이성적임을 증명하는 돈의 힘을 믿고 있다. 아니야, 스타르스키는 계산이 빠른 사람이야. 그는 어느 정도 방탕하고, 무위도식하는 사람일지 모르지만, 실속 챙기는 데는 누구보다 빠르지. 그런데 흥미로운 점은, 봉소프스카 부인이 무엇 때문에 그의 말에 트집을 잡는 거지……? 틀림없이 부인이 그에게 호감을 가지고 있어. 그리고 부인에게는 돈도 있지. 결국 두 사람은 결혼하게 될 거야. 그런데 그것이 나와 무슨 상관이 있나……?

왜 오늘 회장 부인은 이자벨라에 대해 한마디도 하지 않았을까? 내가 먼저 묻는 일은 없을 거야…… 그랬다간 당장 우리를 두고 말이 많아지겠지.'

그는 곧 잠이 들었다. 꿈에서 그는 사랑에 빠진 병든 남작이고, 스타르스키가 그의 옆에서 집안의 친구 역할을 했다.

그가 잠에서 깨어나 크게 웃었다.

"그게 나를 당장 치료할지도 모르지!" 그가 작은 소리로 말했다.

아침에 그는 다시 펠리치아와 오호츠키와 함께 고기를 잡으러 갔다. 오후 1시에 모두가 아침 식사를 하기 위해 모였을 때, 봉소프스카 부인이 말을 꺼냈다.

"할머니께서 말 두 마리에게 안장 없는 것을 허락하셨어. 나와 보쿨스키 선생을 위해서. 아시겠죠?" 그녀가 보쿨스키를 보며 말을 이었다. "30분 후에 타고 나갑시다. 이 순간부터 선생은 내 옆에서 임무 수행을 시작합니다."

"두 사람만 말 타고 가요?" 얼굴이 붉어진 펠리치아가 물었다.

"너는 율리안 씨와 말 타고 싶은 거야?"

"제발…… 저를 들먹거리지 마시길." 오호츠키가 항의했다.

"펠리치아는 나와 함께 남을 거야." 회장 부인이 끼어들었다.

펠리치아의 눈이 붉어지면서 눈물이 고였다. 그녀가 보쿨스키를 처음에는 화난 얼굴로 쳐다보다가 나중엔 무시하는 표정을 짓더니, 결국 수건을 가지러 가는 것처럼 방에서 나갔다. 그녀가 돌아왔을 때는 자신의 사형 집행인을 용서한 메리 스튜어트처럼 보였고, 코는 붉었다.

정각 2시에 잘생긴 승마용 말 두 필이 끌려왔다. 보쿨스키는 자기가 탈 말 옆에 서 있었다. 몇 분 후에 봉소프스카 부인이 나타났다. 부인은 몸에 딱 달라붙는 승마복을 입고, 여신 주노 같은 몸매에, 갈색 머리를 매듭 하나에 묶고 있었다. 그녀는 마부가 받쳐 주는 손을 등자 삼아 날쌔게 안장에 앉았다.

보쿨스키는 천천히 등자를 맞추었다.

"어서요, 선생, 서둘러요!" 그녀가 말고삐를 잡아당기며 큰 소리로 말했다. 말이 주위를 돌면서 앞발을 들었다. "대문 뒤까지 질주해요. Avanti, Savoya(사보야, 가자)……!"

드디어 보쿨스키도 안장에 앉았다. 봉소프스카 부인이 조급하게 등자로 말을 쳤다. 그들은 농장 건물 뒤로 말을 몰았다.

보리수나무 길이 길게 펼쳐 있었다. 1킬로미터쯤 되었다. 길 양옆은 회색빛 들판이었다. 들 여기저기에 수확한 밀 더미가 오두막처럼 널려 있었다. 하늘은 청명했고, 햇빛은 상쾌했다. 멀리서 타작하는 소리가 신음처럼 들렸다.

몇 분 동안 그들은 속보로 갔다. 그러다가 봉소프스카 부인이 채찍 손잡이를 입에 대고, 몸을 숙이더니 말을 질주하게 했다. 모자의 베일이 그녀의 뒤에서 회색 날개처럼 펄럭거렸다.

"Avanti, avanti(가자, 가자)……!"

그들은 몇 분 동안 그렇게 달렸다. 그녀가 갑자기 달리는 말을 멈추었다. 그녀의 얼굴은 붉게 물들었고, 숨소리는 크고 급했다.

"이걸로 충분해요." 그녀가 말했다. "지금부터 천천히 가요."

그녀가 안장 위에서 몸을 일으키더니 멀리 동쪽에 있는 푸른 숲 쪽을 바라보았다. 길이 거기서 끝나 그들은 들을 지나서 갔다. 들판에는 초록빛 배나무들과 회색빛 곡식 가리가 산재해 있었다.

"이야기 한번 해 봐요." 그녀가 말했다. "재산을 모으는 것이 즐거워요?"

"아니요." 보쿨스키가 한참 생각하더니 대답했다.

"그러나 돈 쓰는 것은 즐겁지요?"

"모르겠어요."

"모른다고요? 그러나 사람들은 선생의 재산에 대해 기적 같은 일이라고 말하고 있어요. 또 선생은 매년 6만 루블씩 벌고 있다는 말도 하고 있어요……."

"지금은 그보다 훨씬 더 많습니다. 그러나 지출은 아주 적습니다."

"얼마인데요?"

"10만 루블."

"유감스러운 일이네. 제가 작년에 많은 돈을 지출하려고 작정했습니다. 재무 담당과 대리인이 말하는데, 제가 2만 루블을 썼다고 합니다. 제가 미쳤지요. 저는 지루함을 두려워하지도 않습니다. 오늘 제가 생각했는데, 선생에게 묻고 싶습니다. 1년에 6만 루블을 지출하면 어떤 인상을 줄까요? 그런데 선생은 그만큼 쓰지 않지요…… 유감입니다. 왜 그런지 아세요……? 언제 한번 6만 루블을 써 보세요…… 아니, 10만 루블을 써 보세요. 그것이 어떤 센세이션을 불러일으킬까요? 그렇게 한번 해 보실 거죠……?"

"미리 말씀드리지만, 저는 그런 일 하지 않습니다."

"안 하신다고요……? 그러면 어디에 돈을 쓰실 건데요? 만일 연 10만 루블이 행복을 주지 않는다면, 무엇이 주나요?"

"행복은 천 루블만 있으면 됩니다. 행복은 각자 자기 안에 가지고 있습니다."

"행복은 어딘가에서 자기에게로 가져오는 건데."

"아닙니다, 부인."

"그렇게 말하는 선생은 아주 이상한 사람 맞지요?"

"제가 이상하다면, 그것은 행복 때문이 아니라 고통 때문입니다. 더구나 지출 때문은 더더욱 아닙니다."

숲 아래에서 먼지구름이 피어났다. 봉소프스카 부인이 순간 그것을 보더니 갑자기 말을 때려서 길이 없는 왼쪽 들판으로 방향을 바꾸었다.

"Avanti…… avanti……(가자…… 가자……)!"

그들은 10분 동안 달렸다. 이번에는 보쿨스키가 말을 세웠다. 말은 언덕 위에 멈춰 섰다. 초원을 내려다보는 풍경이 꿈처럼 아름다웠다. 무엇이 저렇게 아름답게 할까, 잔디의 초록빛일까, 굽이굽이 흐르는 작은 강일까, 그 강을 향해 몸을 굽히고 있는 나무들일까, 청명한 하늘일까? 보쿨스키는 알지 못했다.

그러나 봉소프스카 부인은 풍경에 감탄하지 않았다. 위에서 쏜 살같이 말을 몰아 내려왔다. 마치 동행한 사람에게 자신의 용감함을 과시하고 싶은 듯.

보쿨스키가 위에서 천천히 내려오자, 그녀가 그를 향해 말 머리를 돌리고, 참을 수 없다는 듯 큰 소리로 말했다.

"아, 선생은 항상 그렇게 재미없어요? 하품하려고 선생을 산책에 데려온 것 아니에요. 저를 좀 재미있게 해 보세요, 지금 당장……."

"당장이라고요……? 좋습니다. 스타르스키 씨는 아주 재미있는 사람입니다."

그녀가 안장 위에서 몸을 굽혔다. 마치 뒤로 넘어지는 것처럼. 그리고 한참 동안 보쿨스키의 눈을 쳐다보았다.

"아!" 그녀가 웃으면서 말했다. "선생한테서 그런 진부한 말을 들으리라고는 예상 못했어요. 스타르스키는 재미있다…… 누구에게……? 혹시 그런 사람들에게…… 그런 사람들…… 에벨리나 양과 같은 백조들에게. 하지만 저에게 그는 더 이상 재미있는 사람이 아니거든요."

"그렇지만……."

"그렇지만 같은 건 없어요. 한때는 그가 재미있는 사람이었어요. 제가 희생하려고도 했으니까, 그의 아내가 되어. 다행히 제 남편이 친절하게도 일찍 죽어 버렸지요. 스타르스키 씨는 복잡하지 않아서 저는 일주일 만에 그를 완전히 파악했답니다. 그는 항상 루돌프 대공처럼 똑같은 수염을 기르고, 동일한 수법으로 여자를 유혹하지요. 저는 그의 눈빛, 암시적인 말투, 비밀을 그의 양복저고리 모양새만큼 잘 알지요. 그는 지참금 없는 아가씨는 언제나 피합니다. 유부녀에게는 냉소적이고, 결혼할 아가씨들을 속으로 좋아합니다. 세상에, 그런 비슷한 사람들을 지금까지 얼마나 많이 만났는지! 이제는 저에게 무언가 새로운 것이 필요해요……."

"그럼 오호츠키 씨는……."

"오, 그렇지요, 오호츠키 씨는 재미있지요. 그는 위험하지도 않고. 하지만 그러려면 제가 다시 태어나야 합니다. 그 사람은 제 마음과 영혼이 속한 이 세상 사람이 아니에요. 아, 그는 얼마나 순진한지, 그리고 얼마나 훌륭한지! 그는 그의 실험실에 함께 있으며 결코 그를 배신하지 않으리라고 확신하는 이상적인 사랑을 믿고 있어요…… 아니에요, 그는 저에게는 안 맞아요……."

"안장이 또 말썽이네!" 갑자기 부인이 큰 소리로 말했다. "이보세요, 제 말의 복대가 풀어진 것 같아요…… 좀 봐주세요……."

보쿨스키는 말에서 내려왔다.

"내려오시겠어요?" 그가 물었다.

"아니요. 그대로 보세요."

그는 오른쪽에서 접근했다. 복대는 단단히 매여 있었다.

"그쪽이 아니에요. 여기예요, 여기가 잘못됐어요. 등자 옆이."

그는 망설였다. 하지만 그녀의 승마복을 옆으로 밀치고 안장 밑으로 손을 넣었다. 갑자기 피가 머리로 올라왔다. 미망인이 다리를 일부러 움직이는 바람에 그녀의 무릎이 그의 얼굴에 닿았다.

"그래, 어떻게 됐어요…… 어떻게 됐어요?" 그녀가 초조하게 물었다.

"아무 이상 없어요. 복대는 단단히 매여 있습니다."

"당신이 내 다리에 키스했어요!" 그녀가 큰 소리로 말했다.

"아닙니다."

그때 채찍 소리가 들리고 그녀의 말이 빠르게 달렸다. 그녀가 작은 소리로 말했다.

"바보야, 목석이야!"

보쿨스키는 천천히 말 위에 올랐다. 이런 생각을 할 때, 깊은 유감이 가슴을 눌렀다.

'이자벨라 양도 말을 탈까? 그럼 누가 그녀의 안장을 고쳐 줄까……?'

그가 봉소프스카 부인을 따라잡았을 때, 그녀가 웃음을 터뜨렸다.

"하! 하! 하! 당신은 대단해요!" 그리고 조금 후에 그녀가 금속성의 목소리로 말했다. "제 역사의 한 장에 아름다운 날로 기록되었습니다. 제가 보디발의 아내 역할을 했고, 제가 요셉을 발견했습니다…… 하! 하! 하! 내가 어떻게 마음을 사로잡는지 당신이 제대로 알지 못할 것이라는 한 가지 일이 걱정되었지요. 당신이 처해 있던 그 순간적 상황에서 백 명의 남자들은 나 없이는 못 산다고 말했을 것이고, 그러면 나는 그들에게서 마음의 평화를 뺏고, 그리고 계속해서……. 그런데 '아닙니다!'라는 그 짧은 대답이…… 그 말 때문에 당신은 천국에서 순진한 사람들 사이에 있는 의자를 받게 될 거예요. 팔걸이가 앞에 있는 어린이용 의자 말입니다…… 하! 하! 하!"

그녀가 웃음 때문에 안장 위에서 몸을 가누지 못했다.

"제가 다른 사람들처럼 대답했다면 부인께서 어떻게 나왔을까요?"

"승리를 하나 더 추가했겠지요."

"그 결과는 어떻게 되지요?"

"공허한 삶을 채우지요. 나에게 청혼하는 열 명 중에서 가장 흥미로운 사람 하나를 골라 그와 즐기고, 그에 대해서 꿈도 꾸고……."

"그 후에는?"

"또 다른 열 명을 검토하고, 새로운 사람 하나를 선택하지요."

"그렇게 빨리요?"

"한 달에 한 번인데. 선생은 무엇을 원해요?" 그녀가 어깨를 으쓱하며 물었다. "이것이 증기 기관과 전기 시대의 사랑이에요."

"아, 그렇군요. 기차도 생각납니다."

"기차는 천둥 번개처럼 빛을 뿌리며 달리지요."

"아니지요. 있는 손님을 다 태우고 가지요. "

"오, 보쿨스키 선생!"

"부인의 기분을 상하게 할 생각은 없었습니다. 제가 들은 바를 말했을 뿐입니다."

봉소프스카 부인이 입술을 깨물었다.

한참 동안 그들은 말없이 말을 타고 갔다.

조금 후에 봉소프스카 부인이 다시 입을 열었다.

"이제 당신을 파악했어요. 당신은 꼼꼼하고 융통성 없는 사람. 저녁마다, 시간은 모르겠지만 아무튼 10시 이전에 당신은 계산을 하고 자러 갑니다. 그러나 잠들기 전에 큰 소리로 반복해서 기도하지요. '네 친구의 아내를 요구하지 마라.' 그렇지요?"

"계속 말하십시오."

"이제 말 안 할 거예요. 당신과 대화하는 게 힘들어요. 아, 이 세상은 우리에게 실망만 줘요! 질질 끌리는 긴 옷을 처음 입었을 때, 처음으로 무도회에 갔을 때, 처음으로 사랑할 때, 우리에게 무언가 새로운 것처럼 보이지만…… 그러나 조금 지나면, 그것은 전에 있었고, 그것이…… 아무것도 아니라는 것을 확실히 알게 되지요.

지난해 크리미아 반도에 갔을 때 일이 생각나요. 우리 몇 사람이 아주 험한 길을 갔는데, 그곳에 강도들이 출현했어요. 우리가 그런 이야기를 하고 있는 순간에 바위 뒤에서 타타르인 두 사람이 나왔어요. 하느님, 맙소사! 저는 그들이 강도 짓을 하리라고 생각했지요. 그들의 얼굴이 험악했거든요. 비록 체격도 좋고 잘생기기는 했지만. 그런데 선생, 그들이 우리에게 뭐라고 했는지 아세요……? 자기들 포도송이를 사 달라는 거예요! 선생, 우리는 그들이 강도라고 생각하고 있었는데, 그들은 우리에게 포도송이를 팔았어요. 저는 화가 나서 그들을 때리고 싶었어요, 정말로. 그런데 오늘 당신이 바로 그 타타르들을 생각나게 했어요. 회장 부인이 몇 주 전에 저에게 말했어요. 당신은 다른 사람들과는 완전히 다른 특별한 사람이라고. 이제 저는 보았어요. 당신이 특별한 사람이라는 것을. 다른 사람들과 완전히 다른. 당신은 가장 특이한 꼼꼼하고 융통성 없는 사람. 그렇지요?"

"그렇습니다."

"제가 사람들을 어떻게 파악하는지 아세요? 우리 다시 한 번 말을 타고 질주해 볼 수 있어요. 아니, 안 되겠어요. 지금은 하고 싶지 않아요. 피곤해요. 아, 일생에 한 번 진정한 새로운 사람을 만날 수 있다면……."

"그러면 부인께 어떤 일이 생기지요?"

"나는 새로운 생활 방식을 가지게 될 것이고, 그는 새로운 일들에 대해 나에게 말해 줄 것이며, 때로는 눈물 나도록 나를 화나게 하고, 나중에는 무섭게 나에게 화를 내고, 그리고 결국에는 당연히 나에게 잘못했다고 할 겁니다. 그는 미칠 정도로 나에 대한 사랑에 빠질 거예요! 나는 그의 가슴과 영혼에 깊이 박혀서 그는 죽어서도 나를 잊지 못할 겁니다……. 그래요, 그런 사랑을 저는 이해해요."

"그 대가로 부인에게 돌아오는 것이 무엇입니까?" 점점 심하게 슬퍼진 보쿨스키가 물었다.

"글쎄요? 어떤 미친 짓을 결심할 수도 있겠지요……."

"이제 제가 말하겠습니다. 그 새로운 사람이 부인에게서 무엇을 얻게 되는지." 씁쓸한 느낌을 가지고 보쿨스키가 말했다. "먼저 그는 부인에게서 전에 부인을 숭배했던 사람들이 부인에게 보냈던 긴 편지를 받게 될 것이고, 나중에 그는 부인을 숭배했던 사람들이 쓴 다른 긴 편지를 받을 것입니다. 막간 휴식 시간에 그는 그 편지를 체크할 수도 있겠지요……. 부인, 안장은 괜찮은지……."

"당신이 한 말은 혐오스러워요!" 부인이 채찍을 꼭 쥐면서 소리치듯 말했다.

"저는 부인에게 들은 말을 반복했을 뿐입니다. 제가 너무 대담하게 말했다면, 짧게 만난 사이인데……."

"물론 계속하세요…… 당신의 무례한 말은 제가 오래전부터 기억하고 있는 냉담한 친절보다 더 흥미로울 수 있지요. 물론 선생 같은 사람은 저 같은 여자를 경멸하지요, 대담하게……."

"실례지만, 무엇보다 너무 심한 말은 쓰지 맙시다. 산책용 대화로는 맞지 않으니까요. 우리 사이에는 감정에 대해 할 말이 없지요, 견해에 대해서는 말할 수 있지만. 제 생각에 사랑에 대한 부인의 견해 속엔 대립되는 것과는 화해할 수 없는 것이 들어 있습니다."

"무슨 말씀인지?" 미망인이 놀랐다. "선생이 대립이라고 말한 그것이……. 저는 아주 잘 조화하면서 사는데."

"애인을 자주 바꾼다고 하신 말씀⋯⋯."

"자비롭게, 그들을 숭배자라고 부릅시다."

"나중에, 무덤에 누워서도 부인을 잊지 못하는 특출한 새로운 사람을 부인께서는 발견하고자 하십니다. 제가 아는 인간의 본성에 의하면, 그건 도달할 수 없는 목표입니다. 무절제한 생각을 가진 부인은 검소해질 수 없으며, 특출한 사람은 평범한 사람들 사이에 끼려고 하지 않습니다⋯⋯."

"그것에 대해서 모를 수도 있지요." 미망인이 중간에 말했다.

"그래서 현혹이라는 것이 있습니다. 현혹이 제대로 성공하려면 부인의 이상적인 인물은 눈먼 바보여야 합니다. 비록 그런 사람이 선택되었다 하더라도 부인을 그렇게 사랑하는 사람을 부인은 감히 실망시킬 수 있겠어요⋯⋯?"

"좋아요, 모든 것을 끝내면서 그에게 이렇게 말하지요. 기억하세요, 예수는 나보다 죄가 더 많은 막달레나를 용서하셨어요. 그리고 저는 적어도 예쁜 금발을 가지고 있지 않아요⋯⋯."

"그것으로 충분할까요?"

"제가 결정할 일이지요."

"만일 그에게 충분하지 않다면?"

"그를 편히 놔두고 저는 떠나겠지요."

"하지만 부인이 그의 가슴과 기억 속에 박혀 있어서 그는 무덤에서도 부인을 잊을 수 없는데⋯⋯!" 보쿨스키가 큰 소리로 말했다. "당신의 세상은 참 아름답습니다. 그 여자들은 착하기도 하지, 그 여자들에게 진실로 충실하게 영혼을 바친 남자가 그 여자들의 과거 애인과 마주치지 않고 다음에 오는 애인에게 방해가 되지 않기 위해 그 여자들 곁에서 아직도 시계를 봐야 하는데. 부인, 반죽도 제대로 되려면 시간이 걸리는데. 위대한 감정이 그렇게 서둘러서, 시장 바닥에서 키워질 수 있겠습니까……?

부인께선 위대한 감정에서 벗어나십시오. 그것은 불면을 가져오고 식욕을 뺏습니다. 부인이 무엇 때문에 지금은 알지도 못하는 사람의 인생에 해를 끼치십니까? 왜 부인은 좋은 기분을 망치십니까? 그보다는 다른 사람에게 해를 끼치지 않고, 부인의 삶을 충만하게 하는 신속하고 자주 있는 승리의 프로그램을 계속 진행하십시오."

"이제 끝났습니까, 보쿨스키 선생?"

"아마도……."

"이제 제가 선생에게 말하지요. 당신들은 모두 천박해요……."

"다시 강한 표현입니다."

"당신의 말은 더 강했어요. 당신들 모두 비열해요. 인생의 어떤 시기에 여자가 이상적인 사랑을 꿈꿀 때, 당신들은 여자의 환상을 비웃었고, 애교를 요구했어요. 그렇게 하지 않으면 처녀가 지루하다고 하고, 유부녀는 어리석다고 하지요. 여러 사람이 힘쓴 덕분에 흔하디흔한 청혼을 받아들이고, 달콤하게 눈을 바라보고, 손목을 잡으면 어두운 구석에서 피오트르 아미엥*의 수사복을 입은 사람이 나타나 아담의 아들들과 비슷한 그림대로 창조된 여인을 근엄하게 저주하지요. '너에겐 사랑하는 것이 허용되지 않는다. 너는 절대로 진실한 사랑을 받지 못할 것이다. 네가 환상을 잃고 불행하게도 대목장에 나와 있기 때문에!' 도대체 누가 그들 중에서 그녀를 훔쳤어요? 만일 여러분의 친형제들이 아니라면……? 먼저 이상을 뺏고는, 나중에 이상이 없다며 비난하고 있으니 이게 무슨 세상이에요……?"

봉소프스카 부인이 호주머니에서 손수건을 꺼내 입에 물고 씹기 시작했다. 그녀의 눈썹에 눈물이 맺혔다가 말갈기 위에 떨어졌다.

"당신 혼자 가세요." 그녀가 큰 소리로 말했다. "당신은 짜증 나게 평면적이에요. 가세요…… 가서 스타르스키나 오라고 하세요. 그의 무례함이 당신의 가톨릭 신부 같은 진지함보다 더 재미있어요."

보쿨스키가 고개를 숙여 인사하고 앞으로 나아갔다. 그는 화도 나고 당황스럽기도 했다.

"어디로 가시는 거예요? 그쪽이 아니에요…… 아, 길을 헤매려고 하시는 거예요. 그리고 나중에 점심 먹으면서 모든 사람에게 내가 당신을 길에서 벗어나게 했다고 말하겠지요. 절 따라오세요."

부인의 뒤를 따라가면서 보쿨스키는 생각했다. '그래서 세상이 그렇다는 거야? 어떤 여자들은 노인 티 나는 사람들에게 팔리고, 다른 여자들은 인간의 진심을 등심 정도로 간주한다. 이 부인은 어쨌든 이상해! 나쁘지는 않고, 귀족적인 격정이 있어……'

반 시간쯤 뒤 그들은 회장 부인의 저택이 보이는 언덕에 이르렀다. 봉소프스카 부인이 갑자기 말을 돌리고 보쿨스키에게 물었다.

"우리 사이가 평화인가요, 전쟁인가요?"

"제가 솔직히 말해도 되겠습니까?'

"그러세요."

"저는 부인에게 깊이 감사드립니다. 한 시간 동안 저는 부인에게서 평생 동안보다 더 많은 경험을 했습니다."

"제게서……? 선생께 그렇게 보이는 거지요. 저에겐 헝가리인의 피가 몇 방울 있습니다. 그래서 말을 타면 미치고, 쓸데없는 말을 지껄입니다. 그리고 알아 두실 것은, 제가 말한 것에서 저는 조금도 물러서지 않아요. 그러나 만일 당신이 저를 알았다고 생각하신다면, 착각하시는 거예요. 이제 제 손에 키스하세요. 당신은 정말 흥미로운 사람입니다."

부인이 손을 내밀었다. 그 손에 보쿨스키가 키스했다, 놀라서 눈을 크게 뜨고.

# 제5장 한 지붕 아래서

보쿨스키가 봉소프스카 부인과 들판에서 다투기도 하며 말을 달리고 있을 때, 이자벨라는 백작의 농장에서 자스와벡으로 오고 있었다. 어제 그녀는 특별히 보낸 심부름꾼이 가져온 회장 부인의 편지를 받았다. 그리고 오늘 고모의 강력한 권고에 따라 마음이 내키지는 않았지만 길을 떠났다. 그녀는 회장 부인의 각별한 대우를 받고 있는 보쿨스키가 자스와벡에 있다는 것을 확신하고 있었다. 그래서 이처럼 갑작스러운 여행은 그녀에게 어울리지 않았다.

"내가 비록 언젠가는 그에게 시집가지 않으면 안 된다고 해도……." 그녀는 혼자 중얼거렸다. "인사하러 이렇게까지 서둘러 갈 필요는 없는 것 아니야."

그러나 짐은 이미 다 싼 상태였고, 마차도 와서 기다리고, 마차 앞좌석에 심부름하는 하녀도 앉아 있는 것이 보여서 이자벨라는 여행을 결정했다.

가족들과의 이별은 뜻깊었다. 기분이 언짢은 웽츠키는 눈을 훔치고, 백작 부인은 돈이 든 우단 주머니를 그녀의 손에 쥐여 주고 그녀의 이마에 키스하며 이렇게 말했다.

"나는 권하지도 말리지도 않는다. 너에겐 이성이 있다. 너는 어떤 상황인지 알고 있다. 그러니 스스로 결정하고 결과를 받아들여야 한다."

무엇을 결정하고 어떤 결과를 받아들이라는 것인가……? 백작 부인은 그것에 대해서는 말하지 않았다.

올해 시골에 머물면서 이자벨라의 심경에 커다란 변화가 있었다. 원인은 신선한 공기도, 아름다운 풍경도 아니고, 사건들이 있었고, 그것들에 대해 차분하게 생각해 볼 수 있었다.

그녀는 고모의 설득으로 스타르스키를 위해 이곳에 왔다. 스타르스키가 회장 부인의 유산을 물려받게 되리라고 모두가 말하고 있을 때였다. 그때 회장 부인이 여동생의 손자인 스타르스키가 늙었을 때 필요한 연금으로 최대 천 루블씩 평생 동안 받도록 유산을 남겼다고 선언했다. 회장 부인은 나머지 전 재산을 기아들과 그들의 불행한 어머니들을 위해 쓰라고 유언으로 남겼다.

그때부터 스타르스키는 백작 부인의 관점에서 무가치한 존재가 되었다. 모든 가치를 상실한 그가 이자벨라 집에서 '빈털터리 처녀'와는 절대 결혼하지 않을 것이며, 1년에 수만 루블을 가질 수 있다면 중국 여자나 일본 여자하고도 결혼하겠다고 선언하듯 말했다.

"적은 수입 때문에 미래를 망칠 수 없다."

그가 그렇게 말했기 때문에 이자벨라는 그를 자기의 결혼 상대로 진지하게 생각하지 않게 되었다. 하지만 그가 그렇게 말하면서 조용히 한숨을 쉬고 그녀를 힐끗 쳐다보았기 때문에 이자벨라는 생각했다. 아름다운 카지오는 틀림없이 가슴에 비밀을 간직하고 있으며, 돈 많은 아내를 찾으면서 희생하고 있다고. 그런데 누구를 위해서……? 그녀를 위해서일 수도……. 불쌍한 젊은이, 그러나 하는 수 없지. 언젠가 그의 고통을 완화할 방법이 생긴다면……. 하지만 오늘은 그와 거리를 유지해야 한다. 다행히 스타르스키는 돈 많은 봉소프스카 부인의 환심을 사기 위해 집요하게 치근덕거리고, 멀리서 에벨리나 야노츠카의 주위를 맴돌고 있다. 아마도 한때 이자벨라를 사랑했던 흔적을 지우기 위해서일 것이다.

"불쌍한 사람. 그러나 하는 수 없지. 인생은 힘들더라도 수행해야 할 자기만의 의무가 있으니까."

그렇게 해서 스타르스키는, 이자벨라에게 가장 적합한 결혼 상대였지만, 그녀의 결혼 대상 인물 목록에서 지워졌다. 그는 가난한 처녀와 결혼할 수 없었다. 그래서 돈 많은 아내를 찾아야 했다. 그들 사이에는 건널 수 없는 두 개의 절벽이 있었다.

그녀의 두 번째 결혼 상대는 남작이었지만, 에벨리나와 약혼함으로써 스스로 리스트에서 사라졌다. 이자벨라는 남작이 자기의 환심을 사려고 했을 때 혐오감을 느꼈지만, 갑자기 그가 떠나 버리자 약간 놀랐다. 세상에 그런 여자들이 있다니, 그 여자들을 위해 자기를 버릴 수 있다니……! 어떻게 그런 날이 오고 말았는가, 심지어 늙은 구혼자마저 그녀를 떠날 수 있는가……?

그녀의 발밑에서 땅이 흔들리는 것 같았다. 무어라고 꼬집어 말할 수 없는 걱정이 그녀를 엄습했다. 이자벨라는 회장 부인에게 보쿨스키에 대해 호의적으로 말했다. 이런 말을 했을지도 모른다.

"보쿨스키 씨에게 무슨 일 있어요? 그가 저를 유감스럽게 생각한다면 매우 유감스러운 일이에요. 여러 차례 스스로를 나무랐어요. 그가 한 만큼 제가 그를 제대로 대우하지 않은 것에 대해."

그녀는 눈을 아래로 향하고 얼굴을 붉혔다. 그것을 보고 회장 부인은 무슨 일이 있어도 보쿨스키를 시골로 불러와야겠다고 생각했다.

'신선한 공기 속에 서로를 마주 보게 하자.' 노부인은 생각했다. '그러면 순리대로 되겠지. 그는 남자들 중에서 다이아몬드 같은 사람이다. 그녀도 좋은 애다. 그러니 서로 마음이 통하겠지. 그는 그녀를 사랑하고 있어. 그러니 둘이 잘 맞을 거야.'

며칠 후 이자벨라는 유쾌하지 못한 인상에서 벗어나 마음의 안정을 찾고, 회장 부인 앞에서 한 말을 후회하기 시작했다.

"내가 그와 결혼하는 것에 대해 생각할 준비가 되어 있는 거야……." 그녀는 스스로에게 말했다.

그사이 회장 부인은 자기 집에 머물고 있는 봉소프스카 부인에게 자스와벡으로 보쿨스키가 올 것이며, 그는 아주 부자인 홀아비인데, 어느 면에서 보더라도 특출한 사람이고, 그런 사람에게는 자기라도 결혼하고 싶을 것이며, 그는 이자벨라를 사랑하고 있을지도 모른다는 등의 이야기를 털어놨다.

봉소프스카 부인은 그가 돈이 많고, 홀아비이고, 좋은 결혼 상대라는 것에 대해서는 전혀 관심을 보이지 않았다. 그러나 노부인이 그가 특출한 인물이라고 하자 흥미를 보였다. 그리고 그가 이자벨라를 사랑하고 있을지도 모른다는 말을 듣자 마치 실수로 박차에 맞은 혈통 좋은 말처럼 움찔했다.

봉소프스카 부인이 여자들 중에서 가장 나았다. 그녀는 재혼할 생각을 하지 않았다. 더구나 다른 여자들의 구혼자를 뺏는 일은 더더욱 생각하지 않았다. 하지만 그녀가 이 세상에 살고 있는 한 어떤 남자가 자기 말고 다른 여자를 사랑하는 일은 용납할 수 없는 일이었다. 거래로 결혼하는 거야 당연한 일이기 때문에 봉소프스카 부인은 그런 결혼이 성사되도록 도울 수도 있었다. 그러나 숭배의 대상은 오로지 그녀뿐이지 않으면 안 되었다. 그녀는 자신이 가장 아름답다고 생각해서가 아니라, 바로 그런 약점을 가지고 있기 때문이다.

이자벨라가 오늘 도착한다는 것을 알고 봉소프스카 부인은 억지로 보쿨스키를 산책에 끌고 갔던 것이다. 숲 아래쪽 넓은 길에 자신의 라이벌이 일으키는 먼지구름을 보고 그녀는 들판으로 말을 몰고 가서 안장을 빌미로 그럴듯한 장면을 시도했던 것이다. 결국 실패하기는 했지만.

그사이에 이자벨라는 저택에 도착했다. 모든 사람이 현관으로 나와 각자 한마디씩 하면서 그녀를 영접했다.

"있잖아." 회장 부인이 속삭였다. "보쿨스키가 도착했다."

"아가씨만 안 계셨어요." 남작이 큰 소리로 말했다. "자스와벡이 낙원처럼 될 수 있었는데. 아주 좋은 친구이고 훌륭한 손님이 오셨어요……"

펠리치아 야노츠카는 옆에서 이자벨라를 맞이했다. 울음 섞인 목소리로 그녀가 이자벨라에게 이야기하기 시작했다.

"있잖아, 보쿨스키 씨가 왔는데…… 아, 그가 어떤 사람인지 네가 보았어야 했어! 너에게 아무 말도 하지 않겠어, 왜냐하면 네가 착각할지도 모르니까, 내가 그에게 관심이 있다고……. 생각해봐, 봉소프스카 부인이 그에게 자기와 함께 산책 가자고 해서 둘이만……. 네가 보았어야 했는데, 그 불쌍한 사람의 얼굴이 얼마나 붉어졌는지……! 내가 그녀 뒤에 있었거든. 나도 그와 함께 여기 있는 연못으로 낚시하러 갔었지. 율리안 씨도 우리랑 같이 갔어. 그러나 그와 둘이만 말 타고 나간다……? 그런 일은 있을 수 없지! 나는 차라리 죽겠어……."

영접한 사람들과 헤어진 뒤 이자벨라는 자기에게 지정된 방으로 갔다.

"그 보쿨스키가 나를 화나게 한다." 그녀가 작은 소리로 말했다.

근본적으로 화나게 하는 것은 아무것도 없다. 그러나 뭔가 다른 것이 있다. 이곳에 오면서 이자벨라는 자기를 억지로 불러들인 회

장 부인에 대해, 당장 떠나라고 한 고모에 대해, 그리고 무엇보다
도 보쿨스키에 대해 불쾌감을 느꼈다.

"그래서 정말로……." 그녀가 속삭였다. "그들은 나를 그 벼락부
자에게 주려고 하는가? 아, 그는 보게 될 거야, 일이 어떻게 될지!"

그녀는 확신했다. 자기를 제일 먼저 영접할 사람은 보쿨스키일
거라고. 그래서 그를 최대한 무시하기로 결심했다.

그런데 보쿨스키는 그녀를 마중 나오지 않았을 뿐만 아니라 그
시간에 봉소프스카 부인과 함께 산책하고 있었다.

어색한 상황에 처하자 이자벨라는 생각했다.

'그 여자는 나이 30에 여전히 남자들에게 추파를 던지나……!'

남작이 보쿨스키를 훌륭한 손님이라고 말했을 때, 이자벨라는
어떤 자부심을 느꼈다. 하지만 그것은 얼핏 스친 짧은 감정이었다.
그러나 펠리치아가 보쿨스키를 선망하고 있다는 것을 명백하게 보
여 주었을 때에는 어떤 불안감이 이자벨라를 지배했다. 그러나 그
것도 한순간이었다.

"펠리치아는 순진해." 그녀는 혼자 중얼거렸다.

짧게 말해서 여기까지 오는 동안 그녀가 계획했던 그에 대한 경
멸은 가벼운 분노, 약간의 만족과 약간의 불안감이 뒤섞인 감정
으로 인해 말끔하게 사라졌다. 그 순간에 보쿨스키는 이자벨라에
게 지금까지와는 다른 모습으로 나타났다. 그는 잡화상이 아니라,
파리에서 돌아온 거대한 재산과 방대한 인간관계를 가지고 있는
사람이고, 남작이 그를 칭송하고, 봉소프스카 부인이 그에게 애교
를 부리고 있었다…….

이자벨라가 옷을 갈아입자마자 회장 부인이 그녀의 방으로 들
어왔다.

"나의 벨라야." 노부인이 그녀에게 다시 한 번 키스하고 말했다.

"요아시아는 왜 나에게 오고 싶어 하지 않니?"

"아빠가 편찮으셔서 떠날 수가 없었어요."

"애야…… 애야, 나에게 그런 말은 하지 마라. 보쿨스키를 만나기 싫어서 안 온 거지. 그것이 비밀의 전부야……." 약간 흥분한 목소리로 회장 부인이 말했다. "네 고모의 자선 접시에 돈을 쏟을 때만 보쿨스키는 네 고모에게 좋은 사람이야. 벨라, 너에게 말하는데, 네 고모는 결코 이성적이 되지 못할 거야……."

이자벨라에게서 과거의 불쾌함이 되살아났다.

"고모께서 상인들에게 많은 경멸을 드러낸 것을 적절치 못했다고 생각하실 수도 있습니다." 이자벨라가 얼굴을 붉혔다.

"상인! 상인!" 회장 부인이 화를 냈다. "보쿨스키 가문은 스타르스키 가문이나 심지어 자스와프스키 가문과 마찬가지로 좋은 가문이다. 상인이라는 것이 무슨 상관이 있는 거니……. 벨라야, 보쿨스키는 네 고모의 할아버지가 팔았던 것을 팔지 않았어……. 네가 고모에게 기회 있을 때 말해도 좋아. 나는 열 명의 오스트리아 귀족들보다 한 사람의 정직한 상인을 택하겠다. 귀족이라는 타이틀의 실상에 대해선 내가 잘 안다."

"그러나 부인께서도 인정하시잖아요, 출생이……."

회장 부인이 가소롭다는 듯 크게 웃었다.

"벨라야, 내 말을 믿어라. 출생이라는 것은 태어난 사람에게는 아주 미미한 의미밖에 없는 것이다. 혈통의 순수성……. 아, 맙소사! 천만다행이다. 우리가 그런 문제에 매달리지 않아도 되니. 너에게 말하는데, 나처럼 늙은 사람과 출생에 관해 이야기하는 것은 별 의미 없는 일이다. 할아버지, 아버지를 기억하는 사람들은 자주 의아하게 생각한다. 왜 손자는 아버지를 닮지 않고 하인을 닮았을까. 자세히 보면 많은 것을 이해할 수 있다."

"부인께서는 보쿨스키 씨를 아주 좋아하시지요……." 이자벨라가 작은 소리로 말했다.

"그래, 아주 좋아하지!" 노부인이 힘주어 말했다. "나는 그의 큰아버지를 사랑했다. 사람들이 나를 그에게서 떼어 놓는 바람에 나는 평생 동안 불행했다. 네 고모가 보쿨스키를 무시하려 드는 것도 바로 그 이유 때문이다. 하지만 그는 무시당할 사람이 아니다. 오, 절대로 아니지!" 회장 부인이 말했다. "그 사람처럼 그런 빈곤에서 일어설 수 있었고, 비난받을 일을 하지 않으면서 재산을 축적하고 공부도 했던 사람은 살롱 사람들의 말에는 신경 쓰지 않을 수도 있다. 너도 아마 알고 있겠지. 그가 오늘날 어떤 역할을 하고, 왜 파리에 가게 되었는지……. 내가 너에게 확실히 말하는데, 그는 살롱에나 출입하려고 간 것이 아니야. 반대로 살롱이 그에게로 올 것이다. 이해관계가 생기면 제일 먼저 네 고모가 올 거야. 살롱에 대해서는 내가 너보다 더 잘 안다. 얘야, 내 말을 들어라. 살롱 사람들은 아주 재빠르게 보쿨스키의 현관방에 나타날 것이다. 그는 스타르스키처럼 무위도식하는 사람도 아니고, 공작처럼 꿈에 젖어 있는 사람도 아니고, 크세소프스키 같은 팔푼이도 아니야……. 그는 행동하는 사람이지. 그가 아내로 맞이하는 여자는 행복할 것이다. 불행하게도 우리 아가씨들은 요구는 많은데 경험과 진심은 적어. 모두가 그런 것은 아니지만……. 그러나 네게 미안하다. 내가 좀 심하게 말했다면. 곧 점심이 있을 것이다."

그렇게 말하고 회장 부인이 나간 뒤 이자벨라는 깊은 생각에 빠졌다.

'확실히 그가 남작을 대신할 수도 있어. 그런데 아직 어떻게 될지…….' 이자벨라는 속으로 말했다. '남작은 노쇠하고 웃기는 사람인 반면에, 보쿨스키는 적어도 존경의 대상이다. 카지아 봉소프스카가 그걸 잘 아는 거야. 그래서 그를 산책에 데리고 갔던 거지. 하, 두고 보자. 보쿨스키가 지조를 지킬 수 있는지…… 다른 여자와 둘이서 말 타고 산책을 간다는 것이 지조 있는 행동인가! 아주 기사도적이군…….'

그 시간에 보쿨스키는 봉소프스카 부인과 함께 산책에서 돌아오며 농장 마당에 있는 마차를 보았다. 말들은 이미 보이지 않았다. 어떤 막연한 예감이 들었으나 물어볼 용기는 나지 않았다. 그는 오히려 못 본 척했다.

저택 앞에서 그는 타고 온 말을 소년에게 주었다. 그리고 다른 소년에게 방으로 물 한 잔을 가져오라고 지시했다. 누가 도착했는지 언제 물어본담? 목에 무엇이 걸린 것 같았지만 말로 표현할 수는 없었다.

'얼마나 어리석은 일인가!' 그는 생각했다. '설령 그녀가 왔다고 해도, 그래서 어쨌다는 거야? 그녀도 봉소프스카 부인이나, 펠리치아 양이나, 에벨리나 양과 똑같은 여자일 뿐이야……. 그리고 나는 남작 같은 사람도 아니고…….'

그러나 말은 그렇게 하면서도 그녀는 그에게 다른 여자들과 다르다는 것을 느꼈고, 만일 그녀가 요구하면 그는 그녀의 발아래 재산과 심지어 목숨까지도 바칠 것이다.

"어리석기는! 어리석은 짓이야!" 방 안을 서성거리면서 그가 작은 소리로 말했다. "이곳에 그녀를 쫓아다니는 스타르스키가 있지. 그 두 사람이 약속했잖아, 휴가를 즐겁게 보내자고……. 나는 그 눈빛을 기억하고 있어, 아……."

그의 안에서 분노가 끓기 시작했다.

'이자벨라 양, 두고 봅시다. 당신이 무엇이고, 얼마나 가치가 있는지? 이제 내가 당신의 판사가 될 거야…….' 그가 생각했다.

노크 소리가 들리고 늙은 하인이 들어왔다. 그가 방을 둘러보고 낮은 목소리로 말했다.

"마님께서 말씀드리라고 분부하셨습니다. 웽츠카 양이 도착했고, 준비되셨으면 점심 드시러 오시라고 하셨습니다."

"분부대로 곧 간다고 말씀드리게." 보쿨스키가 대답했다.

하인이 나간 후에 보쿨스키는 기울어진 햇빛을 받고 있는 공원과 새들이 명랑하게 지저귀고 있는 라일락 숲을 바라보면서 잠깐 동안 창가에 서 있었다. 풍경을 바라보고 있었지만 이자벨라에게 어떤 식으로 인사해야 하나 하는 걱정 때문에 가슴이 울렁거렸다.

'무슨 말을 하고 어떻게 보여야 하나?'

모든 눈들이 두 사람에게 집중될 것이고, 그는 적절치 못한 행동을 해서 웃음거리가 될 것 같은 생각이 들었다.

'나는 그녀의 충실한…… 개와 같은 하인이라고 그녀에게 말하지 않았던가! 어쨌든 그곳으로 가야 한다……'

그는 방에서 나왔다가 다시 들어갔다. 그리고 복도로 나왔다. 천천히 한 발 한 발 문에 다가갔다. 몸에서 에너지가 모두 빠져나가고, 왕 앞에 서야 하는 바보가 된 것 같았다.

그는 문고리를 잡았다가 다시 멈추었다. 식당에서 여자들의 웃음소리가 크게 들렸다. 눈앞이 캄캄해졌다. 그는 도망가서 하인을 통해 아프다고 말하고 싶었다. 갑자기 뒤에서 누군가의 발소리가 들리더니 문이 밀리면서 열렸다.

방 안에 있는 모든 사람들이 그의 눈에 들어왔다. 특히 스타르스키와 이야기를 나누는 이자벨라가 보였다. 그녀는 예전처럼 스타르스키를 바라보고 있었고, 그는 전에 바르샤바에서처럼 냉소적인 웃음을 띠고 있었다.

보쿨스키는 순간적으로 힘을 다시 찾았다. 분노의 격랑이 그의 뇌를 강타했다. 그는 고개를 똑바로 하고 들어간 뒤 회장 부인에게 먼저 인사하고, 나중에 이자벨라에게 인사했다. 얼굴이 붉어진 그녀가 손을 내밀었다.

"안녕하십니까, 아가씨? 웽츠키 어른은 안녕하십니까?"

"아빠는 조금 나아지셨어요. 선생께 안부 전하라고 하셨어요."

"인자하신 모습, 깊이 간직하고 있습니다. 백작 마님도 안녕하십니까?"

"고모는 아주 건강하십니다."

회장 부인은 안락의자에 앉아 있었다. 모두가 식탁에 자리를 잡기 시작했다.

"보쿨스키 선생은 제 옆으로 오세요." 봉소프스카 부인이 말했다.

"기꺼이 그러겠습니다. 군인은 그의 지휘관이 있는 자리에 앉을 권리가 있습니다."

"자네를 이미 휘하에 두었단 말이야, 스타니스와프 씨?" 회장 부인이 웃으면서 말했다.

"그뿐이 아닙니다! 그런 훈련은 자주 있지 않습니다……."

"제가 안 좋은 옆길로 안내했다고 복수하는 겁니다." 봉소프스카 부인이 끼어들었다.

"옆길로 갔던 것이 아주 즐거웠습니다."

"그렇게 되리라고 생각했어요. 하지만 그렇게 빨리 진행되리라곤 예상 못했는데……." 남작이 가지런한 의치를 보이면서 말했다.

"사촌, 저에게 소금 좀 주시겠어요." 이자벨라가 스타르스키에게 말했다.

"그러지…… 아, 내가 뿌렸는데! 우리 싸우게 될 것 같은데."

"그런 일은 우리에게 아마 문제가 되지 않을 거예요." 이자벨라가 좀 웃기는 투로 대응했다.

"싸우지 않기로 둘이 약속이라도 한 거야?" 봉소프스카 부인이 물었다.

"우리는 절대 서로 미안하다고 말할 의도가 없어요." 이자벨라가 대답했다.

"좋아요!" 봉소프스카 부인이 말했다. "내가 만일 당신 처지라면, 카지미에스 씨, 이제 모든 희망을 잃었겠지요."

"혹은 언젠가 내가 희망을 가져도 되겠지요." 스타르스키가 한숨을 쉬었다.

"우리 둘을 위한 진정한 행복……." 이자벨라가 작은 소리로 말했다.

보쿨스키는 듣고 보았다. 이자벨라는 자연스럽게 이야기하고 있었다. 그리고 아주 차분하게 스타르스키에게 농담도 했다. 하지만 그는 그런 것에 조금도 신경을 쓰지 않는 것처럼 보였다. 대신에 그는 가끔 남모르게 에벨리나 야노츠카에게 눈길을 주었다. 남작과 속삭이고 있는 그녀의 얼굴은 붉어지기도 하고 창백해지기도 했다.

보쿨스키는 가슴에서 몹시 무거운 것이 밀려나는 것을 느꼈다.

'확실해…….' 그는 생각했다. '이 자리에서 스타르스키의 마음을 끌고 있는 사람은 에벨리나 양뿐이고, 그녀도 그에게만 관심을 가지고 있다…….'

그 순간, 배신당하고 있는 남작에 대한 우정과 기쁨이 그에게서 깨어났다.

'이제 나는 그에게 조심해야 한다는 말은 하지 않을 것이다.' 그는 속으로 말했다. 그리고 조금 후에 그는 생각했다. '다른 사람의 불쌍한 처지를 보면서 기뻐하는 것은 비열한 감정이야.'

점심이 끝나고, 이자벨라가 보쿨스키에게 다가왔다.

"아세요……." 그녀가 말했다. "당신을 본 제 감정이 어떤 것인지? 그것은 유감입니다. 제 기억으로는 우리 셋이 함께 파리에 가기로 하지 않았나요? 저와 아버지와 선생. 우리 셋 중에 행운은 당신에게만 따랐습니다. 당신은 적어도 즐거우셨겠지요? 우리 셋을 대신해서……? 거기서 한 경험의 3분의 1은 저에게 넘겨야지요."

"그런데 별로 즐겁지 않았다면?"

"왜요?"

"우리가 함께 있어야 했던 그곳에 아가씨가 없었기 때문에."

"제가 없는 곳에서도 당신은, 제가 아는 한, 즐길 줄 아시잖아요." 이자벨라가 말하고 자리를 떴다.

"보쿨스키 선생!" 봉소프스카 부인이 불렀다. 하지만 그와 이자벨라가 함께 있는 것을 본 후라 그녀의 목소리가 친절하지 않았다.

"아니…… 아무것도 아니에요. 오늘은 선생에게 휴가를 줄게요. 여러분, 공원으로 산책 갑시다. 오호츠키 씨……."

"오호츠키 씨는 오늘 나에게 기상학에 대해 가르쳐 주기로 했어요." 펠리치아가 말했다.

"기상학이라고……?" 봉소프스카 부인이 되물었다.

"그래요…… 지금 바로 우리는 관측소 위로 올라갈 거예요."

"당신은 오로지 기상학만 가르칠 생각이에요?" 봉소프스카 부인이 물었다. "혹시 모르니까, 할머니께 여쭈어 보는 것이 좋지 않아, 할머니께서 기상학에 대해 어떻게 생각하고 계시는지……."

"당신은 언제나 나에게 스캔들을 만들지 않으면 안 되는 거야?" 오호츠키가 화를 냈다. "당신은 나하고 길이 없는 곳으로 말 타러 가도 되고, 펠리치아 양은 관측소도 보아서는 안 된다!"

"그래, 가 보세요, 여러분, 공원에 가요, 남작…… 벨라……."

그들은 밖으로 나갔다. 맨 앞에 봉소프스카 부인과 이자벨라,

그들 뒤에 보쿨스키, 조금 떨어져서 남작과 약혼자, 끝에 펠리치아와 오호츠키가 걸어갔다. 오호츠키가 손짓하면서 말했다.

"당신은 절대로 새로운 것을 알게 되지 못할 거요. 이상한 모자나, 어떤 바보가 고안한 7인 혹은 8인이 추는 대무(隊舞) 정도를 제외하고는. 절대로 아무것도……!" 그가 극적인 목소리로 말했다. "항상 어떤 할머니가 있을 테니까……."

"체! 율리안 씨, 누가 그렇게 말해요……?"

"그래요, 당신이 나와 함께 실험실에 가는 걸 점잖지 못하다고 생각하는 참을 수 없는 할머니 말이오."

"그것이 실제로 나쁜 것일 수도 있으니까……."

"그래, 나쁘지! 허리띠까지 등을 판 옷은 좋고, 손톱이 지저분한 이탈리아 사람한테 성악 수업 듣는 것은……."

"그렇지만 선생님…… 젊은 아가씨들이 젊은 남자들과 어울려 지내다 보면 아가씨가 사랑할 수도 있지요."

"그래서 어쨌다는 거요? 사랑하라고 하지. 사랑 안 하는 것보다 더 나은 것 아니에요, 그리고 아가씨가 바보예요……? 펠리치아 양, 당신은 이상한 여자예요."

"오, 선생님……."

"그런 놀란 것 같은 소리로 내 주의를 다른 데로 돌리려고 하지 마세요. 아가씨는 기상학을 배우고 싶은 거예요, 그러면 위로 올라갑시다."

"하지만 에벨리나나 봉소프스카 부인이랑 같이."

"좋아요, 좋아요……. 그러면 그 놀이는 그만둡시다." 오호츠키가 말을 마쳤다. 그는 화난 표시로 호주머니에 손을 넣었다.

젊은 한 쌍이 큰 소리로 이야기하는 바람에 공원에 있는 모든 사람에게 다 들렸다. 봉소프스카 부인은 아주 만족스러운 듯 웃음을 터뜨렸다. 그들이 아무 말도 하지 않자 남작과 에벨리나의 속삭이는 소리가 보쿨스키의 귀에 들렸다.

"사실이죠……." 남작이 말했다. "스타르스키의 상황이 안 좋은 것이……? 매일 그의 상황이, 아가씨, 악화되고 있어요. 봉소프스카 부인은 그를 조롱하고, 이자벨라 양은 그를 아주 무시하고, 펠리치아 양까지도 그를 거들떠보지 않아요. 아가씨도 그걸 느꼈어요……?"

"네." 약혼녀가 작은 소리로 말했다.

"그 친구도 가진 것이라곤 많은 유산을 받게 되리라는 희망 한 가지밖에 없는 젊은 사람들 중 하나입니다. 제 말이 맞지요……?"

"네."

"만일 회장 부인의 유언에 걸고 있는 희망이 무산되면, 스타르스키는 관심 대상에서 제외됩니다. 그렇지요……?"

"네." 에벨리나가 깊이 한숨을 내쉬며 대답했다. "저, 여기 좀 앉을게요." 그녀가 말했다. "방에 가서 숄 좀 가져다주시겠어요. 미안해요……."

보쿨스키가 고개를 돌렸다. 창백해진 에벨리나가 벤치에 앉았다. 남작이 그녀를 깍듯이 돌보고 있었다.

"바로 갔다 오겠소." 남작이 말했다. "보쿨스키 선생……." 보쿨스키를 보고 그가 불렀다. "저 대신 여기에 좀 계실 수 있겠어요…… 금방 갔다 오리다."

그는 약혼녀의 손에 키스하고 저택을 향해 갔다.

보쿨스키는 남작의 다리가 아주 가늘고 걸음이 자유롭지 않다는 것을 비로소 보게 되었다.

"선생님은 남작을 아신 지 오래되었나요?" 에벨리나가 보쿨스키에게 물었다. "정자 있는 곳으로 좀 가실까요……."

"이 며칠 동안 그와 가까이 지내게 되었습니다."

"그는 선생님을 매우 좋아합니다…… 처음으로 좋은 대화 상대를 만났다고 기뻐합니다."

보쿨스키가 웃었다.

"그분은……." 보쿨스키가 말했다. "저에게 아가씨에 대해 항상 말씀하셨어요. 그래서 아마 그러실 겁니다."

에벨리나의 얼굴이 눈에 띄게 붉어졌다.

"그래요, 그분은 아주 고결한 분이세요. 저를 무척 사랑하세요. 우리 사이에 나이 차이가 있지만 그게 무슨 상관이 있겠어요? 경험 많은 여성들이 말하는데, 남편이 늙을수록 그만큼 더 충실하대요. 여자에게는 남편의 성실함이 전부이죠. 그렇지요, 선생님? 우리들 모두가 인생에서 사랑을 찾지만, 누가 보장하겠어요, 제가 지금 이 사랑과 비슷한 다른 사랑을 만나게 된다고……? 그분보다 더 젊고, 더 잘생기고, 더 능력 있는 사람들이 있지요. 하지만 그들 중 어느 누구도 저에게 그처럼 진심 어린 열정을 가지고 그의 인생에서 마지막 행복은 저의 손에 달렸다고 말하는 사람이 없어요. 그걸 거절할 수 있겠어요, 설령 저희 쪽에서 허락하는 것이 어떤 희생을 요구한다 할지라도. 선생님은 어떻게 생각하세요?"

그녀는 길 위에 멈춰 서서 그의 눈을 쳐다보았다. 그리고 불안한 표정으로 그의 대답을 기다리고 있었다.

"잘 모르겠습니다, 아가씨. 그건 개인적인 감정의 문제 아니겠습니까." 그가 대답했다.

"그거 좋지 않은데요. 선생님이 그렇게 대답하시다니. 할머니께서 말씀하셨어요. 선생님은 위대한 성격을 가진 분이라고. 저는 지금까지 위대한 성격의 사람을 만나 보지 못했어요. 제 성격은 아주 약하답니다. 저는 무엇에도 저항할 줄을 모릅니다. 거절하는 것이 두려워요…… 제가 잘 못하는지도 모르지요. 적어도 몇 사람은 남작과의 결혼이 잘못된 것이라고 말해요. 선생님도 그렇게 생각하세요? 선생님은 영혼을 다 바쳐서 선생님을 사랑하고 있으며, 선생님의 사랑이 없으면 얼마 남지 않은 인생이 외로움과 절망에 빠질 거라고 말하는 사람을 멀리할 수 있겠어요? 만일 누군가가 선생님이 보는 데서 절벽으로 떨어지며 도와 달라고 절규하는데, 그에게 손을 내밀지 않고, 그를 안 붙들겠어요, 구조대가 오지 않은 사이에?"

"저는 여자가 아니라서, 그리고 누군가를 위해 제 삶을 구속하는 것을 요청받은 적이 없습니다. 그래서 어떻게 해야 할지 모르겠습니다." 흥분한 목소리로 보쿨스키가 대답했다. "하지만 남자로서 한 가지는 압니다. 저는 사랑을 구걸하진 못할 겁니다. 그리고 아가씨에게 한 가지 더 말할 수 있습니다." 입을 벌리고 그를 바라보는 아가씨에게 그가 말했다. "저는 요구도 하지 않겠지만, 애걸해서 얻은 마음의 희생도 받아들이지 않을 것입니다. 보통 그런 선물은 얼마 못 가거든요……."

옆길에서 스타르스키가 그들에게 달려와 다급하게 말했다.

"보쿨스키 선생, 숙녀들이 보리수 길에서 선생을 찾고 있습니다…… 저의 할머니랑 봉소프스카 부인……."

보쿨스키가 망설였다. 이 순간에 어떻게 해야 하나.

"오, 저 때문에 주저하지 마세요." 평소보다 얼굴이 더 붉어진 에벨리나가 말했다. "그리고 금방 남작이 오실 거예요. 그러면 셋이서 여러분을 뒤쫓아 갈게요……."

보쿨스키는 그들과 헤어졌다.

'실망스러운 일이야!' 그는 생각했다. '에벨리나는 동정심에서 남작과 결혼하고, 동정심에서 스타르스키와 연애하는 거야. 돈 때문에 결혼하는 여자를 이해해, 비록 그것이 돈 버는 바보 같은 방법이기는 하지만…… 심지어 행복하게 결혼 생활을 하다가 갑자기 사랑에 빠져서 남편을 배신하는 유부녀도 이해해……. 스캔들에 대한 두려움, 자식들 그리고 수많은 구속들이 자주 그렇게 하도록 강요하고 있지. 그런데 약혼한 남자를 배신하는 아가씨는 완전히 새로운 현상인데…….'

"에벨리나 양! 에벨리나 양!" 보쿨스키 쪽으로 다가오면서 남작이 외쳤다.

그가 갑자기 방향을 바꾸더니 초원으로 사라졌다.

'흥미로운데.' 보쿨스키가 속으로 말했다. '그를 만나면 무슨 말을 해야 하나? 빌어먹을, 내가 왜 그런 진흙탕에 빠졌지?'

"에벨리나 양! 에벨리나 양!" 남작이 이제 아주 멀리서 외쳤다.

'나이팅게일이 암컷을 부르고 있구나.' 보쿨스키는 생각했다. '하지만 저 여인을 무조건 비난할 수 있을까……? 그녀 스스로 분명히 인정하고 있다. 자기는 성격이 강하지 못하다는 것을. 그리고 한편으로 조용히 내비치고 있다. 그녀에겐 돈이 필요하며, 돈이 없으면 물이 없는 물고기처럼 살 수 없다고. 그래서 어떻게 해야 하나……? 불행한 여인은 부자에게 시집을 간다. 동시에 그녀는 속으로 애인이 그녀더러 부자와의 결혼을 설득한다고 생각하고 있다. 그리고 두 사람은 늙은 남편의 애무가 그들의 취향에 해가 되지 않는다고 믿고 있다. 그래서 그들은 새로운 것을 고안한다. 결혼 전에 약혼한 남자를 배신하는 것, 소유권을 요구하지 않으면서. 드디어 그들은 결혼 후에 배신하기로 합의할 정도로 예의를 갖출 수도 있다. 아주 훌륭한 동반자들이야! 사회는 자주 흥미로운 생산품들을 만들어 내고 있어. 한번 생각해 봐, 우리들 각자에게도 그런 비슷한 일이 일어날 수 있다는 것을……! 정말이지, 사랑이 가장 고귀한 행복이라고 치켜세우는 시인들의 말을 어느 정도 삭감해서 믿을 필요가 있어.'

"에벨리나 양! 에벨리나 양!" 신음하듯 남작이 불렀다.

'이 얼마나 비참한 역할인가.' 보쿨스키는 한숨을 쉬었다. '그런 바보 같은 짓을 하느니 차라리 입에 총을 물고 쏘는 것이 낫겠다.'

농장 옆 큰길에서 그는 여인들을 만났다. 그들과 함께 회장 부인과 바구니를 든 하녀도 있었다.

"아, 자네 왔군." 노부인이 보쿨스키에게 말했다. "잘됐네. 여기서 에벨리나와 남작을 기다리게나. 남작이 드디어 그녀를 찾게 되겠지." 노부인이 눈썹을 약간 찡그리면서 말했다. "우리는 카지아와 같이 말에게 갈 테니."

"보쿨스키 선생은 말에게 설탕을 줘도 되겠지요, 오늘 말이 잘 태우고 다녔으니." 약간 뽀로통해진 봉소프스카 부인이 말했다.

"그를 가만히 좀 두어라!" 회장 부인이 말을 막았다. "남자들은 말 타는 것만 좋아하지, 예뻐하는 것은 좋아하지 않아."

"감사할 줄 모르는 족속들!" 회장 부인에게 손을 내밀면서 봉소프스카 부인이 작은 소리로 말했다.

그들은 곧 떠났다. 봉소프스카 부인이 돌아다보았다. 그러나 보쿨스키가 자기를 쳐다보고 있는 것을 보자 머리를 돌렸다.

"약혼자들을 찾아볼까요?" 이자벨라가 물었다.

"그러지요." 보쿨스키가 대답했다.

"그들을 그냥 그대로 두는 게 더 나을 것 같네요. 행복한 사람들은 아마 증인을 좋아하지 않을 거예요."

"아가씨는 한 번도 행복하신 적이 없으세요?"

"아, 물론 있지요…… 그러나 에벨리나와 남작 같은 식으로는 아니고."

보쿨스키가 유심히 그녀를 바라보았다.

그녀는 마치 그리스 여신상처럼 평화로웠고, 생각에 잠겨 있었다.

'그래, 이 여인은 배신하지 않을 거야.' 보쿨스키는 생각했다.

그들은 말없이 한참 동안 공원에서 가장 숲이 우거진 곳을 향해 걸어갔다. 가끔씩 오래된 나무들 사이로 석양의 붉은빛을 받아 반짝이는 저택의 유리창들이 아른거렸다.

"선생님은 파리에 처음 가셨나요?"

"네, 처음입니다."

"정말 놀라운 도시죠……?" 그의 눈을 쳐다보면서 그녀가 갑자기 큰 소리로 말했다. "누구나 원하는 대로 말하게 하고, 파리는 비록 패했지만, 세계의 수도이기를 포기하지 않았어요. 선생님에게는 어떤 인상을 주었나요……?"

"깊은 감명을 받았습니다. 며칠 지나자 힘과 용기가 살아나는 것 같았습니다. 정말 그곳에서 처음으로 제 일이 자랑스럽다는 것을 배웠습니다."

"좀 더 자세히 설명해 주시겠어요."

"아주 간단합니다. 이곳에서는 인간의 노동의 결과가 보잘것없습니다. 우리는 가난하고 제대로 대우받지 못합니다. 그곳에서는 노동이 태양처럼 밝습니다. 놀라운 건물들, 지붕부터 보도까지 마치 비싼 보석함처럼 장식으로 덮여 있습니다. 그림들과 조각상들의 숲, 기계의 밀림, 혼란스러울 정도로 넘쳐 나는 공산물들과 수공업 제품들! 파리에서 비로소 이해하게 됐어요. 인간은 외형상 작고 약한 존재이지만, 실제로는 가볍게 바위를 던지고, 바위로 레이스보다 더 섬세한 것을 만드는 천재적이고, 불멸의 거인입니다."

"맞아요." 이자벨라가 대답했다. "프랑스의 대귀족들은 그런 훌륭한 작품을 만들 시간과 가능성을 가지고 있었습니다."

"대귀족이라고요……?" 보쿨스키가 물었다.

이자벨라가 걸음을 멈추었다.

"설마 선생님께서 루브르 박물관을 대표자 회의나 파리 장신구 제조업체가 만들었다고 주장하시지는 않겠지요."

"물론 그럴 리가 있겠습니까. 그러나 대귀족들이 만든 것도 아닙니다. 그것은 프랑스 건축가들, 전 세계에서 온 벽돌공, 목공, 화가, 조각가 들의 공동 작품입니다. 이들은 대귀족들과는 아무 상관이 없습니다. 근로자들, 천재적인 사람들의 노동과 봉사의 결과를 게으름뱅이들의 공이라고 돌리는 것은 뛰어난 발상입니다."

"게으름뱅이들과 대귀족들!" 이자벨라가 큰 소리로 말했다. "제 생각에 그런 표현은 정당하기보다는 강한 것 같아요."

"한 가지 질문을 해도 되겠습니까?" 보쿨스키가 물었다.

"하세요."

"게으름뱅이라는 표현이 아가씨 마음을 상하게 했다면 철회합니다. 그리고 다음은, 우리가 말하는 분야에서 무언가 일을 한 사람이 있으면 한 사람만 말해 주시겠습니까…… 그런 사람들을 20명쯤 제가 알고 있습니다. 물론 아가씨께서도 잘 아는 사람들입니다. 그들 모두가 한 일이 무엇이 있습니까? 세상에서 가장 고귀하신 공작부터 시작해서, 이분은 많은 연세로 설명이 되겠지만, 마지막으로…… 스타르스키 씨에 이르기까지. 그 사람의 끝도 없이 계속되는 휴가는 재산 상태로 설명되지 않습니다."

"아, 제 사촌! 그는 아마 무엇에서도 모범이 되고자 하는 생각이 없을 거예요. 그런데 프랑스 대귀족에 대해서만 이야기하지요, 우리 나라 대귀족은 말하지 말고."

"프랑스 대귀족은 무엇을 했습니까?"

"오, 보쿨스키 선생님, 그들은 많은 일을 했지요. 무엇보다도 프랑스를 만들었지요. 그들은 프랑스의 기사들이며, 지도자들이며, 장관들, 성직자들이었지요. 그리고 그들이 선생님이 감탄했던 그

보물들을 모았지요."

"아가씨께서는 이렇게 말하시겠지요. 프랑스 대귀족들이 명령을 많이 했고, 돈도 많이 지불했다고. 그러나 프랑스와 예술은 다른 사람이 만들었습니다. 프랑스는 적은 봉급을 받았던 군인과 선원들, 세금에 짓눌려 살았던 노동자들과 수공업자들 그리고 학자들과 예술가들이 만들었습니다. 저는 경험이 있고, 아가씨에게 확실히 말할 수 있습니다. 실행하는 것보다는 기획하는 것이 쉽고, 돈을 모으기보다는 쓰기가 쉽습니다."

"당신은 철저한 대귀족의 적입니다."

"아닙니다, 아가씨, 저는 그들의 적이 될 수 없습니다. 그들은 제게 해를 끼친 적이 없습니다. 저는 다만 그들이 하는 일 없이 특권적 위치를 차지하고 있으며, 그 특권을 유지하기 위해 노동에 대한 경멸과 게으름뱅이들의 사치에 대한 숭배를 사회에 퍼뜨리고 있다고 생각할 뿐입니다."

"선생은 선입견을 가지고 있습니다. 심지어 선생께서 말하는 게으른 대귀족들도 세상에서 중요한 역할을 하고 있습니다. 선생께서 말하는 사치도 편안함이고, 즐거움이고 세련입니다. 그런 것들을 낮은 신분의 사람이 보고 배워서 문명화가 되는 거지요. 사회에는 아주 자유주의적인 사람들로부터 학문과 예술과 우아한 관습을 돌보는 계급이 있어야 한다는 말을 들은 적이 있습니다. 그런 계급이 다른 사람들에게 생생한 모범이 되고, 고귀한 행동을 하도록 일깨웁니다. 영국과 프랑스에는 재산을 꽤 모은 평민 출신이 집을 장만하여 훌륭한 사람들을 초대하고, 스스로 초대받을 수 있도록 행동하려고 노력하는 사람들이 많습니다."

보쿨스키의 얼굴이 심하게 붉어졌다. 그것을 보지 않고도 의식하고 있는 그녀는 말을 계속했다.

"선생이 말하는 대귀족, 제가 말하는 더 높은 계급은 좋은 인종으로 되어 있습니다. 물론 그중 일부는 게으름뱅이일 수도 있지요. 그러나 일단 무슨 일이든 시작하면 곧바로 그들에게서 힘과 이성과, 귀족적인 면이 두드러지게 나타납니다. 실례지만, 공작이 선생에 대해 '만일 보쿨스키가 좋은 귀족이 아니라면, 오늘날의 그가될 수 없었을 거야'라고 저에게 자주 했던 말을 여기서 인용합니다."

"공작의 생각입니다." 보쿨스키가 냉정하게 대답했다. "제가 가지고 있는 것, 제가 할 수 있는 것은 귀족이어서가 아니라, 힘들게 일한 결과입니다. 다른 사람들보다 제가 더 많이 일해서 더 많이 가지고 있는 것입니다."

"그렇지만 선생이 다르게 태어났다면 더 많이 일할 수 있었겠어요?" 이자벨라가 물었다. "제 사촌 오호츠키는 선생처럼 자연 과학자이고 민주주의자입니다. 하지만 공작과 같이 그도 좋은 인종과 좋지 않은 인종이 있다고 믿고 있어요. 그도 선생을 혈통의 좋은 예로 꼽고 있어요……. '보쿨스키는 운명적으로 성공하게 되어 있으나, 강인한 정신은 혈통에 기인하고 있지.' 그가 이렇게 말했어요."

"저를 명예롭게도 특권적인 인종에 포함시켜 주신 모든 분들에게 깊이 감사드립니다. 그렇지만 일하지 않는 특권을 저는 믿지 않습니다. 저는 좋은 가문이라고 자랑하는 사람들보다는 출신이 좋지 않아도 공적이 있는 사람을 더 높이 평가합니다."

"선생의 주장대로라면 섬세한 감정과 우아하고 품위 있는 습관을 보존하는 일은 공적이 아닌가요?"

"물론 공적입니다. 그러나 사회에서 그런 역할은 여성들이 합니다. 자연이 여성들에게 보다 섬세한 마음과, 보다 활발한 상상력과, 보다 부드러운 감정을 주었기 때문에 여성들이, 대귀족이 아니고, 일상생활에서는 우아함을, 관습에서는 온유함을 보존하고, 심지어 우리에게도 가장 고결한 감정을 깨우쳐 주기도 합니다. 여성은 문명의 길을 황금빛으로 물들이는 등불입니다. 또한 여성은 비범한 힘의 긴장을 요구하는 행동의 보이지 않는 원동력이기도 합니다……."

지금은 이자벨라의 얼굴이 붉어졌다. 그들은 한동안 말없이 걸었다. 해는 이미 지평선 너머로 숨은 뒤였다. 서쪽 공원의 나무들 사이로 초승달 빛이 보였다. 깊이 생각에 잠긴 보쿨스키는 마음속으로 오늘 있었던 봉소프스카 부인과 이자벨라와의 두 대화를 비교하고 있었다.

"어떻게 이처럼 다를 수 있을까! 잘못된 것일까, 이 여인과 결합하는 것이…….'

"예민한 질문인데 해도 되겠어요?" 이자벨라가 갑자기 작은 소리로 물었다.

"가장 예민한 질문도 좋습니다."

"선생께선 저한테 심한 모욕을 당해서 파리로 가신 게 사실이죠?"

그는 대답하고 싶었다. 그것은 모욕보다 더 심한 것이었다고, 왜냐하면 위선이라고까지 의심하고 있었기 때문에. 그러나 그는 침묵했다.

"제가 선생께 빚을 졌어요. 제가 선생을 의심하고 있었습니다."

"유대인 중개로 아가씨 부친의 집을 사면서 제가 착복했다고 의심한 것 아닙니까?" 보쿨스키가 웃으면서 물었다.

"오, 아닙니다!" 그녀가 생생한 목소리로 대답했다. "그 반대입니다. 저는 극도로 기독교적인 행동이라고 선생을 의심했습니다. 그것은 제가 누구라도 용서할 수 없었을 것입니다. 순간 저는 생각했습니다. 우리 집을 선생께서…… 지나치게 비싸게 사셨다고……."

"이제는 아가씨께서 평온을 되찾으셨으리라 생각합니다."

"네, 크세소프스카 남작 부인이 그 집을 9만 루블에 사려 한다고 알고 있습니다."

"정말로요? 저와는 아직 말이 없었습니다, 그렇게 되리라 예상하고 있었지만."

"선생이 잃은 것이 없게 되어 아주 기뻐요. 왜냐하면…… 이제 비로소 저는 선생께 진심으로 감사드려요." 이자벨라가 그에게 손을 내밀면서 말했다. "선생께서 하신 일이 얼마나 중요한 것인지 저는 알아요. 제 아버지는 틀림없이 수모를 당했을 것이고, 남작 부인에게 모든 것을 다 뺏겼을 겁니다. 그런데 선생이 아버지를 파멸, 아니 죽음으로부터 구출했어요…… 그런 일은 잊을 수가 없습니다."

보쿨스키가 그녀의 손에 키스했다.

"벌써 저녁이네요." 여러 가지 감정에 싸인 채 그녀가 말했다. "집으로 돌아가지요…… 모두 공원에서 나갔을 거예요."

'만일 이 여인이 천사가 아니라면, 그러면 내가 개다!' 보쿨스키는 생각했다.

모두들 이미 저택에 와 있었고, 저녁 식사가 곧 제공되었다. 저녁 시간은 즐거웠다. 11시경에 오호츠키가 보쿨스키를 숙소까지 동행했다.

"어떻게 된 거요?" 오호츠키가 말했다. "사촌 이자벨라와 대귀족에 대해 이야기했다고 들었는데……? 그들이 형편없는 사람들이라는 걸 그녀에게 설득시켰나요?"

"아니요! 이자벨라 양은 자신의 주장을 아주 잘 방어했습니다. 그녀는 놀랍도록 이야기를 잘했습니다!" 보쿨스키가 당황함을 감추려고 애쓰면서 대답했다.

"그녀는 선생에게 틀림없이 이렇게 말했을 겁니다. 대귀족이 학문과 예술을 돌보고, 좋은 관습을 보존하고, 대귀족의 지위가 민주주의자들이 지향하는 목표이고, 그런 식으로 귀족화가 된다고…….

그녀의 이런 주장을 하도 들어서 이제 귀에 넘칠 정도입니다."

"선생은 좋은 혈통이 있다고 믿으십니까?" 난처해진 보쿨스키가 말했다.

"이해는 됩니다…… 그러나 좋은 혈통도 끊임없이 새로워져야 합니다. 그렇지 않으면 쉽게 손상되기 때문입니다. 그러면 편히 주무세요. 기압계가 무슨 말을 하는지 보아야겠어요. 남작의 뼈가 쑤신다고 하니 내일 비가 올 수도 있어요."

오호츠키가 나가자마자 보쿨스키의 방에 남작이 기침을 하면서 나타났다. 그는 흥분된 상태였지만 웃는 얼굴이었다.

"아…… 잘했어요!" 그가 말했다. 그의 눈꺼풀이 신경질적으로 떨고 있었다. "아, 좋아요…… 선생이 저를 실망시켰어요. 제 약혼녀를 혼자 공원에 놔두다니……. 농담입니다, 농담이에요." 그가 보쿨스키의 손을 꼭 잡고 말했다. "그러나…… 만일 제가 충분히 일찍 돌아오지 않았다면, 선생에게 불만을 가질 수도 있었을 겁니다. 그리고…… 제가 바로 스타르스키 씨를 만났습니다. 그는 길 반대편 끝에서 우리 쪽으로 왔습니다."

오늘 저녁 그는 두 번째로 마치 소년처럼 얼굴이 달아올랐다.

'무엇 때문에 나는 속임수와 음모의 그물에 빠졌는가!' 그는 생각했다. 그는 여전히 오호츠키의 말 때문에 화가 나 있었다.

남작이 기침을 하더니 잠깐 쉬고 나서 낮은 목소리로 말했다.

"제가 약혼녀 일로 질투한다고 생각하지 마십시오. 그건 저에게는 아주 저급한 일입니다. 그녀는 여성이 아니라, 제가 어느 순간에라도 전 재산을, 생명을…… 바칠 수 있는 천사입니다. 제가 무슨 말을 하고 있습니까, 생명이라고? 저는 그녀의 손에 영원한 생명을 바칠 수 있습니다. 아주 편안하게, 내일 해가 뜨는 것처럼 확실하게……. 저는 태양을 볼 수 없겠지요, 왜냐하면 세상에, 우리 모두는 언젠가 죽게 되어 있지요. 그러나…… 그러나 저는 그녀에 대해 걱정하지 않습니다, 조금도. 제가 선생에게 분명히 말합니다, 보쿨스키 선생…… 저는 제 눈도, 어떤 의심스러운 것도, 혹은 암시도 믿지 않습니다." 그가 좀 더 큰 소리로 말을 마쳤다.

"그러나 있잖습니까……." 남작이 조금 후에 다시 말하기 시작했다. "스타르스키는 혐오스러운 사람입니다. 이런 말은 누구에게도 하지 않겠지만, 그러나…… 그가 여자들에게 어떻게 행동하는지 아십니까? 그가 한숨을 쉬고, 시시덕거리고, 여자들에게 상냥한 말과 손잡는 것을 구걸하리라고 생각하십니까? 아닙니다. 그는 여자들을 함부로 아주 난폭하게 다룹니다…… 말과 눈빛으로 그는 여자들의 마음을 사로잡습니다."

남작이 갑자기 말을 끊었다. 그의 눈이 충혈되었다. 보쿨스키가 그의 말을 듣고 있다가 갑자기 불만스러운 목소리로 말했다.

"남작님, 스타르스키가 틀리다고 누가 알겠어요. 우리는 여자들에게 천사와 같은 면이 있다고 배웠습니다. 그래서 그렇게 대합니다. 그러나 여자들은 무엇보다도 여성이라면, 우리는 여자들의 눈에 실제보다 더 바보 같고 더 무능하게 보입니다. 그렇다면 스타르스키가 승리하고 있는 겁니다. 그가 금고 주인이고, 자물쇠에 맞는 열쇠를 그가 가지고 있습니다. 남작님!" 그가 웃으면서 말을 마쳤다.

"어떻게 그런 말을 하십니까, 보쿨스키 선생?"

"그렇습니다. 남작님, 저는 자주 그런 생각을 합니다. 우리가 여성들을 그들 자신보다 너무 신격화하고 있으며, 지나치게 진지하게 대하고 있는 것은 아닌지……."

"에벨리나 양은 예외입니다!" 남작이 큰 소리로 말했다.

"예외가 있다는 걸 부정하지는 않습니다만, 스타르스키가 일반적인 법칙을 발견했는지도 모르는 일입니다."

"그럴 수도 있겠죠." 남작이 비꼬는 투로 말했다. "하지만 그 법칙을 에벨리나 양에게는 적용할 수 없습니다. 그리고 만일 제가 그녀를 옹호해야 한다면, 차라리 저는 그녀가 스타르스키와 아무 관계도 없기를 바랍니다. 스타르스키 같은 사람은 그녀의 순수한 생각을 그런 식의 말로 오염시킬 수 없기 때문에, 그녀는 스스로 자기 자신을 지킬 겁니다……. 너무 늦은 시간에 찾아와서 죄송합니다."

남작이 조용히 문을 닫고 나갔다. 우울한 생각에 잠긴 채 보쿨스키 혼자 남았다.

'이자벨라 양의 주장을 귀에 넘칠 정도로 들었다는 오호츠키의 말은 무슨 뜻인가? 그렇다면 내가 들은 말은 가볍게 상처 받은 감정이 순간적으로 폭발한 것이 아니고, 오래전에 배워서 익힌 것일까……? 그러면 그녀의 논거, 흥분, 심지어 감동까지도 나 같은 바보들을 홀리기 위한 수단에 불과하단 말인가……?

그가 그녀를 사랑하고 있는지도 모르지. 그 때문에 내 앞에서 그녀를 깎아내리려고 하는 것은 아닐까……? 그래, 만일 그가 사랑한다면, 무엇 때문에 그녀를 깎아내려야 하지? 그는 말하고, 그녀더러 선택하라지……. 물론 오호츠키가 나보다 더 많은 기회를 가지고 있지. 그 정도도 판단 못할 만큼 내가 아직은 이성을 잃고 있지 않다. 젊고, 잘생겼고, 천재적이고…… 하! 그녀더러 선택하라지, 명예냐 이자벨라 양이냐를……. 그 밖에도…….'

보쿨스키는 생각을 계속했다. '이자벨라 양이 논쟁할 때 동일한 주장을 하는 것이 나와 무슨 상관이 있는가. 그녀는 항상 새로운 것을 창안해 내는 성령도 아니고, 나도 독창적인 것만을 추구하는 것을 가치 있게 보는 별난 인간도 아니다. 이자벨라 양이 하고 싶은 대로 말하라고 해……. 보다 중요한 것은 여자들에게 해당되는 일반적인 맞는 말들을 그녀에게 적용하지 않는 것이지…….

봉소프스카 부인은 무엇보다 아름다운 여자다, 하지만 그녀는 아니야…….

남작도 에벨리나 양에 대해 이와 똑같이 말하지 않았나……?'

등불이 꺼졌다. 보쿨스키가 끈 것이다. 그는 잠자리에 들었다.

그 후 이틀 동안 비가 왔다. 자스와벡에 머물고 있는 손님들은 밖으로 나가지 않았다. 오호츠키는 책을 붙들고 있느라 거의 모습을 드러내지 않았다. 에벨리나는 편두통을 앓았고, 이자벨라와 펠리치아는 프랑스 패션 잡지를 읽었고, 나머지 사람들은 회장 부인의 주도하에 카드놀이를 했다.

이때 보쿨스키는 틈만 나면 자기를 유혹하려 했던 봉소프스카 부인이 자기에게 철저히 무관심한 태도를 보이고 있다는 것을 알아차렸다. 그를 놀라게 한 것이 또 있었다. 스타르스키가 그녀의 손에 키스하려 했을 때, 그녀가 손을 빼면서 모욕당한 표정으로 절대로 그런 짓을 하지 말라고 단호하게 말했던 것이다. 그녀의 분노가 너무 심각해서 스타르스키는 놀라고 당황했다. 그것을 본 남작은 비록 카드는 잘되고 있지 않았지만 아주 만족스러워했다.

"저에게도 손에 키스하는 것을 허용하지 않으시겠습니까?" 그런 사건이 있고 조금 시간이 지났을 때 남작이 말했다.

"당신에게는 물론." 그에게 손을 내밀면서 봉소프스카 부인이 말했다.

남작은 의기양양하게 보쿨스키를 바라보며 그녀의 손에 키스했다. 그런 남작을 보면서 보쿨스키는 '이 귀족 친구는 그렇게 기뻐할 이유가 없는데……'라고 생각했다.

스타르스키는 카드를 열심히 보고 있느라 무슨 일이 일어나는지 모르는 것 같았다.

3일째 되는 날, 날씨가 좋아졌다. 4일째 되는 날은 아주 화창하고 건조해서 펠리치아가 버섯 따러 가자고 제안했다.

그날 회장 부인이 아침 식사와 점심을 평소보다 일찍 내오라고 지시했다. 12시 반경에 저택 앞으로 마차가 들어왔고, 봉소프스카 부인이 모두 마차에 타라고 큰 소리로 말했다.

"서둘러야 해요, 시간이 아까워요…… 에벨린코, 네 숄은 어디에 있는 거야? 일하는 사람들은 저 무개 마차에 타고, 바구니를 챙겨요. 아, 그리고……." 그녀가 보쿨스키를 얼핏 보고 나서 말을 계속했다. "남자분들은 각자 여성을 택하세요……."

펠리치아가 항의하려 했으나, 그 순간 남작이 에벨리나에게 뛰어가고, 스타르스키는 봉소프스카 부인을 선택했다. 그러자 봉소프스카 부인이 입술을 깨물며 말했다.

"당신이 나를 절대로 택하지 않으리라고 생각했는데……."

그녀가 보쿨스키에게 번개처럼 빠른 시선을 보냈다.

"사촌, 우리 같이 가요." 오호츠키가 이자벨라에게 말했다. "하지만 사촌은 바퀴 쪽에 앉아요, 내가 마차를 몰 테니까."

"봉소프스카 부인이 허락하지 않을 텐데, 당신이 마차를 전복시킨다고."

"물론 마차를 모세요, 그리고 전복시키기도 하고……." 봉소프스카 부인이 말했다. "오늘은 우리들 다리가 부러져도 괜찮을 것 같은 기분이네요…… 내 손에 들어오는 버섯은 불쌍할지고!"

"내가 첫 번째일 거요." 스타르스키가 말했다. "먹히는 것이라면."

"물론 만일 머리가 먼저 잘리는 데 당신이 동의한다면." 봉소프스카 부인이 대꾸했다.

"머리는 오래전에 없어요……."

"내가 본 것보다 더 오래되지는 않았지요……. 어쨌든 빨리 타고 갑시다."

# 제6장 숲, 폐허 그리고 매혹

마차가 움직이기 시작했다.

남작은 평소처럼 약혼녀에게 속삭였고, 스타르스키는 난폭할 정
도로 봉소프스카 부인에게 치근거렸다. 그런데 봉소프스카 부인은
보쿨스키가 보기에 놀라울 정도로 그것을 좋게 받아 주고 있었다.
오호츠키는 말 네 필이 끄는 마차를 몰고 있었다. 하지만 그의 마
부적 열정이 이자벨라가 옆에 있다는 사실 때문에 억제되고 있었
다. 그는 수시로 고개를 돌려 이자벨라를 쳐다보았다.

'오호츠키가 명랑한 새가 되었구나!' 보쿨스키는 생각했다. '그
가 이자벨라 양의 주장이 귀에 넘칠 정도라고 나에게 말해 놓곤
지금은 이자벨라하고만 이야기하는구나. 내가 그녀를 싫어하도록
그렇게 말한 것이 틀림없어. 당연하지…….'

이렇게 생각하자 그는 아주 우울한 기분에 빠졌다. '오호츠키
가 이자벨라 양을 사랑하고 있는 게 틀림없어. 그리고 내가 그와
경쟁하는 것은 불가능해. 그는 젊고, 잘생겼고, 능력도 있고…….'
보쿨스키는 계속해서 생각했다. '나와 그 사이에서 그를 선택하지
않는다면, 그녀에게 눈도 이성도 없는 셈이지……. 만일 그녀가 스
타르스키가 아니라 오호츠키에게 호감을 가지고 있다면, 그녀에게

귀족적인 면이 있음을 나는 인정하지 않을 수 없다. 불쌍한 남작 그리고 눈에 띄게 스타르스키에게 마음을 빼앗기고 있는 더 불쌍한 그의 약혼녀. 그녀의 머리도 가슴도 확실히 텅 비어 있을 거야……'

가을 햇빛, 곡식을 거둬들이고 그루터기만 남은 회색빛 들판, 천천히 밭을 갈고 있는 쟁기들을 바라보면서 그는 깊은 슬픔에 빠져 순간적으로 상상했다. 희망이 모두 사라지고, 이자벨라의 옆자리를 오호츠키에게 양보할 것이라고.

'어떻게 하지? 만일 그녀가 그를 선택하면……. 내가 그녀를 알게 된 것이 불행한 일이지.'

그들은 언덕 위로 올라왔다. 눈앞에 광활한 지평선이 펼쳐져 있었다. 서너 개의 마을과 숲들과 강 그리고 교회가 있는 작은 도시도 보였다.

마차가 양쪽으로 심하게 흔들렸다.

"경치가 정말 아름다워요!" 봉소프스카 부인이 큰 소리로 말했다.

"오호츠키 씨가 조종하는 기구에서 보는 것 같아요." 스타르스키가 손잡이를 꼭 잡은 채 말했다.

"기구를 조종해 봤어요?" 펠리치아가 물었다.

"오호츠키 씨의 기구 말인가요……?"

"아니요, 진짜 기구……."

"유감스럽게도! 기구는 조종해 보지 않았어요." 스타르스키가 한숨을 쉬었다. "그러나 이 순간 아주 좋지 않은 기구를 타고 있는 것 같은 생각이 들어요."

"보쿨스키 선생은 틀림없이 기구를 조종해 보았을 거예요." 펠리치아가 확신에 찬 목소리로 말했다.

"펠루, 너는 곧 또 보쿨스키 선생이 무엇을 했다고 의심하겠구나!" 봉소프스카 부인이 그녀를 나무랐다.

"실제로 조종한 적이 있어요……." 놀란 표정으로 보쿨스키가 말했다.

"조종한 적이 있다고요? 아, 아이 좋아라!" 펠리치아가 소리쳤다. "우리에게 그 이야기 좀 해 주세요."

"선생께서 조종을 하셨다고요……?" 오호츠키가 마부석에서 말했다. "세상에! 이야기하지 마시고 잠깐만 기다리세요. 제가 그리 갈게요."

그가 마부에게 고삐를 넘기고 마차가 언덕을 내려가고 있는 중이었는데도 불구하고 마부석에서 뛰어 순간적으로 보쿨스키 맞은편에 앉았다.

"선생께서 조종하셨다고요……?" 그가 반복해서 말했다. "어디서……? 언제……?"

"파리에서. 그러나 줄에 고정된 기구를 탔지요. 공중으로 5백 미터 정도 올라갔어요. 여행이라고 할 수도 없지요." 그가 약간 당황스럽게 대답했다.

"이야기해 보세요…… 전망이 굉장했겠네요? 느낌이 어땠어요?" 오호츠키가 말했다. 그의 표정이 이상하게 변했다. 눈이 커지고, 얼굴이 붉어졌다. 그의 표정에서 그가 이 순간 만큼은 이자벨라를 잊고 있다는 것을 확실히 알 수 있었다.

"그건 틀림없이 미치도록 재미있었을 거예요. 말해 보세요……." 그가 보쿨스키의 무릎을 붙들고 집요하게 재촉했다.

"전망은 정말 대단했어요." 보쿨스키가 대답했다. "지평선이 수십 킬로까지 펼쳐지고, 파리 전체와 그 주변이 마치 볼록한 지도에 있는 것처럼 보였어요. 하지만 여행은 그렇게 기분 좋지는 않았어요. 두 번 하고 싶은 생각은 없어요……."

"어떤 인상을……."

"묘한 느낌이었어요. 스스로 위로 올라간다고 생각하지만, 갑자기 알게 되지요. 몸이 올라가는 것이 아니라 땅이 빠르게 발밑으로 떨어지고 있다는 것을. 예상치 못한 실망이었지요. 그리고 기분이 좋지 않은 것은…… 뛰어내리고 싶은 충동을 느꼈어요."

"그리고 또 무슨 일이……?" 오호츠키가 다그쳤다.

"두 번째 경이로운 것은 지평선인데, 항상 시선과 같은 높이에 있어서 땅이 마치 거대하고 깊은 접시처럼 보였어요."

"그리고 사람들은……? 집들은……?"

"집들은 마치 상자처럼, 전차는 커다란 파리처럼 그리고 사람들은 뒤에 긴 그림자를 끌면서 빠르게 사방으로 흩어지는 검은 물방울처럼 보였어요. 그 여행은 예상치 못한 일들로 가득했지요."

오호츠키가 생각에 잠기더니, 무엇을 보는지 알 수 없지만 앞을 쳐다보았다. 몇 차례 그가 마차에서 뛰어내리고 싶어 하고, 역시 침묵에 잠긴 일행들이 그를 괴롭히고 있는 것처럼 보였다.

그들은 숲에 도착했다. 그들 뒤에 두 명의 하인이 마차를 타고 뒤따랐다.

"이제 여성들은 자기 기사와 함께 각자 흩어지세요!" 봉소프스카 부인이 지시했다. "스타르스키 씨, 제가 경고하는데, 오늘 제 기분이 예외적이에요. 예외적인 기분이 어떤 것인지는 보쿨스키 선생이 알아요." 그녀가 웃으면서 신경질적으로 덧붙여 말했다. "오호츠키 씨, 벨라, 어서 숲으로 가요. 그리고 나타나지 말아요, 바구니에 버섯이 가득 찰 때까지……. 펠루!"

"저는 미할링카와 요아시아랑 같이 갈래요!" 펠리치아가 보쿨스키를 쳐다보면서 재빨리 대답했다. 그녀의 표정은 보쿨스키가 마치 적이라도 된 것 같았다. 그에 대항하여 두 하녀로 무장하지 않으면 안 되는 것처럼 보였다.

"그럼 가요, 사촌." 함께 왔던 사람들이 이미 숲 속으로 들어간 것을 보면서 이자벨라가 오호츠키에게 말했다. "그런데 내 바구니를 가져가서 혼자 따세요. 나는 버섯 따는 것 재미없으니까."

오호츠키가 바구니를 받아 마차 안으로 던졌다.

"당신들 버섯이 나와 무슨 상관이람!" 기분이 울적한 오호츠키가 말했다. "나는 두 달을 낚시질, 버섯 따는 일, 여자들과 노는 것 그리고 그 밖의 바보 같은 일들로 허송했어요. 그사이 다른 사람은 기구를 탔는데…… 나는 파리에 가려고 했는데, 회장 부인이 자기 집에 와서 쉬라고 재촉하는 바람에…… 나는 휴식을 취했지. 완전히 바보가 된 거야. 이제는 제대로 생각할 줄도 모르게 되었으니…… 능력도 상실했고…… 에이! 제발 나를 가만히 좀 놔둬, 버섯 따라는 소리 하지 말고…… 나는 기분이 몹시 안 좋아!"

그는 손을 흔들더니 호주머니에 두 손을 넣고 고개를 숙인 채 중얼거리면서 숲으로 갔다.

"아주 친절한 길동무네요!" 이자벨라가 웃으면서 보쿨스키에게 말했다. "이제 휴가가 끝날 때까지 그와는 이런 식이 될 거예요. 스타르스키가 기구를 언급했을 때 이미 그의 기분이 상했어요. 틀림없어요……"

'기구여, 축복받을지어다!' 보쿨스키는 생각했다. '이자벨라 옆에 있던 강력한 경쟁자는 더 이상 위험한 존재가 아니니……'

순간 그는 오호츠키를 사랑한다고 느꼈다.

"저는 확신합니다." 그가 이자벨라에게 말했다. "아가씨의 사촌은 위대한 발명을 할 겁니다. 그는 인류 역사에서 한 시대를 장식하는 인물이 될 수도 있습니다." 가이스트의 프로젝트를 떠올리며 그가 말했다.

"그렇게 생각하세요?" 이자벨라가 흥미 없다는 투로 대꾸했다.

"그럴 수도 있겠지요. 지금 사촌은 아주 예민해졌어요. 때로는 그런 상태가 얼굴에 나타나요. 그러다 한동안 지루해해요. 이런 점은 발명가에겐 맞지 않아요. 그를 보고 있으면, 뉴턴을 연구하는 역사가라는 생각이 들어요. 그는 아마 아주 위대한 사람이었던 것 같아요, 그렇죠……? 그리고 한 가지 더, 언젠가 그가 젊은 아가씨 옆에 앉아 있었을 때, 그 아가씨 손을 잡더니…… 선생은 믿겠어요? 그 아가씨의 작은 손가락으로 자기 파이프를 닦기 시작했어요! 만일 천재가 그런 행동을 한다면…… 천재 남편은 원하지 않아요! 숲으로 좀 들어가 볼까요, 괜찮겠지요?"

이자벨라의 한마디 한마디가 보쿨스키의 심장에 달콤한 방울처럼 떨어졌다.

'그래, 그녀는 오호츠키를 좋아한 거야. (그를 안 좋아하는 사람이 있을까?) 하지만 그와의 결혼은 원하지 않는 거야!'

그들은 숲을 둘로 나누는 경계선이 되는 좁은 길을 걸었다. 오른편에는 참나무와 너도밤나무가 있었고, 왼편에는 소나무가 있었다.

소나무들 사이로 가끔 봉소프스카 부인의 붉은 조끼와 에벨리나의 흰 겉옷이 반짝이듯 스쳤다. 길이 어느 지점에서 둘로 나누어졌다. 보쿨스키는 옆으로 가려고 했으나 이자벨라가 그를 붙들었다.

"아니에요, 아니에요." 그녀가 말했다. "그쪽으론 가지 말아요, 그쪽으로 가면 같이 왔던 사람들이 안 보여요. 저에게는 숲에 사람들이 보일 때에만 숲이 아름다워요. 예를 들면 숲을 이해해요. 저것 보세요…… 그렇지요, 저 부분은 마치 거대한 성당을 닮았잖아요? 줄지어 늘어선 저 소나무들은 성당 기둥 같고, 저곳은 신도들을 위한 자리이고. 아, 그리고 이것은 커다란 제단이고. 저것 봐요, 저것 봐요…… 지금 가지들 사이로 보이는 해는 마치 고딕 양식 창문에 비치고 있는 것 같아요. 이 얼마나 다채로운 모습들이에요! 여기는 여성의 우아한 방이고, 저 낮은 관목들은 탁자들 같잖아요. 거울이 빠질 수 없잖아요. 거울에 그저께 왔던 비의 흔적이 남아 있네요…… 이것은 거리이고, 그렇죠……? 굽어지기는 했지만, 그래도 거리이네요. 저기는 다시 시장 터 혹은 광장이고……. 당신도 이 모든 게 보이죠?"

"아가씨가 보여 주는 대로 보고 있습니다." 보쿨스키가 웃으면서 대답했다. "매우 시적인 판타지를 가지고 계신 것 같아요, 그런 유사성을 보신다니."

"정말이에요……? 저는 제가 산문적이라고 생각했는데."

"그럴 수도 있지요, 아가씨께선 자신의 모든 장점들을 발견할 수 있는 기회를 아직 갖지 못하신 겁니다." 보쿨스키가 대답했다. 그는 펠리치아가 다가오는 것을 보고 기분이 상했다.

"어떻게, 버섯은 따지 않았어요?" 펠리치아가 이상하다는 투로 말했다. "좋은 느타리버섯이 얼마나 많은지. 바구니가 모자라서 마차에 그냥 쏟아부어야 할 것 같아요. 벨라, 좀 줄까? 그런데 바구니는?"

"고마워. 그러나 됐어!"

"그럼 선생님에게……?"

"제가 느타리버섯과 독버섯을 구별할 수 있을지 모르겠습니다." 보쿨스키가 대답했다.

"훌륭해요!" 펠리치아가 큰 소리로 말했다. "선생님에게서 그런 대답을 듣게 되리라곤 생각 못했어요. 할머니에게 그대로 전하고 부탁할 거예요, 남자들은 느타리버섯 못 먹게 해 달라고, 적어도 내가 딴 느타리버섯은."

그녀가 머리를 좌우로 흔들고 가 버렸다.

"선생께서 펠리치아의 기분을 상하게 했어요. 잘못하신 거예요. 그녀는 선생에게 아주 호의적인데."

"펠리치아 양은 버섯 따는 것이 재미있고, 저는 아가씨의 숲에 대한 강의를 듣는 것이 더 좋습니다."

"저를 너무 칭찬하시는데요." 가볍게 얼굴이 붉어지면서 이자벨라가 말했다. "그러나 틀림없이 제 강의가 금방 싫증 날 거예요. 왜냐하면 숲은 저에게 항상 아름다운 것이 아니고, 때로는 무섭거든요. 저 혼자 숲에 있으면 저는 틀림없이 거리도, 성당들도, 여인의 방들도 보지 못할 거예요. 혼자 숲에 있으면 숲이 저를 놀라게 해요. 숲은 더 이상 장식이 아니라, 제가 이해하지 못하고, 제가 두려워하는 그런 존재가 돼요. 새소리도 이상하게 들려요. 때로는 고통스러워 갑자기 외치는 것 같기도 하고, 제가 괴물들 사이로 간다며 비웃고 있는 것처럼 들리기도 해요……. 그럴 때에는 나무 한 그루 한 그루가 살아 움직이는 것처럼 보이고, 저를 가지로 휘감아 질식시킬 것 같아요. 식물 하나하나가 배신이라도 하듯 저의 다리를 감아 그 자리에서 움직이지 못하게 할 것처럼 보였어요……. 이 모든 것이 사촌 오호츠키 때문이에요. 그가 저에게 자연은 인간을 위해 만들어진 것이 아니라고 설명했거든요. 그의 이론에 의하면, 모든 것은 살아 있고, 모든 것은 자신을 위해서 산다고 합니다."

"그가 옳습니다." 보쿨스키가 작은 소리로 말했다.

"어떻게, 선생님도 그 말을 믿으세요? 그렇다면 숲은 인간이 사용하라고 만들어진 것이 아니라, 자신만의 일을 가지고 있는 것이네요, 우리들의 일보다 더 나쁘지 않은……."

"저는 거대한 숲을 보았습니다. 그 숲에 사람은 몇 년에 한 번

정도 나타납니다. 그 숲은 우리 나라의 숲보다 훨씬 울창합니다."

"아, 그렇게 말하지 마세요! 그건 인간의 가치를 떨어뜨리는 것이에요. 성경과도 맞지 않고요. 신이 인간에게 살 땅을 주셨고, 인간더러 쓰라고 식물과 동물을 주셨어요……."

"간단히 말해서, 아가씨에 의하면 자연은 인간에게 봉사해야 하고, 인간은 작위가 있는 특권 계급에 봉사해야 하는 건가요? 아니에요, 아가씨. 자연도 인간도 스스로를 위해 살아요. 그리고 더 많은 힘을 가지고 있고, 더 많이 일한 사람이 지배합니다. 그리고 힘과 일이야말로 이 세상에서 유일한 특권입니다. 천 년 묵은 나무도 식민주의자 신흥 부자의 일격에 쓰러지는 일이 많습니다. 그럼에도 불구하고 자연에선 급변 사태는 일어나지 않습니다. 아가씨, 힘과 일이지, 작위와 출생이 아닙니다……."

이자벨라는 당황하기도 하고 화도 났다.

"여기서는 그렇게 말씀하셔도 됩니다." 그녀가 말했다. "선생님이 원하는 대로 모든 것을 제가 믿을게요. 주위를 보니 모두 선생님의 동맹자들뿐이네요."

"그들은 아가씨의 동맹자가 될 수 없을까요……?"

"모르겠어요…… 될 수도 있겠죠……. 요즘 제가 자주 그들에 대해 듣고 있어서 언젠가는 그들의 힘을 믿을 수 있게 될 거예요."

그들은 주위가 높은 언덕으로 둘러싸인 공터로 갔다. 그곳에선 소나무들이 비스듬히 자라고 있었다. 이자벨라는 나무 그루터기에 앉았고, 보쿨스키는 조금 떨어져서 땅에 앉았다.

그 순간 공터 가장자리에 봉소프스카 부인과 스타르스키가 나타났다.

"벨루, 이 남자 가져갈 생각 없니?"

"싫어요!" 스타르스키가 말했다. "이자벨라 양은 자기 파트너에

만족하고, 나는 내 파트너에 만족해요……."

"벨루, 그러니?"

"그래, 그래요!" 스타르스키가 소리쳤다.

"그냥 그대로 있어……." 이자벨라가 양산으로 장난하며 땅을 보고 말했다.

봉소프스카 부인과 스타르스키가 언덕 위에서 사라졌다. 이자벨라는 더욱 초조하게 양산으로 장난하고 있었다. 보쿨스키의 맥박이 정수리에서 마치 종소리처럼 뛰었다. 침묵이 너무 오래 지속되자 이자벨라가 드디어 말을 꺼냈다.

"거의 1년 전 9월 소풍 때 우리는 이 자리에 있었어요…… 이웃 사람들이랑 모두 30명이 모였어요. 오, 저기에 불도 피웠어요."

"아가씨는 그때가 지금보다 더 즐거웠어요?"

"아니요. 그때도 이 자리에 앉아 있었어요. 저는 왠지 외로웠어요…… 뭔가가 빠졌어요……. 그런 일은 아주 드문데, 이런 생각이 들었어요. 1년 후에는 어떻게 될까?"

"이상한 일입니다!" 보쿨스키가 작은 소리로 말했다. "저도 1년 전쯤 숲 속의 야영장에 있었습니다. 불가리아에서……. 생각했습니다, 제가 1년 후에 살아 있을까, 그리고……."

"그리고 무엇에 대해서?"

"아가씨에 대해서."

이자벨라가 불안하게 몸을 흔들었다. 그리고 창백해졌다.

"저에 대해서라고요……?" 그녀가 속삭이듯 말했다. "그러나 저를 몰랐잖아요……?"

"알고 있었습니다. 몇 년 전부터 아가씨를 알고 있었습니다. 그러나 몇백 년 전부터 알고 있었던 것 같은 생각이 자주 듭니다. 누군가에 대해 자나 깨나 생각하면 시간이 엄청나게 길어집니다."

그녀가 자리에서 일어났다. 마치 도망치려는 것처럼. 보쿨스키도 일어났다.

"제가 불쾌하게 했다면 용서하십시오. 혹시, 아가씨에 의하면 저 같은 사람은 아가씨에 대해 생각할 권리도 없습니까? 당신들의 세계에서는 그런 금지도 가능하겠지요. 그러나 저는 다른 세계 사람입니다. 나의 세계에서는 고사리나 이끼도 태양을, 소나무를…… 혹은 버섯도 바라볼 권리를 가지고 있습니다. 그러니 말해 주십시오, 제가 아가씨에 대해 생각해도 됩니까, 안 됩니까? 오늘은 다른 아무것도 요구하지 않겠습니다."

"저는 당신을 모릅니다." 그녀가 작은 소리로 말했다. 이자벨라는 눈에 띄게 당황하고 있었다.

"저는 오늘 아무것도 요구하지 않겠습니다. 하나만 묻습니다. 아가씨는 그것이 모욕이라고 생각하지 않습니까, 제가 아가씨에 대해 생각하는 것이, 아무것도 아니고, 그저 생각만 하는 것이? 아가씨가 속한 계급이 나와 같은 사람들에 대해 어떻게 생각하고 있는지 알고 있습니다. 제가 지금 말하는 것이 무례하고 뻔뻔스러울 수도 있습니다. 그러니 솔직하게 말해 주십시오. 만일 우리 사이에 그런 차이가 존재한다면, 더 이상 아가씨의 관심을 끌려고 하지 않겠습니다. 조금도 원망의 흔적을 남기지 않고 오늘이나 내일 떠날 겁니다, 물론 완전히 회복되어서."

"누구나 생각할 권리를 가지고 있지요……." 이자벨라가 대답했다. 그녀는 더 심하게 혼란스러워졌다.

"아가씨, 고맙습니다. 그것으로 아가씨께서 제가 스타르스키나 의회 의장이나 그런 사람들보다 하위에 있지 않다는 것을 알게 해 주셨습니다. 그런 조건들에서도 저는 아가씨의 호의를 차지할 수 없다는 것을 압니다…… 거기까지는 아주 멉니다……. 그러나 이제 적어도 알았습니다, 제게 인간적인 권리가 있으며, 이 순간부터 아가씨께서 제가 가지고 있지 않은 작위가 아니라 행동으로 저를 판단하시리라는 것을."

"당신도 귀족이시잖아요. 회장 부인께서 말씀하셨어요, 스타르스키 가문이나 자스와프스키 가문처럼 좋은 가문이라고……."

"물론입니다. 아가씨께서 바라시면, 저는 귀족입니다. 심지어 살롱에서 만나는 몇몇 사람들보다 더 나은 귀족입니다. 하지만 불행히도, 아가씨에게 저는 상인입니다."

"그러나 상인일 수도 있고, 상인이 아닐 수도 있습니다. 그것은 당신에게 달렸지요." 더 대담하게 이자벨라가 대답했다.

보쿨스키는 생각에 잠겼다.

그 순간 숲에서 서로 부르는 소리가 들려왔다. 그리고 조금 후에 동행했던 모든 사람들과 하인들이 버섯이 들어 있는 바구니를 들고 공터에 나타났다.

"집으로 돌아갑시다." 봉소프스카 부인이 말했다. "버섯 따는 것도 이제 지루하고 점심 먹을 시간이 되었어요."

그 후 며칠은 보쿨스키에게 이상한 식으로 흘러갔다. 만일 누가 그에게 어떤 날들이었느냐고 물었다면, 그는 틀림없이 이렇게 대답했을 것이다. 꿈처럼 행복한 날들이었고, 일생에서 그런 아름다운 시기를 위해 아마 자연이 인간을 세상으로 불러냈을 그런 날들의 일부였을 것이라고.

관심 없는 관찰자는 그런 날들이 변화가 없는 똑같은 날의 반복이고, 심지어 지루한 날들이라고 할 것이다. 오호츠키는 침울한 기분으로 아침부터 저녁까지 기발한 형태의 연들을 붙이고 날렸다. 봉소프스카 부인과 펠리치아는 책을 읽거나 교구 사제의 미사복을 기웠다. 스타르스키는 회장 부인, 남작과 함께 카드놀이를 했다.

그런 식으로 보쿨스키와 이자벨라 둘만 남아 그들은 항상 같이 있게 되었다.

두 사람은 공원을 산책하고 가끔 들판으로 나가기도 했으며, 후원에 있는 아주 오래된 보리수나무 아래 앉아 있기도 했으나, 호수에서 뱃놀이를 가장 많이 했다. 그가 노를 젓고 그녀는 뒤에서 조용히 따라오는 백조들에게 빵 조각들을 던져 주었다. 하얀 보트에 앉아 있는 한 쌍의 남녀와 마치 돛처럼 날개를 펼친 두 마리의 백조가 연출하는 특이한 광경을 호수 뒤에 있는 길에서 본 사람이 한둘이 아니었다.

나중에 보쿨스키는 그때 서로 무슨 말을 했는지 기억할 수 없었다. 그들은 주로 말없이 있었다. 한 번은 그녀가 그에게 달팽이는 왜 물 밑에서 헤엄치는지 물었고, 또 한 번은 구름은 왜 여러 가지 색을 가지고 있느냐고 물었다. 그녀에게 설명하고 나서, 그는 마치 땅부터 하늘까지 모든 자연을 한번에 다 껴안은 것 같고, 자연을 자신의 발밑에 둔 것 같았다.

어느 날은 이런 생각도 들었다. 그녀가 물에 빠져 죽으라고 하면, 그는 그녀를 축복하면서 죽을 수 있을 것 같았다.

둘이 함께 물에서 뱃놀이를 하거나 공원에서 산책을 할 때 그는 한없는 평온함을 느꼈고, 그의 영혼과 모든 대지가 동쪽에서 서쪽 끝까지 정적에 파묻혀 있으며, 그 속에서 물소리, 개 짖는 소리 혹은 나뭇가지가 바람에 흔들리는 소리들이 놀랍도록 아름다운 멜로디로 말하고 있는 것처럼 느껴졌다. 그는 걷고 있는 것이 아니라 신비로운 무의식의 대양에 떠 있는 것 같았고, 생각도 하지 않고, 느끼지도 않으며, 바라지도 않고, 오로지 사랑만 하는 것처럼 생각되었다. 시간들이 어디론가 마치 번개처럼 달아나 먼 천공에서 사라졌다. 아침이 오면 바로 정오가 되었다가 저녁이 되고 곧이어 한숨과 불면으로 채워진 밤이 왔다. 그는 하루가 눈 깜짝할 사이에 지나가는 낮과 저주받은 영혼에게 내려진 영원처럼 긴 밤으로 구분된다는 생각이 자주 들었다.

어느 날 회장 부인이 그를 불렀다.

"스타니스와프 씨, 앉아요." 회장 부인이 말했다. "그래, 우리 집에서 잘 지내고 있어요?"

그는 마치 잠에서 깨어난 사람처럼 몸을 떨었다.

"저요⋯⋯?" 그가 반문했다.

"지루한가?"

"1년을 이처럼 지루하게 보낼 수 있다면 목숨도 바치겠습니다."

노부인이 머리를 흔들었다.

"가끔 그렇게 보였어." 노부인이 대답했다. "누가 한 말인지 기억나지 않지만, 사람은 자기가 가지고 있는 것을 주위에서 볼 때 가장 행복하다더군⋯⋯. 그러나 내가 말하고자 하는 것은, 누구든 왜 행복한지는 중요하지 않고⋯⋯ 내가 자네를 깨웠다면 용서하게."

"말씀하십시오." 자기 의지와는 상관없이 창백해지면서 그가 말했다.

회장 부인이 그를 유심히 바라보더니 가볍게 머리를 흔들었다.

"내가 자네에게 나쁜 소식 때문에 말한다고 생각하지 말게. 평소대로 말하겠네. 사람들이 나더러 이곳에 지으라는 설탕 공장에 대해 생각해 보았나?"

"아직 생각해 보지 못했습니다⋯⋯."

"서두를 것 없네. 그런데 백부에 대해서는 완전히 잊었나? 불쌍한 그 사람은 여기서 3마일 떨어진 곳에 누워 있다네. 자스와프에⋯⋯. 내일 그곳에 가 보지 않겠나? 주위가 아름답지, 폐허가 된 성도 있고⋯⋯. 즐거운 시간이 될 걸세, 묘비에 관한 얘기도 하면서. 그런데……." 노부인이 한숨을 쉬면서 말했다. "내가 생각해 보았는데, 성 밑에 있는 돌을 깰 필요가 없을 것 같아. 돌을 그대로 두고 돌 위에 이 시를 새기라고 하게. '어디에서나 어느 때나……' 이 시, 자네도 알지……?"

"오, 압니다……."

"묘지보다는 성 밑에 사람들이 더 많이 오지. 사람들이 빨리 읽고 생각할 수도 있겠지. 이 세상 모든 것의, 심지어 사랑의 종말에 대해서……."

보쿨스키는 몹시 혼란스러운 기분으로 회장 부인의 방에서 나왔다. '노부인의 말씀은 무슨 의미일까?' 그는 생각했다. 다행히 그는 호수로 가는 길에서 이자벨라를 만났다. 그리고 모든 것을 잊어버렸다.

다음 날 모두 자스와프로 갔다. 숲들과 초록의 구릉들과 황금색 벽들 사이의 좁은 길을 지나갔다. 주위는 아름다웠다. 날씨는 더 아름다웠다. 그러나 보쿨스키는 아무것도 느끼지 못했다. 그는 슬픔에 빠져 있었다…… 그는 이자벨라와 단둘이 있지 않았다. 어제까지만 해도 같이 있었는데, 마차에서도 그녀 가까이 앉지 못하고 펠리치아 맞은편에 앉았다. 그리고 무엇보다도……. 그러나 이제 그런 것은 그렇게 보일 뿐이었고, 속으로 자신의 부질없는 생각을 웃었다. 스타르스키가 이자벨라를 이상한 눈빛으로 바라보자, 그녀의 얼굴이 붉어지는 것처럼 보였다.

'아, 어리석기는.' 그는 스스로에게 말했다. '무엇 때문에 그녀가 나를 속이겠나! 그녀의 약혼자도 아닌 나를.'

그는 자신의 부질없는 생각에 몸을 떨었다. 그는 스타르스키가 이자벨라 옆에 앉아 있는 것이 조금 못마땅했다. 그러나 단지 조금뿐이었다……

'그래, 나는 그녀에게 금지하지 않을 거야.' 그는 생각했다. '그녀가 원하는 사람 옆에 앉는 것을. 질투 때문에 비굴해지지 않을 거야. 질투는 어쨌든 천박한 감정이고, 외형에 근거하고 있는 거야……. 그 밖에도 스타르스키와 진심 어린 눈빛을 교환하고 싶었다면, 그렇게 공개적으로 하지는 않았겠지. 내가 미쳤지…….'

몇 시간 뒤 그들은 목적지에 도착했다.

자스와프는 한때 소도시였으나 지금은 폐허 같은 마을이었다. 주위는 습한 초원으로 둘러싸여 있었다. 교회와 오래된 시청 건물을 제외하고는 모든 건물이 단층이었고, 목조였고 낡았다. 웅덩이와 엉겅퀴가 가득한 시장 터 가운데에 쓰레기가 1층 높이만큼 쌓여 있었고, 네 개의 썩은 기둥이 떠받치고 있는 구멍 난 지붕 아래에 우물이 있었다.

토요일이라 시장은 텅 비어 있었고, 모든 가게들은 닫혀 있었다.

도시 뒤편으로 1킬로쯤 떨어진 남쪽에 언덕들이 무리 지어 있었고, 그중 하나에 폐허가 된 성이 있었다. 성은 육각으로 된 두 개의 탑으로 이루어져 있었다. 성의 꼭대기들과 창문들에는 잡초가 무성했다. 다른 쪽에는 오래된 참나무들이 무리 지어 서 있었다.

여행자들이 시장 터에 멈추었을 때, 보쿨스키는 교구 신부를 만날 일이 있어 마차에서 내렸고 스타르스키가 일행을 지휘했다.

"그럼 우리는……." 그가 말했다. "마차를 타고 저 참나무 있는 곳으로 가서 그곳에서 신께서 주시고 요리사가 준비한 것을 먹을 겁니다. 그리고 마차는 보쿨스키 선생을 모시러 이곳으로 돌아올 겁니다……."

"고맙습니다." 보쿨스키가 대답했다. "얼마나 오래 있을지 모르겠습니다. 저는 걸어서 가겠습니다. 폐허에도 가 보아야 하고……."

"저도 선생님과 같이 갈 겁니다." 이자벨라가 말했다. "회장 부인께서 좋아하시는 돌을 보고 싶습니다……." 그녀가 작은 소리로 덧붙여 말했다. "언제 그곳에 가시는지 알려 주십시오."

마차가 떠나고, 보쿨스키는 교구 사제관에 들러 15분 만에 볼일을 마쳤다. 내용이 점잖지 못하다거나 불경스러운 것이 아니라면, 성에 있는 돌에 글씨를 새긴다고 이 도시에서 반대하는 사람은 아무도 없을 것이라고 교구 사제는 말했다. 고인이 된 보쿨스키 대위를 회상하는 내용이라는 것을 알고, 개인적으로 그를 알았던 교구 사제는 이 일을 돕겠다고 약속했다.

"여기에……." 교구 사제가 말했다. "벵기엑이라는 빈둥거리는 녀석이 있는데, 대장간 일도 좀 알고, 목공 일도 좀 알고 있어서 돌에 글자 새기는 것도 할 수 있을 겁니다. 그를 불러오도록 하지요."

15분 만에 나타난 벵기엑은 스무서너 살쯤 되어 보이고, 얼굴이 밝고 머리가 좋아 보였다. 그는 사제관에서 일하는 사람으로부터 어느 정도 돈벌이가 되는 일이라는 것을 알고, 윗부분은 짧고 하단이 땅에까지 닿는 회색 가운을 입고 머리에 돼지기름을 듬뿍 바르고 왔다.

보쿨스키는 시간이 없어서 교구 사제에게 작별 인사를 하고 벵기엑과 함께 성으로 갔다.

오늘 문을 닫은 도시 경계의 초소에 도착했을 때, 보쿨스키가 젊은이에게 물었다.

"이보게, 자네 글 잘 쓸 수 있지?"

"오이! 법원에서 여러 차례 베껴 쓰는 일을 받은 적이 있습니다. 제 손재주가 좋지는 않지만. 오트로츠의 집사 양반이 산지기 딸에게 여러 차례 보냈던 시들도 모두 제 작품이지요. 그는 종이만 대 주고 지금까지 써 준 대가로 40그로시를 안 주고 있답니다. 그리고 그는 장식체로 써 달라고 요구했습니다."

"돌에 글씨를 새길 수도 있나?"

"양각 혹은 음각으로……? 제가 못할 게 뭐가 있겠습니까? 쇠에 새기는 일도 할 수 있습니다. 유리에도 필기체, 인쇄체, 독일어체, 히브리어체 등 원하는 대로 새길 수 있습니다. 자랑이 아니라이 도시에 있는 간판은 모두 제가 그린 겁니다."

"술집에 걸려 있는 크라쿠프 사람 그림도?"

"물론이지요."

"그런 크라쿠프 사람을 어디서 보았나?"

"즈볼스키 씨 댁에 마부가 있는데, 그 마부가 크라쿠프 사람 의상을 입은 것을 보았지요."

"왼쪽에 다리가 두 개인 것도 보았나?"

"어르신, 시골 사람들은 다리는 보지 않고 병만 봅니다. 병과 잔만 보면 헤매지 않고 바로 주막으로 갈 수 있습니다."

보쿨스키는 이 재치 있는 젊은이가 마음에 들었다.

"아직 결혼 안 했나?" 보쿨스키가 그에게 물었다.

"아니요. 머리에 수건 쓴 사람과는 결혼 안 할 겁니다. 그리고 모자 쓴 여자는 저와 결혼하기 싫답니다."

"간판 그릴 일이 없을 때는 뭘 하지?"

"이것저것 하는데, 주로 아무것도 안 하지요. 전에는 목공 일을했는데, 일이 너무 많아서 기일에 맞출 수가 없었어요. 몇 년 만에천 루블을 모았습니다. 그런데 화재로 모두 타 버렸습니다. 그리고회복하지 못했습니다. 목재, 공장 모두 재로 변했습니다. 불길이 얼마나 거세던지 톱을 갈 때 쓰는 단단한 줄들이 마치 타르처럼 녹았습니다. 불난 곳을 보면 화가 나서 침을 뱉었습니다만, 지금은침도 뱉지 않습니다."

"그래서 다시 지었나? 지금 공장을 가지고 있나?"

"에, 어르신, 과수원에 가건물 같은 오두막을 지어 거기서 어머니가 식사 준비를 하시고, 공장은…… 현금 5백 루블이 필요한데, 솔직히 말해서 돌아가신 아버지가 집 한 채하고 연장을 모으기 위해서 몇 년을 죽도록 일하셨겠습니까……."

그들은 폐허에 다가왔다. 보쿨스키는 생각해 보았다.

"벵기엑, 들어 보게." 보쿨스키가 갑자기 말했다. "자네가 마음에 드네. 내가 이곳에……." 그가 조용히 한숨을 쉬면서 말했다. "일주일 동안 머물 것이네. 자네가 바위에 글을 잘 새겨 주면, 자네를 바르샤바로 데리고 가겠네. 자네에게 어떤 일이 적합할지 거기서 알게 될 거네……. 자네가 공장을 다시 찾을 수도 있고."

젊은이는 보쿨스키를 바라보면서 고개를 좌우로 흔들었다. 그에게 갑자기 이런 생각이 들었다. 이분은 아주 부자이고, 신께서 가난한 사람들을 돌보라고 보내 주신 분들 중 하나일지 모른다. 그래서 그는 모자를 벗었다.

"무슨 일인가? 어서 모자를 쓰게." 보쿨스키가 말했다.

"죄송합니다…… 제가 실례되는 말을 했는지도 모르겠습니다. 우리 지방에 그런 분은 안 계십니다…… 오래전엔 계셨을 수도 있습니다. 선친께서 그런 분을 보셨다고 말씀하셨습니다. 그분이 자스와프에서 고아를 데려다 길렀는데 그 고아가 훌륭한 귀부인이 되었고, 그분께서 또 많은 돈을 남겨 두어 그 돈으로 종탑도 새로 지었다고 하셨습니다……."

보쿨스키는 젊은이의 어리둥절한 표정을 보면서 웃었다. 그리고 그는 자기의 1년 수입으로 백 수십 명의 이런 사람들을 행복하게 할 수 있다는 이상한 느낌을 가지고 생각했다.

'돈은 정말 위대한 힘이야. 다만 그걸 제대로 쓸 줄 알아야 해.'

그들은 이미 성 아래에 도달했다. 멀지 않은 곳에서 펠리치아의 목소리가 들렸다.

"보쿨스키 선생님, 우리 여기 있어요……!"

보쿨스키는 머리를 들어 참나무들 사이로 모닥불이 환하게 타고 있는 것을 보았다. 불 주위에 자스와프에서 온 일행이 앉아 있었다. 그 옆으로 열너덧 걸음 떨어진 곳에 시동과 시녀가 차를 끓이기 위해 사모바르를 올려놓았다.

"거기서 기다리세요, 제가 갈게요." 이자벨라가 양탄자 위에서 일어나며 말했다.

스타르스키가 그녀에게 뛰어왔다.

"내가 사촌을 안내하겠소." 그가 말했다.

"오, 됐어요. 저 혼자 가겠어요." 이자벨라가 뒤로 물러나면서 대답했다. 그러고는 가파른 길에서 마치 공원 길을 걷듯이 천천히, 그리고 예쁘게 내려오기 시작했다.

'의심했던 내가 비열했어!' 보쿨스키가 생각했다.

그 순간, 그는 환상에 사로잡혔다. 어떤 비밀스러운 목소리가 그에게 지금 위에서 내려오고 있는 여성과 도움을 필요로 하는 벵기엑 같은 사람 천 명 중 하나를 선택하라고 명령했다.

'나는 이미 선택했어!' 보쿨스키는 생각했다.

"그러나 성으로는 혼자 가지 않겠어요. 선생님이 저에게 손을 주셔야 해요." 보쿨스키 옆으로 온 후에 이자벨라가 말했다.

"두 분을 좀 더 편한 길로 안내해 드려도 되겠습니까?" 벵기엑이 말했다.

"안내하게!"

그들은 언덕을 돌아서 메마른 도랑을 통해 언덕 위로 오르기 시작했다.

"돌들 색깔이 참 이상하네요." 갈색으로 군데군데 물들여진 커다란 석회석들을 보면서 이자벨라가 말했다.

"철광석입니다." 보쿨스키가 말했다.

"오, 아닙니다." 벵기엑이 끼어들었다. "광석이 아니라 피랍니다."

이자벨라가 뒤로 물러섰다.

"피라고요……?" 그녀가 반문했다.

그들은 언덕 위로 올라왔다. 무너진 성벽 때문에 일행과는 차단되었다. 가시나무들과 매자나무들이 무성하게 자란 성의 안마당이 보였다. 성탑 아래 벽에 기대어 있는 거대한 화강암이 있었다.

"저것이 그 돌이구나." 보쿨스키가 말했다.

"아, 그 돌……. 신기하네요, 어떻게 여기까지 가져왔을까? 이보세요, 피에 대해 무슨 말을 했나요?" 이자벨라가 벵기엑에게 물었다.

"아주 오래된 이야기입니다." 벵기엑이 말했다. "할아버지가 저에게 들려주신 겁니다……. 여기서는 그 이야기를 누구나 알고 있습니다."

"이야기해 보세요." 이자벨라가 재촉했다. "폐허에서 전설을 듣는 것, 아주 좋아해요. 라인 강 유역에는 그런 이야기들이 아주 많아요……."

그녀는 가시나무 덤불을 조심스럽게 피하면서 성의 안마당으로 들어와 바위 위에 앉았다.

"그 피에 대해 이야기해 보세요……."

벵기엑은 그 제안에 조금도 망설이지 않았다. 그는 가볍게 웃고 나서 말하기 시작했다.

"옛날 우리 할아버지가 참나무 숲에서 새를 잡을 때에는, 우리가 지나왔던 돌 위로 물이 흘렀답니다. 지금은 봄이나 비가 아주 많이 온 후에 흐르지요. 그러나 우리 할아버지가 어렸을 때에는 1년 내

내 물이 흘렀고, 여기에 개울이 있었다고 합니다.

우리 할아버지가 어렸을 때 개울 바닥에 상당히 큰 돌이 있었습니다. 마치 그 돌이 구멍을 막고 있는 것 같았답니다. 그리고 실제로 거기에 구멍이 있었답니다. 그 구멍이 지하로 통하는 창문이었지요. 그 지하에는 이 세상에서 구할 수 없는 엄청난 보석들이 보관되어 있었습니다. 그 보석들 사이에 있는 순금의 침대에서 어떤 백작의 딸인지도 모르는 한 여인이 아주 비싸고 아름다운 옷을 입은 채 자고 있었는데, 그 여인의 머리에 꽂혀 있는 보석으로 자스와프와 오트로스의 모든 땅을 살 수 있었다고 알려져 있었습니다.

그 여인이 자고 있는 이유는 누군가가 장난으로 그랬는지 미워서 그랬는지는 몰라도 머리에 금핀을 박아 놓았기 때문입니다. 누가 그 여인의 머리에서 핀을 뽑고, 그 여인과 결혼하기 전에는 그 여인은 잠에서 깨어날 수 없었습니다. 하지만 그 일은 어렵고도 위험했습니다. 왜냐하면 지하의 보물과 그 여인을 여러 괴물들이 지키고 있었기 때문입니다. 어떤 괴물들인지는 저도 잘 압니다. 우리 집이 불타기 전에 주먹만 한 이빨을 가지고 있었습니다. 우리 할아버지가 여기서 발견한 겁니다. 거짓말이 아닙니다. 저는 사실만 말합니다. 이빨 하나가 주먹만 하다면—제가 그것을 오랫동안 손에 가지고 있었습니다—머리는 숯가마만 하고, 몸은 창고만큼 크겠지요……. 그런 괴물과 싸우는 일은 어렵겠지요. 더구나 그런 괴물이 하나가 아니고 여럿이니까요. 그래서 가장 대담한 사람도, 비록 여인은 물론 보물들이 아무리 마음에 들어도, 지하로 내려갈 용기를 내지 못했습니다. 그 아가씨와 그 보물들에 대해서는……." 벵기엑이 말을 계속했다. "사람들이 오래전부터 알고 있었습니다. 1년에 두 번, 부활절과 성 얀(Jan)의 날에 개울 바닥에 있는 돌이 스스로 옆으로 움직여서, 물가에 서면 깊은 곳이 보이고, 그곳에 있는 놀라운 광경도 볼 수 있었습니다.

어느 해 부활절에(그때 우리 할아버지는 아직 태어나지도 않았습니다) 자스와프에서 젊은 대장장이가 이 성에 왔습니다. 그는 개울가에 서서 생각했습니다. '나는 보물들을 볼 수 없을까? 아무리 좁은 구멍을 통해서라도 나는 그 보물들이 있는 곳으로 들어갈 거야. 호주머니들을 보석으로 가득 채워 나오면, 대장간에서 풀무 부는 일을 안 해도 되겠지.' 그가 그렇게 생각하자 곧바로 돌이 옆으로 밀려나서, 그는 돈주머니들과, 금이 가득 들어 있는 대접들과, 시장에 있는 만큼 많은 값비싼 옷들을 보았습니다.

그러나 그의 눈에 제일 먼저 들어온 것은 잠들어 있는 아가씨였습니다. 우리 할아버지의 말씀으로는, 아가씨가 너무 아름다워서 대장장이의 몸이 기둥처럼 굳어졌답니다. 아가씨는 눈물을 흘리고 있었는데, 눈물이 옷이나 침대 혹은 바닥에 떨어지면 곧바로 보석으로 변했습니다. 잠자는 아가씨는 머리에 박힌 핀 때문에 한숨을 쉬었습니다. 아가씨가 한숨을 쉬면, 개울가에 있는 나무들도 아가씨가 불쌍해서 잎을 흔들어 소리를 냈답니다.

그래서 대장장이는 지하로 내려가려 했습니다. 하지만 시간이 지나서 돌이 움직이더니 다시 구멍을 닫아 버리고, 개울에는 물이 소리를 내며 흘렀습니다.

그날 이후 대장장이는 자기가 이 세상에서 있을 곳을 찾을 수 없었습니다. 일도 손에 잡히지 않았습니다. 눈에 보이는 것은 오로지 창유리 같은 개울과, 그 뒤에 눈물 흘리고 있는 아가씨뿐이었습니다. 무엇인가가 그의 심장을 뜨거운 집게로 붙들고 있어서 그는 쇠약해지고, 침울해졌습니다.

더 이상 그리움을 견딜 수 없게 되자, 그는 약초에 대해 잘 아는 어떤 노파를 찾아가 은화 1루블을 주고 조언을 구했습니다.

'그러니까…….' 노파가 말했지요. '달리 할 말은 없고, 성 얀의 날이 오기를 기다렸다가 돌이 움직이면 그 안으로 들어가야 해. 아가씨의 머리에 박힌 핀을 빼고, 아가씨가 깨어나면 아가씨와 결혼하는 거야. 그러면 너는 지금까지 세상에서 못 보던 위대한 사람이 될 거야. 그때 이렇게 좋은 조언해 준 나를 잊으면 안 돼. 그리고 잊지 마라. 괴물들이 너를 에워싸면, 불안해지기 시작할 것이다. 그러면 손으로 성호를 긋고, 신의 이름으로 피해야 한다. 무엇보다 중요한 것은 두려워하지 말아야 한다. 악한 것들도 두려워하지 않는 사람은 건드리지 못한다.'

'말해 주세요.' 대장장이가 말했답니다. '어떻게 알 수 있나요, 두려움이 엄습한 것을……?'

'이럴 수가 있나?' 노파가 말했지요. '이제 그 깊은 곳으로 가라. 그리고 돌아와서 나를 기억해라.'

두 달 동안 대장장이는 개울 주위를 왔다 갔다 했답니다. 그리고 성 얀의 날 일주일 전부터 그곳에서 꿈쩍도 하지 않고 기다리고 기다렸답니다. 정확히 정오가 되자 돌이 움직이고 구멍이 열렸지요. 그리고 우리의 대장장이는 손에 도끼를 들고 깊은 곳으로 뛰어내렸답니다.

그곳에서 일어난 일은, 우리 할아버지 말씀대로, 머리끝이 곤두섭니다. 괴물들이 그를 에워쌌지요. 다른 사람 같으면 그 괴물들을 보고 무서워서 죽었을 것입니다. 그것들은, 우리 할아버지 말씀에 의하면, 개만큼 큰 박쥐들이었습니다. 그것들이 그의 머리 위에서 날갯짓하고 있었지요. 돌만큼 큰 두꺼비가 그의 앞을 막았고, 뱀이 그의 다리를 감았습니다. 대장장이가 뱀을 때리자 뱀이 사람의 목소리로 울기 시작했습니다. 집요하게 그를 공격하는 늑대들이 있었는데, 늑대의 입에서 떨어지는 거품이 불길이 되어 바위 위에 구멍을 뚫었습니다.

모든 괴물들이 그의 뒤에 앉아 그의 예복과 소매를 만지면서도 그에게 어떤 위해도 가하지 못했습니다. 왜냐하면 그가 두려워하지 않는다는 것을 알았기 때문입니다. 악한 것들은 두려워하지 않는 사람을 피합니다. '대장장이여, 여기서 사라져라!' 괴물들이 소리쳤지요. 그러나 그는 도끼를 손에 꼭 쥐기만 했습니다. ……사실 대장장이가 괴물들에게 한 말은 제가 두 분에게 반복하기 부끄러운 말입니다.

우리의 대장장이는 드디어 황금의 침대에 도달했습니다. 괴물들은 그곳에 접근할 수 없습니다. 그들은 주위에 서서 이를 갈고 있었지요. 그는 아가씨의 머리에 박혀 있는 황금 핀을 잡고 절반쯤 뽑았습니다.

그러자 피가 솟구쳐 흘렀습니다. 그때 아가씨가 손으로 그의 옷을 잡고 큰 소리로 울면서 말했습니다.

'여보세요, 왜 나에게 고통을 주나요!'

그러자 대장장이가 깜짝 놀랐지요. 그가 몸을 떨면서 핀을 잡고 있던 손을 놓아 버렸습니다. 괴물들은 그 순간을 기다리고 있었던 것입니다. 괴물들 중에 입이 가장 큰 괴물이 대장장이를 덮치고 왈칵 물자 피가 분수처럼 솟아올라 창문을 통해 여러분께서 직접 보신 돌에 떨어졌던 것입니다. 그때 괴물의 주먹만 한 이빨도 부러졌는데, 나중에 우리 할아버지가 개울에서 그것을 발견하셨지요.

그때부터 돌이 지하로 통하는 창문을 닫아 버려서 아무도 그를 찾을 수가 없었답니다. 개울은 말랐고, 아가씨는 굴 안에서 의식이 반쯤 깨어난 상태로 있었습니다. 아가씨의 울음소리가 너무 커서 초원에 있는 목동들이 자주 들을 정도였답니다. 아가씨는 영원히 울고 있을 겁니다."

벵기엑이 이야기를 끝냈다. 이자벨라는 머리를 숙이고 양산 끝으로 부서진 성벽 조각 위에 무엇인가를 그리고 있었다. 보쿨스키는 그녀를 바라볼 엄두를 내지 못했다.

한참 동안 침묵이 흐른 뒤에 보쿨스키가 벵기엑에게 말했다.

"자네 이야기는 흥미롭네……. 그런데 어떤 식으로 글자를 새기기 시작할 건지 말해 보게."

"언제일지 모르겠고, 무엇을 새겨야 합니까?"

"그렇군."

보쿨스키가 종이와 연필을 꺼내어서 쓴 것을 젊은이에게 주었다.

"네 줄밖에 안 되는 시네요!" 벵기엑이 말했다. "어르신, 3일 후면 준비가 다 됩니다. 이 돌에는 글자를 1인치 정도 깊게 팔 수 있습니다. 이런, 줄을 가져오는 것을 잊었습니다. 줄이 있어야 잴 수 있는데. 마부들에게 내려갔다 오겠습니다. 그들이 저에게 줄을 빌려 줄 겁니다. 금방 다녀오겠습니다."

벵기엑이 아래로 내려갔다. 이자벨라가 보쿨스키를 쳐다보았다. 그녀는 창백하고 감동된 얼굴이었다.

"무슨 시예요……?" 그녀가 손을 내밀면서 물었다.

보쿨스키가 그녀에게 종이쪽지를 주었다. 그녀가 작은 소리로 읽기 시작했다.

"어디에서나, 어느 때나, 그대와 함께 울던 곳, 그대와 함께 놀던 곳, 언제나 어느 곳에서나 나는 그대 옆에 있으리. 모든 곳에 내 영혼의 일부를 남겨 두었으니……."

그녀의 속삭이는 듯하던 소리가 멈추었다. 그녀의 입이 떨고 있었다. 눈에는 눈물이 고였다. 순간적으로 그녀가 종이쪽지를 손가락으로 구겼다. 그리고 천천히 고개를 돌렸다. 종이쪽지가 땅으로 떨어졌다.

보쿨스키가 종이를 줍기 위해 무릎을 구부렸다. 그때 이자벨라의 옷이 그의 손에 닿았다. 그는 무엇을 하는지 모르는 채 손으로 그것을 잡았다.

"일어나세요, 나의 공주여……." 그가 말했다.

"모르겠어요…… 그럴 수 있을지." 그녀가 대답했다.

"여기 보세요! 여기요!" 아래에서 스타르스키가 불렀다. "어서 오세요, 점심이 다 식어요."

이자벨라가 눈물을 닦고 서둘러 폐허를 떠났다. 그녀 뒤를 보쿨스키가 따라 내려갔다.

"왜 그렇게 오래 걸렸습니까?" 스타르스키가 웃으면서 이자벨라에게 손을 내밀며 물었다. 그녀가 그 손을 서둘러 잡았다.

"우리는 너무 재미있는 이야기를 들었어요!" 이자벨라가 대답했다. "우리 나라에도 그런 전설이 있는지, 그리고 평민들이 그렇게 재미있게 이야기할 수 있다고는 상상도 못했어요. 그런데 점심은 뭐예요, 사촌? 아, 그 젊은이는 대단했어요! 이야기를 다시 해 달라고 그에게 부탁해 보세요……."

이자벨라가 스타르스키의 손을 잡고 그에게 몸을 의지한 채 가는 것도, 심지어 그에게 애교를 부리는 것도 보쿨스키의 마음에 더 이상 상처를 주지 않았다. 그가 보았던 그녀의 감동하는 모습과 별 의미도 없는 그녀의 말이 그의 모든 불안을 날려 버렸다. 그는 평온한 생각 속에 잠겼다. 그 안에서 스타르스키뿐만 아니라 모든 일행이 그의 눈앞에서 사라졌다.

그는 참나무 숲에서 언덕 위로 올라갔던 일, 무엇인가 맛있게 먹었고, 즐거웠고, 심지어 펠리치아와 장난했던 것도 회상했다. 그런데 그들이 무슨 이야기를 했지……? 그가 그들에게 무어라고 대답했는지 그는 알지 못했다.

해가 지고 하늘에 구름이 나타났다. 스타르스키가 하인들에게 그릇을 닦고, 바구니와 양탄자를 깨끗이 정리하라고 지시한 뒤, 일행들에게 돌아가자고 말했다.

그들은 왔던 대로 마차에 앉았다. 남작이 에벨리나에게 숄을 감아 주고는 보쿨스키 쪽으로 고개를 숙이고 웃으면서 작은 소리로 말했다.

"선생이 오늘 같은 기분으로 하루만 더 있으면, 모든 여인들의 관심을 끌게 될 겁니다."

"아, 그래요!" 보쿨스키가 어깨를 으쓱했다.

그는 마차 끝에 앉았다. 그의 맞은편에 펠리치아가 앉았다. 오호츠키는 마부 옆에 앉았다. 마차가 움직이기 시작했다.

하늘에는 구름이 끼었고, 어둠은 점점 빨리 깔렸다. 그렇지만 봉소프스카 부인이 오호츠키와 다투는 바람에 마차 안은 즐거웠다. 오호츠키는 자기의 연에 대해서는 잊은 채 마부석 손잡이 밖으로 발을 내밀고 마차 안의 일행을 향해 고개를 돌리고 있었다. 그가 담배를 피우기 위해 갑자기 성냥을 긋자 마차 안이 밝아졌다. 특히 스타르스키의 모습이 환하게 드러났다.

그 순간 보쿨스키가 놀란 듯 뒤로 몸을 뺐다. 무엇인가 그의 눈앞에서 아른거렸다.

'어리석기는!' 그가 생각했다. '내가 너무 많이 마셨군······.'

봉소프스카 부인이 짧게 터져 나오는 웃음을 참았다. 그녀는 곧 안정을 되찾고 말했다.

"오호츠키 씨, 어떻게 그렇게 희한하게 앉아 있어요! 내일은 무릎을 꿇고 있겠네요! 아, 점잖지 못한 사람, 그는 머지않아 다른 사람의 무릎 위에 다리를 올려놓을 거예요. 몸을 당장 돌리세요.

그렇지 않으면 마부더러 당신을 길에 남겨 두라고 할 거예요."

보쿨스키 이마에 식은땀이 고였다. 그는 어깨를 흔들고 생각했다.

'환상이야…… 환상! 왜 내가 왜 이리 바보 같지…….'

초인적인 의지로 그는 결국 환상을 몰아내고 다시 기분을 회복했다. 그는 아주 명랑하게 봉소프스카 부인과 이야기를 나누었다. 그들이 자스와벡에 돌아왔을 때에는 이미 밤이었다. 그는 죽은 사람처럼 깊은 잠에 빠졌고, 무엇인지 재미있는 꿈을 꾸었다.

다음 날 보쿨스키가 아침 식사 전에 산책하기 위해 나왔을 때 맨 처음 만난 사람은 이자벨라의 하녀였다. 그녀는 몇 가지 옷을 들고 있었고, 그녀 뒤로 소년이 여행 가방을 들고 나왔다.

'무슨 일이지……?' 보쿨스키는 생각했다. '오늘은 일요일이라 그녀가 떠나지는 않겠지…… 일요일에 떠날 수는 없으니까. 그리고 만일 그녀가 떠나게 되었다면 그녀나 회장 부인께서 나에게 미리 말했겠지.'

그는 연못가로 가서 마치 불길한 느낌을 길 위에 떨쳐 버리고 싶은 듯 공원을 맴돌았다. 그러나 소용없는 일이었다. 이자벨라가 떠날지도 모른다는 생각이 그에게서 떠나지 않았다. 그가 그 생각을 누르고 눌러 이제 더 이상 선명하지는 않으나, 가슴 밑바닥 어디에선가 그를 약간 불안하게 했다.

아침 식사 때 회장 부인이 그를 평소보다 더 따듯하게 맞이하고, 모두가 축제 분위기였으며, 펠리치아가 비난하는 투로 그를 계속해서 쳐다보고 있는 것 같았다. 아침 식사 후에 또다시 그는 회장 부인이 봉소프스카 부인에게 어떤 암시를 주는 것 같은 환상에 사로잡혔다.

'그래, 내가 정상이 아니야.' 그런 생각이 그의 머릿속에 들었다.

그러나 이자벨라가 공원으로 산책하러 가고 싶다고 말했을 때 그는 곧 정상을 회복했다.

"여러분 중에 저와 같이 가고 싶은 사람 있으세요?" 그녀가 물었다.

보쿨스키가 의자에서 벌떡 일어났다. 다른 사람들은 그대로 앉아 있었다. 그래서 그는 이자벨라와 둘이 정원에 있었고, 그녀와 함께 있을 때 항상 느꼈던 마음의 평온함을 되찾았다.

공원에 있는 큰길 중간쯤 가다가 이자벨라가 말을 꺼냈다.

"자스와벡이 몹시 그리워질 거예요……."

"그리워지다니요?" 보쿨스키가 놀랐다. 하지만 그녀가 바로 말을 이었다.

"저는 떠나야 해요. 저더러 돌아오라고 고모가 수요일에 편지를 썼는데, 회장 부인이 편지를 보여 주지 않았어요. 저를 붙들기 위해서죠. 어제 일부러 사자가 오니까……."

"내일 떠나십니까?" 보쿨스키가 물었다.

"오늘 두 번째 아침 식사 후에……." 그녀가 고개를 떨구고 말했다.

"오늘이라고요!" 그가 놀라서 되풀이했다.

그들은 조금 전에 울타리를 지나왔는데, 그 뒤에 있는 농장 마당에 이자벨라가 타고 왔던 마차가 서 있었던 것이다. 마부는 마차 주위에 말들을 대기시키고 있었다. 그러나 그녀가 떠난다는 말도, 여행 준비도 보쿨스키에게 별다른 느낌을 주지 않았다.

'그래, 왔으면 가야지.' 그는 그렇게 생각했다. '당연한 일이야.'

그의 마음에 동요가 없는 것이 그에게도 이상했다.

그들이 10여 걸음 걸어서 가지들이 아래로 처진 나무 밑에 왔을 때 그에게 갑자기 극심한 절망감이 엄습했다. 만일 이 순간에 이자벨라를 태우고 가기 위해 마차가 왔더라면 그가 마차 바퀴 밑에 몸을 던져 그녀가 떠나는 것을 막았을 것이다. 마차가 그를 짓밟고 지나가서 그가 더 이상 고통에 시달리지 않도록.

그러나 곧 그에게 다시 평온이 찾아와서 왜 이런 고등학생 같은 생각을 하게 되었는지 스스로 놀랐다. 이자벨라는 물론 원하는 대로 언제라도, 어디로든, 누구와 함께든 떠날 수 있는 권리를 가지고 있다…….

"아가씨는 오랫동안 시골에 계실 건가요?" 그가 물었다.

"아무리 길어도 한 달입니다."

"한 달……!" 그가 반복했다. "한 달 후에 제가 댁으로 방문해도 될까요?"

"오. 그러세요. 오세요." 그녀가 대답했다. "제 아버지는 선생님의 좋은 친구입니다."

"그러면 아가씨는?"

그녀의 얼굴이 붉어졌다. 하지만 그녀는 침묵했다.

"아가씨는 대답하지 않았습니다……." 보쿨스키가 말했다. "아가씨는 생각하지 못했을 겁니다. 제가 아주 조금밖에 듣지 못한 아가씨의 한마디 한마디가 저에게 얼마나 소중한지……. 저에게 희망의 그림자조차도 남기지 않고 오늘 떠나가신다니……."

"시간이 해결하겠지요." 그녀가 작은 소리로 말했다.

"시간이 해결하라지요! 어쨌든 아가씨에게 할 말이 있습니다. 아가씨는 앞으로 저보다 더 명랑하고, 더 세련되고, 작위도 있고, 재산도 더 많은 사람들을 만나실 겁니다……. 그러나 애정만큼은 저를 능가하는 사람을 발견하지 못하실 겁니다. 사랑을 고통의 크기로 측량한다면 저의 사랑보다 더 큰 것은 이 세상에 아마 존재하지 않을 것입니다.

제가 누굴 비난할 권리를 가진 것은 아닙니다. 그것은 운명입니다. 운명이 얼마나 이상한 방법으로 저를 아가씨에게 인도했는지 모릅니다! 가난한 소년이 교육을 받아서 그 덕택에 지금 아가씨와 이야기할 수 있게 되기까지 수많은 불행한 일들이 있었습니다. 우연의 일치로 저는 아가씨를 처음 본 그 극장에 가게 되었던 것입니다. 지금 가지고 있는 재산도 일련의 기적 같은 일들이 없었다면 가능했겠습니까……?

오늘 이런 일들을 생각해 보면 저는 태어나기 전에 이미 아가씨와 만나도록 예정된 것처럼 보입니다. 만일 불쌍한 제 백부께서 젊었을 때 사랑하지 않으셨고, 외롭게 돌아가시지 않으셨다면 저는 오늘 이 자리에 없었을 것입니다. 이상하지 않습니까, 저는 다른 사람들처럼 여성들과 즐기는 대신에 지금까지 그들을 피하면서 혼자 오로지 한 사람, 아가씨만을 기다렸습니다……."

이자벨라가 거의 눈치채지 못하게 눈물을 훔쳤다. 그러나 보쿨스키는 그녀를 보지 못하고 말을 계속했다.

"지금과는 달리, 제가 파리에 있을 때 제 앞에는 두 개의 길이 있었습니다. 하나의 길은 세계의 역사를 바꿀 수 있는 위대한 발명가가 되는 것이고, 다른 하나의 길은 아가씨에게로 오는 길이었습니다. 저는 첫 번째 길을 포기했습니다. 왜냐하면 이곳에 보이지 않는 사슬이 저를 묶고 있었기 때문입니다. 그것은 바로 아가씨가 저에 대해 사랑의 감정을 가지게 되리라는 희망입니다. 만일 그것이 가능하다면 저는 아가씨가 없는 가장 위대한 명성보다는 아가씨와 함께 있는 행복을 택할 것입니다. 명성은 공허한 것입니다. 남을 위해서 자신의 행복을 희생한 대가이기 때문입니다. 만일 제가 착각하고 있는 것이라면, 오로지 아가씨만이 저에게서 간절한 애원을 떼어 낼 수 있습니다. 말하세요, 당신은 나를 위해 아무것도 가진 것이 없고 앞으로도 아무것도 가지지 않을 것이라고……. 나는 내가 있어야 할 그곳으로 당장 돌아갈 것입니다. 그렇게 할까요……?" 그가 그녀의 손을 잡으면서 덧붙여 말했다.

그녀는 아무 말도 하지 않았다.

"그러면 머물겠습니다……." 조금 후에 그가 말했다. "참고 기다리겠습니다. 나의 희망이 실현될 수 있다는 표시를 아가씨께서 직접 저에게 주십시오."

그들은 저택으로 돌아왔다. 이자벨라는 약간 변해 있었다. 그러나 모든 사람들과 즐겁게 이야기했다. 보쿨스키에게도 다시 평온이 찾아왔다. 이자벨라가 떠난다는 사실이 이젠 그를 절망으로 몰고 가지 않았다. 그는 스스로에게 말했다. 한 달 후에 그녀를 본다. 현재로서는 그것으로 충분했다.

아침 식사 후에 마차가 들어왔다. 서로 작별 인사를 하기 시작했다. 현관에서 이자벨라가 봉소프스카 부인에게 귓속말을 했다.

"카지아, 그 불쌍한 사람을 이제 그만 괴롭혀도 되지 않을까……."

"누구를 말하는 건데?"

"이름이 같은 사람."

"아, 스타르스키…… 두고 봐서."

이자벨라가 보쿨스키에게 손을 내밀었다.

"안녕히 계세요!" 그녀가 목소리에 힘을 주면서 속삭였다.

그녀는 떠났다. 모두가 현관에 서서 떠나는 마차를 쳐다보았다. 마차는 처음에 멀어지더니 나중에 연못을 돌아서 언덕 뒤로 사라졌다가 다시 나타나더니 결국에는 언덕 위로 누런 먼지구름만 피어올랐다.

"오늘 날씨가 아주 좋습니다." 보쿨스키가 말했다.

"정말 좋은데요." 스타르스키가 대꾸했다.

봉소프스카 부인이 눈을 아래로 내리면서 보쿨스키를 보았다.

모였던 사람들이 하나둘 흩어지고 보쿨스키 혼자 남게 되었다. 보쿨스키는 자기 방으로 들어왔다. 텅 빈 것 같은 느낌이 들었다. 나중에 그는 공원에 가고 싶은 생각이 들었다. 무엇인가가 그를 여기서 밀어내고 있었다……. 그리고 조금 후에는 이자벨라가 아직 저택에 있어야 하고, 그녀가 떠났다는 사실을 도저히 이해할 수 없으며, 그녀가 이미 자스와벡으로부터 1마일 정도 멀리 가고 있으며, 매 초마다 그에게서 멀어지고 있다는 환상 같은 생각이 들었다.

"그녀는 떠난 거야!" 그는 혼자 중얼거렸다. "그녀는 떠났어. 그래서 어쨌다는 거야……?"

그는 연못가로 가서 하얀 보트를 바라보았다. 주위의 물이 너무 눈부셔서 눈이 시릴 정도였다. 저편 연못가에서 놀고 있던 백조 한 마리가 그를 보더니 날개를 펄럭이며 보트 쪽으로 날아왔다.

순간 보쿨스키는 슬픔에 감전되었다. 그것은 헤아릴 수도 없이 끝없는 슬픔으로, 그가 마치 인생을 마무리할 단계에 와 있는 것 같았다…….

슬픔에 잠겨 있어 보쿨스키는 자기 주위에서 무슨 일이 벌어지는지 알지 못했다. 그럼에도 불구하고 그가 공원에서 돌아온 후에 일행 모두의 분위기가 좋지 않다는 것을 저녁 무렵에 알게 되었다. 펠리치아는 에벨리나와 함께 방에 들어가서 나오지 않고, 남작은 화가 나 있으며, 스타르스키는 냉소적이고 안하무인처럼 행동했다.

점심 식사 후에 회장 부인이 보쿨스키를 방으로 불렀다. 노부인에게서도 노여움의 흔적이 남아 있었으나 그것을 억누르기 위해 애쓰고 있다는 것을 볼 수 있었다.

"그 설탕 공장에 대해 생각해 보았나요, 보쿨스키 씨?" 회장 부인이 향수병에 코를 대고 냄새를 맡으면서 말했다. 그런 동작은 노부인의 기분이 좋지 않다는 표시였다. "부탁인데, 한번 생각해 보고 나와 이야기해요. 그 골치 아픈 일로 내 마음이 편치 않아요……."

"무슨 걱정이라도 있으십니까?" 보쿨스키가 물었다.

노부인이 손을 저었다.

"에이! 걱정은……. 내가 바라는 건 에벨리나가 남작과 결혼하든지, 혹은 헤어지든지…… 또는 그 두 사람이 나에게서 떠나가든지 혹은 스타르스키가…… 어떻게 되든 상관없어."

보쿨스키가 고개를 숙였다. 그는 스타르스키가 남작의 약혼녀와 연애하고 있는 것이 이미 윤곽을 드러내고 있다고 생각하면서 침묵했다. 그것이 자기와 무슨 상관인가?

"어리석은 계집애들." 한참 후에 회장 부인이 입을 열었다. "그들은 생각하겠지, 부자 남편도 잡고, 잘생긴 애인도 생겨서 소원을 이루었다고……. 어리석은 것들. 그들은 몰라. 늙은 남편도 빈털터리 애인도 곧 싫증이 나고, 조만간 진실한 사람을 사귀고 싶을 때가 온다는 것을. 그럴 때 그녀가, 불행하게도, 그런 사람에게 무엇을 줄 수 있겠나? 팔아 버렸던 매력을, 혹은 스타르스키 같은 사람으로 오염된 마음을……?

한번 생각해 봐요, 그들은 사람들을 알기 전에 틀림없이 비슷한 길을 가게 된다는 것을. 그전에 아주 고결한 사람을 만나게 되더라도 그녀는 그런 사람을 제대로 알아보지 못하고, 늙은 부자나 무례한 건달을 택하겠지. 그런 결혼에서 그녀가 인생을 허송하다가 언젠가 다시 시작하고 싶어질 때에는…… 이미 너무 늦었거나 또는 가망 없는 일이지! 내가 더 이해할 수 없는 것은……."

노부인이 말했다. "남자들이 그런 인형 같은 여자들을 알아보지 못한다는 사실이지. 여자들의 눈에는, 봉소프스카부터 내가 데리고 있는 하녀에게까지, 조금도 비밀이 아니지, 에벨리나에게 선 이성도, 감정도 깨어나지 않고 있다는 사실이. 모든 것이 그녀 에게서는 잠자고 있지요. 그러는 사이에 남작이 그녀를 여신으로 보고, 불쌍한 그는 사랑에 취해 그녀가 자기를 사랑한다고 믿고 있어요!"

"노부인께서는 왜 그에게 경고하지 않으셨나요?" 보쿨스키가 목 소리를 낮추어 물었다.

"쓸데없는 소리, 그래 봐야 아무 소용 없어요…… 내가 그에게 정신 차리라고 말해 주어야 하나, 지금의 에벨리나는 망가진 계 집애이고, 인형이라고? 언젠가 그녀에게서 무엇인가가 깨어날 수 도 있겠지. 그러나 지금으로서는…… 스타르스키가 그녀에게 가 장 적합해."

"그 설탕 공장에 대해 뭔가 생각해 보았나?" 노부인이 조금 쉬 었다가 말했다. "내일 말에 안장을 얹으라고 지시하고 혼자 말을 타고 들판을 한번 둘러보게. 아, 봉소프스카와 함께 가는 것이 더 좋겠네. 그 여자는 가치가 많아. 내가 자네에게 말하지만……."

보쿨스키는 놀란 채 회장 부인의 방을 나왔다.

'노부인이 남작과 에벨리나 양에 대해서 무슨 말을 했지? 그것 은 한마디로 나에 대한 경고가 아닐까……? 스타르스키는 에벨리 나 양하고만 새롱거린 것이 아니었다. 마차 안에서 무슨 일이 있었 던가? 아, 나 자신에게 총을 쏘고 싶다…….'

하지만 그는 곧 이성을 되찾았다.

'마차에서…….' 그는 생각했다. '있었던 일이 환상일 수도 있고 사실일 수도 있다. 만일 환상이었다면 죄 없는 여자를 괜히 부당 하게 생각한 것이고, 만일 사실이라면…… 나는 오페레타 난봉꾼 과 경쟁하지 않을 것이며, 교활한 여자를 위해 목숨을 바치지도 않을 것이다. 그녀는 자기가 원하는 남자와 연애를 할 수 있지. 그러나 그녀를 사랑한 죄밖에 없는 사람을 속여서는 안 되지……. 이 카푸아*에서 벗어나 일을 해야 해. 나는 살롱보다는 가이스트의 실험실에서 더 충족한 삶을 살 수 있다…….'

저녁 10시경에 보쿨스키의 방으로 몹시 지쳐 보이는 남작이 들어왔다. 남작은 처음엔 농담도 하려고 했으나 곧 호흡 곤란 증세를 보이더니 의자에 쓰러지듯 앉았다. 조금 후에 그가 입을 열었다.

"있잖습니까, 보쿨스키 선생, 저는 가끔 생각합니다. 제 경험에서 나온 것은 아니지만, 제 약혼녀가 가장 고귀한 여성이기 때문에……. 그런데 여자들이 우리를 빈번히 속이고 있다는 생각을 자주 합니다…… 그렇습니다, 빈번히……. 그것이 그들의 잘못이 아닐 수도 있지요." 남작이 말했다. "그들이 빈번히 솜씨 좋은 모사꾼들에게 마음을 빼앗기는 것을 스스로 허용하고 있다는 것을 인정해야죠. 오, 그들이 허용하지요."

남작이 몸을 너무 심하게 떨어서 이가 부딪치는 소리가 났다.

"선생께서는……." 남작이 한참 생각한 후에 말했다. "그런 일을 사전에 막아야 한다고 생각하지 않습니까?"

"어떤 식으로……?"

"모사꾼들에게서 여자를 멀리 떼어 놓는 것은 어떨지……."

보쿨스키가 큰 소리로 웃었다.

"몰래 못된 짓 하는 사람들로부터 여성을 떼어 놓을 수는 있겠지요. 그렇지만 여성을 그녀의 본능으로부터 떼어 놓을 수 있겠어요? 선생은 어떻게 하겠어요, 선생의 눈에는 그가 모사꾼이고 난봉꾼이지만, 그녀에게는…… 그녀와 같은 종족의 수컷이라면?"

점점 광적인 분노가 그를 지배했다. 그는 방 안을 걸으면서 말했다.

"자연의 법칙을 상대로 하는 싸움은 승산이 없습니다. 그 법칙에 의하면, 암캐는 아무리 좋은 종자라도 사자와 짝을 짓지 않고 개와 짝을 짓습니다. 선생께서 가장 고급스러운 동물들의 무리를 그녀에게 제시하면, 그녀는 몇 마리의 개를 위해 나머지 모두를 포기합니다. 이상할 것도 없습니다. 왜냐하면 개들이 그녀와 같은 부류이기 때문입니다."

"그렇다면 방법이 없는가요?" 남작이 물었다.

"지금은 없습니다. 그러나 언젠가는 한 가지 방법이 가능할 것입니다. 인간관계에서의 정직함과 자유로운 선택입니다. 여성이 사랑하는 척하거나 모든 사람에게 아양을 떨 필요가 없게 되면, 그녀의 마음에 들지 않는 사람을 당장 밀어내고 자기 입맛에 맞는 사람과 짝을 지을 것입니다. 그러면 속이는 사람도 속는 사람도 없을 것이고 모든 관계는 자연스럽게 정돈될 것입니다."

남작이 방에서 나가자 보쿨스키는 자리에 누웠다. 밤새 한잠도 자지 못했지만 마음은 평정을 되찾았다.

'내가 이자벨라 양에 대해 유감스럽게 생각할 것이 뭐가 있나?' 그는 생각했다. '그녀가 나를 사랑한다는 말은 하지 않았지만 언젠가 나타날지도 모르는 희망의 그림자를 주지 않았는가. 나를 잘 모르는 상태에서는 그것이 정상이다. 그런데 환상이 내 머릿속에서 감돌고 있는 것은 도대체 무엇 때문일까! 스타르스키? 하지만 그녀는 그를 봉소프스카 부인과 맺어 주려고 하지 않는가. 따라서 그녀가 그와 연애하려고 생각하는 것은 아니야. 회장 부인? 회장 부인은 이자벨라 양을 좋아하신다. 부인이 직접 나에게 그 사실을 말씀하셨고, 그래서 나더러 이곳으로 오라고 하신 것 아닌가……. 나에게는 시간이 있다. 그녀를 더 가까이 알게 되고, 그녀가 나를 사랑하게 되면 나는 행복할 것이고 아무 걱정도 없게 될 것이다. 만일 그렇지 않다면, 나는 가이스트에게 돌아간다. 만일의 경우에 대비해 집과 가게를 처분하고, 러시아와 무역하는 회사는 그대로 유지한다. 여기서 몇 년 후부터 매년 10만 루블씩 수입이 생길 것이다. 그러면 그녀는 더 이상 나를 잡화상이라고 깔보지 못할 것이다.'

다음 날 그는 말에 안장을 얹으라고 지시한 뒤, 주위를 둘러본다는 구실로 말을 타고 나갔다. 그는 자기도 모르게 어제 이자벨라를 태운 마차가 지나간 길로 들어섰다. 아직 마차 바퀴 자국이 남아 있는 것 같았다……. 그곳에서 그는 아무 생각 없이 숲으로 이어진 길로 들어섰다. 얼마 전에 그들이 버섯 따러 갔던 길이었다. 이 자리에서 그녀가 웃었고, 여기서 그녀가 그와 이야기했으며, 여기서 그녀가 주위를 둘러보았다…….

의심도 화도, 그에게 남아 있던 모든 것이 불이 꺼지듯 사라졌다.

그것들 대신에 그의 가슴으로 눈물처럼 작은, 그러나 영원히 타오르는 불 같은 슬픔의 빛이 흘러들었다…….

숲으로 들어온 그는 말에서 내려 고삐를 잡았다.

이 길이 그때 둘이 걸었던 길이다. 그런데 무언가가 다르게 보였다. 숲의 저 부분은 교회를 닮았었는데, 지금 보니 비슷한 점이 하나도 없다. 주위는 회색빛이고 조용했다.

바로 그 순간에 숲 위로 날아가는 까마귀들의 까악까악 우는 소리만 들렸다. 놀라서 나무 위로 올라가는 다람쥐가 어린 강아지 같이 우는 소리를 냈다.

보쿨스키는 숲 속에 있는 공터로 갔다. 그때 그들이 대화를 나누었던 장소다. 그녀가 앉았던 그루터기도 있었다. 모든 것이 그대로인데, 그녀만 없구나……. 개암나무 숲은 어느덧 잎들이 누런색을 띠기 시작했다. 소나무들에서는 슬픔이 거미줄처럼 내려왔다. 그렇게 잡히지 않는 것들에 그가 휘말려 들었다!

'이 얼마나 바보 같은 일인가.' 그는 생각했다. '한 사람에게 매달려 있다니! 나는 그녀를 위해 일하고, 그녀에 대해 생각하고, 그녀 때문에 살고 있다. 더 안 좋은 것은 — 그녀를 위해서 가이스트를 내던진 것이다……. 그러나 내가 가이스트 곁에 있었다면 무엇이 더 나았을까? 지금과 마찬가지로 나는 매달려 있었고, 나의 주인은 아름다운 여인 대신 늙은 독일인이겠지. 일도 똑같이 하겠지, 오히려 더 힘들게 할 수도 있지. 차이는 지금 나는 나의 행복을 위해서 일하지만, 그때는 다른 사람들의 행복을 위해서 일하겠지. 내가 일하는 사이에 그들은 놀고 사랑하겠지, 나의 희생 위에서.

그 밖에 내게 불평할 권리가 있나? 1년 전에는 이자벨라 양에 대해 겨우 꿈꿀 정도였는데, 지금은 그녀를 알고, 그녀의 관심을 끌기 위해 노력하고 있는 중이다……. 내가 그녀를 알게 될까? 그녀는 경직된 대귀족이다. 그래, 그녀는 아직 세상을 두루 보지 못했어. 그녀는 시적인 영혼을 가지고 있거나, 그렇게 자신을 드러내고 있을 뿐일 수도 있다. 그녀는 주위의 환심을 사고자 하는 여인이다. 하지만 그것도 그녀가 나를 사랑하면 변할 것이다. 한마디로, 좋지 않은 상황은 아니야. 그런데 1년 후에는…….'

바로 그 순간 그의 말이 머리를 들더니 우는 소리를 냈다. 그것은 숲 안쪽에서 들려오는 말 울음과 말발굽 소리에 대한 응답이었다. 곧이어 오솔길 끝에 말을 탄 여인이 나타났다. 보쿨스키는 곧바로 봉소프스카 부인을 알아보았다.

"홉! 홉!" 그녀가 웃으면서 부르는 소리를 냈다. 그녀가 말에서 내리더니 보쿨스키에게 고삐를 주었다.

"말을 매세요." 그녀가 말했다. "아, 이제 선생을 알겠어요! 한 시간 전에 회장 부인에게 '보쿨스키는 어디 있어요?'라고 물었지요. '설탕 공장 자리를 보러 들판에 나갔어.' 바로 그거야. 나는 생각했지요. 그는 꿈꾸러 숲에 간 거야. 말을 가져오라고 해서, 여기 그루터기에 앉아 있는, 불안해하고 있는 당신을 발견한 겁니다…… 하! 하! 하!"

"그렇게 우습게 보여요?"

"아니요! 저에게 당신은 우습게 보이지 않아요. 그런데 여기서 뭐라고 해야 하지……? 예상 밖인데요. 저는 당신을 완전히 다르게 생각했어요. 당신이 상인이고 다른 사람보다 빨리 돈을 벌었다는 말을 들었을 때, 이렇게 생각했지요.

'상인이라고……? 그렇다면 이 시골에 온 목적이 지참금 많은 아가씨와 결혼하기 위해서, 아니면 어떤 사업에 투자할 돈을 회장 부인에게서 얻어 내기 위해서겠지.'

어떻든 당신은 냉정하고 계산적인 사람이고, 숲 속을 걸을 때에도 나무들의 가치를 따지고, 돈 생기는 일이 아니니까 하늘을 올려다보는 일은 없겠지. 그런데 지금 무엇을 보았느냐고요……? 몽상가, 지난주 그녀의 흔적이 그리워 찾아보기 위해 숲 속으로 슬그머니 들어온 중세의 음유 시인을! 다른 사람들에게는 무례를 범하면서, 생명을 걸고 한 여인을 사랑하는 충실한 기사를. 아, 보쿨스키 씨, 얼마나 재미있는 일이에요. 그리고 오늘날에는 볼 수 없는 일이지요!"

"이제 끝났나요?" 보쿨스키가 냉정하게 물었다.

"네…… 이제 말하시게요?"

"아니요, 부인. 이제 돌아가자고 말하려고요."

봉소프스카의 얼굴에 홍조가 짙게 피어났다.

"실례지만……." 그녀가 말고삐를 잡으면서 말했다. "당신의 사랑에 대해서 제가 그런 식으로 말하는 것은 제가 당신과 결혼하기 위해서라고 생각하지 않으세요……? 당신은 말이 없군요……. 하지만 저는 진지하게 말하는 거예요. 당신이 제 마음에 들었던 순간이 있었어요. 그러나 지금은 지나간 일이에요. 설령 아직 지나가지 않았다 할지라도, 제가 당신에 대한 사랑 때문에 죽게 되더라도, 물론 그런 일은 일어나지 않겠지만, 아직 잠을 못 자지도 않고, 입맛을 잃지도 않았으니까, 당신에게 저를 허락하진 않을 거예요. 당신, 듣고 있어요……. 당신이 제 주위에서 서성거리더라도 당신처럼 다른 여자를 사랑하는 사람과 저는 살 수 없을 거예요. 제 자존심이 허락하지 않지요. 제 말을 믿으세요?"

"그렇습니다!"

"그럴 줄 알았어요. 제가 오늘 농담으로 당신에게 상처를 주었다면, 그것은 오로지 당신에 대한 호의에서 그런 거예요. 당신의 그 광적인 사랑이 감동적이었어요. 당신이 행복하길 바라요. 그래서 말하는데, 당신에게서 중세의 음유 시인 같은 것은 버리세요. 지금은 19세기이고, 오늘날 여자들은 당신이 상상하는 것과는 달라요. 그건 스무 살짜리 사내들도 알아요."

"오늘날은 여자들이 어떤데요?"

"예쁘고 착한 여자들이 당신 같은 사람들을 마음대로 휘두르길 좋아하지요. 그들은 마음이 내킬 때에만 사랑한답니다. 극적인 사랑에 동의하는 사람은 아무도 없어요. 적어도 다 그렇지 않아요……. 여자는 먼저 일시적인 사랑에 싫증이 난 다음에 극적인 애인을 찾게 되지요."

"짧게 말하면, 부인은 비난하시는 거지요, 이자벨라 양이……."

"오, 저는 그녀를 조금도 비난하지 않아요." 봉소프스카 부인이 강하게 부인했다. "그녀에게는 용기 있는 여성의 자질이 있어요. 그녀가 사랑하는 남자는 행복할 거예요. 하지만 먼저 그녀가 사랑에 빠져야 해요! 제가 말에 오르는 걸 도와주시겠어요······."

보쿨스키가 그녀를 말에 태우고, 자신도 자기 말에 올랐다. 봉소프스카 부인은 기분이 언짢았다. 그녀가 한참 동안 말없이 앞으로 나아가다가 갑자기 고개를 돌리더니 말했다.

"마지막으로 한마디만. 당신이 생각하는 것보다 제가 사람들을 더 잘 알아요. 그래서······ 당신이 실망할까 봐 걱정돼요. 실망하게 되더라도 제 말을 잊지 마세요. 흥분 상태에서 행동하지 마시고, 기다리세요. 많은 것이 실제보다 외관상 더 나쁘게 보이니까요."

"사탄이군!" 보쿨스키가 중얼거렸다. 온 세상이 그의 앞에서 빙빙 돌았고 피가 솟구쳤다.

그들은 아무 말도 하지 않고 말을 타고 갔다. 자스와벡으로 돌아오자 보쿨스키는 회장 부인을 찾아갔다.

"저는 내일 가겠습니다." 그가 말했다. "그리고 설탕 공장은 짓지 마십시오."

"내일······?" 노부인이 되물었다. "그러면 돌은 어떻게 되지?"

"안 그래도 말씀드리려던 참입니다. 허락하신다면 제가 자스와프에 갈 겁니다. 돌도 보고, 또 그곳에 볼일도 있습니다."

"하! 잘 가게······. 여기서 자네가 할 일은 없지. 바르샤바에서 나에게 오게. 나도 백작 부인과 웽츠키네 식구들과 같은 시기에 바르샤바로 돌아갈 걸세······."

저녁에 오호츠키가 그에게 왔다.

"이럴 수가!" 그가 큰 소리로 말했다. "선생과 할 이야기가 많았는데. 선생은 항상 여자들하고 어울리다가, 이제 떠난다니······."

"당신은 여자 안 좋아해요?" 보쿨스키가 웃으면서 말했다. "당신 말이 맞을지도 모릅니다!"

"제가 안 좋아한다는 말이 아닙니다. 그러나 잘난 여자들도 하녀와 다를 게 없다는 것을 확신한 후부터 하녀를 선호하기로 했어요. 여자들은……." 그가 말을 이어 갔다. "가장 똑똑한 여자도 예외 없이 모두 바보 같아요. 예를 들면 어제 제가 봉소프스카 부인에게 30분 동안 풍선 조종하는 일이 어디에 유용한지 설명했어요. 국경이 사라지고, 인류가 화목해지며, 문명이 엄청나게 발달할 것이라고 말했지요. 그녀가 내 눈을 똑바로 쳐다보고 있어서 나는 그녀가 내 말을 이해하고 있다고 믿었지요. 내 말이 끝나자 그녀가 무슨 질문을 했는지 아세요…… '오호츠키 씨, 당신은 왜 결혼 안 하세요?' 들었어요!

물론 다시 30분 동안 제가 그녀에게 설명했지요. 나는 결혼에 대해 생각해 본 적도 없고, 펠리치아 양이나 이자벨라 양, 심지어 그녀와도 결혼하지 않을 것이라고. 결혼하면 끔찍한 일이 벌어지겠지요. 꼬리가 달린 긴 옷을 입고 아내라는 사람이 내 실험실을 휩쓸고 다닐 것이고, 나를 산책에, 방문에, 극장으로 끌어내겠지요…… 정말이지, 제가 멍청해지지 않으면서 반년 동안 관계를 유지할 수 있는 그런 여자를 보지 못했어요."

그가 침묵하더니 가려고 했다.

"한마디만." 보쿨스키가 말했다. "바르샤바에 오시면 저에게 들르세요. 선생과 반평생을 바쳐야 할지도 모르는 발명품들에 대해 할 말이 있습니다. 물론 그것이 선생 마음에 들어야겠지만."

"기구인가요……?" 호기심 가득한 눈으로 오호츠키가 물었다.

"그보다 더 좋은 것입니다. 안녕히 주무세요."

다음 날 12시경에 보쿨스키는 회장 부인 댁을 떠났다. 몇 시간 뒤에 그는 자스와프에 도착했다. 그는 교구 신부를 방문하고, 벵기엑에게 바르샤바로 떠날 준비를 하라고 지시했다. 일을 처리한 다음에는 폐허가 된 성으로 갔다.

돌에는 이미 4행의 시가 새겨져 있었다. 보쿨스키는 그것을 몇 차례 읽고, 이 한마디에서 눈을 떼지 못했다.

"언제나 어느 곳에서나 나는 그대 옆에 있으리……."

"그러나 그렇지 못하면……?" 그는 한숨을 쉬었다.

그 생각에 그는 절망했다. 순간 그가 열망한 것은 오직 하나였다. 그의 발밑에서 땅이 꺼지고 그 심연으로 그와 폐허가 된 성과 이 시가 새겨진 돌이 한꺼번에 추락하는 것이었다…….

그가 작은 도시로 돌아왔을 때 말에게는 이미 먹이가 주어졌다. 마차 옆에는 초록색 상자를 든 벵기엑이 서 있었다.

"자네가 언제 이곳으로 다시 돌아오게 될지 알고 있나?" 보쿨스키가 그에게 물었다.

"신이 알려 주시겠지요, 선생님." 벵기엑이 대답했다.

"타게."

그리고 자신도 마차 안에 있는 자리에 앉았다. 멀리서 한 할머니가 손을 흔들며 작별 인사를 했다. 벵기엑이 모자를 벗었다.

"어머니, 건강히 계세요!" 그가 마부석에서 큰 소리로 외쳤다.

# 제7장 늙은 점원의 회고(1)

그때가 1879년이었다.

만일 내가 미신적이고, 무엇보다도 가장 좋지 않은 일 다음에는 좋은 일이 생긴다는 것을 이해하지 못했다면 1879년이 오는 것을 걱정했을 것이다. 왜냐하면 그 전해가 좋지 않게 끝났고, 다음 해는 이미 더 나쁘게 시작되었기 때문이다.

영국은, 예를 들면 지난해에 아프가니스탄과의 전쟁에 빠져들었고, 12월에는 그 상황이 안 좋았다. 오스트리아는 보스니아에서 문제가 많았고, 마케도니아에서는 봉기가 일어났다. 10월과 11월에는 스페인 알폰소 왕과 이탈리아 움베르토 왕에 대한 암살 사건이 있었다. 두 사람은 무사했다. 또 10월에는 보쿨스키의 좋은 친구인 유제프 자모이스키 백작이 사망했다. 그 때문에 보쿨스키의 여러 가지 계획이 무산되었다.

1879년은 이미 시작되었다. 이럴 수가 있을까……! 영국은 아프가니스탄에서 미처 빠져나오지 못한 상태에서 희망봉 어디에선가 줄루족과 전쟁을 하고 있었다. 이곳 유럽의 상황도 그보다 낫지도, 못하지도 않았다. 아스트라한 지역에선 전염병이 창궐하여 언제 이곳까지 퍼질지 모르는 일이다.

이 전염병 때문에 우리가 얼마나 많은 피해를 보고 있는가! 만나는 사람마다 이렇게 말했다. "어때, 모스크바에서 옥양목을 수입하는 것이 당신들에겐 좋겠지? 그런데 보시오, 옥양목과 함께 전염병도 당신들이 들여오고 있는 거요." 그리고 얼마나 많은 거짓말을 익명의 사람들로부터 들었던가! 그런 거짓말을 하는 사람들은 우리와 경쟁 관계에 있는 상인들이거나 우치*의 옥양목 공장 주인들이라고 생각된다.

전염병이 전혀 없었는데도 불구하고 우리를 미워하는 자들이 있었다. 보쿨스키에겐 그런 중상모략들의 백분의 일도 말하지 않았지만, 보쿨스키는 나보다 더 많이 듣고 읽고 있으리라 생각한다.

정확히 말하자면 나는 여기서 크세소프스카 남작 부인이 제소한, 일찍이 들어 보지 못한 범죄 사건에 대해 쓰고자 한다. 그녀가 누구를 고소한 것이냐고……? 아마 누구도 예상하지 못했을 것이다! 그것은 바로 아름답고, 정직하고, 사랑스러운 헬레나 스타프스카 부인에 관한 사건이다. 끓어오르는 격분 때문에 생각을 정리할 수 없어서 관심을 분산시키기 위해 우선 다른 일에 대해 쓰겠다.

그녀가 스타프스카 부인을 절도 혐의자로 고소하다니…… 그 부인에게 절도죄를 씌우다니……! 물론 우리는 그 진흙탕에서 승리자가 되어 빠져나왔지. 그러나 우리가 치른 대가는 얼마나 컸던가. 나는 솔직히 거의 두 달 동안 밤에 잠을 자지 못했다. 내가 오늘날 저녁에 맥주 마시는 것을 좋아하고 — 그런 일이 전에는 한 번도 없었다 — 밤 12시까지 술집에 앉아 있는 것도 오로지 걱정 때문에 그러는 것이다. 그 성스러운 부인에게 절도죄라니……! 신이 아시겠지. 남작 부인은 틀림없이 반미치광이일 것이다.

그 대가로 그 짐승 같은 여자는 우리에게 만 루블을 지불했다. 아, 만일 그 일을 내 마음대로 할 수 있었다면 10만 루블을 받아 냈을 텐데. 그 여자가 울든지, 경련을 일으키든지, 심지어 죽든지 말든지…… 그 못된 여자가!

그러나 우리는 못된 사람들을 생각한 것이 아니라, 다른 일에 대해서 생각했다.

솔직히 말하면 누가 알겠는가, 정직한 스타흐가 본의 아니게 스타프스카 부인이 불행에 빠진 원인이라는 것을, 사실은 그보다 내가 더 큰 원인이지만……. 내가 스타흐를 억지로 그 부인에게 안내했고, 그에게 그 마귀할멈 같은 남작 부인을 방문하지 말라고 충고했고, 또 스타흐가 파리에 있을 때 루드빅 스타프스카에 대한 소식을 알아보라고 편지를 쓰지 않았던가. 간단히 말하면, 다른 사람이 아닌 바로 내가 그 악마 같은 크세소프스카를 화나게 했던 것이다. 나도 두 달 동안 벌을 받았다……! 하, 할 수 없지. "신이여, 만일 당신이 있다면 내 영혼을 구원하소서, 만일 나에게도 영혼이 있다면." 프랑스 혁명 때 어느 군인이 했던 말처럼.

(아, 나도 늙어 가고 있구나, 늙어 가고 있어! 바로 일에 착수하기 전에 걱정하고, 이리저리 생각하고, 싫증을 내고……. 그러나 솔직히 말하면, 그 소름 끼치고 수치스러운 소송 사건에 대해 당장 써야 한다면 피가 솟구치는 것 같다…….)

이제 생각을 가다듬겠다.

스타흐는 9월 내내 시골에 있는 자스와프스카 회장 부인의 저택에 머물렀다. 그가 그곳에 무엇 때문에 갔고, 거기서 뭘 했는지…… 나는 추측도 할 수 없다. 그가 보낸 몇 장의 편지에서 알수 있듯이, 그곳에서 잘 지내고 있었던 것 같지는 않다. 어떤 악마가 그곳으로 이자벨라 웽츠카 양을 불러들였을까……? 에이, 하지만 그는 그 여자에게는 이미 관심이 없지. 그를 스타프스카 부인과 짝을 지어 주지 못하면 내가 형편없는 녀석이 되겠지. 맺어 주고말고, 두 사람을 제단 앞으로 안내해서 당연히 해야 하는 선서를 하도록 감시하고, 그리고 나중엔…… 내가 머리를 치는 수도 있을 수 있겠지, 그거야 알 수 없는 일 아닌가?

(늙은 바보! 너는 그런 천사에 대해 생각하는 거야? 특히 그 부인이 보쿨스키를 사랑하고 있다는 걸 확인한 이후로 나는 그 부인에 대해 조금도 생각하지 않는다. 두 사람이 행복해지도록 그 부인이 그를 사랑해야지. 그러면 나는……? 에이, 내 친구 카츠는 나보다 더 용기 있었을까……?)

11월, 프스풀르나 거리에 있는 집이 무너지던 날, 보쿨스키가 모스크바에서 돌아왔다. 그곳에서 그가 무슨 일을 했는지 나는 알 수 없다. 그가 7만 루블 정도 벌었다는 것으로 충분하다……. 그런 수익은 내 상상의 범위를 초월한다. 하지만 내가 맹세코 말할 수 있는 것은 스타흐가 하는 사업은 틀림없이 정직하다는 것이다.

그가 돌아오고 나서 며칠이 지났을 때, 어떤 건실한 상인이 나에게 와서 말했다.

"제츠키 씨, 나는 다른 사람이 하는 일에 간섭하는 걸 싫어하지만, 그러나 당신이 보쿨스키 씨에게 조심하라고 말하세요. 내가 말했다고는 하지 말고. 그의 동업자 수진은 통 큰 불량배이며 얼마 못 가서 틀림없이 망하게 될 것이라고…… 당신이 그에게 경고하세요. 그가 아깝잖아요…… 보쿨스키는 항상 잘못된 길로 들어서고 있어요. 그러니 동정심이 생기지……."

"잘못된 길이라니 무슨 말이죠?" 내가 물었다.

"제츠키 씨, 그것은……." 그가 말했다. "영국이 분쟁에 휘말려 있을 때, 파리에 가서 배를 사는 그런 사람은, 제츠키 씨, 시민적

덕행과는 안 맞지요."

"이보세요." 내가 말했다. "배를 사는 것과 맥주 만들 때 쓰는 홉을 사는 것은 무슨 차이가 있나요? 돈을 더 많이 벌 것 같은데……."

"하지만……." 그가 다시 말했다. "제츠키 씨, 그 물질에 대해서는 이야기하지 맙시다. 다른 사람이 그런 일을 한다면 내가 반대할 일이 없지요. 그러나 보쿨스키가……! 우리는 그의 과거를 알잖습니까. 아마 내가 당신보다 더 잘 알 겁니다. 돌아가신 호퍼 씨가 자주 그를 통해서 나에게 주문을 했으니까."

"당신은……." 내가 상인에게 물었다. "보쿨스키를 의심하는 겁니까?"

"아닙니다." 그가 말했다. "나는 그저 시내에서 떠도는 소리를 전해 주는 것일 뿐입니다. 나는 보쿨스키에게 해가 되는 것은 생각조차 하지 않습니다. 특히 당신의 관점에서 볼 때, 당신은 그의 친구이기 때문에. 당연한 일이지요. 그가 오늘날과는 다른 사람이었을 때 당신은 그를 지켜보았지요. 그런데…… 인정해야 합니다. 그 사람이 우리 산업에 해를 끼치고 있어요. 그의 애국심을 평가하는 것이 아닙니다. 제츠키 씨, 그러나…… 솔직히 당신에게 말하는데, 나는 당신에게 솔직해야 합니다. 그 모스크바산 옥양목이…… 알겠어요?"

내 안에서 분노가 솟구쳤다. 헝가리 보병 예비역 중위지만 나는 독일산 옥양목이 모스크바 옥양목보다 무엇이 나은지 이해할 수가 없었다. 그러나 이 상인과 이야기하지는 않았다. 이 짐승 같은 상인은 그런 식으로 눈썹을 추켜올리고, 팔을 흔들고, 손을 벌렸다. 그래서 결국 그가 훌륭한 애국자이고 나는 쓸모없는 사람이라고 생각하게 되었다. 비록 그가 호주머니를 루블화와 러시아 금화로 가득 채우고 있을 때, 내 머리 위로는 수백 개의 총알이 지나

가고 있었지만…….

물론 나는 그런 일을 스타흐에게 모두 이야기했다. 그가 다 듣고 나더니 말했다.

"이보게, 걱정 말게. 수진이 불량배이니 나더러 조심하라는 바로 그 사람들이 몇 달 전에 내가 파산했고, 사기꾼이고, 과거 봉기 가담자라고 수진에게 편지를 썼다네."

내가 이름은 밝히지 않았지만 그 정직한 상인과 이야기하고 나서, 나에게 온 익명의 모든 편지들을 종합한 후에 나는 좋은 사람들이 보쿨스키에 대해 말한 온갖 견해들을 써 보기로 결심했다.

가장 많은 의견은 스타흐가 좋지 않은 애국자라는 것이었다. 그들은 스타흐가 모스크바에서 수입하는 옥양목 때문에 우치에 있는 섬유 공장들이 어느 정도 피해를 보고 있다고 주장했다. 하지만 정말 그럴까……! 어떻게 되는지 두고 보자.

10월 마테이코가 그룬발트* 전투 장면을 그린 그림을 완성했을 때(그 그림은 거대하고 웅장하다. 다만, 여러 전투에 참가했던 군인들에게는 그 그림을 보여 줄 필요가 없다), 크세소프스카 남작 부인의 친구인 마루세비츠가 가게에 왔다. 나는 완벽한 대귀족의 모습을 그에게서 보았다. 손가락 길이 절반만큼 두껍고 긴 황금 시곗줄이 그의 배에 늘어져 있었다. 줄이 너무 길어서 개를 매어 끌 수 있을 정도였다. 넥타이에는 다이아몬드 핀이 꽂혀 있었고, 손에는 새 장갑을, 발에는 새 구두를 신고 있었으며, 온몸에 새 옷을 걸치고 있었다. (그러나 가엾게도, 그의 몸은 얼마나 초라하고 보잘것없는가!) 거기다 그는 외상은 한 푼도 없으며 모든 것을 현금으로 사겠다는 표정을 하고 있었다. 그와 같은 건물에 사는 클레인이 말해 줘서 알게 되었는데, 마루세비츠가 언제부턴가 카드 놀이에서 돈을 따고 있다는 것이었다.

이렇게 한껏 멋을 부린 그가 모자를 쓰고 손에 흑단 지팡이를 들고 가게에 들어와서는 불안감을 감추지 못한 채 주위를 둘러보고 나서 물었다. 그의 눈빛에는 언제나 불안이 배어 있었다.

"보쿨스키 씨 계십니까? 아, 제츠키 씨! 잠깐 할 말이 있는데……."

우리는 장 뒤편으로 들어갔다.

"아주 좋은 소식을 가지고 왔어요." 다정하게 내 손을 꼭 잡으면서 그가 말했다. "웽츠키에게서 산 집을 당신들이 팔 수 있어요. 크세소프스카 남작 부인이 그것을 사려고 합니다. 남작 부인께서 남편과 소송을 해서 재산을 찾았죠. 당신들이 흥정을 잘하면 9만 루블을 받을 수 있어요. 배상금도 어느 정도 추가로 받을 수 있고……."

내 얼굴에 나타난 만족스러운 표정을 그가 틀림없이 보았을 것이다. (보쿨스키가 그 건물을 구입한 것은 내 마음에 한 번도 들지 않았다.) 이 약골은 자기가 할 수 있는 한 힘껏 내 손을 여전히 꼭 잡고 있었다. 거기다 가식적인 웃음까지 지으면서 작은 소리로 말했다. 그의 웃음이 역겨웠다.

"내가 당신들에게 도움 되는 일을 할 수 있습니다…… 중요한 일이지요. 남작 부인은 내 말을 믿지요. 만일 내가……."

그 순간 그에게서 가벼운 기침이 터져 나왔다.

"이해합니다." 누구를 상대하고 있는지 헤아리면서 내가 말했다. "거래가 성사되면 보쿨스키 씨는 사례금에 대해 조금도 문제 삼지 않을 겁니다……."

"그런데 말입니다." 그가 말했다. "한 가지 또 있어요! 남작 부인의 변호사가 단호한 입장을 가지고 당신들에게 올 겁니다. 그건 나와 상관없는 일이지요. 나는 내가 가지고 있는 것으로 충분하니다. 어떤 가난한 가정을 알고 있는데, 나의 추천으로 당신들이 그 가정에 뭔가를……."

"이보세요." 내가 그의 말을 막았다. "우리는 일정 금액을 당신에게 직접 줄 겁니다, 물론 거래가 잘 이루어지면."

"오, 일은 잘될 겁니다. 제가 보장합니다!" 마루세비츠가 확실하게 말했다.

내가 그에게 사례금에 대해 확실한 말을 하지 않았기 때문에 그는 한참 동안 가게 안을 돌아다니더니 휘파람을 불면서 나갔다.

저녁에 나는 그 일을 스타흐에게 이야기했다. 그는 아무 말도 하지 않고 듣기만 했다. 그래서 나는 생각하게 되었다. 다음 날 나는 우리 변호사(그는 공작의 변호사이기도 했다)를 찾아가서 마루세비츠가 한 말에 대해 상의했다.

"9만 루블을 주겠다……!" 변호사는 의아해했다. 변호사는 아주 훌륭한 사람이었다. "그런데 제츠키 씨, 지금 집값이 오르고 있어요. 내년에 2백 채의 집을 새로 짓는답니다. 이런 조건에선 집을 10만 루블에 팔아도 그들에게 혜택을 주는 셈이지요……. 남작 부인은(품위 있는 귀부인들에게 이런 표현이 허용된다면) 그 집을 사려고 열을 올리고 있지요. 따라서 우리는 그 부인으로부터 훨씬 더 많은 금액을 받아 낼 수 있습니다. 친애하는 제츠키 씨."

변호사와 헤어져 가게로 돌아온 나는 집 파는 일에 조금도 개입하지 않겠다고 결심했다. 이제야 나는, 처음은 아니지만, 마루세비츠가 아주 교활한 사람이라고 생각하게 되었다.

이제 내 마음이 어느 정도 안정을 되찾아서 나는 남작 부인이 그 천사처럼 아름다운 스타프스카 부인을 고소한 혐오스러운 소송 사건에 대해 생각을 정리할 수 있게 되었다. 내가 지금 기록해 두지 않으면, 1년이나 2년 후에는 그런 소름 끼치는 일이 일어날 수 있었다는 기억을 나도 믿지 못하게 될 것이다.

친애하는 이그나치, 기억하게. 크세소프스카 남작 부인은 오래전부터 스타프스카 부인을 견딜 수 없을 만큼 싫어하고 있어. 모든 사람이 그 부인을 사랑한다고 생각한 나머지 질투심에서 그러는 거야. 그리고 두 번째, 남작 부인은 보쿨스키에게서 그 건물을 최대한 싸게 사려 하고 있어. 이것이 중요한 두 가지 사실이야. 그 중요성을 오늘 비로소 내가 이해하게 된 거야. (내가 많이 늙었군, 세상에, 내가 늙었어……!)

스타프스카 부인을 알게 된 이후 나는 자주 그 부인 댁에 갔다. 매일이라고는 말하지 않겠지만, 며칠에 한 번씩, 때로는 하루에 두 번 간 적도 있었다. 나는 그 건물의 관리인이지 않은가. 그것이 하나의 이유다. 다른 한 가지는 부인의 남편을 찾는 문제로 내가 보쿨스키에게 편지를 썼다는 것을 알려야 했다. 그리고 보쿨스키가 아직 확실한 것을 알아내지 못했다는 것을 알려 주기 위해서 부인 댁에 갔었다. 또 다른 이유는 부인의 아파트 창문에서 마루세비츠의 습관을 알아보기 위해서였다. 그는 부인의 아파트 건너편의 별채에 살고 있었다. 그리고 마지막으로 크세소프스카 부인에 대한 정보도 수집하고, 크세소프스카 부인이 끊임없이 비난하고 있는 위층 대학생들과의 관계를 알아보기 위해서였다.

모르는 사람은 내가 너무 자주 스타프스카 부인 댁에 온다고 생각할 수도 있겠지. 그러나 내가 충분히 깊이 생각해서 확신하게 된 것은 내가 너무 뜸하게 방문하고 있다는 것이다. 스타프스카 부인의 아파트에서 이 건물 전체를 관찰하기 좋다는 걸 알게 되었다. 게다가 나는 언제나 그 집에서 환영받는 손님이었다. 스타프스카 부인의 인자한 어머니 미시에비초바 부인은 매번 두 손 벌려 반갑게 맞이했고, 어린 헬루니아는 뛰어와서 내 무릎에 안겼으며, 스타프스카 부인도 나를 보고 기뻐했으며, 내가 집에 머무는 동안에는 온갖 걱정들을 잊게 된다는 말까지 했다……!

그렇게 따듯이 맞아 주는데, 내가 자주 안 갈 수 있겠는가? 솔직한 심정은 내가 지나칠 정도로 뜸하게 이 집에 오고 있으며, 내게 더 많은 기사도 정신이 있다면 나는 아침부터 저녁까지 이 집에 머물러 있어야 했다. 심지어 스타프스카 부인이 내 앞에서 옷을 갈아입더라도, 그것이 내게 해가 될 일이 뭐 있겠는가?

스타프스카 부인 댁을 방문하면서 나는 몇 가지 중요한 사실을 알게 되었다.

우선 앞쪽 4층에 사는 대학생들은 실제로 조용히 살 수 있는 사람들이 아니었다. 그들은 새벽 2시까지 노래 부르고, 악을 쓰고, 때로는 짐승처럼 괴성을 질러 댔다. 그들은 자기들이 할 수 있는 데까지 목청껏 비인간적인 소리를 내려고 기를 썼다. 낮에 그들 중 한 사람만 집에 있을 때에는 꼭 누군가 다른 사람이 있었고, 남작 부인이 유리창을 통해 고개를 밖으로 내밀면, 그 부인은 그 행동을 하루에도 10여 차례나 하는데, 그럴 때는 어김없이 위에서 부인의 머리 위로 물이 쏟아졌다.

남작 부인과 위층에 사는 대학생들 사이에는 일종의 스포츠가 이루어지고 있었다. 부인은 창문을 통해 밖으로 머리를 내밀었다가 최대한 신속히 뒤로 빠지려 하고, 그들은 부인에게 가능한 한 자주 그리고 많은 양의 물을 쏟아부으려고 했다.

저녁에 그 젊은이들은, 그들 위에는 아무도 안 살고 있어 위에서 물이 쏟아질 염려도 없으니, 세탁소에서 일하는 여자들과 이 건물 전체에 있는 하녀들을 자기 집으로 불러들였다. 그때마다 남작 부인의 아파트에서 발작하는 고성과 경련성의 울음소리가 터져 나왔다.

나의 또 다른 관찰은 마루세비츠에 대한 것이었다. 그는 스타프스카 부인의 집 바로 맞은편에 살고 있었다. 그는 특이한 방식으로 규칙적인 생활을 하는 별난 사람이었다. 그는 집세를 제때 낸 적이 없다. 몇 주마다 규칙적으로 그의 집에서 낡은 가구들, 흉상들, 거울들, 양탄자들, 시계들이 실려 나갔다. 흥미로운 점은 규칙적으로 그의 집으로 새 거울들, 새 양탄자들, 새 시계들과 흉상들이 들어온다는 것이었다.

집에서 물건들이 나간 후 며칠 동안 마루세비츠가 창문에 모습을 드러냈다. 그는 묘한 눈빛으로 스타프스카 부인의 창문을 바라보면서 면도하고, 머리를 빗고, 머리에 기름을 발랐다. 그러나 그의 방이 편하고 사치스러운 새 물건들로 채워지면 마루세비츠는 며칠 동안 창문 커튼을 내렸다.

그럴 때면 (믿기 어려운 일이지만) 밤낮으로 그의 집에 불이 켜져 있고, 집에서 많은 남자들과 때로는 여자들의 목소리가 들렸다.

그러나 다른 사람들의 일이니 나와 무슨 상관인가!

11월 초의 어느 날, 스타흐가 나에게 말했다.

"혹시 자네 스타프스카 부인 댁에 가끔 갔었나?"

내 얼굴이 화끈거렸다.

"미안하지만……." 내가 물었다. "그 말이 무슨 뜻인가?"

"특별한 의미는 없어." 그가 대답했다. "설마 그 집 창문으로 들어가지는 않겠지, 문을 통해서 들어가겠지. 물론 자네가 원하는 대로 방문하지만, 언제 가게 되면 그 부인들에게 내가 파리에서 온 편지를 가지고 있다고 전해 주게……."

"루드빅 스타프스키에 관한 소식이야?" 내가 물었다.

"그래."

"드디어 그를 찾은 거야?"

"아직은 아니야. 그렇지만 흔적을 찾았으니 머지않아 그가 어디 있는지 알 수 있을 거야."

"그 친구 죽었을지도 모르지!" 내가 보쿨스키의 손을 잡으면서 큰 소리로 말했다. "스타흐, 자네에게 부탁이 있는데……." 심적 동요에서 어느 정도 벗어난 후에 내가 말했다. "나에게 선심 쓰는 셈 치고, 자네가 직접 찾아가서 이야기해 주게나……."

"내가 그런 사람들에게 좋은 일이나 하는 무덤 파는 사람인가?" 보쿨스키가 화를 냈다.

그러나 내가 그 부인들이 얼마나 고결한 사람들이며, 그가 자신들을 방문해 줄 수 있는지 자주 묻곤 했다고 말한 뒤…… 그 밖에도 그 건물을 한번 둘러볼 필요가 있다고 넌지시 말하자 그가 누그러지기 시작했다.

"그 건물, 별로 신경 안 써." 그가 어깨를 으쓱하면서 말했다. "그 것 아무 때나 팔 거야……."

결국 우리는 합의하고 오후 1시경 그 집에 갔다. 마당에서 보니 마루세비츠가 사는 집 창문에는 커튼이 단정하게 내려져 있었다. 그가 새 가구들을 장만했다는 것을 알 수 있었다.

스타흐는 건물 창문들을 대충 바라보고, 건물 보수 관련 보고를 건성으로 들었다. 우리는 건물 현관 바닥을 새로 깔고, 지붕을 고치고, 벽을 새로 칠하고, 계단을 매주 닦았다. 한마디로 전혀 관리되지 않던 건물을 눈에 띄게 말끔한 건물로 바꾸어 놓았던 것이다. 마당과 수도까지 모든 것이 완벽하게 정상이 되었다. 집세만 빼곤 모든 것이.

"그 밖에……." 이렇게 내가 말을 마쳤다. "집세에 대한 좀 더 자세한 보고는 자네의 관리인 비르스키 씨가 할 것이네. 그를 데려 오도록 경비를 곧 보내겠네."

"집세니 관리인이니, 제발 귀찮게 하지 말게." 스타흐가 중얼거렸다. "이제 그 스타프스카 부인에게 갔다가 가게로 돌아가세."

우리는 왼편 별채의 2층으로 갔다. 그곳에서 꽃양배추를 요리하는 냄새가 났다. 스타흐가 이마를 찡그렸다. 내가 부엌문을 노크했다.

"부인들께서 계십니까?" 몸이 뚱뚱한 요리사에게 내가 물었다.

"선생님이 오시는데, 안 계실 리가 없지요." 요리사가 눈을 끔벅이며 대답했다.

"우리가 얼마나 환영받는지 보았지?" 내가 독일어로 스타흐에게 속삭였다.

그가 고개를 끄덕이고 입술을 내밀어 응답했다.

응접실에서 스타프스카 부인의 어머니가 예전처럼 양말을 짜고 있다가 우리를 보더니 소파에서 절반쯤 일어났고, 보쿨스키를 보고 놀라는 표정이었다.

다른 방에서 헬치아가 내다보았다.

"엄마." 소녀가 큰 소리로 불러 마당에서도 들릴 정도였다. "제츠키 어른과 또 다른 한 분이 오셨어요."

그 순간, 스타프스카 부인이 우리 앞에 나타났다.

두 부인을 보면서 내가 입을 열었다.

"집주인 보쿨스키 어른이십니다. 소식을 전해 드리려고 직접 방문하셨습니다……."

"루드빅에 대한 소식인가요……?" 미시에비초바 부인이 즉시 알아차렸다. "그가 살아 있나요……?"

스타프스카 부인의 얼굴이 창백해졌다가 바로 붉게 물들었다.

그 순간 부인이 너무 아름다워서 보쿨스키가 놀란 표정이 아니라면 적어도 다정한 눈빛으로 그녀를 바라보았다. 만일 부엌에서 풍겨 오는 꽃양배추 냄새만 없었다면 그는 바로 그녀를 사랑하게 되었을 것이라고 나는 확신했다.

우리는 자리에 앉았다.

보쿨스키가 부인들에게 집이 불편하지 않은지 물은 다음, 루드빅 스타프스키가 2년 전에 뉴욕에 있었고, 나중에 이름을 바꾸어 런던으로 왔다고 말했다. 보쿨스키는 그가 그때 병을 앓고 있었으며, 몇 주 후에는 그에 대한 소식을 확실히 알 수 있을 것이라고 가볍게 지나가는 말투로 말했다.

그의 이야기를 듣는 동안 미시에비초바 부인은 몇 차례나 손수건을 꺼냈다. 스타프스카 부인은 더 침착했다. 그녀의 얼굴로 눈물 몇 방울이 흘러내릴 뿐이었다. 마음의 동요를 감추려는 듯 그녀는 미소를 지으며 딸을 보면서 작은 소리로 말했다.

"헬루니우, 이분에게 고맙다고 해라. 이분이 아빠 소식을 가져오셨단다."

다시 그녀의 얼굴에서 눈물이 반짝였다. 하지만 그녀는 감정을 통제하고 있었다. 그사이 헬루니아가 보쿨스키 앞에서 무릎을 살짝 굽혀 인사한 다음 커다란 눈으로 바라보더니, 갑자기 그의 목을 껴안고 그의 입에 뽀뽀를 했다.

예상치 못한 뽀뽀로 인해 스타흐의 얼굴에 일어났던 변화를 나는 오랫동안 잊지 못할 것이다. 왜냐하면, 내가 아는 한, 어떤 어린애도 그에게 지금까지 뽀뽀한 적이 없었기 때문. 그는 처음엔 놀라서 뒤로 물러났다가, 감동하여 바로 헬루니아의 어깨를 잡고 어린애의 머리에 키스했다. 나는 거의 확신했다. 그가 바로 의자에서 일어나 스타프스카 부인에게 이렇게 말할 것이라고.

"부인, 제가 이 사랑스러운 아이의 아빠 노릇을 하도록 허락해주세요."

그러나…… 그는 그 말을 하지 않았다. 그는 머리를 숙이고 흔히 하듯 생각에 잠겼다. 그가 지금 무슨 생각을 하고 있는지 알 수만 있다면 나는 내 연봉의 절반쯤 내놓을 수도 있었다. 웽츠카 양 생각을 하고 있을까……? 에이, 내가 또 나이 먹은 티를 내는구나. 웽츠카 양이 뭔데? 스타프스카와 감히 비교할 수 없지!

몇 분 동안의 침묵 후에 보쿨스키가 물었다.

"이웃들과는 잘 지내십니까……?"

"어떤 이웃을 말씀하시는지." 미시에비초바 부인이 말했다.

"물론 잘 지내고 있습니다." 스타프스카 부인이 끼어들었다. 그러면서 보쿨스키를 바라보는 그녀의 얼굴에 홍조가 피어났다.

"크세소프스카 부인도 좋은 이웃인가요?" 보쿨스키가 물었다.

"오! 선생……." 미시에비초바 부인이 손가락을 위로 올리면서 큰 소리로 말했다.

"불행한 부인이지요." 스타프스카 부인이 말을 막았다. "딸을 잃으셨습니다."

그렇게 말하면서 부인은 손수건 가장자리를 손가락 사이에 끼워 돌리고, 아름다운 속눈썹 아래로 보려고 애썼다…… 시선은 나를 향하고 있지 않았다. 눈꺼풀이 틀림없이 그녀에겐 납처럼 무거웠으리라. 그녀의 얼굴에 홍조가 더 선명하게 피어올랐고, 마치 우리 중 누가 그녀를 모욕하기라도 한 것처럼 점점 엄숙해졌다.

"마루세비츠 씨는 어떤가요?" 보쿨스키가 마치 앞에 있는 부인들에 대해 아무 생각이 없는 것 같은 태도로 말했다.

"경박하고, 못된 사람이지요." 미시에비초바 부인이 재빨리 대답했다.

"아니, 엄마, 그는 단지 독특할 뿐이에요." 딸이 엄마의 말을 바로 수정했다. 그 순간 그녀의 눈동자가 한 번도 그래 본 적이 없었을 만큼 커졌다.

"대학생들은 무례하지 않나요?" 보쿨스키가 피아노를 쳐다보며 말했다.

"흔히 볼 수 있는 젊은이들이지요." 미시에비초바 부인이 대답하고는 코를 세게 풀었다.

"헬루니우, 머리띠가 또 풀어졌네." 스타프스카 부인이 딸을 향해 몸을 숙이면서 말했다. 대학생들의 무례함에 대한 언급에 당황해진 모습을 감추기 위해 부인이 이 말을 했을 수도 있다.

보쿨스키의 대화가 나를 지루하게 했다. 정말 바보 아니면 교육을 잘못 받은 사람이지, 아름다운 부인에게 기껏 하는 질문이 같이 세 들어 사는 사람들에 대한 것이라니! 나는 그의 말을 더 이상 듣지 않기로 하고, 무의식적으로 바깥마당을 내다보았다.

그때 내가 보았던 것은…… 마루세비츠의 창문 하나의 블라인드가 조금 열려 있었고, 그 틈새로 누군가가 우리 쪽을 바라보고 있다는 것이었다.

'저 못된 녀석이 우리를 감시하고 있군.' 그런 생각이 들었다. 나는 정면 3층으로 눈을 돌렸다. 이건 또 뭐람! 크세소프스카 남작 부인의 가장 먼 곳에 있는 방의 창문이 두 개 열려 있고, 방 안쪽에 있는…… 그녀가 보였다. 그녀는 극장용 망원경으로 스타프스카 부인의 아파트를 쳐다보고 있었다.

'신이 저런 마귀를 벌하지 않으시다니……' 언젠가 틀림없이 저 망원경이 스캔들의 사단이 되고 말 거라는 생각이 들었다.

그리고 내 기도는 헛되지 않았다. 신의 벌은 이미 음모꾼 여인의 머리 위에 걸려 있었다. 그것도 4층 창문에서 밖으로 나온 청어 형태로. 그 청어를 어떤 비밀스러운 손이 들고 있었는데, 은빛 장식 테를 두른 짙은 푸른색 소매가 달린 옷을 입고 있는 그 손의 주인은 몇 초마다 악의적인 웃음을 지으며 빈궁해 보이는 얼굴을 밖으로 내밀었다.

그가 집세도 내지 않고 사는 학생들 중 하나라는 것을 알아내기 위해 나의 통찰력을 동원할 필요도 없었다. 그는 남작 부인의 머리 위로 청어를 떨어뜨리려고 부인이 창밖으로 머리를 내밀기만 기다리고 있었다.

그러나 남작 부인이 조심하고 있었으므로 불쌍한 학생은 지루해하고 있었다. 그는 신의 섭리를 수행할 청어를 이 손에서 저 손으로 번갈아 가며 들고 있다가, 아마도 시간을 죽이기 위해서 아주 점잖지 못한 얼굴로 세탁소 아가씨들을 바라보고 있었다.

청어로 남작 부인을 골려 주려는 대학생의 음모가 불발로 끝났다고 생각하고 있을 때, 보쿨스키가 의자에서 일어나 부인들에게 작별 인사를 했다.

"벌써 가시려고요?" 스타프스카 부인이 속삭이듯 말했다. 그 순간 부인이 무척 당황해했다.

"이제 좀 더 자주 와 주시면 고맙겠습니다……." 미시에비초바 부인이 말했다.

이때 나 같으면 매일 와도 되겠느냐, 또 먹을 것도 주면 좋겠다고 말했을 테지만, 숙맥에다가 괴짜인 그는 "어디 수선할 데는 없습니까?"라고 물었다.

"필요한 것은 인정 많으신 제츠키 선생께서 다 해 주셨습니다." 미시에비초바 부인이 나를 보며 친절한 미소와 함께 대답했다. 그러나 솔직히 말해서 나이 든 사람들의 그런 미소를 나는 별로 좋아하지 않았다.

부엌에서 스타흐가 잠시 걸음을 멈추었다. 꽃양배추 냄새가 거슬린 것 같았다. 그가 나에게 말했다.

"여기에 환풍기를 설치하든가 무슨 조치를……."

계단을 내려오면서 나는 더 이상 참지 못하고 말했다.

"자네가 이 집에 자주 와서 이 집에 어떤 수리가 필요한지 찾아보게. 그리고 이 집과 아름다운 그 부인이 자네와 어떤 관계인가도 생각해 보고!"

보쿨스키가 현관에서 걸음을 멈추더니 배수관을 보며 중얼거렸다.

"오! 내가 만일 그녀를 일찍 만났더라면 그녀와 결혼했을 거야."

그 말을 듣자 이상한 느낌이 들었다. 나는 만족감을 느끼면서 동시에 누군가 예리한 것으로 내 심장을 찌르는 것 같았다.

"그렇다면 결혼할 수 없다는 거야?" 내가 물었다.

"모르는 일이지." 그가 대답했다. "결혼할 수도 있지……. 하지만 그녀와는 아니야."

그 말을 듣고 나는 더 이상한 느낌을 받았다. 스타프스카 부인이 스타흐를 남편으로 맞이할 수 없다는 것이 유감스럽게 생각되었다. 그러나 동시에 누군가 내 가슴에서 무거운 것을 들어 내려놓은 것 같았다.

우리가 마당으로 나왔을 때, 남작 부인이 창밖으로 몸을 내미는 것이 보였다. 부인이 우리를 향해 불렀다.

"잠깐만요! 여보세요!"

부인이 갑자기 목이 찢어지는 듯한 목소리로 외쳤다. "아! 니힐리스트들……." 그리고 밖으로 내밀었던 몸을 안으로 숨겼다.

동시에 우리들로부터 몇 걸음 떨어진 곳에 청어가 떨어졌다. 그 청어를 경비가 탐욕에 가득 찬 눈으로 바라보았다. 아마 그는 청어에 대한 욕심 때문에 우리를 못 보았을 것이다.

"남작 부인에게 안 갈 거야?" 내가 스타흐에게 물었다. "부인이 자네에게 볼일이 있는 것 같던데."

"날 좀 가만히 두라고 해!" 그가 손을 흔들고 말했다.

우리는 거리로 나와서 마차를 불러 타고 서로 이야기도 하지 않고 가게로 돌아왔다. 나는 그가 그 역겨웠던 꽃양배추가 아니면 스타프스카 부인을 생각하고 있다고 확신했다.

나는 마음도 뒤숭숭하고 울적해서 가게 문을 닫은 후 맥주를 마시러 갔다. 그곳에서 벵그로비츠 자문을 만났다. 그는 보쿨스키에 대해 끊임없이 좋지 않은 말만 하는 사람이다. 그러나 정치에 대해선 아주 낙관적인 견해를 가지고 있다……. 나는 자정까지 그와 논쟁을 했다. 벵그로비츠 말이 맞았다. 유럽에 무슨 심상치 않은 일이 일어날 것 같다는 것을 실제로 신문에서도 볼 수 있었다. 누구도 알 수 없는 일이다. 새해가 지난 후에 어린 나폴레옹(그는 룰루로 불리고 있다)이 영국에서 프랑스로 돌아오지 않을지…… 막마옹 대통령이 그의 뒤에 따르고, 브로이 공작도 그의 뒤에 따르고, 민족 대부분이 그의 뒤를 따르고……. 그가 나폴레옹 4세로 황제가 되는 일이 일어날 수도 있고, 봄에 독일과 전쟁이 시작될 수도 있는 일이다. 이번에는 독일이 파리로 들어오지 못할 것이다. 같은 종목에서 두 번 이길 수는 없을 테니까.

그런데…… 내가 무슨 말을 하려고 했더라……? 아, 그렇지!

우리가 스타프스카 부인 댁에 다녀온 지 3~4일쯤 지나 스타흐가 가게에 오더니 편지 한 장을 나에게 건넸다. 수신인은 보쿨스키였다.

"읽어 보게." 그가 웃으면서 말했다.

나는 편지를 꺼내 읽었다.

보쿨스키 선생! 앞에 존경하는, 이라는 말을 생략한 것을 용서하세요. 모든 사람이 싫어해서 등을 돌리는 사람에게 그런 칭호를 붙이는 것이 쉬운 일은 아닙니다. 불행한 사람! 당신은 이전에 잘못한 일에서 아직 해방되지 않았는데, 또다시 부끄러운 일을 저질렀습니다. 오늘 온 도시가 행실이 좋지 않은 스타프스카 부인을 당신이 방문한 이야기로 떠들썩합니다. 당신은 그녀를 도시에서 자주 만날 뿐만 아니라, 밤에 몰래 그녀를 방문하는 것으로 보아, 아직 조금은 부끄러운 줄 아는 것 같다고 했는데, 이제는 대낮에도 그녀 집에 오고 있군요. 이 불명예스러운 건물에 있는 하인, 젊은이들, 정직한 사람들이 보고 있는데도 불구하고.

이 불행한 사람아, 당신 혼자 그녀와 사랑을 나누고 있다고 착각하지 마시오. 당신의 관리인 비르스키, 그 천박한 악당과 방탕으로 백발이 된 당신의 대리인 제츠키도 당신을 도와주고 있소.

한마디 더 안 할 수가 없는데, 제츠키가 당신 애인을 유혹하고 있을 뿐만 아니라, 집에서 나오는 수입을 훔치고 있소. 그는 세 들어 사는 사람들의 집세를 깎아 주고 있는데, 특히 그 스타프스카에게. 그 결과 당신 집은 아무 가치도 없게 되었으며, 당신은 파산 직전에 있는 거요, 정말이오! 당신한테는 미미한 손해만 보게 하고 웽츠키에게서 그 낡고 무너져 가는 집을 사려 했던 고귀한 은인은 당신에게 자비를 베풀 수도 있었소.

그런 선행이 있게 되면 짐에서 벗어나시오. 감사하는 마음으로 주는 대로 받으시오. 그리고 외국으로 도망치시오, 인간의 정의가 당신을 족쇄에 채워 지하 감옥으로 던져 버리기 전에. 몸조심하시오! 총으로 자살하시오! 그리고 호의적인 친구의 충고를 들으시오.

"대담한 여자지······?" 내가 편지를 다 읽은 것을 보고 보쿨스키가 말했다.

"악마가 물어 가라지!" 그가 편지 쓴 사람에 대해 말하고 있다고 생각한 내가 소리쳤다.

"그 여자 말대로라면 내가 방탕한 생활을 해서 머리가 희게 되었군! 내가 훔쳤다! 내가 연애하고 있다······! 저주받을 마귀."

"흥분하지 말게. 그 여자 변호사가 오고 있네." 스타흐가 말했다.

실제로 그 순간 낡은 털옷에 색 바랜 모자를 쓰고 지나치게 큰 덧신을 신은 사람이 가게 안으로 들어왔다. 그는 마치 첩자처럼 주위를 둘러보더니 클레인에게 보쿨스키 씨가 언제 오는지를 묻고, 갑자기 우리를 처음 본 것처럼 시늉을 내더니 스타흐에게 다가와서 작은 소리로 말했다.

"보쿨스키 씨이시죠······? 옆에 가서 잠깐 동안 이야기할 수 있을까요?"

스타흐가 나에게 눈짓해서, 셋이 내가 사는 곳으로 갔다. 손님은 옷을 벗으면서 자기 바지가 몹시 닳아 해어졌고, 바지의 털은 털외투보다 더 심하게 좀이 먹었다는 것을 알아차렸다.

"저를 소개합니다." 그가 오른손은 보쿨스키에게, 왼손은 나에게 내밀면서 말했다. "저는 변호사입니다."

그때 그가 이름을 말했다. 그는 여전히 두 손을 내밀고 있었지만, 기이한 그의 행동 때문에 스타흐도 나도 그와 악수할 생각이 없었다.

그는 눈치챘으나 당황하지 않고 좋은 얼굴빛으로 손을 문지르더니 웃으면서 말했다.

"제가 무슨 일로 왔는지 여러분은 묻지 않으셨습니다."

"우리는 당신 스스로 말할 거라 생각하고 있습니다."

"맞습니다!" 손님이 큰 소리로 말했다. "그럼 짧게 말하겠습니다. 어떤 돈 많은 사람이 있습니다. 그러나 아주 인색한 리투아니아 사람입니다. (리투아니아 사람이 아주 인색합니다!) 그 사람이 나에게 어떤 건물을 사는 것이 좋을지 부탁했습니다. 저는 15개의 건물을 확보했습니다. 그러나 선생에 대한 존경심에서, 보쿨스키 선생, 저는 선생께서 나라를 위해 일하고 계시다는 것을 알고 있기에, 선생께서 구입하신 웽츠키의 건물을 추천했습니다. 2주 동안의 작업 끝에 그는 지불할 준비가 되어 있습니다. 추측해 보시죠, 얼마쯤 될까요……? 8만 루블입니다! 어떻습니까? 훌륭한 거래입니다. 그렇지 않습니까……?"

보쿨스키의 얼굴이 분노로 붉어졌다. 나는 순간 생각했다, 그가 손님을 문밖으로 내쫓을 것이라고. 그러나 그는 화를 참고 말했다. 하지만 어조는 날카롭고 불친절했다.

"나는 그 리투아니아 사람을 알고 있습니다. 크세소프스카 남작 부인이라고 하지요."

"뭐라고요?" 변호사가 놀랐다.

"그 인색한 리투아니아 사람은 집값으로 8만 루블이 아니라 9만 루블을 지불하려고 합니다. 그런데 당신은 당신 몫을 더 늘리기 위해서 낮은 가격을 제시했습니다."

"헤! 헤! 헤!" 변호사가 웃기 시작했다. "그렇게 하지 않는 사람이 어디 있겠어요, 존경하는 보쿨스키 선생?"

"당신의 리투아니아 사람에게 말하시오." 스타흐가 그의 말을 막았다. "내가 집을 판다고. 그러나 10만 루블에. 그것도 1월 1일 이전에. 새해 첫날이 지나면 가격은 올라갑니다."

"하지만 그건 비인간적이지요, 선생께서 말하는 것은……!" 손님이 폭발했다. "선생은 그 불쌍한 여자에게서 마지막 동전까지 다 가져가려 하는군요. 세상이 그에 대해서 뭐라고 말할지 생각해 보세요!"

"세상이 뭐라고 말하든 난 관심 없어요." 보쿨스키가 말했다. "세상이 당신처럼 나에게 도덕 교육을 시키려고 하면, 당신을 문 밖으로 쫓을 거요. 오, 저기 문이 있군, 보이지요, 변호사님?"

"9만 2천 루블 드리겠소. 더 이상은 한 푼도 안 됩니다." 변호사가 말했다.

"외투를 입으세요. 밖에 나가면 바로 감기 걸릴 겁니다."

"9만 5천……." 변호사가 말하고 서둘러 옷을 입기 시작했다.

"됐습니다. 잘 가세요." 보쿨스키가 문을 열면서 말했다.

변호사가 머리를 깊이 숙여 인사하고 나갔다. 문지방을 넘자마자 그가 부드러운 목소리로 말했다.

"며칠 후에 다시 오겠습니다. 그때는 존경하는 선생의 기분이 더 좋아질 수도 있겠지요."

보쿨스키가 바로 그의 코앞에서 문을 닫았다.

혐오스러운 변호사가 다녀간 후에 나는 무엇을 생각해야 할지 알게 되었다. 남작 부인은 틀림없이 스타흐의 집을 살 것이다. 그러나 흥정하기 위해서 그녀는 우선 모든 수단을 동원한다. 나는 그 수단을 알고 있다! 그중 하나가 스타프스카 부인을 중상하고 내가 방탕 생활 때문에 머리가 희어졌다고 한 익명의 그 편지다.

그녀가 집을 사게 되면 우선 학생들을, 그리고 틀림없이 불쌍한 헬레나를 집에서 쫓아낼 것이다. 그녀의 증오가 거기서 끝났으면 싶지만…….

이제 나는 나중에 일어날 모든 사건들을 신속히 이야기할 수 있다. 변호사가 왔다 간 후에 좋지 않은 예감이 들었다. 그래서 스타프스카 부인을 방문하기로 마음먹었다. 가서 그녀에게 남작 부인을 조심하라고 알려 주어야겠다. 무엇보다 가능한 한 창가에 앉는 일을 자제하라고 말해야 한다.

부인들은 그들이 지닌 여러 가지 덕성들 외에도 창가에 계속 앉아 있는 치명적인 습관을 가지고 있다. 미시에비초바 부인도, 스타프스카 부인도, 헬루니아도, 그리고 심지어 요리사 마리안느까지도. 낮 동안 앉아 있는 것도 모자라서 그들은 밤에 등불을 켜고 블라인드도 내리지 않고, 아마도 잠자리에 들기 전까지, 창가에 앉아 있다. 그 때문에 집 안에서 일어나는 모든 일들이 마치 등불 아래처럼 다 보였다.

양심 있는 이웃들에게는 그런 식으로 시간을 보내는 것이 결백함의 가장 좋은 증거가 될 수도 있을 것이다. 그들에게는 숨길 것이 아무것도 없기 때문에, 하루 종일 모든 것을 다 보여 주고 있는 것이다. 그러나 부인들이 마루세비츠와 남작 부인에 의해 끊임없이 감시당하고, 거기다 남작 부인이 스타프스카 부인을 얼마나 증오하고 있는지 생각하면, 불길한 예감으로 소름이 끼쳤다.

그날 저녁 나는 나의 고귀한 여자 친구들에게 가서 제발 창가에 계속 앉아 있지 말고, 남작 부인의 감시에 노출되지 말라고 모든 성스러운 것들을 걸고 간곡하게 애원하고 싶었다. 그런데 정확히 8시 반에 술 생각이 나서 나는 여인들에게 가지 않고 맥주를 마시러 갔다.

술집에는 벵그로비츠 자문과 무역상 슈프로트가 있었다. 그들은 프스풀르나 거리에 있는 허물어진 집에 대해 이야기하고 있었다. 벵그로비츠가 갑자기 자기 맥주잔을 내 잔에 부딪히고 이렇게 말했다.

"1월 1일 전에 무너지는 집이 한두 개가 아닐걸!"

슈프로트가 나에게 눈짓했다.

그의 눈짓이 마음에 들지 않았다. 나는 바보처럼 눈짓하는 것을 좋아하지 않는다. 그래서 그에게 물었다.

"당신의 그 무언극이 무슨 뜻이죠?"

그가 바보처럼 웃으며 말했다.

"당신이 나보다 더 잘 알고 있다, 그런 뜻이죠. 보쿨스키가 가게를 판다는 것에 대해……"

"맙소사!" 내 맥주잔으로 그의 머리를 때리지 않은 것은 나에게도 이상한 일이었다. 하지만 나는 다행히 초기의 충동을 참고 맥주를 두 잔이나 잇따라 마신 뒤 차분한 목소리로 그에게 물었다.

"무엇 때문에 보쿨스키가 가게를 팔아야 하고, 누구에게 판다는 말이오?"

"누구에게?" 벵그로비츠가 끼어들었다. "바르샤바에 유대인이 적어서 하는 말이오? 그들은 세 명 또는 열 명이 서로 짜고 크라코프스키에 프세드미에시치에 거리에 옴을 뿌리고 있소. 자기 마차를 가지고 있고, 대귀족의 여름 별장에 가시는 훌륭하신 보쿨스키 님의 자비 덕택에 그들이 그렇게 하고 있는 거요. 세상에……! 그 불쌍한 사람이 후퍼 가게에서 나에게 로스구이를 서브하던 일을 내가 기억하고 있지……. 지금은 전쟁터에 가서 터키인들의 호주머니를 뒤지는 일을 할 수 없지."

"그런데 그가 무엇 때문에 가게를 팔려고 할까요?" 나는 노인에게 화를 내지 않으려고 내 무릎을 꼬집으면서 물었다.

"가게를 파는 것은 좋은 거야!" 벵그로비츠가 누구의 맥주잔을 손에 들고 있는지 모른 채 대답했다. "그런 사람이 상인들 사이에서 하는 일은…… 외교관…… 새로운 상품을 수입하는 혁신가……?"

"저는 다른 이유가 있다고 보는데요." 슈프로트가 끼어들었다. "보쿨스키가 웽츠카 양과 결혼하려고 하는데, 처음엔 거절당했지만, 지금도 그 집을 계속 방문하고 있지요. 그에게 희망이 있어야 할 것 아니겠어요. 웽츠카 양이 장신구 상인과 결혼하지는 않을 것이고, 비록 그가 외교관이고 혁신가라 할지라도……."

내 눈에서 불길이 솟았다. 내가 맥주잔으로 테이블을 치며 소리쳤다.

"거짓말하지 마세요. 당신이 하는 말은 모두 거짓이오. 슈프로트 씨! 여기 내 주소가 있소……." 내가 테이블에 내 명함을 던지면서 말했다.

"주소는 왜 주는 거요?" 슈프로트가 대꾸했다. "당신에게 모직 샘플이라도 보내라는 거요, 뭐요……?"

"당신에게 결투를 신청하는 거요." 맥주잔으로 테이블을 치면서 내가 큰 소리로 말했다.

"쓸데없는 소리!" 슈프로트가 말하고 손가락을 공중에서 돌렸다. "당신이 헝가리 장교라서 쉽게 결투를 신청하는가 본데. 당신에겐 사람을 하나둘 죽이거나 자신을 죽이는 일이 아무 일도 아닌지 모르겠지만, 여보시오, 무역상인 나에게는 처자식이 있고, 기일을 맞춰야 하는 거래가 있소."

"당신과 결투를 해야겠소!"

"뭘 강요하는 거요? 당신이 강제로 나를 끌어들이겠다는 거요, 뭐요……? 당신이 만일 맨정신에 그런 말을 했다면 나는 경찰서에 갔을 거요. 경찰이 당신에게 결투가 뭔지 보여 줬을 거요."

"당신은 명예를 모르는 사람이오!" 내가 소리쳤다.

그러자 그가 테이블을 치기 시작했다.

"누가 명예를 모른단 말요? 지금 누구에게 하는 말요? 내가 어음 지불을 못했소, 불량 상품을 팔았소, 내가 파산이라도 했소? 법정에서 봅시다, 누가 명예를 모르는지!"

"이제 그만들 하시게!" 벵그로비츠 자문이 진정시켰다. "결투는 옛날 일이고, 지금은 아니네. 이제 그만하고 서로 악수하시게 ……."

나는 맥주가 흐르는 테이블에서 일어나 카운터로 가서 계산을 하고 밖으로 나왔다. 더 이상 그 역겨운 술집에 있을 수가 없었다.

나는 그렇게 화난 일을 겪은 후 차마 스타프스카 부인 집에 갈 수가 없었다. 밤새 잠을 못 잘 줄 알았는데, 어찌어찌 잠이 들었다. 다음 날 스타흐가 가게에 왔을 때, 그에게 물었다.

"사람들이 떠드는 소리 들었나? 가게를 팔려는 거야……?"

"가게를 팔면 안 좋은 일이라도 있나?"

(그렇지! 그러면 안 좋은 일이라도 있나? 그렇게 단순한 생각을 나는 못했던 것이다.)

"그리고 알고 있나?" 내가 작은 소리로 말했다. "자네가 웽츠카 양과 결혼하려 한다고 사람들이 말하는데……."

"그렇다면…… 그래서 어쨌다는 거지?" 그의 대답이었다.

(그의 말이 맞아! 그가 원하는 사람과, 스타프스카 부인과도 결혼하면 안 되는 법이라도 있나……? 내가 잘못 알고 있었던 거야. 괜히 슈프로트와 소란을 피웠군.)

물론 나는 그날 저녁에 맥줏집으로 가서, 내가 모욕을 준 슈프로트와 화해하는 데 방해가 되지 않을 정도로 맥주를 마셨다. 그러느라 스타프스카 부인 집에 가지 못했고, 당연히 창가에 앉지 말라는 경고를 할 수 없었다.

불쾌했지만 나는 상인들 사이에서 보쿨스키에 대한 혐오감이 커지고 있으며, 우리 가게가 팔리고, 스타흐가 웽츠카 양과 결혼한다는 것을 알게 되었다. 내가 결혼한다고 말하는 것은, 그가 그런 면에서 확실성을 가진 것도 아니고, 내 앞에서도 그가 결정적으로 말하지 않았기 때문이다.

나는 오늘 확실히 알게 되었다. 그가 불가리아에서 누구를 그리워했으며, 누구를 위해서 악착같이 재산을 모았는지……. 하, 하는 수 없지!

보세요, 내가 어떻게 주제에서 벗어나는지. 이제 나는 스타프스카가 겪었던 모진 일에 집중해서 가능한 한 빠르게 이야기할 겁니다.

# 제8장 늙은 점원의 회고(2)

어느 날 저녁 나는 8시가 지나서 그 부인들 집에 갔다. 스타프스카 부인은 늘 하던 대로 맨 끝 방에서 소녀들에게 공부를 가르치고 있었고, 미시에비초바 부인은 헬루니아와 함께…… 여전히 창가에 앉아 있었다. 나는 이해할 수가 없었다. 밤엔 아무것도 보이지 않을 것이고, 모든 사람들이 그들을 훤히 보고 있을 텐데. 나는 맹세해도 좋을 만큼 확신한다. 남작 부인은 불이 꺼진 자기 방 창가에 망원경을 들고 앉아서 이 집을 관찰하고 있을 것이다. 이 집의 블라인드는 항상 그렇듯 내려 있지 않았기 때문이다.

그 괴물 같은 여자가 나를 보지 못하도록 나는 커튼 뒤로 물러난 다음 단도직입적으로 미시에비초바 부인에게 물었다.

"부인, 죄송합니다만 왜 부인은 항상 창가에만 앉아 계십니까? 그건 안 좋은데……."

"나는 외풍을 걱정하지 않아요." 인자한 부인이 대답했다. "여기 있는 게 아주 좋아요. 헬루니아가 무엇을 발견했는지 생각해 보세요. 가끔 불 켜진 창문들이 알파벳 글자 모양을 나타내요…… 헬루니우!" 부인이 손녀를 불렀다. "저기 글자가 없니……?"

"있어요, 할머니. 두 개나 있어요. H와 T예요."

"그렇구나!" 노부인이 말했다. "H와 T구나. 저것 좀 보세요……."

나는 내다보았다. 정말 맞은편 4층에 불 켜진 창문 두 개, 3층에 세 개, 그리고 2층에 두 개가 이렇게 H를 보여 주고 있었다.

□　　□

□□□

□　　□

또 뒤편 별채에서는 4층 창문 다섯 개, 3층에 하나, 2층에 하나가 불이 켜 있어서 이런 표시를 보여 주고 있었다.

□□□□□

□

□

"저 창문들을 통해서, 선생." 할머니가 말했다. "(비록 아주 드물게 글자를 보여 주지만) 헬루니아는 알파벳에 관심을 가졌고, 지금처럼 불 켜진 창문들에서 어떤 형상을 발견하면 무척 즐거워한답니다. 그래서 저녁에도 블라인드를 내리지 못하고 있답니다."

나는 어깨를 으쓱하고 말았다. 어린애가 창밖을 바라보는 것을 그토록 좋아하는데, 내가 어떻게 그 애에게 창밖을 내다보지 말라고 할 수 있겠는가!

"어떻게 창문을 바라보지 않겠어요." 미시에비초바 부인이 한숨을 쉬었다. "그게 우리의 유일한 낙인데. 우리가 어디서 즐거움을 찾겠어요? 우리가 누구를 보겠어요? 루드빅이 떠난 후로 우리의 인간관계는 단절되었다오. 어떤 사람들의 눈에는 우리가 너무 가난하고, 또 다른 사람들은 우리를 의심하는 눈으로 보고 있지요……."

부인이 손수건으로 눈을 닦고 나서 말을 계속했다.

"오, 루드빅이 떠난 것이 잘못이지요. 그가 감옥에 갔더라도, 나중에 무죄가 밝혀지면 우리는 다시 함께 살 수 있었을 텐데. 지금 그가 어디 있는지 아무도 모릅니다. 그리고 스타프스카는…… 선생은 밖을 내다보지 말라고 하시지만……! 불쌍한 그 애는 여전히 기다리고 있습니다. 루드빅이 돌아오지 않나, 혹시 그에게서 편지라도 오지 않나 귀를 기울이고 밖을 내다본답니다. 마당에서 누가 걸어가는 소리만 들려도 그 애는 집배원인가 싶어 창가로 간답니다. 집배원이 우리 집에 오기라도 하면, (제츠키 선생, 우리에게 편지 오는 일은 아주 드물답니다.) 그때 만일 선생이 헬렝카를 보게 된다면……! 그 애 얼굴색이 붉어졌다가 창백해지고, 몸에 경련이 일어난답니다……."

나는 아무 말도 할 수 없었다. 노부인이 쉬었다가 다시 말을 이었다.

"나도 창가에 앉아 있는 것을 좋아한답니다. 날씨 좋은 날, 하늘이 깨끗할 때, 상상 속에선 죽은 내 남편이 마치 살아 있는 것 같답니다……."

"그러시지요." 내가 작은 소리로 말했다. "그분이 지금 계신 하늘이 부인께 그분을 회상시키는 것이지요."

"그런 점에서가 아니라, 제츠키 선생." 부인이 내 말을 중단시켰다. "그가 하늘에 있다는 건 알고 있습니다. 그처럼 평온한 사람이 어디 다른 데 있겠습니까? 그러나 내가 하늘을 보고 이 건물의 벽을 보면, 우리가 결혼한 행복한 날이 바로 떠오릅니다…… 죽은 클레멘스는 그때 사파이어색 연미복에 노란 난징 목면 바지를 입고 있었지요. 그 색깔이 이 건물 벽 색깔과 같았어요. 오, 제츠키 선생." 울면서 노부인이 말했다. "내 말을 믿어요, 우리 같은 사람들에겐 창문이 때로는 극장이고, 콘서트이고, 친구랍니다. 우리가 무엇을 바라볼 수 있겠습니까!"

그저 창문을 통해 밖을 내다보는 이유 속에 그런 드라마가 있다는 것을 들었을 때, 얼마나 슬픈 생각이 들었는지 나는 묘사할 수가 없다……. 갑자기 다른 방에서 부스럭거리는 소리가 났다. 스타프스카 부인의 여학생들이 수업을 마치고 집에 갈 준비를 하고 있었다. 그리고 그들의 너무도 아름다운 여선생님이 모습을 드러내어 나를 행복하게 했다.

내가 부인에게 인사했을 때, 부인의 손이 차가웠고, 옆얼굴에 피곤과 슬픔이 나타났다. 그러나 부인은 나를 보고 자비롭게 미소를 지었다. (아름다운 천사여! 당신이 어찌 알리오, 당신의 달콤한 미소가 일주일 동안 쌓였던 삶의 어둠을 나에게서 날려 버린다는 것을.)

"어머니께서 선생님에게 말씀드렸어요." 스타프스카 부인이 말했다. "오늘 우리에게 어떤 명예로운 일이 있었는지?"

"아하, 그렇지, 잊었구나……." 미시에비초바 부인이 서둘러 말했다.

그사이 두 여학생이 무릎을 굽혀 인사하고 나갔다. 그래서 마치 한 가족처럼 우리만 남게 되었다.

"글쎄, 생각해 보세요." 스타프스카 부인이 말했다. "오늘 남작부인이 우리 집에 오셨어요……. 처음에는 무슨 일인가 걱정했지요. 왜냐하면 부인의 외모가 우울해 보였거든요. 창백한 얼굴, 항상 검은 옷, 눈빛도 어둡고……. 하지만 그 순간에 부인이 나를 완전히 무장 해제 시켰어요. 부인이 헬루니아를 보시더니 울음을 터뜨리고, 이렇게 말하면서 '내 어린 불쌍한 딸도 이만했는데 죽었다니……!' 헬루니아 앞에 무릎을 꿇었어요."

그 말을 들었을 때 몸에 소름이 돋았다. 그러나 공연히 스타프스카 부인을 놀라게 하고 싶지 않았을뿐더러, 나의 불길한 예감을 부인에게 말할 용기가 나지 않았다. 그래서 이렇게 묻기만 했다.

"부인에게 바라는 것이 뭐라고 합니까?"

"자기 옷들과 살림살이들을 정리하는데 저더러 도와 달라고 부탁하러 오셨어요. 부인은 남편이 곧 집으로 돌아올 거라 기대하고 있어요. 그래서 작은 장신구들을 깨끗이 손질하고, 필요한 것들은 구입한다고 했어요. 한데 마음이 내키지 않으니 저에게 도와 달라고 부탁하면서, 매일 세 시간에 2루블 주겠다고 약속했어요."

"그래서 부인께선 뭐라고 하셨나요?"

"세상에, 제가 어쩌겠어요……? 물론 감사하는 마음으로 받아들였지요. 잠깐 하는 일이잖아요. 그리고 마침 필요하던 시기에 그런 제안이 왔어요. 왜냐하면 그저께, 무슨 이유인지는 알 수 없지만, 시간당 5즈오티 받던 레슨이 끊어졌거든요……."

나는 한숨을 쉬었다. 레슨이 끊긴 이유가 어떤 익명의 편지일 것이라는 생각이 들었기 때문이다. 그런 종류의 편지를 크세소프스카 부인은 노련한 수법으로 쓰지 않는가. 그러나 나는 아무 말도 하지 않았다. 스타프스카 부인에게 하루 2루블 수입을 거절하라고 어떻게 말할 수 있겠는가……?

오, 스타흐, 스타흐……! 자네는 왜 이 부인과 결혼하면 안 되는 거야? 웽츠카 양이 자네 마음을 다 차지하고 있구려! 나는 자네가 그것을 후회하지 않기만 바라네.

그 후 내가 나의 고귀한 여성 친구들 집에 올 때마다, 스타프스카 부인은 자기가 매일 방문했던 남작 부인 집에서 있었던 일들을 아주 상세히 이야기했다. 부인은 두 시간이 아니라 세 시간, 다섯 시간, 여섯 시간 일하면서도 여전히 2루블밖에 받지 못하고 있다는 것도 알게 되었다.

스타프스카 부인은 이해심이 아주 깊은 여인이다. 그러나 부인의 조심스러운 표현으로도 남작 부인의 아파트와 모든 환경이 스타프스카 부인에게 의아함과 당혹함을 불러일으켰다는 것을 알수 있었다.

무엇보다 남작 부인은 아파트의 넓은 공간을 전혀 이용하지 않고 있었다. 응접실, 부인 방, 침실, 식당 방, 남작의 방 등 모든 것들이 텅 빈 채 있었다. 가구와 거울들은 덮개로 가려 있었고, 언젠가 살아 있던 식물은 나뭇조각으로 변해 있었고, 화분에는 흙 대신 곰팡이만 가득 들어 있었다. 비싼 덮개들 위에는 먼지가 내려앉아 있었다. 남작 부인이 무엇을 먹고 사는지 알 수 없지만, 때로는 며칠째 따뜻한 음식을 입에 넣지 않았다. 그렇게 큰 집을 하녀혼자 돌보고 있었는데, 남작 부인은 그 하녀가 도둑이고 방탕하다며 욕하고 있었다.

스타프스카 부인이 남작 부인에게 텅 빈 집에서 사는 것이 슬프지 않으냐고 물었을 때, 남작 부인이 대답했다.

"불쌍한 고아이며, 거의 과부나 마찬가지인 내가 할 일이 뭐가 있겠어요? 신이 방종한 내 남편을 정신 차리게 해서, 자기의 잘못된 행동을 후회하고 집으로 돌아오면, 그때는 나의 공허한 삶이 어느 정도 변할 수도 있겠지요. 내가 간절히 기도하는 동안에 하늘이 나에게 보내는 예감과 자주 꾸는 꿈을 통해 알 수 있는 것은 내 남편이 언젠가는 정신을 차리게 된다는 것입니다. 왜냐하면 불행한 그 마니아는 지금 돈도 신용도 다 바닥이 났거든요……." 스타프스카 부인은 그런 말을 들으면서 남작의 운명은 본래 모습으로 돌아온 후에도 부러워할 만큼 품위를 되찾지 못할 수도 있겠다고 생각했다.

남작 부인을 방문하는 사람들도 스타프스카 부인에게 신뢰감을 주지 못했다. 자주 오는 사람들 중에 늙고 인상이 별로 좋지 않은 부인들이 있는데, 그 부인들과 남작 부인은 현관방에서 작은 소리로 자기 남편에 대한 이야기를 했다. 마루세비츠와 낡은 털외투를 입은 변호사가 자주 나타났다. 이 사람들을 남작 부인이 식당 방으로 데려가서, 그들과 이야기하면서 큰 소리로 울고 욕을 하기 때문에 온 집 안에 다 들렸다.

왜 가족과 함께 살지 않느냐는 스타프스카 부인의 조심스러운 질문에 남작 부인이 대답했다.

"어떤 가족을 말하시는 거요, 부인? 나에게는 아무도 없답니다. 설령 있다 해도 나는 탐욕스럽고 천박한 사람들을 집으로 받아들일 수 없어요. 남편의 가족은 내가 귀족 출신이 아니라고 나를 멀리해요. 그러면서도 나를 속이고 20만 루블을 가져갔어요. 내가 빌려준 돈을 받지 않는 동안 그들은 나를 조심스럽게 대했지요. 그러나 내가 그것을 알아차렸을 때, 그들은 관계를 끊고, 나의 불행한 남편을 설득해서 내 재산을 동결시켰어요. 오, 나는 그런 사람들을 견디며 살아왔어요……!" 남작 부인이 울면서 말했다.

남작 부인이 하루 종일 머무는 유일한 방은(스타프스카 부인이 말했다) 죽은 딸의 방이었다. 그 방은 틀림없이 아주 슬프고, 또 이상하게 생긴 공간일 것이다. 그 방에 있는 것들은 어린아이가 살아 있을 때 그대로 보존되어 있다. 작은 침대의 침대보는 며칠마다 새것으로 갈아 끼워지고, 작은 옷장에 있는 옷들을 자주 꺼내 응접실에서 깨끗이 털고 손질한다. 왜냐하면 남작 부인이 이 신성한 유물들을 마당으로 내가는 것을 금지했기 때문이다. 책들이 놓여 있는 작은 책상 위에 공책이 펼쳐져 있는데, 거기에 불쌍한 어린애가 마지막으로 쓴 '성모여……'라는 글씨가 보인다. 작고 큰 인형들로 가득 채워진 선반에는 인형들의 침대와 옷장들도 놓여 있었다.

스타프스카 부인은 바로 이 방에서 남작 부인이 많이 가지고 있는 레이스와 비단들을 꿰맨다. 남작 부인이 그것들을 언제 입게 될지 스타프스카 부인은 알 수 없었다.

어느 날 남작 부인이 스타프스카 부인에게 보쿨스키를 아느냐고 물었다. 스타프스카 부인에게서 그를 아주 조금밖에 모른다는 대답을 듣고도, 남작 부인은 말하기 시작했다.

"사랑하는 부인, 나를 위해서 정말 좋은 일 하나 해 주세요. 나에게 중요한 거래에서 보쿨스키 씨에게 나를 대변해 주세요. 내가 이 건물을 사려고 하는데, 9만 5천 루블을 지불하려고 합니다. 한데 그는 10만 루블을 고집하고 있습니다. 그 사람이 나를 파멸시키려고 합니다! 그 사람에게 말하세요, 그가 나를 죽이려 한다고……. 그런 탐욕의 대가로 그는 신의 벌을 자초하고 있다고!" 남작 부인이 소리치며 울었다.

몹시 당황한 스타프스카 부인은 남작 부인에게 그런 말을 할 수 없다고 대답했다.

"저는 그를 모릅니다……. 그는 우리 집에 한 번밖에 온 적이 없습니다. 또 제가 그런 일에 끼어드는 것이 맞지 않습니다."

"오, 부인은 그와 모든 것을 할 수 있습니다." 남작 부인이 말했다. "만일 부인이 나를 죽음에서 구해 낼 수 없다면, 그것도 신의 뜻이지요……. 그렇다면 부인이 적어도 그리스도교적인 의무를 수행하셔서 내가 부인에게 얼마나 친절하고 호의적인지 그 사람에게 말해 주세요."

이 말을 듣자 스타프스카 부인이 밖으로 나가려고 의자에서 일어났다. 그러나 남작 부인이 몸을 날려 스타프스카 부인의 목을 껴안고 사과하며 용서해 달라고 애원했기 때문에 고결한 헬레나 부인은 눈물을 흘리고 그 자리에 머물렀다.

이 모든 이야기를 마치면서 스타프스카 부인은 부탁하는 어조로 질문했다.

"보쿨스키 선생님은 이 건물을 팔려고 안 하시죠?"

"물론……." 내가 격앙된 목소리로 대답했다. "그는 건물도 팔고, 가게도 팔고…… 모든 것을 다 팔 겁니다."

스타프스카 부인의 얼굴에 짙은 홍조가 퍼졌다. 그녀는 의자를 뒤에 있는 램프 쪽으로 돌리고 작은 목소리로 물었다.

"왜요……?"

"제가 어떻게 압니까!" 심적으로 가까운 사람에게 고통을 안겨 주었다는 짓궂은 쾌감을 느끼면서 나는 말했다. "제가 어떻게 알겠어요! 사람들이 말하는데, 그가 결혼하려고 한답니다……."

"아하!" 미시에비초바 부인이 끼어들었다. "웽츠카 양에 대해서 사람들이 뭐라고 말하고 있습디다."

"그게 사실이에요……?" 스타프스카 부인이 속삭이듯 말했다. 숨이 막히는지 부인이 갑자기 손으로 가슴을 눌렀다. 그리고 다른 방으로 갔다.

'재미있는 일이군!' 나는 생각했다. '부인이 그를 한 번 보고 벌써 정신을 못 차린다……'

"모르겠어요, 그가 무엇 때문에 결혼하려고 하는지……." 내가 미시에비초바 부인에게 말했다. "아마 여자 복이 없어서 그럴 겁니다."

"아, 그게 무슨 말이에요, 제츠키 선생!" 노인네가 화를 냈다. "그가 여자 복이 없다니?"

"그렇지요, 게다가 잘생기지도 않았지요……."

"그가요……? 그는 나무랄 데 없이 잘생긴 사람이지요! 체격이 얼마나 멋있어요, 얼굴은 귀족형이고, 눈은 말할 것도 없고! 혹시 당신이 잘 모르는 것 아니에요, 제츠키 선생. 내가 고백하건대(내 나이에는 그래도 됩니다) 나는 운 좋게도 잘생긴 남자들을 많이 보았어요. 루드빅도 아주 잘생겼지요. 그렇지만 보쿨스키 같은 사람은 처음 보았어요. 그는 천 명이 모인 곳에서도 눈에 띄는 인물입니다……."

그런 칭찬에 나는 속으로 놀랐다. 그가 아주 잘생긴 것은 나도 알겠지만, 그의 치아는……. 하, 나는 여자가 아니니까!

10시경 내가 좋아하는 부인들과 헤어질 때, 스타프스카 부인은 얼굴색이 변해 있었다. 슬픈 표정으로, 머리가 아프다고 했다. 오, 스타흐, 바보 같은 사람! 이렇게 아름다운 여인이 한 번 보고 그에게 완전히 빠졌는데, 그는, 이 미친 사람아, 웽츠카 양의 꽁무니만 쫓아다니고 있으니. 세상에 도대체 질서라는 것이 있는 거야?

만일 내가 신이라면……. 이런 것은 말해 보아야 쓸데없는 소리겠지.

바르샤바 하수관 공사에 대한 이야기가 한창일 때가 있었다. 심지어 공작이 우리 가게에까지 와서 스타흐를 공사 관련 회의에 초청했다. 하수관 이야기가 끝나자 공작이 스타흐의 건물에 대해 이야기하기 시작했다. 나는 그 자리에 있었기 때문에 모든 것을 정확히 기억하고 있다.

"그게 사실이오? (그런 문제에 대해 묻는 것, 미안하오.) 보쿨스키 선생, 그게 사실이오, 선생이 건물 값으로 크세소프스카 남작 부인으로부터 12만 루블을 원하고 있다는 것이……?"

"사실이 아닙니다." 스타흐가 대답했다. "10만 루블을 바라고 있고, 그 이하는 안 됩니다."

"남작 부인은 조금 이상한 여자이고, 히스테리도 심하지요. 그렇지만…… 불행한 여자지요." 공작이 말했다. "부인이 그 집을 사려는 첫 번째 이유는 그 집에서 딸이 죽었기 때문이고, 두 번째 이유는 돈을 낭비하기 좋아하는 남편으로부터 남은 자금을 안전하게 지키기 위해서지요……. 그러니 선생이 집값을 좀 깎아 줄 수 없을까. 그것은 불행한 사람에게 아주 좋은 일을 하는 것이지요!" 공작이 한숨을 쉬며 말을 마쳤다.

나는 점원에 불과하지만, 남의 돈으로 선심 쓰는 것이 나를 의아하게 했다는 것을 고백하지 않을 수 없다. 스타흐는 나보다 더 심하게 그것을 느꼈다. 그래서 스타흐가 단호한 어조로 말했다.

"남작이 돈을 낭비하고, 그의 부인이 내 집을 갖고자 하기 때문에 나는 수천 루블의 손해를 보아야 한다. 무슨 이유로……?"

"나쁘게 생각하지 마시오, 보쿨스키 선생." 공작이 보쿨스키의 손을 잡으며 말했다. "모두가 사람들과 함께 사는 것 아니오. 그들도 우리의 목표를 위해 돕고 있으니, 우리에게도 어느 정도 의무가 있지요."

"나를 돕는 사람보다는 나에게 해를 끼치는 사람이 더 많습니다." 스타흐가 말했다.

그들은 냉랭하게 헤어졌다. 심지어 공작이 불만스러워하는 것도 보았다.

이상한 사람들이야! 보쿨스키가 러시아 제국을 상대로 하는 무역 회사를 차려 그들의 투자금에 15퍼센트씩 이익을 안겨 주고 있는데, 그것도 모자라 말 한마디로 남작 부인에게 몇천 루블을 선사하려 하고 있다니…….

얼마나 교활한 여자인가, 손을 안 뻗치는 데가 없구나! 어떤 신부가 보쿨스키를 찾아와서 남작 부인에게 집을 9만 5천 루블에 팔도록 종교적인 경고를 한 적이 있다. 보쿨스키가 이를 거절했기 때문에, 보쿨스키는 무신론자라는 소리를 곧 듣게 될 것이다.

이제 본격적인 사건이 터졌는데, 나는 그것을 아주 빠른 속도로 이야기할 것이다.

내가 저녁에 스타프스카 부인에게 갔을 때(그날 독일 빌헬름 황제는 노빌링의 암살 미수 사건 이후 다시 권좌로 돌아왔다), 나의 여신들이 있는 집에 들어가자, 어떻게 표현할 수 없이 아름다운 스타프스카 부인이 너무 기분 좋은 상태에서 남작 부인에게……매료되어 있었다.

"선생님, 생각해 보세요." 부인이 말했다. "남작 부인이 이상하기는 하지만, 얼마나 고결한 부인인지. 헬루니아가 없으면 내가 슬퍼하는 것을 보시고, 자기 집에서 일하는 시간에 헬루니아를 데려오라고 하셨어요."

"2루블 받고 여섯 시간 일하는 동안에……?" 내가 중간에 끼어들었다.

"여섯 시간까지는 아니에요. 많아야 네 시간……. 헬루니아는 그 집에서 잘 놀았어요. 아무것도 손대지 못하게 했지만, 죽은 아이의 장난감들을 바라보면서……."

"그 예쁜 장난감들을?" 내가 마음속으로 생각하면서 물었다.

"정말 예뻐요!" 스타프스카 부인이 생기 있게 말했다. "특히 그곳에 짙은 갈색 머리의 커다란 인형이 있는데, 그 인형을 누르면……여기, 가슴 밑을." 얼굴이 붉어지면서 부인이 말했다.

"배가 아니고요……? 실례합니다." 내가 물었다.

"그래요." 그녀가 재빨리 말했다. "그럼 인형이 눈을 움직이면서 마마! 라고 불러요……! 아, 헬루니아가 얼마나 즐거워하는지, 자기도 그런 인형을 가지고 싶어 하는 것 같아요. 이름이 미미예요. 헬루니아는 그 인형을 처음 보았을 때, 두 손을 모으고 마치 조각상처럼 서 있었어요. 크세소프스카 부인이 인형에 손을 대고 인형이 말하자, 헬루니아가 큰 소리로 말했어요.

'아, 엄마, 인형이 예뻐요! 똑똑해요! 뽀뽀해도 돼요……?'

결국 헬루니아는 에나멜 바른 인형의 입에 뽀뽀했지요.

그때부터 헬루니아는 잠자면서도 인형에 대해 말해요. 그리고 일어나자마자 남작 부인 집에 가려고 해요. 그 집에 가면 줄곧 인형만 바라보고 있어요. 손을 모으고 마치 기도하는 것처럼 서서. 정말……" 스타프스카 부인이 작은 목소리로 말을 마쳤다. (헬루니아는 다른 방에서 놀고 있었다.) "저는 행복할 거예요. 헬루니아에게 그런 인형을 사 줄 수 있게 된다면……."

"틀림없이 그건 아주 비싼 장난감일 거야." 미시에비초바 부인이 말했다.

"비싼 게 뭐예요, 엄마. 오늘 인형 하나로 해 줄 수 있는 만큼 커다란 행복을 제가 헬루니아에게 언제 해 줄 수 있을지 아무도 모르죠." 스타프스카 부인이 대답했다.

"제 생각에……." 내가 말했다. "우리 가게에 그런 인형이 있을 것 같습니다. 부인께서 한번 가게에 들러 주시면……."

내가 선물하겠다고는 차마 말하지 못했다, 엄마가 딸에게 직접 기쁨을 안겨 주면 엄마 자신도 즐거울 것이라고 생각했기 때문에.

작은 소리로 이야기했지만, 우리가 인형에 대해 말하고 있는 것을 들은 듯 헬루니아가 눈에서 빛을 내며 뛰어나왔다. 헬루니아의 관심을 다른 데로 돌리기 위해 내가 물었다.

"그래, 헬루니우, 남작 부인이 좋으니?"

"그저 그래요." 내 무릎에 기댄 채 엄마를 바라보며 어린애가 대답했다. (하느님, 왜 제가 이 애의 아빠가 아니지요?)

"남작 부인이 너랑 이야기도 하니?"

"많이는 안 해요. 한번은 물었어요, 보쿨스키 씨가 저를 많이 예뻐하는지."

"그래……? 그래서 뭐라고 대답했니?"

"보쿨스키 씨가 누군지 모른다고 했어요. 그러니까 남작 부인이 말했어요. 아, 아저씨 시계 소리가 커요. 한번 보여 줘요……."

나는 시계를 꺼내 아이에게 주었다.

"남작 부인이 뭐라고 했니?" 내가 물었다.

"남작 부인이 말했어요. '보쿨스키 씨가 누군지 왜 몰라? 너희 집에 왔었잖아, 그…… 그 심술쟁이 제츠키와 함께.' 하, 하, 하! 아저씨는 심술쟁이…… 아저씨 시계 속도 보여 줘요."

나는 스타프스카 부인을 쳐다보았다. 부인은 너무 놀라서, 헬루니아를 나무라는 것도 잊고 있었다.

둥근 흰 빵(오늘 버터를 구할 수 없었다고 하녀가 말했다)과 함께 차를 마신 후 고결한 부인들과 헤어지면서, 만일 내가 스타흐라면 12만 루블 이하로는 남작 부인에게 집을 팔지 않을 것이라고 생각했다.

그러는 사이에 그 마귀 같은 여자는 도움이 될 만한 인물을 모두 동원하고 나서, 보쿨스키가 집값을 더 올리지 않나, 혹은 다른 사람에게 집을 팔지 않나 조마조마하면서 마지막으로 10만 루블에 그 집을 사기로 결정했다!

그 여자는 며칠 동안 화를 삭이지 못하고 경련까지 겪으면서 하녀를 구타하고, 공증인 사무소에서 자기 변호사에게 소리 지르면서 구매 계약서에 서명했다.

우리 집을 구매하고 난 뒤에는 며칠 동안 조용했다.

남작 부인에 대해서 아무 소리도 듣지 못할 만큼 조용했다. 다만, 그 집의 세입자들이 불만을 가지고 우리 가게로 찾아왔다.

제일 먼저 찾아온 사람은 뒤편 별채 4층에 사는 제화공이었다. 그는 새 집주인이 1년에 30루블이나 집세를 올렸다고 울면서 말했다. 그것은 우리와 아무 상관 없는 일이라고 내가 30분 동안이나 설명하자, 그가 눈물을 닦고 이마를 찡그리며 헤어지면서 나에게 말했다.

"보쿨스키 씨는 마음속에 신이 없는 사람 같소. 사람들에게 해악을 끼치는 그런 사람에게 어떻게 집을 팔 수 있어요!"

여러분은 이런 말을 들어 본 적이 있습니까……?

다음 날에는 파리 세탁소 여주인이 나타났다. 우단 외투를 입고, 거동에 품위가 잔뜩 들어 있었고, 얼굴 표정은 한층 단호했다. 가게 소파에 앉아 마치 일본제 꽃병이라도 살 것처럼 둘러보더니 이렇게 말을 꺼냈다.

"당신, 고마워요! 나에게 참 좋은 일을 했더군요, 그것에 대해서는 할 말이 없어요. 당신은 집을 7월에 사서 12월에 팔았어요. 정확히 장사하는 방식대로…… 누구에게도 사전에 말하지 않고……."

부인의 얼굴이 붉어지면서 말이 이어졌다.

"그 추하고 방탕한 여자가 오늘 어떤 망나니 같은 사람을 나에게 보내 집세 계약을 해약한다고 했어요. 그 여자가 갑자기 왜 그런 못된 생각을 하게 됐는지 모르겠어요. 왜냐하면 나는 집세를 제때에 꼬박꼬박 내고 있거든요……. 그 못된 여자가 나에게 해약 통보를 했어요. 그뿐만 아니라 내 가게의 이미지까지 훼손하고 있어요…… 우리 집 아가씨들이 대학생들에게 추파를 던지고 있다고. 그건 거짓말이에요. 그 여자가 상상하는 거지요. 또 그 여자는 나의 손님들이 익숙해진 이 집에서 내가 나가서 한겨울에 집을 구할 수 있다고 생각하는 거지요. 그렇게 되면 내가 수천 루블 손해를 보는데, 그걸 누가 보상해 주나요……?"

가게 손님들이 있는 데서 강력한 콘트랄토 톤으로 계속되는 일장 연설을 들으면서 나는 화가 났다 누그러졌다 했다. 나는 겨우 부인을 내 집으로 데리고 가서, 손해와 손실에 대해 우리에게 소송을 제기하라고 부탁했다.

부인이 나가고 몇 시간 뒤에, 예상치 못한 손님이 찾아왔다! 집세를 원칙적으로 내지 않고 있는, 수염을 기른 그 대학생이 온 것이다.

"안녕하십니까?" 그가 말했다. "그 마귀 크세소프스카가 여러분들에게서 집을 샀다는 것이 사실입니까?"

"사실이오." 나는 속으로 이 친구가 나를 때릴 것이라고 생각하면서 말했다.

"이런, 제기랄!" 그가 손가락을 튕기면서 말했다. "보쿨스키는 참 좋은 집주인이었는데(참고로 스타흐는 그들로부터 집세를 한 푼도 받지 않았다), 그가 집을 팔았다…… 그러면 크세소프스카가 우리를 쫓아내겠지요?"

"흠! 흠……!" 내가 응답했다.

"쫓아내겠지." 한숨을 내쉬며 그가 말했다. "벌써 어떤 젊은 사람이 와서 우리더러 방을 비우라고 하더군요. 그러나 판결이 나기 전에는 절대 나가지 않을 겁니다. 우리를 내쫓으려 하면 건물 전체를 이야깃거리로 만들 거요. 갑니다."

'그래.' 나는 생각했다. '적어도 저 친구는 우리에게 불만이 없군.' 그러나 저 친구들이 남작 부인을 골려 줄 계획을 준비하고 있다는 생각이 들었다.

다음 날 드디어 비르스키가 나타났다.

"이보게, 알고 있나." 불안한 표정으로 그가 말했다. "관리인 여자가 찾아와 해약 통보를 하고 1월 1일부터 집을 비우라고 했네."

"보쿨스키가……." 내가 말했다. "이미 자네 생각을 하고 있다네. 러시아 상대 무역 회사에 자리를 하나 마련할 거야……."

그렇게 나는 찾아오는 사람들의 말을 들어주고, 안심시키고, 위로하면서 공격들을 잘 견뎌 냈다. 나는 남작 부인이 몽골의 지배자 티무르처럼 세입자들을 온통 뒤흔들어 원망을 사고 있다는 것을 알게 되었다. 그리고 본능적으로 아름답고 고결한 스타프스카 부인이 걱정되었다.

12월 하순에 가게 문이 열리면서 스타프스카 부인이 안으로 들어오는 것을 보았다. 그 어느 때보다 아름다웠다(그녀는 언제나 아름다웠다, 얼굴이 밝을 때나 근심이 있을 때나). 부인이 매혹적인 눈으로 나를 보면서 작은 소리로 말했다.

"선생님, 그 인형을 좀 보여 주실 수 있으세요?"

인형(비슷한 것 세 개나)은 오래전부터 준비되어 있었지만, 나는 너무 당황해서 몇 분 동안 찾지 못했다. 클레인이 우스워하는 표정을 짓고 있었다. 그는 내가 스타프스카 부인을 사랑하고 있다고 생각했다.

결국 나는 상자를 꺼냈다. 상자 안에 갈색, 금발 그리고 짙은 갈색의 인형 세 개가 들어 있었다. 인형의 머리는 모두 진짜였고, 어느 인형이나 배를 누르면 눈동자를 움직이며 소리를 냈다. 그 소리가 스타프스카 부인에게는 '마마'로, 클레인에게는 '타타'로, 나에게는 '우후'로 들렸다.

"정말 아름다워요!" 스타프스카가 말했다. "그러나 아주 비싸겠지요……."

"부인." 내가 말했다. "이 물건은 우리가 처분해야 할 것입니다. 그래서 아주 싸게 팔 수 있습니다. 금방 사장에게 갔다 오겠습니다……."

스타흐는 진열대 뒤에서 일하고 있었다. 내가 스타프스카 부인이 와 있으며, 왜 왔는지 말하자, 그가 어깨를 으쓱하더니 아주 기분 좋은 표정으로 나왔다. 마치 부인이 그에게 강한 인상을 준 것처럼 그가 부인을 대단히 호의적으로 쳐다보고 있는 것이 보였다. 그래, 적어도 지금은……! 하느님, 제발.

흥정에 흥정을 하면서 나는 헬레나 부인에게 이 인형은 품절 상태이고, 사려는 사람이 없기 때문에 금발이건 갈색이건 3루블에 팔 수 있다고 설명했다.

"이걸 고르겠어요." 짙은 갈색 인형을 들면서 부인이 말했다. "이것이 남작 부인의 것과 똑같이 생겼으니까요. 헬치아가 감격할 거예요."

인형 값을 지불할 때 스타프스카 부인에게 양심의 가책이 되살아난 듯했다. 부인은 인형이 15루블 가치가 있다고 생각했다. 내가 설득하고, 보쿨스키와 클레인이 3루블 받아도 우리에게는 이익이라고 거들어 겨우 부인을 납득시켰다.

보쿨스키는 자기 일을 하러 갔고, 나는 헬레나 부인에게 집에 새로운 일이 있는지, 남작 부인과의 관계는 어떤지 물었다.

"아직은 아무 일도 없습니다." 홍조가 피어오른 얼굴로 부인이 말했다. "남작 부인은 제가 보쿨스키 선생님에 대해 자기편에 서서 도와주지 않았기 때문에, 자기가 집값으로 10만 루블을 지불했다며 저를 비난했어요. 그래서 저는 그 부인과 관계를 끊고 다시는 그 집에 가지 않았습니다. 물론 남작 부인은 1월 1일부터 집을 비우라고 통보했습니다."

"남작 부인은 부인에게 밀린 돈을 갚았습니까?"

"아!" 부인이 토시를 땅에 떨어뜨리면서 한숨을 쉬었다. 클레인이 재빨리 토시를 주워 부인에게 주었다.

"그래, 안 갚았다는 말입니까?"

"아니요…… 부인은 자기는 돈도 없고, 내 계산이 맞는지 확실하지도 않다고 말합니다."

나와 스타프스카 부인은 남작 부인의 궤변에 웃음을 터뜨렸고, 우리는 희망에 찬 기분으로 헤어졌다. 부인이 나갈 때, 클레인이 아주 예의 바르게 문을 열어 주었다. 그가 그러는 이유는 아마 둘 중 하나일 것이다. 부인을 사장님의 사모님으로 생각하고 있든지, 아니면 그가 부인을 사랑하고 있든지. 멍청한 친구……! 그도 남작 부인의 건물에서 살고 있다. 그는 가끔 스타프스카 부인 집에 가는데, 가선 계속 풀 죽은 표정으로 앉아 있기 때문에 헬루니아가 어느 날 저녁에 할머니에게 클레인 아저씨는 오늘 약 안 먹었어요? 라고 물었다. 몽상가! 그런 부인을 감히 생각하다니…….

이제 비극에 대해 쓰겠는데, 그걸 생각하면 분노로 숨이 막힌다.

1878년 크리스마스이브, 그날 오후에 나는 스타프스카 부인으로부터 저녁때 집에 오라는 편지를 받았다. 편지는 나를 놀라게 했다. 무슨 일이 있었던 것 같았다. 남편에 대한 소식을 들었나 하는 생각이 들었다.

'틀림없이 그가 돌아오는 것이다.' 나는 생각했다. '수년이 지난 뒤에야 정신을 차리는 행방불명된 남편들은 악마가 데려갔으면.'

저녁 무렵 비르스키가 숨을 헐떡이며 당황한 모습으로 와서는 나를 내 집으로 끌고 가더니 문을 잠그고, 외투도 벗지 않고 의자에 털썩 앉아서 말했다.

"자네 알고 있나, 왜 크세소프스카 부인이 마루세비츠 집에서 밤 12시까지 있었는지……?"

"밤 12시까지, 마루세비츠 집에서……?"

"그렇다니까, 그리고 그녀의 그 악질 변호사도……. 건달 마루세비츠가 자기 창문에서 스타프스카 부인이 인형에 옷을 입히는 것을 보았던 거야. 그래서 남작 부인이 그것을 확인하기 위해 망원경을 가지고 그의 집에 갔던 거야."

"그래서 어쨌다는 거야……?" 내가 물었다.

"남작 부인이 며칠 전에 죽은 딸의 인형을 잃어버리고, 그 미친 여자가 스타프스카 부인을 의심하고 있네……."

"뭘 의심해?"

"인형 도둑이라고……!"

나는 성호를 그었다.

"웃기는 일이군." 내가 말했다. "그 인형은 우리 가게에서 산 것인데."

"알고 있네." 그가 대답했다. "그렇지만 오늘 9시에 남작 부인이 경찰과 함께 스타프스카 부인 집에 와서 인형을 압수하고 조서를 받았다네. 고소장이 이미 법원으로 갔다네……."

"자네 미쳤나, 비르스키! 인형은 우리 가게에서……."

"알고 있네, 알고 있어. 하지만 그게 무슨 소용인가. 이미 스캔들이 터졌는데." 비르스키가 말했다. "아주 잘못된 것은(내가 경찰에게 들었는데) 스타프스카 부인이 헬루니아가 인형에 대해 알게 되는 것을 바라지 않아서, 처음엔 인형을 보여 주려 하지 않았고, 작은 소리로 말하도록 부탁했고, 울음을 터뜨렸다는 것이네……. 경찰이 말하기를, 자기도 난처했다는군. 무엇보다 왜 남작 부인이 스타프스카 부인 집으로 자기를 끌고 왔는지 몰랐으니까. 그러나 그 마귀가 '내 물건을 훔쳤어요! 인형이 그날 사라졌어요, 스타프스카가 우리 집에 마지막으로 온 날……. 저 여자를 체포해요, 나는 내 모든 재산을 걸고 이 고소가 정당하다는 것을 밝힐 테니……!' 그래서 경찰이 인형을 경찰서로 가져갔고, 스타프스카 부인도 동행하자고 요구했다네……. 스캔들이야, 지독한 스캔들이지!"

"자네는 그때 무엇을 했나……?" 분노로 몸을 떨며 내가 말했다.

"나는 집에 없었네. 스타프스카 부인의 하녀가 거리에서 경찰에게 욕을 해서 사태를 더 악화시켰다네. 그 대가로 감옥에 갇혔다네. 그리고 파리 세탁소 주인 여자는 남작 부인에게 아부하기 위해서 스타프스카 부인에게 욕설을 퍼부었다네. 오늘 유일하게 만족스러운 일은, 정직한 학생들이 남작 부인의 머리에 지독한 오물을 쏟아부었는데, 아마 깨끗이 씻을 수 없을 것이네……."

"그러나 재판은……! 정의는 있겠지!" 내가 소리쳤다.

"법정은 스타프스카 부인에게 무죄를 선고할 것이네." 그가 말했다. "명백한 일 아닌가. 그러나 스캔들은 스캔들이야……. 불쌍한 부인이 안됐지. 오늘은 공부하러 오는 여학생들도 멀리하고, 가르치러 가지도 않았다네. 어머니와 둘이서 울고 있다네."

당연히 나는 가게 문 닫을 때까지 기다리지 않고(요즘에는 그런 일이 자주 있었다) 마차를 타고 스타프스카 부인에게 갔다.

가는 길에 다행히 그 일을 보쿨스키에게도 알려야겠다는 생각이 들었다. 그러나 그가 집에 있을지는 확신할 수 없었다. 왜냐하면 그는 최근에 볼일 때문에 자주 웽츠카 양의 집에 가 있곤 했기 때문이다.

보쿨스키는 집에 있었다. 그러나 기분 좋은 상태는 아니었다. 구혼이 물론 그의 건강에 도움이 되는 일은 아니었다. 그러나 내가 스타프스카 부인과 남작 부인과 인형에 관한 일을 말했을 때, 그가 머리를 들었는데, 눈에서 광채가 났다. (우리의 고민에 가장 좋은 약은 다른 사람의 불행이라는 것을 나는 한두 번 본 것이 아니다.)

그가 내 이야기를 긴장해서 듣고 난 뒤에 (그의 슬픈 생각은 이미 말끔히 사라졌다) 말했다.

"그 남작 부인, 대담하군……. 그러나 스타프스카 부인은 아무 걱정 하지 않아도 돼. 명백한 일이니까. 인간의 추악함이 그 부인에게만 닥쳤군!"

"자네가 그렇게 말하니 좋군." 내가 말했다. "자네는 남자고, 또 자네에게는 무엇보다 돈이 있어……. 하지만 그 불쌍한 부인은 그런 불미스러운 일 때문에 모든 과외 수업을 잃었다네. 스스로 포기한 것이지. 그러면 이제 무엇으로 먹고 사나?"

"에이!" 보쿨스키가 이마를 치면서 신음 같은 소리를 냈다. "그건 생각 못했네……." 그가 몇 차례 방 안을 왔다 갔다 했다(이마를 찡그리며). 그는 의자를 밀치기도 하고, 창문을 손가락으로 두들기기도 하다가 갑자기 내 앞에 서더니 말했다.

"좋아!" 그가 말했다. "자네는 그 부인들한테 먼저 가게, 나는 한 시간 뒤에 도착할 테니. 밀레로바 부인과 우리가 일을 하나 할 수 있을 것 같네……."

나는 신뢰에 가득 찬 눈길로 그를 바라보았다. 밀레로바 부인은 얼마 전에 남편을 잃었다. 그도 우리처럼 장신구를 취급했다. 그의 가게와 재산과 신용 일체는 보쿨스키에게 속해 있었다. 그래서 나는 스타흐가 스타프스카 부인을 위해 무슨 일을 하려는지 바로 알 수 있었다.

나는 거리로 뛰어나갔다. 마차를 타고 기관차처럼 빠르게 달려서, 아름답고 고결하고 불행하고 모든 사람들로부터 버림받은 헬레나 부인에게 갔다. 나의 가슴은 기쁨으로 충만해 있었기 때문에 문을 열면서 웃는 얼굴로 이렇게 큰 소리로 말하려고 했다. "부인, 아무 걱정 마세요!" 그러나 방으로 들어섰을 때, 나의 좋은 기분은 문지방 밖에 머물러 있었다.

생각해 보라, 내가 무엇을 보았는지. 부엌에 있는 마리안느나는 머리를 수건으로 싸매고 있었는데, 얼굴은 부어 있었다. 의심할 여지 없이 오늘 구치소에 있다 왔기 때문일 것이다.

부엌 난로는 꺼져 있었고, 점심 먹은 그릇들이 그대로 방치되어 있었으며 사모바르에도 불기가 없었다. 얼굴이 부어 있는 불쌍한 여자 주위에 경비 마누라, 하녀 두 명과 우유 배달 아줌마가 상갓집에 온 여자들 같은 얼굴로 앉아 있었다.

찬 기운이 뼛속까지 들어오는 것 같았다. 나는 응접실로 갔다.

거의 똑같은 광경이었다. 방 가운데의 소파에 역시 머리를 수건으로 감싼 미시에비초바 부인이 앉아 있었고, 그 주위에 비르스키 씨와 그의 부인, 남작 부인과 다시 싸운 파리 세탁소 여주인, 그리고 처음 보는 여자 서너 명이 앉아 있었다. 그들은 작은 소리로 이야기하고 있었지만, 그 대신 8개 음 모두를 동원하고 있는 코 푸는 소리는 평소에 듣는 것보다 요란했다. 난로 아래 탁자 위에 얼굴이 백지장처럼 하얀 스타프스카 부인이 앉아 있는 것이 보였다.

한마디로 지하 묘지 같은 분위기였다. 얼굴들은 창백하거나 누렇고, 눈에는 눈물이 가득하고, 코는 붉었다. 유일하게 헬루니아는 그런대로 괜찮았다. 헬루니아는 전에 가지고 있던 인형을 안고 피아노 앞에 앉아 인형의 손으로 가끔 건반을 두드리며 말하고 있었다.

"조시아, 조용히 해, 조용히……. 피아노 치지 마, 할머니 머리가 아프시대."

거기에 연기를 내며 타고 있는 희미한 등불, 그리고…… 위로 올라간 블라인드, 내가 지금 어떤 느낌인지 누구나 의식하고 있었다.

나를 보더니 미시에비초바 부인이 남아 있던 눈물을 쏟기 시작했다.

"아, 오셨어요, 제츠키 선생, 수치스러운 일을 당하고 있는 불쌍한 우리들이 부끄럽지 않으세요? 오, 손에 키스하지 말아요! 불쌍한 우리 가족……. 얼마 전에는 루드빅이 의심을 받더니, 이제 우리 차례가 되었나……. 우리가 이곳을 떠나 세상 끝으로 가야 할 것 같네요. 쳉스토호바 근방에 여동생이 살고 있는데, 그곳으로 갈까 싶어요. 이미 망가진 우리 인생을 그곳에서 끝낼 생각입니다……."

손님들에게 자리 좀 비켜 줄 것을 잘 말씀드리라고 내가 비르스키에게 작은 소리로 부탁했다. 그러고 나서 스타프스카 부인에게 다가갔다.

"차라리 죽고 싶어요……." 나를 보고 부인이 말했다.

방에 들어온 지 몇 분밖에 되지 않았지만, 나의 의식도 몸도 완전히 경직되었다. 스타프스카 부인, 부인의 어머니, 심지어 이곳에 있는 이웃들 모두 극심한 수치심 때문에 죽음 말고는 다른 것을 생각할 여지가 없다는 걸 느낄 수 있었다. 그러나 죽음에 대한 갈망이 아무리 강하다 할지라도 연기를 내뿜으며 온 방 안에 섬세한 매연을 뿌리고 있는 등불을 내가 고치는 것을 막지는 못했다.

"자, 와 주신 여러분." 갑자기 비르스키가 입을 열었다. "우리는 일어섭시다. 제츠키 씨가 스타프스카 부인과 할 말이 있답니다."

동정심 못지않게 호기심이 발동한 방문객들은 자기들이 남아 있어도 되지 않느냐고 말했다. 그러나 비르스키가 단호한 태도로 그들이 입고 온 외투들을 건네주었기 때문에 당황한 부인들이 스타프스카 부인, 미시에비초바 부인, 헬루니아, 비르스카 부인(나중에는 이 부인들이 의자에까지 키스하겠다는 생각이 들었다)에게 키스하고 자리를 뜨면서 비르스키 내외도 그들과 함께 나가자고 강요했다.

"비밀은 비밀이니까." 그들 중 결단력 강한 부인이 말했다. "당신들도 여기 남아 있을 필요 없지 않소."

그리고 다시 시작한 키스, 위로의 말과 함께 지루한 작별 의식이 이어졌다. 문간에서 계단에서 이 의식을 계속하면서 그들은 겨우 밖으로 나갔다. 아, 이 여자들……! 나에게 가끔 이런 생각이 들었다, 아담에게 낙원에 있는 것이 지겨우라고 신이 이브를 만들지 않았나 싶은.

드디어 가족 같은 사람들만 남았다. 그러나 응접실에는 매연과 슬픔이 가득 차서 나도 힘이 다 빠진 것 같았다. 약간 투정적인 목소리로 내가 스타프스카 부인에게 창문 좀 열어도 되겠느냐고 부탁했다. 그리고 지금부터라도 블라인드를 좀 내리라고 나도 모르게 비난하는 투로 부인에게 말했다.

"부인, 기억하시죠?" 내가 미시에비초바 부인에게 말했다. "제가 전에 블라인드에 대해 말한 것을……? 블라인드만 내리고 있었어도 크세소프스카 부인이 이 집에서 일어나고 있는 일들을 추적하지 못했을 텐데."

"맞아요. 하지만 누가 예상이나 했겠어요?" 미시에비초바 부인이 대답했다.

"그 정도가 우리 행복이었어요." 스타프스카 부인이 작은 소리로 말했다.

나는 소파에 앉았다. 두 손을 서로 세게 누른 바람에 뼈에서 소리가 났다. 그리고 절망적인 심정으로 미시에비초바 부인의 탄식 어린 이야기들을 들었다. 부인은 몇 년에 한 번씩 이 가정에 닥치는 수치스러운 일들과, 인간의 고통을 마무리하는 죽음과, 죽은 남편의 난징 목면 바지, 그리고 그와 유사한 수많은 일들에 대해 이야기했다. 한 시간이 채 안 되어 나는 인형과 관련된 이 사건은 여러 사람의 자살로 종결되겠다는 생각을 분명히 하게 되었다. 나도 스타프스카 부인의 발밑에서 죽어 가며 부인을 사랑한다고 말할 수 있는 용기를 가지게 될 것이다.

그때 누군가가 요란하게 부엌 벨을 울렸다.

"경찰이야!" 미시에비초바 부인이 소리쳤다.

"마님들 계신가?" 손님이 마리안느나에게 큰 소리로 물어서 나는 즉시 용기를 되찾았다.

"보쿨스키입니다." 내가 스타프스카 부인에게 말하고 수염을 꼬았다.

헬레나 부인의 아름다운 얼굴에 창백한 장미 꽃잎 같은 홍조가 피어올랐다. 선녀 같은 여인! 오, 왜 나는 보쿨스키가 아닌 거야…….

스타흐가 들어왔다. 헬레나 부인이 다가가 그를 맞았다.

"우리를 경멸하지 않으세요?" 숨 막히는 목소리로 부인이 물었다.

보쿨스키가 놀란 눈으로 그녀를 바라보았다. 그리고…… 두 번이나, 한 차례씩 두 번이나 ─ 내가 분명히 보았다 ─ 그가 그녀의 손에 키스했다. 그가 얼마나 정성스럽게 키스했는지 그럴 때 흔히 들을 수 있는 쪽 소리도 나지 않았다.

"아, 어서 오세요, 보쿨스키 선생. 수치스러운 일을 당하고 있는 불쌍한 우리들을 부끄럽게 생각하지 않으시죠……." 미시에비초바 부인이 몇 번째 하는지 알 수 없는 인사말을 시작했다.

"실례합니다." 보쿨스키가 말을 막았다. "부인들의 상황은 의심할 여지 없이 난처합니다. 그러나 절망할 필요는 없다고 봅니다. 몇 주일 후면 이 사건은 모두 해결될 것이고, 그때 비로소 절망하게 될 것입니다. 하지만 부인들이 아니라, 그 미친 남작 부인이. 잘 있었니, 헬루니아?" 그가 어린애에게 뽀뽀하면서 말했다.

그의 목소리는 침착했고 단호했다. 그의 태도도 자연스러웠다. 그래서 미시에비초바 부인은 한탄하는 일을 중단했고, 스타프스카 부인은 어느 정도 생기가 도는 눈빛으로 나를 바라보았다.

"그러면 우리가 뭘 해야 하지요, 보쿨스키 선생?" 미시에비초바 부인이 말을 꺼냈다.

"재판을 기다려야 합니다." 보쿨스키가 말했다. "남작 부인이 거짓말하고 있다는 것을 재판 과정에서 증명하고, 그 부인을 위증죄로 고소하고, 그 부인이 벌을 받아 감옥에 가게 되면, 조금도 사정을 봐주지 않는 겁니다. 몇 달 정도 감옥에 갇히는 경험은 그 부인에게도 좋은 일이 될 것입니다. 그리고 변호사와 이야기했습니다. 그가 내일 여기에 올 겁니다."

"보쿨스키 선생, 신이 선생을 보내셨습니다!" 이제 완전히 정상적인 목소리로 미시에비초바 부인이 말했다. 부인은 머리에 두르고 있던 수건도 벗었다.

"사업상 중요한 볼일이 있어서 제가 여기에 왔습니다." 스타흐가 스타프스카 부인에게 말했다. (그는 바로 떠날 눈치였다, 이 바보 같은 사람아!) "부인께서 과외 수업을 그만두셨습니까?"

"예."

"그건 이제 완전히 접으십시오. 보잘것없는 일이고, 보수도 적고.

상업을 시작하십시오."

"제가요?"

"그렇습니다. 계산은 하실 수 있잖아요?"

"부기를 배웠습니다." 작은 소리로 스타프스카 부인이 말하고는 흥분해서 자리에 앉았다.

"잘됐습니다. 미망인이 된 여자가 주인으로 있는 가게 하나가 저에게 생겼습니다. 그 가게의 거의 모든 자본이 저에게 속해 있기 때문에 거래상 저를 대신할 사람이 필요합니다. 가게 주인이 여자이기 때문에 저도 여성을 더 바라고 있었습니다. 부인께서 그 가게 경리를 맡아 주셨으면 합니다…… 월급은 당분간 70루블로 하고?"

"헬렝코,* 들었니?" 미시에비초바 부인이 놀란 얼굴로 딸을 보면서 말했다.

"고소당한 저에게 선생님은 가게 계산대를 맡기시는 거예요?" 스타프스카 부인이 말하고 울음을 터뜨렸다.

모녀가 어느 정도 안정을 되찾았다. 그리고 30분쯤 지난 후에는 우리 모두 차를 마시면서 이야기만 한 것이 아니라 웃기까지 했다.

보쿨스키가 해냈다…… 세상에 이런 사람이 또 있을까! 어떻게 그를 사랑하지 않을 수 있겠는가? 나도 마음이 착한 것은 사실이지만, 나에게는 그것을 실천할 수 있는 별것 아닌…… 50만 루블이 없다. 친애하는 보쿨스키는 그것을 가지고 있다.

크리스마스가 지나자마자 나는 스타프스카 부인을 밀레로바 부인의 가게에서 일하도록 했다. 밀레로바 부인은 새로운 경리를 진심으로 환영했다. 밀레로바 부인은 나에게 보쿨스키는 고결하고, 현명하고, 또 잘생겼으며…… 가게를 파산에서, 그녀와 어린애들을 가난에서 구했으며, 그런 남자와 결혼하면 얼마나 좋을까 등

30분 동안 이야기했다.

재미있는 여자야, 나이는 서른다섯이지만……! 남편을 바르샤바 포봉스키 묘지에 묻고 오자마자 벌써(내가 맹세하건대) 재혼을 생각하고 있군. 상대는 물론 보쿨스키. 보쿨스키와 결혼하고 싶어 하는 여자들이 몇 명이나 되는지 정말 세고 싶지 않다(역시 그의 돈을 보고?).

스타프스카 부인은 모든 것에 감격했다. 한 번도 받아 본 적이 없는 그만큼 많은 월급을 주는 새로운 일자리, 그리고 비르스키가 찾아 준 새집.

실제로 집은 나쁘지 않았다. 현관방, 상하수도가 구비된 부엌, 깨끗한 세 개의 방, 그리고 무엇보다도 조그만 정원. 정원에 지금은 메마른 막대 세 개가 서 있고, 벽돌들이 수북하게 쌓여 있다. 그러나 스타프스카 부인은 몇 년 뒤엔 낙원으로 변할 것이라고 상상하고 있다. 비록 손수건으로 가릴 수 있는 작은 정원일지라도……!

1879년은 로버츠 장군이 아프가니스탄의 카불에 입성하면서 영국의 승리로 시작되었다. 틀림없이 카불 소스가 비싸지겠지! 그러나 용감한 로버츠가, 팔 하나가 없지만, 아프가니스탄 사람들을 패배시켰다. 비문명인들을 격파하는 일이 어려운 일은 아니겠지만, 나는 보고 싶소, 로버츠 씨, 만일 헝가리 보병 부대와 싸우게 되면 당신이 어떻게 할지……!

새해가 되자 보쿨스키도 자기가 세운 러시아 관련 무역 회사 일로 싸우게 되었다. 한 회의에서 그가 동업자들을 해산시켰다. 모두 기업가, 상인, 귀족, 백작 등 인텔리겐치아인데 얼마나 이상한 사람들인지! 보쿨스키가 그들에게 회사를 만들어 주었는데, 그들은 그를 회사의 적으로 간주하며 모든 공을 자기들에게 돌리고 있다. 그가 그들에게 6개월에 7퍼센트 수익을 제공하고 있지만, 그들은 불만만 터뜨리고 있으며, 사원들의 월급을 깎아야 한다고 주장했다.

그리고 한심한 사원들, 보쿨스키는 그들을 위해서 싸우고 있는데……! 그들은 보쿨스키가 착취자라며 떠들어 대고 있다(참고로 그들이 우리 회사에서 월급과 보너스를 제일 많이 받고 있다). 그들 스스로 무덤을 파고 있는 꼴이다…….

나는 참담한 심정으로 지켜보고 있다. 언제부턴가 사람들 사이에 전에 못 보던, 조금 일하고, 큰 소리로 불평하고, 비밀리에 음모를 꾸미고, 유언비어를 퍼뜨리는 이상한 습관이 확산되고 있다. 그러나 남의 일에 내가 어찌할 수도 없고…….

모든 고결한 사람들의 마음을 흔들어 놓았을 비극적인 사건에 대한 이야기를 이제 초고속으로 마무리하겠다.

크세소프스카 부인이 죄 없고 순결하고 아름다운 스타프스카 부인을 고소한 야비한 사건을 나는 잊고 있었다. 1월 말에 우리에게 두 개의 큰일이 벼락처럼 닥쳤기 때문이었다. 하나는 비에트랑카에 전염병이 창궐했다는 소식이고, 다른 하나는 법원에서 날아온 소환장이었다. 보쿨스키는 오늘, 나는 내일 오라고 되어 있다. 다리가 마비되는 것 같더니 마비 상태가 발뒤꿈치에서 무릎으로, 나중에는 위까지 퍼지면서 심장을 향하고 있는 것이 분명했다. '이것이 전염병일까, 마비일까……?' 생각해 보았다. 그러나 보쿨스키가 소환장을 아무렇지도 않게 여기는 것을 보고 나도 용기를 얻었다.

나는 그때 저녁에 희망을 안고 그 부인들 집에 갔다, 새로 이사한 집으로. 길 가운데서 갑자기 덜거덕, 덜거덕, 덜거덕, 덜거덕……! 소리가 났다. 이게 무슨 일인가, 수감자들을 호송하고 있는 것 아닌가? 이 무슨 불길한 징조인가…….

오, 얼마나 슬픈 생각이 나에게 밀려왔던가……. '만일 재판이 우리를 믿지 않는다면(착오는 언제나 있을 수 있으므로), 그래서 그 고결한 부인이 일주일, 아니 단 하루라도…… 만일 그런 일이 생긴다면……? 부인은 이겨 내지 못할 것이다. 물론 나도……. 내가 그런 일을 극복한다면, 그것은 오로지 헬루니아를 돌보기 위해서일 것이다.'

그래! 나는 살아야 해. 그런데 그 인생이 어떻게 되겠어!

나는 부인들이 있는 응접실로 들어갔다. 또다시 이게 웬일인가! 스타프스카 부인은 창백한 얼굴로 탁자 위에 앉아 있고, 미시에비초바 부인은 물수건으로 머리를 싸매고 1미터쯤 되는 녹나무 줄기 냄새를 맡고 있었다. 노인네가 한탄하는 목소리로 말했다.

"오, 훌륭하신 제츠키 선생, 수치스러운 일을 당한 불행한 우리를 부끄럽게 생각하지 않으시는 분…… 이 무슨 불행인지 생각 좀 해 보세요. 내일 헬레나의 재판이…… 생각해 보세요, 재판이 잘못돼서 저 불행한 애를 구속이라도 시키면 어떻게 되겠어요? 그러나 걱정 마라, 헬치우, 용기를 내야 한다. 신이 보살펴 주실 것이다…… 비록 지난밤 꿈은 불길했지만……."

(노인네는 꿈을 꾸고, 나는 체포된 사람들을 보고……. 파멸을 피하기 어렵겠구나.)

"그러나……." 내가 말했다. "이게 무슨 일입니까! 우리 사건은 불리하지 않습니다. 우리가 이깁니다. 그런데 더 안 좋은 사건이 있어요. 전염병이 돌고 있어요……." 내가 미시에비초바 부인의 관심을 다른 곳으로 돌리기 위해 말했다.

내 의도가 맞아떨어졌다! 노인네가 어찌 큰 소리로 말하지 않을 수 있었겠나.

"전염병? 이곳에······ 바르샤바에······? 아, 세상에, 헬렝코, 내가 말하지 않았느냐? 아······ 우리 모두 죽겠구나! 전염병이 돌면 모두 문을 잠그고 집에만 있게 되지. 음식은 긴 막대기 위에 올려서 제공되고······ 시체는 끝이 굽은 막대기로 끌어서 구덩이에 묻고······."

우······ 이 노인네의 말이 자제력을 잃는 것을 보고 전염병 이야기를 끝내기 위해 나는 이번엔 소송 사건으로 넌지시 화제를 돌렸다. 그러자 노부인은 다시 자기 가족에 닥친 수치스러운 일들과 자기 딸이 구속될 가능성에 대해, 그리고 사모바르를 땜질해야 하는 것 등에 대해 길게 이야기했다······.

짧게 말해서 재판 전날 저녁 우리에게 가장 필요한 것은 에너지인데, 그 마지막 저녁 시간이 전염병, 죽음, 수치, 범죄 사이로 지나갔다. 머리가 너무 혼란스러워서 거리로 나왔을 때는 오른쪽으로 가야 할지 왼쪽으로 가야 할지 갈피를 못 잡을 정도였다.

다음 날(재판은 10시에 시작되었다) 나는 8시에 부인들에게 갔는데 아무도 만나지 못했다. 어머니, 딸, 손녀, 요리사 모두가 고해 성사를 하기 위해 성당에 가서 9시 반까지 신과 함께 있는 바람에 불행한 나는 (그때가 1월이었다) 추위에 떨며 문 앞을 돌아다니면서 생각했다.

'잘하는 일이다! 그들은 재판에 늦을 것이다. 그러면 궐석 재판에서 형이 선고되고, 물론 스타프스카 부인이 처벌을 받고, 추가로 도피했다고 간주되어 구인장이 발부될 것이고······. 여자들은 항상 이렇다니까!'

드디어 네 명이 비르스키(이 경건한 친구가 오늘 고해 성사에 갔다?)와 함께 왔다. 우리는 마차 두 대에 나누어 타고 법원으로 갔다. 나는 스타프스카 부인과 헬루니아와 타고, 비르스키는 미시에비초바 부인과 요리사와 함께 탔다. 냄비와 사모바르와 석유 버너를 가지고 왔으면 좋았을 텐데……! 법원 앞에서 보쿨스키의 마차를 만났다. 보쿨스키는 변호사와 같이 왔다. 그들은 계단에서 우리를 기다리고 있었다. 계단에는 마치 보병 대대라도 지나간 것처럼 흙이 묻어 있었다. 그들의 얼굴은 아주 편해 보였다. 그들은 스타프스카 부인이 아니라, 틀림없이 다른 일에 대해 이야기하고 있었다.

"오, 훌륭하신 보쿨스키 선생, 불쌍한 우리를 부끄럽게 생각하지 않으시고……" 미시에비초바 부인이 말하기 시작했다.

그러자 스타흐가 노부인에게 손을 내밀고, 변호사는 스타프스카 부인에게 손을 내밀었다. 비르스키는 헬루니아의 손을 잡고, 나는 마리안느나와 동행했다. 그렇게 우리는 법정으로 들어갔다.

법정은 학교를 연상시켰다. 판사는 높은 단상 위에 앉아 있는 교수 같았다. 그의 맞은편 두 줄의 긴 의자에 피고들과 증인들이 자리를 잡았다. 그 순간 젊은 시절이 생생하게 떠올랐다. 그래서 나도 모르게 눈을 난로 아래로 향했다. 나뭇가지를 들고 있는 법원 정리와 벤치를 보았다고 나는 확신했다. 그 벤치 위에서 우리들은 맞았다. 나는 착각해서 소리 지를 뻔했다. "교수님, 다시는 하지 않겠습니다……!" 하지만 나는 제때 정신을 차렸다.

우리는 우리의 귀부인들을 자리에 앉혔다. 그 과정에서 유대인들과 말다툼이 있었다. 그들이 특히 절도와 사기 사건에서 인내심이 가장 강한 방청객들이라는 사실을 나중에 설명을 듣고 알았다. 우리는 정직한 마리안느나를 위한 자리도 찾았다. 이 부인은 자리에 앉자 성호를 긋고 기도하려는 표정을 지었다.

보쿨스키, 우리 측 변호사, 나는 첫 줄 벤치에 앉았다. 내 옆에다 해진 외투에 눈이 푹 들어간 남자가 앉아 있었는데 배석 경찰한 명이 못마땅한 얼굴로 그를 쳐다보고 있었다.

'경찰과 다툼이 있겠구나.' 그런 생각이 들었다.

놀라서 갑자기 입이 저절로 벌어졌다. 판사석 앞에 아는 얼굴들이 무더기로 있었다. 테이블 왼편에 크세소프스카 부인, 벌레 먹은 옷을 입고 있는 부인의 변호사, 비열한 인간 마루세비츠 그리고 오른편에 대학생 둘이 있었다. 그중 다 해진 교복을 입고 있는 학생은 달변이다. 다른 학생의 교복은 더 낡았는데, 그는 목에 다양한 색깔의 목도리를 두르고 있었다. 마치 시체실에서 나온 사람처럼 보였다.

나는 그를 더 유심히 보았다. 그래, 바로 저 꾀죄죄한 친구가 보쿨스키가 처음 스타프스카 부인 댁을 방문했을 때, 남작 부인의 머리에 청어를 던졌지. 재미있는 친구야! 그런데 나는 저렇게 바싹 마르고 얼굴이 누런 사람을 본 적이 없다…….

처음에는 저 싫지 않은 젊은이들과 남작 부인 사이에 청어 소송 사건이 아직 계속되고 있다고 생각했다. 그러나 바로 알아차렸다. 또 다른 일이 있다는 것을. 크세소프스카 부인은 집주인이 되자 자기가 가장 미워하는 적들인 동시에 집세를 가장 안 내는 세입자들을 집에서 몰아내고 싶은 것이다.

남작 부인과 젊은이들 사이의 소송 사건은 가장 중요한 고비에 이르렀다.

수염을 기른 좀 더 잘생긴 학생이 발뒤꿈치를 들었다 놓았다 하면서 판사에게 말하고 있었다. 그는 말하면서 오른손으로 둥근 원을 그리고, 왼손으로는 수염을 꼬고 있었다. 그가 위로 쳐들고 있는 작은 손가락에는 보석 장식이 없는 반지가 끼워져 있었다.

다른 학생은 말하고 있는 학생 뒤에 숨어서 어두운 얼굴로 침묵하고 있었다. 나는 그의 태도에서 이상한 것을 발견했다. 그는 가슴을 두 손으로 누르고 있었는데 두 손바닥을 펴고 있어서 책이나 그림을 붙들고 있는 것 같았다.

"학생들 이름이 뭐지요?" 판사가 물었다.

"말레스키입니다." 콧수염을 기른 학생이 머리를 숙여 인사하면서 대답했다. "그리고 파트키에비츠……" 그가 품위 있는 태도로 자기 동료를 가리키며 덧붙였다.

"그리고 세 번째 사람은 어디 있습니까?"

"그는 아픕니다." 말레스키가 지나치게 겸손한 태도로 대답했다. "그는 우리 집에 세 들어 사는데, 우리 집에서 산 적이 거의 없습니다."

"어떻게 그런 일이? 산 적이 거의 없다니? 그럼 그는 낮에 어디에 있나요?"

"대학에 있거나, 해부실에 있거나, 때로는 점심 식사 하는 데 있습니다."

"그럼 밤에는?"

"그 점에 대해서는 제가 판사님에게 은밀한 설명밖에 드릴 수 없습니다."

"주소지는 어디로 되어 있소?"

"오, 주소지는 언제나 우리 집으로 되어 있습니다. 왜냐하면 그는 당국과 문제가 생기는 것을 원하지 않기 때문입니다." 말레스키가 마치 군주 같은 표정으로 설명했다.

판사가 크세소프스카 부인을 향했다.

"부인께서는 이 사람들이 그대로 사는 것을 원하지 않습니까?"

"절대 원하지 않습니다." 남작 부인이 신음하듯 말했다. "저들은 밤에는 짐승 같은 소리를 질러 대고, 쿵쿵 뛰어다니고, 날카로운 소리를 내고, 휘파람을 불어 대고…… 집에 있는 하녀는 모두

저들이 꾀어내어 자기들 집으로 불러들였습니다. 아, 하느님……!"
머리를 돌리며 부인이 소리쳤다.

큰 소리에 판사가 의아해했다. 그러나 나는 놀라지 않았다. 파트키에비츠가 가슴에서 손을 떼지 않은 채 눈을 내리깔고 아래턱을 가슴 쪽으로 숙였다. 그 모습이 마치 서 있는 시체 같았다. 그의 얼굴과 자세를 보면 건강한 사람도 섬뜩할 정도였다.

"가장 소름 끼치는 일은 저 사람들이 위에서 무슨 액체를 창문을 통해 쏟아붓는 것입니다……."

"부인에게 말입니까?" 말레스키가 오만하게 물었다.

남작 부인은 분노로 얼굴이 파래졌다. 그러나 침묵했다. 그녀가 당한 수치스러운 일이 알려지는 게 싫었던 것이다.

"계속하세요." 판사가 말했다.

"무엇보다 가장 무서운 일은(그 일 때문에 저는 신경 쇠약으로 고생하고 있습니다) 저 사람들이 하루에도 몇 번씩 사람의 해골로 우리 집 창문을 두드린다는 사실입니다……."

"당신들이 그런 일을 했습니까?" 판사가 물었다.

"판사님에게 그것을 해명하는 것은 영광스러운 일입니다." 미뉴에트를 출 듯한 자세를 취하면서 말레스키가 대답했다. "아래층에 건물의 경비가 살고 있습니다. 그는 우리가 4층까지 물건을 쓸데없이 들고 오르내리지 않도록 보살피고 있습니다. 우리에겐 긴 줄이 있습니다. 그 줄에다 손에 들 것들을 맵니다. 때로는 해골을 맬 때도 있을 수 있는 일입니다. 그리고…… 우리가 그의 창문을 두드립니다." 그가 너무 달콤한 어조로 말을 마쳤기 때문에 그의 목소리처럼 섬세한 두들김 소리에 놀란다고 말하기는 어려울 정도였다.

"아, 세상에, 이럴 수가!" 몸의 중심을 잃으면서 남작 부인이 소리쳤다.

"물론 병을 앓고 있는 부인입니다……." 말레스키가 중얼거렸다.

"난 아프지 않아!" 남작 부인이 외쳤다. "판사님, 들어 보세요! 저는 저 두 번째 학생을 쳐다볼 수 없습니다…… 왜냐하면 그는 항상 죽은 사람 같은 표정을 하고 있기 때문입니다. 저는 얼마 전에 딸을 잃었습니다!" 남작 부인이 눈물로 말을 마감했다.

"맹세코 말합니다. 저 부인은 환상을 보고 있습니다." 말레스키가 말했다. "여기서 누가 시체를 닮았다는 말입니까? 파트키에비츠 말입니까……? 이렇게 잘생긴 젊은이가!" 그가 꾀죄죄한 동료를 앞으로 밀면서 말했다. 초라한 몰골의 그 젊은이는…… 그 순간 다섯 번째로 시체처럼 흉내를 냈다.

법정 안이 웃음바다가 되었다. 판사는 근엄함을 잃지 않으려고 서류에 머리를 숙이고 있었다. 한참 후에 판사가 웃음은 금지되어 있고, 질서를 교란하는 행위는 벌금형을 피할 수 없다고 냉정한 목소리로 말했다.

방청석이 소란스러운 틈을 타 파트키에비츠가 동료의 소매를 잡아당기고는 침울한 얼굴로 작은 소리로 말했다.

"너, 이 돼지 같은 말레스키, 공개적인 장소에서 나를 웃음거리로 만드나?"

"파트키에비츠, 자네는 잘생겼지. 그러니 여자들이 자네를 사랑하는 거 아니야."

"그건 아니고……." 파트키에비츠가 훨씬 누그러진 말투로 중얼거렸다.

"여러분은 1월 집세 12루블 50코페이카를 언제 지불할 겁니까?" 판사가 물었다.

파트키에비츠가 이번에는 왼쪽 눈은 시력을 잃고, 왼쪽 얼굴은 마비된 사람처럼 흉내를 냈고, 말레스키는 깊은 사색에 빠져들었다.

"만일······." 한참 후에 그가 말했다. "우리가 방학 때까지 살게 되면, 그것은······ 그렇습니다! 남작 부인께서 우리 가구들을 가져가십시오."

"아, 이제 아무것도 원하지 않아요······ 나가기만 하면 됩니다, 당신들만 나가면요! 집세에 대한 불만도 없어요." 남작 부인이 큰 소리로 말했다.

"저 부인은 왜 저렇게 쓸데없이 양보하지." 우리 변호사가 작은 소리로 말했다. "법정에 오면서 저런 형편없는 사람을 자문으로 데려오다니······."

"그러나 우리는 부인에게 손해와 손실에 대해 청구권이 있습니다!" 말레스키가 말했다. "요즘 시기에 모범적인 사람들에게 집세 내라는 사람이 어디 있습니까? 우리가 집을 구한다고 해도, 그 집은 상태가 너무 좋지 않아서 우리 둘은 폐병으로 죽게 될 것입니다······."

파트키에비츠가 동료의 말에 힘을 실어 주기 위해 귀와 머리 피부를 움직이기 시작했다. 법정 안이 다시 한 번 즐거움의 도가니로 변했다.

"저런 일은 처음 보는데!" 우리 변호사가 말했다.

"저런 소송 사건도 있나?" 보쿨스키가 말했다.

"아니, 사람이 귀를 움직인다. 저건 예술이야······!"

그사이 판사는 판결문을 써서 읽었다. 판결문에 따르면, 말레스키와 파트키에비츠는 1월 8일 이전에 집을 비우고 12루블 60코페이카를 지불하도록 되어 있었다.

여기에서 이상한 일이 벌어졌다. 파트키에비츠가 판결문을 듣고 정신적인 충격을 너무 심하게 받아 얼굴이 초록색으로 변하더니 의식을 잃었다. 다행히 넘어지면서 말레스키의 품에 안겼다. 그렇지 않았더라면 불쌍한 젊은이는 심하게 다쳤을 것이다.

당연히 법정 안은 놀라움과 동정의 목소리로 떠들썩했다. 스타프스카 부인의 요리사는 울음을 터뜨렸다. 유대인 여자들이 남작 부인을 손가락으로 가리키며 짧고 알아듣기 어려운 소리를 냈다. 난처해진 판사가 휴정을 선언한 후 보쿨스키에게 고개를 끄덕이고 (그들이 어떻게 아는 사이야?) 판사실로 갔다. 경찰둘이 이번에는 진짜 시체처럼 보이는 불쌍한 젊은이를 들고 나갔다.

그는 현관방에 있는 의자에 눕혀졌고, 누군가가 그에게 물을 부으라고 말하자, 누워 있던 병자가 갑자기 일어나더니 소리쳤다.

"안 돼! 바보 같은 소리……."

그러더니 바로 외투를 혼자서 입은 뒤 신발을 힘 있게 잡아당겨 신고 가벼운 걸음으로 법정을 떠났다. 경찰도, 피고인들도, 증인들도 모두가 놀란 눈으로 그를 바라보았다.

그 순간에 우리 벤치로 법원 직원 한 사람이 다가와 보쿨스키에게 작은 소리로 판사가 그를 아침 식사에 초대한다는 말을 전했다. 스타흐가 나가자, 미시에비초바 부인이 절망적인 표정으로 나를 불렀다.

"예수스 마리아!" 부인이 말했다. "모르세요, 무엇 때문에 판사가 세상에서 제일 고귀하신 분을 부르는지……? 틀림없이 말하려고 그러는 겁니다. 헬렝카가 졌다고……! 오, 불량한 남작 부인이 확실히 큰 연줄이 있는 거예요. 한 가지 사건에서 승소하고, 헬렝카가 관련된 사건도 그렇게 되겠지. 오, 나는 얼마나 불행한 거야! 제츠키 선생, 정신 들게 하는 무슨 약이라도 없으세요?"

"정신이 흐려지는 것 같으세요?"

"아직은 아닙니다. 여기 공기가 답답하기는 하지만…… 헬렝카 일이 너무 걱정됩니다. 만일 헬렝카가 유죄 판결을 받으면, 그 애는 졸도할 겁니다. 아니, 죽을지도 모릅니다. 빨리 그 애를 정신 차리게 하지 않으면…… 제츠키 선생, 어떻게 생각하세요, 제가 판사 다리 앞에 쓰러져서 애원하는 것이 좋지 않을까요……."

"아니, 부인, 조금도 그러실 필요가 없습니다. 우리 변호사가 방금 말했는데, 남작 부인이 고소를 철회할 수도 있습니다. 그러나 이제는 허용되지 않습니다."

"그러면 우리가 물러나지요!" 노인네가 말했디.

"오, 그건 아니지요, 부인." 내가 약간 못마땅한 투로 말했다. "혹은 이곳에서 완전히 깨끗한 상태로 나가든가, 혹은……."

"우리가 죽든가, 이 말을 하고 싶은 거 아니에요?" 노인네가 말했다. "오, 그런 말씀 마세요…… 당신은 모르실 겁니다. 우리 나이에 죽는다는 소리 듣는 것이 얼마나 끔찍한 일인지……."

나는 절망에 빠진 노인네에게서 떠나 스타프스카 부인에게 갔다.

"좀 어떻습니까?"

"좋습니다!" 부인이 힘 있는 목소리로 말했다. "어제는 몹시 걱정했어요. 그러나 고해 성사를 하고 나니 마음이 훨씬 가벼워졌어요. 여기 들어온 후에 마음이 차분해졌어요."

나는 그녀의 손을 오래오래 꼭 잡고 있었다. 진실로 사랑하는 사람이 할 수 있는 만큼 힘주어서. 보쿨스키가 먼저, 판사가 뒤에 법정으로 들어왔기 때문에 나도 내 자리로 돌아왔다.

내 심장이 요란하게 뛰었다. 나는 주위를 둘러보았다. 미시에비초바 부인은 눈을 감고 기도하는 것 같았다. 스타프스카 부인의 얼굴은 몹시 창백했다. 그러나 단호한 기운이 느껴졌다. 남작 부인은 자기 외투를 잡아당기고 있었다. 우리 변호사는 천장을 쳐다보며 하품을 참고 있었다.

그 순간 보쿨스키가 스타프스카 부인을 쳐다보았다. '악마여, 차라리 나를 데려가지.' 그의 눈에서 거의 볼 수 없는 감동적인 표정을 내가 안 보았더라면 좋았을 것을……!

몇 개의 소송 사건이 처리되는 동안 나는 그가 목숨을 바칠 만큼 스타프스카 부인을 사랑하고 있다고 확신하게 되었다.

판사가 몇 분 동안 무엇인가를 쓰고 나서 지금부터 크세소프스카가 스타프스카를 고소한 인형 절도 사건을 심리한다고 선언했다.

동시에 그는 양측 사람들과 증인들을 중앙으로 불렀다.

나는 벤치 옆에 섰다. 그래서 남 말 하기 좋아하는 두 아낙네가 하는 이야기를 그대로 들을 수 있었다. 그들 중 약간 더 젊고 얼굴이 붉은 여자가 자기보다 더 늙은 아낙에게 설명하고 있었다.

"보이지요, 저 예쁘장한 부인이 저 여자 인형을 훔쳤대요."

"저 여자에게 그런 욕심이 있다니……!"

"하, 할 수 없지요. 누구나 압착 롤러를 훔칠 수 있는 것은 아니거든요……."

"당신이 압착 롤러를 훔쳤잖소." 그들 뒤에서 굵은 남자 목소리가 말했다. "자기 물건 가져가는 건 도둑이 아니지요. 그러나 15루블을 계약금으로 내고 자기가 이미 샀다고 생각하는 것은 도둑이지요……."

판사는 여전히 쓰고 있었다. 나는 어제 스타프스카 부인을 옹호하고 크세소프스카 부인을 비난하기 위해 했던 말에 대해 생각했다. 그러나 머릿속에서 여러 가지 표현들과 문장들이 서로 얽혔다. 그래서 재판정 안을 둘러보기 시작했다.

미시에비초바 부인은 여전히 벤치에서 기도하고 있었고, 부인 뒤에 앉은 마리안느나는 울고 있었다. 크세소프스카 부인은 잿빛 얼굴에, 입을 꼭 다물고, 눈은 아래로 향하고 있었다. 그러나 부인의 옷 주름마다 심술로 가득 채워져 있었다. 그녀 옆에는 마루세비츠가 고개를 숙이고 있었다. 그의 뒤에 남작 부인의 하녀가 앉아 있었는데 마치 교수대로 불려 나가는 사람처럼 겁에 질려 있었다.

우리 변호사는 하품을 참고 있었다.

보쿨스키는 가슴을 누르고 있었다. 스타프스카 부인은 부드러운 눈길로 모든 사람을 차례대로 둘러보고 있었다. 내가 조각가라면 죄 없이 고소당한 여인의 모델로 부인을 조각할 수 있었을 것이다.

그때 마리안느나가 말렸음에도 불구하고 헬루니아가 앞으로 뛰어나와 엄마의 손을 잡고 작은 소리로 말했다.

"엄마, 왜 저분이 엄마더러 여기에 오라고 한 거야? 내가 엄마 귀에 대고 말할게. 엄마가 틀림없이 말을 듣지 않아서 구석에 서 있게 되는 거야……."

"어린애가 똑똑하지요!" 얼굴이 붉은 아낙이 늙은 아낙에게 말했다.

"당신도 저렇게 양심적이면 얼마나 좋을까!" 그녀 뒤에서 굵은 남자 목소리가 중얼거렸다.

"나에게 부당한 짓을 했으니 당신은 정직해지겠지." 화난 아낙이 대꾸했다.

"당신은 경련으로 죽을 거요. 그러면 사람들이 지옥에서 당신을 내 압착 롤러로 압착할 거요." 그녀의 반대자가 대꾸했다.

"조용히 하세요!" 판사가 소리쳤다. "크세소프스카 부인은 고소 사건에 대해 말하시오."

"판사님, 제 말을 들어 보세요!" 남작 부인이 다리를 앞으로 내밀고 이야기하기 시작했다. "어린애가 죽은 뒤 가장 소중한 유물로 인형이 남아 있었습니다. 그 인형이 저 부인 마음에 아주 들었습니다." 남작 부인이 스타프스카 부인을 가리켰다. "그리고 저 부인의 딸도 그 인형을 아주 좋아했습니다……."

"피고인이 부인 댁에 자주 왔었습니까?"

"그렇습니다. 그녀를 바느질하도록 고용했습니다……."

"그러나 부인에게 한 푼도 지불하지 않았습니다." 홀 끝에서 비르스키가 큰 소리로 말했다.

"조용히 하세요!" 판사가 날카롭게 경고했다. "그래서?"

"저 부인을 마지막으로 내보낸 날." 남작 부인이 말했다. "인형이 사라졌습니다. 저는 슬퍼서 죽을 것 같은 생각이 들었습니다. 그리고 곧 저 부인을 의심하게 되었는데…… 예감이 맞았습니다. 며칠 후에 저의 친구 마루세비츠 씨가 창문으로 저 부인 집에(그의 집 맞은편에 살고 있습니다) 인형이 있고, 저 부인이 알아보지 못하도록 인형에게 새 옷을 갈아입히고 있는 것을 보았습니다.

그때 저는 저의 법률 고문과 함께 친구 집으로 갔습니다. 그리고 제 인형이 실제로 저 부인 집에 있는 것을 망원경으로 보았습니다. 다음 날 저는 저 부인에게 가서 인형을 가져왔습니다. 바로 여기 테이블에 있는 것입니다. 그리고 고소했습니다."

"마루세비츠 씨, 이 인형이 크세소프스카 부인 집에 있는 인형과 동일한 인형이라고 확신합니까?" 판사가 물었다.

"그것은…… 솔직히 말하면…… 확신은 없습니다."

"그렇다면 마루세비츠 씨는 왜 그것을 크세소프스카 부인에게 말했습니까?"

"원래…… 그런 의미가 아니었고……."

"당신, 거짓말하지 마세요!" 남작 부인이 소리쳤다. "당신이 나에게 달려와, 웃으면서 말했지요, 스타프스카가 인형을 훔쳤고, 그 인형과 비슷하다고……."

마루세비츠의 얼굴색이 변하기 시작하더니, 땀을 흘리고, 발을 서로 꼬았다. 크게 후회하고 있는 증거일지도 모른다.

"비열한 인간!" 보쿨스키가 큰 소리로 중얼거렸다.

그러나 그런 비난이 마루세비츠에게 용기를 불러일으키지 못했다는 것을 나는 보았다. 오히려 그는 더 당황한 모습을 보였다.

판사가 크세소프스카 부인의 하녀를 향했다.

"집에 인형이 있었나요?"

"어떤 인형인지 모르겠습니다……." 하녀가 작은 소리로 대답했다.

판사가 하녀에게 인형을 보여 주었다. 그러나 하녀는 눈을 깜박이며 아무 말도 하지 않고 두 손을 쥐어들었다.

"아, 미미!" 헬루니아가 큰 소리로 말했다.

"오, 판사님!" 남작 부인이 소리쳤다. "딸이 엄마와 반대로 증언하고 있습니다……."

"이 인형을 아니?" 판사가 헬루니아에게 물었다.

"예, 알아요! 저 부인 집의 작은 방에 있는 인형과 아주 똑같아요."

"같은 거니?"

"오, 아니에요…… 그 집에 있는 것은 회색 옷이고, 단추가 검은색인데, 이건 단추가 갈색이에요!"

"그러면……." 판사가 인형을 테이블에 다시 놓으면서 중얼거렸다. "스타프스카 부인, 할 말 있습니까?" 판사가 물었다.

"이 인형을 보쿨스키 선생님 가게에서 샀습니다……."

"얼마 지불했어요?" 남작 부인이 화난 목소리로 물었다.

"3루블."

"하! 하! 하!" 남작 부인이 웃기 시작했다. "저 인형은 15루블짜리입니다……"

"누가 저 인형을 부인에게 팔았습니까?" 판사가 스타프스카에게 물었다.

"제츠키 씨입니다." 얼굴이 붉어지면서 부인이 대답했다.

"제츠키 씨, 할 말이 있습니까?" 판사가 물었다.

내 차례가 왔다. 나는 이렇게 말을 시작했다.

"존경하는 판사님! 고통스러운 놀라움으로 저는…… 그것은 바로…… 저는 제 눈앞에서 의기양양해하고 있는 사악함을 보고 있습니다. 그리고…… 억울한 일을 당하고 있는……"

갑자기 내 입이 말라서 나는 한마디도 할 수가 없었다. 다행히 보쿨스키가 말했다.

"제츠키는 단지 구매 현장에 있었고, 인형은 제가 팔았습니다."

"3루블에?" 심술궂게 눈을 반짝이면서 남작 부인이 물었다.

"그렇습니다. 3루블에. 그건 우리가 처분하는 투매 상품입니다."

"나에게도 당신은 그런 인형을 3루블에 팔겠습니까?" 남작 부인이 계속해서 질문했다.

"아니요! 나의 가게에선 부인에게 아무것도 팔지 않았습니다."

"이 인형이 당신 가게에서 구입했다는 증거를 가지고 있습니까?" 판사가 물었다.

"바로 그겁니다!" 남작 부인이 기회를 잡았다는 듯 소리쳤다. "어떤 증거가 있습니까?"

"조용히 하세요!" 판사가 남작 부인에게 경고했다.

"부인은 부인의 인형을 어디서 샀습니까?" 보쿨스키가 남작 부인에게 물었다.

"레세르 가게에서 샀습니다."

"그렇다면 우리는 증거를 가지고 있습니다." 보쿨스키가 말했다. "그런 인형을 우리는 외국에서 부품으로 수입했습니다. 머리와 몸통을 따로따로. 판사님 머리 부분 꿰맨 곳을 뜯어보십시오. 그러면 안에 우리 회사 이름이 있을 것입니다."

그 말에 남작 부인이 불안을 감추지 못했다.

판사는 수많은 고통과 걱정의 원인이 된 인형을 손에 들고 법원용 칼로 인형의 조끼를 자른 다음 조심스럽게 머리를 몸통으로부터 분리시켰다. 처음부터 놀란 헬렝카가 수술 과정을 바라보다가 엄마를 바라보며 작은 소리로 말했다.

"엄마, 왜 저분이 미미 옷을 벗겨요? 미미가 부끄러워할 텐데."

갑자기 무슨 일이 진행되는지 알게 되자 어린애가 울음을 터뜨리더니 스타프스카 부인의 치마에 얼굴을 가리고 말했다.

"아, 엄마, 왜 인형을 잘라요? 너무 아플 텐데! 오, 엄마, 엄마, 미미를 자르지 않았으면 좋겠어요……."

"헬루니우, 울지 마. 미미는 건강해지고 더 예뻐질 거야." 보쿨스키가 어린애를 달랬다. 그도 어린애만큼 마음이 아팠다.

그사이 미미의 머리 부분이 종이 위에 놓였다. 판사가 내부를 보고 나서 남작 부인에게 라벨을 주며 말했다.

"자, 부인, 거기 쓰여 있는 것을 읽으세요."

남작 부인은 입을 꼭 다물고 아무 말도 하지 않았다.

"마루세비츠 씨, 거기 쓰여 있는 것을 큰 소리로 읽으시오."

"얀 민첼과 스타니스와프 보쿨스키……." 마루세비츠가 고통스러운 소리를 냈다.

"그러면 레세르는 없나요?"

"없습니다."

이 일이 진행되는 동안 남작 부인의 하녀는 이중적인 행동을 보였다. 얼굴이 붉어졌다가 창백해지고, 벤치 사이에 몸을 숨기기도 했다.

판사가 그녀를 주목하고 갑자기 말했다.

"이제 아가씨가 말하세요. 인형에게 무슨 일이 있었는지? 진실만을 말해야 합니다. 아가씨는 선서했으니까……."

대답을 피할 수 없게 된 아가씨는 극도의 공포감에 휩싸인 채 머리를 두 손으로 감싸고 테이블에 머리를 대고 빠르게 대답했다.

"인형은 해체되었어요, 판사님……."

"크세소프스카 부인의 인형 말입니까?"

"네……."

"머리가 해체되었으면 몸통은 어디에 있지요?"

"다락방에, 판사님…… 오, 저는 어떤 처벌을 받게 되나요?"

"아가씨는 어떤 처벌도 안 받아요. 그러나 진실을 말하지 않으면 좋지 않게 되지요. 고소인, 들었지요, 무슨 일인지……!"

남작 부인이 눈을 아래로 향하고 마치 순교자처럼 두 손을 가슴에 대고 십자형으로 교차했다.

판사가 판결문을 쓰기 시작했다. 두 번째 벤치에 앉아 있는(물론 압착 롤러 주인) 남자가 얼굴이 붉은 아낙에게 말했다.

"그래, 무얼 훔쳤다고……? 보았잖아요, 당신 입이 무슨 소리를 했는지? 흥……."

"여자가 예쁘니까 죄도 피해 가네요." 붉은 얼굴의 아낙이 옆에 있는 여자에게 말했다.

"그러나 당신은 피해 가지 못할 거요." 압착 롤러 주인이 말했다.

"바보 같은 소리!"

"당신이 더 바보요."

"조용히 하세요!" 판사가 소리쳤다.

모두 자리에서 일어나라고 했다. 우리는 스타프스카 부인이 결백하다는 판결을 경청했다.

"이제……." 판결문을 다 읽은 판사가 말했다. "부인께서 무고죄로 고소할 수 있습니다."

판사가 아래로 내려와 스타프스카 부인의 손을 잡고 말했다.

"부인을 재판하는 일이 몹시 난처했습니다. 부인을 축하하게 되어 기쁩니다."

크세소프스카 부인에게 경련이 일어났다. 얼굴이 붉은 여인이 옆에 앉아 있는 부인에게 말했다.

"얼굴 예쁜 여자에게는 판사도 사족을 못 쓰는구먼. 그러나 마지막 심판의 날에는 그러지 않겠지!" 그녀가 한숨 쉬었다.

"저런, 세상에! 어떻게 저런 못된 소리를 할까……." 압축 롤러 주인이 중얼거렸다.

우리는 밖으로 나가기 시작했다. 보쿨스키가 스타프스카 부인에게 손을 내밀었다. 그가 부인과 함께 앞으로 나갔다. 나는 조심스럽게 미시에비초바 부인을 안내해서 더러운 계단을 내려왔다.

"분명 이렇게 될 거라고 내가 말했지요." 노인네가 나에게 확인했다. "그러나 선생은 믿지 않았지요."

"제가 믿지 않았다고요……?"

"그래요, 당신은 불안하게 생각했지요…… 예수스 마리아…… 저건 뭐지요?"

부인의 마지막 말이 지칭하는 것은 꾀죄죄한 그 대학생이었다. 그가 동료와 함께 문 앞에서 크세소프스카 부인이 나오리라 생각하고 부인을 기다리고 있는 것이 틀림없었다. 그가…… 미시에비초바 부인 앞에서 시체처럼 연기하고 있었다! 하지만 이내 실수했다는 것을 알고, 부끄러운지 몇 발짝 앞으로 뛰어갔다.

"파트키에비츠! 거기 서…… 이제 갔어……." 말레스키가 그를 불렀다.

"악마가 너를 데려가면 좋겠다!" 파트키에비츠가 화를 냈다. "너는 나를 언제나 웃음거리로 만들어."

문 앞이 다시 소란스러워지는 것을 보고 그는 다시 시체 연기를 했다. 그런데…… 이번에는 비르스키에게……!

결국 두 사람은 폭발하고, 서로 잔뜩 화난 상태에서 각자 다른 길로 집으로 돌아갔다.

우리가 탄 마차가 그들을 추월했을 때, 두 대학생은 이미 함께 가고 있었고, 우리에게 아주 깍듯이 예의를 갖추어 인사했다.

# 제9장 늙은 점원의 회고(3)

내가 왜 이처럼 길게 스타프스카 부인의 소송 건에 대해 쓰게 되었는지 나는 알고 있다. 그것은 바로 이런 이유 때문이다.

세상에는 회의주의자가 많다. 나 자신도 때론 회의주의자가 된다. 그리고 신의 섭리에 대해서도 의심한다. 자주 정치가 잘못되어 갈 때, 인간의 빈곤을 보게 될 때, 그리고 못되고 천박한 사람들이 승리할 때(이런 표현을 써도 된다면), 나는 가끔 생각한다.

'이그나치 제츠키, 이 늙은 바보! 너는 상상하고 있나, 나폴레옹의 후손이 권좌에 오르고, 보쿨스키가 능력이 있기 때문에 특별한 일을 하게 되고, 또한 그가 정직하기 때문에 행복하게 되리라고……? 이 나귀 머리처럼 미련한 친구야, 생각하고 있나, 못된 사람들이 당분간은 잘되고, 정직한 사람들이 잘못되어도, 결국에는 못된 사람들은 수치스럽게 되고, 정직한 사람들은 명예롭게 될 것이라고……? 그렇게 상상하는 거야? 그렇다면 너는 바보 같은 상상을 하고 있는 거야! 세상에 질서는 없어, 정의도 없고. 있는 것은 투쟁이야. 그 싸움에서 좋은 사람들이 이기면 좋은 거고, 나쁜 사람들이 이기면 나쁜 거지. 좋은 사람들만 보호하는 어떤 강력한 힘이 존재한다고 상상하지는 마라……. 인간들은 나뭇잎 같은 거야, 바람이 불어서 잔디 위에 떨어지면 잔디 위에 누워 있는 거고, 바람이 진흙탕 위에 떨어뜨리면 진흙탕에 처박히는 거지…….'

회의에 빠질 때 나는 자주 그렇게 생각했다. 그러나 스타프스카 부인의 소송 사건이 나를 정반대의 결과로, 즉 좋은 사람들에게는 머잖아 정의가 실현된다는 믿음을 회복시켰다.

생각해 보라……. 스타프스카 부인은 고결한 여성이다. 그러므로 행복해야 하는 것이 당연한 일이다. 스타흐는 모든 면에서 다른 사람보다 탁월하니 그는 당연히 행복해야 한다. 그런데 스타흐는 끊임없이 괴로워하고 슬퍼했다(그를 보고 있노라면 눈물이 나왔다!). 그리고 스타프스카 부인은 절도 혐의로 고소되기까지 했다…….

좋은 사람들에게 보상해 주는 정의는 어디에 있는가?

믿음이 부족한 너는 곧 그것을 보게 될 것이다! 세상에는 질서가 있다는 것을 너에게 보다 잘 확신시키기 위해 다음과 같은 예언을 여기에 쓰노라.

첫째, 스타프스카 부인은 보쿨스키와 결혼하여 그와 더불어 행복하게 될 것이다.

둘째, 보쿨스키는 웽츠카 양을 단념하고, 스타프스카 부인과 결혼하여 그녀와 더불어 행복하게 살 것이다.

셋째, 젊은 룰루가 금년에 나폴레옹 4세로 프랑스 황제가 되어 독일을 참패시키고, 세계에 정의를 실현한다, 선친께서 예언하신 대로.

보쿨스키가 스타프스카 부인과 결혼하고, 무언가 특별한 일을 하게 되리라는 것에 대해서 나는 요즈음 조금도 의심하지 않는다. 그런데 사실 그는 아직 그 부인과 약혼도 하지 않았고, 청혼한 적도 없고, 그 밖에도……. 그는 아직 그것을 의식하지도 않고 있다. 그러나 나는 보고 있다…… 분명히 보고 있다, 사태가 어떻게 진행되리라는 것을. 목숨을 걸 수도 있다, 그렇게 되리라는 것에 대해서. 나에게는 뛰어난 후각이 있다!

무슨 일이 일어나는지 두고 보라.

재판 다음 날 저녁에 보쿨스키는 스타프스카 부인 집에 가서 밤 11시까지 있었다. 셋째 날에는 밀레로바 가게에 가서 장부를 살펴보고, 밀레로바의 자존심을 살짝 건드릴 정도로 스타프스카 부인을 크게 칭찬했다. 넷째 날에는…….

그는 밀레로바 가게에도 가지 않았고, 스타프스카 부인 집에도 없었다. 그런데 나에게 이상한 일이 있었다.

오전에(웬일로 가게에 손님이 없었다) 무슨 일인지는 모르지만 나에게 온 사람이 누구겠는가……? 러시아 직물 파트에서 일하는 젊은 유대인 슐랑바움이었다.

나는 슐랑바움이 손을 비벼 수염을 위로 쓸어 올리고, 머리를 위로 꼿꼿이 하고 있는 것을 보았다. 나는 생각했다. '저 친구, 미친 것 아니야……?' 그러나 그가…… 머리는 여전히 꼿꼿하게 유지한 채 나에게 인사하더니, 글자 그대로 이렇게 말했다.

"기대합니다, 제츠키 씨, 무슨 일이 있더라도 우리는 좋은 친구가 되리라고……."

나는 생각했다. '빌어먹을, 스타흐가 저 친구를 해고하지 않았나?' 그래서 나도 대답했다.

"당신은, 슐랑바움 씨, 나의 호의를 확실히 기대해도 좋습니다, 무슨 일이 있더라도, 당신이 도리에 어긋나는 일을 하지 않았으니, 슐랑바움 씨……."

나는 마지막 문장을 힘주어 말했다. 왜냐하면 슐랑바움이 우리

가게를 살 마음이 있는 것처럼(물론 신빙성이 없어 보였지만), 혹은 가게 돈 상자를 훔치려고 하는 것처럼 보였기 때문에……. 그가 정직한 유대인이지만, 그것이 불가능한 일이라고 볼 수는 없을 것이다.

그것을 눈치챈 것 같다. 그가 의미 없이 웃고, 자기 파트로 간 것으로 미루어. 15분쯤 후에 나도 모르게 그가 있는 곳으로 가 보았다. 그는 평소와 다름없이 일하고 있었다. 물론 평소보다 더 열심히 일한다고 말할 수 있을 정도였다. 사다리에 올라가서 렙 직물과 벨벳 두루마리를 꺼내 장에 넣었다. 한마디로 그는 쇠파리처럼 분주했다.

'그가 우리에게서 훔치지는 않을 거야……'라는 생각이 들었다.

또한 나는 보고 느꼈다. 지엠바 씨가 슐랑바움에겐 지나칠 정도로 굽실거리면서, 나에 대해서는 심한 정도는 아니지만 마치 아랫사람 대하듯 그런 태도를 보였다.

'하!' 그런 생각이 들었다. '그는 슐랑바움에게 전에 잘못한 것을 보상해 주고 싶은 거고, 나이가 가장 많은 나에 대해서는 개인적인 품위를 지키고 싶은 거겠지. 아주 정직하게 처신하는 거야. 항상 윗사람에 대해서는 약간 콧대를 세우고, 아랫사람에 대해서는 친절하고 겸손해야 한다……'

저녁에 나는 맥주를 마시기 위해 식당에 갔다. 그곳에서 슈프로트 씨와 벵그로비츠 자문을 만났다. 슈프로트와는 내가 이미 이야기했던 그 일 이후 냉랭한 사이였다. 그러나 자문에게는 공손히 인사했다. 그가 나에게 말했다.

"그래, 벌써 무슨 일이 있나……?"

"실례지만……." 내가 말했다. "무슨 말인지 모르겠는데요. (나는 그가 스타프스카 사건을 암시하는 줄 생각했다.) 자문님, 무슨 말인지 모르겠습니다."

"뭘 모른다는 거야." 그가 말했다. "가게가 팔린다는 걸 모른다는 거야……?"

"자문님, 성호를 긋고 말씀하세요. 어떤 가게 말씀인가요?"

마음씨 좋은 자문은 이미 여섯 번째 맥주잔을 비운 상태였다. 그가 웃으면서 말했다.

"피! 나는 성호를 긋겠네. 그러나 당신에게는 그들이 성호 긋는 것을 허용하지 않을걸. 어떻게 기독교인들의 빵을 먹다가 유대인들의 할라(hallah) 빵을 먹을 수 있나. 사람들이 하는 소리를 들으니 유대인들이 당신들 가게를 샀다고 하던데……."

내 심장이 멈추는 것 같았다.

"자문님은 신중하신 분이지만, 그래도 그 말이 어디서 나왔는지 말씀해 주실 수 있으시죠?"

"온 도시가 다 알고 있네." 자문이 말했다. "여기 있는 슈프로트 씨가 설명할 걸세."

"슈프로트 씨." 내가 인사하면서 말했다. "나는 당신에게 모욕적인 말을 하고 싶지 않소. 더욱이 내가 당신에게 결투를 신청했는데, 당신은 무뢰한처럼 거절했소…… 무뢰한처럼 말요. 슈프로트 씨…… 당신에게 분명히 말하는데, 당신이 남의 말 듣고 따라 했든가, 아니면 당신이 유언비어를 만들었든가……."

"그게 무슨 말이오!" 슈프로트가 예전처럼 주먹으로 테이블을 치면서 소리쳤다. "당신뿐만 아니라 누구하고든 결투하고 싶지 않아서 거절한 거요. 다시 반복하지만, 당신들 가게를 유대인들이 살 겁니다……."

"어떤 유대인이?"

"그걸 누가 알아요. 슐랑바움, 훈트바움, 내가 그들을 어떻게 알아요!"

나는 화가 치밀어 올라 맥주를 가져오라고 했다. 벵그로비츠 자문이 말했다.

"언젠가는 그 유대인들과 좋지 않은 일이 터지고 말 거야. 그들이 우리 목을 조르고, 모든 자리에서 우리를 쫓아내고, 우리 것을 모두 사들이니 우리가 그들을 상대하기가 쉽지 않소. 우리가 속임수로 그들을 이길 수는 없소. 그건 쓸데없는 일이오. 맨머리, 맨주먹으로 싸워서 누가 살아남는지 두고 봅시다……."

"자문님 말씀이 맞습니다!" 슈프로트가 말했다. "유대인들이 모든 것을 싹쓸이하고 있습니다. 그래서 결국 힘으로 뺏어야 합니다. 그래야 균형이 유지될 것 아닙니까. 여러분, 두고 보세요, 그 코르덴 직물이 어떻게 되는지……."

"그러면……." 내가 말했다. "만일 유대인들이 우리 가게를 사게 된다면, 나는 여러분과 같은 편이 될 겁니다. 아직은 내 주먹이 쓸 만합니다……. 그러나 그동안, 제발 보쿨스키에 대한 좋지 않은 소문을 퍼뜨리지 마세요. 유대인들과 대항하는 사람들을 건드리지 말아야 합니다. 그렇지 않으면 패배감만 팽배해집니다."

나는 두통을 느끼며 세상을 원망하면서 집으로 돌아왔다. 밤에 몇 번이나 잠에서 깼다. 그때마다 잠이 들면, 꿈에서 유대인들이 실제로 우리 가게를 샀고, 나는 굶어 죽지 않기 위해 손풍금을 들고 건물들의 뒷마당을 돌아다니는데, 손풍금엔 이렇게 쓴 종이가 붙어 있었다. '가난하고 늙은 헝가리 장교에게 동정을 베풀어주십시오!'

아침이 되어서야 나는 단순하고 합리적인 생각을 하게 되었다. 스타흐와 단호하게 이야기를 하고, 정말로 그가 가게를 팔려고 하면 새로운 내 일자리를 얻어야지.

그렇게 오랫동안 일했는데 내가 이룬 것이 무엇인가! 만일 사람이 개라면, 적어도 그의 머리에 총을 쏘겠지……. 그러나 사람이니까, 이 집 저 집 낯선 집을 찾아다녀야 한다. 인생을 시궁창에서 끝내게 될지도 모르면서.

오전에 보쿨스키는 가게에 오지 않았다. 그래서 2시경에 내가 그에게 갔다. 혹시 아픈 것 아닐까……?

나는 그가 살고 있는 집 대문으로 갔다. 그곳에서 슈만 박사를 만났다. 내가 스타흐에게 간다고 말하자, 그가 말했다.

"그에게 가지 마시오. 그는 지금 화나 있소. 가만히 두는 게 좋을 거요. 우리 집으로 차 마시러 갑시다……. 아, 참, 내가 당신 머리카락을 가지고 있던가?"

"제가 보기에는……." 내가 대답했다. "머지않아 제 머리카락을 피부와 같이 드리게 될 겁니다."

"세상을 하직하려는 거요?"

"그래야 합니다. 세계는 나보다 더 바보 같은 사람을 보지 못했습니다."

"걱정 마세요." 슈만이 대답했다. "더 바보 같은 사람들이 있습니다. 그런데 무슨 일이지요?"

"별로 중요한 건 아닙니다. 나에 관한 것입니다. 스타흐가 가게를 유대인에게 판다는 소리를 들었습니다……. 그렇게 되면 나는 유대인들 밑에서 일하지 않을 겁니다."

"그건 무슨 말이오? 당신 반유대주의에 빠져 있는 거요?"

"아니요. 반유대주의자가 아닌 것과 유대인들 밑에서 일하는 것은 별개의 문제죠."

"그럼 누가 그들을 위해 일하지요……? 나도 유대인이지만, 그런 옴 같은 사람들의 하인이 되지는 않을 거요. 그런데 어떻게 그런 생각을 하게 되었소? 가게가 팔린다 해도, 당신은 러시아 상대 무역 회사에 있는 좋은 자리로 옮겨 갈 텐데……."

"그 회사도 불안해요."

"아주 불안하지." 슈만이 수긍했다. "그 회사에 유대인이 너무 적어. 거기다 대귀족이 너무 많아. 하지만 그건 당신과 상관없는 일이고……. 그리고 이건 우리 둘만 아는 비밀입니다…… 당신과는 아무 상관 없는 일입니다, 가게나 회사에 무슨 일이 일어나더라도. 왜냐하면 보쿨스키가 당신 몫으로 2만 루블을 공증받아 놓았으니까……."

"나에게…… 공증을 받았다고? 그게 무슨 말이죠……?" 내가 놀라서 큰 소리로 물었다.

우리는 슈만의 집으로 들어왔다. 슈만이 하인에게 사모바르를 올려놓으라고 지시했다.

"그 공증이 무슨 뜻이죠?" 약간 불안을 느끼면서 내가 물었다.

"공증이…… 공증이지!" 그가 뒷머리를 쓰다듬으며 방 안을 왔다 갔다 하면서 중얼거리듯 말했다. "무슨 뜻이냐? 모르겠는데, 보쿨스키가 그걸 했다는 것으로 충분한 것 아니야. 내가 보기엔 그가 이성적인 상인으로서 만일의 사태에 준비해 두고 싶었던 것 같아!"

"또 결투하려고……?"

"에헤! 그건 또 뭐야……. 보쿨스키는 너무 이성적이야, 두 번 결투한다는 것은 정말 바보 같은 짓이지. 다만, 이보게 제츠키 씨, 그런 여자와 할 일이 남아 있는 사람은 각오를 해야 할 텐데……."

"어떤 부인이오……? 스타프스카 부인 말이오?" 내가 물었다.

"스타프스카 부인이 누군데! 여기서 문제 되는 것은 더 큰 물고기, 그 미친 친구가 밟은 웽츠카 양이야, 구제 불능이지. 그는 이제 알기 시작했어, 그녀가 가치 없는 여자라는 것을. 그는 괴로워하고 혀를 깨물지만, 그 여자에게서 떨어질 수가 없어요. 늙어서 사랑에 빠지는 것이 가장 안 좋은 일인데, 하필 보쿨스키가 그런 악마에게 걸렸으니."

"또 무슨 일이 있었나요? 어제 시청에서 열린 무도회에 그가 갔었는데?"

"그녀가 그곳에 있었으니까요. 나도 거기 있었죠. 그 두 사람 때문에. 재미있는 이야기야!" 의사가 중얼거렸다.

"좀 더 분명히 이야기할 수 없어요?" 내가 조급하게 물었다.

"왜 못하겠어요. 그곳에서 모두 다 보았지요." 의사가 말했다. "보쿨스키가 그녀에게 푹 빠져 있다는 것을. 그리고 그녀가 그를 아주 영리하게 조종하고 있다는 것도. 그리고 그녀의 숭배자들은······ 기다리고 있고."

"스캔들이지." 머리를 가볍게 두드리며 방 안을 서성거리면서 슈만이 말을 이어 갔다. "이자벨라 양이 돈도 한 푼 없고 경쟁자도 없으면, 개도 그 여자를 쳐다보지 않지. 하지만 보쿨스키가 있으니, 돈 많고, 평판 좋고, 그를 과대평가하는 지인들도 많고, 그러니 웽츠카 양 주위에 다소간 멍청하고 보잘것없고 잘생긴 총각들이 떼로 몰려 있어서 그들 사이를 뚫고 가는 것이 쉽지 않지. 각자가 한숨을 쉬고, 그녀에게 잘 보이려 애쓰고, 다정한 목소리로 속삭이고, 춤추면서 그녀의 손을 지그시 누르고······."

"그녀의 반응은 어땠어요?"

"보잘것없는 여자야!" 손을 흔들며 의사가 말했다. "그녀는 천박한 사람을 경멸하는 것이 아니라, 그들과 함께 있는 것에 황홀하게 취해 있었지. 오히려 그들이 그녀 곁을 몇 차례나 떠나곤 했지. 모든 사람이 그걸 보았지. 참으로 딱한 것은 보쿨스키도 그것을 보았다는 사실이야……."

"그런데 왜, 빌어먹을, 그는 그녀를 버리지 못하는 거예요……? 그건 누구나 할 수 있는 일인데. 그러나 그는 자기 자신을 비판적으로 보는 것을 허용하지 않는 거겠지요."

사모바르에 차가 준비되었다. 슈만이 하인을 내보내고 스스로 차를 따랐다.

"그런데 보세요." 그가 말했다. "그는 분명 그녀를 버렸을 것입니다, 그가 사실을 이성적으로 평가할 수 있었다면. 어젯밤 무도회장에서 그런 순간이 있었지요. 우리 스타흐에게 용기가 깨어나 웽츠카 양에게 가서 그녀와 몇 마디 말을 나누고, 나는 확신했지, 그가 이렇게 말하리라고. '아가씨, 잘 주무세요. 나는 이미 당신의 카드를 알았으니, 그 카드로 게임하는 것은 내가 허용하지 않습니다!' 그가 그녀에게 다가갈 때는 그런 표정이었지요. 하지만 어떻게 된 줄 알아요……? 아가씨가 바라보고, 속삭여 주고, 그의 손을 꼭 잡아 주었으니 우리 스타흐는 밤새 너무 행복해서…… 오늘 머리에 총을 쏘고 싶었을 겁니다, 만일 그가 그녀의 두 번째 눈길과 속삭임, 그리고 지그시 잡아 주는 손길을 기다리지 않았다면……. 그러나 그 멍청한 친구는 보지 못한 겁니다, 그녀가 그와 같은 달콤한 것들을, 오히려 더 많이 더 진하게, 열 명에게 나누어 주고 있다는 것을."

"도대체 어떤 여자예요?"

"그런 여자는 수백 명, 수천 명이지! 예쁘고, 응석받이로 자랐고, 머리가 빈 여자. 보쿨스키에게 돈과 나름대로 의미가 있는 이상 그 여자의 남편감으론 가치가 있지, 물론 더 좋은 상대가 없을 때에 한해서. 그러나 그 여자는 애인으로는 자기에게 더 잘 어울리는 남자들을 찾을 거야. 그러는 사이에 그는……." 슈만이 말을 이어 갔다. "호퍼의 지하실에서, 시베리아 스텝 지역에서 알도나, 그라지나, 마릴라 등 낭만주의 시인들의 작품에 등장하는 여주인 공들*이나 키메라와 같은 것만 꿈꾸다가 웽츠카 양에게서 여신의 모습을 본 것이지. 그는 그녀를 사랑하는 것만이 아니라, 그녀를 숭배하고 있는 거야. 그녀 앞에서 얼굴을 바닥에 대고 기도하는 거라네……. 환멸이 그를 기다리고 있으니 딱한 일이지! 그가 비록 뼛속까지 낭만주의자라 할지라도 미츠키에비츠를 따라가지는 못할 거야. 미츠키에비츠는 그를 배신한 여자를 용서했을 뿐만 아니라, 배신한 후에도 그녀를 그리워했지, 세상에! 심지어 그녀를 영원불멸로 만들었으니…… 우리 아가씨들에게는 아주 좋은 가르침이지. 당신도 유명해지고 싶으면 가장 열렬히 숭배하는 사람을 배신하는 거야! 우리 폴란드인들은 어쩔 수 없는 바보야, 심지어 사랑처럼 단순한 일에서조차도……."

"의사이신 당신은 그렇게 생각하세요, 보쿨스키가 그런 바보가 될 거라고……?" 내가 물었다. 내 안에서 피가 끓는 것 같았다, 헝가리 빌라고스에서 항복할 때처럼.

슈만이 의자에서 벌떡 일어났다.

"오, 제기랄, 아니야!" 그가 소리쳤다. "오늘은 미칠 수 있지, 스스로에게 이렇게 말할 수 있는 한. '그래도 그녀는 나를 사랑하고 있을 거야, 내가 생각하는 그런 여자겠지……?' 그러나 다른 사람들이 그를 조롱하고 있다는 걸 보고도 정신을 못 차린다면, 내가…… 첫 번째로 유대인답게 그의 얼굴에 침을 뱉을 거야…… 그런 사람은 불행할 수는 있어도, 비열해져선 안 되는 거야."

슈만이 그렇게 분노하는 것을 오랫동안 본 적이 없었다. 그는 머리에서 발끝까지 유대인이다. 하지만 그는 정직한 친구이고, 명예를 중요하게 생각한다.

"그래도……." 내가 말했다. "안심하세요, 의사 선생. 스타흐에게 줄 약이 없는 것은 아니니까."

그리고 나는 스타프스카 부인에 대해 내가 아는 모든 것을 들려주었다. 그리고 덧붙여 말했다.

"내가 죽을 거요, 의사 선생, 당신에게 분명히 말하지만, 내가 죽든가 혹은…… 내가 스타흐를 스타프스카 부인과 결혼시킬 겁니다. 이성적이고, 가슴이 따뜻하고, 사랑에 대해 사랑으로 보답하는 그런 여성이 그에겐 필요합니다."

슈만이 고개를 끄덕이고 눈을 크게 떴다.

"하! 한번 해 보세요…… 여자한테 덴 사람에게 유일한 약은 다른 여자일 수 있습니다. 약간 걱정되기는 하지만. 너무 늦어서 이미 치료의 때를 놓친 것은 아닌지……."

"그는 강철 같은 사람이니까." 내가 말했다.

"그러니까 더 위험하지요." 의사가 말했다. "그런 사람 위에 새겨진 것을 지우는 것이 쉽지 않고, 깨진 것을 다시 붙이는 것도 어렵고."

"스타프스카 부인은 그것을 해낼 겁니다."

"그 부인이 그렇게 해 주기를."

"스타흐는 행복할 겁니다."

"오호……!"

나는 희망에 가득 차서 의사와 헤어졌다. 나는 사랑한다, 나는 스타프스카 부인을 사랑한다. 하지만 그를 위해서…… 그 부인을 단념한다.

제발 너무 늦지 않았으면!

아니겠지…….

다음 날 오후에 슈만이 가게에 나타났다. 그의 의미 있는 웃음과 입술을 깨무는 모습에서 무언가가 그를 불편하게 하고, 그의 심기를 틀어 놓았다는 것을 느꼈다.

"의사 선생, 스타흐는 만나 보았어요? 오늘은 어때요……."

그가 나를 장 뒤로 끌고 가더니 비꼬는 투로 말하기 시작했다.

"보세요, 여자들이 보쿨스키 같은 사람을 어디로 끌고 가는지! 그가 왜 심술이 나 있는지 아세요……?"

"이자벨라 양에게 애인이 있다는 걸 그가 확인했겠지요."

"만일 그가 그것을 확인했다면……! 그러면 그를 과감하게 치료할 수 있지요. 그러나 그 여자는 아주 교활해서 보쿨스키 같은 순진한 숭배자는 무대 뒤에서 일어나는 일을 보지 못합니다. 그 외에도 또 다른 일이 있지요. 웃기는 일이고, 말하기도 부끄러운 일이지요……!" 의사가 화를 냈다.

그가 자기 대머리를 두드리고는 작은 소리로 말했다.

"내일 공작 집에서 무도회가 열리는데, 물론 웽츠카 양이 참석하지. 그런데 아세요, 공작이 지금까지 보쿨스키를 초대하지 않고 있어요. 다른 사람들에게는 이미 2주일 전에 초청장을 보냈는데! 당신은 믿겠어요, 스타흐가 그것 때문에 아프다고 한다면……?"

의사가 망가진 이빨을 드러내 보이고는 날카로운 소리를 내며 웃었다. 수치심으로 내 얼굴이 붉어졌다.

"이제는 이해하겠어요, 인간이 어떤 벼랑에 처할 수 있는 건지……?" 슈만이 물었다. "다음 날 그는 낙담해 있을 겁니다, 공작이 무도회에 자기를 초청하지 않았다는 이유로! 우리가 사랑하는 그가, 우리가 자랑스럽게 생각하는 스타흐가……."

"그가 당신에게 그것을 말했어요?"

"천만에!" 의사가 중얼거렸다. "그는 말하지 않았지요. 그에게 말할 용기가 있다면, 늦게 도착한 초청장을 내던질 수도 있겠죠."

"당신은 그들이 그를 초청하리라고 생각하세요?"

"오호! 초청하지 않으면 공작이 회사에 투자한 자본금에 대한 연 15퍼센트 수익이 날아가는데. 그를 초청하지, 초청하고말고. 다행히 보쿨스키가 여전히 실세이니까. 그러나 먼저 웽츠카 양에 대한 그의 약점을 알고 있으니, 그를 불안하게 만들고, 개처럼 가지고 노는 거지. 개에게 두 발로 걷는 것을 가르치기 위해 고기를 보여 주었다가 숨기듯. 걱정 마세요, 그들이 그를 내치지는 않을 테니. 그러기에는 그들이 너무 영리하지요. 그들은 그를 훈련시키고 싶은 거예요, 그들을 깍듯이 모시고, 시키는 것을 잘 물어 오도록 만들기 위해서. 물론 그들이 개에게 물리는 수도 있지요, 잘 다루지 않으면."

그가 자신의 비버 모피 모자를 집어 들더니 나에게 고개를 끄덕이고 나갔다. 그는 언제나 괴짜다.

하루 종일 기분이 언짢았다. 계산도 몇 번이나 틀렸다. 가게 문을 닫아야겠다고 생각할 때, 스타흐가 나타났다. 요 며칠 새 그의 몸이 많이 빠진 것처럼 보였다. 직원들의 인사를 받는 둥 마는 둥 하고 사무실에 들어가 무엇을 찾는지 이것저것 뒤지기 시작했다.

"찾는 것이 있나?" 내가 물어보았다.

"공작에게서 온 편지 없나?" 그가 나의 눈도 보지 않고 되물었다.

"온 편지는 모두 집으로 보냈는데……."

"알아. 혹시 남아 있거나 버려진 것이 있을 수도 있지……."

그런 소리 듣는 것보다 차라리 생이빨을 뽑는 것이 낫겠다 싶었다. 그래, 슈만 말이 맞아. 스타흐는 초조한 거야, 공작이 무도회에 초대하지 않았기 때문에!

가게 문이 닫히고, 직원들이 퇴근했다. 보쿨스키가 말했다.

"오늘 뭐할 거야? 차 한잔 안 줄 거야?"

물론 나는 기꺼이 그를 초대했다. 스타흐가 거의 매일 저녁 시간을 우리 집에서 보내던 시절이 생각났다. 얼마나 오래전의 일인가! 그는 오늘 우울하고, 나는 걱정이 많아서 우리는 서로 할 말이 많은데 눈을 똑바로 쳐다보지 않았다. 우리는 추운 날씨 이야기부터 시작했다. 아락(arack) 술이 반쯤 들어간 차를 마시고 나서야 입이 열렸다.

"사람들이 계속 이야기하는데……." 내가 말을 꺼냈다. "자네가 가게를 판다고."

"거의 팔았어." 보쿨스키가 대답했다.

"유대인들에게……?"

그가 소파에서 벌떡 일어나더니 호주머니에 손을 넣고 방 안을 돌아다니기 시작했다.

"그럼 누구에게 팔아야 하나?" 그가 물었다. "돈이 있기 때문에 가게를 사지 않는 사람들에게, 혹은 돈이 없기 때문에 가게를 사는 사람들에게? 가게는 12만 루블 가치가 있네. 우리가 그걸 진흙 속에 던져야 하나?"

"그 유대인들이 우리를 무섭게 몰아내고 있네……."

"어디에서……? 우리가 차지하지 않고 있는 자리에서, 혹은 그 자리를 차지하도록 우리가 그들을 억지로 밀고, 그 자리를 차지하라고 애걸하고 있는 거야. 우리 귀족들 중에선 아무도 나의 가게를 사지 않아. 그러나 모두 유대인에게 돈을 주고 있어, 유대인이 가게를 사도록……. 유대인은 빌린 돈에 대해 높은 이자를 지불하지."

"그래?"

"물론 그래. 나는 알고 있어, 누가 슐랑바움에게 돈을 빌려 주었는지……."

"그러면 슐랑바움이 사는 거야?"

"다른 누가 사겠어? 클레인, 리시에츠키 혹은 지엠바……? 그들은 돈을 빌릴 수가 없고, 빌려도 제대로 활용하질 못해."

"언젠가는 그 유대인들 때문에 난리가 일어날 텐데." 내가 중얼거렸다.

"이미 있었지. 18세기 동안 계속된 결과는 어떤가……? 반유대주의적 박해로 가장 훌륭한 인물들이 희생되고, 집단 학살에 대해 방어할 수 있었던 사람들만 남은 거야. 오늘날 우리가 보는 유대인들은 모두 그런 사람들이야. 질기고, 인내심 강하고, 교활하고, 단결력 강하고, 그들이 가지고 있는 유일한 무기, 즉 돈을 아주 능란하게 다룰 줄 알지. 보다 나은 모든 것을 없애면서 우리는 인위적인 선택을 했고, 가장 나쁜 것들을 애지중지하면서 보호했던 거야."

"자네는 생각해 보았나, 가게가 그들의 손에 넘어가면, 수십 명 유대인들이 월급 받는 일자리를 얻게 되고, 우리 사람 수십 명이 일자리를 잃게 된다는 것을?"

"그건 내 잘못이 아니야." 화난 투로 보쿨스키가 대답했다. "내 잘못이 아니야, 나와 관련 있는 사람들이 나더러 가게를 팔라고 요구하고 있는 거야. 사실이야, 잃는 것은 사회야. 그러나 사회가 그것을 원하고 있어."

"그러면 의무는……?"

"무슨 의무?" 그가 소리쳤다. "나를 착취자라고 부르는 사람들, 혹은 나에게서 훔치는 사람들에 대한 의무 말이야? 의무를 완수하면 얻는 게 있어야지, 그렇지 않으면 희생이지. 희생을 요구할 권리는 누구에게도 없어. 내가 얻은 것이 무엇인가? 한편으로는 증오와 중상모략, 다른 편으로는 무시. 자네가 한번 말해 보게. 그것이 범죄인가? 사람들이 나를 비난하는데, 내가 잘못한 것이 무엇인가? 재산을 모아서 수백 명에게 준 것이 잘못인가."

"중상모략은 어디에나 있어."

"하지만 우리 사회처럼 심한 곳은 어디에도 없어. 다른 곳에서도 물론 정직하게 돈을 번 사람에게 적이 있을 수는 있지. 그러나 그곳에서는 그런 부당함을 보상할 만한 인정을 받고 있어. 그러나 여기는……."

그가 손을 흔들었다.

그가 아락 술과 차가 반쯤 들어 있는 찻잔을 단숨에 비웠다. 오기로 그런 것 같았다. 그사이에 현관 쪽에서 나는 발소리를 듣고 스타흐가 문 옆에 섰다. 그가 공작의 초청을 그 정도로 기다리고 있다는 것을 알 수 있었다……!

내 머릿속이 복잡해졌다. 그래서 물어보았다.

"자네가 그 사람들을 위해서 가게를 파는데, 그러면 그들이 자네를 더 좋게 평가하나?"

"만일 평가한다면……?" 그가 생각에 빠진 채 물었다.

"자네가 버리는 사람들보다 그들이 자네를 더 많이 사랑할까?"

그가 다가오더니 내 눈을 똑바로 쳐다보았다.

"만일 그들이 사랑한다면……?" 그가 대답했다.

"자네, 자신 있어……?"

그가 몸을 던지듯 소파에 앉았다.

"내가 어떻게 알아?" 그가 작은 소리로 말했다. "내가 어떻게 알겠어……? 이 세상에 확실한 것이 뭐가 있나?"

"한 번도 생각해 본 적이 없나?" 나는 점점 더 대담하게 말했다. "자네가 착취당하고, 기만당하고 있을 뿐만 아니라, 조롱과 경멸의 대상이 되고 있다는 것을……? 말해 보게, 정말 한 번도 그런 생각이 들지 않았나? 이 세상에서는 모든 것이 가능해. 그럴 경우를 대비해야지, 실망은 어쩔 수 없다 하더라도 최소한 조롱의 대상은 안 되도록. 제기랄!" 잔으로 탁자를 치면서 내가 말을 마쳤다. "대가가 있으면 희생할 수도 있지, 그러나 자기를 부당하게 대우하는 것을 허용해서는 안 되지……."

"누가 나를 부당하게 대우하는데?" 자리에서 솟구치듯 일어나면서 그가 소리쳤다.

"자네가 당연히 받아야 할 존경을 자네에게 표하지 않는 모든 사람들."

대담성에 나 자신도 놀랐다. 그러나 보쿨스키는 아무 대답도 하지 않았다. 그가 소파에 눕더니 두 손을 겹쳐 머리를 받쳤다. 그의 마음이 거세게 동요하고 있다는 증거였다. 나중에 그는 아주 평온한 말투로 가게 일에 대해 이야기하기 시작했다.

9시경에 문이 열리더니 보쿨스키의 하인이 들어왔다.

"공작에게서 편지가 왔습니다!" 그가 큰 소리로 말했다.

스타흐가 입술을 깨물더니 일어나지 않은 채 손을 내밀었다.

"줘." 그가 말했다. "가서 자."

하인이 나갔다. 스타흐가 천천히 봉투를 열어서 읽은 뒤 편지를 여러 조각으로 찢어 난로에 던졌다.

"어떤 내용인데?" 내가 물었다.

"내일 무도회 초대장." 그가 건조한 투로 대답했다.

"안 갈 거야?"

"생각도 안 해."

나는 놀라서 몸이 굳어졌다……. 그 상태에서 갑자기 아주 기발한 생각이 떠올랐다. 아마 이 세상에서 가장 천재적인 발상일 것이다.

"있잖아……." 내가 말했다. "내일 저녁때 우리가 스타프스카 부인 집에 가면 어떨까……?"

그가 소파에서 일어나 앉더니 웃으면서 대답했다.

"그것도 나쁘지 않을 것 같은데……! 착한 부인이지, 오랫동안 보지 못했군. 이 기회에 어린애에게 장난감이라도 몇 개 보내야 하는 것 아니야."

우리 둘 사이에 가로놓여 있던 얼음벽이 무너지는 순간이었다.

두 사람은 예전의 솔직함을 회복하고 밤 12시까지 지난 시절 이야기를 했다. 헤어지면서 스타흐가 말했다.

"사람은 때론 어리석어, 그러나 때로는 이성을 찾기도 해…… 신이 자네에게 보상할 거야, 친구!"

황금 같은, 사랑하는 스타흐……!

어찌 될지 모르겠지만, 그를 스타프스카 부인과 결혼시켜야 해!

공작의 집에서 무도회가 열린 날, 스타흐도 슐랑바움도 가게에 오지 않았다.

그들이 우리 가게 파는 문제에 대해 서로 이야기하고 있을 거라고 나는 추측했다.

다른 어느 때라도 그런 일은 나의 기분을 하루 종일 망쳐 놓았을 것이다. 그러나 나는 오늘 우리 가게가 문을 닫고, 가게에 유대인의 간판이 걸리는 것에 대해 생각하지 않았다. 가게가 나와 무슨 상관이람! 스타흐가 행복하면 됐지, 적어도 그가 오랜 고통에서 벗어나겠지. 나는 그를 결혼시켜야 해, 무슨 일이 있어도!

아침에 나는 스타프스카 부인에게 편지를 보냈다. 오늘 저녁에 차를 마시러 보쿨스키와 함께 가겠다고. 편지와 함께 헬루니아에게 줄 장난감들이 들어 있는 상자도 보냈다. 거기에는 동물들이 있는 숲과, 인형들을 위한 장 세트, 작은 식사 도구 일체, 그리고 놋으로 된 사모바르가 들어 있었다. 포장 포함해서 모두 13루블 60코페이카어치였다.

나는 미시에비초바 부인을 위한 선물도 생각했다. 그런 식으로 나는 할머니와 손녀를 이용하여 아름다운 엄마의 가슴을 압박했다. 그러면 엄마는 세례 요한 축일 전에 무릎을 꿇지 않을 수 없게 될 것이다…….

(아, 제기랄! 그 남편이 외국에 있지……? 그러면 그 남편은 저나 잘 챙기라지! 1만 루블 정도면 이혼할 수도 있지, 여기에 없는 남편과. 틀림없이 그는 이미 죽었을 거야.)

가게 문을 닫고 나는 스타흐네 집으로 갔다. 하인이 문을 열어 주었다. 그의 손에는 빳빳하게 풀을 먹여 다린 와이셔츠가 들려 있었다. 침실을 지나면서 나는 의자에 놓인 연미복과 조끼를 보았다. 오, 우리의 방문을 잊고 있는 것 아니야……?

스타흐는 서재에서 영어책을 읽고 있었다. (웬 영어야? 벙어리도 결혼할 수 있는데…….) 그는 나를 친절하게 맞이했다. 비록 망설이는 태도를 보이지 않은 것은 아니지만.

'황소의 뿔을 단단히 잡아야겠군!' 나는 생각했다. 나는 모자를 테이블에 놓지 않고 말했다.

"기다리는 것 없으면 가지. 그 부인들도 주무셔야 하니까."

보쿨스키가 책을 내려놓고 생각했다.

"저녁 날씨가 좋지 않군." 그가 말했다. "눈보라까지 치고……."

"다른 사람들에겐 눈보라가 무도회에 가는 데 방해가 되지 않겠지. 그렇다면 눈보라가 왜 우리의 저녁 모임을 망쳐야 돼." 내가 아무것도 모르는 것처럼 말했다.

내가 마치 스타흐를 무엇으로 찌른 것 같았다. 그가 의자에서 튕기듯 일어나더니 털외투를 가져오라고 지시했다. 하인이 그에게 옷을 입혀 주면서 말했다.

"주인님, 곧 돌아오시기 바랍니다. 옷을 갈아입으실 시간입니다. 그리고 이발사도 올 겁니다."

"필요 없어." 스타흐가 말했다.

"그렇지만 주인님께서 머리를 다듬지 않고 무도회에 가실 건 아니시잖아요……."

"무도회는 안 가."

하인이 놀라서 팔을 펴고 다리를 벌렸다.

"주인님, 오늘 무슨 일이세요?" 하인이 큰 소리로 말했다. "마치 머리가 잘못된 것처럼 행동하십니다. 웽츠키 씨가 그렇게 부탁하셨는데……."

보쿨스키가 급히 방에서 나갔다. 그는 버릇없는 하인의 코앞에서 문을 쾅 닫았다.

"아하……!" 나에게 생각이 났다. "공작은 스타흐가 오지 않을 수도 있다고 본 거야. 그래서 장인 될 사람에게 부탁했구나! 슈만 말이 맞아. 그들은 그를 버리려고는 하지 않아. 두고 봐, 우리가 당신들에게서 그를 뺏어 올 테니까!"

15분 후에 우리는 스타프스카 부인 댁에 갔다. 커다란 기쁨이었다. 우리를 얼마나 반갑게 맞이했던가……! 마리안나는 미끄러지지 않도록 부엌에 깨끗한 모래를 깔아 놓았다. 미시에비초바 부인은 타박빛의 비단옷을 입고 있었고, 스타프스카 부인의 눈은 오늘따라 매혹적이었고, 홍조 띤 얼굴과 입이 너무 아름다워서 이런 여성과는 목숨을 걸고라도 키스하고 싶을 정도였다.

근거 없는 말을 하고 싶지 않다, 정말이다! 저녁 내내 스타흐는 넋을 잃은 듯 부인만 쳐다보았다. 그는 부인에게 정신이 팔려 어린 헬루니아가 새로운 띠를 두르고 있는 것도 보지 못했다.

얼마나 즐거운 저녁이었던가……! 스타프스카 부인은 장난감에 대해 우리에게 얼마나 고마워했던가. 또 그녀는 보쿨스키의 차에 어떻게 설탕을 타 주었던가, 그녀는 소매 끝자락으로 그를 몇 차례나 스쳤던가……. 나는 오늘 확신했다. 스타흐는 이곳에 가능한 한 자주 올 것이다. 처음에는 나와 같이 오겠지만, 나중에는 혼자 오겠지.

저녁 식사 중에 착한 영혼인지 악령인지는 모르겠지만 미시에비초바 부인의 눈을 「쿠리에르 신문」으로 향하게 했다.

"있잖아, 헬렝코." 부인이 딸에게 말했다. "오늘 공작 댁에서 무도회가 열렸단다."

순간 보쿨스키의 얼굴이 어두워졌다. 그는 스타프스카 부인의 눈을 바라보는 대신 접시로 눈을 돌렸다. 내가 용기를 내서 빈정거림의 뉘앙스가 전혀 없지 않을 정도로 말했다.

"그런 공작 집에 함께 있으면 좋겠지요! 아름다운 의상들, 우아한 분위기……."

"생각하는 만큼 그렇게 아름답지는 않을 거요." 노인네가 대꾸했다. "의상은 주로 외상이고, 그리고 우아함이란……! 백작들, 공작들이 있는 살롱은 우아하겠지만, 가난한 하녀들이 있는 옷 보관소는 다른 분위기죠."

(오, 노인네가 적당한 선에서 비판적인 말을 끝냈다.) "스타시우, 들었나." 나는 이런 생각을 하고 물었다.

"그렇다면 대갓집 귀부인들은 일하는 여자들을 우아하게 대해 주지 않는가 보군요?"

"보세요!" 미시에비초바 부인이 손을 흔들면서 말했다. "옷 가게에서 일하는 여자를 아는데, 그 여자에게 귀부인들이 일을 시키고 있어요. 그것도 아주 교묘하게 싼값으로. 그 여자는 귀부인들에게 갔다 올 때마다 울고 온답니다. 옷을 재단할 때, 수선할 때, 그리고 계산할 때 귀부인들이 얼마나 불평이 많은지……. 그리고 말할 때 어조와 경멸적인 태도 거기다 흥정은…… 그 옷 가게 여자는 (내가 정말 잘되기를 바라지만!) 한 명의 폴란드 대귀족 귀부인보다 네 명의 유대인 여자를 상대하는 것이 더 낫다고 합니다. 유대인 여자들도 지금은 오염되어서, 부자가 되면 프랑스어로만 말하고, 끈질기게 흥정하고 불평이 많다고는 하지만."

나는 묻고 싶었다. 웽츠카 양은 그 옷 가게 옷을 입지 않는지? 그러나 스타흐가 마음에 걸렸다. 그의 얼굴색이 변했다, 불쌍한 사람……!

우리가 차를 다 마시자 헬루니아는 오늘 받은 장난감들을 양탄자 위에 진열하면서 매번 기쁨과 놀라움으로 소리쳤다. 미시에비초바 부인과 나는 창가에 앉았고(이 노인네는 창가에 앉는 버릇을 여전히 버리지 못하고 있었다), 보쿨스키와 스타프스카 부인은 소파에 자리를 잡았다, 그녀는 뜨개질감을, 그는 담배를 들고.

노인네가 죽은 남편이 얼마나 훌륭한 군수였는지 너무도 열심히 이야기하는 바람에, 나는 스타프스카 부인과 보쿨스키가 무슨 이야기를 하는지 들을 수가 없었다. 그러나 틀림없이 재미있는 이야기일 것이다, 둘이서 작은 소리로 말하는 것을 보면.

"나는 지난해 묘역 옆 카르멜회(會) 수도사들의 상이 있는 곳에서 부인을 보았어요."

"저는 여름에 선생님이 우리가 살았던 그 집에 오셨을 때 뵌 것을 가장 잘 기억하고 있어요. 왠지는 모르겠지만, 제가 보기에는……."

"그 여권들 때문에 문제가 얼마나 많았는지……! 아무도 모르지요, 누가 가져갔는지, 누구에게 주었는지, 어떤 이름을 기입했는지……." 미시에비초바 부인이 이야기했다.

"물론이에요, 선생님이 원하실 때는 언제든……." 얼굴에 홍조가 피어나면서 스타프스카 부인이 말했다.

"폐를 끼치는 것 아닐까요……?"

"아름다운 한 쌍입니다!" 내가 작은 소리로 미시에비초바 부인에게 말했다.

부인이 그들을 바라보더니 한숨을 쉬면서 대답했다.

"불행한 루드빅이 이미 죽었다고 할지라도, 어떻게 되겠어요?"

"우리가 신을 믿는 수밖에……."

"그가 살아 있을까요……?" 노인네가 물었다. 그러나 조금도 기뻐하는 것 같지 않았다.

"아니요, 저는 그에 대해 말하는 것이 아니고…… 그러나……."

"엄마, 나 자러 갈래." 헬루니아가 말했다.

보쿨스키가 소파에서 일어났다. 우리는 부인들에게 작별 인사를 했다.

'누가 알겠어.' 나에게 생각이 떠올랐다. '이 철갑상어가 이제 낚싯바늘을 삼키지 않으리라는 것을……?'

마당에는 여전히 눈이 내리고 있었다. 스타흐가 나를 집까지 데려다주었다. 나는 몰랐다, 내가 대문 안으로 들어갈 때까지 그가 무슨 이유로 썰매 안에서 기다리고 있었는지.

나는 집으로 들어왔다. 그러나 현관에서 멈추었다. 경비가 문을 잠그자 그제야 떠나는 썰매에서 나는 방울 소리가 들렸다.

'네가 그런 사람이야?' 나는 생각하게 되었다. '두고 보자, 네가 어디로 가는지…….'

나는 방으로 들어와 오래된 외투를 입고, 실크해트를 썼다. 그렇게 옷을 갈아입고 30분 후에 다시 거리로 나왔다.

스타흐의 집은 불이 꺼져 있었다. 그가 집에 없다는 표시이다. 그러면 그는 어디 있는 걸까……?

나는 지나가는 썰매를 세워서 타고 가다가 공작이 살고 있는 집 근처에서 내렸다.

길에 몇 대의 마차들이 서 있었고, 아직도 급히 달리는 마차들이 있었다. 불 켜진 2층에서는 음악이 연주되고 있었고, 창문에서는 춤추는 사람들의 그림자가 이따금 어른거렸다.

'저곳에 웽츠카 양이 있다.' 그런 생각이 들자 무언가가 내 가슴을 압박하는 듯했다.

거리를 둘러보았다. 우프! 구름 떼처럼 눈이 오는군. 바람 때문에 흔들리는 가스등 불빛이 보일 듯 말 듯했다. 자러 가야겠군.

썰매 마차를 잡기 위해 길 건너편 인도로 걸어가다가…… 하마터면 보쿨스키와 마주칠 뻔했다. 그는 눈을 뒤집어쓴 채 나무 밑에 서서 창문을 쳐다보고 있었다.

'이 정도였나……? 오, 죽으려고 하나, 이 친구야, 자네는 스타프스카 부인과 결혼해야 해.'

그런 위험을 방지하기 위해 나는 단호하게 행동하기로 마음먹었다. 다음 날 나는 슈만을 찾아갔다.

"의사 선생, 알고 있어요, 스타흐에게 무슨 일이 있는지?"

"무슨 일이 있어요, 다리라도 부러졌나?"

"더 안 좋은 일이죠. 두 번이나 초대를 받고도 무슨 이유인지 그는 공작 집에서 열린 무도회에 가지 않았어요. 그러나 밤 12시쯤 그 집에 가서 눈보라 속에 서서 그 집 창문만 바라보고 있었어요. 무슨 말인지 알겠지요?"

"알겠어. 정신과 의사가 아니어도 알 만해."

"그러니……" 내가 계속해서 말했다. "무슨 일이 있어도 스타흐를 금년에, 될 수 있는 대로 성 요한 축일 전에 결혼시키기로 마음먹었어요."

"웽츠카 양과?" 의사가 나를 붙들었다. "그 일에 개입하지 말라고 말하고 싶소."

"웽츠카 양이 아니라, 스타프스카 부인과."

슈만이 머리를 두드리기 시작했다.

"정신 병원!" 그가 중얼거렸다. "미친 사람이 하나가 아니군. 당신, 물론 머리에 물이 들어갔소, 제츠키 선생." 의사가 한참 있다가 말했다.

"당신이 나를 모욕하는 거요!" 내가 참지 못하고 소리쳤다.

그가 내 앞에 서더니 양복 깃을 잡고 화난 투로 말했다.

"들어 보시오…… 비유적으로 말하면 당신이 이해하기 쉬울 거요. 서랍에 물건이 가득 들어 있다고 합시다, 예를 들어 지갑 같은 것. 그러면 그 서랍에 넥타이들을 집어넣을 수 있겠어요……? 넣을 수 없겠죠……? 보쿨스키의 마음은 웽츠카 양으로 가득 채워져 있는데, 거기에 스타프스카 부인을 당신이 넣을 수 있겠어요……?"

나는 그의 손을 내 옷깃에서 털어 내고 말했다.

"내가 지갑들을 꺼내고 넥타이들을 넣겠소, 알겠어요, 학자 양반……?"

그리고 나는 밖으로 나왔다. 그의 오만한 태도가 나를 화나게 했다. 자기 혼자 이성적이라고 생각하는군.

의사의 집에서 나와 미시에비초바 부인 집에 갔다. 스타프스카는 가게에 가고 없었다. 나는 헬루니아를 장난감 가지고 놀고 있으라며 다른 방으로 보내고, 노인네와 단둘이 마주 앉아 서론도 생략하고 곧장 본론으로 들어갔다.

"인자하신 부인! 부인께서는 보쿨스키가 품위 있는 사람이라고 생각하십니까……?"

"아, 제츠키 양반, 어떻게 그런 질문을 다 하세요……? 그분이 우리 집세도 내려 주셨고, 헬렝카를 그런 수치스러운 사건에서 구해 주셨고, 월급이 70루블이나 되는 좋은 일자리를 마련해 주셨고, 헬루니아에게는 그 많은 장난감을 보내 주셨는데……."

"실례지만……." 내가 말을 막았다. "그가 고결한 사람이라는 부인의 말씀에 제가 동의한다면, 부인에게 한 가지 말씀드릴 게 있는데, 이건 절대 비밀입니다만, 그는 아주 불행합니다."

"오, 하느님!" 노인네가 성호를 그었다. "그분이 불행하다니, 그런 가게와 회사가 있고, 그토록 많은 재산이 있는데……? 얼마 전에 그분이 집을 팔았지요……? 혹시 내가 모르는 빚이 그분에게 있는가 보죠."

"빚은 한 푼도 없어요." 내가 말했다. "사업을 정리하면 그는 60만 루블을 가지게 됩니다. 비록 2년 전에는 3만 루블을 가지고 있었지만, 물론 가게를 제외하고……. 그러나 인자하신 부인! 돈이면 모든 것이 다 되는 게 아닙니다. 사람에게는 주머니만 있는 것이 아니라 마음이라는 것이 있습니다……."

"그런데 그가 아름다운 사람과 결혼한다는 말을 들었는데, 웽츠카 양과?"

"여기에 불행이 있습니다. 보쿨스키는 결혼할 수 없습니다. 결혼해서는 안 됩니다……."

"혹시 그에게 결함이라도 있나요? 그렇게 건강한 남자에게……."

"그는 웽츠카 양과 결혼해서는 안 됩니다. 그 여자는 그의 짝이 아닙니다. 그에게는 이런 부인이 필요합니다……."

"나의 헬렝카 같은……." 미시에비초바 부인이 서둘러 말 중간에 끼어들었다.

"바로 그렇습니다!" 내가 큰 소리로 말했다. "그런 분이 아니라, 바로 그분입니다…… 바로 헬레나 스타프스카 부인이 그의 부인이 되어야 합니다."

노인네가 울음을 터뜨렸다.

"제츠키 양반, 아세요." 노부인이 훌쩍거리면서 말했다. "그게 내가 가장 바라는 일이오…… 정직한 루드빅은 이미 죽었고, 그것은 두말할 것 없이 확실한 일이고…… 꿈에 그가 여러 번 나타났는데, 옷을 벗고 있든가 아니면 다른 사람으로 보여요, 그가 아니고……."

"설령……." 내가 말했다. "그가 죽지 않았어도, 이혼하면 됩니다."

"물론이지요. 돈으로 모든 것을 얻을 수 있으니까."

"그렇습니다! 모든 일은 스타프스카 부인이 반대하지 않아야 됩니다."

"훌륭하신 제츠키 양반!" 노인네가 큰 소리로 말했다. "내 딸이, 내가 맹세할 수 있어요, 지금, 불쌍한 것, 보쿨스키를 사랑하고 있어요. 말이 없고, 밤에 잠을 못 자요. 한숨만 쉬고, 몸이 여위어가요. 어제 두 분이 여기 오셨을 때, 그 애에게 무슨 일이 있었는지…… 어미인 내가 그 애를 몰라볼 정도였다우……."

"그럼, 됐습니다!" 내가 말을 막았다. "저는 보쿨스키가 될 수 있는 대로 여기 자주 오도록 만들 겁니다. 부인께서는…… 헬레나 부인을 그쪽으로 유도하십시오. 우리가 스타흐를 웽츠카 양의 손에서 뺏어 옵시다. 그래서…… 성 요한 축일 이전에 결혼식을……."

"어머나, 그럼 루드빅은 어떻게 하고?"

"그는 죽었어요, 죽었다니까요……." 내가 말했다. "맹세코, 그는 이미 죽었습니다."

"하, 그렇다면 신의 뜻대로……."

"다만…… 부인, 이건 꼭 지켜야 할 비밀입니다. 그만큼 중대하고 위험한 일입니다."

"나를 뭘로 아세요, 제츠키 양반?" 노인네가 기분이 상했다. "여기…… 여기에……." 노인네가 가슴을 치면서 말했다. "여기에 모든 비밀이 무덤 속처럼 들어 있소. 더구나 내 자식과 그처럼 고귀한 양반의 비밀인데."

우리 두 사람은 깊이 감동했다.

"그런데……." 내가 나가기 전에 말했다. "누가 상상이나 했겠어요, 인형처럼 작은 물건이 두 사람을 행복하게 만든 원인이 되리라고?"

"인형이 어떻게?"

"모르시겠어요……? 스타프스카 부인이 우리 가게에서 인형을 사지 않았으면 소송 사건도 없었을 것이고, 스타흐는 헬레나 부인의 운명에 대해 애정을 느낄 수 있는 기회도 가지지 못했을 것이고, 헬레나 부인은 그를 사랑하게 되지 못했을 것이고, 그러면 두 사람이 결혼할 수 없었을 것입니다……. 사실대로 냉정하게 따져 보면, 스타흐의 마음에서 스타프스카 부인에 대한 뜨거운 감정이 깨어난 것은 그 소송 사건 때부터입니다."

"깨어났다고, 선생께서 그렇게 말했지요?"

"이럴 수가! 부인께서는 그걸 못 보셨어요, 어제 두 사람이 소파에서 어떻게 속삭이는지……? 보쿨스키가 그렇게 활기 있게, 그리고 어제처럼 감동해서 이야기하는 모습을 오랫동안 보지 못했습니다."

"제츠키 양반, 당신은 신이 보낸 사람이오!" 노인네가 큰 소리로 말하고 헤어질 때 나의 머리에 키스했다.

오늘 나는 나 자신에 대해 만족했다. 이런 말을 하고 싶지는 않지만, 내가 메테르니히 같은 머리를 가지고 있다는 것을 인정하지 않으면 안 될 것 같다. 스타흐가 헬레나 부인을 사랑한다는 생각을 내가 어떻게 하게 되었으며, 그리고 그들에게 방해되지 않도록 모든 것을 완벽하게 준비했을까……!

스타프스카 부인과 보쿨스키가 그들을 위해 파 놓은 함정에 빠지게 되리라는 것에 대해 나는 오늘 조금도 의심하지 않는다, 그녀는 몇 주 동안 수척해졌다(그러나 더 예뻐졌다, 귀여운 괴물!), 그리고 그는 실제로 정신을 잃고 있었다. 그가 저녁에 웽츠키네 집에 가지 않을 때에는 — 그가 그 집에 자주 가는 것도 아니지만, 왜냐하면 그 집 아가씨가 끊임없이 무도회에 가기 때문에 — 스타프스카 부인에게 와서 밤 12시까지 있었다. 그럴 때면 그가 얼마나 즐거워했으며, 시베리아와 모스크바와 파리 이야기를 얼마나 재미있게 했는지……! 나는 그 자리에 없었지만 알고 있다. 왜냐하면 다음 날 이 모든 것을 미시에비초바 부인이 이야기해 주기 때문이다, 물론 아주 비밀리에.

그런데 한 가지가 마음에 들지 않았다.

비르스키가 가끔 스타프스카 부인 집에 간다는 사실을 알게 되었다. 말할 것도 없이 그의 출현은 비둘기처럼 다정하게 속삭이는 두 사람을 질겁하게 만들었다. 나는 비르스키에게 경고하기 위해 나갈 채비를 했다.

옷을 갈아입고 집에서 나가는데, 마침 현관에서 비르스키를 만났다. 나는 그와 함께 다시 방으로 돌아와서 불을 켜고 정치에 대해 조금 이야기했다. 그러다가 이야기 주제를 바꾸어 곧장 본론으로 들어갔다.

"내가 당신에게 할 말이 있는데, 이건 비밀이오."

"이미 알고 있소, 무슨 말을 하려고 하는지……!" 그가 웃으면서 말했다.

"뭘 안다는 말이오?"

"보쿨스키가 스타프스카 부인을 사랑한다는 것."

"원, 세상에!" 나도 모르게 큰 소리가 나왔다. "누가 당신에게 이야기했소?"

"그러나 무엇보다 비밀이 샌 것에 대해 걱정할 것은 없소." 그가 진지하게 말했다. "우리 집에서 비밀은 우물 속처럼 깊다오 ……."

"누가 당신에게 말했소?"

"나에게는 집사람이 했지요. 집사람은 콜레로바 부인에게서 들었다고 해요……."

"그 부인은 어디서 알았지?"

"라진스카 부인이 콜레로바 부인에게 말했다지요. 라진스카 부인에게는 데노바 부인이 아주 은밀하게 그 비밀을 이야기했답니다. 데노바 부인은 당신도 알잖아요, 미시에비초바 부인의 친구."

"미시에비초바 부인이 그렇게 조심성이 없다니……!"

"그렇지만!" 비르스키가 말했다. "만일 보쿨스키가 그 집에서 아침이 되도록 가지 않고 있는 것은 별로 좋은 일이 아니라고 데노바가 나무란다면 그 불쌍한 노인네가 뭐라고 하겠어……. 물론 불안해진 노인네가 데노바에게 두 사람 사이는 그냥 장난이 아니라 성스러운 일이고, 성 요한 축일 무렵에 결혼식을 올릴지도 모른다고 말했겠지."

머리가 아프기 시작했다. 그러나 어쩌겠나? 아, 늙은 여자들, 노파들……!

"시내에서는 무슨 이야기가 있나?" 내가 비르스키에게 물었다. 나는 골치 아픈 이야기를 끝내고 싶었다.

"사건이 있지." 그가 말했다. "남작 부인과 관련 있는 것들이지! 먼저 시가 하나 주게, 이야기가 두 개나 있으니까."

나는 그에게 시가를 권했다. 그가 한 이야기들이 나쁜 사람은 조만간 벌을 받고, 좋은 사람은 보상을 받게 되고, 돌처럼 굳어 있는 마음에도 양심의 빛이 희미하게나마 살아 있다는 확신을 나에게 주었다.

"스타프스카 부인 댁에 가 본 지 오래됐지?"

"4일…… 5일……쯤 되었나." 내가 대답했다. "당신도 이해하지요, 보쿨스키를 방해하고 싶지 않아서. 그리고…… 당신도 안 가는 게 좋을 것 같소. 젊은 사람들은 그들끼리 빨리 어울리거든, 우리 늙은이들과는 달리."

"잠깐!" 비르스키가 말을 막았다. "남자 나이 50은 늙은 게 아니라 성숙한 것이지……."

"떨어지는 사과처럼."

"그래, 당신 말이 맞아. 남자 나이 50은 이미 떨어지려고 기운 거야. 처자식만 아니라면…… 이그나치 제츠키 씨! 악마가 나 좀 데려갔으면 좋겠어, 내가 젊은 사람들과 어울리지 못한다면. 그러나 이보게, 결혼한 사람은 장애인이야. 여자들이 쳐다보지도 않아, 비록……."

순간 그의 눈에서 빛이 반짝거렸고, 무언극을 너무 실감 나게 해서 그가 실제로 경건한 사람이라면 내일 고해 성사에 가야 할 것이다.

내가 관찰한 바에 의하면, 일반적으로 귀족들에게는 학문이나 사업 머리는 없고, 또 그들에게 일을 시킬 수도 없다. 그렇지만 그들은 술 마시고, 싸우고, 불륜에는 언제든 준비가 되어 있다, 그런 것들이 그들의 목숨을 거는 일일지라도. 추악한 인간들!

"모든 것이 좋아요." 내가 말했다. "비르스키 씨, 그런데 나에게 할 이야기가 뭐죠?"

"아! 나도 방금 그것을 생각했소." 그가 말했다. 시가 연기가 아스팔트 끓이는 솥에서 나는 것 같았다. "그렇지, 우리 건물에 살았던 대학생들 기억나죠, 남작 부인 집 위층에 살았던……?"

"말레스키, 파트키에비츠 그리고 또 한 사람. 그런 괴물들을 내가 어찌 기억 못하겠소. 그 거침없이 솔직한 청년들!"

"그렇지요!" 비르스키도 동의했다. "만일 그런 악당들 곁에 젊은 여자 요리사를 8개월이나 있게 한다면 신이 나를 벌해도 좋소. 제츠키 씨, 당신에게 말하는데, 그 세 사람이 모든 고아원을 애들로 가득 채울 거요……. 대학에서 그런 것을 가르치나 봐요. 내가 시골에서 살 때, 젊은 아들을 가진 아버지가 아들의 여자 문제를 무마하기 위해 암소 서너 마리를 매년 내놓았는데…… 호! 호! 교구 신부조차 불안해했지요, 그들이 자기 교회에 오는 젊은 여자들을 타락시키지 않을까 해서. 그런데 그들은……."

"남작 부인에 대해 할 말이 있다고 하지 않았어요?" 내가 말을 막았다, 나는 머리 흰 사람이 바보 같은 소리 하는 것을 좋아하지 않기 때문에.

"그래요…… 바로 그…… 가장 못된 친구는 시체 흉내 내는 파트키에비츠지요. 저녁이 되면 그 못된 녀석이 계단으로 내려와서, 내가 당신에게 말하는데, 쥐 떼처럼 돌아다니며 찍, 찍 날카로운 소리를 냅니다."

"당신은 남작 부인에 대해 할 말이 있다고 했지요……."

"아 참, 그렇지요. 그것은 바로, 어르신 양반…… 그 말레스키에게는 안 되는 것이 없지요! 그것은 바로, 당신도 알다시피 남작 부인이 그 청년들을 상대로 한 재판에서 이기는 바람에 그들이 8일까지 집에서 나가기로 되어 있지요. 한데 그들이…… 8일, 9일, 10일이 되어도…… 나갈 생각조차 하지 않고 있으니, 크세소프스카 부인이 화가 나서 간이 커진 거지요. 결국 자기 변호사와 마루세비츠를 불러서 상의하고, 2월 15일에 집달관과 경찰을 대동하여 그들에게 갔답니다.

집달관이 경찰과 함께 힘겹게 4층으로 올라가서 대학생들이 사는 집의 문을 두드리고 두드렸답니다. 한참 후에 꼭 잠긴 문 안쪽에서 이런 소리가 났답니다. '누구세요?' '법의 이름으로 문을 여시오!' 집달관이 말하니까, '법은 법대로.' 안쪽에서 그런 소리가 나더니 이어 이런 말이 들렸답니다. '그런데 우리에게는 열쇠가 없어요. 틀림없이 남작 부인이 가지고 있을 겁니다.' '당신들, 지금 당국과 농담하는 거요.' 집행관이 말했지요. '당신들, 알고 있지요, 당신들은 이 집에서 나가야 한다는 것을.' '물론이지요.' 안에서 말했어요. '그러나 열쇠 구멍으로 나갈 수도 없고.'

물론 집달관이 경비를 통해 열쇠공을 부르고, 계단에서 경찰과 함께 기다렸답니다. 30분쯤 후에 열쇠공이 와서 흔히 하듯 쇠줄을 열쇠 구멍에 넣어 열려고 했으나, 영국제 자동 잠금장치가 있는 자물통에는 통하지 않았답니다. 돌려 보고, 구멍을 뚫어 보아도 헛수고만 했지요……. 다른 연장을 가지러 가고, 또 기다리고 그러는 사이에 30분이 훌쩍 지나갔지요. 그동안 마당에 사람들이 모이고, 소란이 일어나고, 3층에 있는 남작 부인에게 끔찍한 경련이 일어난 겁니다.

집달관은 여전히 계단에서 기다리고 있는데, 마루세비츠가 달려왔던 겁니다.

'집달관님! 저들이 무슨 짓을 하고 있는지 가 보세요……' 집달관이 마당으로 나가 보니 이런 광경이 벌어지고 있었답니다.

4층 창문이 열려 있고(생각해 보세요, 2월인데!), 그 창문에서 짚으로 채운 매트리스, 이불, 책들, 해골 등이 마당으로 내려오고 있었고, 조금 있으니 줄을 타고 궤와 침대가 내려왔어요.

'저걸 어떻게 생각하세요?' 마루세비츠가 소리쳤지요.

'조서를 작성해야죠.' 집달관이 말했어요. '그런데 저들이 이사 나가니, 저들을 방해할 필요가 없는 것 아닙니까.'

그때 새로운 인형극이 시작된 겁니다. 4층 열린 창문에 의자가 나타나더니, 의자 위에 파트키에비츠가 앉는 것 아니겠어요. 두 친구가 창가에서 그를 내려보내고 있었습니다. 파트키에비츠가 줄에 매달린 의자에 앉아 아래로 내려오고 있었어요! 집달관은 의식을 잃은 것처럼 보였고, 경찰은 성호를 그었지요.

'목이 부러지겠어요……' 여자들이 말했지요. '예수스 마리아, 저 사람을 구해 주소서……' 신경이 예민한 마루세비츠가 크세소프스카 부인에게 달려갔지요. 그사이 파트키에비츠가 앉아 있는 의자가 3층 남작 부인 집의 창문 앞에 이르렀지요.

'이제 장난은 그만하시오!' 집달관이 파트키에비츠를 내려보내고 있는 두 친구에게 소리쳤지요.

'이제 어쩔 수 없어요! 줄이 끊어지면……' 두 친구가 말했지요.

'파트키에비츠, 죽으면 안 돼!' 말레스키가 위에서 소리쳤지요.

마당에선 난리가 났지요. 여자들이(파트키에비츠가 죽을까 봐 걱정하는 여자가 한둘이 아니었지요) 소리 지르기 시작했고, 경찰은 몸이 굳어졌고, 집달관은 완전히 정신을 잃었지요.

'난간을 디디세요! 창문을 때리세요!' 한 여자가 파트키에비츠에게 외쳤답니다.

파트키에비츠에게는 두 번 반복할 필요가 없었지요. 그가 남작 부인의 창문을 때리자 마루세비츠가 창문을 열고 손을 뻗어 그를 방 안으로 끌어들였어요.

겁에 질려 있던 남작 부인까지 달려와서 파트키에비츠에게 말했지요.

'하느님 맙소사! 그런 장난까지 할 필요가 있었나요?'

'존경하는 부인과 헤어질 때 이렇게 하지 않고는 다른 좋은 방법이 없을 것 같았습니다.' 파트키에비츠가 이렇게 말하고 시체 흉내를 내니까 부인이 너무 놀라 뒤로 넘어지면서 이렇게 말했다고 들었소.

'나를 구해 줄 사람 없어요! 남자가 없어요! 남자가! 남자가……!'

부인이 너무 크게 외치는 바람에 마당에 있는 사람들에게까지 다 들렸다고 해요. 집달관이 부인의 외침을 자기 멋대로 해석해서 경찰관에게 말했다고 하네요.

그것은, 가여운 부인이 병에 걸린 겁니다……! 그럴 수밖에, 벌써 2년째 남편과 헤어져서 살고 있으니.

의대생인 파트키에비츠가 남작 부인의 맥을 몇 차례 짚어 보더니 부인에게 쥐오줌풀을 주라고 지시한 뒤 유유히 방에서 나갔지요. 그사이 열쇠공은 영국제 자동 잠금장치를 뜯어냈지요. 그가 일을 다 마쳤을 때 문은 다 망가졌답니다. 그때 말레스키가 갑자기 생각하게 된 겁니다, 잠금장치용 열쇠와 자물통 열쇠가 자기 호주머니에 있다는 것을.

남작 부인이 의식을 되찾자마자 부인의 변호사라는 사람이 부인에게 파트키에비츠와 말레스키를 상대로 소송을 제기하라고 설득했지만, 소송에 진저리가 난 부인은 그를 심하게 나무라고, 이후로는 방을 아무리 오래 비워 두더라도 대학생에게는 절대로 세를 주지 않겠노라 맹세했다고 하네요.

나중에 들은 이야기인데, 남작 부인이 슬프게 울면서 마루세비츠에게 부탁했다고 합니다. 그가 남작을 설득해서 자기에게 사과하고, 집으로 들어오도록 하라고.

'나는 알아요.' 부인이 훌쩍이면서 말했대요. '그는 이제 한 푼도 없어요. 집값도 못 내고 있으며, 하인과 같이 먹는 것도 빚이지요. 하지만 내가 모든 것을 잊고, 그의 빚도 다 갚아 주겠어요, 그가 마음만 새로 잘 먹고 집으로 돌아오면. 남자 없이는 집을 관리하기 어렵고…… 1년도 못 채우고 내가 죽을 것 같아요…….' 여기서 신의 벌을 보는 것 같습니다.' 비르스키가 시가 연기를 내뿜으며 말을 마쳤다. '남작이 벌의 도구가 될 겁니다…….'"

"그리고 두 번째 이야기는?" 내가 물었다.

"두 번째 이야기는 더 짧지만, 더 재미있지. 생각해 보세요, 크세소프스카 남작 부인이 어제 스타프스카 부인을 방문했다오."

"오이! 저런……." 내가 작은 소리를 냈다. "그거 좋지 않은 징조인데……."

"전혀 그렇지 않다오." 비르스키가 말했다. "남작 부인이 스타프스카 부인에게 와서 인형에 관한 소송 사건을 잊어 달라고 울면서, 경련까지 일으키면서, 두 부인 앞에서 무릎을 꿇다시피 하며 애걸했다오. 안 그러면 자기는 평생 불안에서 벗어날 수 없을 거라고 말하면서."

"두 부인께서는 잊겠다고 약속했대요?"

"약속만 한 것이 아니라, 남작 부인에게 키스까지 하고, 보쿨스키도 설득해서 부인을 용서하도록 하겠다는 말까지 했다오. 물론 남작 부인은 크게 감격하며 좋아했다는군……."

"오이! 저런……!" 내가 큰 소리로 말했다. "부인들은 무엇 때문에 보쿨스키에 대해 그 부인과 이야기를 했나……? 준비된 불행이야……."

"무슨 말을 하는 거요?" 비르스키가 반발했다. "그 부인이 기가 완전히 꺾였고, 죄를 뉘우치고 있으며, 완전히 새로운 사람이 되었다오."

어느덧 밤 12시가 되어 그는 갔다. 나는 그를 붙들지 않았다. 왜냐하면 남작 부인이 후회하고 있다고 믿는 그가 약간 거슬렸기 때문이다. 하! 그거야 알 수 없는 일이고, 정말로 개과천선했을 수도 있을까……?

참고로 나는 막마옹이 젊은 나폴레옹을 위한 쿠데타에 성공하리라고 확신했다. 그러는 사이에 나는 오늘 알게 되었다, 막마옹은 무너졌고, 공화국 대통령은 시민 계급 출신인 쥘 그레비가 되었고, 젊은 나폴레옹은 아프리카 나탈이라는 곳에서 벌어지는 전쟁터에 갔다고.

할 수 없는 일이지. 젊은 사람이 싸우는 것도 배워야겠지. 반년쯤 후에 그가 명성을 안고 돌아오면, 프랑스인들 스스로 그를 프랑스로 억지로라도 데려오려 할 수도 있겠지. 그사이에 우리는 스타흐를 헬레나 부인과 결혼시키고.

오, 언젠가 나는 꼭 알아보리라, 내가 메테르니히 같은 방법을 가지고 있고, 사태의 자연스러운 흐름을 이해하고 있는지.

프랑스는 나폴레옹과 함께 영원히, 그리고 보쿨스키는 스타프스카 부인과 함께……!

# 제10장 숙녀들과 여자들

지난 사육제 때와 지금 사순절 기간에 행운은 세 번째 혹은 네 번째 인자한 눈길로 웽츠키의 집을 바라보았다.

그의 살롱은 손님들로 가득했고, 현관까지 방문객들의 명함들이 마치 눈처럼 쌓여 있었다. 토마쉬는 다시 그 행복했던 시절의 위치로 돌아와 있어서, 어떤 방문객은 맞이해야 하기도 했지만, 방문객들 중에서 자기가 선택할 수도 있었다.

"내가 오래 살지는 못할 것 같다." 그는 자주 딸에게 말했다. "하지만 나는 만족스럽다, 비록 죽기 전이지만 사람들이 나에게 경의를 표하고 있으니."

이자벨라는 그 말을 웃으면서 들었다. 그녀는 아버지의 환상을 깨고 싶지 않았지만 확실히 알고 있었다, 방문객들이 공경하는 사람은 아버지가 아니라 자기라는 것을.

그녀와 가장 많이 춤을 추고 가장 우아하게 춤을 추는 니빈스키는 그녀의 아버지와는 춤을 추지 않는다. 가장 훌륭한 매너의 모범이며 유행의 최고 권위자인 말보르크는 그녀와 대화를 하지만, 그녀의 아버지와는 말을 하지 않는다. 그녀의 전 남자 친구 사스탈스키가 위로를 못 받고 있다고 느끼는 것도 그녀 때문이지, 그녀의 아버지 때문이 아니다. 사스탈스키는 이것을 그녀에게 분명히 말했다. 그는 니빈스키처럼 춤을 잘 추는 것도 아니고, 말보르크처럼 유행을 잘 알지도 못하지만 두 사람의 친구다. 그는 그들과 가까이 살고 있으며, 그들과 함께 식사하고, 그들처럼 영국제혹은 프랑스제 양복을 입는다. 한편 그에게서 아무런 다른 장점도 찾아볼 수 없는 숙녀들은 그에 대해서 적어도 시적(時的)이라고 말한다.

아주 사소한 사실, 한 문장이 이자벨라에게 그녀의 승리의 비밀을 다른 쪽에서 찾도록 일깨워 주었다.

어떤 무도회에서 그녀는 판타르키에비추브나에게 말했다.

"금년처럼 바르샤바에서 즐겁게 지낸 적이 없었던 것 같아."

"그건 네가 매력적이기 때문이야." 판타르키에비추브나가 짧게 대답했다, 부채로 자기도 모르게 나오는 하품을 가리면서…….

"'저 나이의 아가씨들'은 어떻게 하면 관심을 끄는지 알고 있지." 즈 데 긴수프 우파달스카 부인이 아주 큰 소리로 즈 페르탈스키흐 비브로트니츠카 부인에게 말했다.

판타르키에비추브나가 부채로 가렸던 동작과 즈 데 긴수프 우파달스카 부인이 한 말이 이자벨라에게 생각할 계기를 만들어 주었다. 그처럼 명백한 상황을 이해하지 못할 만큼 그녀에게 이성이 없는 것은 아니었다.

'나이가 어떻다는 거야?' 그녀는 생각했다. '스물다섯이 **저 나이**는 아니잖아…… 저 부인들은 무슨 말을 하는 거야……?'

옆으로 눈을 돌리다가 자기를 뚫어지게 바라보고 있는 보쿨스키의 눈과 마주쳤다. 그녀는 자신의 승리가 '저 나이' 때문인지, 보쿨스키 때문인지 택일해야 했으므로…… 보쿨스키에 대해 곰곰이 생각하기 시작했다.

그녀를 사방에서 에워싸고 있는 숭배를 본의는 아니지만 그가 만들었다는 사실을 누가 알겠는가……?

그녀는 기억을 되살렸다.

무엇보다도 니빈스키의 아버지는 보쿨스키가 만든 회사에 투자하고 있는데, 이 회사는(이자벨라도 그에 대해서 알고 있다) 큰 수익을 거두고 있다. 기술 학교를 졸업한 말보르크는(그는 그것을 숨기고 있다) 보쿨스키의 소개로(극도의 비밀리에) 철도국에 취직하려고 애썼다. 실제로 그는 그 자리를 얻었다. 그 자리는 일을 요구하지 않는 장점이 있지만, 아주 좋지 않은 단점은 연봉 3천 루블을 주지 않는다는 것이다. 말보르크는 보쿨스키에게 유감이 있지만, 여러 가지 상황을 고려해 약간 비웃으면서 그의 이름만 말하는 데 그치고 있다.

사스탈스키는 보쿨스키의 회사에 투자한 것도 없고, 철도국에 취직한 것도 아니지만, 친구인 니빈스키와 말보르크가 보쿨스키에게 불만이 있기 때문에, 그도 보쿨스키를 싫어했다. 그것을 그가 이자벨라 옆에서 한숨을 쉬면서 말했다.

"행복한 사람들이 있는데, 그들이……."

'그들'이 어떤 사람들인지 이자벨라는 절대 알 수 없을 것이다. 단지 '그들'이라는 말이 그녀에게 보쿨스키를 떠오르게 했다. 그러자 그녀는 자기의 작은 주먹을 쥐고 혼자 중얼거렸다.

"폭군…… 압제자……."

하지만 보쿨스키는 폭군이나 압제자 같은 면을 한 번도 드러낸 적이 없었다. 다만 그는 그녀를 바라보며 생각했다.

'당신이 그런 사람이야…… 당신은 아니지……?'

이자벨라가 우아한 모습의 젊고 늙은 사람들에게 둘러싸여 있는 것을 볼 때마다 그녀의 눈은 다이아몬드나 별처럼 빛났다.

그의 감탄으로 가득한 하늘에 떠다니는 구름이 그의 영혼에 막연한 의심의 그늘을 던지기도 했지만, 보쿨스키는 그 그늘에는 눈을 감았다. 이자벨라는 그의 생명이고, 행복이고, 태양이다. 헛된 망상일지도 모르는 떠다니는 구름이 가릴 수 있는 대상이 아니다.

때로는 가이스트 생각이 나기도 했다. 위대한 사상가들 중 외부 세계와 단절된 상태에서 살고 있는 현자인 그가 보쿨스키에게 웽츠카에 대한 사랑과는 다른 목적을 제시했던 것이다. 그러나 당시에는 그를 망상에서 벗어나는 데 이자벨라의 눈길 한 번이면 충분했다.

"인류가 나와 무슨 상관이람!" 그가 어깨를 으쓱하며 말했다. "전 인류, 세상의 모든 미래, 나의 영원함 때문에…… 그녀와의 키스 한 번을 포기할 수 없다."

키스에 대한 생각과 더불어 뭔가 이상한 일이 그에게 일어났다. 그의 의지가 약해지고 의식이 몽롱해지는 것을 느꼈으며, 의식을 되찾기 위해서는 우아한 사람들과 어울리고 있는 이자벨라를 다시 보아야 했다. 그가 그녀의 꾸밈없는 웃음소리와 단호한 말씨를 듣고, 니빈스키와 말보르크와 사스탈스키를 바라보는 그녀의 불타는 눈빛을 볼 때 비로소 눈 깜짝할 사이에 그의 앞에 커튼이 떨어지는 것 같았다. 커튼 뒤에 있는 어떤 새로운 세계, 어떤 다른 이자벨라가 보였다. 그때 그의 앞에서 거인 같은 힘이 넘치는 그의 젊음이 왜 불타고 있는지 그는 알지 못했다. 그가 가난에서 벗어나기 위해 감내했던 여러 가지 일들을 보았고, 언젠가 그의 머리 위로 날아다니던 귀를 찢는 듯하던 포탄 소리들을 들었으며, 커다란 사건들이 일어났던 가이스트의 실험실을 보았다. 그리고 니빈스키, 말보르크, 사스탈스키를 바라보면서 그는 생각했다.

'내가 여기서 뭘 하고 있는 거지? 왜 내가 그들과 함께 한 제단에 기도하고 있는 거지?'

그는 크게 웃고 싶었다. 그러나 다시 혼돈 상태에 빠졌다. 그리고 다시 그의 삶은 이자벨라와 같은 여자의 발 앞에 바칠 가치가 있는 것처럼 생각되었다.

이렇든 저렇든 즈 데 긴수프 우파달스카 부인의 조심성 없는 말을 듣고 이자벨라는 보쿨스키에 대해 긍정적으로 생각하기 시작했다. 그녀의 아버지를 찾아오는 방문객들의 이야기를 주의 깊게 듣고, 결과적으로 그녀는 알게 되었다. 그들 한 사람 한 사람이 보쿨스키의 회사에 투자하고 있거나, "15퍼센트의 이익을 바라고" 투자를 원하고 있으며, 친척 남자는 취직을 위해서 혹은 다른 어떤 목적을 가지고 보쿨스키를 알고자 했다. 그리고 귀부인들의 관심은…… 그들은 누군가를 보호해 주려 하든가, 혹은 결혼 적령기에 있는 딸을 가진 부인들은 이자벨라에게서 보쿨스키를 뺏고 싶은 욕심을 숨기지 않았으며, 혹은 아직 딸이 어린 부인들에게는 그를 행복하게 하는 것이 기쁨이었다.

"저런 사람의 부인이 되어야지!" 즈 페르탈스키흐 비브로트니츠카 부인이 말했다.

"꼭 부인이 아니더라도!" 웃으면서 폰 플레스 남작 부인이 말했다. 부인의 남편은 5년 전부터 전신이 마비되어 있다.

"압제자…… 폭군……." 자기가 무시하는 상인이 많은 사람들의 시선을 받으며 희망과 부러움의 대상이 되고 있다는 것을 느끼면서 이자벨라는 되뇌었다.

아직도 그녀의 마음에 남아 있는 경멸과 혐오의 잔재에도 불구하고 그녀는 이 거칠고 우울한 사람이 의회 의장, 달스키 남작, 심지어 니빈스키, 말보르크, 사스탈스키보다 훨씬 더 중요하고 더 잘

생겼다는 것을 인정하지 않을 수 없었다.

하지만 그녀의 결정에 가장 큰 영향을 미친 것은 공작이었다.

보쿨스키는 크세소프스카 부인에게 집값 1만 루블을 깎아 주라는, 작년 12월에 있었던 공작의 부탁을 들어주지 않았고, 금년 1월과 2월에도 공작이 보호하고 있는 가난한 사람들을 위해 한 푼도 내지 않았다. 그 때문에 공작은 한동안 보쿨스키에 대한 마음을 접고 있었다. 보쿨스키가 공작에게 불쾌한 실망을 안겨 준 것이다. 공작은 보쿨스키 같은 사람은 공작의 총애를 받으면 기호나 관심은 물론 재산과 목숨까지도 당연히 공작을 위해 포기해야 한다고 판단할 권리가 있다고 믿었다. 그는 공작이 좋아하는 것을 좋아해야 하고, 공작이 미워하는 것을 미워해야 하며, 오로지 공작의 목적에만 봉사해야 하며, 공작의 마음에 드는 것만 충족시켜야 한다. 그런데 이 신흥 부자는(좋은 귀족임에는 틀림없지만) 자기가 공작의 하인이라고 생각하지 않을 뿐만 아니라, 감히 독자적인 인간으로 행동하고 있는 것이다. 그는 몇 차례나 공작에 반대했고, 더 나쁜 것은 공작의 요구를 정면으로 거절했다.

'거친 인간…… 자기 이익만 생각하는…… 이기주의자!' 공작은 생각했다. 그러나 그는 벼락부자의 대담성에 점점 더 크게 놀랐다.

예기치 못한 일이 생겼다. 보쿨스키가 웽츠카에게 구혼하고 있는 사실을 더 이상 숨길 수 없는 웽츠키가 공작에게 보쿨스키에 대한 생각을 묻고 조언을 구했던 것이다.

공작은 약점도 많지만, 근본적으로는 정직한 사람이었다. 그는 인간들을 판단할 때 자기 마음에 드느냐 그렇지 않느냐에 따르지 않고, 여러 사람의 의견을 청해 듣는다. 그래서 그는 웽츠키에게 '생각을 정리하기 위해' 몇 주 동안의 시간을 달라고 부탁했다. 왜냐하면 그는 다양한 사람들을 알고 있고, 자신의 경찰도 가지고 있어서 여러 가지 일에 대해 알 수 있기 때문이다.

먼저 그는 보쿨스키에 대해 사람들이 신흥 부자 혹은 민주주의자라고 좋지 않게 말하지만, 자기들끼리 있을 때에는 그에 대해 자랑스럽게 말한다는 것을 알게 되었다.

"그도 우리와 같은 귀족인데, 상업 쪽으로 간 거야!"

유대인 은행가들에게 누군가를 대립시켜야 할 때에는 가장 완강한 귀족들이 보쿨스키를 정면에 내세웠다.

상인들, 특히 공장주들이 보쿨스키를 미워했는데, 가장 자주 하는 비난이 "그 사람 귀족이야…… 큰 인물이지…… 정치가야!" 정도였다. 그러니 공작이 보쿨스키를 나쁘게 볼 수가 없었다.

그러나 가장 흥미로운 소식은 수도원 수녀들에게 들었다. 바르샤바에 한 마부와 바르샤바-빈 철도 회사 건널목지기인 그의 형이 있었는데, 이 두 사람이 보쿨스키를 숭배하고 있었다. 보쿨스키가 장학금을 주었다고 떠드는 대학생들도 있었고, 보쿨스키가 공장을 마련해 주었다는 수공업자도 있었고, 보쿨스키가 상점을 열게 해 주었다는 소매상도 있었다.

이런 일도 있었다. (이야기를 할 때 수녀는 경건한 놀라움과 얼굴에 홍조까지 보였다.) 타락한 한 여성을 보쿨스키가 가난의 덫에서 구한 다음 막달레나 수도원에 보내 그 여자를 정직하고 건실한 사람으로 만들었는데, (수녀들이 말하기를) 그런 여자도 정직한 사람이 될 수 있었다고 했다.

이런 보고들은 그를 놀라게 했을 뿐만 아니라 감탄하게 했다. 갑자기 보쿨스키가 그의 마음속에 강력하게 자리 잡았다. 그는 자신의 프로그램을 가지고 있었던 거야. 그랬구나! 그는 스스로 정치를 실행하고 있었군. 그는 빈곤 계층에 대단히 중요한 인물이 되어 있었다.

　마침 공작이 정해진 시간에 웽츠키를 방문했을 때, 그는 빠뜨리지 않고 이자벨라를 만났다. 그는 의미 있게 그녀를 껴안으며 수수께끼 같은 말을 했다.

　"사랑하는 사촌아, 너는 손에 아주 특별한 새를 가지고 있다……. 그것을 잘 붙들고 잘 보살펴 주어라, 그 새가 불행한 나라에 도움이 되게 자랄 수 있도록……."

　이자벨라는 그 특별한 새가 보쿨스키임을 바로 알아들었다.

　'폭군…… 압제자……!' 그녀는 생각했다.

　그럼에도 불구하고 보쿨스키의 이자벨라에 대한 관계에서 첫 번째 얼음벽은 무너졌다. 이제 그녀는 그와 결혼하기로 결심했다.

　어느 날 웽츠키가 몸이 조금 안 좋았을 때, 이자벨라는 자기 방에서 책을 읽고 있었다. 그때 살롱에 봉소프스카 부인이 와 있다고 그녀에게 알려 왔다. 이자벨라는 바로 달려갔다. 그곳에는 봉소프스카 부인 외에도 사촌 오호츠키가 있었다. 그의 얼굴은 아주 어두웠다.

　두 여자 친구는 보란 듯이 반갑게 껴안고 키스했다. 그러나 오호츠키는 보지 않고도 알 수 있었다, 두 사람 중 하나가 혹은 두 사람이 서로에게 크지는 않지만 언짢은 일이 있다는 것을.

　'나 때문일까……?' 그에게 그런 생각이 들었다. '쓸데없이 끼어들 필요는 없어…….'

　"아, 사촌도 와 있네!" 이자벨라가 그에게 손을 내밀면서 말했다. "왜 그렇게 슬픈 표정이야?"

　"즐거워야지." 봉소프스카 부인이 끼어들었다. "은행에서 여기까지 오는 동안 내내 나에게 치근거렸어. 그래서 작게나마 성공한 셈이지. 큰길 모퉁이에서 그에게 장갑 단추 두 개를 끄르고 손에 키스하라고 허용했지. 벨루, 네가 보았더라면, 그가 얼마나 키스할 줄 모르는지……."

"그래……?" 오호츠키가 이마까지 붉어지면서 큰 소리로 말했다. "좋아! 지금부터 부인의 손에는 절대 키스하지 않을 거야. 맹세해……."

"오늘 저녁이 되기 전에 당신은 두 손에 키스할 거야……." 봉소프스카 부인이 반박했다.

"윁츠키 씨에게 문안 인사 해도 될까?" 오호츠키가 의젓하게 묻고는, 이자벨라의 대답도 듣기 전에 살롱에서 나갔다.

"그가 부끄러워하지 않아." 이자벨라가 말했다.

"할 줄 모르면 치근거리지 말아야지. 그런 경우에 능숙하게 할 줄 모르면 치명적인 죄를 짓는 거야. 그렇지 않아?"

"그런데 언제 온 거야?"

"어제 아침에." 봉소프스카 부인이 대답했다. "그러나 은행에 두 번이나 가야 했고, 창고도, 집도 정리해야 했어. 더 재미있는 사람을 구할 때까지는 그가 나를 도와주고 있지. 만일 네가 나에게 누군가를 양보한다면……." 그녀가 강조해서 말했다.

"또 무슨 소문이야!" 얼굴에 홍조가 피어나면서 이자벨라가 말했다.

"시골에 있는 나에게까지 소문이 들리던데. 스타르스키가 부러워하면서 이야기했어. 금년에도, 항상 그렇듯, 너는 여왕이었다고. 사스탈키가 너에게 완전히 정신을 잃고 있다고."

"두 사람 모두 재미없는 친구들이야." 이자벨라가 웃으면서 말했다. "세 사람이 나를 사랑하는데, 저녁마다 다른 사람에게 방해되지 않을 시간에 나에게 청혼해. 그리고 나중에 세 사람이 서로 고민을 털어놓고 있어. 그 세 사람은 모든 것을 함께해."

"그에 대한 너의 반응은?"

이자벨라가 어깨를 으쓱했다.

"나에게 묻는 거야?"

"또 들은 것이 있어." 봉소프스카 부인이 말했다. "보쿨스키가 청혼했다면서……."

이자벨라는 옷에 달린 장식 술을 만지작거렸다.

"그래, 말해 줄게. 그가 청혼했어! 나를 볼 때마다 청혼해, 나를 보면서, 나를 안 보면서, 말하면서, 말이 없으면서…… 그들이 흔히 그러하듯……."

"그래, 너는?"

"나는 그사이에 내 프로그램을 실행하고 있어."

"어떤 것인지 알아도 돼?"

"물론 비밀로 할 것도 없지, 내가 정하는 것이니까. 먼저 회장 부인에게 가 봐야겠지…… 부인께서는 안녕하셔?"

"아주 안 좋으셔." 봉소프스카 부인이 대답했다. "스타르스키가 부인의 방을 거의 떠나지 않고 있어. 공증인도 매일 다녀가고. 그러나 아무 소용이 없는 것 같아. 그건 그렇고 프로그램이 뭐야?"

"자스와벡에서……." 이자벨라가 말했다. "내가 그 가게를(여기서 그녀의 얼굴이 홍당무처럼 붉어졌다) 처리하는 문제에 대해 말했어. 그 가게는 늦어도 6월에 매각될 거야."

"잘됐네. 그리고?"

"다음으로 무역 회사가 문제인데. 그는 물론 당장에라도 처분하려고 하지. 그러나 내가 생각 중이야. 회사에서 들어오는 돈이 연간 9만 루블인데, 회사를 정리하면 수입이 3만 루블밖에 안 돼. 내가 망설이는 이유를 알겠지."

"네가 숫자에 관심을 가지기 시작했다는 것이 보이네."

이자벨라가 경멸하는 투로 손을 저었다.

"아, 나는 절대로 숫자에 대해 알 수 없었을 거야. 그런데 그가 설명해 주었고, 아버지도 조금…… 그리고 고모도 약간."

"그와 그렇게 터놓고 말하는 거야?"

"아니…… 우리가 여러 가지 일에 대해 물을 수는 없으니까, 그런 쪽으로 대화를 유도하지, 우리에게 모든 것을 말하도록. 무슨 말인지 알겠지?"

"그래서?" 약간 불안한 기색을 드러내면서 봉소프스카 부인이 마치 조사하듯 물었다.

"마지막 조건은 순전히 윤리적인 면이야. 그에겐 가족이 없다는 것을 알고 있어. 그게 아주 큰 장점이지. 나는 지금까지의 모든 관계를 그대로 유지할 권리를 유보하고 있어……."

"그가 아무 말 없이 동의할까?"

이자벨라가 약간 오만한 눈빛으로 친구를 내려다보았다.

"의심스러운 거야?"

"조금도. 그러면 스타르스키, 사스탈스키……."

"물론 스타르스키, 사스탈스키, 공작, 말보르크…… 모든 사람, 내가 오늘도 앞으로도 선택하고 싶은 사람은 누구나 우리 집에 오는 거지. 달라질 게 있겠어?"

"당연히 그래야지. 그런데 질투 때문에 싸움이 없을까……?"

이자벨라가 웃음을 터뜨렸다.

"질투로 인한 싸움이라고! 질투와 보쿨스키…… 하! 하! 하! 나와 감히 싸우려는 사람은 이 세상에 없어. 더구나 그가…… 그가 나를 얼마나 숭배하고, 나에게 순종적인지 너는 몰라……. 그의 무한한 신뢰, 심지어 개인적인 모든 것의 포기가 실제로 나를 무장 해제 시킨 거야……. 그리고 누가 알아, 그것이 나를 그에게 구속시키지 않는지도."

봉소프스카 부인이 가볍게 입술을 깨물었다.

"너는 아주 행복하겠구나, 적어도…… 너는." 한숨을 억제하고 나서 부인이 말했다. "비록……."

"비록이라니, 그게 무슨 뜻이야?" 이자벨라가 놀란 표정으로 물었다.

"너에게 말하지." 봉소프스카 부인이 평소와 달리 아주 차분한 어조로 말을 이어 갔다. "회장 부인께선 보쿨스키를 아주 좋아하셔. 내가 보기에 회장 부인께서 그를 아주 잘 알고 계시는 것 같아, 어떻게 알게 되셨는지는 모르겠지만. 나는 회장 부인과 자주 보쿨스키에 대해 이야기했어. 언젠가 회장 부인께서 나에게 뭐라고 하셨는지 알아……?"

"흥미로운데. 뭐라고 하셨는데……?" 이자벨라가 물었다. 그녀는 점점 더 놀라는 표정이었다.

"이런 말씀을 하셨어. 벨라가 그를 전혀 이해하지 못하고 있는 게 걱정이야. 내가 보기에 벨라는 그와 게임을 하는 것 같은데, 벨라는 그와 게임을 할 수 없어. 벨라가 그를 제대로 평가하기에는 늦은 것 같아……."

"회장 부인이 그렇게 말했다고?" 이자벨라가 차갑게 말했다.

"그래! 그 밖에도 너에게 모든 것을 말하지. 회장 부인이 '카지아, 내 말 기억해라, 그렇게 될 거야. 죽어 가는 사람들이 더 분명히 보거든…….' 이런 말씀을 마지막으로 하셨는데, 이상한 감동을 주었어."

"회장 부인 건강이 그렇게 안 좋으셔?"

"확실히 안 좋으셔." 봉소프스카 부인이 대화가 단절되기 시작한 것을 느끼면서 냉담하게 말을 끝냈다.

잠깐 동안 침묵이 이어졌다. 다행히 오호츠키가 들어오는 바람에 어색한 분위기가 깨졌다. 봉소프스카 부인이 다시 아주 친절하게 이자벨라와 작별 인사를 나누었다. 그러면서 그녀는 오호츠키에게 불타는 눈빛을 보냈다.

"이제 우리 집으로 점심 먹으러 가요."

오호츠키는 봉소프스카 부인과 같이 가지 않을 것 같은 표정을 지었다. 하지만 그의 얼굴이 더 어두워지더니 모자를 집어 들고 밖으로 나갔다.

그들은 마차에 올랐다. 오호츠키가 곁눈으로 봉소프스카 부인을 보고 거리로 눈을 돌리면서 말했다.

"벨라는 보쿨스키와 이렇든 저렇든 끝난 건가⋯⋯?"

"당신은 틀림없이 그걸 바라죠? 그래야 당신이 그 집의 유일한 친구로 남으니까. 그렇다고 되는 것은 아무것도 없을 거예요." 봉소프스카 부인이 말했다.

"천만에요, 부인." 그가 화난 목소리로 말했다. "그건 내 분야가 아니고⋯⋯ 스타르스키나 그와 비슷한 사람들이 하겠지."

"그러면 벨라가 끝내건 말건 당신과 무슨 상관이에요?"

"여러 가지 일이 있지요. 맹세코, 보쿨스키는 학술적인 어떤 중요한 비밀을 알고 있어요. 확실한 것은 그가 나에게 그것을 말하지 않을 겁니다, 그 스스로가 그 일에 완전히 빠지기 전에는⋯⋯. 아, 지겹게 알랑거리는 여자들⋯⋯."

"당신의 알랑거림은 덜 지겨운 줄 아세요?" 봉소프스카 부인이 물었다.

"나는 그래도 돼요."

"당신은 그래도 된다⋯⋯ 아주 오만하군요!" 그녀가 화를 냈다. "진보적인 사람이 그런 말을 하다니, 여성 해방 시대에⋯⋯!"

"빌어먹을 여성 해방!" 오호츠키가 말했다. "대단한 여성 해방이야. 당신들은 남자와 여자의 모든 특권을 다 가지려고 하면서, 어떤 의무도 원하지 않아요. 그들에게 문을 열어라, 네가 지불한 자리를 그들에게 양보해라, 그들을 사랑해라, 그런데 그들은……."

"왜냐하면 우리가 당신들의 행복이니까." 봉소프스카 부인이 비웃는 투로 대답했다.

"무슨 행복……? 백다섯 명의 여자에 남자가 백 명이라면 비싼 쪽은 어디겠어요?"

"당신을 숭배하는 여자들과 휴대품 보관소 여자들은 비싸지 않겠지요."

"물론! 그러나 가장 참을 수 없는 건 귀부인들과 식당 여종업원들이지요. 요구는 얼마나 많은지, 게다가 불만스러운 표정들……!"

"당신은 흥분하고 있어요." 봉소프스카 부인이 오만하게 말했다.

"그러면 부인 손에 키스하겠어요." 그가 말하고 바로 실행했다.

"그 손에 키스하지 마세요."

"그러면 다른 손에……."

"내가 말하지 않았어요, 당신은 저녁 되기 전에 내 손에 키스할 거라고?"

"아, 당연하지요! 부인 집에 점심 먹으러 가고 싶지 않아요…… 여기서 내릴게요."

"마차를 세워요."

"뭣 때문에."

"여기서 내리고 싶으시면……."

"여기는 아니고…… 오, 나는 이런 못된 성질 때문에 불행합니다!"

보쿨스키는 며칠마다 토마쉬 웽츠키의 집을 방문해 토마쉬만 만났다. 그는 보쿨스키를 아들처럼 따뜻하게 맞이했다. 그렇게 몇 시간이 지나면 토마쉬는 자기의 병과 사업 문제에 대해 이야기했다. 그럴 때 그는 보쿨스키를 식구처럼 대했다.

그럴 때면 이자벨라는 흔히 집에 없었다. 그녀는 백작 고모네 집에 있거나, 아는 사람들 집에 있거나, 혹은 가게에 가 있었다. 운 좋게 보쿨스키가 그녀를 만나면, 서로 간단히 말을 나누는 정도였다. 이자벨라는 그때마다 어디를 가는 중이거나, 자기 손님을 맞이하고 있었기 때문이었다.

봉소프스카 부인이 다녀간 후 며칠이 지나서 보쿨스키는 이자벨라를 만났다. 그녀는 그에게 키스하라고 손을 내밀었다. 그는 그 손에 항상 그렇듯 종교적인 숭배하는 마음으로 키스했다. 그녀가 말했다.

"아세요, 회장 부인께서 매우 편찮으십니다."

보쿨스키의 몸이 굳어졌다.

"가여운, 훌륭하신 노인네…… 내가 찾아뵈어도 방해되지 않는다면 가겠는데…… 곁에서 돌봐 드리는 사람은 있나요?"

"오, 있어요." 이자벨라가 대답했다. "달스키 남작 부부도 있고……." 그녀가 웃으면서 말했다. "에벨리나가 이미 남작과 결혼했어요. 펠라 야노츠카도 있고…… 또 스타르스키……."

그녀의 볼이 가볍게 붉어졌다. 그리고 말이 끊어졌다.

'내가 잘못해서 저러는 거야.' 보쿨스키는 그렇게 생각했다. '내가 스타르스키를 싫어하는 걸 이 여자가 알고 있는 거야. 그래서 그를 언급한 뒤에 당황하는 거지. 내가 못난 행동을 한 거야!'

그는 스타르스키에 대해 좋은 말을 하고 싶었으나, 말이 나오지 않았다. 어색한 침묵을 깨기 위해 그가 말했다.

"금년 피서는 어디로 가십니까?"

"저는 잘 몰라요. 호르텐시야 고모가 편찮으셔서 크라쿠프에 갈지도 몰라요. 하지만 저는 솔직히 스위스에 가고 싶어요, 제 마음대로 정한다면."

"그러면 누가 정하는데요?" 보쿨스키가 물었다.

"아버지께서……. 그 밖에도 무슨 일이 있을지 어떻게 알겠어요?" 얼굴이 붉게 물들면서 그녀가 대답했다. 그리고 특유의 눈빛으로 보쿨스키를 쳐다보았다.

"모든 것이 아가씨 뜻대로 된다고 보고……." 그가 말했다. "제가 동행해도 되겠습니까……?"

"선생께서 그럴 만한 일을 하시면……."

그녀의 어조에 보쿨스키는 정신을 완전히 잃었다. 이런 일이 금년에 벌써 몇 번째인지 모른다.

"아가씨를 위해서 제가 무슨 일을 할 수 있을까요?" 그가 그녀의 손을 잡으면서 물었다. "동정인가요…… 아니, 동정은 아니겠지요. 동정은 주는 사람에게나 받는 사람에게나 유쾌한 감정은 아니니까요. 동정은 원하지 않습니다. 제가 무얼 시작할 수 있는지 생각해 보세요, 그렇게 오랫동안 아가씨를 못 보는데. 사실 요즘 우리는 너무 오랫동안 서로 보지 못했어요. 아가씨는 모르실 거예요, 기다리고 있는 사람에겐 시간이 얼마나 더디게 가는지……. 그래도 아가씨가 바르샤바에 계시는 동안, 제 스스로 말합니다. 볼 수 있겠지 내일은…… 모레는…… 그래도 언제라도 볼 수 있지, 아가씨를 못 보면 적어도 아버지를, 미코와이를, 아가씨의 집이라도…….

아, 아가씨께서 자비로운 일을 하나 하실 수 있다면, 한마디로 끝낼 수 있는데, 무엇인지 잘 모르겠지만…… 저의 고통 혹은 환상을…… 아가씨께서도 아시죠, 가장 좋지 않은 확실성도 가장 좋은 불확실성보다 낫다는 말을······."

"만일 확실성이 가장 좋지 않은 것이 아니라면······?" 이자벨라가 그의 눈을 보지 않고 말했다.

현관방 벨이 울렸다. 조금 뒤에 미코와이가 리제프스키와 피에차르코프스키의 명함을 가지고 들어왔다.

"들어오라고 해." 이자벨라가 말했다.

살롱으로 아주 우아한 차림의 두 젊은 남자가 들어왔다. 그중한 사람은 목이 가늘고 상당히 대머리였고, 다른 사람은 호소하는 듯한 시선에 말씨가 묘한 뉘앙스를 풍겼다. 두 사람은 옆으로 나란히 들어왔고, 모자도 같은 높이로 손에 들고 있었다. 그들은 똑같이 고개를 숙여 인사하고, 동시에 같은 자세로 앉아서 다리도 똑같이 꼬았다. 그런 다음 리제프스키는 목을 반듯하게 수직으로 세웠고, 피에차르코프스키는 쉬지 않고 말하기 시작했다.

그는 지금 기독교 세계에선 저녁 파티와 함께 사순절 행사를 하고 있는데, 사순절 전에 카니발이 있고, 이 기간에 사람들은 제대로 즐기고, 사순절 후에는 아주 안 좋은 시간이 오는데, 이때 무엇을 해야 할지 모른다고 말했다. 그는 이어서 이자벨라에게 사순절기간에 파티 외에도 강독회가 열리는데, 이 시간도 잘 아는 귀부인들 옆에 앉으면 아주 즐겁게 보낼 수 있으며, 이번 사순절 때 가장 우아한 연회는 쉐주호프스키의 집에서 열린다고 말했다.

"얼마나 황홀하고, 얼마나 오리지널한 파티인가······! 제가 아가씨에게 말씀드립니다." 그가 말을 계속했다. "저녁 식사는 당연히 예전과 같습니다. 굴, 바닷가재. 생선, 사냥으로 잡은 육류 그리고 마지막으로 애호가들을 위해서, 아가씨, 아시겠어요······? 귀리! 진짜 귀리······ 어떤 귀리일까요?"

"타타르 귀리." 리제프스키가 처음이자 마지막으로 한마디 했다.

"타타르 귀리가 아니라 메밀입니다. 얼마나 비범하고, 얼마나 경이로운 일입니까! 한 알 한 알을 따로따로 요리한 것처럼 보입니다. 실제로 저와 키에우빅 공작, 실레진스키 백작이 제대로 그것을 먹습니다. 믿어지지 않겠지만…… 그것은 보통 은쟁반에 담아서 제공됩니다."

이자벨라는 감동해서 말하는 사람을 바라보고, 그가 한마디 한마디 할 때마다 웃음과 동작과 눈빛으로 그가 하는 말을 지지했다. 그런 그녀의 모습을 보고 보쿨스키의 눈이 캄캄해지기 시작했다. 그는 자리에서 일어나 작별 인사를 하고 거리로 나왔다.

'저 여자를 이해할 수가 없어!' 그는 생각했다. '저 여자는 도대체 누구일까……?'

그러나 수백 걸음 걷는 사이에 추위에 정신이 들었다.

'결과적으로…….' 그는 생각했다. '이상할 게 뭐 있나? 그 여자도 사람들과 함께 살아야 하니 그들에게 적응하겠지. 함께 지내면서 그들의 바보 같은 소리도 들어야겠지. 그녀가 여신처럼 아름답고, 누구에게나 그녀가 여신인 것이 그녀 잘못인가? 비록 저런 사람들에 대한 취향은…… 아, 내가 비열한 거야, 내가 항상 비열한 거야!'

이자벨라의 집에 갔다가 올 때마다 귀찮은 파리처럼 의심이 달려들었다. 그러면 그는 일하러 갔다. 계산 장부도 들여다보고, 영어 단어도 외우고, 새로운 책도 읽었다. 하지만 그런 것들도 별 도움이 되지 않을 때는 스타프스카 부인에게 갔다. 그는 저녁 내내 그 집에 머물렀다. 이상한 일이다. 스타프스카 부인과 함께 있으면 마음이 완전한 평온을 되찾지 못하더라도 많은 위로를 받고 편해진다…….

그들은 일상적인 일들에 대해 이야기했다. 그녀는 주로 밀레로바 가게에서 있었던 일을 이야기했다. 가게는 점점 더 잘되고 있는데, 사람들이 가게가 보쿨스키에게 속해 있다는 것을 알고 오기 때문이라고 말했다. 나중에 그녀는 헬루니아가 점점 착해지고 있다고 말했다. 헬루니아가 말을 안 들을 때 할머니가 보쿨스키 어른에게 말할 것이라고 겁을 주면 헬루니아가 곧 얌전해진다는 이야기도 했다. 또 그녀는 제츠키에 대한 이야기도 했다. 제츠키 씨가 가끔 오는데 그가 할머니에게 보쿨스키 선생님의 삶에 대해 구체적인 많은 이야기를 해 주기 때문에 할머니가 아주 좋아하신다고 했다. 그리고 할머니는 비르스키 씨도 좋아하시는데, 그 역시 보쿨스키 선생님을 아주 존경하고 있다는 말도 했다.

보쿨스키는 속으로 놀라면서 그녀를 바라보았다. 처음에는 칭찬하는 말을 듣는 것이 난처하게 느껴졌다. 그러나 스타프스카 부인이 꾸밈없고 순진하게 이야기하기 때문에 그는 그녀를 가장 좋은 여자 친구로 생각하기 시작했다. 그녀는 그를 약간 과대평가하고 있지만, 거짓의 그림자는 조금도 없었다.

그는 스타프스카 부인이 자기 자신을 돌보지 않는다는 것도 알게 되었다. 가게 일을 마친 후에 그녀는 헬루니아와 어머니를 돌보고, 하녀의 일을 챙겨 주고, 가난한 사람들의 일도 보살펴 주고 있다. 하지만 그들은 너무 가난해서 그녀에게 고마움조차 표현할 수 없을 정도다. 다른 일이 없을 때 스타프스카 부인은 카나리아 새장을 열고 물도 갈아 주고, 모이도 뿌려 주었다.

'천사 같은 마음씨구나……' 보쿨스키는 생각했다. 어느 날 저녁, 그가 그녀에게 말했다.

"부인을 보면서 내가 무슨 생각을 하는지 아세요?"

부인이 놀라 그를 바라보았다.

"심한 상처가 있는 사람에게 부인의 손이 닿으면 그에게서 고통이 달아날 뿐만 아니라 상처가 치료되는 것처럼 보여요."

"선생님은 제가 마술을 부리는 사람이라고 생각하세요?" 몹시 당황하면서 부인이 물었다.

"아니요, 부인. 성스러운 여인들이 부인처럼 생겼을 거라고 생각합니다."

"보쿨스키 선생님 말이 맞아." 미시에비초바 부인이 거들었다.

스타프스카 부인이 웃음을 터뜨렸다.

"오, 내가 성스럽다고……! 누가 내 마음을 들여다보면 내가 얼마나 저주받을 만한지 분명히 알게 될 텐데……. 그러나 지금은 상관없어!" 그녀가 말을 끝냈다. 목소리에 절망이 배어 있었다.

미시에비초바 부인이 눈에 띄지 않게 자리를 피했다. 보쿨스키는 그것에 관심이 없었다.

그는 다른 것을 생각하고 있었다.

스타프스카 부인은 보쿨스키에 대한 자신의 감정이 무엇인지 확실히 파악하지 못하고 있었다. 그를 본 지는 수년이 되었다. 그녀 생각에 그는 잘생겼지만, 그녀와는 상관없는 일이었다. 나중에 보쿨스키는 바르샤바에서 사라졌다. 그리고 불가리아로 가서 많은 재산을 모았다는 소문이 돌았다. 그에 대해서는 말이 많았고, 스타프스카 부인도 자연히 소문의 중심에 있는 그에 대해 다른 사람들처럼 관심을 가지게 되었다. 그녀가 아는 사람 중 하나가 보쿨스키에 대해 이야기하면서 "그는 악마처럼 힘이 넘치는 사람"이라고 말했는데, 스타프스카 부인은 그 표현이 마음에 들었다. 그래서 그녀는 보쿨스키를 좀 더 주의 깊게 살펴보기로 마음먹었다.

그런 의도를 가지고 그녀는 가끔 그의 가게에도 몇 번 갔다. 하지만 그녀는 가게에서 그를 만나지도 못했다. 한 번은 그를 보았으나 옆모습만 보았고, 한 번은 그와 몇 마디 말을 나누었다. 그때 그의 인상이 특별했다. '악마처럼 힘이 넘치는 사람'과 실제 그의 행동에는 두드러진 차이가 있었다. 그는 전혀 악마처럼 보이지 않았고, 오히려 슬픈 얼굴에 차분한 모습이었다. 그리고 그녀는 하나의 사실을 발견했다. 그의 눈에는 꿈이 서려 있었다…….

'아름다운 사람이야!' 그녀에게 이런 생각이 들었다.

어느 여름날, 그녀는 자신이 살던 건물 대문에서 그를 만났다. 보쿨스키가 그녀를 유심히 바라보았다. 그때 그녀의 얼굴이 부끄러움으로 눈까지 빨갛게 달아올랐다. 그녀는 자기가 부끄러움으로 얼굴이 붉어진 것 때문에 속상해했고, 자기를 그렇게 유심히 바라본 보쿨스키를 오랫동안 속으로 나무랐다.

그런 일이 있고 나서 그녀는 그의 이름이 거론될 때마다 당황하는 자신을 감출 수가 없었다. 그녀는 뭔가 유감스러웠는데, 그것이 자기 자신에 대한 것인지, 그에 대한 것인지 알지 못했다. 그러나 주로 자기 자신에 대한 유감이었다. 왜냐하면 스타프스카 부인은 다른 사람에 대해 한 번도 서운하게 생각해 본 적이 없었기 때문이다. 그렇다면 그녀가 명랑하고 아무 이유 없이 부끄러워하는 것이 그의 잘못일까……?

그녀가 살던 집을 보쿨스키가 샀을 때, 그리고 제츠키가 그의 뜻에 따라 집세를 깎아 주었을 때(비록 모든 사람이 그녀에게 부잣집 주인은 그렇게 할 수 있을 뿐만 아니라, 집세를 내려 주는 것이 그의 의무라고 말했지만), 스타프스카 부인은 보쿨스키에게 고마움을 느꼈다. 제츠키가 그녀의 집에 자주 와서 스타흐가 살아온 길에 대해 많은 이야기를 하면서 고마움은 점차 놀라움으로 변했다.

"그분은 보통 사람이 아니야!" 미시에비초바 부인이 그녀에게 여러 차례 말했다.

스타프스카 부인은 아무 말 없이 들었다. 하지만 그녀는 보쿨스키는 지구 상에서 가장 비범한 사람임을 점점 확신하게 되었다.

보쿨스키가 파리에서 돌아온 후 늙은 점원이 더 자주 스타프스카 부인에게 와서 속에 있는 이야기들을 점점 많이 털어놓았다. 그는, 당연히 절대 비밀이라고 하면서, 보쿨스키가 웽츠카 양을 사랑하고 있다고 말했다. 그리고 그는 그것을 조금도 좋아하지 않는다고도 했다.

스타프스카 부인의 마음속에서 웽츠카를 싫어하는 감정과 보쿨스키에 대한 동정심이 생겨났다.

그때 그녀에게 보쿨스키는 틀림없이 아주 불행해질 것이며, 그에게 알랑거리는 여자의 덫에서 그를 구하는 사람은 큰일을 하게 될 것이라는 생각이 떠올랐다가 이내 사라졌다.

그 후 스타프스카에게 두 가지 불행스러운 일이 닥쳤다. 하나는 인형 소송 사건이고, 다른 하나는 과외 일자리를 잃은 것이었다. 보쿨스키는 법정에서 그녀를 무죄로 만들었고, 그녀에게 좋은 일자리를 제공했다.

당시 그녀는 이 사람은 항시 자기의 관심 대상이며, 이 사람은 자기에게 헬루니아, 어머니와 마찬가지로 중요한 사람이라고 마음속으로 다짐했다.

그때부터 그녀에게 이상한 생활이 시작되었다. 누구든 집에 오면 그녀에게 직설적으로 혹은 돌려서 보쿨스키에 대해 이야기했다. 데노바 부인, 콜레로바 부인, 라진스카 부인이 그녀에게 보쿨스키가 바르샤바에서 가장 좋은 짝이라고 설명했다. 그녀의 어머니는 루드빅은 죽었고, 살아 있다 해도 그를 생각할 가치가 없다고 상기시켰다. 제츠키도 올 때마다 스타흐는 불행하고, 그를 불행에서 구해야 하는데, 그럴 만한 사람은 그녀밖에 없다는 이야기를 했다.

"어떻게요……?" 그녀가 물었다. 사실 그녀 자신도 그가 무슨 말을 하는지 잘 이해하지 못하고 있었다.

"부인께서 그를 사랑하세요, 그러면 방법을 찾을 수 있습니다." 제츠키가 대답했다.

그녀는 아무 대답도 하지 않았다. 그러나 원하면서도 보쿨스키를 사랑하지 못하는 자신에 대해 속으론 쓸쓸하게 자책하고 있었다. 그녀에게서 감정이 말라 버린 것이다. 그녀는 자기에게 그런 감정이 있는지도 확실히 알지 못했다. 사실 그녀는 가게 일을 할 때나 집에 있을 때나 끊임없이 보쿨스키를 생각했다. 그의 방문을 기다렸고, 그가 오지 않으면 신경이 예민해지고 슬펐다. 자주 꿈도 꾸었지만, 그러나 그것이 사랑은 아니었다. 그녀는 사랑을 할 수 없었다. 꼭 진실을 말해야 한다면, 그녀는 이미 남편에 대한 사랑을 끊었다. 없는 사람에 대한 회상은 잎이 모두 떨어지고 검은 줄기만 뼈처럼 남아 있는 가을 나무처럼 그녀에게 생각되었다.

'내가 어떻게 사랑할 수 있겠는가!' 그녀에게 이런 생각이 들었다. '나에게서 정열이 이미 식었었는데.'

제츠키는 그사이에도 나름대로 재치 있는 계획을 꾸준히 실행하고 있었다. 처음에 그는 스타프스카 부인에게 이자벨라가 보쿨스키를 망치고 있다고 말했다. 나중에는 다른 여성이 보쿨스키를 정신 차리게 할 수 있다고도 했고, 보쿨스키가 스타프스카 부인과 함께 있을 때 눈에 띄게 평온해진다고 털어놓기도 했으며, 드디어 (그가 추측의 형식을 빌려 말했지만) 보쿨스키가 스타프스카 부인을 사랑하기 시작했다고 말했다.

이런 말들의 영향으로 스타프스카 부인은 몸이 수척해졌고, 초라해졌고, 걱정까지 하기 시작했다. 한 가지 생각이 그녀를 사로잡고 있었다. 뭐라고 대답해야 하나, 만일 보쿨스키가 그녀를 사랑한다고 고백하면……? 사랑의 감정은 그녀에게서 이미 오래전에 죽었다. 하지만 그를 밀어내고, 그녀에게는 아무것도 중요하지 않다고 말할 용기가 그녀에게 있을까? 보쿨스키 같은 사람이 그녀에게 중요하지 않을 수 있을까, 그에게 감사의 빚을 지고 있어서가 아니라, 그가 불행하고, 그가 그녀를 사랑하고 있는데도? '어떤 여자가……' 그녀는 생각했다. '그렇게 깊은 상처를 안고 있으면서 고통 속에서도 그렇게 조용한 사람을 동정하지 않을 수 있겠는가?'

스타프스카 부인은 어느 누구에게도 털어놓을 수 없는 심적 갈등에 빠져 있었기 때문에 밀레로바 부인의 행동이 변한 것도, 그녀의 웃음이나 암시적인 말투도 눈치채지 못했다.

"보쿨스키 씨는 어떻게 지내요?" 밀레로바 부인이 스타프스카 부인에게 물었다. "오, 오늘 부인 얼굴이 안 좋아 보여요…… 보쿨스키 씨가 부인께서 그렇게 일하도록 해서는 안 되죠."

어느 날, 3월도 절반이 지났을 때였다. 스타프스카 부인이 집으로 돌아왔을 때, 어머니가 울고 있었다.

"엄마, 무슨 일이에요? 무슨 일 있었어요?"

"아무 일도 아니다, 애야…… 내가 소문 때문에 너에게 해를 끼쳤구나! 하느님 맙소사, 얼마나 몹쓸 사람들인지."

"엄마도 익명의 편지를 받았군요. 저도 며칠 전에 익명의 편지를 받았어요. 그 편지에서 저를 보쿨스키의 애인이라고 했어요. 그래서……? 제 추측에 그건 크세소프스카 부인이 한 짓이에요. 편지를 난로에 던져 버렸어요."

"아무것도 아니다, 얘야…… 그게 익명의 편지라면……. 오늘 우리 집에 정직한 데노바가 라진스카와 함께 왔었다. 그리고 내가 네 인생에 독을 뿌리다니……! 그 부인들이 (아마 온 시내에 떠돌고 있는 것 같다) 네가 가게에 가지 않고 보쿨스키에게 간다고 말했다……."

스타프스카 부인의 일생에서 처음으로 암사자가 깨어 일어났다. 그녀가 머리를 꼿꼿하게 들었다. 눈에서는 섬뜩한 광채가 났다. 강한 어조로 그녀가 물었다.

"그래서요……?"

"하느님, 지금 무슨 말을 하는 거니……?" 놀란 어머니가 두 손을 겹쳤다.

"그래요, 그렇다면……?" 스타프스카 부인이 반복했다.

"그러면 남편은?"

"그 사람이 어디 있어요? 저를 죽이라고 해요……."

"내 딸아……? 헬루니아는……?" 노인네가 한숨을 쉬었다.

"지금은 헬루니아 이야기가 아니라 제 이야기를 하고 있어요."

"헬레나, 내 딸아…… 네가 이렇지 않았는데……."

"그의 애인…… 그래요, 제가 아니에요, 그가 아직 요구하지도 않았어요. 데노바 부인이나 라진스카, 나를 버린 남편이 나와 무슨 상관이 있어요. 이제 저에게 무슨 일이 있을지 몰라요……. 한 가지는 느끼고 있어요, 그 사람이 제 영혼을 가져갔어요."

"적어도 이성적이어야지. 그 밖에도……."

"저는 이성적이에요, 제가 할 수 있는 한……. 그러나 두 사람이 단지 서로 사랑하기 때문에 고문을 당해야 하는 이런 세상은…… 어찌 되든 관심 없어요. 증오는 해도 되고." 그녀는 쓴웃음을 지으며 말을 이었다. "도둑질도, 살인도……. 그러나 사랑만은 안 되는……. 아, 엄마, 제 말이 틀리다면, 그러면 예수 그리스도가 왜 사람들에게 '이성적이어야 한다'고 말하지 않았어요, 서로 사랑하라고 했잖아요?"

한 번도 예상치 못했던 폭발에 놀라 미시에비초바 부인은 침묵했다. 비둘기처럼 순한 딸의 입에서 지금까지 듣지도 읽은 적도 없는, 심지어 티푸스 걸렸을 때에도 생각 못했던 말들이 쏟아져 나올 때 노인네의 머리 위로 하늘이 떨어진 것 같았다.

다음 날, 노인네에게 근심 어린 얼굴로 제츠키가 왔다. 그에게 모든 것을 다 이야기하자 풀이 죽어 돌아갔다.

오늘 오후에 그에게 이런 일이 있었던 것이다.

슐랑바움이 가게에 있을 때 그를 찾아온 사람이 있었다. 누구일까……? 바로 마루세비츠였다. 그는 슐랑바움과 한 시간 가까이 이야기했다. 다른 점원들은 슐랑바움이 가게를 산다는 것을 알고부터 바로 그에게 굽실거렸다. 그러나 이그나치는 당당했다. 그가 마루세비츠가 돌아가자 바로 물었다.

"저런 인간말짜와 무슨 볼일이 있는 거요, 헨릭 씨?"

그러나 슐랑바움의 태도도 뻣뻣했다. 그가 아랫입술을 쭉 내밀고 제츠키에게 말했다.

"마루세비츠는 남작이 필요하다고 돈을 빌려 달라 하고, 보쿨스키가 나에게 회사를 넘긴다는 소문이 장안에 떠돌고 있는데 자기에게 자리를 하나 달라고 부탁했어요. 그 대가로 남작이 남작 부인과 함께 우리 집을 방문하기로 약속했소……."

"당신이 그런 마귀할멈을 집으로 오게 한다고요?"

"그러면 왜 안 되나요……? 남작은 나에게, 남작 부인은 집사람에게. 나는 정신적으론 민주주의자요. 그러나 어쩌겠소, 어리석은 자들에게는 살롱에 백작들과 남작들이 있는 것이 없는 것보다 보기 좋은데. 많은 사람들이 인간관계를 중요하게 생각한다오, 제츠키 씨."

"축하합니다."

"그런데, 그런데……." 슐랑바움이 다시 말했다. "마루세비츠가 나에게 말했는데, 시내에 이런 소문이 떠돈다고 하네요. 보쿨스키가 데리고 산다고, 그, 그…… 스타프스카를. 그게 사실이오, 제츠키 씨?"

늙은 점원이 그의 발밑에 침을 뱉고 자기 자리로 돌아왔다.

저녁 무렵에 그는 상의하기 위해 미시에비초바 부인에게 갔다가 스타프스카 부인이 보쿨스키의 애인이 아닌 이유는 단지 그가 그것을 원하지 않기 때문이라는 말을 어머니의 입에서 직접 듣게 된 것이다…….

그는 침통한 심정으로 미시에비초바 부인의 집을 나왔다.

'그의 애인이 되라지.' 그가 속으로 말했다. '오 예이……! 얼마나 많은 명성 있는 귀부인들이 형편없는 녀석들의 애인이던가…….
그런데 더 안 좋은 것은, 보쿨스키가 그 부인을 조금도 생각하지 않고 있는 거야. 이게 큰 문제야! 하, 어떻게든 해야 하는데.'

하지만 그는 혼자선 방법을 찾을 수 없어서 의사 슈만을 찾아 갔다.

# 제11장 어떤 식으로 눈이 뜨이기 시작하나

의사는 초록색 등피가 달린 램프 옆에 앉아 서류 뭉치를 열심히 들여다보고 있었다.

"뭐예요, 의사 선생께선 다시 머리카락을 연구하세요? 원, 온통 숫자들이네…… 계산 장부처럼."

"이거 당신네 가게와 회사 장부야."

"이것들이 왜 여기 있지요?"

"이런 것 많이 있어요. 슐랑바움이 나더러 저기에 돈을 맡기라고 설득했어요. 나도 연 4천보다 6천이 더 좋고. 그래서 그의 제안을 들어 볼까 해서. 하지만 나는 무턱대고 돈만 대는 것은 원하지 않아서 숫자를 요구했지요. 내가 파악하는 대로, 거래를 하게 될 겁니다."

제츠키는 놀랐다.

"나는 한 번도 생각하지 못했는데, 당신이 그런 문제에 관심을 가지고 있으리라고는."

"내가 바보였던 거지." 의사가 어깨를 으쓱하면서 말했다. "내가 보기에 보쿨스키도 재산을 모았고, 슐랑바움도 모으고 있고, 그런데 나는 몇 푼 때문에 제자리에 박힌 돌처럼 앉아 있고. 앞으로 나아가지 않으면 후퇴하는 거지."

"하지만 돈 모으는 것이 당신의 전공은 아니잖아요!"

"왜 내 전공이 아니야? 모든 사람이 시인이나 영웅이 될 수는 없지. 그러나 모든 사람에게 돈이 필요해." 슈만이 말했다. "돈이 본질적으로 가장 고귀한 힘인 인간 노동의 창고라오. 돈은 그 앞에서 모든 문이 열리는 참깨요, 그 위에 언제나 점심이 차려져 있는 테이블보요, 쓰다듬으면 원하는 모든 것을 얻을 수 있는 알라딘의 램프라오. 마법의 정원이고, 풍요로운 궁전이고, 아름다운 공주들이고, 충실한 하인이고, 희생이 준비된 친구라오. 돈으로 모든 것을 얻을 수 있소……."

제츠키가 입술을 깨물었다.

"당신이 항상 그런 생각을 가졌던 것은 아닌데."

"Tempora mutantur et nos mutamur in illis(시간은 변한다. 그리고 우리는 시간과 함께 변한다)." 의사가 차분하게 대답했다. "10년 동안 머리카락을 연구하면서 백 쪽짜리 브로슈어 만드는 데 천 루블을 썼소. 그러나 아무도 그 브로슈어나 나를 기억하지 않소. 앞으로 10년을 나는 재무 경영에 바칠 거요. 사람들이 나를 사랑하게 되고, 나에 대해 감탄하게 되리라고 나는 벌써부터 확신하고 있소. 나는 살롱도 열었고, 마차도 샀소……."

두 사람은 한참 동안 서로 쳐다보지 않은 채 침묵했다. 슈만은 침울했고, 제츠키는 거의 부끄러워했다.

"나는……." 드디어 제츠키가 입을 열었다. "스타흐에 대해 당신과 이야기하고 싶었는데……."

의사가 귀찮다는 듯 서류를 옆으로 밀쳤다.

"내가 그를 도울 일이 뭐가 있겠소." 그가 중얼거리듯 말했다. "그는 치료 불능의 몽상가요. 그는 이제 이성을 되찾기 글렀소. 그는 불행하게도 물질적·도덕적 파멸을 향해 가고 있소, 당신들 모두와 당신네 시스템처럼."

"어떤 시스템……?"

"당신들의 폴란드 시스템……."

"그의 위치에 있다면 의사 선생께선 어떤 결정을 내리겠소?"

"우리 유대인적인……."

제츠키가 의자에서 벌떡 일어났다.

"한 달 전만 해도 당신은 유대인들이 옴이라고 하지 않았소?"

"그들은 옴이지요. 하지만 그들의 시스템은 위대하다오. 그들의 시스템은 승리하고 있소, 당신네 시스템이 파산할 때."

"그 새로운 시스템은 도대체 어디 있는 거요?"

"유대인들의 집단에서 나오는 정신들 속에 있소. 그 정신들이 문명의 최정상까지 올라갔소. 하이네, 뵈르네, 라살레, 마르크스, 로스차일드, 블라이호뢰더를 보시오. 당신은 세상의 새로운 길을 알 수 있을 거요. 이 유대인들이 길을 열었소. 이들은 멸시당하고 박해를 받았지만 인내했소, 이들은 천재적이오."

제츠키가 눈을 문질렀다. 그는 생시에 꿈을 꾸고 있는 것 같았다. 한참 후에 그가 말했다.

"용서하세요. 하지만…… 나와 농담하고 있는 것 아니지요? 6개월 전에 나는 당신에게서 전혀 다른 이야기를 들었는데……."

"6개월 전에는……." 예민해진 슈만이 대답했다. "구질서에 대한 항변을 들었고, 오늘은 새로운 프로그램을 들은 겁니다. 사람은 돌처럼 단단하게 자라서 나중에 칼을 쓰지 않고는 깔 수 없는 굴이 아닙니다. 사람은 주위를 둘러보고 생각하고 판단하고, 그것이 환상이라고 확신할 때 오래된 환상을 내칩니다……. 하지만 당신이나 보쿨스키는 그것을 이해하지 못해요…… 다행스럽게도 당신들 자리를 신선한 세력이 차지하게 됩니다."

"당신 말을 이해하지 못하겠어요."

"곧 이해하게 될 겁니다." 점점 더 열을 올리면서 의사가 말했다. "웽츠키네 집을 보세요. 그들이 무엇을 했습니까? 그들은 재산을 탕진했어요. 할아버지, 아버지, 아들이 탕진한 결과로 보쿨스키가 구해 준 3만 루블밖에 남지 않았어요. 그리고 없는 것을 채워 줄 예쁜 딸 하나.

그사이에 슐랑바움은 무엇을 했나요. 돈. 할아버지, 아버지가 모아서 얼마 전까지만 해도 평범한 점원이었던 아들이 1년 후에는 우리 무역을 흔들 겁니다. 그들은 그것을 이해하고 있어요. 늙은 슐랑바움이 1월에 글자풀이를 해서 이렇게 써 놨어요.

독일어로 첫 자는 뱀을 뜻하고, 두 번째 글자는 식물을 뜻하니,
모두 위로 올라가고 있다⋯⋯.

그가 나에게 설명했어요. Schlang(뱀)-Baum(나무). 보잘것없는 글자풀이지만, 일한 것은 탓할 게 없지요." 의사가 웃으면서 말했다.

제츠키가 고개를 떨구었다. 슈만이 말을 계속했다.

"공작을 보세요, 그가 한 일이 뭐가 있어요? '이 불행한 나라'라며 한숨만 짓고 있어요. 그게 전부예요. 크세소프스키 남작은 어떤가요? 마누라에게서 돈 빼낼 생각만 하고 있어요. 달스키 남작은? 아내가 자기를 배신하지 않을까 초조해하며 말라 죽어 가고 있어요. 마루세비츠 씨는 돈 빌리러 쏘다니고 있고요. 그러다 돈을 못 빌리면 온갖 못된 소리를 하고, 스타르스키 씨는 자기 뜻에 따라 쓴 유언장에 서명하도록 종용하기 위해서 죽어 가는 할머니

옆에 앉아 있지요.

그리고 다른 사람들은 보쿨스키가 슐랑바움에게 모든 사업을 넘긴다는 것을 눈치채고 그를 만나고 있습니다. 하지만 그들은 모르고 있어요, 불쌍한 사람들! 그들의 수입이 적어도 5퍼센트 깎인다는 사실을……. 그들 중에 가장 영리한 사람이 오호츠키인데, 자기가 만든 전기 램프를 이용하지 않고, 비행기만 생각하고 있어요. 세상에……! 내가 보기에 며칠 전부터 그는 보쿨스키와 그 문제를 상의하고 있어요. 유유상종이지요. 몽상가는 몽상가와……."

"그러면 의사 선생은 스타흐를 비난할 일이 별로 없겠네요." 제츠키가 말을 막았다.

"없지요, 그가 자기 직업을 제대로 돌보지 않고 환상을 좇았던 것 한 가지만 빼고. 점원이면서 학자가 되려 했고, 배우기 시작하면서는 영웅이 되려고 마음먹었죠. 그가 재산을 모은 것도 상인이어서가 아니라, 웽츠카 양에게 미쳤기 때문이죠. 오늘날 그는 그녀에게 접촉하기에 이르렀지만, 여전히 아주 불안한 상태이고, 이미 오호츠키와 상의하기 시작했고……. 솔직히 말하면 나는 그를 이해할 수 없어요, 금융가인 그가 오호츠키와 무슨 이야기를 할 수 있다는 건지……. 몽유병자들이야!"

제츠키는 의사에게 화를 내지 않으려고 자기 다리를 꼬집었다.

"당신도 아시겠지만……." 그가 조금 후에 말을 꺼냈다. "여기 온 것은 보쿨스키 일 때문만이 아니라 여자들 문제 때문이기도 한데…… 슈만 씨는 아마도 여자들에 대해 반대적인 입장에서 이야기할 일이 없겠지요."

"당신네 여자들도 정확히 당신네 남자들만큼밖에 가치가 없어요. 보쿨스키는 10년 안에 백만장자가 될 수도 있고, 이 나라에서 중요한 인물이 될 수도 있어요. 그러나 자기 운명을 웽츠카 양과 연결시키고 있기 때문에 이익이 많이 남는 가게를 처분하고, 가게 못지않게 고수익을 올리고 있는 회사를 팔고, 나중에 재산을 탕진하게 될 겁니다. 그리고 오호츠키는…… 그 사람 대신 다른 사람이 전깃불을 연구해서 많은 발명을 성공시킬 것입니다. 그러는 사이에 그는 바르샤바에서 봉소프스카 부인과 즐겁게 지낼 거요. 그 여자에게는 위대한 발명가보다 춤 잘 추는 남자가 훨씬 더 중요하지요.

유대인 같으면 그러지 않지요. 만일 그가 전기 기술자라면, 그와 함께 실험실에서 일할 수 있는 여자나 혹은 전기 제품을 판매할 수 있는 여자를 찾을 것이오. 만일 그가 보쿨스키처럼 금융업을 한다면, 맹목적으로 사랑에 빠지지 않고 돈 많은 부인을 찾을 것이오. 물론 가난하고 아름다운 여자를 아내로 맞이할 수도 있지요. 그럴 때에도 그녀의 매력을 이용해 돈을 벌 것이오. 그녀는 살롱을 운영하고, 손님들을 끌어들이고, 돈 많은 사람들에게 웃음을 팔고, 가장 돈 많은 사람과 연애도 하고, 한마디로 그녀는 모든 수단을 동원해서 회사의 이익 창출에 기여할 것이오, 회사를 없애는 대신에."

"6개월 전까지만 해도 당신은 이렇게 말하지 않았는데." 제츠키가 말을 막았다.

"6개월 전이 아니라 10년 전이오. 아! 약혼녀가 죽은 후에 나는 독약을 먹었소. 그러나 그것도 당신네 시스템에 반대되는 주장이오. 내가 죽을 수도 있었다는 생각을 하면 나는 오늘날까지도 고통스럽소. 내 재산을 탕진할 여자와 무엇 때문에 결혼하려 했는지 누가 알았겠소."

제츠키가 의자에서 일어났다.

"그래서 지금은 당신의 이상이 슐랑바움이군요."

"이상까지는 아니지만, 그는 끈질긴 사람이죠."

"가게 장부까지 빼 오는 사람……."

"그에게는 그럴 권리가 있죠. 7월부터 주인이 될 텐데."

"그동안 미래의 자기 점원이 될 내 동료들을 도덕적으로 타락시키면서……?"

"그는 그들을 해고할 거요."

"당신의 이상이 스타흐에게 일자리를 부탁할 때 이미 우리 가게를 먹을 생각을 했다는 말이죠?"

"먹는 게 아니라 사는 거죠! 살 사람이 나타나지 않아서 가게가 망하는 것보다는 낫지 않아요……? 누가 더 현명한 거요, 몇십 년이 지났는데도 가진 것 없는 당신과 1년 만에 남에게 피해를 끼치지 않으면서 보쿨스키에게 현금을 주고 성채(城砦)를 확보하는 그 사람 중에……?"

"당신 말이 맞을 수도 있지요. 하지만 나는 왠지 그렇게 생각되지 않네요." 제츠키가 머리를 흔들면서 중얼거렸다.

"그렇게 생각되지 않는 것은 당신이 사람도 돌처럼 그 자리에서 이끼에 덮인 채 움직이지 않고 있어야 한다고 생각하는 사람들과 같기 때문이오. 슐랑바움은 항상 점원이어야 하고, 보쿨스키는 항상 사장이어야 하고, 웽츠키는 항상 어르신이어야 하고……. 천만에요, 그렇지 않습니다. 사회는 끓는 물과 같아요. 어제는 아래에 있었지만, 오늘은 위로 올라갈 수 있어요……."

"내일은 다시 바닥으로 떨어지고." 제츠키가 마무리했다. "잘 주무세요, 의사 선생."

슈만이 손을 내밀어 악수했다.

"당신, 화난 거요?"

"아니…… 다만 돈의 신격화는 믿지 않아요."

"그건 일시적인 상태죠."

"누가 당신에게 보장하겠소, 보쿨스키와 오호츠키의 꿈이 일시적인 상태가 아니라고? 비행하는 기계를 우습게 보는 것은 겉만 보기 때문이지요. 피상적으로만 보니까 그렇지요. 나는 그것의 가치에 대해 어느 정도 알고 있어요. 스타흐가 수년 동안 나에게 설명했소. 예를 들어 오호츠키가 그런 기계를 만드는 데 성공하면, 생각해 보세요, 세상을 위해서 어떤 것이 더 가치 있는 것인지, 슐랑바움의 재간인지 혹은 보쿨스키와 오호츠키의 꿈인지?"

"쓸데없는 소리." 의사가 말을 막았다. "그런 경사스러운 일을 나는 보지 못할 걸세."

"그러나 만일 당신이 보게 되면, 당신의 프로그램을 또다시 변경해야 할 것이오."

의사가 당황했다.

"그건 그렇고, 나에게 볼일이 있다고 했지요?" 의사가 물었다.

"불쌍한 스타프스카 일인데…… 그 부인이 정말로 보쿨스키와 사랑에 빠졌어요."

"에……! 그런 일에는 더 이상 나를 끌어들이지 않아도 되잖아요?" 의사가 그를 심하게 나무랐다. "한쪽이 부자가 되어 힘을 얻고 있을 때, 다른 쪽이 파산하고 있는데, 그가 스타프스카라는 부인의 사랑 건으로 나의 관심을 다른 데로 돌리고 있군. 중매 놀이는 안 하는 것이 좋소!"

제츠키는 너무 침통한 심정으로 의사와 헤어졌기 때문에 그의 마지막 말에 담긴 비정함을 제대로 알지 못했다.

거리로 나와서야 그걸 깨닫고 슈만에 대해 서운해했다.

"이게 유대인의 우정이야!" 그는 중얼거렸다.

사순절은 유행에 휩쓸리는 요즘 세상에서 걱정하는 것처럼 지루하지 않았다.

먼저 신의 섭리가 비스와 강물을 넘치게 했다. 그것이 원인이 되어 대중을 위한 음악회, 음악과 낭독이 있는 사적인 저녁 파티가 몇 군데서 열렸다. 여러 연사들 가운데 크라쿠프에서 온 연사가 오사디 롤르네*에 등장했다. 그는 대귀족들 파티의 희망으로 간주되는 인물로 그가 하는 낭독회에는 최고급 청중이 모여들었다. 나중에 쉐게딘에 홍수가 났다. 성금은 많이 걷히지 않았으나, 살롱들은 사람들로 넘쳐 났다. 백작의 집에서도 영어와 프랑스어의 아마추어 연극 두 편이 상연되었다.

이와 같은 모든 자선 행사에 이자벨라는 적극적으로 참여했다. 여러 콘서트에 참석했고, 크라쿠프에서 온 학자에게 꽃다발을 직접 증정하기도 했고, 활인화(活人畵)에서는 자비의 천사로 등장했고, 뮈세(A. Musset)의 드라마 「사랑 놀음 하지 않아요」에도 출연했다. 니빈스키, 말보르크, 리제프스키, 피에차르코프스키는 그녀에게 푸짐한 꽃다발을 안겼고, 사스탈스키는 숙녀 몇 명에게 자기는 아마 금년 안에 이 세상과 하직할 것이라고 털어놓았다.

자살할 거라는 소문이 퍼지자 사스탈스키는 저녁 모임에서 화제의 주인공이 되었다. 그리고 이자벨라에게는 '지독한'이라는 새로운 수식어가 붙었다. 남자들이 카드놀이를 하기 위해 빠져나가면, 특정 연령대의 숙녀들은 장난삼아 이자벨라를 사스탈스키에게 접근시키는 것을 무척 즐겼다. 그들은 깊은 동정심을 가지고 망원경을 통해 고통스러워하는 청년을 바라보았다. 그것이 그들에게는 콘서트만큼 재미있었다. 그들은 이런 이자벨라를 보면서 분노하고 있었다. 그녀는 자기의 특권을 의식하고 있고, 그녀의 눈빛과 동작은 마치 이렇게 말하고 있는 듯했다. 그가 나를 사랑하고 있어, 나 때문에 그가 불행한 것 좀 봐……!

보쿨스키도 몇 차례 그런 모임에 간 적이 있고, 숙녀들이 망원경으로 사스탈스키와 이자벨라를 보고 있는 광경도 목격했다. 심지어 그들이 주고받는 이야기도 귓가에 들렸지만 마치 일벌들의 윙윙 소리 같아서 하나도 알아듣지는 못했다. 드디어 아무도 그에 대해서 이야기하지 않는 것으로 보아 그가 심각한 구혼 경쟁자라는 것을 사람들은 알게 되었다.

"불행한 사랑이 더 큰 사업 의욕을 일깨운 거야." 쥐주호프스카가 봉소프스카 부인에게 말한 적이 있었다.

"누가 알겠어, 여기에 정말로 불행한, 심지어 비극적인 사랑이 있다는 것을!" 봉소프스카 부인이 보쿨스키를 바라보면서 말했다.

15분쯤 후에 쥐주호프스카가 보쿨스키를 자기에게 소개해 달라고 말했다. 그리고 15분 동안 그녀가 그에게 자기 생각으로는 여자의 가장 아름다운 역할은 침묵 속에 고통스러워하는 상처 받은 가슴을 보살펴 주는 것이라고 (눈을 아래로 향하고) 말했다.

3월 말의 어느 날, 보쿨스키가 이자벨라에게 갔을 때, 그녀가 기분이 좋아서 몹시 들떠 있는 것을 보았다.

"정말 기쁜 소식이에요." 평소와 달리 그를 반갑게 맞이하며 그녀가 큰 소리로 말했다. "아세요, 그 유명한 바이올리니스트 몰리나리가 왔어요……."

"몰리나리……?" 보쿨스키가 되물었다. "아, 그렇지, 파리에서 그를 봤어요."

"당신은 그에 대해서 냉정하게 말하네요." 이자벨라가 놀라는 표정이었다. "그의 연주가 당신 마음에 들지 않았어요……?"

"솔직히 말씀드리면 그의 연주는 별로 주의를 끌지 못했습니다."

"그럴 수 없는 일이에요! 그가 아니었는지도 모르죠……. 사스탈스키 씨는(그는 항상 과장하지만) 몰리나리를 들으면서 죽을 수 있다면 후회가 없을 거라고 말했어요. 비브로트니츠카 양은 그에게 반했고, 쉐주호프스카 양은 그를 위해 파티를 열려고 합니다."

"제가 보기에 그는 보잘것없는 바이올리니스트입니다."

"그렇지만……! 리제프스키 씨와 피에차르코프스키 씨는 평론들만 모은 그의 사진첩을 볼 수 있는 기회를 가졌고…… 피에차르코프스키 씨는 몰리나리를 숭배한다고 말했어요. 유럽의 모든 평론가들이 그를 천재라고 했어요."

보쿨스키가 머리를 흔들었다.

"저는 홀에서 그를 보았는데, 제일 비싼 좌석이 2프랑이었습니다."

"있을 수 없는 일이에요, 그가 아닐 수도 있지요. 그는 교황과 페르시아의 술탄에게서 메달을 받았고, 그가 가진 타이틀은…… 보잘것없는 바이올리니스트라면 그런 명예를 누리지 못해요."

보쿨스키는 이자벨라의 붉어진 얼굴과 광채가 나는 눈을 보고 놀랐다. 그녀의 인상이 너무 강렬해서 그는 자기 자신의 정확한 기억을 의심하고 이렇게 말했다.

"그럴지도 모르죠……."

하지만 그의 예술에 대한 무관심이 이자벨라를 불쾌하게 자극했다. 그날 같이 있는 동안 내내 그녀는 침울했고, 보쿨스키와의 대화도 냉랭했다.

'내가 바보 같은 짓을 했어!' 집을 나오면서 그는 생각했다. '나는 언제나 그녀가 불쾌하게 생각하는 것들을 쓸데없이 말했어. 만일 그녀가 음악광이라면 나의 몰리나리에 대한 견해는 신성 모독으

로 간주될 수 있겠지……'

다음 날 하루 종일 그는 자신의 예술에 대한 무지, 거친 언행, 세련되지 못함 그리고 이자벨라에 대한 존경심의 결여를 깊이 뉘우쳤다.

"틀림없이……." 그가 말했다. "그녀에게 깊은 인상을 준 그 바이올리니스트가 내 마음에 들었던 바이올리니스트보다 더 뛰어난 사람일 거야. 오만한 사람만이 그처럼 단호한 평가를 내릴 수 있는데, 나는 그의 연주에 대해 잘 알지도 못하면서……."

그에게 수치심이 밀려왔다.

세 번째 날, 그는 이자벨라에게서 짧은 편지를 받았다.

"보세요." 그녀가 썼다. "당신은 저를 몰리나리와 만나게 해 주셔야 합니다. 꼭, 무슨 일이 있어도 반드시 해야 합니다……. 제가 고모에게 약속했어요, 그를 설득해 고모네 집에서 열릴 자선 파티 때 연주하도록 하겠다고. 당신은 이해하실 겁니다, 그 일이 저에게 얼마나 중요한지."

첫 순간 보쿨스키는 천재 바이올리니스트에게 접근하는 것이 그에게 해결하라고 내준 과제 중 가장 어려운 일 가운데 하나라고 생각했다. 다행히 아는 음악가가 떠올랐다. 그 음악가는 몰리나리를 알고 있을 뿐만 아니라, 그림자처럼 몰리나리와 같이 다니면서 함께 지내고 있었다.

보쿨스키가 그 음악가에게 고충을 털어놓자, 음악가는 눈을 크게 뜨고 눈썹을 찡그리더니 한참 동안 생각한 뒤에 이렇게 말했다.

"오, 그건 어려운 일인데, 아주 어려운 일입니다. 그러나 선생님을 위해 노력해 보겠습니다. 사전 작업을 해야 하고, 그의 기분을 좋게 해야 합니다. 우리가 어떻게 해야 하는지 아시겠어요……? 내일 오후 1시에 호텔로 오세요. 제가 그때 호텔에서 식사를 하고 있을 겁니다. 오셔서 일하는 사람을 통해 조용히 눈에 띄지 않게 나를 찾으세요. 그러면 내가 자리를 마련하겠습니다."

굉장히 중요한 일을 준비하는 것처럼 말하는 그의 태도와 어조가 보쿨스키의 기분을 상하게 했지만, 보쿨스키는 정해진 시간에 호텔로 갔다.

"몰리나리 씨 계신가?" 그가 종업원에게 물었다.

보쿨스키가 아는 종업원이 보조 종업원을 위층으로 보내고, 보쿨스키에게 이야기하기 시작했다.

"어르신, 그 이탈리아인 때문에 호텔에 사람이 얼마나 모여드는지 모릅니다! 마치 기적을 일으키는 그림을 보러 오는 것처럼 신사 숙녀들이 몰려옵니다. 물론 대부분 여자분들입니다……."

"그래……?"

"그렇습니다, 어르신, 그런 여자들은 처음에 편지를 보낸 다음 꽃다발을 보내고 나서 아무도 자기를 몰라보리라 생각하고 베일로 얼굴을 가리고 찾아옵니다. 우리 종업원들에게는 웃음거리입니다! 어떤 여자는 그의 하인에게 3루블을 주기도 하지만 그렇다고 그가 모든 여자를 만나 주는 것은 아닙니다. 하지만 그 친구가 기분 좋을 때에는 복도 양편에 방을 두 개 더 빌려 각각의 방에서 매번 다른 여자와 즐깁니다…… 아주 집요한 짐승이지요."

보쿨스키는 시계를 보았다. 기다리는 동안 10분이 지났다. 그는 종업원과 헤어져 계단으로 올라갔다. 화가 치밀어 올랐다.

'대단한 허풍선이구먼!' 그에게 그런 생각이 들었다. '순진한 여자들…….'

가는 길에 숨을 헐떡이며 오는 보조 종업원을 만났다.

"몰리나리 씨가 어르신께 좀 더 기다리시라고 했어요……."

보쿨스키는 심부름꾼의 멱살을 잡고 싶었지만, 꾹 참고 뒤돌아
서 내려갔다.

"어르신, 그냥 가십니까……? 몰리나리 씨에게는 뭐라고 해야
합니까?"

"그에게 말해, 무슨 말인지 알지?"

"알겠습니다, 어르신. 하지만 그가 이해하지 못할 겁니다." 신
이 난 보조 종업원이 이렇게 대답하고 종업원에게 가서 말했다.

"잡종 개 같은 이탈리아 남자를 알아보는 사람이 적어도 한
분은 계십니다. 색골! 우쭐대며 잘난 체하고, 팁 10그로시 주면
서, 세상에, 10그로시짜리를 세 번이나 쳐다보고, 암캐 포인터
가 그를 낳았을 겁니다, 잡종이거든요. 인간쓰레기죠…… 유랑
자……."

보쿨스키에게는 이자벨라 때문에 속상한 순간이었다. 호텔 종
업원들조차 우습게 보는 사람한테 어떻게 열광할 수 있단 말인
가! 그를 숭배하는 여자들의 긴 리스트에 어떻게 그녀 이름이 낄
수 있을까…… 그런 엉터리 협잡꾼을 알게 해 달라고 그에게 강요
하는 것이 과연 옳은 일인가……!

그러나 그는 곧 냉정을 되찾았다. 보쿨스키는 이자벨라가 몰리
나리를 제대로 알지 못한 상태에서 단지 그의 명성에 들떠 그에게
감동하고 있다고 생각했다.

'그의 실상을 알게 되면 그녀가 이성을 되찾겠지.' 그는 그렇게
생각했다. '나는 더 이상 두 사람을 만나게 하는 데 중간 역할을
하지 않을 거야.'

보쿨스키가 집으로 돌아왔을 때, 벵기엑이 한 시간 전부터 그를
기다리고 있었다.

청년의 외모는 바르샤바 사람처럼 보였으나, 약간 초라했다.

"몸도 수척해졌고, 얼굴도 창백하군." 보쿨스키가 그를 바라보며 말했다. "혹시 생활을 무질서하게 한 것 아니야······?"

"아닙니다, 열흘 동안 아픈 것밖에 없습니다. 목에 통증이 심해서 의사가 수술을 했습니다. 어제부터 일하러 나갔습니다."

"돈이 필요하나?"

"아닙니다. 자스와프로 돌아가는 것을 말씀드리고 싶었습니다."

"그것이 자네를 괴롭혔군. 무얼 좀 배웠나?"

"예. 철물공 일을 좀 배웠고······ 목공 일도······. 바구니는 예쁘게 만들 수 있습니다. 스케치하는 것도 배웠고, 그림 그리는 것도 배웠습니다. 그리고 또······."

그렇게 말하면서 그는 고개 숙여 절을 하고, 얼굴이 붉어지고, 손에 들고 있는 모자를 구기고 있었다.

"좋아." 한참 후에 보쿨스키가 말했다. "연장 값으로 6백 루블을 주겠네. 충분한가······? 언제 돌아갈 생각인가?"

청년의 얼굴이 더 붉어졌다. 그가 보쿨스키의 손에 키스했다.

"저는, 죄송합니다, 결혼하고 싶습니다······ 그런데 모르겠습니다."

그가 머리를 긁었다.

"누구와?" 보쿨스키가 물었다.

"마부 비소츠키 씨네 집에 사는 마리안느나 양과······. 저도 그 집에서 살고 있습니다. 저는 위층에서."

'네가 나의 막달레나와 결혼하고 싶다?' 보쿨스키는 생각했다. 그리고 방 안을 돌아다니다가 말했다.

"자네는 마리안느나 양을 잘 아나?"

"어떻게 모르겠습니까? 매일 세 번 보고, 때로는 일요일 내내 제가 그 아가씨와 함께 있거나, 우리 둘이 비소츠키 씨 가족과 같이 있습니다."

"그래, 그런데 1년 전에 그녀가 무슨 일을 했는지 아나?"

"압니다, 주인님. 주인님 덕택에 그 아가씨는 이곳으로 겨우 올 수 있었습니다. 비소츠키 씨가 이야기해 주었습니다. '젊은이, 주의하게, 그 여자에게는 문란한 과거가 있어…….' 그래서 첫날부터 저는 그 아가씨가 어떤 여자인지 알게 되었습니다. 그녀가 저를 속인 적은 한 번도 없습니다."

"어떻게 해서 자네가 그녀와 결혼하기를 원하게 되었나?"

"아무튼, 어르신, 누구도 알 수 없는 일입니다. 처음부터 저는 그녀를 우습게 보았습니다. 그리고 창밖으로 누가 지나가면 저는 이런 말을 했습니다. '틀림없이 저 사람도 마리안느나 양이 아는 사람일 거야, 그녀가 한곳에만 있지 않았으니까.' 그녀는 아무 말도 하지 않고 머리를 숙인 채 재봉틀만 돌렸습니다. 재봉틀이 덜덜거리고, 그녀의 얼굴이 불처럼 빨갛게 달아오를 때까지. 나중에 저는 알게 되었습니다. 누군가가 제 옷을 기워 놓는다는 것을. 그래서 크리스마스 때 그녀를 위해 10즈오티를 주고 우산을 샀습니다. 그녀는 제 이름이 수놓인 여섯 개의 고급 무명 손수건을 선물했습니다. 비소츠카 부인이 말했습니다. '젊은이, 정신 차려요, 그녀는 경험 많은 여자예요!' 저는 그 말을 한 귀로 듣고 한 귀로 흘렸습니다. 그녀가 못된 여자가 아니라면 저는 사육제 기간에 결혼하고 싶습니다.

재의 수요일에 비소츠키 씨가 저에게 이야기해 주었습니다, 사람들이 마리안느나 양을 가지고 어떻게 장사를 했는지. 우단 옷을 입은 어떤 여자가 마리안느나 양을 고용했습니다. 신이여, 보호하소서! 마리안느나 양은 끊임없이 탈출을 시도했지만 그들이 그녀를 붙들고 있었습니다. '여기 그대로 있어, 그렇지 않으면 너를 절

도죄로 형사 재판에 넘길 거야.'

'내가 뭘 훔쳤어요?' 그녀가 말했지요. '우리 수입을, 이 멍청아!' 그들이 이렇게 소리쳤어요. 그래서 그녀는 그렇게(비소츠키 씨가 말해 주었습니다) 운명의 날까지 그곳에 갇혀 있었을 것입니다, 만일 보쿨스키 어른께서 그녀를 교회에서 보지 못하셨더라면. 어르신께서 그녀의 몸값을 치르고 구해 주셨습니다."

"계속, 말해 보게." 벵기엑이 망설이는 것을 보고 보쿨스키가 말했다.

"제 마음에 걸리는 것은……." 벵기엑이 말을 계속했다. "수치스러운 과거가 아니라, 오로지 불행입니다. 비소츠키 씨에게 물어보았습니다. '당신은 마리안느나 양과 결혼할 수 있겠어요?' '마누라 하나도 감당하기 어렵다.' 그는 이렇게 대답했습니다. '만일 비소츠키 씨가 총각이라면 어떻게 하겠어요?' '에, 여자에게 별 관심이 없었어.' 그 늙은이가 말하고 싶어 하지 않는 것을 보고 제가 싫은 소리를 하니까 그가 마지막으로 이렇게 말했습니다. '나는 아마 결혼하지 않을 걸세. 그녀에게서 과거 습관이 다시 돌아오지 않으리라는 확신이 서지 않거든. 물론 여자는 좋지, 그러나 문란한 여자는 악마도 못 당해.' 그사이에 사순절 첫날 신이 자비롭게도 저에게 고통을 보내 주셨습니다. 그래서 저는 집에 누워 있어야 했고, 의사가 수술을 했습니다. 그때 마리안느나 양이 저에게 와서 침대보를 새로 깔아 주고, 수술한 부분을 보살펴 주지 않았더라면……. 의사 선생이 말하셨습니다. 그녀가 돌봐 주지 않았다면 일주일을 더 누워 있어야 했을 거라고. 제가 화를 낸 적도 몇 번 있었습니다. 유난히 신경이 날카로울 때, 어느 날 제가 말했습니다. '마리안느나 양은 왜 이런 수고스러운 일을 하세요? 아가씨는 내가 아가씨와 결혼할 거라 생각하고 있는데, 다른 남자에게 열 번을 봉사한 여자와 결혼한다면 내가 바보지요.' 그녀는 아무 말도 하지 않고, 고개를 숙이고 눈물만 뚝…… 뚝…… '저도 알고 있어요.' 그녀가 말했습니다. '벵기엑 씨가 저와 결혼하지 않는 것을……'

그 말을 듣는 순간, 죄송합니다, 깊은 동정심에 마음이 움직여서 현기증이 났습니다. 저는 바로 비소츠카 부인에게 가서 말했습니다. '비소츠카 부인, 있잖아요, 제가 아마 마리안느나 양과 결혼할지도 몰라요……' 그러자 부인이 이렇게 말했습니다, '바보 같은 짓 하지 말아요, 왜냐하면……' 감히 말씀드릴 수가 없습니다." 갑자기 벵기엑이 보쿨스키의 손에 키스하면서 말했다.

"말해 봐."

"왜냐하면……." 비소츠카 부인이 저에게 이렇게 말했습니다. "당신이 마리안느나 양과 결혼하면, 우리 모두에게 은혜를 베풀어 주신 보쿨스키 님에 대한 모독이 되기 때문이오. 마리안느나 양이 보쿨스키 님에게 오지 않을지도 모르는 일이고……."

보쿨스키가 그의 앞에서 걸음을 멈추었다.

"그게 걱정되었나?" 보쿨스키가 물었다. "분명히 말하는데, 나는 그녀를 더 이상 보지 않을 거야."

벵기엑이 안도의 숨을 내쉬었다.

"고맙습니다. 저는 주인님의 은혜에 방해되는 일은 하지 않을 겁니다. 그것이 하나이고, 두 번째는……."

"두 번째는 또 뭐야?"

"두 번째는, 주인님도 아시다시피, 그녀는 행실이 문란했습니다, 그것도 불행 때문에. 사악한 사람들이 그녀를 학대했습니다. 그녀에겐 아무 죄도 없습니다. 그녀가 아픈 저 때문에 울게 되면, 그녀는 주인님을 찾아올 것입니다. 그러면 사납고 끈질긴 개처럼 파렴

치한 사람이 되는 것이죠, 사람들을 물지 못하도록 그런 개는 죽여야 합니다."

"그래서……?" 보쿨스키가 물었다.

"아, 뭐더라? 저는 축제 기간이 지나면 결혼하려 합니다. 그녀는 그녀가 지은 죄 때문에 고통을 당할 수 없습니다…… 그녀가 원해서 한 것도 아닙니다."

"다른 볼일이 또 있나?"

"이제 없습니다."

"그러면 가 봐. 그리고 결혼하기 전에 나한테 와. 그녀는 지참금으로 5백 루블을 가지게 될 거야. 옷과 살림살이 장만하는 데 필요할 거야."

뱅기엑은 몹시 감동하여 작별 인사를 하고 갔다.

'이것이 단순한 사람들의 논리지!' 보쿨스키는 생각했다. '죄는 경멸하고, 불행에는 동정을.'

그가 보기에 순진한 시민이 영원한 정의의 사자가 되어 짓밟힌 여성에게 평온과 용서를 가져다주었다.

3월 말에 쮀주호프스키 씨네 집에서 몰리나리가 참석한 커다란 연회가 열렸다. 보쿨스키도 그의 딸 쮀주호프스카가 예쁜 손으로 쓴 초대장을 받았다.

그는 느지막이 연회장에 도착했다. 대가는 자기가 작곡한 곡을 연주하려고 준비하고 있었다. 바르샤바 출신 음악가들 중 한 사람이 피아노 앞에 앉아 있었고, 다른 사람이 대가에게 바이올린을 가져다주었고, 세 번째 사람은 협주자의 악보를 넘겨 주었고, 네 번째 사람은 아름다운 악절 혹은 어려운 부분을 표정과 제스처로 강조하기 위해 대가의 뒤에 서 있었다.

누군가가 참석자들에게 정숙을 요청했다. 여성들은 무대 앞에 반원을 이루며 앉았고, 남자들은 여성들 뒤에 자리를 잡았다. 연주가 시작되었다.

이제 보쿨스키는 바이올리니스트를 볼 수 있었다. 무엇보다도 그는 바이올리니스트와 스타르스키가 비슷하다는 것을 발견했다. 몰리나리도 스타르스키처럼 많지 않은 구레나룻과 짧은 콧수염을 길렀고, 여복이 많은 남자들의 공통적 특징인 피곤한 인상을 가지고 있었다. 연주를 못하지는 않았으나 뛰어나 보이지는 않았다. 하지만 그는 이미 자기의 신자들을 위해 자비로운 반신적 존재의 역할을 받아들인 것처럼 행동했다.

가끔 바이올린이 소리를 높였다. 대가의 뒤에 서 있는 음악가는 감동한 표정을 지었고, 홀에서는 가벼운 바람결에 흔들리는 나뭇잎 소리처럼 조용한 탄성이 짧게 물결쳤다. 잘 차려입은 남자들과 정신을 집중해서, 생각에 잠겨서, 꿈꾸듯 혹은 가볍게 졸면서 듣는 여성들 사이에서 보쿨스키는 평소에 볼 수 없는 표정을 짓고 있는 여성들의 얼굴을 보았다. 그곳에는 긴장해서 뒤로 향한 머리들, 붉게 상기된 볼들, 광채를 발산하는 눈들, 마약에 취한 듯 약간 열린 채 가볍게 떨고 있는 입술들이 있었다.

'무서운 일이야!' 보쿨스키는 생각했다. '병든 사람들이 저 남자의 개선 마차에 매달려 있다니……'

그리고 옆을 보는 순간 온몸이 얼어붙는 것 같았다…… 다른 여자들보다 더 열광하고 격앙되어 있는 이자벨라 웽츠카가 그의 눈에 들어왔던 것이다. 그는 자신의 눈을 의심했다.

대가는 15분 동안 연주했는데, 보쿨스키 귀에는 하나도 들어오지 않았다. 그를 깨운 것은 오랫동안 이어진 박수 소리였다. 그리고 다시 자기가 지금 어디에 있는지 잊어버렸다. 그러나 그는 몰리나리가 쉐주호프스키의 귀에 뭔가 속삭이고, 쉐주호프스키가 그의 손을 잡고 와서 이자벨라에게 그를 소개하는 것을 분명히 보았다.

그녀는 붉게 물든 얼굴과 말할 수 없이 감동한 눈빛으로 그에게 인사했다. 저녁 식사에 초대되었기 때문에 대가가 손을 내밀자 그녀가 그의 손을 잡았다. 그대로 그가 그녀를 식당으로 안내했다. 그렇게 두 사람이 보쿨스키 옆을 지날 때 몰리나리가 팔꿈치로 보쿨스키를 쳤다. 그러나 두 남녀는 서로에게 온통 정신을 잃고 있었기 때문에 이자벨라도 보쿨스키를 보지 못했다. 나중에 식당에서 네 사람이 한 테이블에 앉았다. 사스탈스키는 쥐주호프스카와, 몰리나리는 이자벨라와 함께, 그렇게 앉아 있는 것을 그들이 무척 좋아하고 있다는 것을 알 수 있었다.

보쿨스키에게 눈을 가리고 있던 장막이 떨어지는 것처럼 보였다. 그 장막 뒤에 완전히 다른 세계, 완전히 다른 이자벨라가 있었다. 그와 동시에 그는 머리가 혼란스러워지고, 가슴에 심한 통증이 오고 온 신경이 광적인 분노로 팽팽해지는 것을 느꼈다. 그래서 그는 현관방으로 갔다가 자기가 이성을 잃지 않을까 걱정하며 그곳에서 다시 거리로 나왔다.

"하느님!" 그가 작은 소리로 말했다. "저에게서 저주를 걸어 주소서……."

몰리나리로부터 몇 걸음 떨어져 있는 작은 탁자에 봉소프스카 부인이 오호츠키와 함께 앉아 있었다.

"사촌이 점점 더 마음에 안 들기 시작하고 있어." 오호츠키가 이자벨라를 보면서 말했다. "저 여자 보이지요……?"

"한 시간 전부터 보고 있어요." 봉소프스카 부인이 대답했다. "내 생각에 보쿨스키가 뭔가를 본 것 같아요. 왜냐하면 그가 완전히 달라졌어요. 그가 안됐어……."

"오, 보쿨스키에 대해선 신경 안 쓰는 게 좋아요. 오늘 그가 완전히 망가진 게 사실이지만, 그러나 정신이 들면…… 그런 사람들은 여자들 부채로 죽이지 못해요."

"드라마가 될 수 있겠네……."

"절대로 안 되죠." 오호츠키가 말했다. "감정이 한곳에 집중되어 있는 사람들은 다른 선택의 여지가 없을 때만 위험해지거든요."

"당신은 그 부인을 두고 말하는 거예요? 그 여자, 스타…… 스타르……?"

"그건 절대 아니고, 그런 대상은 있은 적도 없고, 있지도 않아요. 그리고 사랑에 빠진 남자에게 다른 여자는 눈에 보이지 않아요."

"그러면 뭐예요?"

"보쿨스키는 강한 정신력을 가지고 있어요. 그는 기적 같은 발명품에 대해 알고 있는데, 그게 완성되면 세상이 뒤집어질 겁니다……."

"당신도 그것에 대해 알고 있어요?"

"내용도 알고, 증거도 보았어요. 하지만 자세한 것까지는 모릅니다. 맹세코 말할 수 있는데……." 오호츠키가 흥분해서 말했다. "그런 일을 위해서는 열 명의 애인도 희생시킬 수 있어요!"

"그러면 당신은 나도 희생시킬 수 있겠네요, 이 감사할 줄 모르는 양반아?"

"당신이 내 애인이야……? 나는 몽유병자가 아니거든."

"그러나 당신이 나를 사랑하고 있지 않아?"

"보쿨스키가 이자벨라를 사랑하듯……? 생각도 안 하고 있는데…… 그러나 언제든 준비는 되어 있지."

"당신은 잘못 컸어. 그래도 나를 사랑하지 않는다니 좀 낫네."

"알고 있지, 왜 좀 낫다고 하는지. 당신이 보쿨스키를 남몰래 사랑하고 있으니까……."

봉소프스카 부인의 얼굴이 붉게 달아올랐다. 부인이 너무 당황해서 부채를 바닥에 떨어뜨렸다. 오호츠키가 그것을 주워 주었다.

"당신과 코미디 놀이 하고 싶지 않아요, 괴물." 조금 후에 그녀가 말했다. "나는 그에게 관심이 너무 많아요. 그래서 그가 벨라를 얻도록 나는 할 수 있는 것을 다할 거예요…… 그 미친 사람은 그녀를 사랑하고 있어요."

"맹세코 말하지만, 내가 아는 여자들 중에 당신이 유일하게 정말로 뭔가 가치 있는 사람이오……. 그러나 그건 그렇고, 내가 그를 알았을 때부터 보쿨스키는 벨라를 사랑하고 있었어요. 그가 그녀를 얼마나 사랑하는지! 내 여자 사촌은 나에게 이상한 인상을 주고 있어요. 전에 나는 그녀를 예외적인 여자라고 보았는데 지금은 흔한 그저 그런 여자로 보여요. 전에는 뛰어났지만, 지금은 평범한……. 그러나 그것이 단지 순간적이고, 내가 잘못 생각했는지도 모른다고 아직은 주의하고 있어요."

봉소프스카 부인이 웃었다.

"아마도……." 봉소프스카 부인이 말했다. "남자가 여자를 바라볼 때는 악마가 남자 눈에 장밋빛 안경을 끼워 주나 봐요."

"때로는 벗겨 주기도 하지요."

"그러나 고통이 없는 건 아니지요." 봉소프스카 부인이 말했다. "그런데 있잖아요. 우리는 거의 사촌이나 마찬가지니까, 말을 놓지요……."

"아니요."

"왜요?"

"나는 당신을 숭배할 생각이 없거든요."

"우리 친구처럼 지내요."

"바로 그겁니다. 그게 건너가는 다리입니다……."

그 순간 이자벨라가 갑자기 자리에서 일어나 그들에게 왔다. 그녀는 화가 나 있었다.

"대가를 버려두고 온 거야?" 봉소프스카 부인이 물었다.

"아주 건방진 사람이야!" 이자벨라가 분노가 배어 있는 목소리로 말했다.

"아주 다행이네, 사촌, 그 희극 배우의 정체를 그렇게 빨리 알았다니." 오호츠키가 말했다. "좀 앉으시지……?"

그러나 이자벨라는 그를 날카롭게 쏘아보고, 마침 그녀에게 다가온 말보르크와 이야기를 나누었다. 그리고 그녀는 홀 쪽으로 갔다. 문지방에서 그녀는 부채 뒤로 몰리나리가 있는 곳을 바라보았다. 그는 아주 유쾌하게 쥐주호프스카와 이야기하고 있었다.

"내 생각에, 오호츠키 씨." 봉소프스카 부인이 말했다. "당신은 조심성을 배우기 전에 우리의 코페르니쿠스가 된 것 같아요. 이자벨라 앞에서 그 사람을 어떻게 희극 배우라고 할 수 있어요?"

"그녀가 그를 건방진 사람이라고 했잖아요……."

"그녀는 적잖이 그에게 관심을 가지고 있어요."

"이제 나하고 농담하지 마세요. 그녀가 그녀를 숭배하는 사람에게 관심이 없다면……."

"바로 그녀는 자기를 무시하는 사람에게 관심을 가질 거예요."

"자극적인 소스에 끌리는 것은 건강하지 못하다는 징후인데." 오호츠키가 한마디 했다.

"여기 있는 어느 여자가 건강해요!" 봉소프스카 부인이 주위에 있는 여자들을 경멸하듯 바라보면서 말했다. "손 이리 주세요. 우리 살롱으로 가요."

가는 길에 그들은 공작을 만났다. 그는 무척 반가워하면서 봉소프스카 부인에게 인사했다.

"공작님, 몰리나리 어때요……?" 그녀가 물었다.

"울림이 좋았어…… 아주……."

"그를 집으로 맞아들일까요?"

"오, 그러지, 현관방에서……."

몇 분 후에 공작의 재담이 모든 홀에 퍼졌다. 줴주호프스카는 갑작스러운 편두통 때문에 손님들을 두고 자리를 떠야 했다.

봉소프스카 부인이 오는 길에 아는 사람들과 이야기하면서 오호츠키와 함께 살롱에 들어섰을 때 몰리나리와 함께 앉아 있는 이자벨라를 보았다.

"우리 둘 중 누가 맞은 거예요?" 그녀가 부채로 오호츠키를 건드리면서 물었다. "불쌍한 보쿨스키……!"

"확실히 말하는데, 그가 이자벨라 양보다는 덜 불쌍하지요."

"왜?"

"여자가 자기를 무시하는 사람만 사랑한다면, 우리 사촌은 머지않아 보쿨스키를 미치도록 사랑할 겁니다."

"그에게 말할 거예요?" 봉소프스카 부인이 거세게 반발했다.

"그런 일은 절대로 없을 겁니다. 나는 그의 친구이고, 바로 그 때문에 위험에 대해 경고하지 않을 의무가 있어요. 나도 남자입니다. 남자와 여자 사이에 그런 종류의 싸움이 시작되는 것을 정말로 느낍니다……."

"그러면 남자가 져요."

"아닙니다, 부인. 여자가 집니다. 내기를 해도 좋아요. 자기를 무시하는 남자에게 집착하기 때문에 여자들은 노예입니다."

"저주하지 마세요."

몰리나리가 비브로트니츠카와 이야기하기 시작했기 때문에 봉소프스카 부인이 이자벨라에게 다가가 그녀의 손을 잡고 살롱 안을 돌아다녔다.

"저 오만한 사람과 화해한 거야?" 봉소프스카 부인이 물었다.

"나한테 사과했어." 이자벨라가 대답했다.

"그렇게 빨리? 고치겠다는 약속도 했어?"

"그가 고칠 필요 없이 되는 것이 내가 할 일이야."

"보쿨스키가 왔었어." 봉소프스카 부인이 말했다. "그리고 갑자기 나갔어."

"오래전에?"

"너희들이 저녁 식사 하려고 자리에 앉았을 때, 그가 바로 이 문 옆에 서 있었어."

이자벨라가 이마를 찡그렸다.

"카지아." 이자벨라가 말했다. "네가 무슨 말 하려는지 알아. 너에게 마지막으로 말하는데, 나는 보쿨스키를 위해서 내가 좋아하고 마음에 드는 것을 포기할 생각이 전혀 없어. 결혼은 감옥이 아니야. 나는 어느 누구보다도 감옥에 맞지 않아."

"네 말이 맞아. 하지만 변덕 때문에 그런 감정을 망쳐도 될까?"

이자벨라가 당황했다.

"그러면 내가 어떻게 해야 할까?"

"너에게 달렸어. 너는 아직 그에게 매인 것도 아니잖아……."

"아, 그렇지! 이제 알겠어……." 이자벨라가 웃었다.

창가에 니빈스키와 함께 서 있는 말보르크가 두 여인을 망원경으로 바라보고 있었다.

"예쁜 여자들이야!" 말보르크가 한숨을 쉬었다.

"각자 다른 매력을 가지고 있어." 니빈스키가 맞장구를 쳤다. "너는 누굴 택하겠어?"

"둘 다."

"나는 먼저 이자벨라를, 나중에 봉소프스카를……"

"둘이 서로 붙어 있군……. 웃는 것이 얼마나 예쁜가! 우리를 자극하기 위해 저러는 것 같아. 귀엽고 재치 있는 여자들이야."

"속으로는 서로 미워할 수 있어."

"적어도 이 순간에는 아니야." 니빈스키가 말을 끝냈다.

걷고 있는 두 여인에게 오호츠키가 다가갔다

"사촌도 나에 대한 음모에 가담한 거야?" 이자벨라가 물었다.

"음모에는 아니. 당신과 공개적인 전쟁은 할 수 있지."

"당신과? 공개적인 전쟁……? 그게 무슨 말이야? 전쟁의 목적은 유리한 평화 협정을 맺기 위한 거야!"

"그건 나의 시스템이 아니야."

"그래?" 이자벨라가 웃으면서 말했다. "그럼 우리 약속해요, 누가 맞는지. 사촌은 무기를 내려놓을 겁니다, 저는 전쟁이 시작되었다고 보는데."

"사촌이 전쟁에서 질 겁니다. 심지어 사촌이 가장 완벽한 승리를 거둔다고 생각하는 부분에서도." 오호츠키가 엄숙하게 대꾸했다.

이자벨라의 얼굴이 어두워졌다.

"벨루." 그때 다가온 백작 부인이 이자벨라에게 나직이 속삭였다. "나가자."

"무슨 일이에요, 몰리나리가 약속했어요……?" 이자벨라가 속삭이는 소리로 물었다.

"그에게 부탁하지도 않았어." 백작 부인이 당당하게 말했다.

"고모, 왜요……?"

"그의 인상이 좋지 않아."

만일 보쿨스키가 몰리나리 때문에 죽었다는 소식이 이자벨라에게 전해지더라도, 그녀의 눈에 위대한 바이올리니스트는 아무것도 잃는 게 없을 것이다. 그러나 몰리나리가 좋지 않은 인상을 주었다는 말이 이자벨라를 자극했다.

이자벨라는 몰리나리에게 차갑게, 거의 얕보는 태도로 작별 인사를 했다.

불과 몇 시간밖에 안 사귀었지만 몰리나리가 이자벨라의 관심을 강하게 끌었다.

이자벨라가 늦게 돌아와 집에 있는 아폴론 상을 보았을 때, 대리석으로 만들어진 신은 그녀에게 몰리나리의 모습처럼 보였다. 아폴론 상의 얼굴 표정이 자주 바뀌는 것을 회상하면서 그녀는 얼굴이 붉어졌다. 짧은 순간 아폴론 상은 보쿨스키를 닮았었다. 그러나 오늘의 변화가 최종적이고, 지금까지 그녀에게 비슷하게 보인 것은 착각이고, 아폴론이 누군가를 상징한다면 그것은 오로지 몰리나리라고 생각하자 그녀의 마음이 가라앉았다.

그녀는 잠을 잘 수 없었다. 그녀의 가슴속에서 분노, 걱정, 호기심, 연정 등 서로 모순되는 감정들이 싸우고 있었다. 몰리나리의 대담한 행동을 회상하면 때론 놀라움이 깨어나기도 했다. 몰리나리가 그녀에게 한 첫마디는 자기가 본 여자들 중에서 가장 아름답다는 말이었고, 저녁을 먹으러 같이 가면서 정열적으로 어깨를 감쌌고, 그녀를 사랑한다고 선언했다. 저녁 식사 중에도 그는 사스탈스키와 줴주호프스카가 있는데도 아랑곳하지 않고 식탁 밑으로 그녀의 손을 집요하게 찾았다. 그래서 그녀는 어떻게 해야 했겠는가……?

그녀는 그처럼 강렬한 감정을 지금까지 느껴 보지 못했다. 그는 정말로 첫눈에 그녀에게 미친 듯, 죽도록 사랑에 빠졌음에 틀림없다. 그는 심지어 이런 말까지(그 때문에 그녀는 자리를 뜨게 되었지만) 했다. 그녀와 며칠 동안만 같이 보낼 수 있다면 기꺼이 목숨도 바치겠다고 했다.

'그런 말을 하면서 그는 어떤 손해에 노출되는가?' 그녀는 생각해 보았다. 그가 당할 손해는 기껏해야 저녁 식사가 끝나기 전에 자리에서 일어나는 정도라는 것을 그녀는 생각하지 못했다.

'이것이 도대체 무슨 감정인가! 도대체 무슨 열정이야!' 그녀는 속으로 되뇌었다.

이틀 동안 이자벨라는 집에서 나오지 않았고, 아무도 만나지 않았다. 3일째 되는 날, 여전히 몰리나리처럼 보이는 아폴론이 순간적으로 스타르스키를 연상시켰다. 그날 오후에 리제프스키와 피에차르코프스키가 그녀에게 와서, 몰리나리가 바르샤바를 떠났고, 그는 함께 있던 모든 사람들의 기분을 상하게 했으며, 비판적인 논평이 결여된 그의 앨범은 거짓이라고 말했다. 그들은 또 마지막으로 그런 이류 바이올리니스트에 그저 그런 인물이 그런 환대를 받을 수 있는 곳은 바르샤바밖에 없다고 말했다.

이자벨라가 화를 냈다. 그녀는 피에차르코프스키에게 다른 사람이 아닌 바로 그가 그 예술가를 칭찬했다는 것을 상기시켰다. 피에차르코프스키는 의아해하면서 그 자리에 있는 리제프스키와 자리에 없는 사스탈스키를 증인으로 몰리나리는 처음부터 믿음이 가지 않았다고 말했다.

그 후 며칠 동안 이자벨라는 위대한 예술가가 질투의 희생이 되었다고 믿고 있었다. 그녀는 속으로 오로지 그가 그녀의 공감을 받을 만하고 그를 영원히 잊지 않을 것이라고 반복해서 다짐했다.

그 시기에 사스탈스키가 그녀에게 제비꽃 다발을 보내왔다. 이자벨라는 양심의 가책을 느끼지 않은 것은 아니지만 아폴론이 사스탈스키를 닮아 가기 시작하고, 몰리나리는 기억에서 빠르게 사라지는 것을 느꼈다.

음악회가 끝나고 일주일쯤 지났을 무렵 불도 켜지 않은 자기 방에 앉아 있을 때 이자벨라의 눈앞에 오래전에 잊었던 환상이 나타났다. 그녀가 아버지와 함께 마차를 타고 어떤 산에서 연기와 증기구름으로 가득한 계곡으로 내려오고 있는 것처럼 보였다. 구름 사이로 카드를 들고 있는 거대한 손이 나타났다. 그 카드를 토마쉬가 불안한 호기심을 가지고 바라보았다. '아버지는 누구와 카드놀이를 하는 걸까……?' 그녀는 생각했다. 그 순간 바람이 불어오더니 구름 속에서 보쿨스키의 얼굴이 나타났다. 그것도 거대한 크기로.

"1년 전에도 똑같은 환상을 보았는데……." 이자벨라가 속으로 중얼거렸다. "이것이 무슨 징조일까……?"

그제야 비로소 그녀는 보쿨스키가 일주일 동안 집에 오지 않았다는 것을 깨달았다.

줴주호프스키의 저택에서 열렸던 연회 중간에 보쿨스키는 기분이 이상한 상태에서 집으로 돌아왔다. 광적인 분노가 사라진 자리에는 무기력하고 체념적인 평온이 들어섰다. 보쿨스키는 밤내내 잠을 이루지 못했다. 하지만 그런 상태가 불쾌하게 느껴지진 않았다. 그는 가만히 누워서 아무것도 생각하지 않았다. 그는 오로지 시계 소리에 귀를 기울였다. 1시…… 2시…… 3시…….

다음 날 그는 늦게 일어나서 정오까지 차를 마시며 다시 시계 소리에 귀를 기울였다. 11시…… 12시…… 1시…… 얼마나 지겨운가……!

그는 무엇인가를 읽고 싶었다. 그러나 책을 가지러 도서관에 가기는 싫었다. 그래서 소파에 누워 다윈의 이론에 대해 생각하기 시작했다.

'도태란 무엇인가? 그것은 생존 경쟁의 결과다. 경쟁에서 어떤 능력을 가지고 있지 못한 존재는 사라지고, 더 큰 능력을 가진 것이 승리한다. 무엇이 가장 중요한 능력인가? 성적 매력인가? 아니야, 죽음에 대한 혐오야. 죽음에 대한 혐오를 가지지 않은 존재가 제일 먼저 사멸했다. 죽음에 대한 혐오가 사람에게 제동을 걸지 못하면, 가장 현명한 이 동물은 삶의 굴레를 견디지 못할 것이다. 고대 인도의 시에 지금의 우리들보다 죽음에 대한 혐오를 더 적게 가졌던 인종이 있었다는 흔적이 있다. 그 인종은 사멸했고 그 후손은 노예가 되거나 금욕주의자가 되었다.

죽음에 대한 혐오란 무엇인가? 물론 환상에 근거한 본능이다. 쥐를 혐오하는 사람도 있다. 쥐는 아무 죄 없는 피조물이다. 그런가 하면 맛있는 딸기를 혐오하는 사람도 있다. (내가 딸기를 언제 먹었지……? 아하, 작년 9월 말에 자스와벡에서 먹었지. 자스와벡은 재미있는 곳이야. 회장 부인께서 아직 살아 계시는지 궁금하군. 그분은 죽음을 혐오하실까……?)

죽음에 대한 불안은 무엇일까……? 환상이야! 죽는다는 것은 아무 데도 없다는 것이고, 아무것도 느끼지 않고, 아무것에 대해서 생각하지 않는다는 것이지. 나는 오늘 얼마나 많은 곳에 없는가, 나는 미국에도 없고, 파리에도 없고, 달에도 없고, 심지어 내 가게에도 없지만 그것이 나를 불안하게 하지는 않는다. 조금 전까지 나는 얼마나 많은 일들에 대해 생각하지 않았는가? 나는 어떤 한 가지 일만 생각했다. 그리고 10억 가지의 다른 일들에 대해 생각하지 않았다. 나는 그것들에 대해 알지 못하지만 나와는 아무 상관 없는 일이다.

백만 곳에 없고 한 곳에만 있으면서, 10억 가지의 일들에 대해 생각하지 않고 한 가지 일만 생각하면서, 한 곳에 있는 것과 한 가지만 생각하는 것을 그만두는 것이 뭐 그리 언짢다는 말인가……? 본질적으로 죽음에 대한 두려움은 그 오랜 세월 인류가 굴복하고 있는 가장 웃기는 환상이다. 짐승들은 천둥 번개나 불을 뿜는 무기의 요란한 소리를, 심지어는 거울도 무서워한다. 그런데 개화되었다고 하는 우리들은 죽음을 두려워하고 있다……!'

그는 자리에서 일어나 창가로 가서 밖을 내다보았다. 그는 웃으면서 사람들을 바라보았다. 어디론가 가는 사람들, 서로 인사하는 사람들, 여성들을 도와주는 사람들……. 보쿨스키는 그들의 힘찬 움직임, 열렬한 관심들, 여성들에 대한 남자들의 무의식적인 깍듯한 예의, 여성들의 자동적인 애교, 마부의 무표정한 얼굴들과 말들의 고통 등을 보면서, 불안과 괴로움으로 가득 찬 인생 전체가 가장 완벽한 어리석음이라는 생각을 떨칠 수가 없었다.

그렇게 그는 하루 종일 앉아 있었다. 다음 날 제츠키가 그에게 와서 오늘이 4월 1일이고, 웽츠키 씨에게 2천5백 루블을 이자로 지불해야 한다고 상기시켰다.

"아, 그렇지." 보쿨스키가 대답했다. "그곳으로 가져다주게……."

"나는 자네가 직접 가져다주리라고 생각했는데."

"그러고 싶지 않아……."

제츠키가 코를 킁킁거리면서 방 안을 돌아다니다가 말했다.

"스타프스카 부인이 조금 울적하신 것 같아. 자네가 한번 찾아가 보는 게 좋을 것 같은데."

"정말 그곳에 가 본 지 오래됐네. 오늘 저녁에 가지."

대답을 들었으므로 제츠키는 그곳에 더 있을 필요가 없었다. 그는 가벼운 마음으로 보쿨스키와 헤어진 뒤 돈을 가지러 가게로 갔다. 나중에 그는 마차를 타고 미시에비초바 부인에게 가자고 마부에게 지시했다.

"급히 해야 할 일이 있어서 잠깐 들렀습니다." 기쁜 얼굴로 제츠키가 말했다. "오늘 스타흐가 여기에 올 겁니다……. 제가 보기에 (이건 절대 비밀입니다) 보쿨스키는 웽츠키 씨 가족과는 확실히 끊은 것 같습니다……."

"그래요……?" 미시에비초바 부인이 두 손을 모으며 말했다.

"거의 확신합니다. 저는 이만 가 보겠습니다…… 스타흐가 오늘 저녁에 올 겁니다."

실제로 보쿨스키는 그날 저녁에 왔고, 더 중요한 것은 매일 밤 오기 시작했다는 사실이다. 그는 헬루니아는 이미 자고 미시에비초바 부인도 자기 방으로 들어간 후 느지막하게 와서 스타프스카 부인과 몇 시간을 같이 보냈다. 보통 그는 말없이 스타프스카 부인이 들려주는 밀레로바 가게에 대한 이야기나 시중에 떠도는 이런저런 소문들을 들었다. 어쩌다 그가 말을 꺼내기도 하지만, 잠언 같은 말을 하거나, 이야기 주제와는 상관없는 엉뚱한 말을 하기 일쑤였다.

한번은 그가 이런 말을 했다.

"사람은 불나비 같아요. 고통스럽고, 불에 타는데도 불구하고 눈먼 것처럼 불을 향해 돌진하니." 그가 한참 생각한 후 다시 말을 이었다. "의식하지 못하는 한, 그러고 있어요. 불나비와 다른 점은……."

'웽츠카 양에 대해 말하고 있구나!' 스타프스카 부인에게 그런 생각이 들었다. 그녀의 심장이 거세게 뛰었다.

언젠가는 그가 스타프스카 부인에게 이상한 이야기를 했다.

"두 친구에 대한 이야기를 들었어요. 한 친구는 오데사에 살고, 다른 친구는 토볼스크에 사는데, 몇 년 동안 서로 만나지 못해서 서로를 몹시 그리워했어요. 토볼스크에 사는 친구가 더 이상 참을 수가 없어 오데사에 있는 친구를 놀라게 하려고 미리 말하지 않고 오데사에 갔어요. 하지만 그는 친구를 만나지 못했어요. 왜냐하면 오데사 친구도 토볼스크 친구가 보고 싶어 토볼스크에 갔기 때문에……. 일이 꼬이는 바람에 두 친구는 중간에서도 만나지 못했어요. 그리고 몇 년 후에야 두 사람이 서로 만나게 되었답니다. 부인, 어떤 일이 일어났는지 아세요……?"

스타프스카 부인이 고개를 들어 그의 눈을 바라보았다.

"이 두 사람이 서로 찾으면서, 우연히 같은 날 모스크바에 가서, 같은 호텔 바로 옆방에 묵었답니다. 운명은 때로 사람을 가지고 심한 장난을 하지요……."

"살면서 그런 일은 어쩌다 일어나겠지요……." 스타프스카 부인이 속삭이는 소리로 말했다.

"누가 아니요? 누가 알겠어요……?" 보쿨스키가 대꾸했다.

그가 부인의 손에 키스하고 생각에 잠긴 채 집을 나왔다.

'우리에겐 그렇게 안 되겠지!' 깊이 감동한 스타프스카 부인이 생각했다.

스타프스카 부인 집에서 저녁 시간을 보내는 동안 보쿨스키는 생기를 되찾았고, 음식도 조금 먹고 이야기도 했다.

그러나 나머지 시간은 무기력 상태에 빠져 보냈다. 그는 음식은 거의 먹지 않고, 차만 많이 마셨다. 그는 아무 일도 하지 않았으며, 1년에 네 번 열리는 회사 회의에도 참석하지 않았고, 독서도 하지 않고, 심지어 아무 생각도 하지 않았다. 뭔지 알 수 없는 거대한 힘이 그를 모든 일, 희망, 갈망의 범주 밖으로 내던져 버렸기 때문에 오늘날 그의 삶이 생명 없는 무거운 짐처럼 텅 빈 공간에서 맴도는 것 같았다.

'머리에 총을 쏘지는 않을 거야.' 그는 생각했다. '만일 내가 파산한다면, 그렇지……! 나 스스로를 경멸하겠지. 만일 이 세상에서 여자의 치마가 나를 날려 버리면……. 파리에 머물렀어야 하는 건데…… 그럼 인간의 얼굴을 한 괴물들을 조만간 말살할 수 있는 무기를 내가 소지할 수도 있었는데.'

제츠키는 보쿨스키에게 무슨 일이 있는지 알아보기 위해 하루 중 매번 다른 시간대에 와서 그에게 말을 걸었다. 그러나 보쿨스키는 날씨에도, 사업에도, 정치에도 별 관심을 보이지 않았다. 밀레로바 부인이 스타프스카 부인을 괴롭히고 있다고 제츠키가 말했을 때 처음으로 보쿨스키가 관심을 보이며 말했다.

"밀레로바 부인이 왜 그래?"

"질투 때문이겠지. 자네가 스타프스카 부인 집에 자주 가고, 스타프스카 부인에게 월급도 많이 주니까."

"밀레로바는 조용해질 거야." 보쿨스키가 말했다. "가게를 스타프스카에게 주고 밀레로바에게 경리를 맡기면."

"큰일 날 소리 말게!" 놀란 제츠키가 큰 소리로 말했다. "그러면 스타프스카 부인도 잃게 될 거야."

보쿨스키가 방 안을 걷기 시작했다.

"자네 말이 맞아. 그렇지만 여자들이 서로 싸우면 떼어 놓아야 해……. 스타프스카에게 혼자 가게를 차리라고 이야기해 보게. 지금은 우리가 대 주고. 바로 그 일에 대해 생각했어. 더 이상 미루고 있을 이유가 없어."

물론 제츠카는 그 말을 듣자마자 그가 좋아하는 두 모녀에게 달려가서 소식을 알렸다.

"우리가 그런 제안을 받아들여도 되는지 모르겠습니다." 걱정스러운 얼굴로 미시에비초바 부인이 말했다.

"무슨 제안 말씀입니까?" 제츠키가 큰 소리로 말했다. "몇 년 동안 우리에게 돈을 내는 건데, 그게 전부입니다. 부인은 어떻게 생각하세요……?" 그가 스타프스카 부인에게 물었다.

"보쿨스키 선생님이 원하는 대로 할 겁니다. 그분이 가게를 열라 하면 열고, 밀레로바 부인 가게에 있으라고 하면 있을 겁니다."

"헬렝코, 무슨 말이니?" 어머니가 그녀를 나무랐다. "그런 말을 함으로써 네가 어떤 곤란한 일을 당하게 될지 생각해 보렴. 다른 사람이 안 들은 게 다행이다."

스타프스카 부인은 침묵했다. 지금까지 부드럽고 순종적이던 딸의 단호함에 놀란 미시에비초바 부인은 몹시 불안해했다.

어느 날 보쿨스키는 길을 가다가 봉소프스카 부인이 타고 가는 마차를 만났다. 그는 인사하고 목적 없이 계속 갔다. 그때 하인이 그를 뒤쫓아 왔다.

"마님이 오시랍니다."

"선생에게 무슨 일이 있었어요……?" 보쿨스키가 마차에 다가갔을 때 아름다운 미망인이 큰 소리로 물었다. "어서 타세요, 같이 타고 가면서 거리를 둘러봐요."

그가 마차에 오르자 마차가 출발했다.

"무슨 일이에요?" 봉소프스카 부인이 말을 계속했다. "안색이 아주 안 좋아요. 거의 10일째 벨라네 집에 오지 않으셨어요…… 뭐라고 말 좀 해 봐요!"

"할 말이 없습니다. 저는 아프지도 않습니다. 저의 방문이 이자벨라 양에게 필요하다고 생각하지 않습니다."

"만일 필요하다면?"

"한 번도 그런 환상을 가져 본 적이 없습니다. 지금은 어느 때보다 더 그렇습니다."

"그렇지만 이보세요…… 우리 솔직히 말해요. 당신은 질투하고 있어요. 그러면 여자들의 눈에는 남자가 작아 보여요. 당신은 몰리나리에게 화를 내고 있어요."

"부인께서 착각하고 있는 겁니다. 이자벨라 양이 나와 몰리나리 중에서 선택하는 것을 방해할 정도로 나는 질투하지 않아요. 그러나 이 경우에 우리 둘에게 동등한 권리가 있다는 것을 알고 있습니다."

"오, 너무 냉정하시네요!" 봉소프스카 부인이 힐난하는 투로 말했다. "만일 당신들 중 한 사람이 그녀를 숭배한다면 그녀는 다른 사람들과 이야기도 할 수 없는, 얼마나 불쌍한 여자일까요? 당신 같은 사람은 여자를 일부다처제식으로 대하리라고 생각하지 않았어요. 그건 그렇고, 당신은 어떻게 하겠어요……? 만일 벨라가 몰리나리에게 애교를 떨었다면, 그게 뭐예요……? 그것은 하루 저녁 계속되다 헤어질 때 벨라가 그에게 경멸하는 태도를 보였어요, 보기 민망스러울 정도로."

보쿨스키에게서 우울한 생각이 사라졌다.

"부인, 우리가 서로 이해 못하는 척하지 맙시다. 부인도 아시죠. 남자에게 사랑하는 여자는 제단처럼 성스럽습니다. 그것이 옳건 옳지 않건 사랑하는 동안은 그렇습니다. 만일 어떤 무뢰한이 그 제단을 의자처럼 다루고…… 그 제단도 그런 대우에 익숙해진다면, 부인 무슨 말인지 이해하시지요……? 그럴 때 우리는 그 제단이 정말로 의자에 불과하다고 생각할 겁니다. 제 설명이 명쾌합니까……?"

봉소프스카 부인이 마차 좌석의 머리 받침에 머리를 기댔다.

"오, 이보세요, 명쾌함 이상이에요! 만일 벨라의 애교가 나이브한 복수심에서 나온 것이고, 일종의 경고였다면 당신은 뭐라고 하겠어요……?"

"누구에게 하는 경고 말입니까?"

"당신에게. 당신은 스타프스카 부인에게 관심이 있잖아요?"

"제가요? 누가 그런 말을 했어요……?"

"우리는 그들이 목격자들이라고 알고 있어요. 크세소프스카 부인과 마루세비츠 씨……."

보쿨스키가 머리를 두 손으로 감쌌다.

"부인은 그걸 믿으세요……?"

"아니요. 왜냐하면 오호츠키가 거기에는 아무것도 없다고 분명히 말했기 때문이에요. 하지만 누가 그녀를 그런 식으로 안심시킬 수 있겠으며, 그녀가 그건 별개의 문제라고 대수롭지 않게 여기고 넘어갈 수 있을까요."

보쿨스키가 그녀의 손을 잡았다.

"부인." 보쿨스키가 간절한 목소리로 말했다. "몰리나리 때문에 제가 한 모든 말을 철회합니다……. 부인에게 맹세합니다. 저는 이자벨라 양을 숭배합니다. 저에게 가장 큰 불행은 제가 깊이 생각하지 않고 말하는 것입니다. 이제 알겠습니다, 그런 말을 하면서 제가 무슨 잘못을 했는지……."

너무 격앙되어 있는 보쿨스키를 보자 봉소프스카 부인에게 측은한 생각이 들었다.

"좀 진정하세요." 그녀가 말했다. "너무 확대 해석하지 마세요. 명예를 걸고(여자에게는 명예가 없을지도 모르지만) 당신에게 확실히 말하지만, 우리가 말한 것은 우리만의 비밀로 남아 있을 겁니다.

그리고 확신하는데, 벨라는 당신이 격한 반응을 보였던 것을 용서할 겁니다. 그것은 점잖지 못한 행동이었어요. 그러나…… 그런 점잖지 못한 행동은 사랑하는 사람에게는 용서가 되지 않지요."

보쿨스키가 그녀의 두 손에 키스했다. 그러나 그녀는 손을 바로 거두었다.

"나에게 그러지 마세요. 왜냐하면 사랑받는 여자에게 남자는 제단이니까……. 이제 내리세요, 그리고 가세요, 그곳으로, 벨라에게……."

"무슨 말이에요?"

"제가 약속을 지킬 수 있다는 걸 인정하세요."

그녀의 목소리가 떨렸다. 하지만 보쿨스키는 그것을 알아차리지 못했다. 마차가 멈추자 그는 마차에서 뛰어내려 웽츠키가 살고 있는 건물을 향해 걸어갔다.

미코와이가 문을 열어 주었을 때, 그는 이자벨라에게 가서 자기의 방문을 알리라고 지시했다. 그녀는 혼자 있었고 그를 곧바로 맞이했다. 그녀의 얼굴에 홍조가 피어올랐고 당황하는 기색이었다.

"오랫동안 우리 집에 오시지 않았어요." 그녀가 말했다. "어디 아프셨어요?"

"아픈 것보다 더 안 좋았어요." 그가 선 채로 말했다. "제가 이유 없이 아가씨를 심하게 모욕했어요."

"선생이 저를……?"

"제가 아가씨를 의심하고 모욕했어요. 저도……." 그가 말을 더듬거렸다. "쥐주호프스키 집에서 열렸던 음악회에 갔었어요…… 저는 아가씨에게 인사도 하지 않고 나왔어요…… 더 이상 말하고 싶지 않습니다……. 아가씨를 존중하지 않는 사람을 사람으로 받아들이지 않을 권리가 아가씨에게 있다는 것을 느끼고 있을 뿐입니다. 감히 아가씨를 의심했습니다…….”

이자벨라가 그의 눈을 깊이 바라보더니 보쿨스키에게 손을 내밀었다.

“용서합니다…… 앉으세요.”

“그렇게 용서를 서두르지 마십시오. 제가 희망을 가질 수도 있으니까요…….”

그녀가 생각에 잠겼다.

“세상에, 뭐라고 말해야 하나요? 희망을 가지세요, 희망에 관해서라면…….”

“아가씨께서 그렇게 말하셨어요, 이자벨라 아가씨?”

“그렇게 정해져 있는 것 같아요.” 그녀가 웃으면서 말했다.

그가 정열적으로 그녀의 손에 키스했다. 그녀는 손을 거두지 않았다. 나중에 그가 창가로 가더니 목에서 뭔가를 떼어 냈다.

“아가씨께서 이걸 받아 주세요.” 황금 메달이 있는 목걸이를 그녀에게 주면서 그가 말했다.

이자벨라가 흥미롭게 바라보았다.

“이상한 선물이지요, 그렇지 않아요?” 보쿨스키가 말하면서 메달을 열어 보여 주었다. “거미집처럼 가벼운 금속판이 보이지요……? 이것이 어떤 금고에도 없는 장신구입니다. 위대한 발명의 씨앗입니다. 이것이 인류를 변화시킬 수도 있습니다. 이 금속판에서 공중을 떠다니는 배가 만들어질 수도 있습니다. 하지만 그건 별로 중요하지 않고…… 이걸 아가씨에게 드리면서 저의 미래를 맡깁니다…….”

“그럼 이것이 부적이네요.”

“거의 그렇습니다. 이것이 바로 저를 다른 나라로 데려갈 수 있었고, 저의 전 재산과 저의 남은 인생을 새로운 일에 쏟게 할 수 있는 물건입니다. 이 일은 시간 낭비일 수도, 광적인 집착일 수도 있습니다. 그러나 어쨌든 이 물건에 대한 생각이 아가씨의 라이벌입니다, 유일한……." 그가 힘주어 반복했다.

"우리를 떠날 생각을 했어요?"

"오늘 아침까지도. 그랬기 때문에 이 부적을 아가씨에게 드립니다. 지금부터 저에게 아가씨 외에는 이 세상에서 다른 행복이 없습니다. 저에겐 아가씨 아니면 죽음만 남아 있습니다."

"만일 그렇다면 저는 당신을 노예로 삼겠습니다." 이자벨라가 그렇게 말하고 메달이 달린 목걸이를 목에 걸었다. 목걸이를 옷 안으로 집어넣을 때 그녀는 고개를 숙였고, 얼굴에는 홍조가 피어올랐다.

'부끄러운 일이야.' 보쿨스키는 생각했다. '이런 여성을 의심했다니…… 아, 나는 얼마나 비열한가…….'

그가 집으로 돌아와 가게에 들렀을 때, 그의 얼굴은 환하게 빛났다. 그것을 본 이그나치는 거의 놀랄 뻔했다.

"자네에게 무슨 일이야?" 이그나치가 물었다.

"축하해 주게. 웽츠카 양과 약혼했네."

그러나 제츠키는 축하한다는 말은 하지 않고 얼굴이 몹시 창백해졌다.

"므라체프스키에게서 온 편지를 가지고 있네." 조금 후에 제츠키가 말했다. "자네도 알다시피 수진이 2월에 그를 프랑스로 보냈는데……."

"그래서……?" 보쿨스키가 말을 막았다.

"그가 리옹에서 편지를 보냈네. 루드빅 스타프스키가 살아 있다네. 지금 알제리에서 살고 있으며 이름을 에르네스트 발터라고 바꾸었네. 포도주 장사를 하고 있으며, 1년 전에 누군가가 그를 보았 다네."

"확인해 보세." 보쿨스키가 말하고 침착하게 주소를 수첩에 적 었다.

그날 이후 보쿨스키는 매일 오후를 웽츠키네 집에서 보냈다. 그 는 거의 매번 점심에 초대되었다.

며칠 후에 제츠키가 그에게 왔다.

"이 친구 웬일이야!" 보쿨스키가 반갑게 맞이했다. "룰루 공작은 요즘 어떻게 지내나? 슐랑바움이 가게를 사려고 한 일에 대해 아 직도 화내고 있나……?"

제츠키는 고개를 저었다.

"스타프스카 부인이……" 제츠키가 말했다. "이제 더 이상 밀레 로바 가게에서 일하지 않네. 좀 아프다네…… 바르샤바를 떠나겠 다는 말을 하더군. 한번 가 보는 게 어떨까……?"

"그래, 가 봐야지." 그가 이마를 닦으며 말했다. "부인과 가게에 대해 이야기해 보았나?"

"물론. 내가 부인에게 천이백 루블을 빌려 주기까지 했네."

"그 어렵게 저축한 것을……? 왜 나에게서 빌리지 않았을까… …?"

제츠키는 아무 대답도 하지 않았다.

오후 2시 전에 보쿨스키는 스타프스카 부인에게 갔다. 그녀는 말할 수 없이 수척해 있었다. 그녀의 감미로운 눈은 더 커졌고 더 슬프게 보였다.

"무슨 일이에요?" 보쿨스키가 물었다. "부인께서 바르샤바를 떠 난다는 말을 들었습니다."

"그렇습니다. 선생님…… 남편이 돌아올지도 모릅니다." 억눌린 목소리로 부인이 말했다.

"제츠키가 이야기했습니다. 그 소식을 확인하기 위해 노력해 보겠습니다……."

스타프스카 부인이 눈물을 흘렸다.

"선생님은 저희들에게 너무 잘해 주셨습니다." 부인이 작은 소리로 말했다. "선생님이 행복하시길 빕니다……."

그 시간에 봉소프스카 부인은 이자벨라를 방문하고 있었고, 이자벨라가 보쿨스키를 받아들였다는 것도 알게 되었다.

"드디어……." 봉소프스카 부인이 말했다. "네가 결코 결정하지 않으리라고 생각했다."

"그러면 내가 너에게 좋은 소식을 전한 것이네." 이자벨라가 말했다. "모든 면에서 그는 이상적인 남편이야. 돈 있고, 평범하지 않고. 그리고 무엇보다 그는 마음이 따뜻하고. 질투하지 않을 뿐만 아니라, 자기가 의심한 것에 대해 미안하다고 했어. 그것이 나를 마지막으로 무장 해제 시켰어……. 진실한 사랑에는 가려진 눈이 있어. 한마디 안 할 거야……?"

"생각하고 있어……."

"무엇에 대해서?"

"네가 그를 아는 것처럼 그가 너를 알면, 너희 둘은 서로 잘 모르는 거야."

"우리의 밀월이 더 즐거워지겠지."

"그러길 바라……."

# 제12장 결혼에 합의한 한 쌍

4월 중순부터 크세소프스카 남작 부인의 생활 방식이 갑자기 변했다. 그때까지 부인은 하녀에게 욕하고, 계단이 더럽다고 세 든 사람들에게 편지 쓰고, 아파트 세 놓는다는 게시물을 누가 떼지 않았는지, 파리 세탁소 여자들이 집에서 자는지 혹은 지역 경찰이 그 여자와 무슨 일이 없었는지 경비에게 묻는 일 등으로 나날을 보내고 있었다. 그때마다 부인은 3층 아파트에 세 들어 오려 하는 사람들을 조심스럽게 관찰하고, 특히 젊은 사람들일 경우에는 자세히 보고, 만일 대학생들이면 방이 이미 나갔다고 말하라고 경비에게 상기시키는 것을 잊지 않았다.

"카츠페르, 내가 말한 것 명심해." 부인이 이렇게 말을 마쳤다. "만일 어떤 대학생이 우리 집에 들어와 살게 되면 너는 바로 해고되는 줄 알아. 나는 이제 해골을 들고 들어오는 니힐리스트들, 방탕아들, 무신론자들에게 질렸어……."

그 말을 듣고 나서 자기 방으로 돌아온 경비는 모자를 책상에 던지면서 소리쳤다.

"에이, 더러워서 내가 목매어 죽든지 해야지. 저 부인과는 오래 버틸 것 같지 않아! 금요일, 시장이 서는 날이면, '경비, 약국에 두 번 갔다 오고, 세탁물 주름 펴는 압착 롤러에도 가 봐. 그리고 안 가라는 데가 없지. 심지어 이런 말까지 했어, 내가 자기와 같이 무덤 정리하러 묘지에 가게 될 것이라고……! 세상에 이런 말 들어 본 사람 있을까……? 세례 요한 축일에 그만둬야겠어, 그러면 내가 20루블 손해 보겠지만……."

그러나 4월 중순부터 남작 부인이 부드러워졌다.

그렇게 된 데에는 몇 가지 원인이 있다.

무엇보다도 어느 날 알지 못하는 변호사가 부인을 찾아와 은밀한 목소리로 남작의 기금에 대해 아는 것이 없는지 부인에게 물었다. 도대체 그런 것이 존재하는지 변호사도 회의적이기는 하지만, 남작을 수치스러운 상황에서 구하기 위해서는 그것을 보여 줄 필요가 있었다. 남작의 채권자들은 마지막 수단까지 동원할 각오가 되어 있었다.

남작 부인은 변호사에게 자기 남편인 남작은 온갖 거짓과 자기에게 가했던 고통들에도 불구하고 그런 기금 같은 것은 하나도 없다며 확실하고 엄숙하게 말했다. 그 자리에서 부인에게 경련이 일어나는 바람에 변호사는 서둘러 돌아가게 되었다. 정의의 사도인 변호사가 집에서 나가자 남작 부인은 놀랍게도 빠르게 정상으로 돌아와서 하녀를 불러 전에 들어 보지 못한 차분한 목소리로 지시했다.

"마리시아야, 커튼을 새로 가는 것이 좋겠다. 우리 불행한 주인님이 돌아오실 것 같은 예감이 드는구나……"

며칠 후에는 공작이 친히 남작 부인 집에 왕림했다. 두 사람은 가장 깊은 방에 들어가서 문을 잠그고 오랫동안 대화를 나누었는데, 이야기하는 중에 남작 부인이 여러 차례 울음을 터뜨리고 한번은 의식을 잃기도 했다. 그들은 무엇에 대해서 이야기했을까?

마리안느나조차 알지 못하고 있다. 공작이 돌아가자 남작 부인은 바로 마루세비츠 씨를 불러오라고 지시했다. 그가 왔을 때 부인은 이상하리만큼 다정한 목소리로 한숨까지 쉬어 가면서 말했다.

"마루세비츠 씨, 내 생각에 방황하던 내 남편이 드디어 정신을 차린 것 같소. 그러니 시내에 가서 남자 잠옷과 실내화를 몇 켤레 사다 주면 좋겠소. 크기는 당신에게 맞추면 돼요. 당신들 두 불쌍한 사람은 똑같이 말랐으니까……."

마루세비츠는 눈살을 찌푸리면서도 돈을 받아 들고 시킨 일을 처리했다. 남작 부인은 잠옷 값으로 40루블과 실내화 살 돈 6루블은 약간 많다고 생각했다. 하지만 마루세비츠가 자기는 가격을 잘 모르고, 일류 상점에서 살 것이라고 말했다. 그래서 그에 대해 두 사람은 더 이상 말을 하지 않았다.

며칠 후 남작 부인 집에 두 명의 유대인이 찾아와 남작이 집에 있는지 물었다. 남작 부인은 평소처럼 그들에게 소리 지르지 않고 차분한 목소리로 나가 달라고 말했다. 그 후에 남작 부인은 카츠페르를 불러 지시했다.

"이보게 카츠페르, 내 생각에 불쌍한 우리 주인이 오늘이나 내일쯤 오실 것 같네. 3층부터 계단에 천을 깔아야 하네. 그런데 이보게, 천에 달린 막대기를 훔쳐 가지 못하도록 신경 쓰게. 그리고 천을 2~3일에 한 번씩 털어야 하네……."

그때부터 남작 부인은 마리안느나에게 욕도 하지 않고, 세입자들에게 수시로 편지 쓰던 것도 중단하고, 경비를 괴롭히지도 않았다. 부인은 날마다 하루 종일 두 손을 가슴에 대고 넓은 방을 걸어 다녔다, 창백한 얼굴로, 조용히, 초조한 심정으로.

집 앞에 멈추는 마차 소리가 들리면 부인은 창가로 달려갔고, 초인종 소리가 나면 문지방으로 달려가서 응접실의 닫힌 문 너머로 누가 마리안느나와 이야기하는지를 들었다.

그렇게 며칠이 지나는 동안 부인은 더 창백해졌고 더 예민해졌다. 부인은 점점 더 빨리, 점점 더 좁은 공간을 맴돌았다. 자주 의자나 소파에 몸을 던졌고, 심장의 고동은 심하게 뛰었다. 그리고 드디어 침대에 눕게 되었다.

"계단에서 천을 걷으라고 해라." 부인이 쉰 목소리로 마리안느나에게 말했다. "주인 양반에게 어떤 못된 사람이 틀림없이 돈을 빌려 주었을 것이다……."

그렇게 말하자마자 초인종 소리가 요란하게 울렸다. 남작 부인이 마리안느나를 앞서 보내고, 자신도 예감에 감전되어 두통에도 불구하고 서둘러 옷을 입기 시작했다. 모든 것이 손에서 미끄러져 떨어졌다.

그사이 마리안느나는 쇠사슬을 풀지 않은 채 문을 조금 열고 밖을 내다보았다. 현관에 옷을 점잖게 입은 손님이 비단 양산과 손가방을 들고 서 있었다. 정성스레 다듬은 수염과 무성한 구레나룻에도 불구하고 어딘지 모르게 집사처럼 보이는 손님 뒤에 큰 가방과 짐들을 들고 있는 짐꾼들이 서 있었다.

"무슨 일이세요?" 하녀가 습관적으로 물었다.

"문을 열어라, 문 두 짝 모두!" 가방을 든 손님이 말했다. "남작님과 내 물건이야……."

문이 열렸다. 손님이 짐꾼들에게 가방과 짐들을 현관방에 놓아두라고 지시한 뒤 물었다.

"주인어른 방은 어디지?"

그 순간 남작 부인이 달려 나왔다. 가운도 제대로 매여 있지 않고 머리도 헝클어져 있었다.

"무슨 일이야……?" 흥분한 목소리로 부인이 물었다. "아, 자네,

레온…… 주인은 어디 계시지?"

"제 생각에 주인님은 스템펙 카페에 계실 겁니다……. 물건을
내려놓고 싶은데, 주인님 방도 제 방도 보이지 않습니다."

"기다리게……." 남작 부인이 흥분해서 말했다. "곧 마리시아가
부엌에서 나오면, 자네가 그곳으로 들어가면 되네……."

"제가 부엌으로요……?" 레온이라는 손님이 물었다. "마님께서
농담하시는 거겠지요. 주인님과의 계약에 의하면 제 방은 따로 있
습니다."

남작 부인이 당황했다.

"내가 무슨 말을 하는 거지!" 부인이 말했다. "이보게 레온, 당분
간 4층에 있는, 대학생들이 살다 나간 아파트로 가 있게."

"네, 알겠습니다." 레온이 대답했다. "그곳에 방이 몇 개 더 있으
면, 제가 요리사와 같이 살 수도 있습니다……."

"요리사와 같이 산다는 말이 무슨 말이야?"

"어르신들께서 요리사 없이 사시지는 않을 것 아닙니까. 짐들을
위로 가져가게." 그가 짐꾼들을 돌아보며 지시했다.

"자네들 지금 뭐하는 건가……?" 짐꾼들이 짐을 가져가는 것을
보고 남작 부인이 큰 소리로 말했다.

"제 짐들을 가져가는 겁니다. 가지고 가!" 레온이 지휘했다.

"그러면 주인어른 짐은 어디 있나……?"

"오, 여기 이것 받아……." 하인 레온이 마리안느나에게 손가방
과 우산을 주면서 말했다.

"침구는……? 옷들은……? 여러 가지 도구들은……?" 부인이
두 손을 깍지 끼고 큰 소리로 말했다.

"마님, 하인들 보는 데서 왜 이러십니까!" 레온이 경고하는 투
로 말했다. "그런 물건들은 당연히 주인어른께서 집에 가지고 계

시지요……"

"맞아…… 맞아!" 기가 죽은 남작 부인이 작은 소리로 말했다.

레온이 위층에서 물건 정리를 마쳤다. 그곳에는 아직 침대, 테이블, 의자들, 물동이와 세숫대야들이 들어와야 했다. 레온은 연미복으로 갈아입었다. 흰 넥타이를 매고, 와이셔츠도 새로 갈아입었다. 와이셔츠는 그에게 약간 작았다. 그는 남작 부인에게 돌아와서 한껏 거드름을 피우며 현관방에 앉았다.

"30분 후에……." 그가 금시계를 쳐다보면서 마리안느나에게 말했다. "주인어른께서 도착하실 거야. 주인어른은 매일 4시에서 5시까지 주무시거든. 그래, 아가씨, 지루하지?" 그가 말했다. "내가 아가씨를 즐겁게 해 줄 거야……."

"마리안느노! 마리안느노, 이리 와 봐라!" 남작 부인이 자기 방에서 큰 소리로 불렀다.

"아가씨, 왜 그리 서둘러 가는 거야?" 레온이 물었다. "늙은 여자에게서 일이 도망가기라도 하는 거야, 뭐야……? 좀 기다리라고 해……."

"부인이 화내면 무서워요." 마리안느나가 그에게서 손을 빼며 말했다.

"화낸다, 아가씨가 저 여자 버릇을 잘못 들였군. 가만히 있으면 머리에 나무못도 박고 말 거야. 남작과는 아가씨가 더 편할 거야, 그는 도사거든……. 그러나 아가씨 복장은 바꾸는 게 좋겠다. 수도원 평신도처럼 입지 말고. 우리는 수녀를 별로 좋아하지 않아."

"마리시아! 마리시아!"

"이제, 아가씨 가 봐. 그러나 천천히." 레온이 그녀에게 주의를 주었다.

레온의 예상과 달리 남작은 4시가 아니라 5시경에 왔다.

그는 새 프록코트를 입고 있었고, 모자도 새것이었다. 그는 은으로 된 말 다리가 있는 지팡이를 짚고 있었다. 그의 표정은 침착하게 보였으나, 충실한 하인의 눈에는 심하게 동요하고 있는 것이 보였다. 현관방에서 벌써 두 번이나 코안경이 떨어졌다. 그의 왼쪽 눈꺼풀은 결투 직전보다, 심지어 세게 부딪혔을 때보다 더 심하게 떨고 있었다.

"남작 부인께 내가 왔다고 말씀드려라." 크세소프스키가 약간 억눌린 음성으로 말했다.

레온이 살롱 문을 열고 거의 위협하듯 큰 소리로 말했다.

"어르신이 오셨습니다!"

남작은 안으로 들어온 후에 뒤에서 문을 닫았다. 그는 부엌에서 뛰쳐나온 마리안느나를 들여보낸 후 안에서 들리는 소리에 귀를 기울였다.

소파에서 책을 들고 앉아 있던 남작 부인이 남편을 보고 일어났다. 남작이 부인에게 허리를 굽혀 인사하자 부인도 맞절을 하려고 하다가 소파에 다시 앉았다.

"나의 남편……." 부인이 손으로 얼굴을 가리고 속삭이듯 말했다. "오! 지금 뭐하는 거예요……?"

"아주 미안하게 생각합니다." 남작이 다시 고개 숙여 인사하면서 말했다. "부인에게 이런 여건에서 인사하게 되어."

"저는 모든 걸 용서할 준비가 되어 있어요, 만일……."

"그건 우리 두 사람을 위해서 매우 명예스러운 일이오." 남작이 부인의 말을 막았다. "나는 나 자신에 관한 모든 것을 잊을 각오가 되어 있소. 하지만 불행하게도 부인은 세계사에서 특별한 명성을 얻은 바는 없지만 그래도 함부로 쓸 수 없는 나의 이름을 위태롭게 했소."

"이름을……?" 남작 부인이 되물었다.

"그렇소, 부인." 남작이 세 번째 고개를 숙여 인사하면서 대답했다. 그는 여전히 손에 모자를 들고 있었다. "죄송하오, 부인, 유쾌하지 못한 일을 들추어내서. 그러나…… 한때는 모든 재판에 나의 이름이 들어가 있었소. 지금 이 순간에도 예를 들면 부인은 세 개의 소송 당사자로 되어 있소. 그것이 부인 마음에 드는 일이겠지만. 두 개는 세입자들과, 다른 하나는 부인의 과거 변호사인 그 악한과."

"하지만 당신은!" 남작 부인이 소파에서 일어나면서 큰 소리로 말했다. "당신은 빚 3만 루블 때문에 열한 개의 재판에 걸려 있잖아요……."

"실례! 3만 9천 루블 때문에 열일곱 개의 사건이 재판 중이오, 내 기억이 틀리지 않다면. 그러나 그것은 빚에 관한 재판이오. 그중에는 정직한 부인을 인형 도둑으로 고소한 사건 같은 것은 없소……. 나의 죄 중에 죄 없는 사람을 익명으로 비방한 죄는 없소. 나의 채권자 중에 중상모략으로 추방되어 바르샤바를 떠난 사람은 없소, 크세소프스카 남작 부인의 섬세한 배려 덕분에 스타프스카라는 부인에게 있었던 사건처럼."

"스타프스카는 당신 애인이지요……."

"미안합니다. 그 부인의 마음을 사기 위해 애쓰지 않았다고는 말하지 않겠소. 그러나 명예를 걸고 맹세하건대, 그분은 내가 지금까지 본 여자 중에서 가장 고귀한 여인이오. 부인, 최상급의 수식어가 합당한 타인을 모욕하지 마시오. 그리고 나를 믿으시오. 스타프스카 부인은 나의…… 나의 노력에도 불구하고 아무런 반응을 보이지 않은 여인이오. 부인, 나는 명예롭게도 평범한 여인을 알고 있기 때문에, 나의 증명은 어떤 의미를 가지고 있소."

"결론적으로, 여보, 뭘 원하는 거예요?" 남작 부인이 자신 있는 목소리로 물었다.

"나는 원하오…… 우리 둘이 가지고 있는 이름을 지키고 싶소. 나는 원하오…… 이 집에서 크세소프스카 남작 부인이 존경받는 것을. 나는 재판을 끝내고 싶소. 당신에게 나에 대한 후원자 권한을 주겠소. 그 목적을 달성하기 위해 친절을 베풀어 줄 것을 부인에게 부탁하지 않을 수 없소, 관계를 정리할 때……."

"당신은 나를 떠나려 하는 거예요?"

"그렇소."

"당신 빚은 어떻게 하고?"

남작이 의자에서 일어났다.

"나의 빚은 부인과는 상관없을 거요." 확신에 찬 목소리로 남작이 말했다. "만일 보쿨스키 씨가, 평범한 귀족인 그가 불과 몇 년 안에 수백만 루블을 벌었다면, 내 이름을 가진 사람도 4만 루블의 빚을 갚을 수 있을 겁니다. 내가 보여 주겠소, 나도 일할 수 있다는 것을……."

"여보, 당신은 건강하지 않아요." 남작 부인이 대응했다. "나는 당대에 재산을 모은 집안 출신이기 때문에 알아요. 그래서 당신에게 말하는데, 당신은 혼자 살 돈도 벌 수 없어요. 아, 가장 가난한 사람 하나 먹일 수 있는 돈도 못 벌어요!"

"부인이 나에 대한 후원자 권한을 포기하는군요. 공작의 권유를 받아들여 그렇게 한 것인데. 그리고 우리 가문의 명예를 돌보는 것도 거절하겠다는 거로군."

"물론이지요! 이제 나의 후원자로 시작하세요. 지금까지는……."

"나에 관해서는……." 남작이 다시 머리를 숙여 절하고 부인의 말을 막았다. "과거를 잊으려고 노력할 것이오……."

"당신은 오래전에 과거를 잊었지요…… 당신은 우리 딸의 묘에도 가 보지 않았어요."

그런 식으로 남작은 그의 부인 집에서 정착하게 되었다. 그는 세입자들과의 소송을 중단했고, 남작 부인의 전 변호사에게 남작 부인에 대해 불명예스러운 말을 하면 채찍 맛을 보게 되리라고 선언했다. 그리고 스타프스카 부인에게 죄송하다는 편지를 쓰고, 쳉스토호바 근교에 살고 있는 그 부인에게 커다란 꽃다발을 보냈다. 남작은 요리사도 채용했고, 부인과 함께 사교계의 인사들을 방문했다. 그는 사전에 귀부인들 중 누구든 답방하지 않으면 그 귀부인의 남편은 남작으로부터 결투 신청을 받게 되리라고 마루세비츠에게 말했고, 마루세비츠는 그 말을 시내에 퍼뜨렸다.

사교계는 남작의 괴상한 요구에 흥분했지만, 크세소프스키 부부의 방문이 있은 후 모두가 답례로 이들 부부를 방문했으며, 대부분 이 부부와 가깝게 지내는 사이가 되었다.

남편의 이러한 변화에 대해 남작 부인도(부인의 섬세한 성격을 반영하는 증거이다) 아무에게도 말하지 않고 남편의 부채를 모두 갚아 주었다. 남작 부인은 어떤 채권자에게는 고자세를 취했고, 어떤 채권자 앞에서는 눈물을 보였으며, 거의 모든 채권자에 대해 고리로 계산된 금액에서 어느 정도씩 깎았으며, 화를 내기도 했으나, 모든 빚을 갚았다.

다음 사건이 있었을 때 남작 부인의 개인 서랍에는 남편의 약속 어음이 한 묶음 들어 있었다.

7월에 보쿨스키의 가게는 헨릭 슐랑바움의 소유가 되었다. 새 구매자는 가게의 어떤 부채나 어떤 채권도 계승하는 것을 거부했기 때문에 제츠키가 강제로 계산을 정리했다.

그중 하나로 수백 루블짜리 어음에 관한 문서를 남작 부인에게 보내 즉시 상환할 것을 요구했다.

그런 종류의 서류에 해당되는, 구비 조건이 모두 갖추어진 문서를 받은 남작 부인은 어음을 상환하는 대신 제츠키에게 무례한 내용의 편지를 썼다. 그 편지에는 사기에 대한 언급은 물론, (보쿨스키가) (남작 부인의) 경주 말을 정직하지 못한 방법으로 샀던 일 등에 대한 내용이 들어 있었다.

그 편지를 보낸 지 정확히 24시간 후에 크세소프스키 부부의 집에 제츠키가 나타나 남작을 만나러 왔다고 선언했다.

남작은 그를 아주 친절히 맞이했다. 그러나 남작은 결투 상대의 증인이었던 인물이 몹시 흥분해 있는 것을 보고 놀라움을 숨기지 않았다.

"청구할 것이 있어서 왔습니다." 제츠키가 입을 열었다. "그저께 계산서를 보내 드렸습니다……."

"아. 그렇지…… 내가 빚진 게 좀 있지요. 얼마지요?"

"236루블 13코페이카입니다."

"내일 갚도록 하지요."

"그게 전부가 아닙니다." 제츠키가 말을 막았다. "어제 존경하는 남작 부인에게서 이 편지를 받았습니다……."

남작이 편지를 받아 다 읽고 나서 한참 동안 생각하더니 말했다.

"남작 부인이 점잖지 못한 표현을 쓴 것에 대해 유감스럽게 생각합니다. 그렇지만…… 경주 말에 대해서는, 남작 부인의 말이 맞습니다. 보쿨스키 씨는 (나는 그에 대해 나쁘게 생각하지 않습니다) 경주 말 값으로 나에게 6백 루블을 주고, 영수증은 8백 루블짜리를 가져갔습니다."

제츠키는 분노로 얼굴이 파래졌다.

"남작님, 저는 이 일에 대해서 마음 아프게 생각합니다. 그러나…… 우리 둘 중 한 사람은 속임수의 희생자입니다. 엄청난 기만입니다, 남작님! 여기 그 증거가 있습니다."

제츠키가 호주머니에서 두 장의 서류를 꺼냈다. 그는 그중 하나를 크세소프스키 남작에게 주었다. 남작이 들여다보고 소리쳤다.

"그러면 그 악당 마루세비츠가 한 짓이란 말요……? 명예를 걸고 말하는데, 마루세비츠는 나에게 6백 루블을 주고 보쿨스키 씨의 이기적인 계산 이야기를 많이 했지요."

"아, 그렇습니까……?" 제츠키가 다른 서류를 주면서 말했다.

남작이 그 서류를 위에서 아래로, 아래서 위로 훑어보았다. 그의 입술이 창백해졌다.

"이제 모든 것을 이해했습니다." 남작이 말했다. "그 영수증은 위조된 것이고, 마루세비츠의 짓입니다. 나는 보쿨스키 씨에게서 돈을 빌리지 않았소!"

"그런데 남작 부인은 우리를 사기꾼이라고 합니다."

남작이 의자에서 일어났다.

"용서하십시오." 남작이 말했다. "내 집사람의 이름으로 사과드립니다. 그리고 당신들에게 줄 배상과는 별도로 보쿨스키 씨에게 가했던 부당함을 바로잡기 위해 필요한 것을 하겠습니다. 나의 모든 친구들을 방문해서 그들에게 보쿨스키 씨는 신사이고, 그는 경주 말 값으로 8백 루블을 지불했으며, 우리는 악당 마루세비츠가 부린 농간의 희생자라고 말하겠습니다. 크세소프스키 부부는, 성함이…… 성함이…….."

"제츠키입니다."

"존경하는 제츠키 씨, 크세소프스키 부부는 절대로 남을 비방하지 않았습니다. 본의 아니게 잘못했을 수는 있지만, 그러나 선의였습니다. 성함이…….."

"제츠키입니다."

"존경하는 제츠키 씨."

대화는 그렇게 끝났다. 늙은 점원은 남작이 그토록 말렸으나 변명을 더 이상 들으려 하지 않았고, 남작 부인을 만나려고도 하지 않았다.

남작이 제츠키를 더 이상 붙잡을 수 없어 문까지 배웅한 후에 레온을 불렀다.

"저 상인들은 명예를 아는 사람들이야."

"주인어른, 그들은 현금은 물론이고, 채권도 가지고 있습니다."

"바보 같은 소리! 채권이 없어서 우리에게는 명예도 없다는 말이야……?"

"주인어른, 우리는 다른 식으로 가지고 있습니다."

"상인들 식은 아니길 바라네!" 남작이 자랑스럽게 말했다.

그리고 남작은 방문용 정장을 가져오라고 지시했다.

남작의 집에서 나온 제츠키는 곧장 보쿨스키에게 가서 마루세비츠의 간계와 남작의 진심 어린 후회에 대해 자세히 이야기했다. 그리고 위조된 서류를 보쿨스키에게 주면서 소송을 시작하라고 말했다.

보쿨스키는 그의 말을 주의 깊게 들으면서 심지어 머리까지 끄덕였다. 그러나 보쿨스키는 어딘가 다른 곳을 보고 있었으며, 알 수 없는 다른 것에 정신이 팔려 있었다. 늙은 점원은 여기서 더 이상 할 일이 없다는 것을 알아차리고, 그와 헤어지면서 말했다.

"자네가 무척 바쁘다는 걸 아네. 그러니 서류를 바로 변호사에게 주는 것이 좋겠네."

"그렇게 하지…… 그렇게 하지." 제츠키가 하고 있는 말이 무슨 말인지 의식하지 못한 채 보쿨스키가 대답했다. 그 순간 보쿨스키는 자스와벡 성의 폐허를 떠올리고 있었고, 그 폐허에서 그는 처음으로 이자벨라의 눈에 고인 눈물을 보았다.

'그녀는 얼마나 고귀한가! 얼마나 섬세한 감정인가! 아름다운 영혼의 모든 것을 알게 되기까지는 오래 걸릴 거야……'

그는 매일 두 차례씩 웽츠키를 방문했다. 그 집에 가지 않을 때는 연회장에라도 갔다. 연회장에서 그는 이자벨라를 만날 수 있었고, 그녀와 몇 마디라도 나눌 수 있었다. 지금은 그것으로 충분했다. 그는 미래에 대해서는 생각하려 하지 않았다.

"나는 그녀의 발아래에서 죽을 것 같다……." 그는 혼자 중얼거렸다. "그래서……? 그녀를 바라보면서 죽는 거지. 그리고 영원히 그녀를 보게 될 것이다. 미래의 삶이 인간의 마지막 감정 속에서 닫히지 않을지 누가 알겠나?"

그리고 그는 미츠키에비츠의 시를 반복했다.

"많은 날, 여러 해가 지난 후에, 내가 무덤을 버리라는 지시를 받을 때, 너는 네 꿈속의 친구를 기억하리라. 너는 그를 깨우기 위해 하늘에서 내려오리…… 다시 너는 나를 너의 하얀 품에 안으리…… 다시 사랑스러운 팔이 나를 껴안고…… 나는 깨어나리. 순간적으로 졸았다고 생각하면서, 볼에 키스하면서, 너의 눈을 바라보면서……."

며칠 후 크세소프스키 남작이 그를 찾아왔다.

"전에 두 번이나 왔었습니다." 남작이 코안경을 만지작거리며 큰 소리로 말했다. 코안경이 그의 삶에서 유일한 걱정거리처럼 보였다.

"오셨습니까……?" 보쿨스키가 인사했다. 갑자기 그의 머릿속에서 제츠키가 했던 말과 그의 책상 위에 놓여 있는 남작의 명함 두 장이 떠올랐다.

"내가 무슨 일로 왔는지 예상하시죠?" 남작이 말했다. "보쿨스키 선생, 내가 본의 아니게 저지른 잘못에 대해 사과할 일이 있습니까……?"

"남작님, 더 이상 아무 말도 하지 마세요!" 보쿨스키가 그를 껴안으면서 말을 중단시켰다. "그건 사소한 일입니다. 그 밖에 내가 남작의 말을 팔면서 2백 루블을 벌었다면, 그것을 숨겨야 했나요……?"

"그건 그렇습니다!" 남작이 이마를 치면서 말했다. "그런 생각이 내게 미처 떠오르지 않았습니다. 그건 그렇고, 돈 버는 일에 관한 것인데, 빨리 돈 버는 방법을 좀 알려 줄 수 없겠소? 1년 안에 10만 루블이 꼭 필요하오……."

보쿨스키가 웃었다.

"웃으시는데, 사촌(내가 이렇게 불러도 괜찮다고 생각하는데?), 당신은 정직한 방법으로 2년 만에 백만 루블을 벌지 않았소……?"

"백만 루블까지는 아니고……" 보쿨스키가 고쳐 주었다. "그 재산은 내가 일해서 번 것이 아니라, 이겨서 번 것이지요. 모험적인 도박사처럼 판돈을 배로 늘려 가면서 10여 차례 이긴 것이지요. 내가 이길 수 있었던 것은 나는 절대로 위조 카드를 쓰지 않았기 때문이죠."

"그것도 행운이오!" 코안경을 벗으면서 남작이 소리쳤다. "나는, 사촌, 행운이 따르지 않아서 한 푼도 못 땄소. 내 재산의 절반은 게임으로 날렸고, 나머지 절반은 여자들이 먹었소. 이젠 머리에 총알 박는 일만 남았소! 한 번도, 내게는 단연코 행운이 따르지 않았소…… 지금도. 내 생각에, 그 나귀 같은 마루세비츠가 집사람을 현혹시키고 있소……. 이제 처음으로 집안이 평화롭소! 부인이 나의 사소한 죄에 대해 얼마나 관대한지……. 그런데 무슨 일이냐고요? 집사람은 나를 속이는 일을 생각도 하지 않고 있소. 감옥의 죄수들이 그 멍청이 녀석을 기다리고 있소……. 부탁이 있는데, 그놈을 감옥으로 보내 주시오. 그놈의 못된 짓이 지겨워졌소. 그러니……." 그가 말을 마쳤다. "우리 사이에 합의가 이루어진 거요. 한 가지 말하고 싶은 것은, 경주 말 건에 대해 내가 실수로 했던 말을 들었을 수도 있는 내 지인들을 모두 찾아가서 아주 예민한 일을 잘 설명했소. 마루세비츠는 감옥으로 가야 하오. 그곳이 그에게 가장 잘 어울리는 장소요. 그가 없는 동안 나에겐 매년 수천 루블씩 들어올 거요……. 토마쉬 씨와 이자벨라 양도 만나서 그동안 우리 사이의 오해도 풀었소. 무서운 일이오, 그 악당이 나에게서 돈을 어떻게 뽑아 갔는지를 생각하면! 1년 전부터 내가 가진 것이 아무것도 없는데 그는 항상 나에게서 돈을 빌려 갔소. 천재적인 무뢰한이오! 그 못된 녀석을 다른 곳에 옮겨 놓지 않으면 나는 그로부터 자유롭지 못할 것 같은 느낌이오. 잘 있으시오, 사촌."

남작이 가고 나서 10분도 되지 않아 하인이 보쿨스키에게 와서 자기 이름은 밝히지 않으면서 주인님을 꼭 뵙고 싶다는 사람이 있다고 말했다.

'마루세비츠 아니야……?' 보쿨스키는 생각했다.

실제로 마루세비츠가 들어왔다. 창백하지만 눈은 빛나고 있었다.

"선생!" 문을 닫으면서 어두운 목소리로 그가 말했다. "당신 앞에 결심한 사람이 서 있소……."

"무엇을 결심했소?"

"생을 끝내기로……. 어려운 순간이지만, 그러나 할 수 없소. 명예……."

흥분한 사람이 잠시 쉬었다가 말을 계속했다.

"나는 정말로 당신을 먼저 죽일 수 있소. 당신은 내 불행의 원인이오……."

"오, 격식을 차릴 것 없소." 보쿨스키가 말했다.

"당신은 농담하는데, 나는 실제로 몸에 무기를 지니고 있고, 각오도 되어 있소."

"그러면 각오를 실행하시오."

"선생, 무덤 위에 서 있는 사람한테 그렇게 말하는 법이 어디 있소. 내가 여기에 온 것은 나의 잘못에도 불구하고 나에게 고귀한 마음이 있다는 증거를 당신에게 주기 위해서요."

"당신이 왜 무덤 위에 서 있다는 거요?" 보쿨스키가 물었다.

"당신이 나에게서 뺏고자 하는 명예를 지키기 위해서요."

"오! 그 귀중한 보물을 잘 간직하세요." 보쿨스키가 말하고 서랍에서 치명적인 서류를 꺼냈다. "이것이 당신에게 중요한 서류요?"

"그걸 지금 내게 묻고 있는 거요? 당신은 나의 절망을 조롱하는 거요?"

"잘 들으시오, 마루세비츠 씨." 보쿨스키가 서류를 훑어보면서 말했다. "이 순간에 나는 당신에게 몇 가지 불쾌한 사실을 말할 수도 있고, 또 당신을 한동안 불안한 상태에 놓아둘 수도 있소. 그러나 우리는 성인이기 때문에……."

보쿨스키가 서류를 조각조각 찢어서 마루세비츠에게 주었다.

"기념으로 간직하시오."

마루세비츠가 보쿨스키 앞에 무릎을 꿇었다.

"선생님!" 그가 큰 소리로 말했다. "살려 주십시오…… 어떻게 감사해야 할지……."

"어린애처럼 이게 무슨 짓이오." 보쿨스키가 그를 말렸다. "당신의 생명에 대해 나는 조금도 걱정하지 않소, 언젠가 당신이 감옥에 갈 것이라고 확신하는 만큼. 분명한 점은 나는 당신이 그 여행을 쉽게 하는 것을 바라지 않소."

"오, 선생은 자비심이 없으십니다." 기계적으로 바지를 털면서 마루세비츠가 말했다. "한 마디 덕담과 한 번의 따뜻한 악수가 저를 새로운 길로 인도할 수도 있습니다. 그러나 선생께서 그것을 할 수 없다니……."

"이제 가 보세요, 마루세비츠 씨, 내 이름을 위조할 생각은 하지 마세요. 그때는…… 무슨 말인지 알죠?"

모욕을 당한 채 마루세비츠가 나갔다.

'너를 위해서야, 너를 위해서야, 사랑하는 너를 위해서. 오늘 죄수 한 명이 줄었군. 누군가를 감옥에 보내는 일은 지독한 일이야, 설령 도둑질과 중상모략하는 자일지라도.' 보쿨스키는 생각했다.

한참 동안 그의 마음속에서 싸움이 일어났다. 그는 자신을 책망했다. 악당으로부터 세상을 자유롭게 할 수 있었는데 그는 그러지 않았다. 그는 또 자신에게 일어날 일을 생각했다. 만일 사람들이 그를 감옥에 넣으면, 그는 이자벨라와 한 달 혹은 몇 년 동안 격리된다.

'얼마나 무서운 일인가, 그녀를 다시 볼 수 없게 된다면……. 누가 알겠는가, 자비가 가장 좋은 정의가 아니라는 것을……? 내가 참으로 감상적이 되었군!'

# 제13장 Tempus fugit, aeternitas manet
## (세월은 흘러가고, 영원은 남는다)

마루세비츠의 일은 두 사람만 있는 데서 해결되었으나, 그 일에 관한 소문은 널리 퍼졌다. 보쿨스키는 제츠키에게 장부에서 남작의 부채 건을 지우라고 지시했다. 마루세비츠는 남작 부인에게 부채가 없어졌기 때문에 남작이 이제 자기에게 화낼 일이 없다고 말했다. 그리고 마루세비츠 자신도 개선의 뜻을 가지고 있었다.

"느끼고 있어요." 그가 한숨을 쉬면서 말했다. "1년 수입이 3천 루블만 된다면 나는 다른 사람이 될 것이라고……. 몹쓸 세상, 나 같은 사람들은 이런 세상에서 없어져야 해!"

"좀 조용히 하게, 마루세비츠." 남작이 그를 달랬다. "나는 자네를 좋아하네. 하지만 모든 사람들이 자네를 악당으로 알고 있네."

"남작, 내 마음속을 들여다보았어요? 거기에 어떤 감정이 있는지 아세요……? 오, 만일 인간의 영혼을 읽을 수 있는 심판이 있다면, 나와 나를 비난하고 혹평하는 사람들 중에 누가 더 좋은 사람일까요!"

결론적으로, 마루세비츠의 '새로운 장난'을 알고 있는 제츠키, 남작, 공작 그리고 여러 백작들은 보쿨스키가 점잖게 행동했지만,

남자답지는 못했다고 인정했다.

"그것은 아주 아름다운 행동이오." 공작이 말했다. "그러나……
보쿨스키 스타일은 아니지. 내가 보기에 보쿨스키는 사회에서 좋
은 일을 하고 악당들을 꾸짖는 사람들 중 하나요. 보쿨스키가 마
루세비츠에게 보여 준 행동은 신부들도 할 수 있을 거요…… 그
사람이 힘을 잃지 않을까 걱정이오."

실제로 보쿨스키는 힘을 잃진 않았으나 여러 면에서 변했다. 예
를 들면 가게에서는 손을 뗐고, 심지어 그것에 대해 혐오감까지
가졌다. 왜냐하면 액세서리 상인이라는 타이틀이 이자벨라의 눈
에는 그에게 이롭지 못하기 때문이었다. 대신 그는 러시아를 상대
로 하는 무역 회사 일에 열중했다. 이 회사가 그에게 엄청난 수입
을 가져오고, 그의 재산도 불어났다. 그는 이 재산을 이자벨라를
위해 바치려고 한다.

청혼을 하고 그것이 받아들여진 순간부터 보쿨스키에게는 이상
한 비애감와 동정심이 발동했다. 누구에게도 상처가 되는 일을 할
수 없을 것 같고, 불의에 대해서도, 그것이 이자벨라와 상관없는
일이라면, 스스로 저항할 수 없을 것처럼 생각되었다.

그 대신에 다른 사람에게 잘해 주어야 한다는 필요성을 억제할
수 없을 만큼 강하게 느끼고 있었다. 제츠키를 위해 별도로 남겨
둔 유산 외에도 그는 리시에츠키와 클레인 그리고 전에 점원으로
있던 사람들에게 가게를 슐랑바움에게 매각함으로써 그들이 입
은 손해를 배상한다는 명목으로 4천 루블씩 나누어 주었다. 또한
경리 직원들, 집사들, 하인들과 마부들에게 줄 보너스로 1만 2천
루블을 책정했다.

벵기엑에게는 성대한 피로연을 마련해 주었을 뿐만 아니라, 신
혼부부에게 약속한 금액 외에 추가로 수백 루블을 더 주었다. 그

시기에 마부 비소츠키에게 딸이 생겨서, 보쿨스키가 그 딸의 대부가 되었다. 계산 빠른 아버지가 딸의 이름을 이자벨라라고 지었기때문에 보쿨스키는 그 애의 지참금 몫으로 5백 루블을 마련해 놓았다.

그에게는 이름이 아주 귀중했다. 그가 혼자 앉아 있을 때 그는자주 종이와 연필을 꺼내 이자벨라…… 이자…… 벨라……라고 끝없이 쓴 다음에, 사랑하는 이름이 다른 사람의 손에 들어가지 않도록 그 종이를 불태웠다. 그는 바르샤바 근교에 농장을 사서 빌라를 짓고 그 이름을 이자벨리넴이라 지을 생각도 하고 있다. 그가 우랄 산맥을 돌아다니던 시절에 어떤 학자가 새로운 광물을발견하고 그 광물의 이름을 찾고 있던 일을 그는 회상했다. 그때는 그가 이자벨라를 알기 전이었지만, 그럼에도 불구하고 그 광물의 이름을 이자벨리템이라고 지을 생각을 하지 못한 것을 그는 안타깝게 생각했다. 신문에서 새로운 소행성을 발견했는데 발견자가행성 이름 때문에 고심하고 있다는 기사를 보고, 그는 새로운 행성을 발견하고 그 행성의 이름을 이자벨라로 정하는 천문학자에게 많은 상금을 내놓았다.

주체할 수 없을 만큼 한 여자에게 매여 있으면서도 그가 다른여자에 대한 생각을 완전히 잊은 것은 아니었다. 그는 가끔 스타프스카 부인을 생각했다. 그 부인이 그를 위해 모든 걸 희생할 준비가 되어 있다는 것을 그는 알고 있었다. 그 때문에 그는 어느 정도 양심의 가책을 느끼고 있다.

"그래, 내가 무엇을 할 수 있나……?" 그는 혼자 중얼거렸다. "이여자를 사랑하고, 저 여자를……. 그것이 뭐가 잘못인가…… 그녀가 나를 잊으면 그녀는 행복하다."

그녀에게 안전한 미래를 보장해 주고, 또 그녀의 남편에 대해 확실히 알아보기로 그는 결심했다.

"그녀에게 적어도 미래에 대한 걱정은 없어야지, 어린애 지참금도 있어야 하고……."

며칠에 한 번씩 그는 젊은이와 늙은이들에게 둘러싸여 있는 이자벨라를 파티에서 보았다. 하지만 남자들의 아첨이나 그녀의 눈빛과 웃음이 그를 더 이상 기분 상하게 하지 않았다.

'자연스러운 일 아닌가.' 그는 생각했다. '그녀는 다르게 웃고, 다르게 볼 줄 모른다. 그것은 마치 꽃이나 태양 같은 것이다. 꽃과 태양은 그것들의 의지와는 관계없이 모든 사람들을 행복하게 해 주고, 모든 사람들에게 아름다운 것이다.'

어느 날 그는 자스와벡에서 온 전보를 받았다. 회장 부인의 장례식에 오라는 내용이었다.

'그분이 돌아가셨다고……?' 그는 한숨을 쉬었다. '훌륭하신 분이 돌아가셨다니 슬픈 일이다! 나는 왜 돌아가시기 전에 한번 가보지 못했나……?'

그는 마음이 울적해지고 슬펐다. 그러나 자기를 그토록 아끼고 사랑했던 노부인의 장례식엔 가지 않았다. 그는 이자벨라와 단 며칠이라도 떨어져 있는 것이 싫었다.

이제 그는 이해했다. 그는 그 자신에게 달린 것이 아니고, 그의 모든 생각, 모든 감정과 욕망, 모든 의도와 희망이 한 여인에게 용접되어 있었다. 만일 그녀가 죽으면, 그는 자살할 필요가 없을 것이다. 그의 영혼이 마치 나뭇가지에 잠깐 앉아 있다 날아가는 새처럼 스스로 그녀를 따라 날아갈 것이다. 그는 그녀와 사랑에 대해 말하지 않았다. 그것은 마치 사람을 채우고 있는 몸무게나 사방에 가득한 공기에 대해 이야기하지 않는 것과 같다. 만일 그가 하루 종일 그녀 외에 다른 것을 생각하게 된다면, 기적적으로 낯선 장소에 떨어진 사람처럼 그는 놀라서 몸을 떨게 될 것이다.

그것은 사랑이 아니라 황홀이었다.

어느 날, 5월에 웽츠키가 그를 불렀다.

"내 생각에……." 그가 보쿨스키에게 말했다. "우리가 크라쿠프에 가야 할 것 같네. 호르텐시야가 아프다네. 벨라를 보고 싶어 하네. (내가 보기에 유증 문제이네.) 자넬 보면 틀림없이 기뻐하실 것이네. 우리와 함께 갈 수 있겠나……?"

"언제라도." 보쿨스키가 대답했다. "그것이 언제입니까?"

"오늘 가야 하지만, 그러나 늦어도 내일까지는 가야 하네."

보쿨스키는 내일 가도록 준비하겠다고 약속했다. 토마쉬와 헤어진 그는 이자벨라에게 갔다. 그는 그녀에게서 스타르스키가 바르샤바에 있다는 말을 들었다.

"불쌍한 사람!" 그녀가 웃으면서 말했다. "회장 부인으로부터 유산으로 매년 2천 루블과 현금 1만 루블밖에 못 받았대요. 돈 많은 여자와 결혼하라고 말해 주었어요. 하지만 그는 빈으로 갔다가 몬테카를로로 가려고 해요. 우리와 같이 가자고 했어요. 즐겁겠지요, 그렇죠?"

"그렇습니다." 보쿨스키가 대답했다. "별도로 한 칸을 빌리면 더 좋겠죠."

"그럼 내일 봐요!"

보쿨스키는 급한 일들을 처리하고, 크라쿠프까지 기차 살롱 칸을 예약했다. 그의 물건들을 다 보내고 나서 저녁 8시경 그는 웽츠키의 집에 갔다. 셋이서 차를 마시고 10시 전에 그들은 기차역으로 갔다.

"스타르스키 씨는 어디 있어요?" 보쿨스키가 물었다.

"제가 어떻게 알아요?" 이자벨라가 대답했다. "안 올지도 모르죠…… 경박한 사람!"

그들은 이미 기차 안에 앉아 있었다. 스타르스키는 아직 오지 않았다. 이자벨라는 입술을 깨물었다. 그녀는 수시로 창밖을 내다보았다. 출발을 알리는 종이 두 번 울렸을 때, 스타르스키가 플랫폼에 나타났다.

"여기예요, 여기요!" 이자벨라가 소리쳤다. 그러나 젊은이가 듣지 못했기 때문에 보쿨스키가 달려가서 그를 객실 안으로 데리고 왔다.

"안 오시는 줄 알았어요." 이자벨라가 말했다.

"그 정도로 늦지는 않았어요." 스타르스키가 토마쉬에게 인사하면서 말했다. "크세소프스키 집에 있었어요. 사촌, 생각해 봐요. 오후 2시부터 9시까지 카드놀이를 했어요."

"물론 당신이 잃었겠지요?"

"당연히…… 행운이 나 같은 사람에게서 도망갔어요." 그가 그녀를 바라보면서 말했다.

이자벨라의 얼굴이 가볍게 붉어졌다.

기차가 움직였다. 스타르스키는 이자벨라 왼편에 앉았다. 그는 그녀와 폴란드어 반 영어 반으로 대화하기 시작했는데 시간이 흐르면서 그들은 영어로만 이야기했다. 보쿨스키는 이자벨라의 오른편에 앉았다. 그러나 두 사람의 대화를 방해하고 싶지 않아 토마쉬 옆으로 가서 앉았다.

웽츠키는 건강이 좋지 않아 외투를 입고 있었고, 그 위에 여행용 모포를 덮고, 담요로 발을 싸고 있었다. 그는 모든 창문을 닫으라고 하면서, 등불이 그를 방해한다며 어둡게 하라고 말했다. 그는 자야겠다고 생각했다. 그리고 잠이 오는 것을 느꼈다. 그러는 사이에 보쿨스키와 말하게 되어 그는 젊은 날에 그가 가깝게 지냈던 호르텐시야 누이에 대해, 그가 직접 몇 차례 이야기를 나눈 적이 있는 나폴레옹 3세의 궁전에 대해, 빅토르 엠마누엘의 친절함과 연애 이야기, 그리고 다른 많은 일들에 대해 길게 이야기하기 시작했다.

기차가 프루슈쿠프에 도착할 때까지 보쿨스키는 그의 이야기를 경청했다. 프루슈쿠프를 지나면서 토마쉬의 힘없고 단조로운 목소리가 그를 피곤하게 했다. 그 대신 영어로 나누는 스타르스키와 이자벨라의 대화가 선명하게 들렸다. 그의 관심을 끄는 몇 개의 문장도 들렸다. 자기가 영어를 이해한다는 사실을 그들에게 말해 주는 것이 좋지 않을까 그는 스스로에게 물었다.

그가 우연히 창문을 바라보았다가 마치 거울처럼 그곳에 희미하게 비친 이자벨라와 스타르스키를 본 순간, 그는 자리에서 일어나고 싶었다. 둘은 아주 가깝게 붙어 있었고, 아주 작은 소리로 사소한 일에 대해 이야기하고 있었으나, 두 사람의 얼굴은 붉게 상기되어 있었다.

그러나 보쿨스키는 두 사람의 대화 내용과 사소한 일처럼 말하는 어조가 맞지 않는다는 것을 알았다. 그 순간 이자벨라를 알게 된 이후 처음으로 그의 마음속으로 '가짜……! 가짜……!'라는 무서운 말이 지나갔다.

그는 의자 등받이에 등을 대고 창문을 바라보았다. 그리고 두 사람의 대화를 들었다. 스타르스키와 이자벨라의 한마디 한마디가 그의 얼굴에, 그의 머리에, 그의 가슴에 납덩어리 물방울처럼 떨어지는 것 같았다.

그는 이제 그들에게 그가 다 알아듣고 있다고 경고할 생각을 하지 않았다. 그는 듣고, 또 들었다…….

기차가 라지비우프를 지났을 때 보쿨스키의 주의를 끈 첫 문장은 이것이었다.

"너는 모든 점에서 그를 비난할 수 있어." 이자벨라가 영어로 말했다. "그는 젊지도 않고, 유명하지도 않고, 지나치게 감상적이고, 때로는 지루해. 그러나 탐욕스럽다……? 아빠가 그는 남에게 너무 돈을 많이 쓴다고 하셨어……."

"그리고 K 씨와의 일은……?" 스타르스키가 끼어들었다.

"경주 말에 관한 것……? 네가 시골에서 왔다는 표시야. 얼마 전에 남작이 우리 집에 와서 이야기했어. 그 일에 관해서 우리가 말하는 그 사람이 신사처럼 행동했다고."

"어떤 신사가 위조범을 그냥 풀어 주겠어. 분명 숨은 거래가 있을 거야." 스타르스키가 웃으면서 말했다.

"남작이 그를 몇 차례나 눈감아 주었는데?" 이자벨라가 물었다.

"남작이 지은 많은 죄를 미스터 M이 알고 있지. 너는 피보호자들을 제대로 옹호하지 못하고 있어, 사촌." 조롱하는 투로 스타르스키가 말했다.

자리에서 일어나 스타르스키를 때리고 싶은 욕구를 참기 위해 보쿨스키는 등에 힘을 주며 등받이에 기댔다. 그는 자신을 억제했다. '누구에게나 다른 사람을 평가할 권리는 있지.' 그는 생각했다. '두고 보자, 어떻게 계속되는지……!'

한동안 기차 바퀴 덜컹거리는 소리만 들렸다. 그는 기차가 흔들리는 것을 느꼈다.

'기차가 이렇게 흔들리는 것은 한 번도 경험하지 못한 일인데.' 그는 혼자 생각했다.

"그 메달이……." 스타르스키가 놀랐다. "결혼 전 선물 전부야? 약혼자가 짜네. 음유 시인처럼 사랑하는 거야. 하지만……."

"너에게 분명히 말하는데……." 이자벨라가 말을 중단시켰다.

"그는 나에게 자기 전 재산을 줄 거야……."

"그걸 다 받아, 사촌. 그리고 나에게 10만 루블 빌려 줘……. 아, 그리고 그 기적적인 금속판은 찾은 거야?"

"못 찾았어. 걱정이야. 하느님 맙소사, 그가 그 사실을 알기라도 하면……."

"무엇에 대해서, 우리가 그의 금속판을 잃어버린 것에 대해서, 아니면 우리가 그걸 찾으려고 했다는 것에 대해서?" 그녀의 어깨를 껴안으면서 스타르스키가 귓속말로 말했다.

보쿨스키의 눈앞이 캄캄해졌다.

'이러다 내가 의식을 잃는 것 아니야……?' 창가의 줄을 잡으면서 보쿨스키는 생각했다. 기차가 뛰면서 가는 것 같았고, 언제라도 탈선할 것 같은 불안한 생각이 들었다.

"알고 있는 거야, 자기가 무례하다는 걸!" 이자벨라가 숨 막히는 목소리로 말했다.

"그게 바로 나의 힘이야." 스타르스키가 대답했다.

"이러지 마, 그가 눈치챌지도 몰라. 너를 미워할 거야……."

"너는 나에게 미칠 거야. 아무도 그렇게 못해…… 여자들은 악마를 좋아해……."

이자벨라가 아버지에게 가까이 다가갔다. 보쿨스키는 맞은편 창문을 보면서 들었다.

"너에게 선언하는데……." 화가 난 그녀가 말했다. "우리 집에 못 오게 할 거야…… 그래도 오려고 하면 그에게 다 말해 버릴 거야……."

스타르스키가 크게 웃었다.

"가지 않아, 사촌, 네가 부르기 전에는. 하지만 나는 확신해, 그런 일이 금방 오리라는 것을. 일주일이 지나면 너를 숭배하는 남편이 지겨워질 거야. 그러면 너는 더 즐거운 상대를 갈망할 거야. 살면서 한순간도 진지하지 않고, 항상 웃기고, 때로는 뻔뻔스럽게 무례한 타락한 사촌이 생각날 거야……. 너를 언제라도 여신처럼 모실 준비가 되어 있는 사람이 아쉬울 거야. 그는 질투도 하지 않고, 다른 사람에게 양보할 줄도 알고, 너의 변덕을 존중해주고……."

"다른 데서 보상을 챙기면서." 이자벨라가 끼어들었다.

"바로 그거야! 내가 그렇게 하지 않으면, 너는 나를 용서할 이유가 없지. 그리고 너는 나의 요구를 두려워하게 될 거야……."

그는 자세를 바꾸지 않은 채 오른손으로 그녀를 껴안고, 왼손으로 외투 밑에 있는 그녀의 손을 눌렀다.

"그래, 사촌." 그가 말했다. "너 같은 여자에게는 흔한 존중의 빵이나 숭배의 과자만으론 부족해……. 때로는 샴페인도 필요하고, 누군가가 너를 냉소적인 말로라도 현혹시켜 주어야 해."

"비꼬기는 쉽지……."

"하지만 누구나 쉽게 그러지는 못해. 그 사람에게 물어봐, 그의 사랑의 기도가 나의 불경스러운 말보다 못하다는 생각을 해 본 적이 있는지……."

보쿨스키는 이제 더 이상 두 사람의 대화에 귀를 기울이지 않았다. 그는 다른 사실에 주의를 쏟았다. 그것은 그의 내부에서 빠르게 일어나기 시작한 변화였다. 그는 이와 같은 대화의 말 못하는 증인이 될 것이라고 만일 어제 사람들이 그에게 말했다면, 한마디 한마디가 그를 죽이고, 그를 미치게 한다는 것을 그는 믿지도, 생각하지도 않았을 것이다. 그러나 막상 그런 일이 일어났을 때 그것은 배신, 실망, 모멸보다 더 심하고 더 나쁜 것임을 그는 인정하지 않을 수 없었다.

그래서……? 그는 기차를 타고 가고 있지 않은가. 기차는 얼마나 흔들리고 있으며…… 얼마나 빨리 가고 있는가! 기차의 흔들림이 그의 다리로, 허파로, 심장으로, 뇌로 그대로 전해지고 있었다. 그의 속에서 모든 것이 흔들리고 있었다, 모든 뼈, 모든 신경 섬유가…….

거대한 하늘 지붕 아래 벌판을 가로지르며 달리는 기차를 제어할 수 있는 것은 아무것도 없었다! 앞으로 어떻게 될지 알 수 없지만 그는 계속 타고 가야 한다…… 5분일 수도, 10분일 수도 있다!

스타르스키나 이자벨라는 뭐야…… 둘이 똑같아! 그런데 기차는, 아, 기차는…… 심하게 흔들린다.

자기가 울고, 소리 지르기 시작하고, 창문을 부수고 창밖으로 뛰어내리는 것 같았다. 이보다 더 안 좋은 것은, 스타르스키에게 자신을 구해 달라고 애걸하게 될 것이라는 생각이 들었다. 무엇으로부터……? 의자 밑에 숨고 싶고, 그곳에 있는 사람들에게 의자 위에 앉아 달라고 부탁하고 싶은 그런 순간도 있었다. 기차가 역에 도달할 때까지 그는 그런 상태였다.

그는 눈을 감고 이를 물었다. 그는 의자 덮개의 장식 술을 손으로 잡았다. 이마에 땀이 나고 얼굴로 땀이 흘렀다. 기차는 흔들리면서 계속 달렸다……. 드디어 기적 소리가 한 번 울렸다. 두 번째 기적 소리가 울리고 기차는 역에 도착했다.

'나는 구제되었다.' 보쿨스키는 생각했다.

동시에 웽츠키도 깨어났다.

"어느 정거장이야?" 그가 보쿨스키에게 물었다.

"스키에르니에비체예요." 이자벨라가 대답했다.

차장이 문을 열었다. 보쿨스키가 급히 자리에서 일어났다. 그는 토마쉬의 몸을 건드렸고, 균형을 잃고 맞은편 의자에 부딪혔으며,

발이 계단에 걸리기도 했다. 그는 급히 플랫폼에 있는 간이식당으로 달려갔다.

"보드카!" 그가 큰 소리로 말했다.

놀란 식당 여자 종업원이 그에게 보드카 한 잔을 주었다. 그는 그것을 입으로 가져갔다. 그러나 목이 막혔고 구토기를 느꼈다. 그는 보드카를 입에 대지 않았다.

객실에서는 스타르스키가 이자벨라와 이야기하고 있었다.

"사촌, 실례지만……." 그가 말했다. "숙녀들 앞에서 그렇게 허겁지겁 서두르며 객실에서 나가는 법이 어디 있나."

"아픈지도 모르잖아?" 살짝 불안감을 느끼면서 이자벨라가 말했다.

"아무튼 병인데, 위험하지도, 급성도 아니야…… 사촌, 뭐 주문했나?"

"나에게 소다수 달라고 해."

스타르스키가 간이식당으로 갔다. 이자벨라는 창밖을 보았다. 그녀에게 막연한 불안감이 증대했다.

'뭔가 있어…….' 그녀는 생각했다. '그가 이상하게 보였어…….'

보쿨스키는 간이식당에서 플랫폼 끝까지 걸어갔다. 몇 차례나 심호흡을 했고, 커다란 물통에 있는 물을 마셨다. 통 옆에는 가난해 보이는 여자와 유대인 서너 명이 서 있었다. 그는 조금씩 정신이 드는 것 같았다. 선임 차장을 보고 그가 말했다.

"안녕하세요, 종이 한 장 주시겠습니까?"

"무슨 일이십니까?"

"아무것도 아닙니다. 사무실에서 종이 한 장 가져와서 우리 객실 앞에서 보쿨스키에게 전보 왔다고 말해 주세요."

"선생에게……?"

"그렇습니다."

선임 차장은 아주 이상하게 생각했다. 그러나 그는 전보실로 갔다. 몇 분 후에 그는 사무실에서 나와 웽츠키가 딸과 함께 있는 객실 앞으로 와서 큰 소리로 말했다.

"보쿨스키 씨에게 전보 왔습니다!"

"그게 무슨 말이오? 보여 주세요……." 불안한 표정으로 토마쉬가 말했다.

그러나 그 순간 선임 차장 옆에 보쿨스키가 서 있었다. 그는 종이를 받아 천천히 열고 비록 그곳이 몹시 어두웠지만 읽는 척했다.

"무슨 전보인가……?" 토마쉬가 그에게 물었다.

"바르샤바에서 왔습니다." 보쿨스키가 대답했다. "저는 돌아가야겠습니다."

"당신이 돌아간다고요?" 이자벨라가 큰 소리로 물었다. "안 좋은 일이에요……?"

"아니요, 아가씨. 동업자가 저를 찾고 있습니다."

"이익을 보는 일인가, 손해 보는 일인가……." 창문을 통해 몸을 구부리면서 토마쉬가 작은 소리로 물었다.

"엄청난 이익입니다." 보쿨스키도 비슷한 어조로 대답했다.

"그러면…… 가 보게." 토마쉬가 권했다.

"하지만 이곳에 있을 필요는 없잖아요?" 이자벨라가 말했다. "당신은 기차를 기다려야 하잖아요. 그러니까 우리와 같이 반대 방향으로 타고 가요. 몇 시간은 같이 있을 수 있지요……."

"벨라야, 좋은 생각이다." 토마쉬가 끼어들었다.

"아니요, 아가씨." 보쿨스키가 대답했다. "몇 시간을 잃느니 여기서 기다렸다 기차를 타겠습니다."

이자벨라가 눈을 크게 뜨고 그를 바라보았다. 순간 그녀는 그의 새로운 면을 보았다. 그녀의 호기심이 발동했다.

'속이 깊구나!' 그녀는 생각했다.

몇 분 동안 보쿨스키는 이유 없이 그녀의 눈에서 힘을 얻었다. 한편 스타르스키는 왜소하고 우습게 보였다.

'그런데 저 사람은 왜 여기 있으려고 할까……? 또 전보는 어떻게 받았을까?' 그녀는 혼자 생각하면서 알 수 없는 불안감이 엄습하는 것을 느꼈다.

보쿨스키는 그의 짐을 내릴 일꾼을 찾기 위해 다시 간이식당으로 갔다. 도중에 스타르스키를 만났다.

"무슨 일이세요……?" 홀의 불빛 속에 나타난 보쿨스키를 보고 그가 놀라서 물었다.

보쿨스키가 그의 팔을 잡고 플랫폼을 따라 끌고 갔다.

"화내지 마세요, 스타르스키 씨, 내가 하는 말 때문에." 그가 작은 소리로 말했다.

"당신, 착각하고 있어. 당신에겐 못된 면이 많아요, 성냥에 독이 많듯이……. 당신에게는 밝고 유머러스한 속성이 전혀 없어…… 당신은 늙은 심장의 속성을 가지고 있어. 그것이 병든 위를 더 악화시키고 있지. 단순한 맛도 구토를 일으킬 정도로……. 실례했어요."

스타르스키는 멍청히 듣고 있었다. 그는 무슨 말인지 이해하지 못했다. 그러나 뭔가 이해되는 것 같기도 했다. 그는 자기 앞에 미친 사람이 있다고 생각했다.

두 번째 종이 울렸다. 간이식당에서 나온 여행자 무리가 기차로 달려갔다.

"당신에게 충고하는데, 스타르스키 씨, 복도에서는 여성들에게 크든 작든 못된 짓을 시도하는 것보다 조심하는 것이 더 좋을 거요. 당신의 뻔뻔스러운 짓이 여성들의 가면을 벗기고 있소. 그러나 여성들은 가면이 벗겨지는 것을 좋아하지 않소. 당신은 여성들의 신뢰를 잃을 것이오. 그것은 당신에게나 당신이 좋아하는 여자들에게나 불행한 일이지요."

스타르스키는 여전히 무슨 말인지 이해하지 못했다.

"내가 당신을 모욕했다면……." 스타르스키가 말했다. "결투할 준비가 되어 있습니다."

세 번째 종이 울렸다.

"여러분, 기차로 돌아가십시오!" 차장들이 큰 소리로 외쳤다.

"아니지요." 보쿨스키가 그와 함께 웽츠키 부녀가 있는 차량으로 돌아가면서 말했다. "내가 당신과 결투할 필요가 있다고 느낄 때, 당신은 그런 형식을 거칠 필요 없이 이미 죽어 있을 겁니다. 당신이 오히려 나에게 결투를 요구할 권리가 있지요. 당신이 꽃들을 가꾸고 있는 그 정원으로 기꺼이 가겠소…… 나는 언제든 준비가 되어 있소. 내가 어디 사는지는 알고 있죠……?"

그들은 차량에 다가왔다. 차량 옆에 차장이 이미 서 있었다. 보쿨스키가 힘 있게 스타르스키를 계단으로 끌고 가서 차량 안에 밀어 넣었다. 차장이 문을 닫았다.

"작별 인사도 안 했잖소, 스타니스와프 씨, 이게 뭐야……?" 토마쉬가 놀라서 물었다.

"잘 가십시오!" 인사하면서 보쿨스키가 말했다.

창가에 이자벨라가 서 있었다. 선임 차장이 호루라기를 불었다. 그에 대한 응답으로 기차에서 기적이 울렸다.

"Farewell, miss Iza, farewell……." 보쿨스키가 불렀다.

기차가 움직였다. 이자벨라는 아버지가 있는 맞은편 의자로 자리를 옮겼다. 스타르스키는 객실 다른 편 구석으로 갔다.

"그럼…… 그럼…… 그럼……." 보쿨스키가 혼자 중얼거렸다. "너희 둘은 기차가 피오트르쿠프에 도착하기 전에 다시 붙어 앉을 거야……."

멀어지는 기차를 바라보며 그가 웃었다.

그는 플랫폼에 혼자 서서 멀어져 가는 기차 소리를 듣고 있었다. 그 소리는 약해지다가 잠잠해지는가 싶더니 다시 커졌다가 드디어 조용해졌다.

나중에는 흩어지는 일꾼들의 발소리, 간이식당 안에서 테이블 미는 소리가 들렸다. 그리고 간이식당 불이 꺼지고, 식당 종업원이 하품하면서 유리문을 닫았다. 문이 닫히면서 삐걱거리는 소리를 냈다.

'둘이 메달을 찾으면서 내가 준 금속판을 잃어버리다니!' 보쿨스키는 생각했다. '내가 감상적이고, 지루하다고……. 그녀에게는 일반적이고 흔한 존중의 빵과 숭배의 과자 외에 샴페인이 필요하다…… 숭배의 과자라……. 재미있는 표현이야! 그녀는 어떤 샴페인을 좋아할까? 아, 그렇지. 냉소! 냉소라는 샴페인……! 그것도 재미있는 말이야……. 그건 그렇고, 영어 공부를 한 게 보람 있었네…….'

그는 갈 곳도 없어 서성거리다가 예비 차량들이 두 줄로 서 있는 사이로 들어갔다. 한동안 어디로 가야 할지 몰랐다. 갑자기 그의 앞에 환상이 나타났다. 소리도 없이 무너져 내리는 거대한 탑 안에 자기가 서 있는 것 같았다. 그는 죽진 않았지만 주위에는 파편 더미가 쌓여 있었다. 그는 그 속에서 벗어날 수 없었고, 출구도 없었다……!

그는 몸을 떨었다. 환상도 사라졌다.

'물론 잠이 쏟아졌을 수도 있지.' 그는 생각했다. '솔직히 말하면

뜻밖의 일은 하나도 없어. 모든 것은 이미 전부터 예상할 수 있었던 거야. 나는 심지어 모든 것을 보았지…… 그녀는 나와 겉도는 이야기만 했잖아! 그녀의 관심을 끄는 것은 뭐야? 무도회, 저녁 파티, 음악회, 의상…… 그녀가 사랑하는 것은? 자기 자신. 그녀에게 이 세상은 그녀를 위해 존재하고, 그녀는 즐기기 위해 사는 거야. 그녀는 교태를 부렸지…… 그 정도로, 부끄러운 줄도 모르고 모든 남자에게 교태를 부렸던 거야. 모든 여자들과는 아름다움, 남자들의 복종, 의상 때문에 다투었고…… 그녀가 한 일은? 아무것도 없다. 그녀는 기껏 살롱을 장식한 정도지. 그녀의 물질적 삶을 위해 그녀에게 도움이 될 수 있는 유일한 것은 그녀의 사랑인데, 그것도 가짜다……! 스타르스키는 무엇인가? 그녀와 마찬가지로 그도 기생충이다. 그녀의 풍부한 경험에서 볼 때 그는 하나의 에피소드에 불과한 존재이다. 내가 그에게 유감을 가질 것은 없어. 그는 비슷한 사람과 어울리고 있을 뿐이야. 그녀에 대해서도 유감스러워할 것 없어…… 그렇지, 그녀는 자기가 신분 낮은 남자와 결혼한다고 생각하고 있는 거야! 원하는 자는 누구나 그녀를 껴안고 메달을 찾았던 거야, 심지어 직업이 없어 여자나 유혹하는 스타르스키 같은 한심한 사람까지도……

　한때는 믿었다, 여기, 이 지상에,
　밝은 날개가 달린 하얀 천사들이 있다고……

아름다운 천사들……! 밝은 날개들……! 몰리나리, 스타르스키 그리고 그런 남자들이 얼마나 많은지 아무도 모른다…… 그것은 시에 나오는 여자들을 안 결과다!
미츠키에비츠, 크라신스키, 스오바츠키*의 안경을 통해 여자들을 알아서는 안 되고, 통계를 통해 알아야 한다. 통계는 모든 하얀 천사가 10퍼센트 정도 창녀라고 말해 주고 있다. 네가 실망했다면 그것은 오히려 즐거운 일이다……'

그 순간에 어떤 울부짖는 소리가 들렸다. 그것은 보일러 혹은 물탱크에 물을 붓는 소리였다. 보쿨스키는 멈춰 섰다. 파고드는 울적한 소리는 오케스트라가 오페라 「악마 로베르의 기괴한 이야기」를 연주하고 있는 것 같았다. "그대, 여기 차가운 돌덩어리 아래 죽어 누워 있는……." 웃음, 울음, 슬픔, 날카로운 소리, 고집스러운 절규, 이 모든 것들이 한꺼번에 울렸다. 그리고 이 모든 것들 위에 절망의 슬픔 가득한 강력한 목소리가 선명했다.

그런 오케스트라를 듣고 있다고 그는 분명히 말할 수 있었다. 그는 다시 환상에 빠졌다. 그는 묘지에, 위가 열린 묘지들 사이에 있었다. 그 열린 묘지들에서 혐오스러운 그림자들이 빠져나왔다. 조금 뒤에 그림자 하나하나가 아름다운 여인의 모습으로 변했다. 그들 사이에서 손과 눈빛으로 그를 유혹하며 이자벨라가 조심스럽게 앞으로 나왔다……

무서운 생각이 들어서 그는 성호를 그었다. 그러자 유령이 사라졌다.

'이제 그만!' 그는 생각했다. '내가 이성을 잃었어……'

그는 이자벨라를 잊기로 결심했다.

벌써 새벽 2시였다. 전보실에는 등갓이 초록색인 등이 타고 있었다. 톡톡 치는 기계 소리도 들렸다. 역 옆으로 어떤 사람이 돌아다니고 있었다. 그는 모자를 벗었다.

"바르샤바 가는 기차는 언제 옵니까?" 보쿨스키가 그에게 물었다.

"5시에 있습니다. 어르신." 마치 보쿨스키의 손에 키스하려는 동작을 취하면서 그가 대답했다. "어르신, 제가……."

"5시에 있다!" 보쿨스키가 말했다. "말들은 있을까……? 그럼 바르샤바에서 오는 기차는 몇 시에 있지요?"

"45분 후에……. 어르신, 제가……."

"45분 후라……." 보쿨스키가 작은 소리로 말했다. "15분…… 15분……." 그는 자기 발음이 정확하지 않다는 것을 느끼면서 반복했다.

보쿨스키는 모르는 사람으로부터 떨어져서 철로를 따라 바르샤바 쪽으로 걸어갔다. 그가 보쿨스키의 뒤를 바라보더니 고개를 돌리고 어둠 속으로 사라졌다.

"15분…… 15분……." 보쿨스키는 중얼거렸다. "혀가 굳어진 거 아니야……? 사건들이 이상하게 뒤죽박죽되었군. 나는 이자벨라를 얻기 위해 공부했다. 그런데 알고 보니 그녀를 잃기 위해 공부한 것이다……. 또 가이스트, 그는 무엇 때문에 위대한 발견을 했으며, 무엇 때문에 나에게 그처럼 귀중한 것을 맡겼을까? 스타르스키에게 찾을 이유를 하나 만들어 주기 위해서……. 그녀가 나로 하여금 모든 것을 잃게 만들었다, 심지어 마지막 희망까지도……. 이 순간 사람들이 나에게 정말 가이스트를 아느냐, 그의 이상한 금속을 보았느냐고 묻는다면 나는 대답할 수 없을 것이고, 나 자신도 그것이 환상이 아닌지 알지 못할 것이다. 아, 그녀를 생각하지 않을 수 있다면…… 단 10여 분 동안만이라도…….

나는 그녀에 대해 생각하지 않을 거야……."

하늘에 별이 많은 밤이었다. 들판은 어두웠다. 철길을 따라 크게 간격을 두고 신호등이 불빛을 발하고 있었다. 보쿨스키는 도랑을 건다가 제법 큰 돌에 부딪혀 비틀거렸다. 한순간 그의 눈앞에 자스와프에 있는 무너진 성터와 돌이 나타났다. 그 돌 위에는 이자벨라가 앉아 있었고, 그녀의 눈물도 보였다. 그러나 눈물 어린 그녀의 반짝이는 시선이 이번에는 가짜로 보였다.

"그녀에 대해 생각하지 않을 거야……. 가이스트에게 가야겠다. 가서 아침 6시부터 밤 11시까지 일할 것이다. 나는 압력, 온도, 흐름의 강도 등 모든 변화를 관찰하게 될 것이다…… 나에겐 한순간도 남는 시간이 없을 것이다……."

누군가가 그의 뒤에 오고 있는 것 같았다. 그는 뒤를 돌아보았지만 아무것도 없었다. 그런데 왼쪽 눈이 오른쪽 눈보다 더 잘 안 보이는 것 같았고, 왼쪽 눈이 말할 수 없이 심하게 떨리기 시작했다.

사람들이 있는 곳으로 돌아가고 싶었으나, 사람들 보는 것을 견딜 수 없을 것 같은 느낌이 들었다. 이제 생각하는 것이 그를 지치게 했다. 거의 고통스러울 정도였다.

"나는 자신의 영혼이 무거울 수 있다는 것을 몰랐다……." 그는 중얼거렸다.

"아, 생각하지 않을 수 있다면……."

멀리 동쪽에서 광채가 보이더니 말할 수 없이 서글픈 빛을 쏟아부으며 초승달이 나타났다. 갑자기 보쿨스키 앞에 새로운 환영이 나타났다. 그는 고요하고 텅 빈 숲에 있었다. 소나무 줄기들은 이상하게 옆으로 기울어 있었고, 새소리도 들리지 않았다. 바람은 아주 작은 나뭇가지 하나 움직이지 못했다. 빛은 없고 여명만 슬픔을 자아내고 있었다. 보쿨스키는 이 어둠, 비애와 슬픔이 그의 심장에서 흘러나왔고, 이것들은 아마도 생의 마감과 함께 없어질 것이라고 느꼈다. 만일 생이 끝난다면…….

소나무들 사이로 잿빛 하늘 조각들이 보였다. 그 조각들이 흔들리는 기차 창문으로 변하더니, 그 창문에 스타르스키에게 안긴 창백한 이자벨라의 모습이 보였다.

보쿨스키는 더 이상 그 환영에 저항할 수 없었다. 환영이 그를 지배했다. 환영이 그의 의지를 삼키고, 그의 생각을 왜곡시키고, 그의 심장에 독을 뿌렸다. 그의 정신은 일체의 자율성을 상실했다. 그의 정신은 텅 빈 건물 안의 반향처럼 점점 암울하고 점점 고통스러운 형태로 반사되는 천 가지의 인상에 의해 좌지우지되었다.

그는 또 돌에 발이 걸렸다. 별로 중요하지 않은 그 사실이 그에게서 소름이 돋는 명상을 불러일으켰다.

그 자신이 한때는 차갑고, 눈멀고, 아무 감각이 없는 돌이었다는 생각이 들었다.

지상에서 일어나는 가장 큰 격변도 그를 살릴 수 없는 무생명의 상태로 그가 당당하게 누워 있을 때, 그의 내부에서 나는지 혹은 그의 위에서 나는지 알 수 없는 소리가 물었다.

"너, 사람이 되고 싶니?"

"사람이 뭔데……?" 돌이 대답했다.

"보고 싶고, 듣고 싶고, 느끼고 싶니……?"

"느끼는 것이 뭔데……?"

"그러면 너는 뭔가 완전히 새로운 것을 알고 싶니? 한순간에 모든 돌들이 수백만 년 동안 경험한 것보다 더 많은 것을 경험할 수 있는 존재를 원하니?"

"무슨 말인지 모르겠다." 돌이 대답했다. "하지만 나는 무엇이든 될 수 있다."

"그러나 만일……." 초자연적인 목소리가 물었다. "새로운 존재가 되면 너에게서 비애가 영원히 떠나지 않을 것이다."

"비애가 뭔데……? 나는 무엇이든 될 수 있어."

"그러면 사람이 되어라." 대답하는 소리가 들렸다.

그래서 돌은 사람이 되었다. 그는 몇십 년을 살았다. 그동안 그는 생명이 없는 세계가 영원히 알 수 없을 정도로 수많은 것을 열망하고 수많은 고통을 참았다. 하나의 열망을 좇다가 수천 가지의 다른 열망을 발견했고, 하나의 고통을 피해 도망가다가 고통의 바다에 빠지기도 했다. 그는 많은 것을 느끼고, 많은 것을 숙고했으며, 의식이 없는 힘을 많이 흡수했다. 그래서 결국 자신에 대항해 온 자연을 깨워 일으켰다.

"이제 그만!" 사방에서 큰 소리로 외치기 시작했다. "이제 그만! 다른 사람에게 이 무대에 있는 자리를 양보해라……."

"이제 그만! 이제 그만! 이제 그만!" 돌들이, 나무들이, 공기가, 땅이, 하늘이…… 소리쳤다. "다른 것들에게 양보해라! 그들도 새로운 존재를 알게 해라……."

"이제 그만! 그래서 그는 다시 아무것도 아닌 것이 되었다. 그리고 바로 그 순간에 고차원의 존재가 마지막 기념품으로 그가 잃어버린 것에 대한 보상으로 절망을, 그가 이루지 못한 것에 대한 보상으로 비애를 주었다……."

"아, 해가 뜨면!" 보쿨스키가 작은 소리로 말했다. "나는 바르샤바로 돌아간다……. 무슨 일이든 시작해야겠다. 그래서 나의 신경을 건드렸던 그 어리석은 일들을 끝내야겠다. 그녀는 스타르스키를 원하는 걸까? 그럼 스타르스키를 가지라고 해! 그녀를 차지하기 위한 내기에서 내가 패한 것인가……? 좋아! 그 대신 다른 일들에서는 내가 이길 거야…… 모든 것을 가질 수는 없잖아……."

조금 전부터 콧수염에 진한 액체가 묻어 있는 것을 느꼈다.

'피일까?' 그는 생각했다. 입을 닦고 성냥 불빛에 비추어 보니 손수건에 거품이 묻어 있었다.

"분노 때문일까? 제기랄……."

그때 멀리서 두 개의 불빛이 나타났다. 불빛은 그를 향해 천천히 접근했다. 그 불빛 뒤로 검은 덩어리가 보였다. 그 덩어리 뒤에 짙은 빛줄기가 따라왔다.

"기차야……?" 그는 혼자 중얼거렸다. 순간 그의 눈앞에 이자벨라가 타고 있는 기차의 환상이 나타났다. 푸른색 낙타 털 직물로 가려진 등불이 비추는 객실도 다시 보였다. 그는 구석에 스타르스키의 품에 안겨 있는 이자벨라도 보았다…….

"내가 그렇게 사랑했는데…… 내가 그렇게 사랑했는데……." 그가 작은 소리로 말했다. "나는 잊지 못할 거야!"

순간 그는 인간의 혀로 표현할 수 없는 고통을 느꼈다. 피곤한 생각이 그를 괴롭혔다. 고통스러운 느낌, 무자비하게 쓰러진 의지, 모든 존재……. 그는 갑자기 열망을 느끼지 못했다. 그리고 배가 고프고, 죽고 싶다는 생각이 들었다.

기차가 천천히 다가왔다. 보쿨스키는 무엇을 해야 할지 의식하지 못했다. 그는 철로에 넘어졌다. 그는 몸을 떨었다. 이도 떨렸다. 그는 두 손으로 침목을 잡았다. 입안 가득 모래가 들어왔다……. 길 위에 등불이 비췄다. 굴러가는 기차 아래서 레일이 조용히 덜커덩거리기 시작했다.

"하느님, 자비를……." 속삭이듯 말하고 그는 눈을 감았다.

갑자기 그는 따뜻함과 함께 강력히 잡아채는 힘을 느꼈다. 그것이 그를 레일에서 떨어지게 했다……. 기차는 그의 머리에서 불과 10여 센티 사이를 두고 증기와 뜨거운 재를 뿌리면서 지나갔다. 순간 그는 의식을 잃었다. 깨어났을 때 그는 누군가 그의 가슴 위에 앉아 그의 손을 잡고 있는 것을 보았다.

"세상에, 어르신, 무슨 일을 하신 겁니까?" 그 사람이 말했다. "이런 일이 있다니…… 하느님……."

그는 말을 끝내지 않았다. 보쿨스키는 그를 밀쳐 내고, 그의 몈

살을 잡아 한번에 쓰러뜨렸다.

"내게서 뭘 원하는 거야, 이 자식아!" 보쿨스키가 소리쳤다.

"어르신…… 제가 비소츠키입니다."

"비소츠키……? 비소츠키……?" 보쿨스키가 반복했다. "거짓말, 비소츠키는 바르샤바에 있어……."

"제가 그의 형입니다, 건널목지기인. 어르신께서 제게 이 자리를 마련해 주셨지요. 작년 부활절이 지나고……. 어르신의 그런 불행을 제가 어떻게 볼 수 있겠습니까? 그리고 어르신, 기차가 지나갈 때는 철로에 들어가시면 안 됩니다……."

보쿨스키는 생각에 잠겼다. 그리고 그를 보냈다.

"내가 좋은 일을 하면 꼭 나에게 대항하는 것이 되어 다시 돌아온단 말이야." 그는 혼자 중얼거렸다.

그는 너무 피곤해서 땅에 그대로 앉았다. 그의 옆에 있는 야생 배나무는 어린애 키보다 크지 않았다. 그때 바람이 불어 나뭇잎 흔들리는 소리가 났다. 그 소리가 보쿨스키에게 먼 옛날 일을 생각나게 했다.

'나의 행복은 어디에 있는 걸까……?' 그는 생각했다.

그는 가슴이 조여 오는 것을 느꼈다. 압박감이 서서히 목으로 올라왔다. 그는 숨을 쉬려고 했으나 숨을 쉴 수가 없었다. 목이 졸렸다. 그는 손으로 나무를 잡았다. 나뭇잎은 여전히 바람에 흔들리며 바스락거렸다.

"내가 죽는구나……!" 그가 큰 소리로 말했다.

피가 흐르고, 심장이 터지고, 고통으로 몸이 꼬이고, 갑자기 울음을 터뜨릴 것 같은 생각이 들었다.

"자비로우신 하느님…… 자비로우신 하느님!" 그가 울먹이면서 반복했다.

건널목지기가 그에게 다가와서는 조심스럽게 그의 머리 밑에 손을 넣었다.

"우세요, 어르신!" 그에게 고개를 숙이면서 건널목지기가 말했다. "우세요, 어르신, 신의 이름을 부르세요…… 응답이 있으실 겁니다. '신의 보살핌에 자신을 맡기고, 온 마음을 다해 신을 믿는 자, 감히 말할 수 있을 것이다. 나는 보호자이신 신을 가지고 있다고. 어떤 소름 끼치는 공포도 나에게 닥치지 않으리라……. 신이 너를 배신의 덫에서 벗어나게 할 것이다…….' 여기에 더 추가하자면, 어르신, 아무리 많은 재물도…… 모든 것이 인간을 실망시키지만, 신은 인간을 버리시지 않습니다……."

보쿨스키는 땅에 얼굴을 댔다. 눈물 한 방울 한 방울이 심장에서 나오는 어떤 고통, 어떤 실망과 절망 같았다. 궤도를 벗어난 생각이 균형을 잡기 시작했다. 그는 이제 무엇을 해야 할지 의식하게 되었다. 그는 이해했다. 불행의 순간에, 모든 것이 그를 배반할 때, 그에게 충실하게 남아 있는 것은 땅과 순박한 사람과 신이라는 것을…….

그는 천천히 평온을 되찾았다. 가슴을 찢는 흐느낌도 점점 뜸해졌다. 온몸에서 힘이 빠져나가는 것을 느끼며 잠이 쏟아졌다.

그가 깨어났을 때 해가 떠 있었다. 그는 앉았다. 눈을 비볐다. 그의 옆에 있는 비소츠키를 보았다. 그는 모든 것을 기억했다.

"내가 오랫동안 잤나……?" 그가 물었다.

"15분…… 30분 정도……." 건널목지기가 대답했다.

보쿨스키가 지갑을 꺼내 백 루블짜리 몇 장을 집어 비소츠키에게 주면서 말했다.

"잘 듣게. 어제 내가 취했네…… 여기서 있었던 일은 누구에게도 아무것도 말하지 말게. 그리고 이것…… 애들을 위해 쓰게."

건널목지기가 그의 발에 키스했다.

"저는 생각했습니다." 그가 말했다. "어르신께서 모든 것을 잃으셨다고. 그래서……."

"자네 말이 맞아!" 생각에 잠긴 채 보쿨스키가 말했다. "나는 모든 것을 잃었다네…… 재산만 빼고. 자네를 잊지 않을 것이네, 비록…… 살고 싶지 않지만!"

"저도 어르신 같은 분은 전 재산을 다 잃는다 해도 불행을 찾으시지는 않을 거라고 생각했습니다. 인간의 사악함 때문입니다……. 그러나 사악함에도 끝이 있습니다. 신은 신속하시지는 않지만, 정의롭습니다. 어르신께서도 아시게 될 것입니다……."

보쿨스키는 자리에서 일어나 기차역 쪽으로 걸어갔다. 그가 갑자기 비소츠키를 보면서 말했다.

"바르샤바에 오면 나한테 들르게……. 여기서 있었던 일은 한마디도 하지 말고……."

"신께서 그렇게 도와주실 겁니다. 절대 말하지 않겠습니다." 비소츠키가 말했다. 그가 모자를 벗었다.

"또다시……." 보쿨스키가 그의 어깨에 손을 얹고 말했다. "또다시…… 그런 사람을 보거든…… 무슨 말인지 알겠나? 그런 사람을 보거든, 그를 구하지 말게. 누가 자기의 불행을 안고 스스로 신의 심판대에 서고자 할 때, 그를 붙들지 말게…… 붙들지 말게!"

# 제14장 늙은 점원의 회고(4)

정치적 상황은 점점 분명해졌다. 이미 두 개의 연합이 형성되었다. 한편에서는 러시아와 터키가, 다른 편에서는 독일, 오스트리아, 영국이 뭉쳤다. 그렇다면 전쟁은 언제든 터질 수 있다는 말이고, 그 전쟁에서 아주 중요한 문제가 해결될 것이다.

과연 전쟁이 일어날까? 우리는 착각하는 것을 좋아한다. 따라서 전쟁이 정말 발발한다면, 이번에는 실수하지 않은 셈이 되는 것이다. 리시에츠키가 나에게 말했다. 내가 매년 전쟁이 일어날 것이라고 전망했는데 한 번도 맞히질 못했다고. 그는 어리석어, 귀만 정직하고⋯⋯. 그때는 상황이 달랐고, 지금은 또 지금대로 다르지.

내가 신문에서 읽었는데, 이탈리아에서 가리발디가 오스트리아에 대항하여 궐기하라고 사람들을 선동하고 있다. 그는 무엇 때문에 선동할까⋯⋯? 그도 큰 전쟁이 일어날 것을 예상하는데. 그리고 거기서 끝나는 것도 아니다. 며칠 후에 나는 튀르* 장군이 신의 이름을 부르며 가리발디에게 이탈리아를 복잡하게 하지 말라고 간청하는 소리를 듣게 될 것이다⋯⋯.

그것이 무슨 뜻인가⋯⋯? 인간의 언어로 설명하면 이런 것이다. "너희 이탈리아 사람들아, 소란을 피우지 마라. 그렇게 하지 않아도, 만일 오스트리아가 승리하면, 오스트리아가 너희에게 트리에스테를 줄 것이다. 그러나 너희 때문에 오스트리아가 패하면, 너희는 아무것도 얻지 못할 것이다……."

이것은 중요한 예언이다. 가리발디의 선동, 튀르의 안심. 가리발디는 선동한다, 그는 전쟁이 곧 일어날 것으로 보고 있기 때문이다. 튀르는 잠잠해졌다. 그는 다른 이득을 계산하고 있다.

그런데 전쟁은 곧 터질까? 6월 말 혹은 7월에……? 경험이 부족한 정치가는 그렇게 생각할 수도 있다. 그러나 나는 아니다. 독일은 프랑스로부터의 위험을 안전하게 보장해 놓지 않은 상태에서는 전쟁을 시작하지 않을 것이다.

그러면 어떻게 안전을 보장할 수 있을까……? 슈프로트는 방법이 없다고 말하지만, 나는 아주 간단한 방법이 있다고 본다. 오, 비스마르크는 교활한 새다. 나는 그를 좋게 생각하기 시작했다!

독일과 오스트리아가 무엇 때문에 영국을 동맹에 끌어들일까? 그것은 프랑스를 달래서 동맹에 가담하도록 설득하기 위한 것이다. 그 일은 다음과 같은 방법으로 이루어질 것이다.

그 전쟁에 젊은 나폴레옹 룰루가 영국 편에서 참전할 것이다. 그는 그의 할아버지인 위대한 나폴레옹처럼 지금 아프리카에서 줄루족과 싸우고 있다. 영국이 전쟁을 끝낸 후에 젊은 나폴레옹을 장군으로 임명하고 프랑스에 다음과 같이 말할 것이다.

"친애하는 프랑스인들이여, 그대들은 여기에 보나파르트를 가지고 있소. 그는 지금 아프리카에서 싸우고 있으며 그의 할아버지처럼 불후의 명성을 얻고 있소. 그를 할아버지처럼 그대들의 황제로 만드시오. 그러면 우리는 독일과 협상하여 알자스 로렌 지방을 독일에서 분리시킬 것이오. 독일에 몇십억 지불하시오. 그것이 새로 전쟁하는 것보다 나을 것이오. 전쟁을 하게 되면 몇백억이 들어갈 것이고, 또 그대들에게 유리하지도 않소……."

프랑스인들은 물론 룰루를 황제로 삼을 것이고, 자기들의 땅을 다시 찾고, 독일에 지불하고, 독일과 동맹할 것이다. 비스마르크가 많은 돈을 가지게 되면 그는 자기의 재주를 보여 줄 것이다!

오, 비스마르크, 영리한 물고기, 그런 계획을 수행할 사람은 그밖에 없다. 오래전부터 나는 그가 교활하다는 것을 감지하고 있었다. 나는 그의 약점을 알고 있다. 그 약점을 내가 비밀로 하고 있지만…… 그는 정말 좋지 않은 사람이다! 그는 푸트카메루브나와 결혼했는데, 그 푸트카머 집안은 미츠키에비츠와 혈연관계에 있다.* 그 밖에도 그는 폴란드인들을 아주 좋아한다고 알려져 있다. 그는 독일 왕위 계승자의 아들에게 폴란드어를 배우라고 권하기도 했다.

만일 금년에 전쟁이 일어나지 않는다면…… 나는 리시에츠키에게 바보에 대한 이야기를 해 주겠다! 오, 불쌍한 그는 정치적 현명함은 아무것도 믿지 않는 데 있다고 생각한다. 바보……! 정치는 사물의 질서에서 유래하는 결합에 바탕을 두고 있다.

나폴레옹 4세 만세! 비록 오늘날 아무도 그에 대해 생각하고 있지 않지만, 이 혼란기에 그가 주도적인 역할을 하리라고 나는 확신한다. 그가 만일 목적을 가지고 일을 추진할 수 있다면 그는 알자스와 로렌 지방만 거저 수복할 뿐 아니라, 프랑스 국경을 라인 강까지 확대할 수 있을 것이다. 보나파르트가 사람을 이용하는 것은 사자를 수레에 매는 것과 같다는 것을 비스마르크가 너무 빨리 파악하거나, 눈치채지 못하기를 바랄 뿐이다. 이 한 가지 문제에서 비스마르크는 실수를 범한 것 같다. 나는 그를 애석하게 생각하지 않는다. 왜냐하면 나는 그를 한 번도 신뢰한 적이 없기 때문이다.

*　*　*

　내 건강이 썩 좋지는 않다. 어디가 아픈 것은 아니지만, 좀 그렇다……. 많이 걸을 수도 없고, 입맛도 없다. 심지어 잠자고 싶은 생각도 별로 없다.

　가게에서 내가 할 일은 거의 없다. 그곳은 이미 슐랑바움이 지배하고 있다. 나는 다만 스타흐의 남은 일을 처리하고 있었다. 10월 전까지 슐랑바움이 우리에게 완불하기로 되어 있었다. 나는 가난을 모르고 살게 되었다. 내가 매년 1천5백 루블을 평생 받을 수 있도록 마음 따뜻한 스타흐가 마련해 놓았다. 그러나 사람이 가게에서 곧 아무 할 일도 없게 되고, 아무런 권리도 가질 수 없게 된다고 생각하면…… 살 가치도 없는 거지. 만일 스타흐도, 젊은 나폴레옹도 아니라면, 이 세상에서 사는 것이 내겐 때로 힘들 것이다. 그래서 나 자신에게 무슨 일을 저지를 수도 있다. 옛날 동료 카츠가 가장 현명하게 행동했는지도 모르는 일이다. 너는 거의 아무 희망도 없었고, 실망도 걱정되지 않았다. 내가 그런 것들을 두려워한다고 말하지 않겠다. 보쿨스키도, 보나파르트도…… 그러나 항상…… 그저 그랬다.

　나는 지쳐 있었다. 이제 쓰는 것도 힘들었다. 어디론가 떠나고 싶었다. 세상에, 20년 동안 나는 바르샤바 밖을 나가 보지 못했다! 죽기 전에 헝가리를 다시 한 번 가 보고 싶은 생각이 가끔 났다. 지난날 전투가 벌어졌던 벌판에서 옛 전우들의 뼈라도 발견할 수 있지 않을까? 에이, 카츠, 에이, 카츠……! 자네 기억나, 그 연기, 공기를 가르는 날카로운 소리들, 그 신호들이……? 초록빛 풀들은 얼마나 선명했으며, 햇빛은 얼마나 눈부시게 빛났던가!

　아무것도 도움이 될 수 없다. 나는 여행을 떠나지 않으면 안 된다. 산과 숲을 보아야 하고, 넓은 평원의 공기와 햇빛 속에 푹 잠겨도 보아야 하고, 새로운 삶을 시작해야 한다. 스타프스카 부인의 이웃에 있는 어느 시골로 갈 수도 있다. 연금 생활자에게 더 이상 무슨 할 일이 남아 있겠는가……?

슐랑바움은 이상한 사람이다. 그가 가난할 때부터 알았는데, 이처럼 오만하게 변할 줄은 몰랐다. 그는 마루세비츠를 통해 남작들과 사귀고, 남작들을 통해 백작들과 교제하고 있다. 그러나 아직 공작과는 접촉하지 못하고 있다. 공작은 유대인들에게 아주 친절하다. 그러나 유대인들을 아주 멀리하고 있다.

슐랑바움이 거드름을 피우고 있을 때, 시내에서는 유대인들에 대한 불만의 소리가 요란했다. 맥주를 마시러 술집에 들어가면, 항상 누군가가 나에게 와서 스타흐가 유대인들에게 가게를 팔았다고 욕했다. 자문은 유대인들이 자기 연금의 3분의 1을 가져갔다고 불평하고, 슈프로트는 유대인들이 자기 비즈니스를 망쳤다고 비난했다. 리시에츠키는 슐랑바움이 세례 요한 축일 전까지만 일하라고 통보했다면서 울었다. 그러나 클레인은 아무 말도 하지 않았다.

신문들에서는 반유대적 기사들이 쏟아지기 시작했다. 그러나 이상한 일은 심지어 그 자신이 유대교 신자인 의사 슈만까지도 나와 이런 대화를 나누었다.

"당신도 느끼고 있지요. 몇 년 안에 유대인들에게 적대적인 소요가 일어날 겁니다."

"실례지만……." 내가 말했다. "박사께선 얼마 전에 유대인들을 칭찬하지 않았나요……?"

"칭찬했지요. 그들은 천재적인 인종이오. 그러나 인성은 천박하지요. 생각해 보세요, 슐랑바움 부자가 나를 속이려고 했어요, 나를……."

'아하!' 나는 생각했다. '당신이 다시 마음을 바꾸기 시작했군. 그들이 당신 호주머니를 슬슬 건드리니까……'

사실을 말하자면 나는 슈만에 대한 호감을 모두 잃고 말았다.

그들이 보쿨스키에 대해서는 무슨 말을 했던가! 몽상가, 이상주의자, 낭만주의자……. 아마 그가 한 번도 못된 짓을 한 적이 없기 때문일 것이다.

내가 슈만과 나눈 이야기를 클레인에게 했을 때, 우리의 초라해 보이는 동료는 이렇게 말했다.

"몇 년 안에 유대인들에 반대하는 소요가 일어날 거라고 그가 말했다는 거죠? 당신이 그를 안심시키세요. 아마 더 빨리 일어날 겁니다."

"하느님, 맙소사!" 내가 말했다. "왜 그래야 해……?"

"우리는 그들을 잘 알고 있습니다. 비록 그들이 우리에게 아첨을 하고 있지만……." 클레인이 대답했다. "그들은 특별한 사람들이지요! 그런데 그들이 잘못 계산했지요. 우리는 알고 있지요, 그들에게 힘이 있을 때 그들이 무슨 일을 할 수 있는지."

나는 클레인이 때로는 지나칠 정도로 매우 진보적이라고 생각했다. 그런데 지금은 그가 대단히 반동적인 사람이라고 생각한다. 그리고 그가 말하는 '우리', '우리에게'가 무슨 말인지 모르겠다…….

그런 시대가 와야 한다. 18세기 이후에는, 그 시대의 깃발에는 자유, 평등, 박애가 쓰여 있지 않았던가……? 나는, 빌어먹을, 무엇을 위해 오스트리아 사람들과 싸웠던가? 무엇을 위해 나의 전우들은 죽었던가……?

코미디야! 환상이었어! 이 모든 것을 나폴레옹 4세가 바로잡을 것이다.

그때는 슐랑바움도 오만하지 않을 것이고, 슈만도 자기가 유대인이라는 걸 자랑하지 않을 것이고, 클레인도 유대인들을 위협하지 않을 것이다.

그 시대는 머지않았다. 심지어 스타흐 보쿨스키도…….

아, 피곤하다…… 나는 어디론가 떠나야 한다.

\* \* \*

나는 죽음에 대해 생각할 정도로 늙지 않았다. 그러나 맙소사, 물에서 물고기를 꺼내면, 아무리 젊고 건강한 물고기일지라도 이내 죽는다…….

아마도 내가 물에서 꺼낸 물고기 신세가 된 게 아닌가 싶다. 가게는 슐랑바움이 지배하고 있다. 그는 자기 권력을 과시하기 위해 자기에 대한 존경심이 부족하다는 이유로 경리 직원과 하인을 해고했다.

내가 불쌍한 사람들을 위해 복직을 부탁했을 때, 그가 화를 내면서 말했다.

"보세요, 그들이 나를 어떻게 대하는지, 그들이 보쿨스키에게 이렇게 했습니까! 그들은 그에게 깊이 머리 숙여 인사하지는 않았지만, 그를 위해서 불 속에라도 뛰어들 준비가 되어 있다는 것을 그들의 동작과 눈빛에서 볼 수 있었소……."

"그러면 슐랑바움 씨, 당신도 그들이 당신을 위해서 불 속에 뛰어들기를 원하세요?" 내가 물었다.

"물론이지요. 그들은 내가 주는 빵을 먹고, 내 가게에서 돈을 벌고 있고, 내가 그들에게 월급을 주고 있지 않소……."

그런 가당찮은 소리를 들으면서 얼굴이 납빛으로 변한 리시에츠키가 그의 뺨을 때릴 것이라고 나는 생각했다. 하지만 그는 자제하면서 이렇게 묻기만 했다.

"그런데 왜 우리가 보쿨스키를 위해서 불 속으로 뛰어드는지 아세요……."

"그거야 그가 돈을 더 많이 가지고 있으니까 그렇겠지." 슐랑바움이 대답했다.

"아니지요. 그는 당신이 가질 수 없는 것을 가지고 있기 때문이오." 리시에츠키가 가슴을 치면서 말했다.

슐랑바움의 얼굴이 악마처럼 붉어졌다.

"그게 뭔데?" 그가 소리쳤다. "내가 가지고 있지 않은 것이……? 우리, 같이 일할 수 없어요, 리시에츠키 씨…… 당신은 나의 신앙을 모욕했어요……."

그가 리시에츠키의 손을 잡더니 장 뒤로 끌고 갔다. 모든 남자들이 슐랑바움의 태도를 보고 웃었다. 지엠바 혼자(그가 유일하게 해고되지 않고 가게에 남아 있게 되었다) 화를 내면서 큰 소리로 말했다.

"사장 말이 맞아…… 신앙을 조롱해서는 안 돼. 신앙은 성스러운 것이야! 양심의 자유, 진보, 문명, 해방이 어디에 있는 거야?"

"아부꾼 새끼." 클레인이 중얼거리더니 나중에 내 귀에 대고 말했다.

"슈만 말이 맞잖아, 유대인들은 난리를 당하게 될 거라는. 보셨지요, 그가 우리에게 어떻게 했는지, 그리고 오늘 하는 것도……?"

당연히 나는 클레인을 질책했다. 그가 무슨 권리로 소란을 피워서 같은 시민을 놀라게 할 수 있는가? 그러면서도 나는 슐랑바움이 1년 동안 완전히 변했다는 사실을 숨길 수 없었다.

전에 그는 공손했는데 지금은 오만하고 남을 업신여긴다. 전에는 부당한 일을 당해도 말이 없었는데 지금은 이유 없이 떠들고 화를 낸다. 전에는 자기가 폴란드 사람이라고 했는데, 지금은 유대인이라고 자랑스럽게 떠들어 댄다. 전에는 고귀함과 사욕이 없는 것을 중요하게 여겼는데, 지금은 돈 자랑을 하고 유명한 사람도 잘 안다는 이야기를 즐겨 한다. 이건 좋은 일이 아니다……!

그 대신 손님들에 대해서는 지나칠 만큼 공손하다. 백작들과 심지어 남작들에게는 발밑으로 기어 들어갈 정도로 비굴하다. 그러나 자기 직원들에게는 하마처럼 군다. 끊임없이 입김을 뿜어 대고, 짓밟는다. 그것도 좋은 것은 아니다……. 마찬가지로 자문, 슈프로트, 클레인, 리시에츠키도 소요를 일으켜 그를 위협하는 것은 옳지 않다.

나의 존재가 그 괴물이 있는 이 가게에서 무슨 의미가 있겠는가? 내가 계산을 하려고 하면 그가 어깨 너머로 보고, 내가 어떤 지시를 내리면 그가 큰 소리로 그것을 반복했다. 가게에서 나는 점점 밀려났다. 아는 고객들 앞에서 그는 항상 이렇게 말했다. "나의 친구 보쿨스키…… 나의 지인 크세소프스키 남작…… 나의 점원 제츠키……." 그러나 우리 둘이 있을 때면 그는 나를 '친애하는 제시'라고 불렀다.

나는 몇 차례나 그에게 아주 완곡한 방법으로 그런 호칭이 조금도 유쾌하지 않다는 것을 알려 주었다. 그러나 그 한심한 사람은 알아차리지 못했다. 나는 누구에게 심한 말을 하기 전에 오래 기다렸지만 리시에츠키는 그런 경우에 그 자리에서 바로 했다. 그래서 슐랑바움이 그의 말을 존중한다.

우리 폴란드인들은 고조할아버지의 할아버지 때부터 돈을 어떻게 낭비할까를 생각했고, 유대인들은 돈을 어떻게 벌까를 생각했다고, 슈만이 한 말은 나름대로 일리가 있다. 그런 점에선 그들이 오늘날 세계에서 일등이다. 한편 그들이 생각하는 인간적 가치는 오로지 돈에 근거하고 있다. 그것이 나와 무슨 상관이 있나……!

가게에서 할 일이 많지 않아 나는 점점 자주 헝가리 여행을 생각했다, 20년 동안 나는 들판의 곡식도, 숲도 보지 못했다…… 그것은 무서운 일이다!

나는 여권을 만들기 위한 일을 시작했다. 한 달은 걸릴 거라고 생각했다. 나는 그사이에 비르스키를 찾았다. 뚝딱! 그는 4일 만에 나에게 여권을 가져다주었다. 놀라운 일이다…….

그건 상관없는 일이었다. 나는 적어도 몇 주 동안은 외국에 가 있어야 한다. 여행을 준비하는 데 시간이 꽤 걸릴 것 같았다. 그런데 그게 아니다! 비르스키가 다시 개입했다. 하루는 그가 여행 가방을 사 오더니 다음 날 와서 짐을 다 챙기고는 이렇게 말했다.

"이제 떠나게!"

나는 화가 났다. 왜 모두들 내가 없어지기를 바라는 거야……. 가방이 나의 신경을 자극했기 때문에 나는 분풀이로 쌌던 가방을 다시 풀고 양탄자로 가려 놓으라고 지시했다. 어쨌든 나는 어디론가 떠나고 싶었다…… 몹시 떠나고 싶었다…….

그러나 나는 먼저 원기를 회복해야 했다. 여전히 입맛이 없고, 몸이 마르고, 하루 종일 졸리면서도 잠을 못 잤다. 가슴도 두근거리고……. 에! 모든 것이 곧 지나가겠지…….

\* \* \*

클레인도 생활이 느슨해지기 시작했다. 그는 가게에도 늦게 나오고, 책을 가지고 다니고, 누구와 같이 가는지는 모르지만 어느 모임에도 나갔다. 그러나 가장 안 좋은 일은 보쿨스키가 준 돈 중에서 천 루블을 가지고 나가 하루 만에 다 써 버린 것이었다. 어디에 썼을까……?

이런 모든 일에도 불구하고 그는 좋은 사람이다! 그가 정직한 사람이라는 것을 가장 잘 보여 주는 사실은 심지어 크세소프스카 남작 부인도 그가 오래전부터 살고 있는 3층 그의 집에서 그를 내쫓지 않고 있다는 것이다. 그는 항상 조용하고 남에게 피해를 주지 않았다.

그가 그런 쓸데없는 모임에서 빠져나올 수 있다면 좋을 텐데. 그는 유대인들에게 못된 짓을 하지는 않을 것이다. 그런데 그에게 무슨 일이 없을지 걱정이다…….

신이시여, 그를 깨우쳐 주시고 보호해 주소서.

\* \* \*

클레인이 나에게 재미있고 교훈적인 이야기를 들려주었다. 나는 눈물이 날 정도로 웃었다. 바로 이어서 아주 작은 일에서도 신이 보여 주는 정의의 증거가 나타났다.

"신을 믿지 않는 자의 승리는 짧다." 내 생각에 성경에서 말하고 있거나, 교회 신부가 말한 것 같다. 누가 말했건 이 문장이 남작 부인과 마루세비츠에게서 확인된 것은 틀림없다.

남작 부인은 말레스키와 파트키에비츠가 이사 간 후에 그들이 살던 3층 방을 설령 비워 두는 한이 있더라도 대학생들에게는 절대로 세주지 말라고 경비에게 말했다. 실제로 그 방은 몇 개월째 비어 있었고, 남작 부인은 그런대로 만족했다.

그사이 남작인 남편이 부인에게 돌아왔고, 자연스레 그가 건물을 관리하게 되었다. 남작은 계속해서 돈이 필요했다. 비어 있는 방과 남작 부인의 금지 조치가 그의 신경을 자극하고 있었다.

그것 때문에 그가 1년에 120루블을 손해 보기 때문이다.

무엇보다도 마루세비츠가(그는 남작과 이미 화해한 상태였다!) 남작 부인의 금기 사항에 반기를 들고 나왔다. 그는 여전히 남작에게서 돈을 빌려 가고 있었다.

"남작님께서는 무엇 때문에……." 그가 자주 말했다. "세 들어올 사람이 대학생인지 확인하세요? 그것이 무슨 문제입니까? 교복 안 입었으면 대학생이 아닌 거지요. 미리 한 달 월세를 지불하라 하고, 돈을 받고 방을 내주면 일은 끝난 거지요!"

남작은 그의 조언을 명심하고 경비에게 방을 보러 오는 사람이 있으면 묻지 말고 바로 올려 보내라고 지시했다. 경비는 자연스럽게 이 내용을 자기 아내에게 이야기했고, 그의 아내는 클레인에게 말했다. 클레인은 이 소식을 자기 마음에 드는 이웃들을 사귀는 기회로 삼았다.

이런 조치가 내려진 지 며칠이 안 되어 깔끔하지만 얼굴이 이상하게 생긴 젊은이가 남작 앞에 나타났다. 그의 차림새는 그의 얼굴보다 더 기이했다. 그가 입고 있는 바지는 조끼와 어울리지 않았고, 조끼는 양복과 맞지 않았다. 넥타이는 어느 것과도 조화를 이루지 못했다.

"남작님 건물에 월 10루블에 미혼 청년에게 세놓을 방이 있다고 들었습니다." 한껏 멋을 부린 젊은이가 말했다.

"그렇습니다." 남작이 말했다. "그 방을 한번 보시겠습니까?"

"오, 그럴 필요는 없습니다. 남작님께서 안 좋은 방을 세놓으실 리 없다고 확신합니다. 계약금을 드려도 되겠습니까?"

"그렇게 하십시오." 남작이 대답했다. "선생이 내 말을 신뢰하기 때문에 나도 선생에게 자세한 정보를 요구하지 않겠습니다."

"오, 남작님이 원하신다면……."

"교육을 잘 받은 사람들끼리는 상호 간의 신뢰로 충분합니다."
남작이 대답했다. "그래서 나와 내 아내가, 특히 내 아내가 당신들에게 실망하는 일이 없기를 바랍니다."

젊은이가 남작의 손을 따뜻하게 힘주어 잡았다.

"약속합니다." 젊은이가 말했다. "남작님 부인을 불쾌하게 하는 일은 절대로 없을 것입니다. 부인께서 부당한 선입견을 가지고 계실지도 모르지만……."

"됐습니다! 됐어요!" 남작이 그의 말을 막았다. 남작이 계약금을 받고 영수증을 써 주었다.

젊은이가 나가자 남작이 마루세비츠를 오라고 했다.

"내가 잘못하지 않았는지 모르겠네……." 침울한 표정으로 남작이 말했다. "세 들어올 사람은 찾았는데, 외모로 보아 집사람이 쫓아낸 청년들 중 한 사람이 아닌지 걱정이네."

"상관없습니다." 마루세비츠가 대답했다. "미리 돈까지 지불하지 않았습니까."

다음 날 오전에 청년 세 사람이 이사 왔다. 그들은 아주 조용히 들어왔기 때문에 아무도 그들을 보지 못했다. 저녁에 그들이 클레인과 모임을 갖는다는 사실을 눈치챈 사람도 없었다. 며칠 후 마루세비츠가 화를 내며 남작에게 와서 큰 소리로 말했다.

"남작, 맞아요, 남작 부인이 쫓아낸 그 불한당들이 다시 들어온 거예요. 말레스키, 파트키에비츠……."

"상관없어." 남작이 대답했다. "내 집사람을 괴롭히는 일은 없을 거야. 그리고 월세만 잘 내면……."

"하지만 그들이 나를 괴롭히고 있어요." 마루세비츠가 큰 소리로 말했다. "내가 창문을 열면 그중 한 명이 콩알 총으로 완두콩을 나에게 쏴요. 아주 기분 나쁜 일이지요. 우리 집에 몇 분 손님이 오거나 혹은 여성분이(이 대목에서 그의 목소리가 작아졌다) 찾아오면 창문에 부딪히는 완두콩 소리 때문에 앉아 있을 수가 없을 정도입니다. 나를 이만저만 방해하는 것이 아닙니다…… 나의 위신을 떨어뜨리는 일입니다. 경찰에 가서 고소해야겠어요!"

남작이 청년들에게 마루세비츠 방으로 콩을 쏘지 말라고 하자 그들은 콩알 총 쏘는 일을 중단했다. 그 대신 마루세비츠에게 여자가 찾아오면 — 그런 일이 자주 있었는데 — 그중 한 사람이 창밖으로 머리를 내밀고 큰 소리로 말했다.

"경비! 경비! 마루세비츠 씨 집에 어떤 여자가 왔는지 모르세요?"

물론 경비는 어떤 여자가 오는지 모른다. 하지만 그렇게 큰 소리로 물어 대니 건물에 있는 모든 사람이 그 일을 알게 되었다.

마루세비츠는 그들에게 분노하고 있었다. 게다가 그의 불평에 대한 남작의 반응에 더 화가 났다.

"자네가 나에게 말했잖아, 방을 비워 두지 말라고……"

남작 부인은 자존심이 상했다. 한편으론 남편이 두려웠고, 다른 편으로는 대학생들이 두려웠다.

그런 식으로 남작 부인은 자신의 심술과 앙갚음에 대해, 마루세비츠는 자신의 심술궂은 계략에 대해 벌을 받았다. 정직한 클레인은 자신이 바라던, 어울릴 수 있는 사람들을 얻게 되었다.

오, 이것이 이 세상에서 볼 수 있는 정의 아니겠는가……!

\* \* \*

마루세비츠는 정말 수치를 모른다.

오늘 그는 클레인을 비방하기 위해 슐랑바움을 찾았다.

"사장님." 그가 말했다. "사장님 점원 중 한 사람이 크세소프스카 남작 부인의 건물에 살고 있는데, 그 사람이 나를 아주 곤란하게 합니다…….."

"그가 어떤 식으로 당신을 곤란하게 하지요?" 슐랑바움이 눈을 크게 뜨면서 물었다.

"그는 대학생들 방에 자주 갑니다. 그 학생들 창문이 마당으로 나 있는데, 그들이 내 창문을 들여다보고 내 방으로 콩알 총으로 완두콩을 쏘아 댑니다. 우리 집에 손님이 몇 사람 모이면 우리 집에서 사기 카드놀이가 벌어지고 있다며 외쳐 댑니다!"

"클레인 씨는 7월부터 우리 가게에서 일하지 않을 겁니다." 슐랑바움이 말했다. "그러니 제츠키 씨와 상의해 보세요. 그 두 사람은 오래전부터 아는 사이입니다."

마루세비츠가 나에게 와서 대학생들에 대한 불만을 털어놓았다. 대학생들이 자기를 사기 카드놀이꾼이라 부르고, 자기를 방문하는 여성들을 난처하게 한다는 이야기를 했다.

'좋은 여성들이겠지!' 나는 속으로 그렇게 생각했지만, 큰 소리로 말했다.

"클레인 씨는 하루 종일 가게에 있기 때문에 자기 이웃들에 대해서 책임질 일이 없을 거요."

"그렇습니다. 하지만 클레인 씨는 그들과 어떤 음모를 꾸미고 있고, 그들을 설득해서 그들이 전에 살던 곳으로 다시 들어오도록 했습니다. 그는 그들에게 자주 가고, 또 자기 집으로 그들을 불러들이고 있습니다."

"젊은 사람은……." 나는 그의 말에 동조하지 않았다. "젊은 사람들과 어울리는 걸 더 좋아하지요."

"그러나 그런 이유로 내가 고통을 당하고 싶진 않습니다! 그들더러 조용히 하라고 하세요……. 나는 그들 모두를 고소할 생각입니다."

이상한 요구다. 클레인더러 대학생들을 조용히 하게 하라니, 그들이 마루세비츠에게 호감을 가질 수도 있겠다! 아무튼 나는 클레인에게 조심하는 게 좋겠다고 말한 뒤, 보쿨스키의 점원인 그가 대학생들의 소란 때문에 재판을 받게 되는 것은 지극히 유감스러운 일이라고 덧붙였다.

클레인이 다 듣고 나더니 어깨를 으쓱했다.

"나와 무슨 상관이에요!" 클레인이 반박했다. "내가 그런 불량배를 목매달아 죽일 수 있어요. 하지만 나는 그의 창문에 콩을 던지지도 않았고, 그를 사기 카드놀이꾼이라고 부르지도 않았어요. 그가 사기 카드놀이를 하든 나와 무슨 상관이 있어요……?"

그의 말이 맞다! 그래서 나는 더 이상 한마디도 하지 않았다.

나는 떠나야 한다…… 떠나야 해……! 클레인이 바보 같은 일에 빠져들지 않았으면 좋겠다. 얼마나 유치한 일인지, 걱정이다. 그들은 세상을 개조하고 싶어 하면서, 그런 쓸데없는 장난이나 하고 있으니.

\* \* \*

내가 큰 실수를 한 것일까, 아니면 전날의 이상한 사건 속에 있는 것 아닌가.

5월 어느 날 보쿨스키는 웽츠키 부녀와 함께 크라쿠프에 갔다. 그는 나에게 분명히 말했다. 언제 돌아올지 모르겠다고. 한 달 후가 될 수도 있고.

그런데 그는 한 달 후가 아니라 다음 날 돌아왔다. 그의 모습이 너무 비참해서 저절로 동정심이 우러나왔다. 하루 새에 이 사람에게 어떤 지독한 일이 생겼단 말인가!

무슨 일이 있었는지, 왜 돌아왔는지, 내가 물었을 때, 처음에는 그가 망설이더니, 나중에는 수진에게 전보를 받고 모스크바에 간다고 말했다. 그러나 하루 지나서 생각하더니 모스크바에 가지 않는다고 말했다.

"그것이 사업상 중요한 일이면⋯⋯?" 내가 물었다.

"사업 같은 것 관심 없어!" 그가 중얼거리고 손을 내저었다.

지금 그는 며칠째 집 밖에 나오지 않고 침대에 누워 있었다. 그에게 가 보았지만, 그는 신경이 아주 날카로운 상태였다. 하인에게 들었는데, 아무도 들여보내지 말라는 지시를 받았다고 한다.

나는 슈만을 그에게 보냈지만 스타흐는 슈만과 이야기하고 싶어 하지 않았다. 그가 슈만에게 의사를 부를 필요 없다는 말만 했다는 것이다. 그러나 슈만은 그것으로 만족하지 않았다. 그에게 호기심이 발동했다. 그래서 직접 내막을 알아보기 시작했다. 그리고 이상한 일이 있었다는 것을 알게 되었다.

슈만이 알아본 바에 의하면, 보쿨스키는 밤 12시경에 기차가 스키에르니에비체 역에 멈추었을 때 전보가 온 것처럼 하고 기차에서 내렸으며, 역에서 사라졌다가 아침에 옷에 흙이 묻은 상태로 마치 술에 취한 사람처럼 돌아왔다. 역에서 그를 본 사람들은 그가 정말 술에 취해서 들판에서 잤다고 생각했다.

하지만 그런 설명은 슈만도 나도 만족시키지 못했다. 슈만의 주장은 스타흐가 웽츠카 양과 절교하고 어떤 바보 같은 짓을 저지르려 했다는 것이다⋯⋯. 그러나 나는 그가 실제로 전보를 받았을 거라고 생각했다.

어쨌든 나는 떠나야 한다, 건강을 위해서. 나에게 불구가 있는 것도 아니고, 일시적인 무기력감 때문에 미래를 포기할 수는 없다.

지금 므라체프스키가 우리 집에서 산다. 이 친구는 베르나르디니 수도원장처럼 보였다. 강한 인상에, 얼굴은 탔고, 살도 쪘다. 지난 몇 달 동안 그는 세계 여러 곳을 돌아다녔다.

그는 파리에 있다가 나중에 리옹으로 갔다. 리옹에서 쳉스토호바 근교에서 살고 있는 스타프스카 부인에게 가서 부인과 같이 바르샤바로 왔다. 나중에 부인을 쳉스토호바로 데려다주고 그곳에 일주일 머물렀다. 아마 부인이 가게를 여는 것을 도와주었던 것 같다. 그 후 그는 모스크바에 갔다가 거기서 다시 쳉스토호바의 스타프스카 부인에게 가서 며칠 있다가 지금은 우리 집에 있다.

므라체프스키는 수진이 보쿨스키에게 전보를 보내지 않았다고 말했다. 그러면서 그는 보쿨스키가 이자벨라와 완전히 헤어졌다고 확신했다. 그가 스타프스카 부인에게 뭔가를 이야기한 것이 틀림없다. 왜냐하면 그 천사가, 여자가 아니다, 몇 주 전 바르샤바에 있을 때 몸소 나를 찾아와 스타흐에 대해 깊은 관심을 가지고 여러 가지를 물었기 때문이다.

"그분은 건강하세요? 많이 변하셨어요, 슬퍼하고 계세요? 그 절망에서 벗어나지 못할까요……?"

어떤 절망에서……? 만일 웽츠카 양과의 관계가 완전히 끝났다면 다행히 여자가 없는 것도 아니고, 스타흐가 원하면 스타프스카 부인과 결혼할 수도 있다.

황금 같고, 다이아몬드 같은 부인이 그를 얼마나 사랑했던가. 지금은 사랑하지 않는지 누가 알겠나……. 스타흐가 스타프스카 부인에게 돌아온다면 나는 정말 기쁘겠다. 그토록 아름답고, 그토록 고결하고, 헌신적인 마음……. 세상에 질서라는 것이 있다면(이에 대해서는 자주 회의적이지만), 보쿨스키는 스타프스카 부인과 결혼해야 한다.

그는 서둘러야 한다. 내가 잘못 생각하는 게 아니라면, 므라체프스키가 그녀에 대해 생각하기 시작했다.

"저, 할 말이 있는데요……." 그가 가끔 손을 비틀면서 나에게 말했다. "정말 좋은 여자입니다, 정말 좋은 여자예요……. 불행한 남편만 아니라면 제가 부인에게 청혼했을 겁니다."

"부인이 받아 줄까?" 내가 물었다.

"그야 모르지요." 그가 한숨을 쉬었다.

그가 의자에 털썩 주저앉았다. 의자가 삐걱거렸다. 그가 말했다. "그녀가 바르샤바에서 이사 온 후 처음 보았을 때, 나는 전율을 느꼈어요. 그 정도로 마음에 들었습니다……."

"전에도 그녀는 자네에게 인상적이었잖아."

"하지만 그 정도는 아니었지요. 파리에서 쳉스토호바로 온 이후에 저는 꿈속에서 사는 것 같아요. 그녀는 창백하고, 슬픈 눈에……. 그래서 나에게 기회가 올 수도 있겠다고 생각했어요, 계속해서 가깝게 지내다 보면. 그런데 그녀는 첫마디에 거절했어요. 내가 그녀 앞에 무릎을 꿇고 사랑한다고 고백했을 때…… 그녀가 울음을 터뜨렸어요! 아, 이그나치 씨, 그 눈물……. 나는 그녀에게 완전히 정신을 잃었어요. 만일 악마가 그녀의 남편을 데려가거나, 내가 이혼하는 데 필요한 돈을 가지고 있다면…… 이그나치 씨! 그런 여자와 일주일만 살다 죽어도 좋겠어요…… 그렇습니다. 내가 얼마나 그녀를 사랑하는지 오늘 새삼스럽게 느낍니다."

"만일 그 부인이 다른 남자를 사랑하고 있다면?" 내가 물었다.

"누구를……? 혹시 보쿨스키를……? 하! 하! 그런 퉁명스러운 사람을 누가 사랑하겠어요? 여자에게는 감정, 열정의 표현과 사랑한다고 말하는 것이 필요하지요. 그리고 가능하면 손을 꼭 잡아주는 것도…… 그런데 그 목석같은 사람이 그런 일을 할 수 있겠어요……? 그가 이자벨라 양을 대하는 태도를 보면 마치 포인터가 오리 대하듯 했어요. 그는 자기가 대귀족과 관계를 맺게 되고, 이자벨라 양이 지참금도 가지고 있다고 생각했겠지요. 그러나 현실을 알게 되자 스키에르니에비체에서 도망친 겁니다. 오, 여자들과는 그런 식으로는 되지 않아요……."

고백하자면, 므라체프스키의 열정이 내게는 조금도 마음에 들지 않았다. 그가 부인의 발밑에 무릎을 꿇고 애걸하고, 울기 시작했던 것처럼 결국에는 스타프스카 부인에게서 머리를 돌릴 것이다. 보쿨스키는 그걸 안타까워하겠지, 장교로서 나의 명예를 걸고 말하지만, 스타프스카 부인이 그에게 유일한 여자였다.

그러나 두고 볼 일이고, 나는 우선 떠나야겠다…… 떠나 보자고……!

＊　　＊　　＊

브르르……! 나는 드디어 떠났다……. 나는 크라쿠프로 가는 표를 샀다. 바르샤바-빈 역에서 나는 기차에 올라 객실에 앉았다. 세 번째 종이 울리자 나는 기차에서 뛰어내렸다.

나는 잠시라도 바르샤바와 가게로부터 떨어져서는 살 수 없다…… 이것들 없이는 나는 살 수 없을 것이다.

내 짐은 다음 날에야 찾을 수 있었다. 짐이 피오트르쿠프까지 갔기 때문이다.

나의 모든 계획이 이런 식으로 이루어진다면, 축하할 일이다…….

# 제15장 무기력 상태의 정신

자기 방에서 앉아 있다가 누워 있다가 하면서 보쿨스키는 기계적으로 스키에르니에비체에서 바르샤바로 어떻게 돌아왔는지 회상했다.

아침 5시경 그는 역에서 일등석 표를 샀다. 하지만 그가 일등석 표를 달라고 했는지 혹은 말하지 않았는데도 주었는지는 확실하지 않다. 그는 이등칸에 탔는데 그곳에서 공작을 만났다. 공작은 여행하는 동안 내내 창밖만 쳐다보았다. 또 거기에는 머리가 붉은 갈색의 독일인이 더러운 양말을 신은 발을 맞은편 의자에 올려놓고 죽은 사람처럼 자고 있었다. 그의 맞은편에는 늙은 부인이 앉아 있었는데 심한 치통 때문에 더러운 양말을 신은 이웃의 행동에 신경을 쓸 여유가 없었다.

보쿨스키는 자기가 타고 있는 칸에 몇 사람이 있는지 세어 보고 싶었다. 힘들게 겨우 알아낸 것은 세 사람이고 자기까지 합하면 넷이라는 사실이었다. 나중에 그는 왜 세 사람에 한 사람을 더하면 넷이 되는지 생각하기 시작했다. 그러다 잠이 들었다.

바르샤바에서 그는 예로졸림스키 거리에서 비로소 정신이 들었다. 그는 이미 마차를 타고 가고 있었다. 누가 그의 짐을 꺼내 주었는지, 어떻게 마차를 타게 되었는지 전혀 기억나지 않았다. 그리고 그것은 그에게 조금도 중요한 일이 아니었다.

아침 8시였는데도 문 앞에서 30분 정도 초인종을 울리고 나서야 방에 들어올 수 있었다. 잠에서 덜 깬 하인이 옷도 벗은 채 주인의 갑작스러운 귀가에 놀란 표정으로 문을 열어 주었다. 침실에 들어온 보쿨스키는 충실한 하인이 자기 침대에서 자고 있었다는 것을 알았다. 그러나 그는 하인을 나무라지 않고, 차를 끓이라고 지시했다.

잠은 깼지만 당황한 하인이 재빨리 침대 커버를 새로 바꾸고, 베갯잇도 새것으로 갈았다. 새로 깔끔하게 정리된 침대를 보고 보쿨스키는 차도 마시지 않고 그냥 잠이 들었다.

그는 오후 5시까지 잠을 잤다. 나중에 그는 일어나서 씻고 외출할 것처럼 옷을 입었다. 그러나 의지와는 상관없이 응접실에 있는 소파에 앉더니 그대로 저녁때까지 졸았다. 길에 가로등이 켜지자 그도 방에 불을 켜라고 한 뒤, 음식점에 가서 비프스테이크를 가져오라고 지시했다. 그는 그것을 맛있게 먹고, 와인을 마시고, 밤 12시쯤 다시 잠자러 갔다.

다음 날 제츠키가 그를 찾아왔다. 그러나 제츠키가 얼마나 오래 있었는지, 무슨 이야기를 했는지 그는 기억하지 못했다. 다음 날 밤에 잠시 잠에서 깨었을 때, 제츠키의 얼굴이 몹시 걱정스러운 표정이었던 것 같은 생각이 들었다.

나중에 그는 시간 개념을 완전히 상실했다. 밤과 낮의 차이도 알 수 없었고, 시간이 너무 빨리 가는지 너무 늦게 가는지도 느끼지 못했다. 그는 자기를 위해 존재하지 않는 듯한 시간에 대해서 전혀 신경을 쓰지 않았다. 그는 자기 마음과 자기 주위가 텅 비어 있는 것을 느꼈다. 그리고 자기 집이 갑자기 더 커진 것이 아닌가

하는 생각마저 들었다.

한번은 자기가 높은 영구대 위에 놓인 관 속에 들어 있는 것 같은 환영을 보았다. 그 후부터 죽음을 생각하기 시작했다. 그에게 심장 마비로 죽을 것 같은 생각이 들었다. 하지만 그것이 그를 놀라게 하지도, 기쁘게 하지도 않았다. 자주 오랫동안 소파에 앉아 있다 보니 다리에 통증이 왔다. 그때 그는 죽음이 다가오고 있다고 생각했다. 그는 이 통증이 신속히 심장으로 이동할 것이라고 마치 남의 일처럼 무관심하게 추측했다. 그런 관찰이 순간적으로 그를 편안하게 했다. 그러나 그것도 무기력 상태 속에 녹아들었다.

그는 하인에게 아무도 들여보내지 말라고 지시했다. 그럼에도 불구하고 슈만 박사가 몇 차례 그를 방문했다.

첫 방문 때 의사는 그의 맥을 짚어 보고, 그에게 혀를 내밀어 보라고 했다.

"영어로 해도 돼요……?" 보쿨스키가 물었다. 그러나 그는 곧 정신을 차리고 손을 빼냈다. 슈만이 재빨리 그의 눈을 보았다.

"자네는 건강하지 않아." 슈만이 말했다. "어디가 아픈가?"

"아픈 데 없어. 자네, 다시 진료 시작한 거야?"

"그럴 생각이야!" 슈만이 큰 소리로 말했다. "먼저 나 자신부터 치료했어. 몽상병을 고쳤어."

"아주 잘했네." 보쿨스키가 말했다. "제츠키가 자네의 치료에 대해서 이야기하더군."

"제츠키는 바보야…… 늙은 낭만주의자……. 이미 사멸하고 있는 인종이야! 살고 싶은 사람은 세상을 냉정하게 봐야 해. 이제 내 말 잘 들게. 눈을 감고 내가 왼쪽…… 오른쪽…… 오른쪽……이라고 말하면 발을 발 위에 겹쳐서 올려놓게."

"이보게, 자네 뭐하는 거야……?" 보쿨스키가 물었다.

"자네를 진찰하는 거야."

"오! 진찰하고 싶은 거야?"

"그러길 바라네."

"그 후에는?'

"자네를 치료할 거야."

"몽상병을?"

"아니, 신경 쇠약을."

보쿨스키가 웃었다. 한참 후에 그가 말했다.

"자네, 사람에게서 뇌를 꺼내고 그 자리에 다른 뇌를 넣을 수 있 겠나?"

"당분간은 불가능해……."

"그러면 치료할 생각 말게."

"자네에게 다른 열망을 집어넣을 수는 있지."

"이미 가지고 있네. 나는 땅속으로 잠기고 싶네. 그것도 아주 깊 이…… 자스와프 성의 우물처럼……. 나를 성터의 돌덩어리들로 덮기 바라네. 나뿐만 아니라 내 재산 그리고 내가 존재했던 모든 흔적까지. 이것이 내 열망이고, 이전의 모든 것들의 결과이네."

"낭만주의……!" 슈만이 그의 어깨를 두드리며 큰 소리로 말했 다. "그러나 그것도 지나갈 걸세."

보쿨스키는 입을 다물었다. 그는 자기가 마지막으로 한 말에 대 해 짜증이 났다. 그는 놀랐다. 갑자기 그런 개방적인 태도가 어디 에서 왔을까? 바보 같은 개방성! 그의 열망이 다른 사람에게 무 슨 상관이야! 무엇 때문에 그런 말을 했나? 무엇 때문에 수치심이 없는 거지처럼 자기의 상처를 내보였나?

의사가 가고 나서 그는 자기 내부에 어떤 변화가 있었다는 것 을 느꼈다. 지금까지의 극단적인 무기력 상태의 이면에서 어떤 느낌이 나타났다. 그것은 무어라고 말할 수 없는 고통이었다. 처음에는 아주 작았는데 아주 빠르게 커져서 중간 정도의 고통이 되었다. 처음에는 바늘로 가볍게 찔렸을 때 느끼는 고통과 비교할 수 있었는데, 나중에는 개암나무 열매보다 크지 않은 심장 폐색에 가까웠다. 그에게 포이흐테르스레벤*의 말이 생각났을 때 무기력 상태가 후회스러웠다.

"나는 나의 고통 속에서 즐긴다. 나는 나에게서 수확이 많은 싸움을 보는 것 같다. 그 싸움이 무한한 힘들이 계속해서 싸우고 있는 이 세상의 모든 것을 창조했고, 창조하고 있다."

"그런데 그게 뭐지?" 그의 정신 속에서 무기력의 자리에 심한 고통이 자리 잡는 것을 느끼면서 그는 자신에게 물었다. 곧 그는 대답했다.

"아하, 의식의 깨어남이구나……."

지금까지 안개로 덮인 것 같은 그의 생각 속에서 그림이 형태를 보이기 시작했다. 보쿨스키는 흥미롭게 그 그림을 바라보았다. 그 것이 남자의 품에 안긴 여자의 모습이라는 것을 그는 알았다……. 그 그림은 처음에는 인광의 약한 빛을 띠고 있었다. 나중에는 장밋빛이 되었다가…… 금빛으로 변했다가…… 옅은 초록색으로…… 하늘색으로…… 드디어 우단처럼 완전히 검은색이 되었다. 나중에는 그림이 얼마 동안 사라졌다가, 다시 처음부터 순서대로 인광에서 시작해 마지막 검은색까지 모든 색깔을 띠었다.

동시에 고통도 커졌다.

'나는 고통을 느낀다, 고로 나는 존재한다……!' 보쿨스키는 웃으면서 생각했다.

색이 변하는 그 그림을 보는 동안 며칠이 지났다. 그가 느끼는 고통의 크기도 변했다. 고통은 때로 완전히 없어졌다가 원자만 한 크기로 나타나서 성장하여 심장을 가득 채우고 모든 존재를, 온 세상을 채우고…… 모든 크기를 초월하는 순간 완벽한 평온과 놀라움에 자리를 넘겨주고 다시 사라졌다.

정신 속에서 뭔가 새로운 것이 서서히 태어나기 시작했다. 그것은 그런 고통들도, 그런 그림들도 없는 열망이었다. 그것은 밤에 타오르는 불꽃 같은 것이었다. 어떤 희미한 용기가 보쿨스키에게서 빛났다.

'내가 생각할 수 있을까?' 그는 스스로에게 물었다.

그것을 확인하기 위해 그는 구구단을 생각했다. 그리고 두 자리 숫자에 한 자리 숫자를 곱해 보고, 두 자리 숫자에 두 자리 숫자를 곱해 보았다. 그는 자신을 믿지 못해서 결과를 써 보았다. 그리고 확인했다……. 종이에 쓴 답과 암산한 결과가 일치했다. 보쿨스키는 안도의 한숨을 내쉬었다.

"아직 이성을 상실하지 않았군!" 그는 기뻤다.

그는 자기 집과, 바르샤바와 파리 거리들의 구조와 배열을 상상하기 시작했다. 힘이 솟았다. 그는 정확히 기억하고 있을 뿐만 아니라 그런 연습이 마음을 편하게 해 주는 것을 느꼈다. 그가 파리를 더 많이 생각할수록 그곳의 마차와 사람들의 움직임, 건물들, 시장들, 박물관들이 더욱 생생하게 떠올랐고, 남자의 품에 안겨 있는 여자의 모습이 더 강력하게 지워졌다…….

그는 이제 방 안을 걸어 다니기 시작했고, 우연히 화보들을 보게 되었다. 그것들은 드레스덴과 뮌헨 화랑의 그림들을 복사한 것이었고, 도레*가 그린 돈키호테 상과 호가스*의 판화들이었다.

단두대 형을 선고받은 사람들이 시간을 보내는 가장 좋은 방법이 화집을 보는 것이라는 사실을 그는 기억했다. 그는 며칠 동안 내내 화집만 보았다. 한 권을 다 보고 나면 두 번째, 세 번째 책을…… 그리고 다시 첫 번째 책으로 돌아갔다.

그가 자주 본 것은 그에게 가장 강력한 인상을 준 돈키호테였다.

10여 년 동안 시적인 세계에서 살았던 사람의 기괴한 이야기를 그는 회상했다. 그도 돈키호테처럼 살았다. 돈키호테는 풍차를 향해 돌진했다가 내동댕이쳐졌다. 그도 그랬다. 돈키호테는 이상적인 여성상을 찾느라 인생을 허송했는데, 그도 그랬다. 결국 돈키호테가 발견한 것은 공주가 아니라 소 먹이는 지저분한 여자였다. 그도 역시 그랬다……!

'그러나 돈키호테는 나보다 더 행복했다! 그는 죽음에 이르러서야 비로소 환상에서 깨어나지 않았는가. 그런데 나는……?'

그림들을 오래 바라볼수록 그림들과 더 익숙해지면서, 그의 주의는 덜 흡수되었다. 돈키호테, 산초 판사, 도레의 풍차들, 호가스의 「닭싸움」과 「주정뱅이의 거리」 뒤편에 점점 자주 열차 객실 내부가 나타났다. 흔들리는 창문에 스타르스키와 이자벨라의 모습이 희미하게 나타났다…….

그는 화집을 내던지고 어린 시절부터 혹은 호퍼네 지하실에서 일할 때부터 알게 된 책들을 읽기 시작했다. 『성 게노베파의 일생』, 『탄넨부르크의 장미』,* 『리날디니』,* 『로빈슨 크루소』 그리고 『천일 야화』는 깊은 감동과 함께 기억도 생생하게 했다. 현실의 시간은 존재하지 않고, 그의 상처 받은 영혼이 지상에서 빠져나와 어떤 마술의 세계를 헤매고 있는 듯한 생각이 들었다. 그곳에는 고귀한 사람들만 살고 있고, 천박함을 위선의 가면으로 꾸미고 있지 않으며, 고통을 잠재우고 부당함을 보상하는 영원한 정의가 지배하고 있다…….

그는 여기서 이상한 사실을 발견하고 놀랐다. 폴란드 문학에서는 환상을 얻을 수 있었으나 그것은 결국 영혼의 분해로 끝나는

데, 위로와 평온은 외국 문학에서만 찾을 수 있었다.

'우리는 정말 몽상적인 민족인가.' 그는 걱정했다. '수많은 병자들이 모여 있는 베데스다의 연못을 움직이게 할 천사는 결코 내려오지 않을까……?'

어느 날 우체국에서 두툼한 소포가 배달되었다.

"파리에서……?" 그가 말했다. "그래, 파리에서 왔군. 이게 뭐지……?"

하지만 그의 호기심은 그렇게 강력하지 못해서 봉투를 뜯고 편지를 읽게 하지는 못했다.

"이렇게 두꺼운 편지라니! 세상에, 요즘 누가 이렇게 긴 편지를 쓰나?"

그는 책상 위에 소포를 던져 놓고, 계속해서 『천일 야화』를 읽었다.

고급 돌로 만들어진 궁궐, 열매가 모두 귀금속인 나무는 지친 영혼에 얼마나 큰 환희인가……! 비밀 주문에 벽이 열리고, 마술 램프의 도움으로 적과 싸우고, 눈 깜짝할 사이에 수백 마일을 이동하고…… 그 강력한 마술사들……! 이 얼마나 유감스러운 일인가, 그런 막강한 권력이 사악하고 비열한 사람들 손에 있다니……!

그는 책을 내려놓고 스스로에 대해 웃으면서 자신이 두 가지 사소한 마술을 부리는 마술사라고 상상했다. 하나는 자연의 힘을 통제할 수 있는 마술이고, 다른 하나는 눈에 보이지 않게 변할 수 있는 능력이었다…….

"내가 몇 년만 지배하면 세상은 바뀔 거라고 생각한다…… 가장 못된 사악한 인간이 소크라테스도 되고 플라톤도 될 것이다."

그는 그때 파리에서 온 편지를 보았다. 그리고 가이스트와 그가 한 말을 생각했다.

"인류는 파충류와 호랑이들로 구성되어 있다. 그중에 겨우 하나만 인간이다……. 오늘날의 불행은 위대한 발명이 아무런 구별 없이 인간과 괴물들의 손에 들어가고 있다는 데서 유래한다……. 나는 그런 오류를 범하지 않을 것이다. 내가 공기보다 더 가벼운 금속을 발명하게 되면 나는 그것을 오로지 참되고 바른 인간에게만 줄 것이다. 그들이 자기들만 쓸 수 있는 무기를 만들어서, 그들의 종자가 번성하여, 그들의 권력이 증대하게 될 것이다……."

"그렇게 되면 틀림없이 좋아질 것이다." 그는 중얼거렸다. "오호츠키나 제츠키 같은 사람들이 힘을 가지게 될 것이다. 스타르스키나 마루세비츠 같은 자들이 아니라……."

'그것이 목표다!' 그는 계속 생각했다. '내가 젊다면…… 비록…… 여기에도 인간들이 있다. 여기에도 할 일이 적지 않다…….'

그는 다시 『천일 야화』를 읽기 시작했다. 그러나 독서에 정신을 집중할 수 없었다. 전에 느끼던 고통이 심장을 건드리기 시작했다. 그의 눈앞에 이자벨라와 스타르스키의 윤곽이 점점 선명하게 나타났다.

그는 나무 샌들을 신고 있는 가이스트를 떠올렸다. 나중에는 담으로 둘러싸인 그의 목조 집도 생각났다……. 갑자기 환영이 나타났다. 그 집이 거대한 계단의 첫 단계로 보였다. 그 계단 맨 위에 있는 입상(立像)이 구름 속으로 사라지고 있었다. 그 입상은 여자인데 머리와 가슴은 보이지 않고 옷의 강철 주름만 보였다. 입상 다리에 닿아 있는 계단에 '변함없이 순수한'이라고 검은 글씨가 쓰여 있었다. 그것이 무슨 말인지 알 수 없었지만, 그 입상의 발에서 그의 가슴으로 평온으로 충만한 어떤 거대한 것이 흘러 들어오는 것을 느꼈다. 그런 느낌을 경험할 수 있는 그는 이자벨라를 사랑하거나 미워할 수 있고, 스타르스키를 질투할 수 있다는 것이 놀라웠다……!

방에는 아무도 없었지만 수치심으로 그의 얼굴이 붉어졌다.

환영은 사라지고, 보쿨스키는 정신을 차렸다. 그는 다시 아프고 허약한 사람이었다. 그러나 그의 정신 속에서는 봄과 부활을 알리는 천둥소리를 동반한 4월 폭풍의 반향 같은 강력한 소리가 울리고 있었다.

6월 1일에 슐랑바움이 그를 방문했다. 걱정스러운 얼굴로 들어온 그가 보쿨스키를 보더니 용기를 얻었다.

"지금까지 자네를 찾지 않았네." 그가 말을 꺼냈다. "자네 건강이 좋지 않고, 자네가 아무도 만나고 싶어 하지 않는다는 걸 알고 있었기 때문이네. 그러나 다행히 이제 모든 것이 지나갔으니……."

그가 의자 쪽으로 몸을 돌리더니 눈을 아래로 향하고 방을 둘러보았다. 그는 방이 어지럽혀 있기를 기대했다.

"무슨 볼일이 있는 거야?" 보쿨스키가 물었다.

"볼일이라기보다는 자네에게 제안할 것이 있네. 자네가 아프다는 말을 들었을 때 생각난 일인데…… 내 말 들어 보게. 모든 업무를 내려놓게 되면, 자네 돈을 장기간 대여할 필요가 있지 않겠어. 그래서 생각한 것인데, 자네가 나에게 12만 루블을 맡기면…… 자네는 아무 문제 없이 연 10퍼센트 이자를 받을 수 있네."

"아하!" 보쿨스키가 그의 말을 막았다. "나는 내 동업자들에게 아무 문제 없이 연 15퍼센트 이자를 주었네."

"그러나 지금은 경기가 좋지 않고…… 나도 15퍼센트 이자를 줄 수 있네, 자네가 나에게 회사를 맡기면……."

"회사도, 돈도 안 되겠네." 보쿨스키가 서둘러 말했다. "회사는 존재하지도 않은 것이고, 그리고 돈은…… 문서상 내가 받는 이자로 충분할 만큼 가지고 있네. 아, 너무 많네."

"그러면 자네 자금을 세례 요한 축일에 회수할 생각인가?" 슐랑바움이 물었다.

"10월까지 자네에게 맡겨 둘 수 있네, 그것도 무이자로. 단, 조건이 있네. 가게에서 계속 일하고 싶어 하는 사람들을 자네가 데리고 있는 것으로."

"곤란한 조건이네. 그러나……."

"자네 원하는 대로 하게."

얼마 동안 침묵이 흘렀다.

"러시아와 무역하는 회사는 어떻게 할 생각인가?" 슐랑바움이 물었다. "자네가 회사에서 물러날 것처럼 말해서 그러는데……."

"아마 그럴 거네."

슐랑바움의 얼굴이 붉어졌다. 그는 무슨 말을 더 하려 하다가 입을 다물었다. 두 사람이 이런저런 이야기를 나눈 후에, 슐랑바움은 아주 친절하게 인사하고 나갔다.

'그는 자기가 내 것을 모두 이어받으리라고 보는 거야.' 보쿨스키는 생각했다. '하! 이어받으라지…… 세상은 세상을 취하는 사람 것이지.'

그건 그렇고, 그와 사업 이야기를 할 때 슐랑바움이 익살스럽게 보였다.

'가게의 모든 직원들이 그에게 불만이 많지.' 보쿨스키는 생각했다. '목에 힘을 주고, 착취하고……. 사실 나에 대해서도 그들은 그렇게 말했지…….'

그의 눈길이 다시 책상 위로 갔다. 그곳에 며칠 전부터 파리에서 온 편지가 그대로 놓여 있었다. 그는 편지를 들고 하품을 한 다음 드디어 편지를 개봉했다.

그것은 파리에서 외교 업무를 하는 남작 부인에게 온 편지였다. 공적인 문서들도 있었다. 그는 서류들을 훑어보고 그것이 알제리에서 죽은 에르네스트 발터, 즉 루드빅 스타프스키의 사망 증명서라는 것을 확인했다.

보쿨스키는 생각에 잠겼다.

'만일 내가 3개월 전에 이 서류를 받았더라면, 오늘 어떻게 되었을지 누가 알겠어? 스타프스카…… 아름답고, 그리고 무엇보다 고결하고…… 얼마나 고결한지……!

잘 모르겠지만, 정말 그녀가 나를 사랑했을 수도 있지? 스타프스카는 나를, 나는 다른 여자를 사랑하고…… 이런 아이러니가 있나……'

그는 편지를 책상에 던지면서 작고 깨끗한 응접실을 떠올렸다. 그곳에서 그는 많은 저녁 시간을 스타프스카 부인과 함께 보냈으며, 그때 그는 참으로 마음이 평화로웠다.

'그래……' 그는 생각했다. '내 손에 굴러 들어온 행복을 내가 차 버린 거야. 그러나 열망하지 않았는데 행복할 수 있을까……? 그런데 만일 그녀가 하루라도 나처럼 괴로웠다면……? 세상일이란 가혹한 거야. 불행한 두 사람이 같은 이유로 서로를 도울 수 없다니……'

스타프스키의 사망 서류는 며칠째 책상 위에 놓여 있었다. 보쿨스키는 이 서류를 어떻게 처리해야 할지 아직 결정하지 못했다.

그는 처음에는 이 서류들에 대해 전혀 생각하지 않았다. 그러나 점점 자주 눈에 띌 때마다 양심의 가책을 느꼈다.

'스타프스카 부인을 위해서 그 서류를 구해 왔으니, 스타프스카 부인에게 전해 주는 것이 당연한 일이지. 그런데 부인이 어디에 사나……? 나는 모른다……. 이야기가 재미있게 되었을 텐데, 내가 그 부인과 결혼했다면…… 그 귀여운 헬루니아와도 같이 살게 되고, 내 삶의 목표도 가질 수 있었을 것이고. 그러나 그녀 자신은 얻는 게 별로 없을 수도 있겠지……. 내가 그녀에게 뭐라고 말할 수 있을까? 나는 아프다. 나를 돌봐 줄 사람이 필요하다. 나는 그 부인에게 매년 1만 루블 이상을 제공하고 있다…… 나는 부인의 사랑을 받을 준비가 되어 있다. 비록 나 자신은…… 사랑에 질렸지만…….'

하루하루가 지나갔다. 보쿨스키는 스타프스카 부인에게 그 서류를 전해 줄 방법을 찾지 못했다. 부인이 어디에 사는지 알아낸 다음, 등기 우편을 보낸다……. 마지막에 그는 생각했다. 가장 간단한 방법은 제츠키를 오라고 해서(몇 주 동안 보지 못했다) 그에게 서류를 주는 것이다. 하지만 그러기 위해서는 하인을 가게로 보내야 한다…….

"아아…… 귀찮아!" 그는 중얼거렸다.

그는 다시 책을 들었다. 이번에는 여행기였다. 그는 미국, 중국에 대한 여행기를 읽었다. 그러나 스타프스카 부인에게 전해 줄 서류가 마음에 걸렸다. 그는 서류에 대해 뭔가를 해야 한다고 생각하고 있다. 그러나 그는 아무것도 하지 않을 거라고 느끼고 있다.

그런 정신 상태가 그 자신을 놀라게 했다.

'나는 올바르게 생각한다, 회상이 나를 방해하지 않는 한…… 내 느낌도 올바르다. 아, 심지어 지나치게 올바르다! 다만, 그 일을 처리하고 싶지 않다. 그 일뿐만 아니라 어떤 일도……. 이것이 오늘날 유행하는 의지에 관한 병이다. 훌륭한 발견이야! 그러나 나는 한 번도 유행을 따라 본 적이 없는데……. 그게 유행이건 유행이 아니건 나와 무슨 상관이야. 유행이 나와 맞다, 그래서…….'

그가 중국 여행기를 다 읽었을 때, 만일 그에게 의지가 있으면, 조만간 어떤 사건들이나 사람들에 대해 잊을 수 있다는 생각이 들었다.

"왜 이렇게 몸이 아프지…… 왜 아플까!" 그는 한숨을 쉬었다.

그는 이제 시간 개념을 완전히 상실했다.

어느 날 슈만이 보쿨스키의 하인이 저지했음에도 불구하고 기어코 보쿨스키의 방으로 들어왔다.

"그래, 좀 어때?" 슈만이 물었다. "우리도 읽지, 보고 있네…… 소설, 좋지…… 여행기, 아주 좋아……. 산책할 생각은 없겠지? 날씨가 무척 좋은데, 5주 동안 방에만 있었으니 충분히 즐긴 것 아니야……."

"자네는 10년 동안 집에서 즐겼잖아." 보쿨스키가 대꾸했다.

"맞아. 하지만 나는 하는 일이 있었지. 인간의 머리카락을 연구했고, 명성을 생각했지. 그러나 무엇보다 나 자신의 일이나 남의 일에 대한 부담이 없었지. 그런데 몇 주 뒤면 러시아와 무역을 하는 회사의 회의가 열리잖아."

"나는 그 회사에서 물러날 거야."

"그렇게 해…… 좋은 생각이야." 슈만이 비꼬는 투로 말했다. "사람들이 자네를 더 잘 평가하기 위해서는 그들더러 슐랑바움을 회사 사장으로 모시라고 하게. 그는 그들의 조건을 충족시킬 것이네! 그가 나의 요구를 받아들였듯이……. 유대인들은 천재적인 인종이지, 그러나 얼마나 못된 인간들인지!"

"그만, 됐네."

"자네가 내 앞에서 그들을 옹호하다니." 슈만이 화난 소리로 말했다. "나는 그들을 알 뿐만 아니라 느낌만으로도 파악하네……. 분명히 말하는데, 지금 이 순간에 슐랑바움은 그 회사에서 자네 발밑에 함정을 파고 있네. 나는 확신하네, 그가 결국 그 회사에 들어가리라는 것을. 폴란드 귀족들은 유대인 없이는 어떻게 해야 하는지 모르잖아……."

"자네가 슐랑바움을 좋아하지 않는다는 걸 알고 있네."

"물론 그는 나를 놀라게 하지. 그를 따라 해 보고 싶지만, 나는 못해! 지금 내 안에서 선조들의 본능이 깨어나기 시작했어. 그건 바로 상인 기질이야…… 오, 본성이여! 백만 루블을 가질 수 있다면, 2백만 루블, 3백만 루블을 가지기 위해서…… 로스차일드의 동생이 되기 위해서. 당분간 슐랑바움이 나를 그 세계로 안내할 걸세……. 나는 오랫동안 자네들 폴란드인들 세계에서 살았는데, 우리 종족의 가장 좋은 특성만 잃고 말았네……. 그들은 위대한 종족이야. 그들이 세계를 점령할 것이네, 이성이 아닌 사기와 뻔뻔함으로……."

"그들과 단절하고, 가톨릭 세례를 받게……."

"생각도 하지 않네. 첫째, 나는 그들과의 관계를 끊지 않을 것이네, 내가 비록 세례를 받더라도. 나는 특이한 유대인이어서 거짓말하는 걸 좋아하지 않네. 두 번째, 그들이 약할 때 내가 그들과 관계를 끊지 않았다면, 그들이 지금 강할 때 나는 그들과 단절하지 않을 것이네."

"내가 보기에 그들은 지금 더 약한 것 같은데." 보쿨스키가 끼어들었다.

"사람들이 그들을 증오하기 시작하니까……?"

"증오라는 말은 너무 강한 표현이고."

"그만하게, 내가 눈이 먼 것도, 귀가 먹은 것도 아니까……! 공장에서, 술집에서, 가게에서, 심지어 신문에서까지 유대인에 대해 뭐라고 말하는지 알고 있네. 매년 새로운 박해가 일어날 것이라고 확신하네. 박해가 있을 때마다 이스라엘에 있는 나의 형제들은 더 똑똑해지고, 더 강해지고, 더 뭉칠 것이네……. 언젠가는 그들이 폴란드인들에게 대가를 치르게 할 거야! 어두운 별에서 온 불한당들, 하지만 나는 그들의 천재성을 인정하지 않을 수 없고, 그들에 대한 호감을 부정할 수 없네. 나에게는 더러운 유대인 사내아이가 깨끗이 씻은 도련님보다 더 귀엽네. 스무 살 때 처음 시너고그*를 보고 노래를 들었을 때 내 눈에 눈물이 고였네. 내가 무슨 말을 하고 있지……. 승리하고 있는 이스라엘은 아름답지. 그리고 박해받는 사람들의 승리 속에 내가 기여한 일도 있다는 것을 생각하면 즐겁다네!"

"슈만, 내가 보기에 자네 열이 있는 것 같네."

"보쿨스키, 자네 틀림없이 각막 백반이 있네, 눈이 아니라 뇌에."

"자네가 나에 대해 어떻게 그런 말을 할 수 있나?"

"내가 그렇게 말하는 것은, 첫째, 숨어서 뒤통수 치는 비열한 인간이 되고 싶지 않아서이고, 둘째, 자네 스타흐는 앞으로 우리와 싸우지 않을 것이기 때문이네……. 자네는 망가졌네…… 자네 스스로 망가진 거야. 가게도 팔았고, 회사도 내팽개쳤고…… 자네 출세도 끝났네."

보쿨스키가 머리를 푹 숙였다.

"자네 한번 생각해 보게." 슈만이 말을 계속했다. "오늘날 누가 자네 옆에 있나? 자네처럼 무시당하고 부당한 대우를 받은 유대인인 나 아닌가…… 그것도 바로 그 사람들…… 대귀족들에 의해서……."

"감상적인 말을 하는군." 보쿨스키가 끼어들었다.

"이건 감상주의가 아니야! 그들은 자기들의 위대함을 우리를 향해 과시했고, 자기들의 덕행을 선전했고, 우리더러 이상을 가지라고 지시했지……. 말해 보게, 오늘날 그 이상과 그 덕행이 무슨 가치가 있는지, 자네 호주머니에서 나온 그들의 위대함은 어디에 있는지……? 자네는 그들과 기껏 1년 동안, 그것도 형식상 동등한 위치에서 살 수 있었네. 그들이 자네에게 무엇을 했는가……? 생각해 보게, 그들이 수 세기 동안 압박하고 짓밟고 걷어찼던 우리와 함께 무엇을 할 수 있었겠나……? 그러니 자네에게 충고하네, 유대인들과 결합하게. 자네는 재산을 두 배로 늘릴 것이고, 구약성서에서 말하듯, 자네는 자네의 발이 밟고 있는 바로 그곳에 있는 자네의 적들을 볼 것이네……. 회사와 명성을 위해서 우리는 자네에게 웽츠키네 식구들, 스타르스키 그리고 누구라도 넘겨주겠네. 슐랑바움은 자네의 파트너가 아니야, 그는 바보야."

"그 대귀족들을 다 처리한 다음에는……?"

"반드시 폴란드 농민들과 결합해야 하네. 우리가 그들의 머리역할을 해야 하네. 그들에게는 아직 지적 능력이 없으니…… 그들에게 우리의 철학, 우리의 정치학, 우리의 경제학을 가르칠 것이네. 그들은 틀림없이 우리와 함께 더 잘살게 될 것이네, 지금까지 그들의 지도자들과 함께 가는 것보다……. 지도자……!" 그는 '지도자'라고 한 자기 말에 웃었다.

보쿨스키가 손을 내저었다.

"내가 보기에……." 보쿨스키가 말했다. "자네가 몽상병을 앓는 사람을 치료하고자 하더니 자네가 바로 몽상병 환자일세."

"그건 또 무슨 말이야……?" 슈만이 물었다.

"그래…… 자네는 발밑에 딛고 설 땅이 없어. 그런데 다른 사람의 머리를 잡으려 하고 있어. 다른 사람들과의 감정적 균형에 대해 좀 더 잘 생각해 보게, 세계의 정복을 생각할 것이 아니라. 자기 자신의 결점을 치료하는 일을 앞에 두고 다른 사람의 결점을 치료하지 말게. 자네의 적들만 더 만드는 셈이 될 것이네. 그 밖에 자네는 무엇을 붙들어야 할지 모르고 있어. 한때는 유대인들을 경멸하더니, 지금은 그들을 과대평가하고 있어……."

"개인은 경멸하지만, 집단의 힘은 높이 평가하지."

"나와는 정반대로군. 나는 집단은 경멸하지만, 개인은 자주 높이 평가하는데."

슈만이 생각에 잠겼다.

"자네 원하는 대로 하게." 슈만이 모자를 집어 들면서 말했다. "그러나 자네가 나오는 순간 회사는 슐랑바움과 옴 같은 유대인들 떼거리에게 넘어간다는 것은 사실이네. 자네가 그대로 있으면 자네는 결점도 적고 모든 유대인들과 관계를 맺고 있는 정직하고 점잖은 사람들을 끌어들일 수 있네."

"어쨌거나 회사는 유대인들이 지배하겠구먼."

"자네의 도움이 없으면 유대인 초등학교 출신들이 맡을 것이고, 자네와 함께라면 대학교 출신들이 참여할 것이네."

"똑같은 것 아니야?" 보쿨스키가 어깨를 으쓱하며 말했다.

"똑같은 게 아니지. 그들과 같은 인종이고, 처한 상황도 동일하네. 그렇지만 견해는 다르네. 우리에게는 학문적 지식이 있고, 그들에게는 탈무드 지식이 있네. 우리에게는 이성이 있지만, 그들에게는 재치와 교활함이 있네. 우리는 어느 정도 세계주의자지만, 그들은 배타주의자들이지. 그들은 시너고그와 유대인 공동체밖에 모르는 사람들이네. 공동의 적에 대항할 때는 그들이 좋은 동맹자이지만, 유다이즘의 발전에 관해서는…… 우리에게 견딜 수 없는 부담이 된다네! 그래서 문명의 문제에 있어서는 우리가 주도권을 잡아야 하네. 그들은 헐겁고 긴 웃옷 개버딘과 양파로 세계를 더럽히기만 하고 발전시키지는 못하지……. 그 점을 생각해 보게,

스타흐!"

그는 보쿨스키와 악수하고 휘파람으로 아리아를 불면서 나갔다. "라헬, 신께서 알 수 없는 선함으로……."

'그렇다면…….' 보쿨스키는 생각했다. '우리 일에 대해 진보적 유대인들과 보수적 유대인들 사이에서 싸움이 일어나겠구나. 나는 이편을 들 수도 있고, 저편과 동맹할 수도 있다……. 좋은 역할이군! 아, 얼마나 지루하고 피곤한 일인가.'

보쿨스키는 꿈꾸기 시작했다. 그는 가이스트의 집을 에워싸고 있는 페인트가 벗겨진 담벼락과 셀 수 없이 많은 계단을 보았다. 그 계단 맨 끝에 머리가 구름 속에 가려진 청동의 여신상이 있었다. 여신상의 발밑에 '변하지 않는 깨끗한……'이라고 수수께끼 같은 글씨가 쓰여 있었다.

순간적으로 그가 여신상 옷의 주름을 보았을 때, 그는 이자벨라, 그녀의 의기양양한 숭배자 그리고 자신의 고통에 대해 웃고 싶었다.

"그럴 수 있을까? 그럴 수 있을까?" 그가 작은 소리로 말했다. "내가……."

그러나 곧 여신상이 사라지고 고통이 다시 돌아와 그의 심장에 거대한 지배자처럼 자리 잡았다. 아무도 그에 맞설 수 없었다.

슈만이 다녀가고 며칠 뒤 제츠키가 보쿨스키 집에 나타났다.

그의 형색(形色)이 아주 좋지 않았다. 그는 몸을 지팡이에 의지하고 2층을 올라오는데 너무 힘이 드는지 숨을 헐떡이며 의자에 쓰러지듯 앉았다. 그리고 힘들게 말했다.

보쿨스키가 놀랐다.

"이그나치, 자네에게 무슨 일이 있었나?" 보쿨스키가 큰 소리로 물었다.

"아무것도 아니야! 나이 먹으면 그렇지…… 아무것도 아니야!"

"치료를 받아야지, 이보게, 어디로 여행이라도 좀 가게……."

"자네에게 말하지만, 여행 가려고 했었네…… 기차에 타기까지 했네. 그러나 바르샤바에 대한…… 우리 가게에 대한 밀려오는 그리움 때문에……." 그가 조용한 목소리로 말했다. "음…… 별거 아니야! 여기 와서 자네에게 미안하네."

"자네가 나에게 미안하다니, 그게 무슨 말인가……? 나는 자네가 나에게 화내고 있다고 생각했네."

"내가 자네에게……?" 제츠키가 그를 다정하게 바라보면서 되물었다. "내가 자네에게……? 그러나 별거 아니야! 내가 여기 온 것은 볼일도 있고, 골칫거리 때문이네."

"골칫거리라니?"

"클레인이 체포되었다네……."

보쿨스키가 의자와 함께 뒤로 물러났다.

"클레인과 그 두 사람…… 기억나나? 말레스키와 파트키에비츠……."

"무엇 때문에?"

"그들은 크세소프스카 남작 부인의 건물에서 살고 있는데, 그들이 실제로 어느 정도 그…… 마루세비츠를 괴롭혔지. 마루세비츠가 경고했는데도 불구하고 계속 괴롭히니까, 그들을 경찰에 고소한 거야……. 경찰이 오니까 시끄러운 일이 일어났지만, 결국 경찰이 그들 모두를 감옥에 집어넣어 버렸어."

"바보 같은 짓을 했군…… 어리석기는……." 보쿨스키가 작은 소리로 말했다.

"나도 그렇게 말했어……." 제츠키가 말을 계속했다. "물론 그들에겐 아무 일도 없겠지만, 항상 좋지 않은 일거리를 만들고 있어.

그 못된 마루세비츠 자신도 놀랐는지 나에게 와서 자기는 맹세코 그 일에 잘못이 없다는 거야……. 내가 더 이상 참을 수 없어서 이렇게 말했네. '당신에게 잘못이 없다는 것, 나도 그렇게 생각하지만, 내가 또 확신하는 것은 우리 시대에는 신이 못된 사람들을 보호하고 있다는 것이오……. 사실 당신은 서명 위조죄로 감옥에 있어야 할 사람이오. 그 경박한 젊은이들이 아니라…….' 그가 울음을 터뜨렸다네. 앞으로는 정도(正道)를 가겠다고 그가 맹세했네. 그리고 지금까지 그렇게 못한 것은 자네 때문이라고 하더군. '나의 의도는 고귀했지만, 보쿨스키 씨가 나에게 손을 주고, 나의 고귀한 뜻을 확고하게 해 주는 대신에 나를 무시해서…….' 그가 이렇게 말했다네."

"정직한 영혼이라!" 보쿨스키가 크게 웃었다. "그 외에 또 뭐가 있나?"

"시내에……." 제츠키가 말했다. "자네가 회사를 떠난다는 소문이 파다해……."

"그래……."

"자네가 유대인들에게 회사를 넘긴다고 사람들이 말하고 있네."

"어쨌든 내 파트너는 늙은 귀족들이 아니야. 그 사람들은 내버려 두어도 돼." 보쿨스키가 화를 냈다. "그들은 돈도 있고, 사업 머리도 있어……. 그들은 필요한 사람들을 발견할 거야. 자기들이 알아서 잘해."

"유대인들만 아니라면 누구를 찾건, 누구를 신임하건 상관없어! 그런데 유대인들이 그 일을 진지하게 생각하고 있어. 슐랑바움 아니면 슈만이 나를 안 찾아오는 날이 없어. 두 사람 모두 자네 후임으로 나더러 그 회사를 맡으라고 설득하고 있다네."

"자네가 지금 그 회사를 운영하고 있잖아."

제츠키가 손을 저었다.

"자네 생각과 자네 돈으로 하는 거지! 그건 그렇고…… 그들을 만나면서 슈만과 슐랑바움이 각자 다른 편에 속해 있다는 사실을 알게 되었네. 그리고 그들 각자가 대리인을 필요로 하고 있어. 나에게 슈만은 슐랑바움을, 슐랑바움은 슈만을 비난하더니, 어제 들은 이야기는…… 둘이 화해했다고 하네."

"현명한 사람들이야!" 보쿨스키가 작은 소리로 말했다.

"그러나 나에게서 그들에 대한 호감이 사라졌어." 제츠키가 말했다. "나는 늙은 상인이잖은가. 자네에게 말하는데, 그들은 모든 것이 거짓이고, 속임수이고, 싸구려에 지나지 않아."

"그들에 대해 너무 나쁘게 말하지 말게." 보쿨스키가 말했다. "우리가 그들을 기르고 있는 것 아닌가……."

"우리가 아니야!" 제츠키가 화를 내며 말했다. "그들은 어디에 있든 똑같아…… 내가 어디에서 만나든 그랬어. 부다페스트, 콘스탄티노플, 파리, 런던, 어디서나 항상 한 가지 원칙에는 변함이 없어. 줄 때는 가장 적게, 가져갈 때는 가장 많이, 물질에 관한 한. 그리고 윤리적인 문제에서는 겉으로만 그럴듯하게…… 항상 가식적이야!"

보쿨스키가 방 안을 돌아다니기 시작했다.

"슈만 말이 맞아." 보쿨스키가 말했다. "그들에 대한 비호감이 점점 커진다고 그가 말했을 때. 심지어 자네까지도……."

"내가 그들을 싫어하는 게 아니야…… 나는 이미 그런 일에서 떠났어. 그러나 여기서 무슨 일이 벌어지고 있는지 한번 보게. 그들이 어디로 기어 들어오고, 어디에 가게를 여는지, 그들이 손을 안 뻗는 데가 있는지……. 그들은 어디든 자리를 잡기만 하면 그들 떼거리를 불러들이고 있어, 우리보다 낫지도 않은 사람들을, 우리보다 못한 사람들이라도. 그들이 우리 가게를 가지고 어떻게 하는지 보게. 어떤 점원들이 일하고, 어떤 물건들을 취급하는지……. 가게를 차지하자마자 그들은 대귀족들 사이로 파고들어 자네 회사를 먹으려고 이미 착수했어……."

"우리 잘못이지…… 우리 잘못이야!" 보쿨스키가 말했다. "자리를 차지하려는 사람들의 권리를 부정할 수는 없지. 그러나 우리 것을 지켜야 했는데……."

"자네 스스로 물러나려고 하면서."

"그들 때문이 아니야. 그들은 나와 정직하게 거래했어."

"그들에겐 자네가 필요하니까. 그들은 자네와 자네의 위치를 이용해 출세의 계단을 만드는 거라네……."

"그래, 그건 그렇고." 보쿨스키가 말을 막았다. "우리는 서로 납득시키기 어려워……. 그런데…… 그런데 내가 여기에 루드빅 스타프스키의 사망 확인서를 가지고 있네."

제츠키가 소파에서 일어났다.

"헬레나 부인 남편의……? 어디에서……?" 그가 흥분해서 말했다. "그것이 우리 모두의 구원이야!"

보쿨스키가 문서를 건네자 제츠키가 떨리는 손으로 받았다.

"명복을 빕니다…… 하느님!" 제츠키가 읽으면서 말했다. "이보게 스타흐, 이제 걸릴 것이 없네…… 부인과 결혼하게. 아, 부인이 자네를 얼마나 사랑하는지 자네가 알아야 하는데……. 이 소식을 불쌍한 부인에게 바로 알리겠네. 문서는 자네가 가지고 가서…… 그 자리에서 청혼하게. 이제 보이네, 회사도 구제되고, 가게까지도……. 자네가 가난에서 구해준 수백 명의 사람들이 자네를 축복할 것이네. 얼마나 훌륭한 부인인가! 자네는 그 부인 곁에서 평화와 행복을 누릴 것이네."

보쿨스키가 그 앞에 서더니 고개를 끄덕였다.

"부인이 나에게서 행복을 찾을 수 있을까?"

"자네를 미치도록 사랑하고 있어, 자네가 상상 못할 정도로……"

"그녀가 어떤 사람을 사랑하는지 알고 있을까……? 자네도 보고 있잖아, 나는 완전히 폐인이야. 왜냐하면 윤리적으로…… 다른 사람의 행복에 해를 끼칠 수 있어, 주기는커녕……! 내가 세상에 뭔가를 줄 수 있다면, 그건 돈이나 일이겠지. 그러나…… 오늘날의 사람들을 위해서는 아니야."

"에, 그만하게!" 제츠키가 큰 소리로 말했다. "그 부인과 결혼하게. 그러면 다르게 보일 것이네……"

보쿨스키가 쓸쓸하게 웃었다.

"그래…… 결혼한다! 착하고 순수한 사람을 구속한다……. 고결한 감정을 이용하고, 생각은 다른 곳에 두고……. 1년이나 2년 후에는 후회하겠지, 그 여자 때문에 큰 계획을 희생했다고……"

"정치를……?" 제츠키가 작은 소리로 비밀스럽게 물었다.

"정치는 무슨! 정치에는 실망할 만큼 실망했네. 정치보다 더 중요한 일이 있어."

"혹시 그 가이스트란 사람의 발명품 말인가?"

"자네가 그걸 어떻게 알았지?"

"슈만에게 들었네."

"아, 그래! 슈만은 모든 걸 알고 있다는 것을 잊었네. 그것도 능력이지……"

"아주 쓸모 있는 능력이지. 그건 그렇고, 자네에게 권하는데, 스타프스카 부인에 대해 생각해 보게. 왜냐하면……"

"자네가 그 부인을 데려가려고……?" 보쿨스키가 웃었다. "데려가게! 데려가! 보장하는데, 자네 둘은 가난을 모르고 살 것이네."

"피, 그만하게! 나 같은 고물이 그런 부인에 대해 생각한다면 땅이 꺼질 것이네. 그런데 위험인물이 나타났네. 므라체프스키…… 그가 부인에게 미쳐 있네. 그가 이미 세 번인가 네 번 그 부인에게 갔다네…… 여자의 마음은 돌이 아니야……."

"오! 므라체프스키……? 그는 이제 사회주의와 놀지 않아?"

"이미 끝났지! 그가 말하는데, 천 루블만 벌어서 스타프스카 같은 예쁜 여자 만나면 정치는 바로 머리에서 날아가 버릴 거라고 하더군."

"불쌍한 클레인은 다르게 생각하는데." 보쿨스키가 말했다.

"아, 클레인. 멍텅구리……! 사람은 좋은데, 점원으로는 맞지 않아. 므라체프스키는 뛰어났지! 잘생기고, 프랑스어를 쓸데없이 많이 쓰고, 그가 여자 손님들을 바라볼 때의 눈빛과 수염을 꼬고 있을 때의 모습은 볼 만하지! 그가 세계를 돌아다니면서 장사를 하고, 자네에게서 스타프스카 부인을 뺏어 가고 있네……. 두고 봐야지……!"

제츠키가 나가려 하다가 멈추더니 말했다.

"그 부인과 결혼하게, 스타흐, 결혼해……. 그 부인을 행복하게 해 주고, 회사를 구하고, 가게도 자네는 다시 살릴 수 있을 걸세. 발명은 무슨 발명……! 가장 중요한 사건만 일어난다면, 나는 이 시대 정치의 목적을 이해할 수 있겠는데. 그런데 그 날아다니는 기계는……. 그것이 가능하기는 하겠지만 쓸모가 있을까?" 그가 말을 끊었다가 한참 후에 이어 갔다. "하! 그리고 자네 하고 싶은 대로 하게. 하지만 스타프스카 부인에 관한 일은 빨리 결정하게. 왜냐하면 내 느낌에 므라체프스키가 기회만 노리고 있어. 아주 약삭빠른 녀석이지! 날아다니는 기계…… 피! 내가 뭘 알겠어…… 그것이…… 그것이 어디엔가 쓸모가 있을지도 모르지."

보쿨스키는 혼자 남았다.

'파리 아니면 바르샤바……?' 그는 생각하다가 혼자 중얼거렸다. "그곳에는 위대한 목표가 있지만 확실하지 않고, 여기에는 수백 명이 있는데…… 내가 그들을 바라볼 수 없고……."

그는 창가로 가서 거리를 바라보았다. 오로지 자신의 의지를 단련하기 위한 몸부림이었다. 그러나 모든 것이 그를 화나게 했다. 마차들의 왕래, 보행자들의 움직임, 그들의 걱정스러운 표정 혹은 웃는 얼굴……. 그를 가장 혼란시키는 것은 여자들의 모습이었다. 그에게는 인간의 모습을 한 어리석음과 거짓으로 보였다.

'저마다 자신의 스타르스키를 발견하겠지, 조만간에.' 그는 생각했다. '모두가 그를 찾고 있는 거야.'

얼마 지나지 않아 슈만이 보쿨스키를 찾아왔다.

"이보게……." 그가 문에서부터 웃으며 큰 소리로 말했다. "자네가 나를 문 뒤로 내쫓아도 나는 계속 찾아올 것이네."

"물론이지, 가능하면 자주 오게." 보쿨스키가 응답했다.

"그러면 동의하는 거야? 훌륭해! 치료 절반은 된 거야…… 강한 뇌가 어떤 것인지……! 심한 인간 혐오 증세가 7주도 되지 않아 인간이라는 종자를 너그럽게 받아들인다, 나까지도……. 하! 하! 하! 만일 자네가 있는 우리 안에 멋있는 여성을 들여보내면 어떨까……."

보쿨스키의 얼굴빛이 창백해졌다.

"그래, 그래, 알고 있어, 아직은 너무 빠르다는 것을……. 자네가 사람들 사이에 나타나도 될 시기는 이미 왔지만. 그것이 자네를 마저 치료해 줄 것이네. 내 경우를 생각해 보게. 내가 실험실 안에 있었을 때, 나는 종탑에 있는 악마처럼 지루했네. 내가 세상에 나오자 수천 가지의 놀잇거리가 있는 거야. 술랑바움이 나를 속이려고 해. 그는 그런 일을 계속해서 하고 있네. 하루하루 지나면서 나는 확신하게 되었지. 비록 내 얼굴이 순진하게 보여도, 그의 모든 행동을 미리 알아차릴 수 있게 되었다는 것을. 이로 인해 심지어 그가 나를 높이 평가하게 되었지……."

"상당히 겸손한 즐거움이네." 보쿨스키가 말했다.

"기다리게! 또 다른 즐거운 일은 금융 분야에서 일하는 나와 같은 유대교 신자들이 선물한 거야. 그들의 눈에 내가 사업상 비범한 능력을 가지고 있는 것처럼 보였던 거야. 그러면서도 나를 자기들 마음 내키는 대로 조종할 수 있다고 생각했던 거지……. 한번 상상해 보게, 그들의 실망이 얼마나 컸겠는지. 내가 비범한 사업 능력을 가지고 있지도 않고, 그들의 손에서 놀아나는 꼭두각시가 될 정도로 바보도 아니라는 것을 그들이 알게 됐을 때……."

"그래서 자네가 나를 설득하는 거야, 그들과 함께 회사 일을 하라고……?"

"그건 다른 문제이고. 오늘 내가 자네를 설득하려는 일은 다른 것이네. 신중해야 하는 회사 일을 이성적인 유대인들과 같이하면 적어도 재정적인 면에서 손해 보는 일은 없네. 하지만 동업자가 되거나, 그들의 꼭두각시가 되는 것은 다른 문제이네. 아, 유대인, 그들은 카프탄을 입으나 예복을 입으나 악당이기는 마찬가지야……."

"그것이 자네가 그들을 숭배하는 데 방해가 되지는 않지."

"그건 또 다른 문제지." 슈만이 대답했다. "내가 보기에 유대인들은 이 세상에서 가장 천재적인 인종이야. 거기다 우리 민족이고. 그래서 그들에 대해 감탄하고, 집단으로서 그들을 사랑해. 그리고 슐랑바움과 타협한 것에 대해서는…… 세상에, 스타흐! 러시아와 무역하는 회사처럼 좋은 수익을 내는 회사를 구제하려는 마당에, 우리가 서로 싸우고 있다면 그것이 이성적인 일이겠나……? 자네가 회사를 버리면 회사는 망하거나, 혹은 독일 사람들이 가로 챌 수도 있겠지. 어쨌든 나라가 손해 보는 것 아니겠나. 그래서 나라에 이익이 되려면 우리가……."

"점점 더 이해할 수 없네." 보쿨스키가 말을 막았다. "유대인은 위대하고, 유대인은 악당이다…… 슐랑바움을 회사에서 쫓아내야 하고, 그를 다시 영입해야 한다…… 유대인이 회사에서 이익을 보면 나라에 이익이 된다…… 완벽한 혼란이야!"

"스타흐, 자네 머리가 이상해진 것 아니야? 그건 혼란이 아니고, 아주 명백한 진리야……. 이 나라에서는 오로지 유대인들이 산업과 상업을 돌아가게 하고 있는 거야. 그래서 그들의 경제적 승리가 바로 나라의 순수한 이익이 되는 거지…… 내 말이 맞지 않아……?"

"그건 좀 생각해 봐야겠네." 보쿨스키가 대답했다. "또 즐거운 일이 뭐가 있나……?"

"아주 즐거운 일이 있지. 상상해 보게, 내가 재정적으로 성공하게 되면 내가 결혼하기를 바라는 사람들이 있다네……! 전형적인 유대인 입에다가 대머리인데……!"

"누가……? 그리고 누구와 결혼한다는 거야?"

"물론 나의 지인들이지. 그리고 누구와……? 누구와도 결혼하지. 기독교 신자도 괜찮아. 좋은 집안 출신이면 내가 세례를 받을 수도 있지……."

"자네가?"

"알겠나, 호기심에서 그럴 각오가 되어 있어. 간단히 말해서 기독교 신자인 아름답고, 젊고, 교육을 잘 받았고, 무엇보다도 좋은 집안 출신의 여인이 나에 대한 사랑을 어떤 식으로 나에게 확신을 주는지 알기 위해서……. 나는 수백만 가지 즐거움을 누리겠지. 나의 환심을 사기 위해 애쓰는 여인을 보면서 즐길 수도 있게 되고. 좋은 집안과 심지어 조국을 위한 그녀의 위대한 희생에 대해서 그녀가 말하는 것을 듣는 일도 즐거울 것이고. 그리고 마지막으로 그녀가 자기희생을 어떤 식으로 보상하는지 추적해 보는 것도 즐거운 일이 될 거야. 그녀가 나를 낡은 방식으로 속인다면, 그것은 아무도 모르게 비밀리에 하는 것이고, 그녀가 새로운 방식으로 나를 속인다면, 그것은 공개적으로 심지어 나의 승낙을 받아서 하는 것이겠지……?"

보쿨스키가 손으로 머리를 감쌌다.

"무서운 일이야……." 보쿨스키가 한숨 쉬듯 말했다.

슈만이 그를 눈 아래로 보았다.

"늙은 낭만주의자여! 늙은 낭만주의자여!" 슈만이 말했다. "자네가 머리를 붙들고 있군. 자네의 병든 상상 속에는 여전히 천사의 영혼을 가진 여인의 이상적인 사랑의 환영이 머물러 있어……. 그런 여인은 열 명 중 한 명 있을까 말까 할 정도야. 그래서 자네 확률은 10분의 1이기 때문에 자네는 그런 여인을 만날 수가 없어. 규범을 알고 싶나……? 그러면 인간관계들을 둘러보게. 남자는 10여 마리의 암탉들 사이를 분주히 왔다 갔다 하는 수탉 같은 거야. 여자들은 어리석은 늑대 수컷 무리들 혹은 개들을 유혹하는 2월의 암컷 늑대 같은 거지……. 자네에게 말하는데, 그 무리들 속에서 경쟁하는 것처럼 천박한 일도 없을 거야. 암컷 늑대에 매여 꼼짝 못하는 꼴이지……. 그런 관계에서는 재산, 건강, 마음, 힘, 결국에는 이성까지도 잃게 되지……. 그런 진흙 속에서 벗어나지 못하는 사람에게는 치욕이 따를 거야!"

보쿨스키는 눈을 크게 뜨고 말없이 앉아 있었다. 드디어 그가 작은 소리로 말했다.

"자네 말이 맞아……."

슈만이 그의 손을 잡고 힘주어 잡아당기면서 큰 소리로 말했다.

"내 말이 맞다고 한 거야……? 자네가 그런 말을 했어……? 이제 자네는 구제되었네! 그래, 이제 자네 주위에 사람들이 모여들 걸세. 지나간 모든 것은 잊어버리게, 자네의 고통도, 다른 사람의 명예롭지 못한 행위도……. 무엇이든 좋으니 목표를 세워 새로운 인생을 시작하게. 재산도 계속 모으고, 기적적인 발명도 하게, 스타프스카와 결혼하게. 그리고 회사도 차리게, 자네가 바라는 것이 무엇이든 그것을 하게. 알겠는가? 그리고 절대 여자 치마폭 사이로 숨지 말게……. 알겠는가? 자네처럼 힘 있는 사람들은 명령하고, 다른 사람의 말을 따르지 말고, 리드하고, 리드당하지 않아야지……. 누구에게 자네와 스타르스키 중 선택하라고 하면 스타르스키를 선택할 것이네. 그건 스타르스키만도 못하다는 증거이네……. 이것이 내 판단이네, 알겠는가……? 이제 건강하고, 자네 생각을 지켜 나가게."

보쿨스키는 그를 붙들지 않았다.

"화난 거야?" 슈만이 말했다. "자네가 화를 내도 이해해, 자네 몸에 있는 강력한 암 덩어리를 내가 태워 버린 거니까. 아직 남아 있는 것은 저절로 없어질 거야. 건강히 잘 있게."

슈만이 돌아가자 보쿨스키는 창문을 열고 와이셔츠 단추를 끌렀다. 답답하고, 열이 나고, 화가 치솟는 것 같았다. 그는 자스와벡과 배신당한 남작을 생각했다. 그 남작 옆에서 그는 오늘 슈만이 자기 옆에서 했던 역할을 거의 그대로 했던 것이다…….

그는 꿈꾸기 시작했다. 스타르스키의 품에 안긴 이자벨라 옆에 눈 위에서 늑대 암컷의 뒤를 헐레벌떡 따르고 있는 수컷 늑대들의 떼거리가 나타났다…… 자신도 그 속에 있었다……!

그에게 다시 고통이 찾아왔다. 동시에 자신에 대한 혐오와 메스꺼움을 느꼈다.

"어떻게 내가 그렇게 천박하고 어리석을 수 있었을까!" 그가 이마를 치면서 큰 소리로 말했다. "그렇게 많이 보고, 그렇게 많이 들었으면서도 그런 굴욕적인 위치로 떨어지다니……. 내가…… 내가…… 스타르스키와 경쟁을 했다니. 또 누구와 경쟁했는지 모를 일이지."

그는 이자벨라의 모습을 기억에서 불러오고, 그녀의 입상 모습도 바라보았다. 잿빛 머리카락도 쳐다보고, 하늘색부터 검은색까지 모든 색으로 아른거리는 눈도 주시했다. 그녀의 얼굴에, 목에, 어깨에, 가슴에 찍혀 있는 스타르스키의 키스 자국이 낙인처럼 보였다…….

'슈만의 말이 맞아.' 그는 생각했다. '내가 다 나은 것 같다…….'

그의 내부에서 서서히 분노가 식었고, 그 자리를 슬픔과 후회가 차지했다.

그 후 며칠 동안 보쿨스키는 아무것도 읽지 않았다. 그는 수진과 열심히 편지를 주고받았고, 많은 것에 대해 생각했다.

그는 생각했다. 거의 두 달 동안 자기 방에 갇혀 보내고 있는 지금 같은 상황에서 그는 사람이기를 포기하고, 한곳에만 머물러 있으면서 선택의 여지 없이 세계로부터 우연이 그에게 던져 주는 것을 받아들이는 굴과 비슷하게 되었다.

그런데 우연이 그에게 무엇을 주었나?

먼저 그는 책들을 옆으로 밀쳤다. 한 책이 그에게 가르쳐 주었다, 그는 돈키호테라고. 그리고 다른 책들은 그에게 경이로운 세계에 대한 관심을 일깨웠다. 그 세계에서는 인간들이 모든 자연의 힘을 지배하고 있었다.

이제 그는 더 이상 돈키호테이고 싶지 않았다. 그는 자연의 힘을 지배하고 싶었다.

나중에 슐랑바움과 슈만이 차례로 그를 찾아왔다. 그는 그들을 통해 알게 되었다, 두 개의 유대인 그룹이 그가 내려놓을 회사 경영권을 차지하기 위해 싸우고 있다는 것을. 온 나라에 유대인들을 빼놓고는 그의 생각을 발전시킬 만한 사람이 아무도 없었다. 그들은 폐쇄적인 오만과 교활함 그리고 무자비함을 드러내면서 나타났다. 거기다 그들은 그로 하여금 믿도록 말했다, 그의 파멸과 그들의 승리가 나라를 위해 도움이 될 것이라고……

그걸 보면서 그는 장사, 회사 그리고 모든 수익에 대해 혐오감을 느끼면서 어떻게 거의 2년 동안 자기가 그런 일을 했었는지 자신에 대해 의아하게 생각했다.

'나는 그녀를 위해 재산을 모았던 것이다!' 그는 생각했다. '장사…… 나와 장사……! 내가 2년 동안 50만 루블 이상을 벌었고, 내가 경제적인 사기도박꾼들과 어울렸고, 카드에 일과 생명을 걸었다, 그리고…… 이겼다. 나는 이상주의자이며, 학자이다. 나는 알고 있다, 50만 루블이 있으면 평생 일하지 않아도 된다는 것을, 심지어 3세대 동안……. 그 사기도박 같은 사업에서 취할 수 있는 한 가지 위안은 나는 절대로 도둑질하거나 속이지 않았다는 것이다. 신은 확실히 어리석은 자들을 돌본다……'

나중에 우연히 스타프스키의 죽음 소식을 편지로 파리에서 그에게 가지고 왔다. 그 순간 그는 스타프스카 부인과 가이스트에 대한 회상이 깨어났다.

'진실을 말하자면……' 그는 생각했다. '사기도박 같은 사업으로 모은 재산을 나는 평범한 사람들을 위해 써야 한다. 가난하고 교육

받지 못한 사람들이 우리 나라에 가득하다. 가난하고 못 배운 사람들이 동시에 가장 고귀한 자원이다……. 그렇게 할 수 있는 유일한 방법은 스타프스카와 결혼하는 것이다. 그녀는 절대로 나의 의도를 방해하지 않을 뿐만 아니라 내가 가장 믿을 수 있는 조력자가 될 것이다. 그녀는 일을 알고, 가난도 알고, 또 고결하다……!'

그는 그렇게 미루어 생각했다. 하지만 그의 느낌은 달랐다. 그가 행복하게 해 주고 싶은 사람들에 대한 경멸감을 느꼈다. 슈만의 비관주의가 그에게서 이자벨라에 대한 열정을 거두어 가면서 그에게 독을 뿌렸다. 인간이라는 종자는 수탉에게 꼬리 치는 암탉들 혹은 암컷 늑대 꽁무니를 쫓아다니는 수컷 늑대들로 이루어져 있다는 말을 그는 떨쳐 버릴 수가 없었다. 그가 어디를 향하더라도 인간보다는 동물을 만날 확률이 아홉 배 더 많았다……!

"악마가 그런 치료와 함께 그를 데려가면 좋겠다." 그는 작은 소리로 말했다.

그는 슈만에 대해 생각하기 시작했다.

세 사람이 동물적 특성을 강하게 가진 인간이라는 종자에 대해 관찰했다. 그 자신과 가이스트 그리고 슈만이다. 그는 인간의 모습을 한 동물은 예외적인 경우이고, 전반적으로 인류는 좋은 사람들로 구성되어 있다고 생각한다. 가이스트의 주장은 정반대였다. 인간의 사회는 동물들로 되어 있고, 좋은 인간은 예외적인 경우라는 것이 그의 주장이다. 그러나 가이스트는 시간이 흐름에 따라 좋은 인간들이 점점 많아져서 그들이 온 세상을 지배하게 될 것이며, 그가 수십 년 동안 연구하고 있는 발명품이 이 승리를 가능케 할 것이라 믿고 있다.

슈만의 견해에 의하면, 인간의 압도적인 절대다수는 동물들이다. 또한 그는 보다 나은 미래가 올 것이라고 믿지도 않으며, 누구에게도 그런 희망을 일깨우지 않는다. 그에 의하면, 인류는 영원히 짐승의 상태에서 벗어날 수 없으며, 그 세계에서 유대인들만 피라미들 사이의 가물치처럼 뛰어나다.

'훌륭한 철학이야!' 보쿨스키는 생각했다.

마치 새로 쟁기질한 들판처럼 그의 상처 받은 영혼에서 슈만의 비관주의가 빠른 속도로 퍼져 가는 것을 그는 느꼈다. 그는 이자벨라에 대한 사랑이 식었을 뿐만 아니라, 그녀에 대한 분노도 사라진 것을 느꼈다. 온 세상이 짐승들로 이루어져 있다면, 그중 하나에게 미칠 이유도 없고, 그 하나가 다른 것보다 더 낫지도 않고 더 나쁘지 않은 짐승이라는 것에 대해서 화낼 이유도 없기 때문이다.

"그가 한 것은 개 같은 치료야!" 보쿨스키가 중얼거렸다. "그러나 그것이 맞지 않은지 아무도 모르잖아⋯⋯? 나의 생각들이 완전히 망가졌어. 가이스트가 잘못 생각하지 않고 있으며, 슈만이 틀렸다고 누가 보장하겠어⋯⋯? 제츠키도 짐승이고, 스타프스카도 짐승이고, 가이스트도 짐승이고, 나도 짐승이고⋯⋯. 이상이라는 것, 그것은 그림 속의 여물통이야. 그 속에 있는 풀들도 그려진 것이라서 아무도 그것으로 배불릴 수 없지⋯⋯! 다른 사람들을 위해 희생하고 또 다른 사람들 뒤를 쫓아다니는 것이 무슨 의미가 있을까⋯⋯? 무엇보다 건강을 회복해서 새로운 마음으로 등심 혹은 예쁜 여자들을 먹고, 좋은 포도주도 마셔야지⋯⋯. 때로는 책도 읽고, 가끔 어디론가 여행도 가고, 음악회도 다니면서 그렇게 늙어 가야지!"

회사의 운명을 결정하는 회의가 열리기 일주일 전에 보쿨스키를 방문하는 사람들이 점점 많아졌다. 상인들, 대귀족들, 변호사들이 그에게 와서 회사를 떠나지 말라고, 그의 작품인 회사를 위태롭게 하지 말라고 간곡히 부탁했다. 보쿨스키는 그들을 아주 냉담하게 맞이했으며, 자기 생각을 말하려고도 하지 않았다. 그는 피곤하고 아프기 때문에 그만두지 않을 수 없다고 짧게 말했다.

찾아왔던 사람들은 실망하고 돌아갔다. 그러나 그들은 보쿨스키가 중병에 걸린 것이 틀림없다고 생각했다. 그는 수척했고, 대답도 짧고 거칠었으며, 눈은 충혈되어 있었다.

"탐욕 때문에 죽게 된 거야!" 상인들은 그렇게 말했다.

마지막 일정 며칠 전에 보쿨스키는 변호사를 불러, 동업자들과 했던 계약대로 자기는 자본을 회수하고 회사에서 물러난다는 것을 동업자들에게 통보하라고 말했다. 다른 사람들도 자본을 회수할 수 있었다.

"그러면 돈은?" 변호사가 물었다.

"돈은 은행에 이미 준비되어 있습니다. 나는 그 대신 수진과의 계산서를 가지고 있고."

변호사가 침울한 표정으로 인사하고 나갔다. 그날 공작이 보쿨스키를 찾아왔다.

"사실 같지 않은 말을 들었는데!" 공작이 보쿨스키의 손을 잡으면서 말했다. "당신 변호사는 당신이 정말 우리를 떠나는 것처럼 행동하는데……."

"공작님께서는 제가 농담한다고 생각하세요?"

"아니, 그건 아니고…… 당신이 혹시 우리와 맺은 계약이 불합리하다고 생각하지 않나 해서, 그러면……."

"그러면 제가 협상할 것이다…… 당신들 몫을 줄이고 제 몫을 늘리는 새로운 계약을 당신들에게 강요하기 위해……." 보쿨스키가 말했다. "아닙니다, 공작님, 저는 정말로 물러납니다."

"그러면 동업자들이 실망할 텐데……."

"무슨 실망? 여러분들은 나와 계약을 1년만 하지 않았습니까. 그리고 계약이 해지된 후 한 달 안에 동업자가 자기 투자금을 회수할 수 있도록 여러분들의 요구에 따라 계약하지 않았습니까. 그것이 여러분들의 분명한 요구였습니다. 제가 오히려 규정을 위반했습니다. 회사가 해체되면 한 달 안이 아니라, 한 시간 안에 투자금을 모두 돌려줄 것입니다."

공작이 소파에 털썩 앉았다.

"회사는 그대로 남아 있을 것이오." 공작이 작은 소리로 말했다. "당신 자리에 유대인들이 들어올 것이오……."

"그거야 여러분들이 선택한 일이지요."

"우리 회사에서 이디시*가 사용되다니……!" 공작이 한숨을 쉬었다. "그들은 회사 회의 때 이디시로 말하려 한다오……. 불행한 나라야! 불행한 언어야……!"

"걱정할 것 없어요." 보쿨스키가 말했다. "회사 동업자들 대부분이 회의 때 프랑스어로 말했는데, 이디시 좀 쓴다고 폴란드어에 무슨 피해가 있겠어요. 폴란드어에는 아무 일도 없을 겁니다."

공작의 얼굴이 붉어졌다.

"그러나 유대인들은…… 낯선 인종이오. 지금 그들에 대한 일종의 혐오가 일어나기 시작했소."

"대중들의 혐오는 아무 소용 없습니다. 여러분들이 하는 자금 동원을, 유대인들이 했던 것처럼 누군가가 방해한다면, 그 일을 슐랑바움에게 맡기지 않고 기독교인 상인 중 누구에게 맡기겠습니까?"

"우리가 믿고 맡길 사람이 없소."

"슐랑바움을 아세요?"

"우리 주위엔 능력 있는 사람이 없소." 공작이 말했다. "그들은 점원이지, 금융 전문가가 아니오……."

"저는 뭐였습니까? ……저도 점원이었습니다. 심지어 식당 종업원이었습니다. 그렇지만 회사는 예상했던 수익을 올렸습니다."

"당신은 예외적인 경우이지요."

"지하 식당과 상점에서 예외적인 사람을 발견할 수 없다고 누가 장담할 수 있겠어요? 찾아보세요."

"유대인들 스스로 우리에게 온 것이오……."

"그렇군요!" 보쿨스키가 큰 소리로 말했다. "유대인들은 당신들에게 오고, 당신들은 유대인들에게 가고 있지만, 기독교인 신흥 부자는 가는 길에 장애가 너무 많아서 당신들에게 갈 수가 없어요. 저는 그것에 대해서 알고 있습니다. 당신들의 문은 상공인들에게 너무 단단히 닫혀 있어서 그 문을 열기 위해 수십만 루블을 퍼붓든가, 그렇지 않으면 빈대처럼 뚫고 들어가든가 해야 합니다. 그 문을 조금만 열어 두세요. 그러면 여러분들은 유대인 없이도 얼마든지 해 나갈 수 있습니다."

공작이 손으로 눈을 가렸다.

"오, 보쿨스키 씨, 그것은…… 당신이 말한 것은 아주 당연한 일입니다. 그러나 아주 씁니다…… 아주 지독합니다. 그건 그렇고…… 우리들에 대한 당신의 유감을 이해합니다. 그러나…… 전체를 위한 어떤 의무가 있는 것 아닙니까……."

"제 자본금에서 연 15퍼센트씩 이윤을 가지는 것을 의무의 이행이라고 보지 않습니다. 5퍼센트로 만족한다 해서 더 나쁜 시민이라고 생각하지 않습니다……."

"그러나 우리가 돈을 쓰지 않는가." 이미 모욕감을 느낀 공작이 말했다. "사람들은 우리 주위에서 살고 있지……."

"저도 돈을 쓸 겁니다. 여름에는 오스탕드에 가고, 가을에는 파리에 가고, 겨울에는 니스에 가면서······."

"잠깐! 우리 덕에 사는 사람들이 외국에만 있는 건 아니고······ 여기에 있는 얼마나 많은 수공업자들이······."

"그들은 1년 혹은 그 이상의 의무 기간을 채우기를 기다리고 있습니다." 보쿨스키가 말했다. "공작님과 저는 우리 나라 상공업의 그런 보호자들을 압니다. 우리 회사에도 그런 사람들이 있었습니다······."

공작이 소파에서 일어났다.

"아! 그 말은 맞지 않아요, 보쿨스키 씨." 숨을 헐떡이며 공작이 말했다. "우리에게 잘못이 있는 것은 사실이오. 죄도 있소. 그러나 어느 누구도 당신에게 어떤 잘못도 한 적이 없소······. 우리는 당신에게 호의적이었고······ 당신을 존중했소."

"존중······!" 보쿨스키가 웃으면서 큰 소리로 말했다. "공작님께서는 제가 이해하지 못한다고 생각하십니까, 그 존중이 어디에 근거하고, 당신들 사이에서 나에게 어떤 위치를 보장하는지······? 사스탈스키 씨, 니빈스키 씨, 심지어······ 한 번도 일해 본 적이 없고, 돈이 어디서 나는지 알 수 없는 스타르스키 씨가 당신들의 존중 정도에서 나보다 열 단계 높지요. 제가 하려는 말은······ 외국 뜨내기는 누구나 쉽게 당신들 살롱에 들어갈 수 있지요. 그러나 제 경우는 어땠습니까, 저에게 맡긴 돈에 대해 15퍼센트 이자를 지불하고 그곳에 입장할 수 있었잖습니까! 제가 아니라 그들이, 그 사람들이 당신들의 존중을 누렸고, 공평하지 않은 특혜를 가졌습니다······. 그 사람들 하나하나는 우리 가게에서 심부름하는 아이보다도 가치가 없는 사람들입니다. 가게에서 일하는 애는 적어도 사회를 더럽히지는 않습니다······."

"보쿨스키 씨, 당신은 나를 부당하게 대하고 있소. 당신이 말하는 걸 이해하오. 내 명예를 걸고 말하는데, 부끄럽소…… 그러나 개인의 비행이 우리들 책임은 아니지요."

"아니요, 당신들 모두의 책임입니다. 그 개개인들은 당신들 틈에서 성장했습니다. 공작님께서 말씀하시는 그 비행은 당신들의 견해 탓이고, 당신들이 모든 노동과 모든 의무를 경멸했기 때문에 생긴 결과에 지나지 않습니다."

"당신을 통해서 유감이 말하고 있군요……." 공작이 나가려고 하면서 말했다. "당연한 유감이오. 그러나 목표를 잘못 잡은 것 같소……. 나는 가겠소. 그래서 당신은 우리들을 유대인들의 희생물로 남겨 둘 거요?"

"당신들이 우리보다 그들과 더 잘 타협하길 바랍니다." 보쿨스키가 비꼬는 투로 말했다.

공작의 눈에 눈물이 고였다.

"나는……." 공작이 마음이 흔들리는 목소리로 말했다. "당신이 우리들과 우리에게서 점점 멀어지는 그들 사이를 연결하는 황금의 교량 역할을 하리라 생각했는데……."

"다리가 되고 싶었습니다. 그러나 교각이 잘려서 무너지고 말았습니다." 보쿨스키가 작별 인사를 하며 말했다.

"그러니 우리 '삼위일체의 요새'로 돌아갑시다."

"그건 요새가 아닙니다…… 그건 유대인들과의 동업 회사입니다."

"당신이 그렇게 말하는 거요?" 공작이 창백해지면서 말했다. "그래서 나는…… 그 회사와 무관하게 되었소. 불행한 나라……!"

공작이 머리를 흔들면서 나갔다.

드디어 러시아와 무역하는 회사의 운명이 결정되는 회의가 열렸다. 먼저 보쿨스키에 의해 구성된 경영진이 전년도 회계 보고를 했다. 매상이 자본을 10여 배 늘린 결과, 15퍼센트가 아닌 18퍼센트

씩의 배당을 받게 되었다. 동업자들은 그 말을 듣고 감동했으며, 공작의 제안으로 경영진과 불참한 보쿨스키에게 모두 기립하여 고마움을 표했다.

나중에 보쿨스키의 변호사가 자리에서 일어나 그의 의뢰인은 병 때문에 회사 운영에서 물러날 뿐만 아니라, 출자금도 회수한다고 공표했다. 모두 예측하고 있던 일이지만, 분위기가 침울해졌다.

잠깐 쉬는 시간을 이용해서 공작이 발언했다. 그는 보쿨스키가 사퇴했기 때문에 자기도 회사에서 손을 떼겠다고 공지했다. 말을 마친 그는 바로 회의실을 떠났다. 나가면서 그의 친구 중 한 사람에게 말했다.

"나는 무역을 할 수 있는 능력을 가진 적이 없어. 보쿨스키가 내 이름의 명예를 맡길 만한 유일한 사람이었지. 오늘 그가 없으니 내가 할 일이 뭐가 있겠나."

"배당금은 어떻게 하고……?" 친구가 물었다.

공작이 그를 위에서 아래로 쳐다보았다.

"내가 한 일은 배당금 때문이 아니라, 불쌍한 나라 때문이었네. 나는 우리들 세계에 신선한 피와 신선한 생각을 수용하고 싶었네. 그러나 내가 실패했음을 인정하지 않을 수 없게 되었네. 그건 보쿨스키의 잘못 때문이 아니야…… 불행한 이 나라!"

공작의 탈퇴는 예상치 못한 일이지만, 별다른 반응을 불러일으키지 못했다. 그 자리에 있는 사람들은 회사가 그대로 유지된다는 것을 이미 알고 있었다.

변호사 한 사람이 나와서 떨리는 목소리로 글을 읽었다. 그 내용은 보쿨스키의 사퇴로 회사는 경영자를 잃을 뿐만 아니라, 회사 자본금의 6분의 1이 없어진다는 것이었다. "회사는 붕괴될 것입니다." 변호사가 말을 이었다. "온 나라에 파편들이 뿌려질 것입니다.

수천 명의 직원이 일자리를 잃고, 수백 개의 가정이……."

여기서 그는 청중의 반응을 기다리느라 잠깐 멈추었다. 그러나 참석자들은 별 관심을 보이지 않았다. 그들은 이미 다음 일이 어떻게 진행될지 알고 있었다.

변호사가 다시 말하기 시작했다. 그는 청중들에게 용기를 잃지 말라고 호소했다. "훌륭한 시민이 있습니다. 그는 전문가이며 보쿨스키의 친구이며 동업자입니다. 그는 아틀라스 신이 하늘을 짊어지고 있듯이 흔들리는 회사를 떠받치기로 결심했습니다. 수천 명의 눈물을 닦아 주고, 무너지는 나라를 구하고, 무역에 새로운 길을 개척할 이분은……."

이 대목에서 모든 참석자들이 한 의자를 향해 고개를 돌렸다. 거기에는 땀을 흘리며 얼굴이 붉게 상기된 슐랑바움이 앉아 있었다.

"이분은……." 변호사가 큰 소리로 말했다.

"나의 아들 헨릭입니다……." 구석에서 외치는 소리가 났다.

그 효과는 아무도 예상하지 못했기 때문에 홀이 웃음소리로 흔들거렸다. 어쨌든 회사의 경영진은 즐거운 놀라움을 연출하면서 참석자들에게 슐랑바움을 동업자이며 경영자로 받아들일 것인지 물었다. 만장일치의 동의를 얻자 새로 선출된 경영자에게 의장석에 앉도록 요구했다.

여기서 다시 사소한 혼란이 일어났다. 아버지 슐랑바움이 발언을 요구하더니 아들과 경영진을 칭찬하는 말을 몇 마디 한 다음, 회사는 투자자들에게 연 10퍼센트 이상의 배당금을 보장할 수 없다는 제안을 했다.

소란이 일어나고, 10여 명이 발언권을 요구했다. 아주 활발한 논쟁이 있은 후에 슐랑바움이 제시한 새로운 경영진을 회사가 받아들이고, 운영 방침을 슐랑바움에게 맡겼다.

마지막 에피소드는 의사 슈만의 발언이었다. 그도 경영진에 포함되어야 한다고 요구되었다. 하지만 그는 그 좋은 자리를 비꼬는 투로 사양하면서 폴란드 대귀족들과 유대인들 사이의 회사를 풍자했다.

"이것은 마치 결혼하지 않고 부부처럼 동거하는 것과 같습니다." 슈만이 말했다. "그러나 그런 사이에서 가끔 천재적인 아이가 태어납니다. 그러니 우리 회사도 그런 특별한 결실을 맺을 것이라는 희망을 가집시다……."

경영진은 불안했다. 몇 사람은 흥분했다. 그러나 대다수 사람들은 슈만에게 열렬한 박수를 보냈다.

보쿨스키는 회의가 어떻게 진행되었는지 정확히 알고 있었다. 그 후 일주일 내내 사람들이 그를 찾아왔고, 편지와 익명의 편지가 그에게 쏟아졌다. 이런 일들이 계기가 되어 그는 그의 정신 상태에 새롭고 이상한 변화가 나타난 것을 감지했다. 그와 사람들 사이를 연결하고 있는 끈들이 모두 끊어진 것처럼 보였다. 그래서 그들에게 일어나는 일들이 그와는 아무 상관 없는 것처럼 생각되었다. 한마디로 그는 무대에서 자기 역할을 끝낸 배우와 비슷했다. 조금 전까지 그는 웃고, 분노하고, 울다가 지금은 관객들 사이에 앉아 마치 놀이를 즐기는 아이들처럼 동료들의 연기를 보고 있는 것이다.

'왜 저렇게 설치고 다닐까? 어리석기는!' 그는 생각했다.

그는 세계 밖에서 세계를 바라보고 있는 것 같았다. 그는 자신의 문제를 지금까지 보지 못한 새로운 시각에서 보았다.

처음 며칠 동안 동업자들, 직원들, 회사 고객들, 회사에 슐랑바움이 들어온 것에 불만을 가진 사람들, 자신들의 미래가 걱정되는 사람들이 그를 찾아왔다. 거의 모든 사람들이 보쿨스키가 다시 회사 경영을 맡아야 한다고 말했다. 슐랑바움과의 계약은 아직 서명되지 않았기 때문에 그가 회사로 복귀하는 것은 아무 문제가 없었다.

자기들의 처지를 몹시 슬프게 말하는 사람들도 있었고, 심지어 우는 사람들도 있어서 보쿨스키는 감동했다.

그러나 동시에 자신에게서 무관심을 발견하고, 다른 사람의 불행에 대해서도 동정심을 전혀 느끼지 못하는 자신이 이상하게 생각되었다.

'내게서 뭔가가 죽었어!' 그는 그렇게 생각하고, 찾아왔던 사람들을 빈손으로 돌려보냈다.

나중에 다른 방문객들의 물결이 이어졌다. 그들은 겉으로는 보쿨스키의 업적에 대해 고마움을 표하러 왔다고 하지만, 실제로는 한때 강력했던 사람이 완전히 망가졌다는 소문이 나돌자 호기심이 발동하여 온 것이다.

그들은 보쿨스키에게 회사로 복귀하라는 말 같은 것은 하지 않았다. 그들은 보쿨스키의 과거 활동에 대해서만 칭찬했고, 보쿨스키 같은 경영자를 쉽게 발견하지는 못할 것이라고 말했다.

세 번째 방문객 무리의 방문 목적은 모호했다. 그들은 보쿨스키를 칭찬하지도 않았다. 그들은 자주 슐랑바움에 대해서, 슐랑바움의 능력과 넘치는 활력에 대해서 이야기했다.

방문객들 중에 마부 비소츠키가 눈에 띄었다. 그는 지난날 그를 기아에서 구해 준 은인에게 작별 인사를 하러 왔다. 그는 무슨 말을 하려고 하다가, 갑자기 울음을 터뜨리더니 보쿨스키의 두 손에 키스하고 방에서 나갔다.

보쿨스키에게 온 편지들에서도 어느 정도 비슷한 말들이 반복되고 있었다. 보쿨스키의 지인들이나 보쿨스키가 모르는 사람들이 쓴 편지에서 그들은 보쿨스키에게 회사에서 물러나지 말라고 간청했다. 그의 사퇴는 나라에도 큰 손실이 될 것이라고 그들은 말했다. 다른 사람들은 그의 과거 업적을 칭찬했고, 그가 떠나서 유감이라고 했다. 또 다른 사람들은 모든 사람의 복지를 생각하는 유능한 슐랑바움과 힘을 합치라고 충고했다. 그와 달리 익명의 편지들에서는 그가 1년 전에 외국 제품을 수입함으로써 국내 산업을 망쳤고, 지금은 유대인들에게 회사를 매각함으로써 무역을 파멸시켰다고 사정없이 비난했다. 심지어 그들은 매각 대금까지 밝히고 있었다.

보쿨스키는 아주 침착하게 그런 일들에 대해 생각했다. 문득 자기가 자신의 장례식을 지켜보고 있는, 이미 죽은 사람이라는 생각이 들었다. 그는 자기에 대해 슬퍼하는 사람들, 자기를 칭찬하는 사람들과 자기를 증오하는 사람들을 보았다. 그는 자기 후임자도 보았다. 이제 그에게 모든 사람들의 호의가 쏠리기 시작했다. 그리고 그는 자신이 잊힌 사람이고 누구에게도 쓸모없는 사람이라는 것을 비로소 알게 되었다. 그는 물에 던져진 돌멩이와 비슷했다. 돌멩이가 물에 떨어진 직후에는 소용돌이와 물결이 일어난다. 그리고 곧이어 퍼져 가는 물결이 점점 작아진다……. 그리고 돌이 떨어진 그 자리에 매끄러운 수면이 형성된다. 그리고 그곳으로 다시 물결이 밀려온다. 그러나 이 물결은 다른 사람에 의해서, 다른 곳에서 생긴 것이다.

"그래, 그다음은 어떻게 될까?" 그는 중얼거렸다. "나는 누구와도 살지 않고…… 아무것도 하지 않고…… 그리고 다음은……?"

슈만이 그에게 인생에서 목표를 하나 잡으라고 충고했던 일이 생각났다. 좋은 충고야. 그러나 그 충고를 어떻게 실천할 수 있겠는가, 그가 아무런 욕망도 느끼지 못하고, 힘도 의욕도 없는데…
…. 그는 바람이 부는 대로 날아가는 마른 나뭇잎 같은 존재였다.

"언젠가 이런 상태를 느낀 적이 있다. 그런데 지금은 이런 상태
에 대한 의식조차 없다……."

어느 날 현관방에서 완강하게 저항하는 소란스러운 소리가 들
렸다. 그가 들여다보니 방으로 들어오려는 벵기엑을 하인이 가로
막고 있었다.

"아, 자네로군!" 보쿨스키가 말했다. "들어오게…… 무슨 일이라
도 있나?"

벵기엑이 처음부터 불안한 표정으로 그를 바라보았다. 그러나
서서히 표정이 밝아지더니 그가 용기를 내어 말했다.

"사람들이……." 그가 웃으면서 말했다. "어르신께서 아주 위독
하다고 말했는데, 제가 보니 그들이 거짓말을 했군요. 많이 수척해
지신 것은 사실입니다. 그러나 절대로 돌아가시지는 않을 것 같습
니다……."

"무슨 일 있나?" 보쿨스키가 재차 물었다.

벵기엑이 그에게 이야기를 털어놓았다. 그는 전에 잠자던 곳보
다 더 좋은 집도 있고, 일감도 많다고 말했다. 그래서 재료도 사
고, 보조 일꾼 두 사람도 데려가려고 바르샤바에 왔다고 했다.

"제가 공장을 세울 수도 있습니다, 어르신께 말씀드리지만!" 이
렇게 벵기엑이 말을 마쳤다.

보쿨스키가 조용히 그의 말을 듣고 있다가 갑자기 물었다.

"부인과는 행복하게 잘 살고 있나?"

벵기엑의 얼굴에 그늘이 스쳤다.

"좋은 여자입니다, 어르신. 그러나…… 신 앞에서 말하듯 어르
신 앞에서 말합니다…… 약간 그렇지 못합니다……. 눈이 보지

않은 것과 마음을 아프게 하지 않은 것은 항상 진리입니다. 그러나 직접 본 것은……."

그는 옷소매로 눈물을 닦았다.

"그게 무슨 말이야?" 보쿨스키가 놀라서 물었다.

"아무것도 아닙니다. 제가 누구와 결혼했는지 저는 알고 있습니다. 하지만 저는 편안했습니다. 좋은 여자이고, 조용하고, 부지런하고, 오로지 저 하나만 믿으며 살고 있었습니다. 그러나 그것이 무슨 소용이 있습니까……? 저는 걱정 없이 잘 살았습니다. 하지만 그것도 제가 그녀의 옛날 남자를 보기 전까지였습니다……."

"어디서?"

"자스와프에서요, 어르신." 벵기엑이 말을 계속했다. "어느 일요일에 마리시아와 같이 성에 갔습니다. 저는 마리시아에게 대장장이가 사라진 개울과 어르신께서 저에게 글자를 새기라고 지시하신 바위를 보여 주고 싶었습니다. 그때 자스와프스카 마님의 손녀와 결혼한 달스키 남작님의 마차를 보았습니다. 마님은 훌륭하신 분이셨습니다. 명복을 빕니다!"

"자네가 남작을 아나?" 보쿨스키가 물었다.

"알고말고요!" 벵기엑이 대답했다. "마님이 돌아가신 후에 남작님이 재산을 관리하고 계십니다. 앞으로 무슨 일이 없는 동안은 계속 관리하실 겁니다. 저는 남작님의 지시로 벽에 도배도 했고, 창문도 고쳤습니다. 그분을 알지요! 정직하고 인자하신 분이지요."

"그래서 어떻게 되었나?"

"무너진 건물들 사이로 마님의 손녀인 남작 부인과 그 개자식 스타르스키가 오고 있었습니다……."

보쿨스키가 넘어지듯 의자에 앉았다.

"누구라고……?" 보쿨스키가 작은 소리로 말했다.

"스타르스키 말입니다. 그도 돌아가신 자스와프스카 마님의 손자이지요. 마님 생전에 마님에게 알랑거리던 사람이 지금은 유언을 무효화하려고 합니다. 마님이 돌아가시기 전에 이미 미쳤기 때문이라고 말하고 있습니다…… 그는 그런 사람입니다!"

그가 잠시 쉬었다가 말을 이었다.

"그는 남작 부인과 손을 잡고 있었습니다. 그들은 우리 바위를 보면서 뭐라고 자기들끼리 말하고 작은 소리로 웃었습니다. 그때 스타르스키가 주위를 둘러보았습니다. 그가 제 아내를 보더니 알 수 없는 미소를 지었습니다. 제 아내가 백지장처럼 창백해졌습니다. '무슨 일이야, 마리시아?' ……제가 물었습니다. 그러나 아내는 '아무것도 아니에요……'라고 말했습니다. 그사이 남작 부인과 그 탕아는 성 위에서 아래로 내려가더니 개암나무 숲 속으로 사라졌습니다. '당신에게 무슨 일이야?' 제가 재차 마리시아에게 말했습니다. '당신이 짐승만도 못한 저런 인간을 알고 있다는 것을 내가 눈치챘으니 사실대로 말해요.' 그러자 아내가 바닥에 앉더니 울음을 터뜨리며 말했습니다. '신이시여, 저자를 벌하소서! 그가 제 인생을 맨 먼저 망가뜨렸어요…….'"

보쿨스키는 눈을 감았다. 벵기엑이 흥분한 목소리로 이어 갔다.

"그 말을 들었을 때, 어르신, 그를 뒤쫓아 가서 남작 부인이 보는 앞에서 발로 차서 그 자리에서 죽일 생각을 했습니다.

그렇게 분노가 치밀어 올랐습니다. 그때 이런 생각이 머리에 스쳤습니다. '이 멍청아, 무엇 때문에 이 여자와 결혼했나? 너는 이 여자가 어떤 여자인지 알고 있었잖아…….' 순간 심장이 약해져서 아래로 내려가는 것도 두려웠습니다. 저는 아내를 쳐다보지도 않았습니다. 그러자 아내가 말했습니다. '화난 거예요……?' 그래서 제가 말했습니다. '여기서도 틀림없이 서로 만났지……?' 아내가 대답했습니다. '신께 맹세하건데 그때 본 게 전부예요.' '서로 반갑게 쳐다보지 않았어!' 제가 말했습니다. '당신을 만나기 전에 내가 눈이 멀었어야 했는데, 당신을 알기 전에 내가 먼저 죽었어야 했는데……' 그러자 아내가 울면서 물었습니다. '왜 화난 거예요……?' 그때 제가 처음이자 마지막으로 이렇게 말했습니다. '너는 짐승이야……' 저는 더 이상 참을 수가 없었습니다. 그때 남작이 기침하면서 파랗게 변한 얼굴로 다가오더니 물었습니다. '벵기엑, 내 아내를 못 보았나?' 그 순간 제 머리에 스치는 것이 있었습니다. 그래서 저는 이렇게 대답했습니다. '보았습니다, 어르신, 스타르스키 씨와 함께 숲 속으로 갔습니다. 여자를 살 돈이 없어서 이제는 유부녀에게까지 손을 뻗치고 있습니다……' 남작이 그때 저를 어떤 눈으로 보았겠습니까!"

벵기엑이 슬쩍 눈물을 닦았다.

"제 인생이 이렇습니다, 어르신. 그놈을 보기 전까지 저는 편안했습니다. 그러나 지금은 누구를 보든 모두가 제 동서 같습니다……. 집사람에게 말은 안 했지만, 집사람이 보기 싫습니다, 정말 보기 싫습니다. 집사람과 저 사이를 뭔가가 가로막고 있는 것 같아서 옛날처럼 키스를 할 수 없습니다. 결혼만 하지 않았다면, 어르신께 말씀드리지만, 저는 벌써 집을 버리고 어디론가 가 버렸을 겁니다……. 그러나 모든 것이 제가 집사람과 떨어질 수 없기 때문입니다. 제가 집사람을 사랑하지 않는다면, 어떻게 되든 무슨 상관이겠습니까! 제 아내는 집안 살림을 빈틈없이 잘하고, 음식 잘하고, 옷도 잘 만들고, 집 안에서 없는 듯 조용합니다. 애인들 좀 가질 만하지요! 제가 아내를 사랑하기 때문에 화가 나고 마음이 아픕니다. 제 마음이 새까맣게 타 버렸습니다……"

벵기엑이 분노로 치를 떨었다.

"우리가 처음 결혼했을 때 저는 자식들을 가져야겠다고 생각했습니다. 그러나 지금은 제 자식 대신 남의 애를 키우지 않을까 두렵습니다. 포인터가 잡종과 교배해서 새끼를 낳으면, 나중에 아무리 좋은 포인터와 교배를 해도 새끼들에게 잡종의 흔적이 남아 있다고 하지 않습니까……."

"나는 나가 봐야겠네." 보쿨스키가 갑자기 말했다. "그러면 건강하고……. 아, 그리고 떠나기 전에 다시 한 번 들르게……."

뱅기엑은 진심 어린 작별 인사를 하고 나간 후 현관방에서 하인에게 물었다.

"당신 주인 어디가 편찮으신가? 처음엔 건강하시다고 생각했는데, 안색은 좋지 않았지만, 그런데 힘이 없어 보이시네……. 이 집에 신의 가호가 있길……!"

"내가 말했잖아, 억지로 들어가지 말라고. 그리고 말을 많이 하지 말라고." 찌푸린 얼굴로 그를 밖으로 떠밀면서 하인이 말했다.

뱅기엑이 나간 후 보쿨스키는 깊은 생각에 빠졌다.

"나의 돌 앞에 서서 비웃었다고……!" 그가 작은 소리로 말했다. "그는 틀림없이 돌을 모독했을 거야, 죄 없는 돌을……."

순간 그는 새로운 목표를 발견했다고 생각했다. 이제 둘 중 하나를 선택하는 것만 남았다. 스타르스키의 머리에 총알을 박느냐, 아니면 총을 쏘기 전에 먼저 그가 행복을 파괴했던 사람들의 리스트를 말해 준 다음 그의 생명을 살려 두고 그를 가난과 비참의 바닥까지 끌고 가느냐…….

그러나 냉정히 생각해 보니 유치하게 보였다. 그리고 그런 종류의 인간에게 복수하기 위해 재산과 일과 편안함을 희생해야 한다는 게 내키지 않았다.

'차라리 들쥐나 바퀴벌레를 박멸하는 것이 낫겠다. 이런 것들은 실제로 인간에게 해로운 것들이기 때문이다. 그런데 스타르스키는…… 그는 도대체 무엇인가? 그처럼 편협한 인간이 그 많은 사람들에게 오로지 해악만 끼치다니 있을 수 없는 일이다. 그는 준비된 물건만 태우는 불꽃에 불과하다……'

그는 소파에 누워 생각했다.

'그가 나를 해쳤다. 왜……? 그에게는 완벽한 공범 여인이 있었다. 그리고 다른 공범은 나의 어리석음이었다. 나는 왜 처음부터 그 여인의 실체를 파악하지 못했을까? 단지 그녀가 높은 존재처럼 포즈를 취하고 있어서 그녀를 여신처럼 숭배했을까……? 그는 달스키에게도 해악을 끼쳤다. 그러나 늙은 나이에 도덕적으로 아무 가치도 없는 여자에게 빠진 달스키에게 잘못하고 있는 사람은 누구인가……? 세계의 불행의 원인은 스타르스키 같은 사람들이 아니라, 그들에게 희생된 사람들의 어리석음이다. 다시 말하자면 스타르스키도, 이자벨라 양도, 에벨리나 양도 달에서 떨어진 것이 아니라, 특정 세계에서 특정 시대에 특정 개념 속에서 길러진 것이다. 그들은 그 자체로서는 병이 될 수 없는 뽀루지 같은 것이지만, 사회의 혈관에 흐르는 혈액이 감염되었다는 징조이다. 그들에게 복수할 일도 아니고, 그들을 박멸할 필요도 없다……'

그날 저녁 그는 처음으로 거리로 나가 보고 자신이 얼마나 약해졌는지 알았다. 마차들의 바퀴 소리와 사람들의 분주한 움직임에 현기증이 났다. 그는 집에서 멀리 가는 것이 두려웠다. 그는 노비 시비아트 거리까지도 못 갈 것 같았다. 돌아가지도 못할 것 같고, 본의 아니게 웃음거리가 될 것 같았다. 그러나 무엇보다 아는 얼굴을 만날까 마음이 초조했다.

그는 지치고 흥분되어 집으로 돌아왔다. 그러나 그날 밤, 그는 잘 잤다.

뱅기엑이 다녀간 지 일주일 만에 오호츠키가 그를 방문했다. 그는 힘이 넘쳤고, 얼굴이 탔으며, 젊은 귀족다웠다.

"어디서 오십니까?" 보쿨스키가 그에게 물었다.

"자스와벡에서 바로 오는 길입니다. 그곳에 두 달 동안 머물렀습니다." 오호츠키가 대답했다. "제가 어떤 불미스러운 싸움에 말려들었는지 당신은 상상도 못할 겁니다."

"당신이……?"

"그렇습니다, 제가. 더군다나 아무 죄도 없이. 제 말을 들으면 머리끝이 곤두설 것입니다."

그가 담배에 불을 붙이고 말을 계속했다.

"혹시 당신이 들으셨는지 모르겠습니다. 돌아가신 회장 부인께서 아주 작은 부분만 제외하고 전 재산을 병원, 고아원, 시골 학교, 시골 가게 등에 자선 목적으로 사용하도록 유언하셨습니다. 공작과 달스키와 제가 그 유언을 집행하도록 위임받았습니다. 아주 잘된 일이었습니다. 우리는 유언을 집행했습니다. 정확히 말하면 유언을 확인하는 작업을 시작했습니다. 왜냐하면 한 달 전에 크라쿠프에서 돌아온 스타르스키가 유언에서 제외된 친척들의 이름으로 유언을 무효화하는 소송을 제기하겠다고 우리에게 통보했기 때문입니다. 말할 것도 없이 공작이나 저는 그런 말을 무시하려 했지요. 그러나 부인의 꼬임에 빠지고 스타르스키의 사주를 받은 남작의 마음이 흔들렸습니다. 그런 이유로 우리는 몇 차례 이야기해 보았지만 결국 공작이 그와의 관계를 단절했지요.

그러는 사이에 무슨 일이 일어났느냐 하면……." 오호츠키가 목소리를 낮추면서 말했다. "어느 일요일에 남작 부부와 스타르스키가 자스와프로 산책을 나갔지요. 거기서 무슨 일이 일어났는지 아세요……? 자세히는 모르지만 결과는 이렇답니다. 남작이 유언을 무효화하는 일은 절대 용납할 수 없다고 단호하게 선언한 겁니다. 하지만 그건 아무것도 아닙니다……. 그 남작이 여신처럼 떠받들던 부인과 결연히 이혼한 것입니다. 지금 제가 한 말 들었어요……? 그런데 그 일 역시 아무것도 아닙니다. 10일 전에 남작이 스타르스키와 결투를 해서 갈비 위로 총알이 뚫고 지나갔답니다…… 마치 갈고리로 가슴 왼쪽에서 오른쪽으로 할퀸 것처럼 상처가 심하게 났습니다. 분노한 늙은이는 소리를 질러 대고, 욕을 해 댔지요. 열이 몹시 심했지요. 그는 부인에게 당장 친정으로 돌아가라고 소리쳤답니다. 그러나 친정에선 그녀를 받아 주지 않을 것이 확실합니다. 그는 아무도 말릴 수 없는 고집불통이 되었지요! 짐승처럼 사나워진 늙은이가 병상에서 자기 아내에 대한 분노를 못 이기고 간호사에게 자기 머리와 수염을 물들이라고 지시해서 지금은 20대 시체로 보인답니다……."

보쿨스키가 웃었다.

"부인에게 그렇게 한 것은 잘했지만……." 보쿨스키가 말했다. "염색까지 할 필요는 없었는데."

"갈비에 총 맞은 것도 필요 없는 일이었지요." 오호츠키가 말했다. "하마터면 총알이 스타르스키의 두뇌를 관통할 뻔했답니다! 총알은 언제나 눈먼 것이니까. 그 사건 때문에 제가 한동안 머리가 아팠지요."

"그런데 그 주인공은 어디 있어요?" 보쿨스키가 물었다.

"스타르스키 말입니까……? 외국으로 도망갔지요. 그가 직면하기 시작한 사람들의 냉대도 있었지만, 그보다 더 빚쟁이들의 등쌀 때문에 간 것이지요. 그는 대단한 친구입니다! 글쎄, 그가 진 빚이 10만 루블이나 된답니다."

두 사람은 말이 없었다. 보쿨스키는 창가에 앉아 고개를 숙이고 있었다. 오호츠키는 가볍게 휘파람을 불면서 생각에 잠겼다.

갑자기 오호츠키가 생각에서 깨어나더니 혼자 중얼거리기 시작했다.

"세상일의 뒤죽박죽이란, 누가 예상이나 했겠어요. 스타르스키 같은 멍청한 친구가, 멍청했기 때문에 좋은 일을 하게 될 줄……."

보쿨스키가 고개를 들고 무슨 말이냐는 듯 오호츠키를 쳐다보았다.

"정말 이상하지 않습니까……?" 오호츠키가 말했다. "만일 스타르스키가 점잖은 사람이었고, 젊은 남작 부인과 연애를 하지 않았더라면, 달스키는 유언에 대한 스타르스키의 불만을 지지했을 겁니다. 세상에! 아마 소송비도 자기가 냈을 겁니다. 왜냐하면 유언이 스타르스키의 주장대로 되면 달스키의 부인도 얻는 것이 있기 때문에. 그러나 스타르스키가 멍청해서 남작 부인을 위험에 빠뜨렸고……. 그래서 유언이 구제된 것입니다. 덕분에 아직 태어나지도 않은 자스와프의 소년들은 남작 부인과 바람피운 것에 대해 스타르스키를 축복해야 할 것입니다……."

"패러독스야!" 보쿨스키가 말했다.

"패러독스죠! 그런데 그것이 사실입니다. 그리고 어떻게 생각하세요, 남작으로 하여금 그런 부인과 헤어지게 한 것도 스타르스키의 공적 아닙니까……? 우리끼리 이야기지만, 그 여자는 개구리입니다, 여자가 아니에요. 그 여자가 생각하는 것은 기껏 의상, 놀고 즐기는 것, 남자들에게 아양 떠는 것 정도입니다. 그 여자가 책을 언제 읽는지, 무엇을 진지하게 생각하는지 아무도 모릅니다. 그녀는 뼈에 붙은 살 조각일 뿐입니다. 정신을 가지고 있는 척하지만, 겨우 위가 있는 정도입니다. 당신은 그녀를 모릅니다…… 그 여자가 어떤 기계인지 당신은 상상도 못 할 겁니다. 그녀의 인간 같은 외모 뒤에 인간적인 것은 아무것도 없습니다……. 남작이 드디어 그녀의 실체를 알게 된 것이지요. 큰 복권에 당첨된 것과 같은 것입니다."

"다행입니다!" 보쿨스키가 작은 소리로 말했다.

"뭐라고 하셨죠?" 오호츠키가 물었다.

"아무것도 아니에요."

"돌아가신 회장 부인의 유언을 구제하고, 남작을 그런 부인에게서 해방시킨 것은 스타르스키의 공적 일부분에 지나지 않습니다……."

보쿨스키가 의자에 앉은 채 몸을 곧게 폈다.

"상상해 보세요, 이 멍청이가 연애 행각을 통해 정말로 중요한 사실을 만들어 낸 것입니다." 오호츠키가 말했다. "사실은 이렇습니다. 제가 가끔 달스키에게(그뿐만 아니라 돈 있는 모든 사람에게) 바르샤바에 화학 및 기계 기술 실험실을 하나 설립하는 것은 가치 있는 일이라고 이야기했습니다. 당신도 아시다시피 우리 나라에는 발명가가 없습니다. 그 이유는 무엇보다 그들이 실험할 수 있는 장소가 없기 때문입니다……. 물론 남작은 제 말을 한 귀로 듣고 다른 귀로 흘려보냈습니다. 그러나 제 말의 일부가 그의 뇌리에 남아 있었던 겁니다. 스타르스키가 그의 마음과 갈비에 상처를 준 이후 그는 부인에게 유산을 한 푼도 주지 않을 방법을 고민하면서, 나와 며칠 동안 기술 연구소 설립에 대해 이야기를 나눴습니다. 그것이 무엇에 소용이 있을까요……? 사람들이 더 현명해지고 더 나아질까요, 그들에게 실험실이 마련되면……? 비용이 얼마나 들지, 제가 그 연구소의 책임자 자리를 맡아야 할지 모르겠습니다……. 제가 출타 중일 때, 일이 진행되었습니다. 남작이 공증인을 불러 어떤 문서를 작성했는데, 제가 추측하기로는, 연구소에 관한 것이었습니다. 그 밖에도 달스키는 그 일을 감독할 능력 있는 사람들을 소개해 줄 것을 나에게 부탁했습니다. 보십시오, 운명의 아이러니 아닙니까, 스타르스키 같은 하찮은 사람이, 외로운 유부녀들을 위로하는 공유물 같은 존재가 연구소 설립의 발단이 되었다니……! 그러고 보면 세상에 필요 없는 것은 없다는 말이 맞습니다."

보쿨스키가 얼굴의 땀을 닦았다. 흰 손수건이 잿빛으로 물들었다.

"제가 당신을 피곤하게 하는 것 아닐까요……?" 오호츠키가 물었다.

"아닙니다. 계속하세요……. 비록 당신이 약간 과장하는 것 같기는 하지만, 그…… 사람의 공적을 당신이 한 가지 잊고 있습니다."

"무엇을 말입니까?"

"기술 연구소는 고통과 인간 행복의 폐허에서 성장한다는 사실을. 그리고 당신은 남작이 어떤 경로로 자기 아내에 대한 사랑에서…… 기술 연구소로 옮겨 가게 되었는지 스스로에게 묻지 않았습니다!"

"그게 저와 무슨 상관이 있습니까?" 손을 내저으면서 오호츠키가 말했다. "개인의 말할 수 없이 지독한 고통의 대가로 사회의 진보를 사는 셈인데, 확실한 것은, 그럴 만한 가치가 있습니다……."

"그러면 당신은 적어도 알고 있습니까, 그 고통이 어느 정도인지?" 보쿨스키가 물었다.

"알지요, 알고 있습니다! 마취하지 않고 엄지발톱을 뽑는 것만큼 큰 고통이지요……."

"발톱을?" 보쿨스키가 생각에 잠긴 채 반복했다. "오래된 이런 격언을 아세요? '때로는 인간의 영혼이 찢어져서 자기들끼리 서로 싸운다.' 그것이 발톱을 뽑고, 살갗을 모두 찢는 것보다 더 심한 고통이 아니라고 누가 말할 수 있겠어요?"

"그건 약간 남자답지 못한 고통이지요!" 오호츠키가 얼굴을 찌푸리며 말했다. "그건 여자들이 분만 때 경험하는 고통 같은 것 아닐까요? 그런데 남자는……."

보쿨스키가 크게 웃었다.

"저를 비웃는 거요……?" 오호츠키가 화난 목소리로 말했다.

"아니요, 남작을 생각하고 웃는 거요. 그런데 당신은 왜 그 기술 연구소 설립하는 일을 떠맡지 않는 거요?"

"제가 왜 그런 일을 하겠소! 이미 마련된 기술 연구소로 가는 편이 낫지요. 거기서는 결과를 기다리며 초조해할 필요도 없고. 망할 일도 없는데. 그곳에서 일하는 데는 행정과 교육 능력만 있으면 됩니다. 그리고 저는 이제 비행 기계에 대한 생각을 접었습니다."

"그래서?" 보쿨스키가 물었다.

"그래서는 또 뭐요……? 3년 전부터 돈을 더 빌리려고 해도 잘 안 되는, 저당 잡혀 있는 얼마 안 되는 재산들을 모아 외국으로 가서 진지하게 일해 보려고 합니다. 여기서는 사람이 게을러지고, 바보가 되고, 쉽게 우울증에 걸립니다……."

"일은 어디서나 할 수 있지 않습니까?"

"농담하시는 거죠!" 오호츠키가 대답했다. "연구소가 없는 것뿐만 아니라, 이 나라에는 무엇보다도 학문적인 분위기가 전혀 되어 있지 않아요. 이곳은 출세주의자들의 도시입니다. 출세주의자들이 판치는 세상에선 진정한 연구자는 무례한 놈 아니면 미친놈 취급받습니다. 사람들은 지식을 쌓기 위해 배우는 것이 아니라 좋은 자리를 차지하기 위해 배우고 있습니다. 그런데 좋은 자리와 명성은 인간관계나 여자들을 통하거나 저녁 파티에서 얻게 됩니다. 혹은 제가 모르는 다른 방법이 또 있겠죠. 그런 속에 빠져서 지내 보았습니다. 저는 진정한 학자들과 천재적인 인물들을 압니다. 그들이 갑자기 연구를 그만두고 가르치는 일을 하거나, 아무도 안 읽거나 읽어도 이해하지 못하는 글을 쓰기 시작했습니다. 저는 크게 사업하는 사람들과도 이야기해 보았습니다, 그들이 학문과 실질적인 발명을 위해 후원하도록 유도할 생각으로요. 제가 무엇을 알게 되었는지 아세요……? 그들이 학문에 대해 상상하고 있는 것은 거위가 대수학을 생각하고 있는 정도입니다. 그리고 어떤 발명이 그들의 관심을 끌고 있는지 아세요? 두 가지밖에 없습니다. 한 가지는 그들의 배당금을 증가시키는 데 영향을 미칠 수 있는 것이고, 다른 하나는 물건이나 가격에서 구매자를 속이고 주문 계약서 쓰는 방법을 가르쳐 주는 것입니다. 당신이 러시아 상대의 무역 회사를 운영하면서 속임수를 쓰고 있다고 그들이 생각할 때는 당신을 천재라고 불렀지만, 당신이 약속한 것보다 3퍼센트를 더 많이 동업자들에게 주었기 때문에 지금은 당신이 뇌경색을 앓고 있다고 말합니다.”

“나도 알고 있습니다.” 보쿨스키가 대답했다.

“그런 사람들 사이에서 학문을 위해 일해 보세요. 당신은 굶어 죽든가 바보가 될 겁니다! 그 대신에 당신이 춤을 잘 추거나, 어떤 악기로 연주를 잘하거나, 아마추어 무대에서 연기를 잘하거나, 무엇보다도 여자들을 즐겁게 할 수 있다면, 아아아…… 당신은 출세할 수 있습니다. 당신은 금방 저명인사로 소문이 나고, 당신은 당신이 하는 일의 가치보다 몇십 배 수입이 많은 지위를 차지할 수 있습니다. 당신은 파티와 여자들, 여자들과 파티 속에서 살게 될 겁니다! 저는 하인이 아니기 때문에, 지치도록 파티 속에서 살 필요도 없습니다. 저는 여자들이 아주 쓸모 있다고 봅니다. 어린애 낳는 일에만. 그래서 나는 이곳을 떠나 취리히로 가려고 합니다."

"가이스트에게는 가지 않겠어요?" 보쿨스키가 물었다.

오호츠키가 생각에 잠겼다.

"그곳에 가려면 수십만 루블이 있어야 하는데, 저에게는 그런 돈이 없습니다. 설령 그런 돈이 있다 해도, 그것이 실제로 무엇이라는 확신을 먼저 가질 수 있어야겠지요⋯⋯. 왜냐하면 물체의 비중이 감소한다는 얘기는 제겐 동화 같은 이야기로 들리거든요."

"내가 금속판을 보여 주지 않았습니까?" 보쿨스키가 말했다.

"아, 그렇지요⋯⋯. 그것을 다시 한 번 보여 줄 수 있겠습니까?" 오호츠키가 큰 소리로 물었다.

보쿨스키의 얼굴에 병적인 붉은빛이 나타났다 곧 사라졌다.

"이제 없습니다!" 짓눌린 목소리로 보쿨스키가 대답했다.

"무슨 일이 있었습니까?" 오호츠키가 이상하게 생각했다.

"별거 아닙니다! 그게 하수구에라도 빠졌다고 생각하세요? 그런데 만일 돈이 있다면 가이스트에게 가겠습니까?"

"물론 가겠습니다. 그러나 먼저 사실 확인을 해야겠지요. 제가 화학 물질에 대해 아는 바로는, 죄송합니다, 일정 한계를 벗어나 물질의 비중이 감소한다는 것은 이론과 맞지 않습니다."

두 사람은 말이 없었다. 곧이어 오호츠키는 자리를 떴다.

오호츠키의 방문이 보쿨스키에게 새로운 생각의 흐름을 일깨웠다.

그는 의욕을 느꼈을 뿐만 아니라, 화학적 경험들을 다시 회상하고 싶은 욕망이 깨어나는 것을 느꼈다. 그는 그날 바로 증류 시험관, 파이프, 시험관과 화학 약품들을 사기 위해 시내에 나갔다.

그 생각 때문에 그는 마차를 타고 시내에 나갈 용기를 낼 수 있었고, 아무렇지 않게 사람들을 바라볼 수 있었으며, 그를 호기심 어린 시선으로 보는 사람들, 그를 알아보지 못하는 사람들, 그의 모습을 보고 비웃는 사람들을 보면서도 불쾌감을 극복할 수 있었다.

그러나 유리 가게에서, 더 심하게는 약재상에서 그는 자기에게서 삶의 활력뿐만 아니라 인간적 자립성이 얼마나 쇠진했는지를 느꼈다. 오호츠키와의 대화 중에 그가 수년 동안 잊고 살았던 화학을 회상할 수 있었는데도……!

"어쨌거나 그건 중요하지 않아." 그는 혼자 중얼거렸다. "시간만 채우면."

다음 날 그는 정밀 저울과 몇 가지 복잡한 도구들을 구입하고, 처음 공부를 시작하는 학생처럼 작업에 착수했다.

처음에 그는 수소를 만들었다. 대학 시절이 생각났다. 그 당시 그는 구두약 통을 이용해 수건으로 감싼 병에서 수소를 만들었다. 그때가 얼마나 행복했던 시절이었던가……! 나중에 그가 고안했던 기구도 생각나고, 수소 결합 화학이 인류의 역사를 바꿀 것이라고 주장하는 가이스트도 떠올랐다…….

"가이스트가 찾는 금속을 내가 몇 년 후에 만들게 되면?" 그가 혼자 중얼거렸다. "가이스트는 수천 번의 결합을 시도해 보아야 그 금속이 발견될 수 있다고 주장했다. 내가 발견하게 되면 복권이 당첨되는 것과 같은 것이고, 내 운이 좋은 것이지……. 만일 내가 그런 금속을 발견하게 되면 이자벨라 양은 뭐라고 할까……?"

그런 생각 때문에 분노가 끓어올랐다.

"아!" 그가 작은 소리로 말했다. "내가 그녀를 얼마나 경멸하는지 보여 주기 위해서 나는 유명해지고 거대한 힘을 가진 사람이 되고 싶다……."

나중에 경멸은 분노를 표현하는 것도, 누군가를 모욕하고자 하는 욕망을 보여 주는 것도 아니라는 생각이 들었다. 그는 다시 일을 시작했다.

수소와 관련된 초보적인 경험이 그를 가장 기쁘게 해서, 그는 그 실험을 자주 했다.

어느 날 그는 글라스 하모니카를 만들어 연주했다. 그러자 다음 날 집주인이 와서 최대한 공손하게 10월부터 집을 비워 줄 수 없겠느냐고 물었다.

"들어올 사람이 있습니까?" 보쿨스키가 물었다.

"그것은…… 이렇습니다…… 거의 그렇다고 볼 수 있습니다." 난처해진 집주인이 사정을 털어놓았다.

"그렇다면 집을 비우지요."

집주인은 보쿨스키가 바로 집을 비운다고 하자 약간 이상하게 생각하면서도 만족한 표정으로 작별 인사를 했다. 보쿨스키는 웃었다.

'물론…….' 보쿨스키는 생각했다. '그는 나를 이상한 사람 혹은 파산자로 보겠지……. 그편이 더 좋아! 솔직히 말하면 방 여덟 개대신 방 두 개만 있으면 나는 아주 잘 살 수 있지.'

나중에 이유는 알 수 없지만 서둘러 방을 비워 주겠다고 한 것을 후회한 순간도 있었다. 하지만 그때 그에게 남작과 벵기엑이 생각났다.

'남작은 다른 남자와 연애를 한 부인 때문에 헤어졌고, 벵기엑은 자기 부인과 관계를 가졌던 남자 중 한 명을 직접 보았기 때문에 자기 부인에 대한 사랑을 잃었다……. 그러면 나는 어떻게 해

야 하나?'

그는 다시 분석하는 작업을 했는데, 자신의 숙달된 솜씨가 녹슬지 않은 것에 대해 만족했다.

이 작업에 그는 몰두했다. 덕분에 자주 몇 시간이고 계속해서 이자벨라에 대한 생각을 완전히 잊었다. 그는 자신의 지친 뇌가 정말로 회복되는 것을 느꼈다. 어느덧 사람들과 거리에 대한 불안한 감정이 사라졌기 때문에 그는 자주 시내에 나갔다.

어느 날 그는 와지엥키 공원까지 산책을 나갔다. 한때 그가 이자벨라와 함께 산책하던 길을 보자 마음에 동요가 일었다. 그때 누군가가 건드린 백조가 날개를 펴고 물을 치면서 연못 가장자리로 날아왔다. 흔히 볼 수 있는 그런 광경이 보쿨스키에게 이상한 인상을 주었다. 그는 이자벨라가 자스와벡에서 떠나던 일을 회상했다……. 그는 미친 사람처럼 공원에서 도망치듯 나와 마차를 타고 눈을 감고 집으로 돌아갔다.

그날 그는 아무 일도 하지 않았다. 그는 밤에 이상한 꿈을 꾸었다. 꿈에서 이자벨라가 눈물이 가득 고인 눈으로 그의 앞에 서서 왜 자기를 버렸느냐고 그에게 물었다……. 그렇다면 스키에르니에비체까지의 여행, 스타르스키와의 대화, 그의 새롱거림 등이 꿈이었단 말인가…… 그가 꿈을 꾸었다는 건가……?

보쿨스키는 이불을 걷어차고 일어나서 불을 켰다.

"무슨 꿈이지……?" 그는 스스로에게 물었다. "스키에르니에비체까지의 여행이, 그녀의 슬픔과 원망이……."

아침까지 그는 잠을 잘 수가 없었다. 질문과 의심들이 그를 끊임없이 괴롭혔다.

'불빛이 희미한 객실에 앉아 있는 사람이 창문에 반사될 수 있을까?' 그는 생각했다. '내가 그때 본 것은 환상이 아닐까……? 나의 영어 수준이 몇 가지 표현의 의미를 잘못 이해하지 않을 만큼 그 정도로 높은가……? 내가 이유 없이 그녀를 심하게 모욕했다면 그녀의 눈에 나는 어떻게 보였을까……? 어렸을 때부터 알고 지낸 사촌들은 서로 간의 신뢰를 깨뜨리지 않으면서 대담한 이야기도 할 수 있는 것 아닐까……?

정당화할 수 없는 질투 때문에 착각한 나머지 불행한 나는 무슨 짓을 한 것인가……! 스타르스키는 남작 부인을 사랑하고 있었잖은가. 이자벨라는 그것을 알고 있으면서 남의 애인과 연애하는 것에 대해 수치심을 느끼지 않을 수도 있겠지……'

그는 현재 자신의 삶을 생각해 보았다. 공허하다. 이루 말할 수 없이 공허하다……! 그는 지금까지 하던 일들도 모두 그만두었다. 사람들과의 접촉도 끊어졌다. 그의 앞에는 아무것도 없다. 정말 아무것도 없다. 앞으로 무엇을 시작할까……? 공상 소설이나 읽을까? 아무 쓸데 없는 일이나 할까? 어디로 여행이나 떠날까? 스타프스카와 결혼할까……? 그러나 무슨 일을 택하든, 어디를 가든 그는 슬픔과 외로움에서 벗어나지 못할 것이다!

"그런데 남작은……?" 그가 중얼거렸다. "그는 에벨리나 양과 결혼했다. 그래서 어떻게 되었나……? 지금은 기술 연구소를 설립할 생각을 하고 있다. 연구가 무엇인지도 이해하지 못하면서……."

낮에 샤워를 하고 나자 보쿨스키의 생각이 달라졌다.

"나에게는 적어도 연 3만에서 4만 루블의 소득이 있다. 나를 위해 2천에서 3천 루블 쓰고, 나머지는, 나에게 부담스러운 재산으로 무엇을 하지……? 그 돈이면 천 가구 정도가 안정된 생활을 할 수 있다. 그러나 벵기엑처럼 불행해지는 사람도 있고, 건널목지기 비소츠키처럼 은혜에 보답하려는 사람도 있지만, 나와 무슨 관계가 있겠는가……?"

그는 다시 가이스트와 새로운 문명의 기원이 될 수도 있는 그의 비밀스러운 실험실을 생각했다. '그곳에 쏟은 재산과 노력은 수천억 배의 보상으로 돌아올 것이다. 그곳에는 어마어마한 목표가 있고, 시간을 보람 있게 보낼 방법이 있고, 이 세상이 아직 경험하지 못한 명성과 거대한 힘을 얻을 가능성이 있다……. 공중을 날아다니는 장갑차 시대가 도래한다니……! 효과 면에서 이보다 더 거대한 것이 뭐가 있겠는가……?'

"내가 만일 그 금속을 발견하지 못하고 다른 사람이 발견하게 되면, 그것도 얼마든지 가능한 일 아닌가……?" 그는 스스로에게 물었다.

"그럼 어떤가?" 그가 스스로 대답했다. "최악의 경우에도 나는 발견을 위해 노력한 몇 안 되는 사람들 중 하나인 것이다. 그런 일에는 가치 있는 용도가 없는 재산과, 목표 없는 삶을 얼마든지 희생할 수 있는 것 아닌가. 여기 방구석에서 시간을 낭비하거나 혹은 카드놀이로 멍청하게 시간을 죽이는 것보다는 전례 없는 명성을 얻기 위해 노력하는 것이 더 나은 일 아니겠는가……?"

보쿨스키의 정신 속에서 어떤 의도가 서서히 윤곽을 드러내기 시작했다. 그러나 그것을 정확히 파악하여 거기에서 더 많은 장점을 발견하려고 할수록, 그것을 실천할 힘이 그에게 부족하고 동기도 없다는 것을 느꼈다.

그의 의지는 완전히 마비되었다. 그를 깨워 정상으로 돌려놓기 위해서는 좀 더 강력한 충격이 필요했다. 그러나 당시 그에게는 어떤 충격적인 일이 일어나지 않았다. 변화 없는 일상이 그를 점점 더 깊은 무기력 상태에 빠지게 했다.

"아직 나는 죽지 않을 거야. 그러나 죽어 가고 있다." 그는 중얼거렸다.

그를 점점 뜸하게 찾아오는 제츠키가 놀란 눈으로 그를 바라보면서 말했다.

"자네 잘못하고 있는 거야, 스타흐, 이게 뭔가, 좋지 않아, 좋지 않아……! 이렇게 사느니 차라리 죽는 것이……."

어느 날 하인이 보쿨스키에게 여자 필체의 편지를 가져 왔다. 보쿨스키가 편지를 뜯고 읽었다.

> 당신을 만나야 해요. 오늘 오후 3시에 기다리겠어요.
> 봉소프스카

"그녀가 나에게서 원하는 것이 뭘까……?" 놀란 그는 자문했다.

하지만 그는 3시 전에 출발했다.

정확히 3시에 보쿨스키는 봉소프스카의 집 현관방에 도착했다. 하인은 누군지 묻지도 않고 그를 응접실로 안내했다. 아름다운 부인이 방 안을 빠른 걸음으로 돌아다니고 있었다.

그녀는 몸매를 선명하게 보여 주는 어두운 빛의 옷을 입고 있었다. 항상 그렇듯 붉은 머리는 틀어 올려 있었다. 그러나 머리핀 대신 손잡이가 금으로 된 좁고 작은 단검을 머리에 꽂고 있었다.

그녀의 모습에서 보쿨스키는 이상한 기쁨과 감동을 느꼈다. 그는 그녀에게 달려가 그녀의 손에 열렬히 키스했다.

"나는 당신과 말해서는 안 돼요……!" 손을 빼면서 봉소프스카 부인이 말했다.

"그럴 거면 왜 나를 불렀습니까?" 놀란 그가 물었다. 그의 몸에 찬물이 쏟아지는 것 같았다.

"앉으세요."

보쿨스키는 말없이 앉았다. 봉소프스카 부인은 계속해서 방 안을 돌아다녔다.

"당신 정말 잘했더군요, 그에 대해 무슨 할 말이 있겠어요!" 그녀가 조금 후에 격앙된 목소리로 말했다. "당신은 동행했던 사람을 소문거리로 만들었고, 그녀의 아버지를 병들게 했으며, 온 집안을 난처하게 했어요⋯⋯. 당신이 몇 달 동안 집 안에 칩거함으로써 당신을 철저히 신뢰했던 사람들을 실망시켰어요. 마음 착한 공작께선 당신의 그런 별난 행동을 '여성들이 하는 전형적인 행동⋯⋯'이라고 말했어요. 축하합니다. 어떤 대학생이 그렇게 행동했다면 몰라도⋯⋯."

그녀가 갑자기 조용해졌다⋯⋯. 보쿨스키가 무섭게 변했다.

"아, 이게 무슨 일이에요, 당신 기절하는 건 아니겠지요⋯⋯?" 놀란 그녀가 물었다. "포도주나 물 한잔 드릴게요⋯⋯."

"아니, 됐습니다." 그가 대답했다. 그의 얼굴은 순식간에 자연스럽고 평온한 표정을 되찾았다. "부인께서 보시다시피, 저는 사실 건강하지 않습니다."

봉소프스카 부인이 그를 유심히 관찰하기 시작했다.

"그래요." 그녀가 말했다. "약간 수척해졌군요. 그러나 수염을 기르니 조금도 이상하지 않아요. 면도하지 마세요⋯⋯ 멋있게 보여요⋯⋯."

보쿨스키의 얼굴이 어린애처럼 붉어졌다. 그는 봉소프스카 부인의 말을 들으며 그녀 앞에서 수줍어하고 부끄러워하는 자신의 모습에 놀랐다.

'나에게 무슨 일이 있었나?' 그는 생각했다.

"그러면 당신은 즉시 시골에 가야 해요." 그녀가 말을 이었다. "8월 초에 누가 도시에 머물고 있어요⋯⋯? 오, 더 말할 것 없어요, 알았지요……! 모레 내가 당신을 납치해야겠어요. 안 그러면 돌아가신 회장 부인님의 그림자가 저를 가만두지 않을 거예요……. 오늘부터 당신은 우리 집으로 점심과 저녁 식사를 하러 오셔야 해요. 점심 후엔 우리 산책해요. 그리고 모레, 바르샤바여, 안녕……!"

보쿨스키는 너무 혼란스러워서 아무 말도 할 수 없었다. 그는 손을 어디에 두어야 할지 몰라 안절부절못했다. 그의 얼굴에 불이라도 쏟아진 것처럼 화끈거렸다.

그녀가 벨을 누르자 하인이 들어왔다.

"와인 좀 가져와요." 봉소프스카 부인이 말했다. "헝가리 마실라츠 와인 아시죠…… 보쿨스키 씨, 담배 피우세요."

보쿨스키는 마음속으로 손 떨림이 멈추기를 빌면서 바로 담배에 불을 붙였다. 하인이 와인과 잔 두 개를 가지고 왔다. 봉소프스카 부인이 두 개의 잔에 와인을 따랐다.

"드세요." 그녀가 말했다.

보쿨스키는 단숨에 마셨다.

"오, 그렇지요. 멋있어요……! 당신의 건강을 위해서!" 그녀가 빈 잔에 와인을 따르면서 말했다. "그리고 이제 저의 건강을 위해서 마셔야 해요……."

보쿨스키는 두 번째 잔을 비웠다.

"이번에는 제 의도의 실현을 위해서 마시세요…… 제발…… 제발…… 지금 바로……."

"부탁입니다, 부인." 보쿨스키가 대답했다. "저는 취하고 싶지 않습니다."

"그렇다면 당신은 제 의도가 실현되는 것을 바라지 않는다는 거예요?"

"물론 바랍니다. 그러나 먼저 그게 무언지 알아야지요."

"정말로……?" 봉소프스카 부인이 큰 소리로 말했다. "그건 완전히 새로운 것입니다…… 좋아요, 마시지 마세요."

그녀가 발로 바닥을 치면서 창문을 바라보았다. 보쿨스키도 생각에 잠겼다. 침묵이 몇 분 정도 이어졌다. 드디어 그녀가 침묵을 깼다.

"남작이 무슨 일을 하려고 하는지 들었어요……? 그게 당신 마음에 들어요……?"

"그가 잘하는 것입니다." 보쿨스키가 아주 차분한 음성으로 대답했다.

봉소프스카 부인이 소파에서 일어났다.

"뭐라고요……?" 그녀가 크게 말했다. "당신은 그런 사람을 옹호하는 거예요, 여성에게 치욕을 안겨 준 사람을……? 복수심 때문에 가장 비천한 수단까지 사양하지 않는 잔인한 사람을, 이기주의자를……?"

"그가 무슨 일을 했습니까?"

"아, 당신이 모른다는 거예요! 생각해 보세요. 그가 부인에게 이혼을 요구했고, 스캔들을 떠들썩하게 만들기 위해 스타르스키와 결투를 했습니다……."

"그건 사실입니다." 보쿨스키가 한참 생각한 뒤에 말했다. "그가 아무에게도 말하지 않고, 재산을 부인에게 남겨 두고 자살할 수도 있었는데."

봉소프스카 부인이 크게 화를 냈다.

"틀림없이……." 그녀가 말했다. "고귀한 열정과 명예심이 있는 남자라면 누구나 그랬을 거예요……. 재산과 사회적 지위와 대중들의 선입견까지 가진 사람이 쉽게 복수할 수 있는 약한 존재인 불쌍한 여자를 형벌 말뚝으로 끌고 가느니 차라리 자살을 택했을 겁니다! 그러나 당신에겐 그런 것을 기대하지 않아요…… 하! 하! 하! 괴롭지만 침묵하는 영웅, 그런 새로운 인간입니다……. 오, 당신들 남자는 모두 똑같아요!"

"실례지만, 그런데…… 부인은 남작에게 무슨 유감스러운 일이 있으세요?"

봉소프스카 부인의 눈에서 불꽃이 튀었다.

"남작이 에벨리나를 사랑했습니까, 사랑하지 않았습니까?"

"그는 그녀에게 미쳐 있었지요!"

"바로 그게 사실이 아닙니다. 그는 그녀를 사랑하는 척했을 뿐입니다. 그가 여신처럼 숭배했다는 것도 거짓입니다……. 그는 기회를 노리고 있다가 때가 왔을 때 그녀를 동등한 인간이 아니라 노예로 취급하고 있다는 것을 바로 증명했습니다. 그녀가 약점을 보이는 순간, 그녀의 목에 줄을 감아 시장으로 끌고 가서 그녀를 치욕스럽게 만들었습니다……. 오, 당신들, 세상의 남자들, 위선자들……! 동물적 본능이 당신들을 눈멀게 하는 동안 당신들은 여기저기 돌아다니면서 언제라도 비열한 행위들과 거짓을 행할 준비가 되어 있지요. '저에게는 당신이 가장 소중합니다…… 당신을 여신처럼 모시겠습니다…… 당신을 위해 목숨도 바치겠습니다…….' 불쌍한 희생이 그런 거짓 맹세를 믿게 되면 당신들은 싫증을 느끼기 시작하지요. 그녀에게서 나약한 인간적 본성이 깨어나면 당신들은 그것을 발로 짓밟지요……. 이 얼마나 화나는 일이고, 얼마나 비열한 일입니까……? 당신은 나에게 뭐라고 대답하겠어요?"

"남작 부인이 스타르스키 씨와 바람피우지 않았나요?" 보쿨스키가 물었다.

"오! 바람을 피웠지요. 그와 새롱거린 것은 사실입니다. 그녀가 그를 좋아했으니까요……"

"좋아했다고요? 그렇다면 그녀는 왜 남작과 결혼했나요?"

"남작이 그녀에게 무릎을 꿇고 애걸했기 때문이죠…… 그가 자살하겠다고 위협하기까지 했으니까요……"

"실례지만, 그러나…… 그가 그녀에게 자기 재산과 자기 가문의 이름만 받아 달라고 애걸했겠습니까, 거기엔 다른 남자에게 마음을 주어선 안 된다는 것도 포함되지 않았겠습니까……?"

"그러면 당신들은……? 남자들은 어떻게 하는데……? 당신들은 결혼 전과 결혼 후에 무슨 일을 저지릅니까……? 그러니 여자도 마찬가지로……"

"부인, 우리는 어렸을 때 그렇게 배웠습니다. 우리는 동물인데, 우리가 사람이 되는 유일한 방법은 여성에 대한 사랑이라고. 여성의 고귀함, 순결, 충절이 짐승처럼 변해 가는 이 세상을 어느 정도 붙잡을 수 있습니다. 그래서 우리는 그 고귀함과 순결과 충절 등을 믿습니다. 그래서 여성을 여신처럼 숭배하고, 여성 앞에서 무릎을 꿇는 것입니다……"

"그건 당연한 일이죠. 당신네 남자들은 여성보다 훨씬 가치가 없으니까요."

"우리는 그것을 천 번이라도 인정합니다. 남자들이 문명을 이룩했지만, 여성들이 그것을 성스럽게 만들고, 보다 이상적인 마크로 장식합니다……. 그런데 여성들이 남자들의 짐승 같은 점을 따라하면, 여성들이 남자보다 더 나은 게 뭐가 있으며, 무엇보다 남자들이 여성을 어떻게 신처럼 받들 수 있겠어요……?"

"사랑 때문에."

"아주 아름다운 일이지요! 스타르스키 씨가 자기 수염과 눈빛 덕택에 여성들의 사랑을 차지한다면, 다른 남자는 사랑 때문에 이름과 재산과 자유를 내줄 필요가 없지요."

"나는 당신을 점점 더 이해할 수 없어요." 봉소프스카 부인이 말했다. "여성이 남성과 동등하다는 걸 인정하세요, 인정하지 않으세요……?"

"전체적으론 동등합니다. 그러나 세부적으로는 동등하지 않습니다! 평범한 여성은 일과 사고력에서 남자만 못합니다. 그러나 품행과 감정 면에서는 남자보다 훨씬 뛰어납니다. 그래서 서로 균등합니다. 우리는 끊임없이 들었기 때문에 그렇게 믿고 있습니다. 여성들이 많은 점에서 남자만 못해도 우리는 여성을 더 높게 보고 있습니다……. 만일 남작 부인이 자신의 장점들을 포기했다면, 우리 모두 보았다시피, 그녀는 오래전에 이미 그것들을 포기했습니다. 그래서 우리는 그녀가 특권을 상실했다고 놀라지 않습니다. 남편은 정직하지 않은 파트너인 그녀와 헤어진 것입니다."

"하지만 남작은 신체적 기능이 정상이 아닌 늙은이예요!"

"그녀는 왜 그와 결혼했습니까? 그녀는 왜 그의 사랑의 발작에 귀 기울였나요?"

"여자는 강압에 의해 자신을 팔 수도 있다는 것을 당신은 이해하지 못해요……?" 얼굴이 창백해졌다 붉어지면서 봉소프스카 부인이 물었다.

"이해합니다, 부인, 왜냐하면…… 저도 가난 때문에 나를 판 적이 있으니까요……."

"계속하세요."

"제 아내는 무엇보다 처음부터 제가 순결하지 않다는 것을 의심하지 않았습니다. 저도 그녀에게 사랑을 약속하지 않았습니다. 저는 아주 나쁜 남편이었습니다. 그러나 그 대신에 매수된 사람으로서 저는 가장 좋은 가게 점원이었고, 그녀의 가장 충실한 하인이었습니다. 저는 그녀와 함께 교회, 음악회, 극장에 다녔고, 그녀의 손님들을 즐겁게 했으며, 실제로 가게 수입을 세 배로 늘렸습니다."

"당신은 애인을 가지지 않았나요?"

"아니요, 부인. 나에게 자유가 없다는 것을 절실히 느끼고 있었기 때문에 다른 여자를 쳐다볼 엄두도 못 냈습니다. 그러니 부인께서도 인정하십시오, 저에게 남작 부인을 엄격하게 심판할 권리가 있다는 것을. 남작 부인은 스스로를 팔면서 알고 있었습니다. 아무도 그녀에게서 그녀의 노동을 사지 않았다는 것을……."

"무서운 일이야!" 봉소프스카 부인이 땅을 쳐다보면서 작은 소리로 말했다.

"그렇습니다, 부인, 인신매매는 무서운 일입니다. 하지만 더 무서운 것은 자기 자신을 파는 일입니다. 그러나 잘못 믿으면서 거래를 맺는 것은 수치스러운 일입니다. 그런 일이 발견되면 가면을 벗은 쪽에게 아주 곤란한 일이 생깁니다."

한동안 두 사람은 말없이 앉아 있었다. 봉소프스카 부인은 짜증이 났고, 보쿨스키의 얼굴은 어두웠다.

"아니야!" 그녀가 갑자기 큰 소리로 말했다. "나는 당신에게 확실한 대답을 들어야겠어요……."

"무엇에 대해서?"

"여러 가지 문제에 대해서. 당신은 분명하고 확실하게 대답해야 합니다."

"시험 보는 겁니까?"

"그런 셈입니다."

"말씀하십시오."

그녀가 망설이는 것 같았지만 곧 그것을 극복하고 물었다.

"당신은 남작에게 여자를 버리고 비방할 권리가 있다고 생각하십니까?"

"그를 속인 여자라면…… 그에겐 충분히 그럴 권리가 있습니다."

"속인다는 것이 당신에게는 어떤 의미입니까?"

"남작 부인이 당신 말처럼 스타르스키 씨를 마음에 두고 남작의 애모를 받아들이는 것입니다."

봉소프스카 부인이 입술을 깨물었다.

"그러면 남작이 마음에 두고 있는 여자는 얼마나 많았겠습니까?"

"틀림없이 많았겠지요. 마음 내키고 상황이 허락하는 만큼." 보쿨스키가 대답했다. "그러나 남작은 순결한 척하지 않았고, 품행이 깨끗한 사람이라고 내세우지도 않았고, 그 대신에 그를 좋아하는 여자들도 없었지요……. 만일 남작이, 가졌으면서, 한 번도 애인을 가져 본 적이 없다고 말하면서 어떤 여자의 마음을 사로잡았다면 그 역시 속이는 것입니다. 사실, 누구도 그에게서 그것을 찾아내려고 하지 않았습니다."

봉소프스카 부인이 웃었다.

"당신, 대단해요! 그런데 어떤 여자가 당신들한테 확실하게 말하나요, 애인을 가져 본 적이 없다고?"

"아, 당신은 애인을 가져 보았군요……."

"이보세요!" 그녀가 자리에서 일어나며 강하게 반발했다. 하지만 이내 감정을 억제하고 냉정한 어조로 말했다.

"주제를 선택할 때 당신이 어느 정도 배려하리라고 기대했었는데."

"어떤 점에 대해서……? 우리는 동등한 권리를 가지고 있는 것 아닙니까. 부인께서 제게 애인이 몇 명이나 있었느냐고 물었다면, 저는 조금도 모욕감을 느끼지 않았을 겁니다."

"관심이 없으니까."

그녀는 응접실 안을 다시 걷기 시작했다. 보쿨스키는 화가 났지만 참았다.

"그래요." 그녀가 말했다. "제가 선입견에서 자유롭지 못하다는 당신의 말은 인정해요. 저는 여자일 뿐이에요. 당신네 남자 인류학자들이 주장하듯 저의 뇌는 더 가벼워요. 그 밖에 저는 다 헤아릴 수 없는 온갖 관계와 악습 등에 얽매여 있어요……! 제가 만일 당신처럼 이성적인 남자라면 당신과 같이 진보를 믿을 겁니다. 그리고 저를 구속하는 모든 것들을 다 털어 버릴 겁니다. 조만간 여성도 남성과 동등한 권리를 가져야 한다는 것을 인정하기만 한다면."

"이를테면 다른 남자에게 연정을 품는 점에서도……?"

"이를테면…… 이를테면……." 그녀가 그의 말을 우스꽝스럽게 흉내 냈다. "바로 그 문제에 대해서 말하는 거예요."

"오! 그렇다면 무엇 때문에 진보의 결과를 기다려야 합니까? 오늘날에 이미 그런 점에서 남성과 동등한 권리를 가진 여성들이 아주 많습니다. 그들은 심지어 요부들이라고 하는 강력한 당(黨)을 형성하고 있습니다……. 그러나 이상한 일은, 남자들에게 인기 있는 그런 여성들이 여성들로부터는 외면당하고 있습니다."

"당신과는 대화를 할 수 없어요, 보쿨스키 씨." 그녀가 그에게 경고했다.

"여성의 동등한 권리에 대해 저와 이야기할 수 없다고요?"

봉소프스카 부인의 눈에서 빛이 나고 얼굴이 붉어졌다. 그녀가 소파에 털썩 앉더니 손으로 탁자를 치고 나서 큰 소리로 말했다.

"좋아요! 당신의 냉소적인 말을 참겠어요. 그리고 여성들에 대해 이야기하겠어요……. 돈 때문에 자신을 파는 여성과 사랑을 위해 헌신하는 정직하고 고결한 여성을 비교하는 것이 아주 못된 행동이라는 걸 당신은 인정해야 해요……."

"계속 순결한 척하면서……."

"그렇더라도."

"그것을 믿는 순진한 남자들을 계속 속이면서."

"속인다고 그들에게 해 되는 일이 뭐가 있나요……?" 그녀가 뻔뻔한 눈빛으로 그를 쳐다보면서 물었다.

보쿨스키는 이를 물었다. 그러나 감정을 억제하고 차분한 목소리로 말했다.

"부인, 만일 제가 60만 루블 대신 6천 루블만 가지고 있다는 소문이 떠돌고, 그런 소문을 부인하지 않으면 저의 동업자들이 저에 대해 뭐라고 말하겠습니까……? 그것은 두 개의 아무것도 아닌 것에 대한 이야기일 뿐입니다……."

"돈 이야기는 빼지요." 봉소프스카 부인이 말했다.

"아하……! 부인께서는 저에 대해 어떤 말을 하겠어요. 예를 들어 제 이름이 보쿨스키(Wokulski)가 아니라, 자음 위치를 조금 바꿔서 볼쿠스키(Wolkuski)로 고쳐서 말하고, 돌아가신 회장 부인의 총애를 받아, 접근하기 어려운 회장 부인 댁에 뚫고 들어가 그곳에서 부인을 알게 된 명예스러운 일을 경험하게 되었다면……? 부인은 그런 식으로 사람을 사귀고, 사람들의 호감을 사는 것을 어떻게 생각하십니까……?"

표정이 변하고 있던 봉소프스카 부인의 얼굴에 불쾌한 빛이 스쳤다.

"그게 남작과 그의 부인 사이에 일어난 일과 무슨 관련이 있어요……?" 그녀가 말했다.

"부인, 칭호를 함부로 자기 것으로 해선 안 된다는 점에서 관련이 있지요. 요부도 유익한 여자일 수 있습니다. 누구에게도 그녀의 전문성을 비난할 권리는 없습니다. 그러나 요부가 소위 흠잡을 데

없는 순수함으로 가장한다면 그건 속이는 것이지요. 그러면 비난받을 만하지요."

"터무니없는 소리!" 봉소프스카 부인이 화를 냈다. "하지만 그건 중요하지 않고…… 말해 보세요, 그런 신비화로 인해 세상이 잃게 되는 것이 뭐가 있나요……?"

보쿨스키의 귀에 바스락거리는 소리가 나기 시작했다.

"세상이 때로는 이익을 보는 수가 있지요. 만일 세련되지 못한 순진한 사람이 소위 말하는 이상적인 사랑에 미쳐서 자기의 이상적인 여성의 발아래 바치기 위해 극도로 위험한 모험을 무릅쓰고 재산을 모았다면……. 그러나 세상이 때론 상실하는 것도 있지요. 만일 그 미친 사람이 신비의 가면이 벗겨진 후에 아무것도 할 수 없는 망가진 사람으로 추락하면…… 혹은 재산도 정리하지 않은 채 극단적인 행동을 하면…… 스타르스키 씨와 결투해서 갈비뼈에 상처를 입는 것 같은…… 부인, 그러면 세상은 잃게 되는 거지요, 행복이 하나 죽었고, 한 사람이 폐인이 되었고, 뭔가 할 수 있는 한 사람이……."

"그 사람, 자업자득이지요……."

"부인 말이 맞습니다. 만일 그가 남작처럼 행동하지 않은 것을 의식하면서도 자신의 어리석음과 수치와 단절하지 못했다면 그의 잘못입니다."

"짧게 말하면……." 봉소프스카 부인이 말했다. "남자들은 여성에 대한 이상한 특권 의식을 스스로 포기하지 않아요……."

"그것은 실망의 특권을 인정하지 않는 것입니다."

"계약을 위반한 사람은……." 그녀가 웃으면서 말했다. "싸움을 시작한 사람이지요."

"싸움을……?" 보쿨스키가 웃으면서 되물었다.

"그래요, 싸움을. 싸움에서는 결국 강한 자가 이기게 되어 있지요…… 누가 더 강한지는 두고 보아야지요!" 그녀가 손을 흔들면서 말했다.

그 순간 이상한 일이 벌어졌다. 보쿨스키가 갑자기 봉소프스카 부인의 두 손을 잡아 자기의 세 손가락 사이에 놓았다.

"이게 무슨 뜻이에요?" 그녀가 얼굴이 창백해지면서 물었다.

"누가 더 강한지 시험하는 겁니다." 그가 대답했다.

"이제…… 농담은 그만하세요……."

"부인, 농담이 아닙니다…… 이것은 작은 증명입니다. 싸움 상대인 부인과 제가 선택한 것을 할 수 있습니다. 좋습니까, 싫습니까?"

"손 놓으세요." 그녀가 손을 빼려고 하면서 큰 소리로 말했다. "하인을 부르겠어요……."

보쿨스키가 그녀의 손을 놓았다.

"아, 여자들은 우리와 싸울 때 하인의 도움을 받습니까? 흥미로운데요, 그 동맹자들이 어떤 대가를 요구하게 될 것이며, 의무를 이행하지 않을 수도 있을지."

봉소프스카 부인이 약간 불안한 안색으로 그를 똑바로 쳐다보다가, 나중에는 화난 표정을 짓더니 끝에 가서는 어깨를 으쓱했다.

"아세요, 지금 제게 어떤 생각이 스쳤는지?"

"제가 미쳤다는 생각이겠지요."

"어느 정도 그런 것입니다."

"이처럼 아름다운 부인 앞에서 이런 토론을 하다 보면 자연스러운 일이지요."

"아, 마음에 없는 칭찬……!" 그녀가 얼굴을 찡그리면서 말했다. "어쨌든 당신이 나에게 약간 감동을 준 것은 인정합니다, 약간…….

그러나 당신은 역할을 계속하지 않고, 손을 놓았습니다. 그것이 나를 실망시켰습니다…….”

“오, 나는 손을 놓지 않을 수 있었습니다.”

“저는 하인을 부를 수 있었습니다.”

“저는, 부인, 실례합니다, 부인의 입을 막을 수도 있었습니다.”

“뭐라고……? 뭐라고요……?”

“제가 말한 그대로입니다.”

봉소프스카 부인이 다시 놀랐다.

“아세요.” 그녀가 나폴레옹처럼 손을 가슴에 대고 말했다. “당신은 좀 특이하거나…… 혹은 교육을 잘못 받았어요.”

“저는 전혀 교육을 받지 않았습니다.”

“그러면 본질적으로 특이하군요.” 그녀가 작은 소리로 말했다. “유감이에요, 당신의 이런 면을 벨라가 알지 못하게 된 것이…….”

순간, 보쿨스키가 굳어졌다. 그 이름 때문이 아니라, 그의 내부에서 느끼는 변화 때문에. 이자벨라는 그에게 완전히 관심 밖의 사람처럼 생각되었고, 이젠 봉소프스카 부인이 그의 관심을 끌기 시작했다.

“벨라에게…….” 봉소프스카 부인이 말을 계속했다. “나에게 한 것처럼 당장 당신의 이론을 적용했어야 했는데, 그랬으면 당신 둘 사이에 오해가 없었을 텐데.”

“오해라고요……?” 보쿨스키가 눈을 크게 뜨며 물었다.

“그래요, 제가 아는 한, 벨라는 지금 당신을 용서할 준비가 되어 있는데.”

“용서라고요……?”

“당신은, 제가 볼 때, 아직 아주…… 쇠약해요.” 그녀가 무관심한 어조로 말했다. “당신의 행동이 무자비하다고 느끼지 못한다면…

… 당신의 별난 행동에 비하면 남작은 품위 있는 사람입니다."

보쿨스키는 너무 크게 웃어서 그 자신도 놀랐다. 봉소프스카 부인이 말을 계속했다.

"당신이 웃어요……? 제가 용서하지요. 그런 웃음을 제가 이해하니까요…… 그것이야말로 가장 최고 수준의 고통이지요."

"부인께 맹세합니다. 이번 주에 이렇게 마음이 자유로운 적이 없었습니다. 맙소사! 몇 년 만에 처음입니다. 그동안 내내 제 뇌가 악몽에 시달렸습니다. 그런데 조금 전에 그것이 사라졌습니다. 이제 비로소 느낍니다, 제가 구제되었다는 것을. 부인 덕분입니다……."

그의 목소리가 떨렸다. 그가 그녀의 두 손을 잡고 거의 정열적으로 손에 키스했다. 봉소프스카 부인은 그의 눈에 눈물 같은 것이 고이는 것을 보았다고 느꼈다.

"구제되었습니다…… 구제되었습니다……!" 그가 반복해서 말했다.

"제 말을 들어 보세요." 그녀가 손을 빼면서 냉정하게 말했다. "당신들 두 사람 사이에 있었던 일을 저는 다 알고 있어요. 대화를 엿들으면서 당신은 점잖지 못하게 행동했어요, 그 대화의 내용을 저는 아주 세세한 것까지, 심지어 그 이상으로…… 알고 있어요. 그것은 아주 흔히 있는 남녀 간의 새롱거림입니다."

"아, 그러니까 그것이 새롱거림이라고……?" 그가 말을 막았다. "여성을 누구나 입과 손을 닦을 수 있는 식당 냅킨 정도로 만드는 것인데도……? 그것이 새롱거림이군요. 아주 좋습니다!"

"그만하세요!" 봉소프스카 부인이 크게 말했다. "벨라가 잘못 처신한 것을 부정하지 않아요. 그러나…… 당신 스스로 냉정하게 생각해 보세요. 만일 제가 말한다면, 벨라가 당신을……."

"사랑한다, 그렇지요?" 보쿨스키가 수염을 만지면서 물었다.

"오, 사랑한다······! 벨라는 이제 비로소 당신을 아쉬워하고 있어요. 제가 자세한 것까지는 말하고 싶지 않아요. 이것으로 충분하지 않을까요? 만일 지난 두 달 동안 거의 매일 제가 벨라를 보았다고 말한다면······. 그동안 그녀는 오로지 당신에 대해서만 말했어요. 그녀가 가장 좋아하는 산책 장소는······ 자스와프 성입니다! 글씨가 새겨진 그 큰 돌에 얼마나 많이 그녀가 앉았는지, 그녀의 눈에 눈물이 고이는 것을 제가 얼마나 많이 보았는지······. 심지어 한번은 그녀가 크게 소리 내어 울기까지 했어요, 두 줄로 된시를 반복해 읽으면서.

언제나 어느 곳에서나 나는 그대 옆에 있으리.
모든 곳에 내 영혼의 일부를 남겨 두었으니······

당신은 이것에 대해 어떻게 생각하세요······?"

"제가 그것에 대해 어떻게 생각하느냐고요?" 보쿨스키가 되물었다. "맹세하건대, 이 순간 저의 유일한 바람은 웽츠카 양에 대한모든 기억의 흔적들을 지워 버리는 것입니다······. 무엇보다도 그녀의 감정을 자극하는 그 불행한 바윗덩어리를."

"그것이 진실이라면 남자다운 일관성의 좋은 본보기입니다."

"아닙니다. 그것은 기적 같은 치료의 증거입니다." 그가 감동한목소리로 말했다. "오, 맙소사! 몇 년 동안 누군가가 저에게 최면술을 걸었고, 10주 전에 무기력한 상태로 어설프게 일어났다가, 오늘 비로소 확실히 깨어난 것 같습니다······."

"당신은 그것을 진심으로 말하는 거예요······?"

"당신은 제가 지금 얼마나 행복한지 보이지 않습니까? 저는 제 자신을 되찾았습니다. 제 본래의 상태로 돌아왔습니다……."

"그것이 누구 덕입니까……?" 그녀가 눈을 아래로 향하고 물었다.

"무엇보다 부인 덕입니다. 그다음은 사물을 확실히 파악할 수 있는 능력을 회복한 것입니다. 오래전부터 이해는 하고 있었지만, 그것을 인정할 용기가 없었던 겁니다. 이자벨라 양은 저와는 다른 종류의 인간입니다. 일종의 광기가 아니면 그녀와 저는 결합할 수 없습니다."

"흥미로운 발견을 했으니 이제 어떻게 하시겠어요?"

"아직 모르겠습니다."

"때로는 당신에게 맞는 여성을 발견하지 않았나요?"

"가능한 일이죠."

"틀림없이 그…… 스타…… 스타……."

"스타프스카 말입니까? 아닙니다. 그 여자보다는 부인입니다."

봉소프스카 부인이 아주 우아한 표정으로 소파에서 일어났다.

"알겠습니다." 보쿨스키가 말했다. "이만 갈까요?"

"좋으실 대로."

"시골에 같이 가는 것 아닙니까?"

"오, 그건 확실합니다. 비록…… 당신이 그곳에 오는 것을 막지 않습니다……. 틀림없이 벨라가 우리 집에 있을 겁니다."

"그러면 저는 가지 않겠습니다."

"그녀가 온다고 보장할 수는 없습니다."

"저는 부인만 만나는 건가요?"

"그렇게 생각합니다."

"오늘처럼 대화하겠지요……? 그리고 그때처럼 말을 타고 산책을 하게 되면……?"

"우리 둘 사이에 정말로 전쟁이 일어날 겁니다." 봉소프스카 부인이 말했다.

"조심하세요, 제가 그 전쟁에서 이길 것입니다."

"정말로 당신이 나를 당신의 노예로 만들 수도 있겠죠……."

"그렇습니다. 제가 권력을 장악할 수 있다는 것을 확실히 보여줄 수도 있습니다. 그리고 나중에 부인의 발아래서 저를 노예로 삼아 달라고 애걸할지도 모릅니다……."

봉소프스카 부인이 몸을 돌려 응접실에서 나갔다. 문지방에서 그녀가 잠깐 멈추더니 고개를 가볍게 돌리고 말했다.

"잘 가요…… 시골에서 봐요……!"

보쿨스키는 마치 술 취한 사람처럼 그녀의 집에서 나왔다. 거리로 나온 그는 작은 소리로 말했다.

"물론 내가 바보 같은 짓을 했지."

그는 뒤돌아서며 창가 커튼 뒤에서 밖을 보고 있는 봉소프스카 부인을 보았다.

'제기랄!' 그는 생각했다. '내가 다시 골치 아픈 일을 시작하는 것 아닌가……?'

길을 가는 동안 그는 계속해서 자기에게 일어난 변화에 대해 생각했다.

그는 밤과 광기가 지배하는 심연에서 벗어나 밝은 세상으로 나온 듯한 느낌이 들었다. 맥박도 더 힘차게 뛰었다. 그는 숨을 크게 쉬었다. 생각도 이상하리만치 자유스러웠다. 그의 신체 모든 기관에 생기가 도는 것을 느꼈다. 마음에는 뭐라고 표현하기 어려운 평온함이 깃들었다.

거리의 분주한 움직임도 이제 더 이상 그의 신경을 건드리지 않았다. 사람의 무리가 그를 기쁘게 했다. 하늘의 색은 더 짙었고, 집들은 더 건강하게 보였으며, 햇빛 속에 가득한 먼지까지도 아름다웠다.

그러나 그에게 가장 큰 즐거움을 준 것은 젊은 여성들의 탄력적이고 유연한 걸음, 미소 짓는 입과 매혹적인 눈빛들이었다. 그들 중 몇 명은 달콤하고 사랑스럽고 애교 넘치는 눈빛으로 그를 똑바로 쳐다보았다. 보쿨스키의 가슴이 심하게 뛰었다. 짜릿한 전율이 발끝에서 머리끝까지 관통했다.

'예쁘구나……!' 그는 생각했다.

그러나 그는 곧 봉소프스카 부인을 떠올렸다. 아름다운 여자들 중에서 그녀가 가장 아름답다는 것을 그는 인정하지 않을 수 없었다. 더 좋은 점은 그녀가 가장 매력적이고…… 몸매는 또 어떻고, 발은 얼마나 예쁜지, 거기다 고운 피부, 벨벳처럼 부드러우면서도 다이아몬드를 연상시키는 눈……. 그는 분명히 그녀의 몸에서 나는 향기를 느끼고, 그녀의 맑고 시원한 웃음소리를 들었다. 그의 머릿속은 그녀에게 접근하는 생각으로 어지러웠다.

"그녀는 얼마나 정열적인 여자인가!" 그가 조용히 말했다. "그녀를 한번 깨물어 볼까……."

봉소프스카 부인의 모습이 눈앞에서 어른거리고 그를 불안하게 하여 그는 오늘 저녁에 그녀를 방문해야겠다고 생각했다.

"그녀가 나를 점심과 저녁 식사에 초대하지 않았나." 그는 마음의 동요를 느끼면서 혼자 중얼거렸다. "그녀가 나를 박대할까……? 그녀는 나에게 왜 애교를 부렸을까? 그녀가 나를 싫어하는 것은 아니다. 그것은 오늘 알게 된 사실이 아니다. 그리고 나는 정말 그녀에게 호감을 가지고 있다. 그럴 만한 가치가 있는 일이다……."

순간 그의 옆으로 검은 머리에 보랏빛 눈, 얼굴이 어린애 같은 여자가 지나갔다. 보쿨스키는 놀라서 그녀를 쳐다보았다. 이 여자도 그의 마음에 들었다.

그의 집에서 10여 걸음 떨어진 곳에서 그를 부르는 소리가 들렸다.

"헤이! 헤이! 스타흐!"

보쿨스키는 고개를 돌렸다. 제과점 베란다 아래에 있는 슈만을 보았다. 의사는 다 먹지 않은 아이스크림을 놔둔 채, 탁자에 은화를 놓고 그에게 달려왔다.

"자네에게 가는 중이었네." 슈만이 보쿨스키를 붙들면서 말했다. "그런데 오랜만에 자네 얼굴이 아주 좋네……. 장담하건대 자네가 회사로 다시 돌아와서 그 옴 같은 유대인들을 다 몰아낼 것이네. 표정도…… 눈도…… 아주 좋아. 오늘 비로소 자네의 옛 모습을 보는 것 같군!"

그들은 대문과 계단을 지나 방으로 들어왔다.

"나는 이 순간 어떤 새로운 병이 나를 위협한다고 생각했는데……." 보쿨스키가 웃으면서 말했다. "시가 피우겠나?"

"왜 위협한다고 생각한 거야?"

"생각해 보게, 몇 시간 전부터 여자들이 나에게 강력한 인상을 주고 있다네……. 나도 놀랐어……."

슈만이 큰 소리로 웃었다.

"자네 아주 좋아……. 기뻐서 저녁 파티를 여는 대신에 그것을 걱정한다니……. 자네가 한 여자에게 미쳐 있을 때, 자네가 그때 건강했다고 생각하는 거야? 자네에게 모든 여자가 마음에 드는 오늘 자네가 건강한 거야. 가장 자네 마음에 드는 여자의 호감을 사기 위해 노력하는 일보다 더 급한 일이 없네."

"음…… 만일 그녀가 대귀족이라면……?"

"더 좋지…… 더 좋아……. 대귀족 여자들이 하녀들보다 훨씬 더 매력적이지. 여성다움을 이루고 있는 것은 멋과 지성 그리고 무엇보다 자존심이지. 얼마나 이상적인 대화와 얼마나 품위 있는 얼굴이 자네를 기다리고 있는가…… 아, 자네에게 말하는데, 그것은 세 배 더 가치 있는 일이네……."

보쿨스키의 얼굴에 그늘이 스쳤다.

"오!" 슈만이 큰 소리로 말했다. "그리스도가 예루살렘으로 들어오실 때 타고 오셨던 그 보호자의 긴 귀가 자네 옆에 있는 것이 보이네.* 왜 얼굴을 찡그리나……? 오로지 대귀족 여인들하고만 연애를 하게. 왜냐하면 그들이 민주주의에 대해 관심이 많거든."

앞방에서 초인종이 울리더니 오호츠키가 들어왔다. 열띤 토론을 벌이는 의사를 보고 그가 물었다.

"방해가 되었나요?"

"아닙니다." 슈만이 대답했다. "당신께서 도움을 줄 수도 있습니다. 방금 스타흐에게 충고하던 참입니다. 치료를 위해 연애하라고. 그러나…… 이상적인 연애는 말고. 그런 연애는 이제 그만하고……."

"그런 강의라면 저도 듣고 싶습니다." 오호츠키가 시가를 받아 불을 붙이면서 말했다.

"모험이지!" 보쿨스키가 중얼거리듯 말했다.

"모험이 아니야." 슈만이 말했다. "재산이 있는 사람은 완벽하게 행복할 수 있지. 이성적인 행복을 위해서는 이렇게 해야지. 매일 다른 음식을 먹고, 매일 내의를 갈아입고, 3개월마다 거주지와 애인을 바꾸면서 살아야지."

"여자가 부족할 겁니다." 오호츠키가 말했다.

"그건 여자들에게 맡기세요. 그들이 알아서 부족하지 않도록 조치할 것입니다." 의사가 장난스럽게 말했다. "3개월마다 바꾸는 것은 여자들에게도 적용됩니다."

"여자도 3개월마다 남자를 바꾼다고요……?" 오호츠키가 물었다.

"물론. 왜 여자가 남자보다 더 불리해야 하나요?"

"열 번이나 열두 번쯤 되면 별로 재미없을 텐데."

"선입견…… 선입견이지요!" 슈만이 말했다. "특히 여자들이 당신에게 당신이 두 번째나 네 번째이고 오래전부터 느꼈던 정말로 사랑하는 사람이라고 설득력 있게 말한다면, 당신은 의식하지도 추측하지도 못할 겁니다……."

"자네 제츠키에는 언제 가 보았나?" 보쿨스키가 슈만에게 물었다.

"이제 그에게 사랑 처방전은 안 쓸 거네." 의사가 대답했다. "늙고 신체적으로 비정상인 사람이야……."

"정말 안 좋아 보여." 오호츠키가 말했다.

이야기는 제츠키의 건강에 대해, 나중에는 정치로 이어지다가 끝에 가서 슈만이 인사하고 나갔다.

"지독한 냉소주의자야!" 오호츠키가 중얼거렸다.

"여자를 좋아하지 않아." 보쿨스키가 거들었다. "어려운 시절을 겪으면서 터무니없는 소리를 하게 되었지."

"때론 일리 있는 말도 해요." 오호츠키가 말했다. "그의 견해가 맞을 때도 있고……. 한 시간 전에 고모와 진지한 대화를 나누고 왔는데, 고모는 저더러 반드시 결혼해야 한다고 하셨어요. 좋은 여자와 결혼하는 것만큼 사람을 품위 있게 하는 일은 없다고 하셨어요……."

"그는 당신에게 말한 것이 아니라, 나에게 말한 것입니다."

"저도 그렇게 생각합니다. 그 말을 들으면서 저도 당신을 생각했습니다. 상상해 보세요, 3개월마다 당신이 애인을 바꾼다면 당신이 어떻게 보이겠어요. 만일 당신 앞에 오늘도 당신의 수입을 위해 일하는 그 모든 사람들이 서서 '우리의 노동, 가난, 당신을 위해서 일부를 양도한 단축된 생명에 대해 당신은 우리에게 무엇으로 보상할 거요? 노동으로, 조언으로, 아니면 모범적인 행동으로……?' 이렇게 묻는다면…….."

"어떤 사람들이 나의 수입을 위해 일한단 말이오?" 보쿨스키가 물었다. "나는 회사도 그만두었고 재산도 유가 증권으로 바꾸었는데."

"만일 그게 땅문서라면 일꾼들이 소작료를 지불할 것이고, 그게 주식이라면 배당금을 철도, 설탕 공장, 직물 공장 노동자 등 여러 종류의 노동자들이 지불하겠지요……."

보쿨스키는 더욱 침울해졌다.

"그런데……." 보쿨스키가 말했다. "내가 그런 것에 대해 생각할 필요가 있나요……? 이자 받아서 먹고 사는 수천 명의 사람들은 그런 문제에 신경 쓰지 않습니다."

"하지만……." 오호츠키가 말했다. "당신은 그들이 아닙니다……. 저의 1년 수입은 모두 합해서 천오백 루블입니다. 자주 그런 생각이 듭니다. 이 돈으로 세 명에서 네 명이 살 수 있고, 어떤 사람들은 나를 위해서 죽거나, 혹은 이미 줄일 만큼 줄였는데도 또 그들에게 필요한 것을 줄이지 않으면 안 된다……."

보쿨스키가 방 안을 걸었다.

"당신은 언제 외국에 가실 건가요?" 갑자기 보쿨스키가 물었다.

"아직 모르겠습니다." 오호츠키가 내키지 않는 듯 대답했다.

"채무자가 1년 전처럼 돈을 빨리 지불하지 않고 있습니다. 그도 다른 데서 돈을 빌려 내게 주는데, 요즘엔 그것이 쉽지 않습니다."

"이자가 많습니까?"

"7퍼센트입니다."

"투자는 확실한 곳입니까?"

"신용 회사 다음으로 확실합니다."

"제가 당신에게 현금을 드리고 당신이 권리를 저에게 넘긴다면, 외국으로 떠나시겠습니까?"

"잠깐!" 오호츠키가 혼란스러운 듯 말했다. "제가 여기에 그대로 머문다면……? 자포자기하는 심정으로 돈 많은 여자와 결혼하고, 나중에는 슈만이 말한 대로 살 것입니다."

보쿨스키가 생각에 잠겼다.

"결혼이 나쁜 일인가요?" 보쿨스키가 작은 소리로 말했다.

"저를 내버려 두세요! 저는 가난한 아내를 먹여 살리지 않을 겁니다. 돈 많은 여자는 저를 지나치게 편한 생활로 끌어들일 겁니다. 어느 경우든 제 계획과는 맞지 않습니다. 저에게는 좀 이상한 여자가 필요합니다. 저와 함께 실험실에서 일할 여자가. 그런 여자를 어디서 구하겠어요……?"

오호츠키가 몹시 혼란스러워 보였다. 그는 헤어질 준비를 했다.

"그러면……." 보쿨스키가 그와 헤어지면서 말했다. "당신 자본에 관한 건은 나중에 이야기합시다. 나는 당신에게 현금을 드릴 준비가 되어 있습니다."

"당신 좋을 대로……. 부탁하지는 않겠습니다. 그러나 아주 고마운 일입니다."

"자스와벡에는 언제 가실 겁니까?"

"내일. 그래서 작별 인사를 하러 왔습니다."

"그럼 거래는 합의되었습니다." 쿨스키가 악수하면서 말을 마쳤다. "10월에 돈을 받게 될 겁니다."

오호츠키가 나가자 보쿨스키는 잠을 자기 위해 자리에 누웠다. 오늘 그는 강력하고 모순되는 인상들을 받았다. 그래서 그는 그것들을 정리할 수가 없었다. 이자벨라와 완전히 결별한 순간에 그는 사방이 절벽으로 이루어진 굉장히 높은 곳으로 올라온 것 같았다. 오늘 비로소 그는 그 정상에 도달했다. 그는 다른 경사면에도 가 보았는데, 그곳에선 분명하지는 않지만 완전히 새로운 지평선이 보였다.

얼마 동안 그의 눈앞에 많은 여자들이 어른거렸다. 그중에 봉소프스카 부인이 가장 자주 나타났다. 그는 또한 농사짓는 일꾼들과 노동자들의 무리도 보았다. 그들이 그에게 수입의 대가로 자신들에게 무엇을 주었느냐고 물었다.

드디어 그는 깊은 잠에 빠졌다.

아침 6시에 깼을 때 처음 느낀 것은 자유로움과 의욕이었다.

그는 일어나고 싶지 않았다. 그러나 어떤 고통도 느끼지 않고, 이자벨라를 생각하지도 않았다. 그것도 생각한 것이지만, 생각하지 않을 수 있었다. 어쨌든 그녀에 대한 회상이 예전처럼 고통스럽지 않았다.

고통 없는 상태가 그를 놀라게 했다.

'이게 환영은 아니겠지?' 그는 생각했다.

그리고 어제의 일들을 생각했다. 기억과 논리가 분명해졌다.

"의지도 다시 회복할 수 있을까?" 그가 작은 소리로 말했다.

그는 그것을 시험하기 위해 5분 후에 일어나서 목욕하고 옷 입고 와지엥키 공원으로 산책하러 가기로 결심했다. 그는 움직이는 시곗바늘을 바라보며 불안한 마음으로 물었다.

"내가 이것조차 할 수 없는 것은 아니겠지……?"

분침이 5분을 가리켰다. 보쿨스키는 서두르지 않고 망설이지도 않고 일어났다. 그는 스스로 욕조에 물을 붓고, 목욕을 하고, 몸을 닦고, 옷을 입고 30분 만에 와지엥키 공원을 향해 갔다.

그는 놀랐다. 그동안 그는 이자벨라에 대해서는 한 번도 생각하지 않았고, 봉소프스카 부인에 대해서만 생각했다. 물론 어제 그에게 어떤 변화가 있었다. 그 변화로 마비된 뇌세포가 작동하기 시작한 것은 아닐까……? 이자벨라에 대한 생각은 그에게서 힘을 상실했다.

"이상한 혼란이구나." 그가 말했다. "봉소프스카 부인이 그녀를 쫓아낸 거야. 다른 어떤 여자도 봉소프스카 부인을 대체할 수 있지. 그러니까 나는 정신 착란 상태에서 완전히 구제된 거야……."

그는 연못가로 가서 보트와 백조들을 무심하게 바라보았다. 나중에 그는 오렌지 온실 정원 쪽으로 난 길로 접어들었다. 그때 이 길을 그와 이자벨라가 걸었다. 그는…… 아침을 맛있게 먹을 거라고 혼자 중얼거렸다. 그러나 그 길로 돌아올 때 분노가 치밀어 올랐다. 그는 심술궂은 어린애가 장난하듯 자기 신발 자국을 자기 발로 지웠다.

"내가 모든 것을 이렇게 지워 버릴 수 있다면…… 그 돌, 그 폐허가 된 성터…… 그 모든 것들을……!"

순간 그는 어떤 일들을 망가뜨리고 싶은, 통제되지 않은 본능을 느꼈다. 하지만 그는 곧 그것이 병적인 현상이라는 것을 알아차렸다. 그는 커다란 만족을 느꼈다. 그는 편한 마음으로 이자벨라를 생각할 수 있을 뿐만 아니라, 그녀를 인정하기도 했다.

"내가 화낼 것이 뭐가 있나?" 그는 자신에게 말했다. "그녀가 아니었다면, 나는 재산을 모으지 못했을 거야……. 그녀와 스타르스키가 아니었다면, 나는 파리에 가지도 않았을 거고, 가이스트와 친해지지도 않았을 거고, 스키에르니에비체 근방에서 나의 어리석음에서 헤어나지도 못했을 것이다……. 그들은 나에게 좋은 일을 해 준 한 쌍이야……. 그러니 적어도 그들의 만남을 편하게 해 주어야지. 그리고 그런 지저분한 거름에서 언젠가는 가이스트의 금속이 피어난다는 것을 생각해야지……."

식물원 안은 조용했고 거의 비어 있었다. 보쿨스키는 우물 옆을 지나 그늘진 언덕으로 천천히 올라갔다. 그 위에서 1년여 전에 그는 처음으로 오호츠키와 이야기했다. 그에게 그 언덕이 거대한 계단의 기초인 것처럼 생각되었다. 그 계단 정상에 있는 신비스러운 여신의 동상이 보였다. 그는 그 여신상을 보았다. 그리고 놀랍게도 여신상의 머리 주위를 에워싸고 있던 구름들이 순식간에 흩어지는 것을 목격했다. 그는 엄격한 표정의 얼굴, 흩날리는 머리, 청동의 이마 밑에 있는 위압적인 눈빛으로 자기를 바라보는 생생한 사자 눈을 보았다. 그는 그 눈을 똑바로 주시했다. 그러자 갑자기 그자신이 커지고…… 커지고…… 공원에 있는 가장 높은 나무 꼭대기를 지날 정도로 커지더니 여신의 맨발에 닿았다.

이제 그는 정결하고 영원한 아름다움은 명예라는 것을, 그리고 그 정상에 일과 위험보다 더 큰 위안은 없다는 것을 이해했다.

그는 슬픈 심정으로 집으로 돌아왔다. 그러나 마음은 여전히 평온했다. 산책 중에 그의 미래와 먼 과거가 서로 맺어진 것처럼 생각되었다. 지난날 그는 점원과 학생으로서 영원히 움직이는 기계와 조종할 수 있는 기구를 만들었다. 그리고 지난 10여 년 동안은 중단과 시간 낭비의 시기였다.

"나는 어디론가 떠나야 한다." 그가 스스로에게 말했다. "나는 좀 쉬어야 하고, 나중에…… 두고 보자……."

오후에 그는 모스크바에 있는 수진에게 긴 전보를 보냈다.

다음 날 1시경에 보쿨스키가 아침을 먹고 있을 때, 봉소프스카 부인의 하인이 들어와 봉소프스카 부인이 마차에서 기다리고 있다고 말했다.

그가 밖으로 나가자 봉소프스카 부인이 마차에 타라고 말했다.

"당신을 데려갈 겁니다." 그녀가 말했다.

"점심에……?"

"아니, 와지엥키 공원으로. 자유로운 바깥공기 속에 증인을 두고 보다 안전하게 당신과 대화할 거예요."

보쿨스키의 표정은 어두웠고, 그는 아무 말도 하지 않았다.

와지엥키 공원에서 그들은 마차에서 내려, 궁궐 테라스를 지나 원형 극장까지 이어진 길을 따라 산책했다.

"보쿨스키 씨, 당신은 사람들 속으로 들어가야 해요." 봉소프스카 부인이 말을 꺼냈다. "당신은 무기력 상태에서 깨어나야 해요. 그렇지 않으면 달콤한 보상을 놓치게 될 거예요……."

"오…… 그래요……?"

"틀림없어요. 상류 사회의 모든 여성들이 당신의 고통에 관심이 많아요. 분명히 말할 수 있어요. 당신을 위로하고 싶어 하는 여성들이 한둘이 아니에요."

"마치 상처 입은 쥐를 가지고 노는 고양이처럼 자기들이 생각하는 나의 고통을 즐기려 하겠지요……. 아닙니다, 부인. 저를 위로할 여자는 필요 없어요. 저는 전혀 고통스럽지 않아요. 여자 잘못은 하나도 없어요……."

"뭐라고요……?" 봉소프스카 부인이 놀라서 큰 소리로 말했다. "당신이 여자 때문에 충격을 받지 않았다고 생각하는 사람이 있을까요……?"

"그들은 그렇게 생각하겠지요." 보쿨스키가 대답했다. "누가 나에게 충격을 주었다면, 여자는 절대 아니고, 저도 알 수 없지만……

아마 숙명일 것입니다."

"그러나 항상 여자를 수단으로……."

"무엇보다 저의 순진함입니다. 어렸을 때부터 저는 어떤 큰일을 찾았습니다. 그게 무엇인지 몰랐습니다. 저는 시인들의 안경을 통해서만 여자들을 보았습니다. 시인들은 여자들을 과장해서 칭송했습니다. 그래서 저는 여자들을 알 수 없고, 또한 위대하다고 생각했습니다. 제가 착각한 거지요. 거기에 제가 한동안 동요하게 된 비밀이 있습니다. 그 시기에 그러나 저는 재산을 모으게 되었습니다."

봉소프스카 부인이 길에서 걸음을 멈추었다.

"아세요, 제가 너무 놀랐다는 것을……! 우리가 그제 만나고 처음인데, 오늘 당신은 완전히 다른 사람처럼 보여요. 여자들을 무시하는 할아버지 같은 부류의……."

"그것은 무시가 아니라 관찰입니다."

"그래서……?" 봉소프스카 부인이 물었다.

"남자의 열정을 괴롭히고 자극하기 위해 이 세상에서 살고 있는 여자들이 있습니다. 그들은 그런 식으로 이성적인 남자들을 바보로 만들고, 정직한 사람들을 비굴하게 만들고, 바보들에게 균형을 잡아 줍니다. 그런 여자를 숭배하는 사람들이 많습니다. 그 덕에 그들은 마치 하렘의 여인들이 터키에서 하듯 우리에게 영향력을 행사하고 있습니다. 그러니 부인, 여성분들이 저의 고통에 대해 동정할 이유가 없습니다. 또한 저를 가지고 즐길 권리도 없습니다. 저는 그런 분들의 이야깃거리에 속하지 않습니다."

"당신은 사랑과 단절하는 거예요……?" 봉소프스카 부인이 짓궂게 물었다.

보쿨스키의 내부에서 화가 치밀었다.

"아니요, 부인." 그가 대답했다. "저에게 비관주의자 친구가 있습니다. 그가 이렇게 설명했습니다. 가장 유리한 것은 4천 루블을 주고 1년 동안 사랑을 사는 것이다. 충실함을 사기 위해서는 우리가 감정이라고 부른 것보다는 5천 루블을 주는 것이 낫다."

"아름다운 충실함이네요……!" 봉소프스카 부인이 작은 소리로 말했다.

"우리가 그녀에게서 무엇을 기대할 수 있는지 적어도 미리 알 수 있습니다."

봉소프스카 부인이 입술을 깨물고, 마차가 있는 방향으로 돌아섰다.

"당신의 새로운 여성관을 널리 알려야겠네요."

"제 생각에, 부인, 그러기엔 시간이 아깝지요. 그것을 절대 이해하지 못하는 사람도 있을 것이고, 스스로 경험하지 않고는 믿지 않을 사람도 있을 겁니다."

"풍속에 대한 강의 고마워요." 조금 후에 그녀가 말했다. "저에게 너무 강력한 인상을 주어서 집까지 데려다 달라는 부탁을 하고 싶지 않네요. 오늘 당신은 예외적으로 기분이 좋지 않아요. 그러나 달라지리라 생각해요. 그런데…… 그런데…… 여기 편지가 있어요." 그녀가 그의 손에 봉투를 건네주었다. "한번 읽어 보세요. 제가 비밀을 누설하고 있지만, 당신이 저를 배신하지 않으리라 생각합니다. 저는 최근에 당신과 벨라 사이의 오해를 풀어 주어야겠다고 결심했습니다. 제 의도가 성공하면 편지를 불태우세요. 만일 그렇지 못하면…… 그 편지를 시골로 가지고 오세요…… 아듀!"

보쿨스키를 정원 길에 남겨 두고 그녀는 마차에 올랐다.

"제기랄, 그녀를 모욕한 것일까……?" 그는 혼자 중얼거렸다. "유감이야, 아름답고 매력 있는 여자인데……!"

그는 천천히 우야즈도프스키 대로 쪽으로 걸었다.

"바보 같긴……! 그녀를 좋아한다는 말도 못했잖아. 아니, 그런 말을 할 기회가 있었다 하더라도, 내가 그녀에게 줄 것이 뭐가 있었겠나……? 그녀를 사랑한다고는 말할 수 없었을 것이다."

보쿨스키는 집에 와서야 이자벨라의 편지를 개봉했다.

한때 사랑스러웠던 편지를 보는 순간 슬픔의 전율이 온몸을 관통했다. 그러나 종이에서 나는 향수 냄새가 그녀가 그에게 로시를 위해 박수 부대를 동원하라고 부추기던, 아주 먼 그때를 상기시켰다.

"이건 이자벨라가 기도할 때 사용하는 묵주 알이야!" 그가 웃으면서 작은 소리로 말했다.

그는 읽기 시작했다.

사랑하는 카지아! 나는 아무것도 하기 싫었고, 또 생각을 가다듬을 수도 없었어. 그래서 오늘 비로소 네가 떠난 후 우리 집에 생긴 일들에 대해 너에게 이야기하게 되었어.

호르텐시야 고모가 우리에게 유산으로 얼마를 남겨 놓았는지 알게 되었어. 6만 루블이야. 그래서 모두 합하면 우리는 9만 루블을 가지고 있어. 정직한 남작이 이 돈에 대해 연 7퍼센트 이자를 주면 1년에 약 6천 루블이 될 거야. 그러나 할 수 없지. 절약하는 법을 배워야겠지.

내가 얼마나 무료한지 너에게 이야기할 수 없을 정도야. 단지 그리워할 뿐이야……. 그러나 이것도 잠시겠지. 그 젊은 엔지니어는 우리 집에 계속 와, 며칠마다. 처음에는 철교 이야기로 나를 즐겁게 했어. 지금은 다른 남자에게 시집간 여자를 몹시 사랑한 이야기를 해. 그녀 때문에 얼마나 절망했으며, 두 번째 사랑에 대한 희망도 상실했고, 그리고 새롭고 보다 나은 사랑을 통해 회복하기를 열망한다고 했어. 그는 또 자연의 매력을 찬미하는 시를 자주 쓴다고 나에게 고백했어……. 가끔 나는 지루해서 울고 싶어. 누가 옆에 없으면 나는 아마 죽을 거야. 그래서 그의 이야기를 들어주는 척하고, 때로는 그에게 손에 키스하는 것도 허용해…….

보쿨스키의 이마에 핏줄이 솟아났다. 그는 잠시 쉬었다가 계속해서 읽었다.

아빠는 점점 쇠약해지셔. 하루에도 몇 번씩 우셔. 우리는 5분 이야기하는데, 아빠는 나를 나무라셔, 누구 때문인지 너도 알잖아! 너는 믿지 못할 거야, 그게 나를 얼마나 혼란스럽게 하는지.

자스와프의 폐허가 된 성터에 며칠에 한 번씩 가. 무엇이 나를 그곳으로 이끄는지 나도 모르겠어. 아름다운 자연 아니면 외로움. 내가 아주 외로울 때 갈라진 벽에 연필로 여러 가지 일에 대해서 써. 그리고 기쁘게 생각해, 처음 내리는 비가 모두 지워버리니 얼마나 좋아.

그러나, 그러나…… 가장 중요한 일을 잊을 뻔했다! 너도 알지, 의회 의장이 아버지에게 편지를 써서, 공식적으로 나에게 청혼했어. 나는 밤새 울었어. 내가 의장 부인이 되는 것 때문이 아니라…… 그 일이 그렇게 쉽게 될 수 있다니……!

펜이 손에서 떨어진다. 건강히 잘 있어. 가끔 너의 불행한 벨라 생각도 하길 바라.

보쿨스키는 편지를 구겼다.

"그렇게 경멸하면서…… 아직도 나는 그녀를 사랑한다!" 그가 조용히 말했다.

머리가 뜨거웠다. 그는 주먹을 꼭 쥐고 이리저리 돌아다녔다. 그리고 자기의 꿈에 대해 웃었다.

저녁 무렵에 모스크바에서 전보가 왔다. 그는 전보를 받자마자 파리로 전보를 보냈다. 다음 날 그는 아침부터 늦은 밤까지 자기 변호사와 공증인과 함께 시간을 보냈다.

잠자리에 들면서 그는 생각했다.

'내가 어리석은 짓을 하는 건 아닌가……? 그러나 내가 현장에서 연구하는 것은 아니잖아…… 공기보다 더 가벼운 금속이 존재할 수 있을지는 다른 문제야. 그러나 뭔가가 거기에 있는 것은 의심할 수 없어……. 사람들이 철학자의 돌을 찾다가 화학을 발견하지 않았나. 무엇을 만나게 될지 누가 알 수 있나……? 결국 나에게는 어떻게 되든 상관없어. 이 진흙탕에서 벗어날 수만 있다면…….'

다음 날 정오가 되어서야 파리에서 답장이 왔다. 그것을 보쿨스키는 몇 번이나 읽었다. 그리고 조금 후에 봉소프스카 부인에게서 온 편지를 받았다. 봉투 위 스탬프가 찍히는 자리에 스핑크스 그림이 있었다.

"그래." 보쿨스키가 웃으면서 중얼거렸다. "인간의 얼굴에 짐승의 몸. 우리의 상상이 그대에게 날개를 달아 준다."

'잠깐 저에게 들르세요. 아주 중요한 일이 있어요. 오늘 제가 떠납니다.'

"그 중요한 일이 무엇인지 봐야지!" 그가 혼자 중얼거렸다.

30분 후에 그는 봉소프스카 부인 집에 도착했다. 현관에는 이미 여행 가방들이 놓여 있었다. 부인이 집무실에서 그를 맞이했다. 그러나 그 방에는 집무를 연상시키는 물건이 없었다.

"당신은 참으로 예의가 바르시네요!" 봉소프스카 부인이 불쾌한 어조로 말하기 시작했다. "어제는 하루 종일 당신을 기다렸어요. 그런데 당신은 나타나지 않았어요……."

"당신이 제가 오는 걸 금하지 않았나요." 보쿨스키가 놀라서 말했다.

"무슨 말이에요……? 제가 당신을 시골로 분명히 초대하지 않았나요……? 하지만 그건 중요하지 않고, 당신의 별난 행동으로 돌리겠어요……. 그런데 제가 당신에게 부탁할 일이 있어요. 저는 곧 외국으로 떠납니다. 그래서 당신의 조언을 듣고 싶어요. 프랑을 언제 사는 것이 유리할까요? 지금 아니면 출발 전에?"

"언제 가시려고 하십니까?

"음…… 11월…… 12월에……." 얼굴이 붉어지면서 그녀가 대답했다.

"출발 직전에 사십시오."

"그렇게 생각하세요?"

"모두들 그렇게 합니다."

"저는 모든 사람이 하는 대로 하고 싶지 않아요!" 봉소프스카 부인이 큰 소리로 말했다.

"그럼 지금 사세요."

"만일 프랑화 환율이 12월까지 그대로 있게 되면?"

"그러면 사는 것을 12월까지 미루세요."

"있잖아요……." 그녀가 어떤 종이를 찢으면서 말했다. "당신이 저에게 조언해 줄 수 있는 유일한 사람이에요. 검은 것은 검고, 흰 것은 희다……. 당신은 도대체 어떤 남자예요? 남자는 어느 순간에나 단호하지 않으면 안 되지요. 적어도 알고 있어야지요, 자기가 무엇을 원하는지……. 그런데 벨라의 편지는 가져오셨어요?"

보쿨스키는 말없이 편지를 건넸다.

"정말로?" 그녀가 생기 있는 표정으로 크게 말했다. "그러면 당신은 그녀를 사랑하지 않는 거예요……? 그렇다면 그녀에 대한 이야기는 당신에게 불쾌하지 않겠지요. 저는…… 당신들을 화해시키려 했는데……. 불쌍한 그 애가 더 이상 괴로워하지 않았으면……. 당신이 그녀에게 선입견을 가졌던 거예요…… 당신이 잘못했어요…… 양심적이지 못한 일이에요. 명예를 아는 사람은 그렇게 행동하지 않아요. 사람을 혼란에 빠뜨려 놓고 시든 꽃처럼 버리다니……."

"양심적이지 못하다!" 보쿨스키가 되뇌었다. "자비로우신 말씀을 해 주시겠습니까, 고통과 비굴, 비굴과 고통을 먹인 사람에게 어떤 양심이 남아 있나요?"

"하지만 그런 것 외에 당신에게 다른 순간도 있었지요."

"오, 그렇지요. 몇 번의 친절한 눈빛, 몇 마디 좋은 말. 그런 것들이 지금은 제 눈에 하나의 흠으로 남아 있습니다. 그것은…… 속임수였습니다."

"그러나 당신이 돌아온다면 그녀는 그것을 후회할 거예요."

"무엇 때문에 돌아가요?"

"그녀의 마음과 손을 잡기 위해서."

"그녀의 한 손만 잡고 다른 손은 알려진 혹은 알려지지 않은 숭배자들을 위해 남겨 두고……? 아닙니다, 부인. 그런 경쟁은 이미 충분히 했습니다. 그 시합에서 저는 스타르스키, 사스탈스키에게 패했습니다. 또 얼마나 많은 사람에게 패했는지 모르지요! 저는 이상적인 여자 옆에서 내시 역할을 할 수 없고, 모든 남자를 행복한 경쟁자나 불쾌한 사촌으로 보고 있을 수도 없어요."

"그건 너무해요!" 봉소프스카 부인이 큰 소리로 말했다. "한 번의, 그것도 순진한 실수 때문에 한때 사랑했던 여자를 경멸하세요?"

"그런 실수가 몇 번째였는지, 실례지만 부인, 제가 다 알고 있습니다. 그리고 아무 잘못이 없는 순진함……. 맙소사! 제가 너무 비참한 처지에 있어서 그들의 순진함이 도대체 어디까지 가는지 아무 생각이 없었습니다."

"당신이 추측하는 것 아니에요……?" 봉소프스카 부인이 냉정하게 물었다.

"저는 아무것도 추측하지 않습니다." 보쿨스키가 차갑게 대답했다. "제가 보는 데서 별 뜻 없는 친절함이라는 구실로 가장 흔한 연애가 진행되었다는 것을 저는 알고 있을 뿐입니다. 저에게는 그걸로 충분합니다. 남편을 속이는 아내를 저는 이해합니다. 결혼으로 인한 구속감 때문이라고 설명할 수 있겠죠. 그러나 그런 구속이 없는 여자가 다른 남자를 속인다…… 하! 하! 하! 그건 분명히 하나의 스포츠입니다. 물론 그녀에게는 스타르스키나 그 외 모든 사람들을 저보다 더 중요하게 생각할 권리가 있습니다. 하지만 그게 전부는 아니죠! 그녀의 시종으로 그녀를 정말 사랑하고 그녀에게 모든 것을 기꺼이 바칠 준비가 되어 있는 바보가 아직은 필요했던 겁니다……. 인간성을 마지막으로 욕되게 하기 위해 그녀는 자신과 자신을 숭배하는 사람들을 위해 바로 제 가슴으로 가리개를 만들고 싶었던 겁니다. 당신은 생각해 보셨습니까, 헐값으로 그녀의 호감을 즐기고 있던 그 사람들이 저를 얼마나 비웃고 있었는지……? 당신은 느끼실 수 있겠습니까, 저처럼 조롱의 대상이 되고, 동시에 불행하게 되고, 자신의 파멸을 그렇게 평가하면서 부당하다고 생각하는 것이 얼마나 고통스러운 일인지……?"

봉소프스카 부인의 입술이 떨렸다. 그녀는 겨우 눈물을 참고 있었다.

"그건 당신의 상상이 아닐까요?" 그녀가 말했다.

"에이, 아니지요, 부인. 부당한 대우를 받은 인간의 존엄성, 그것은 상상이 아닙니다."

"어떻게 하시겠어요?"

"뭘 할 수 있겠습니까?" 보쿨스키가 대답했다. "이제 자신을 회복했다고 생각합니다. 제 경쟁자들의 승리가 적어도 저에 관해서는 아직 완전하지 않다는 것으로 오늘은 만족합니다."

"그것은 돌이킬 수 없을까요……?"

"부인, 저는 사랑 때문에 혹은 가난 때문에 스스로를 희생하는 여자를 이해합니다. 그러나 절실한 이유도 없는데 멀쩡하게, 겉으론 미덕이 있는 것처럼 꾸미면서 정신적 창녀로 살아가는 것을 이해할 마음은 조금도 없습니다."

"그렇다면 용서할 수 없는 일이 있는 거로군요?" 그녀가 조용히 물었다.

"누가 누구를 용서해야 합니까? 스타르스키 씨는 그런 일로 한 번도 모욕감을 느끼지 않았을 겁니다. 그는 오히려 자기 친구들에게 그녀를 추천할 겁니다. 그렇게 어울리는 이들이 많은 사람은 나머지에 대해서는 신경 쓰지 않습니다."

"이제 한마디만……." 봉소프스카 부인이 자리에서 일어나며 말했다. "당신이 어떤 계획을 가지고 있는지 알아도 되겠습니까?"

"제가 그것을 안다면……!"

그녀가 손을 내밀었다.

"잘 가세요."

"행복하시기 바랍니다."

"오!" 그녀가 작은 소리로 말하고 다른 방으로 들어갔다.

'내가 보기에⋯⋯.' 보쿨스키는 계단을 내려오면서 생각했다. '이 순간에 두 가지 일을 끝낸 것 같아⋯⋯. 슈만이 틀리다고 누가 말할 수 있겠나⋯⋯?'

그는 봉소프스카 부인 집에서 나와 제츠키에게 갔다. 늙은 점원은 몹시 안돼 보였다. 그는 겨우 소파에서 일어났다. 그의 모습은 보쿨스키에게 깊은 충격을 주었다.

"늙은이, 화 많이 났지, 내가 오랫동안 오지 않아서?" 그의 손을 잡으면서 보쿨스키가 말했다.

제츠키가 슬프게 고개를 옆으로 흔들었다.

"자네에게 무슨 일이 있었는지 내가 모르잖아." 제츠키가 대답했다. "걱정이야, 세상이 걱정스러워! 점점 더 나빠지고 있으니⋯⋯."

보쿨스키가 생각에 잠긴 채 자리에 앉았다. 제츠키가 말하기 시작했다.

"스타흐, 있잖아, 나는 느끼고 있어, 내 친구 카츠와 나의 헝가리 보병에게 갈 시간이 오고 있다는 것을. 어디선가 그들은 나에 대해 화를 내고 있어, 내가 약탈 목적으로 부대를 이탈했다고⋯⋯. 나는 알고 있어, 자네가 어떻게 결정하든 그것이 현명하고 좋다는 것을⋯⋯. 자네가 스타프스카와 결혼하면 실용적이지 않을까? 그것이 자네에게 어느 정도 희생이 될 수도 있겠지만⋯⋯."

보쿨스키가 머리를 두 손으로 감싸고 말했다.

"맙소사! 나는 언제 그 여자들의 관계에서 벗어날 수 있을까? 한 여자는 내가 자기의 희생이 되었다고 자랑하고, 두 번째 여자는 자기가 나의 희생이라고 말하고, 세 번째 여자는 나의 희생이 되고 싶어 하고, 그리고 아직도 그런 여자들이 열 명은 되지, 모두 희생의 대가로 나와 내 재산을 받아들이겠지⋯⋯. 재미있는 나라야, 여자들이 제1바이올린을 연주하고 다른 관심사는 아무것도 없고, 오로지 행복한 사랑 아니면 불행한 사랑만 있어!"

"그건, 그건 아니야……." 제츠키가 말했다. "내가 자네 목을 잡아당기는 건 아니야! 다만, 자네도 알잖아, 슈만이 나에게 말한 것, 자네에겐 억지로라도 연애가 필요하다는 것……."

"우…… 천만에! 나에게 필요한 건 환경의 변화야. 그리고 어떤 약을 써야 할지 처방전을 가지고 있어."

"떠나는 거야?"

"늦어도 모레 모스크바로, 그 후에는…… 신이 알려 주시겠지."

"생각해 둔 게 있는 거야?" 제츠키가 은근한 말투로 물었다.

보쿨스키가 생각에 잠겼다.

"아직 아무것도 모르겠어. 망설이고 있어. 마치 10층 높이의 그네에 앉아 있는 것 같아. 이 세상을 위해 무언가 일을 하게 될 것 같은 생각이 가끔 들어……."

"와, 그것은…… 그것은……."

"그러나 가끔 절망감이 나를 엄습해. 그럴 때에는 나와 내가 접촉했던 모든 것을 땅이 삼켜 버렸으면 해……."

"그건 이성적이지 않아, 절대 이성적이지 않아……." 제츠키가 말했다.

"알아……. 그래서 내가 소란을 피우게 되거나 세상과 더불어 모든 것을 청산한다고 해도 나는 놀라지 않을 거야."

두 사람은 저녁 늦게까지 함께 있었다.

며칠 후 보쿨스키가 갑자기 어디론가, 아마 영원히 떠났다는 소문이 퍼졌다.

그리고 그의 모든 동산을, 가재도구부터 마차와 말까지 슐랑바움이 아주 싼 값으로 한꺼번에 차지했다.

# 제16장 늙은 점원의 회고(5)

몇 달 전부터 금년 6월 26일에 아프리카에서 황제의 아들 루이 나폴레옹 대공이 사망했다는 소문이 떠돌았다. 그는 야만 민족과 전투 중에 생명을 잃었는데, 그 민족에 대해서는 알려지지 않았다. 어디에 사는 민족인지, 명칭이 뭔지도 밝혀지지 않았다. 줄루라는 민족은 없기 때문이다.

모두가 그렇게 말하고 있다. 외제니 황후가 그곳으로 가서 아들의 시신을 영국으로 데려왔다고 한다. 그것이 사실인지 나는 알지 못한다. 7월부터 나는 신문을 읽지 않고 정치 이야기 하는 것을 좋아하지 않기 때문이다.

정치는 어리석은 것! 전에는 전보도 신문 사설도 없었지만 세상은 앞으로 나아갔고, 모든 이성적인 사람은 정치 상황을 파악할 수 있었다. 오늘날에는 전보도 있고, 사설도 있고, 최신 뉴스도 있지만, 이 모든 것이 머리만 혼란시키고 있다.

머리를 혼란시키는 것보다 더 나쁜 것은 사람들에게서 마음을 빼앗아 가는 것이다. 만일 케니히나 정직한 술리츠키*가 아니라면, 사람들은 신의 정의를 믿는 것을 그만두었을 것이다. 그런 일들이 지금은 신문에 나고 있다……!

한편 루이 나폴레옹 대공은 죽었을 수도 있고, 나폴레옹의 반대파인 강베타의 비밀 요원들을 피해서 숨었을 수도 있다. 나는 소문을 믿지 않는다.

*  *  *

클레인은 보이지 않고, 리시에츠키는 볼가 강 유역에 있는 아스트라한으로 갔다. 그곳으로 떠나면서 그가 나에게 말했다. "얼마 안 있으면 이곳에는 유대인들만 남고, 나머지는 유대인이 될 것입니다."

리시에츠키는 언제나 다혈질이었다.

*  *  *

내 건강이 좋지 않다. 쉽게 피곤해져서 지팡이 없이는 거리에도 못 나간다. 특별히 아픈 곳은 없는데 가끔 어깨에 이상한 통증이 오고 숨 쉬는 것이 힘들다. 그런 증상이 곧 없어지든 그렇지 않든 나에게는 중요하지 않다. 세상은 점점 더 잘못되어 가고 있다. 머지않아 나는 아무하고도 이야기할 수 없을 것이고, 아무것도 믿을 수 없게 될 것이다.

*  *  *

7월 말에 헨릭 슐랑바움이 가게 주인과 우리 회사 사장 신분으로 생일 파티를 열었다. 지난해 스타흐가 했을 때보다 손님이 절반밖에 안 왔지만, 보쿨스키의 적과 친구들이 모여 슐랑바움의 건강을 위해 마셨다…… 창문이 흔들리도록.

오, 인간들아, 인간들아……! 풍요로운 음식을 준다면 시궁창으로라도 기어갈 것이고, 돈을 준다면 어디까지 가게 될지 알 수 없구나.

\* \* \*

에잇! 에잇! 신문에서 보니 크세소프스카 남작 부인이 고아원에 2백 루블을 기부했기 때문에 그녀가 여성들 중에서 가장 고결하고 가장 동정심 많은 여성 중 한 명으로 일컬어지고 있었다. 그녀가 스타프스카 부인과 재판하고, 입주자들과 싸웠던 일들은 분명히 잊혔다.

남편이 부인을 그렇게 잘 가르친 것일까……?

\* \* \*

유대인들에 대한 혐오감이 심해지고 있었다. 심지어 유대인들이 기독교인 가정의 아이들을 잡아다 죽여서 자기들 명절에 먹는 마차(maca)를 만들었다는 소문까지 돌아다니고 있었다.

이런 이야기를 들을 때면, 나는 눈을 비비고 스스로에게 물었다. 내가 지금 열이 있는지, 내 젊은 날은 모두 꿈이었던가?

그러나 나를 가장 화나게 하는 것은 의사 슈만이 그런 불안하고 긴장된 분위기를 즐기고 있는 것이었다.

"그 옴 같은 자들에겐 잘된 일이야……!" 그가 그렇게 말했다. "그들이 공격을 당해서 정신을 차려야 해. 천재적인 인종인데, 그러나 악당들이야. 그래서 몽둥이와 박차가 아니면 그들을 길들일 수 없을 거야…….”

“의사 양반.” 내가 더 이상 참을 수 없어 나섰다. “만일 유대인들이 당신 말처럼 그렇게 가치 없는 사람들이라면 박차도 도움이 되지 못할 겁니다.”

“그들을 개선시키지 못할 수도 있지요. 하지만 그들에게 어느 정도 이성을 집어넣고 보다 단단하게 서로 손을 잡도록 가르칠 겁니다.” 그가 대답했다. “만일 유대인들이 더 단결한다면…….!”

의사는 이상한 사람이다. 그는 정직하다. 그리고 무엇보다 이성적이다. 그러나 그의 정직함은 감정에서 나오지 않았다. 그걸 내가 어찌 알겠나? 습관에서 나왔을 수도 있다. 그는 이런 종류의 이성을 가지고 있다. 그는 하나를 건설하는 것보다 백 가지 일을 더 쉽게 조롱하고 망가뜨릴 수 있다. 그와 이야기를 할 때면 가끔 그런 생각이 든다. 그의 정신은 빙판 같다. 심지어 불도 반사될 수 있다. 그러나 그 정신은 절대 스스로 뜨거워지지 않는다.

\*　　\*　　\*

스타흐는 모스크바로 갔다. 내가 보기에 그는 수진과의 계산을 정리하러 간 것 같다. 그는 수진에게 50만 루블을 맡겨 놓았다. 2년 전에 누가 그런 일을 예상할 수 있었겠나! 그가 그 많은 돈으로 무엇을 할지 나는 추측하지 못하겠다.

스타흐는 항상 특이해서 예상치 못한, 깜짝 놀랄 일을 할 것이다. 지금 그는 그런 일을 준비하고 있지 않을까…….? 걱정된다.

그사이에 므라체프스키가 스타프스카 부인에게 청혼했고, 얼마 동안 망설이는 기간이 지나 그녀가 수락했다. 므라체프스키가 계획한 대로 만일 그들이 바르샤바에 가게를 열게 되면 나도 투자해서 그들 옆에 살고 싶다. 맙소사! 내가 므라체프스키의 애들을 돌보게 된다…… 스타흐의 애들이라면 그런 일을 하리라고 생각하기는 했지만…….

산다는 것은 소름 끼치도록 힘든 일이다…….

\* \* \*

어제 미사에 참석하여 루이 나폴레옹 대공을 생각하면서 5루블을 헌금으로 바쳤다. 단지 생각하면서 바친 것이다. 왜냐하면 모든 사람이 이야기하듯이, 그가 죽지 않았을 수도 있기 때문이다. 한편 만일…… 나는 신학을 모른다. 그러나 그를 위해 저세상에서 관계를 맺어 놓는 것이 항상 더 안전하다. 혹시……?

\* \* \*

나의 건강은 정말 좋지 않다. 모든 것이 이상 없다고 슈만은 말하지만. 그는 나에게 맥주, 커피, 빨리 걷는 것과 화내는 것을 금지했다. 그는 훌륭해……! 그런 처방은 나도 할 수 있다. 하지만 실행은 너나 해라…….

그는 나와 이야기할 때, 내가 스타흐의 운명에 대해 불안해한다고 생각한다. 재미있는 사람이야……! 스타흐가 미성년자도 아니고, 그와 7년 동안 헤어져 살기도 하지 않았는가? 세월이 흘러 스타흐가 돌아오고, 그는 골치 아픈 일에 빠져들었다.

지금 다시 그렇게 될 것이다. 그는 갑자기 없어졌다가, 갑자기 돌아올 것이다…….

그러나 세상살이는 힘들다. 나는 가끔 생각한다. 정말 어떤 계획이 있는 것일까, 그것에 따라 온 인류가 더 좋은 방향으로 나아가는? 또는 모든 것이 우연의 작품인가? 인류는 보다 큰 힘이 밀고 있는 쪽으로 가는 것은 아닌지……? 만일 좋은 사람들이 위에 있으면 세상은 좋은 쪽으로 굴러가고, 못된 사람들이 더 강하면 나쁜 쪽으로 가겠지. 하지만 좋은 사람들이나 나쁜 사람들이나 마지막 끝은 한 줌 재다.

만일 그렇다면 스타흐에 대해 놀랄 것이 없다. 그는 자주 말한다. 가능한 한 빨리 죽고 싶고, 자기의 모든 흔적들을 없애고 싶다고. 그러나 나는 그렇지 않다는 예감을 가지고 있다.

비록…… 루이 나폴레옹 대공이 프랑스인들의 황제가 되리라는 예감을 나는 가지고 있지 않은가……? 하! 아직은 기다려 보자, 그가 벌거벗은 흑인들과 싸우다가 죽었다는 것은 어딘가 이상하게 보인다…….

# 제17장 ?

제츠키 씨는 실제로 자주 아프다. 그 자신의 말로는 직업이 없기 때문이라고 하지만, 슈만의 의견은 심장에 이상이 있기 때문이고, 심장병은 갑자기 발전하여 걱정이 있으면 빠르게 악화된다는 것이다.

그는 하는 일이 많지 않다. 아침에 그는 한때 보쿨스키의 가게였지만, 지금은 슐랑바움의 소유가 된 가게에 간다. 그는 점원들과 손님들이 오기 전까지 그곳에서 시간을 보낸다. 손님들은 왜 그런지 이유는 알 수 없지만 그를 이상하게 쳐다보고, 지엠바를 제외하고 지금은 모두가 유대인인 점원들은 그를 존중하지 않을 뿐만 아니라, 슐랑바움의 주의에도 불구하고 그를 업신여긴다.

이런 상황에서 이그나치는 점점 더 자주 보쿨스키를 생각했다. 어떤 불행이 자신에게 닥칠까 봐 그러는 것이 아니라 그냥 그러는 것이다.

아침 6시에 그는 생각한다. 보쿨스키는 일어났을까, 아니면 이 시간에 자고 있을까, 어디 있을까? 모스크바에 있을까, 이미 모스크바를 떠나 바르샤바로 오고 있을까? 정오에 스타흐와 함께 점심을 먹지 않은 날이 거의 없던 때를 그는 회상한다. 저녁에 잘 준비를 하면서 그는 혼자 중얼거린다.

"틀림없이 스타흐는 수진의 집에 있을 거야…… 그들은 즐기고 있겠지……! 아니, 바르샤바로 돌아오고 있을지도 몰라, 기차 침대칸에서 잠잘 준비 하고 있지 않을까……?"

점원들의 싫은 기색과 슐랑바움의 기분 나쁜 친절에도 불구하고 그는 매일 몇 차례씩 가게에 갔는데, 갈 때마다 그는 보쿨스키가 주인일 때에는 여기가 이렇지 않았다고 생각했다.

보쿨스키에게서 아무 소식도 없는 것이 그를 불안하게 했지만, 그는 크게 걱정하지 않았다. 그는 그것을 보쿨스키의 별난 성격이라고 여겼다.

"그는 건강할 때에도 자주 편지를 쓰지 않았다. 더욱이 심신이 지쳐 있는 지금은 어쩌겠나. 오, 그 여자들, 여자들……!"

슐랑바움이 보쿨스키의 가재도구와 마차를 구입하던 날, 이그나치는 침대에 드러누웠다. 그런 일이 그의 기분을 상하게 했기 때문이 아니다. 마차나 사치스러운 가재도구는 전혀 필요 없는 물건들이었다. 하지만 그런 식으로 물건을 사는 일은 사람들이 죽은 뒤에나 있는 일이기 때문이다.

"그렇지만 스타흐는 고맙게도 건강하다……!" 그는 혼자 중얼거렸다.

어느 날 저녁 이그나치는 잠옷을 입고 앉아서, 므라체프스키의 가게를 어떻게 운영하면 슐랑바움에게 타격을 줄 수 있을까 골똘히 생각하고 있었다. 그때 현관방 벨이 요란하게 울리고 현관이 몹시 소란스러웠다.

잠자리에 들려고 했던 하인이 문을 열었다.

"주인 계신가?" 제츠키가 아는 목소리가 물었다.

"주인님은 편찮으십니다."

"아프기는 무슨……! 사람들 피하는 거지……."

"자문님, 우리가 피해를 끼치는 것 아닐까요?" 다른 목소리가 말했다.

"피해가 뭔데……! 집에서 피해를 당하고 싶지 않으면 술집으로 오라고 해."

제츠키가 소파에서 일어났다. 그와 동시에 그의 침실 문에 벵그로비츠 자문과 무역 에이전트 슈프로트가 나타났다. 그들 뒤로 머리가 덥수룩하고 얼굴이 깨끗하지 않은 남자가 보였다.

"산이 마호메트에게 오려고 하지 않으니, 마호메트들이 산에게 왔노라!" 자문이 큰 소리로 말했다. "제츠키…… 이그나치 씨! 당신에게 무슨 그리 좋은 일이 있었던 거요……? 우리가 당신을 마지막으로 본 이후에 우리는 새로운 맥주를 발견했다오. 이보게, 여기 놔두고, 내일 오게." 자문이 머리가 덥수룩한 사람을 향해 말했다.

그의 지시에 따라 작업용 큰 가운 차림의, 머리가 덥수룩한 사람이 세면장에 몸통이 날씬해 보이는 맥주병들과 맥주잔 세 개가 들어 있는 바구니를 내려놓았다. 그리고 감쪽같이 사라졌다. 마치 그가 2백 파운드나 되는 몸뚱이를 가진 인간이 아니라, 안개와 공기로 이루어진 존재 같았다.

이그나치는 날씬한 병들을 보고 이상하게 생각했다. 그러나 그것은 언짢은 감정과는 전혀 상관없었다.

"세상에, 당신에게 무슨 일이 있었던 거요?" 자문이 손을 벌리면서 말했다. 그는 마치 온 세상을 한번에 껴안으려 하는 것 같았다. "당신은 오랫동안 우리와 만나지 않았소. 슈프로트 씨는 당신이 어떻게 생겼는지 잊어버렸다오. 나는 머리가 조금 이상한 당신 친구한테서 당신이 전염되었다고 생각했소……."

제츠키의 얼굴이 어두워졌다.

"바로 오늘 내가 당신 친구에 대한 내기에서 데클레프스키에게 이겨 새로운 상표의 맥주 한 바구니를 받았소. 그래서 슈프로트에게 이렇게 말했소. '이보게, 우리 맥주를 가지고 옛 친구에게 갑시다. 그의 기분이 좀 나아질지도 모르니까⋯⋯.' 그런데 우리에게 앉으라는 말도 하지 않을 거요⋯⋯?"

"어서 앉으십시오." 제츠키가 말했다.

"탁자도 있고⋯⋯." 자문이 방을 둘러보면서 말했다. "방도 있고. 내가 보기엔, 아늑하고 좋네. 음⋯⋯ 우리가 밤마다 환자 문병 와서 파티하면 좋겠군. 슈프로트, 젊은이, 맥주잔 좀 꺼내 오게. 이 친절한 양반도 새로 나온 맥주 맛을 봐야 할 것 아닌가."

"자문은 어떤 내기에서 이긴 겁니까?" 얼굴이 다시 밝아지기 시작한 제츠키가 물었다.

"보쿨스키에 대한 내기였지요. 그것은 이렇답니다. 작년 1월에 보쿨스키가 불가리아로 모험하러 갔을 때, 내가 슈프로트에게 말했지요. 스타니스와프 씨는 미쳤고, 파산할 것이고, 끝이 좋지 않을 거라고⋯⋯. 그런데 오늘, 데클레프스키는 자기가 그 말을 했다고 주장하는 거예요! 당연히, 우리는 맥주 한 바구니를 걸었지요. 슈프로트가 내 편을 들어 준 겁니다. 그래서 당신에게 오게 되었지요⋯⋯."

자문이 설명하는 동안 슈프로트가 테이블에 맥주잔 세 개를 준비하고 맥주 세 병을 따 놓았다.

"이그나치 씨, 보세요." 가득 채워진 잔을 들면서 자문이 말했다. "빛깔은 오래된 꿀 같고, 거품은 크림 같고, 맛은 열여섯 살 소녀 같소. 자, 맛보세요⋯⋯. 이렇게 맛있을 수가. 뒷맛은 또 어떻고⋯⋯! 만일 당신이 눈을 감으면, 당신은 맹세할 겁니다, 이것은…… 그러나…… 오! 알겠어요? 내가 말하는데, 이런 맥주를 마시기 전에는 입을 헹궈야 해요. 말해 보세요, 이런 맥주를 마셔 본 적이 있나요……?"

제츠키가 한 모금에 반 잔을 마셨다.

"좋은 맥주입니다." 제츠키가 말했다. "그런데 자문은 어떻게 그런 생각을 하게 되었습니까, 보쿨스키가 파산했다는……?"

"왜냐하면 시내에서 그렇게 말하지 않는 사람이 없었어요. 돈을 가지고 있는 사람은 지각이 있지요. 아무도 아프게 하지 않고, 도시에서 도망가지도 않아요, 어디로 갔는지 모르지만……."

"보쿨스키는 모스크바에 갔어요."

"쓸데없는 소리! 흔적을 교란시키기 위해 당신에겐 그렇게 말한 것입니다. 하지만 그는 붙들렸어요, 자기 돈을 포기하자마자."

"그가 무엇을 포기했다고요?" 화가 치민 이그나치가 물었다.

"은행에 있는 돈과, 무엇보다 슐랑바움에게 맡겨 놓은 돈들을…… 합하면 20만 루블쯤 되지요. 누가 그렇게 많은 돈을 아무 지시도 없이 그냥 놔둡니까, 진흙탕에 던져 놓은 거지요. 그는 미쳤거나, 아니면…… 지급을 기다리지 않는다는 조치를 취했을 수도 있고……. 온 시내가 그 사람에 대한 불만으로 들끓고 있어요. 그 사람…… 이름도 부르고 싶지 않아요."

"자문, 자제력을 잃었나요?" 제츠키가 큰 소리로 말했다.

"이그나치 씨, 그런 사람을 옹호하느라 당신이 이성을 잃고 있소." 자문이 강한 어조로 반발했다. "생각해 보세요. 그는 재산 때문에 떠났습니다. 어디로……? 터키 전쟁터로…… 터키 전쟁터로……! 이 말의 의미를 이해하세요? 그는 그곳에서 재산을 모았습니다. 그러나 어떤 방법으로……? 어떻게 반년 만에 50만 루블을 벌 수 있겠어요?"

"그가 천만 루블을 굴렸기 때문이죠." 제츠키가 대답했다. "그가 할 수 있었던 것보다 오히려 더 적게 벌었죠……."

"그러면 백만 루블은 누구 거요?"

"수진의 것이죠…… 상인인……. 그의 친구입니다."

"그렇군! 하지만 그건 중요하지 않고, 그러나 기대합시다. 이번에는 그가 어떤 못된 짓도 하지 않기를……. 그는 파리에서 무슨 일을 했던 거요. 그리고 나중에 모스크바에서는? 그는 무슨 일로 돈을 그렇게 많이 벌었나요……? 대귀족들의 살롱에 진입하기 위해 몇 명의 대귀족에게 18퍼센트 배당금을 주려고 국내 산업을 죽이는 것이 옳은 일입니까? 회사를 통째로 유대인에게 팔고, 수백 명의 사람들을 가난과 불안 속에 남겨 두고 도망간 것은 좋은 일인가요? 그것이 훌륭한 시민, 정직한 사람이 할 짓입니까? 그래, 마시세요, 이그나치 씨!" 그가 자기 잔을 이그나치의 잔에 부딪치면서 큰 소리로 말했다. "우리의 총각 친구를 위해서……! 슈프로트 씨, 당신이 잘하는 것 보여 주세요…… 환자 앞에서 웃음거리가 되지 말고……."

"이보세요!" 조금 전부터 문지방에 서서 모자도 벗지 않고 지켜보던 의사 슈만이 말했다. "이보세요! 당신들, 장례 회사 영업 사원들이에요? 내 환자를 그런 식으로 대하고 있어요……? 카지미에스!" 그가 하인을 불렀다. "이 술병들 현관방으로 치우게. 당신들, 정중히 부탁하는데, 환자를 내버려 두고 빨리 가세요. 환자는 비록 한 사람이지만, 병원이 술집은 아니지요. 그리고 당신은 내 권고를 이렇게 이행하고 있어요?" 그가 제츠키를 향해 말했다. "어떻게 심장에 이상 있는 사람이 술판을 벌이려고 하세요? 아가씨들도 부르지그래요? 잘 가세요." 그가 자문과 슈프로트에게 말했다. "두 번 다시 이곳에 술판 벌일 생각 마세요. 만약 그랬다간 당신들을 살인죄로 고소할 겁니다……."

벵그로비츠와 슈프로트가 너무 빨리 나갔기 때문에 시가 연기만 아니라면 아무도 다녀가지 않았다고 생각할 정도였다.

"창문 좀 열게!" 의사가 하인에게 말했다. "오, 이게 웬일이야!" 그가 제츠키를 보면서 나무라듯 말했다. "얼굴은 불타고 있고, 눈은 유리알 같고, 맥박 소리는 거리에서도 들리겠군……."

"그가 스타흐에 대해 하는 말 당신도 들었어요……?" 제츠키가 물었다.

"그가 하는 말이 맞아요." 슈만이 대답했다. "온 시내가 그렇게 말해요. 다만 보쿨스키가 파산했다는 것은 그들이 잘못 알고 있는 것이고, 그는 일종의 바보일 뿐이오. 나는 그를 폴란드 낭만주의자라고 부르지요."

제츠키가 놀란 눈으로 그를 쳐다보았다.

"나를 그렇게 쳐다보지 말아요." 차분한 목소리로 슈만이 말을 이었다. "내 말이 틀렸는지 한번 생각해 보세요. 그 사람은 지금까지 이성적으로 행동하면서 산 적이 없어요. 점원일 때에는 발명가와 대학을 생각했고, 대학에 들어갔을 때에는 정치 놀음을 시작했지요. 나중에는 돈 버는 대신 학자가 되었고, 빈손으로 바르샤바로 돌아왔지요. 민첼 부인이 아니었으면 아마 그는 굶어 죽었을 겁니다. 드디어 그는 돈을 벌기 시작했지요. 그러나 상인으로 번 것이 아니라, 몇 년 전부터 바람둥이로 소문난 여자의 숭배자로서 번 것이지요. 여기서 끝나지 않고, 그는 돈과 여자를 가지게 되자, 두 가지 모두를 버렸어요. 지금 그는 어디서 무얼 하고 있어요? 당신이 현명하다면 말해 보세요. 바보, 완벽한 바보!" 슈만이 손을 내저으며 말했다. "현실에 없는 것을 끊임없이 찾는 순수한 폴란드 피의 낭만주의자……."

"박사께서는 보쿨스키가 돌아오면 그 말을 다시 해 주겠습니까?" 제츠키가 물었다.

"내가 그에게 백번은 했소. 내가 또 못하게 된다면, 그가 돌아오지 않기 때문일 것이오……"

"돌아오지 않는다고요……?" 얼굴이 창백해지면서 제츠키가 작은 소리로 물었다.

"돌아오지 않을 거요. 이성을 되찾게 되면 그는 어디선가 머리를 박살 내든가, 혹은 다른 새로운 유토피아를 찾아 나서든가 할 것이오…… 어쩌면 가이스트의 발명품에 빠질 수도 있고. 가이스트도 공인된 미친 사람임에 틀림없어요."

"박사는 유토피아를 추구한 적이 한 번도 없나요?"

"있지요. 당신들 분위기에 취해서 그런 적이 있어요. 그러나 적절한 시기에 정신을 차렸지요. 그런 경험이 유사한 병의 진단을 정확히 내리는 데 도움이 되었지요. 이제 잠옷을 벗어 보세요, 즐거운 분위기 속에 보낸 저녁 시간이 어떤 결과를 남겼는지 봅시다."

그가 제츠키를 진찰한 다음, 즉시 침대에 가서 쉬라고 말했다. 그리고 나중에라도 이곳에 술판을 벌이지 말라고 지시했다.

"당신도 전형적인 낭만주의자입니다. 다만 어리석은 일을 저지를 기회가 적었을 뿐이지요."

이렇게 말한 다음 그는 제츠키를 아주 우울한 기분에 빠뜨려 놓고 나갔다.

'당신 말이 맥주보다 더 나에게 해롭소.' 제츠키는 그렇게 생각하고, 조금 후에 혼자 작은 소리로 말했다.

"그래도 스타흐는 짧게나마 편지를 쓸 수 있을 텐데……. 제기랄, 사람이 무슨 생각을 하고 있는지 알 수가 있나!"

침대에 꼭 붙어 있으려니 이그나치는 지루해서 견딜 수가 없었다.

그래서 시간을 죽이기 위해 그는 몇 번째 읽는지 알 수 없지만 프랑스 집정 정부와 나폴레옹 제국의 역사를 읽거나 보쿨스키에 대해 생각했다.

그러나 이 두 가지 일은 그의 마음을 안정시키는 것이 아니라 오히려 그를 불안하게 했다……. 역사책은 가장 위대했던 한 승리자의 기적 같은 놀라운 역사를 그에게 상기시켜 주었다. 그의 왕조에 제츠키는 세계의 미래에 대한 믿음을 걸고 있었다. 하지만 그 왕조는 그가 보기에 줄루족의 창에 무너졌다. 한편 보쿨스키에 대한 생각의 결론은 그토록 비범한 사랑하는 친구가 적어도 정신적 파산의 길에 처해 있다는 것이었다.

"그는 그렇게 많은 것을 하고 싶었고, 그렇게 많은 것을 할 수 있었는데, 아무것도 하지 못했다!" 이그나치는 가슴에 슬픔을 안고 반복해서 중얼거렸다. "그가 어디에 있고 무슨 계획을 가지고 있다는 편지를 보내 주었으면…… 아니, 살아 있다고 알려 주기라도 했으면……!"

얼마 전부터 희미하면서도 암울한 예감이 제츠키를 괴롭히고 있다. 로시의 공연이 끝난 후에 꾸었던 꿈이 생각난다. 그 꿈에서 보쿨스키는 이자벨라의 뒤를 쫓아 시청 탑에서 뛰어내렸다. 조금도 좋은 것을 암시하지 않는 보쿨스키의 이상한 말이 다시 그의 머릿속에 떠올랐다. "내 존재의 흔적들을 모두 없애고 나 스스로 사라지고 싶다……!"

느끼는 대로 말하는 사람, 그리고 말한 것을 실행할 수 있는 사람에게서 그런 바람은 얼마나 쉽게 실현될 수 있는가……!

슈만이 매일 방문했지만 그에게 용기를 주지 못하고, 똑같은 말만 반복해서 그를 지루하게 했다.

"정말 그는 완전히 파산했거나 미쳤어. 그 많은 돈을 아무 지시도 남기지 않고 바르샤바에 남겨 두다니. 심지어 어디에 있다는 것도 알리지 않고 있으니……!"

제츠키는 그와 다투었지만 속으로는 그가 맞다는 걸 인정했다.

어느 날 의사가 전에 없이 아침 10시에 제츠키에게 왔다. 모자를 테이블에 벗어 놓고 그가 말했다.

"그가 바보라는 내 말이 틀렸어!"

"무슨 일이오?" 이그나치가 물었다. 그는 의사가 누구 이야기를 하는지 이미 알았다.

"그 미친 친구가 일주일 전에 모스크바를 떠났어……. 그가 어디로 갔는지 알아맞혀 보세요."

"파리로?"

"또 어디……! 그는 오데사로 갔다오. 거기서 인도로, 인도에서 중국과 일본으로, 그리고 나중에 태평양을 건너 미국으로……. 여행을 이해해요. 내가 그에게 권하기도 했으니까요. 그러나 편지 한 장 안 쓰는 것은, 어떻든 그에게 호의적인 사람들과 20만 루블이나 바르샤바에 남겨 두고 갔으면서, 정말이지! 틀림없이 그는 상당히 높은 단계의 정신 이상 상태에 있을 겁니다……."

"그 소식을 어디서 들었습니까?" 제츠키가 물었다.

"가장 정확한 출처입니다. 슐랑바움에게서. 보쿨스키의 계획을 파악하는 것이 그에게는 굉장히 중요한 일이지요. 왜냐하면 그는 10월 초에 스타흐에게 만이천 루블을 지불하게 되어 있거든……. 그러니 만일 친애하는 스타흐가 자살을 하거나, 익사하거나, 황열병으로 죽게 되면……. 무슨 말인지 알겠지요? 그때는 우리가 전 자본을 동결시킬 수 있을 겁니다. 혹은 그 돈을 최소한 6개월간

무이자로 쓸 수 있게 될 겁니다. 당신도 슐랑바움이 어떤 사람인지 아시죠? 그는 나까지…… 나를 속이려 했습니다."

의사가 마치 정신병 초기 단계처럼 손짓을 하면서 방 안을 돌아다녔다. 그가 갑자기 이그나치 앞에 멈추더니 그의 눈을 똑바로 쳐다보면서 그의 손을 잡았다.

"뭐…… 뭐…… 뭐……? 맥박이 백이 넘는다고? 당신, 오늘 열이 있어요?"

"아직은 아닙니다."

"어떻게 아니에요? 내가 보고 있는데……."

"그건 중요하지 않아요!" 제츠키가 대답했다. "스타흐가 그런 일을 할까요……?"

"우리의 옛날 스타흐는, 낭만주의자임에도 불구하고, 아마 하지 않을 겁니다. 그러나 대귀족의 영애 웽츠카 양을 사랑한 보쿨스키 씨는 아마 모든 것을 할 겁니다. 당시도 아시다시피, 그가 할 수 있는 것은 모두……."

그날 의사가 다녀간 이후 이그나치는 자기가 정상이 아니라는 것을 인식하기 시작했다.

'그것참 재미있었겠다.' 그는 생각했다. '만일 내가 그때 죽었다면? 피! 그런 일은 나보다 나은 사람들에게나 있는 일이지…… 나폴레옹 1세…… 나폴레옹 3세…… 어린 룰루…… 스타흐…… 아참, 스타흐……? 그는 지금 인도로 가고 있지.'

그는 생각에 잠겼다가 침대에서 일어나 옷을 잘 차려입고 가게로 갔다. 그가 침대에서 나오면 안 된다는 것을 알고 있는 슐랑바움이 그를 보자 크게 당황했다.

다음 날 그의 상태는 더욱 악화되었다. 그는 하루 종일 침대에 누워 있다가 다시 가게에 가서 두세 시간을 보냈다.

"저 사람은 가게가 시체 보관소인 줄 아나……?" 유대인 점원 중 하나가 지엠바에게 말했다. 지엠바는 내심 점원의 표현이 적절하다고 생각했다.

9월 중순에 오호츠키가 제츠키를 방문했다. 그는 며칠 머물 예정으로 자스와벡에서 바르샤바에 왔다.

그를 보자 제츠키의 얼굴이 밝아졌다.

"어떻게 여기까지 오시게 되었습니까?" 모두가 좋아하는 발명가의 손을 꼭 잡으면서 제츠키가 말했다.

그러나 오호츠키의 얼굴은 어두웠다.

"큰 문제는 아니지만 다른 일이 있었습니다!" 오호츠키가 대답했다. "아세요, 웽츠키가 죽었습니다……."

"그, 그 여자의…… 아버지가?" 이그나치가 놀랐다.

"그, 그 여자의……! 아마도 그 여자 때문이 아니라고 하기에는……."

"성부와 성자의 이름으로……." 제츠키가 명복을 빌었다. "그 여자는 도대체 얼마나 많은 사람들을 파멸시키려고 합니까? 제가 아는 한, 당신에게도 비밀이 아닐 것입니다. 만일 스타흐가 불행에 빠졌다면, 그것은 오로지 그 여자 때문입니다."

오호츠키가 고개를 끄덕였다.

"웽츠키 씨에게 무슨 일이 있었는지 이야기해 주실 수 있겠습니까?" 이그나치가 호기심을 가지고 물었다.

"그건 비밀도 아니지요." 오호츠키가 대답했다. "초여름에 의회 의장이 이자벨라 양에게 청혼했습니다."

"그분이라면…… 우리 아버지 연세쯤 될 텐데……." 제츠키가 말했다.

"아마 그래서 아가씨가 청혼을 수락했을 겁니다. 적어도 거절은 하지 않았습니다. 그래서 그 늙은이가 자기의 두 전 부인들의 소지품들을 모아 가지고 시골에 있는 이자벨라 양의 고모인 백작 부인에게 갔습니다. 그 집에 이자벨라 양이 아버지와 같이 살고 있었거든요."

"그가 미쳤군요."

"그 늙은이보다 더 영리한 사람들이 있었지요." 오호츠키가 말을 계속했다. "그사이 의회 의장이 자기의 경쟁자가 있다는 것을 눈치채기 시작했음에도 불구하고, 아가씨는 며칠마다, 나중에는 매일 어떤 엔지니어를 동반하고 자스와프에 있는 폐허가 된 성터로 마차를 타고 산책을 갔던 것입니다. 그녀는 무료함을 쫓아내기 위해서라고 말했지요."

"의회 의장은 아무 말이 없었습니까?"

"물론 의회 의장은 침묵했습니다. 그러나 여자들이 아가씨에게 그러면 안 된다고 설득했습니다. 그럴 때마다 그녀의 반응은 한 가지였답니다. '의회 의장은 만족해야지요, 내가 그에게 시집간다면. 나의 즐거움을 포기하기 위해서 시집가는 것은 아니니까요.' 이렇게 말했지요."

"틀림없이 의회 의장이 그들을 성터에서 만났겠지요?" 제츠키가 물었다.

"아니요! 그는 그곳에 가지도 않았습니다. 만일 그가 그곳에 가서 두 사람을 보았다면, 아마 이렇게 생각했을 것입니다. 보쿨스키를 그리워하기 위해 이자벨라 양이 순진한 엔지니어를 데려갔을 것이라고."

"보쿨스키를 그리워한다고요……?"

"적어도 그렇게 추측할 수 있습니다." 오호츠키가 말했다. "이번에 내가 그녀에게 직접 말한 적이 있습니다. 구혼자와 같이 있으면서 다른 사람을 그리워하는 것은 옳지 않다고. 하지만 그녀는 자기 방식대로 '그는 만족해야지요, 내가 그에게 나를 바라보는 것을 허용한 것만으로도……' 이렇게 대답했답니다."

"그 엔지니어는 멍텅구리네요!"

"꼭 그렇지만도 않아요. 그가 순진하기는 하지만 어느 날 알게 되었어요. 그리고 다음 날부터 그녀와 성터로 산책 가는 것을 그만두었습니다. 그와 동시에 의회 의장은 엔지니어에 대한 질투심 때문에 구혼 경쟁을 포기하고 아주 요란스럽게 리투아니아로 떠났습니다. 그래서 이자벨라 양과 백작 부인에게 경련이 일어났고, 정직한 웽츠키는 손가락 한 번 움직이지 못하고 뇌출혈로 사망했지요."

이야기를 마치고 오호츠키가 손으로 머리를 감싸고 웃었다.

"생각해 보세요, 많은 사람들이 이런 여자를 사랑한다니……."

"진짜 괴물이네요!" 제츠키가 크게 말했다.

"아니지요. 본질적으로 볼 때는 어리석지도 나쁘지도 않아요. 단지…… 그런 부류의 수천 명 중 하나일 뿐입니다."

"수천 명이라고요?"

"유감스럽게도……!" 오호츠키가 한숨 쉬듯 말했다. "상상해 보세요, 돈 있고 잘사는 계급을. 그들은 잘 먹고 일은 별로 하지 않아요. 그들은 어떤 식으로든 힘을 사용해야 합니다. 그래서 그들이 일을 하지 않으면 방탕에 빠지게 되어 있습니다. 적어도 신경을 자극해야겠지요. 방탕과 신경 자극을 위해서는 아름답고 우아하고 재치 있고 좋은 교육을 받고, 그런 방향으로 길들여진…… 여자들이 필요합니다. 그것이 그들의 유일한 출셋길이지요."

"이자벨라 양도 그 사회에 들어간 겁니까?"

"그것은…… 그들이 그녀를 끌어들였지요. 말하기는 좀 곤란한

일이지만, 보쿨스키가 어떤 여자에게 걸렸는지 당신이 알고 있으
라고 말한 겁니다."

대화가 끊어졌다. 오호츠키가 물으면서 대화를 시작했다.

"그는 언제 돌아옵니까?"

"보쿨스키 말입니까?" 이그나치가 되묻고는 대답했다. "그는 인
도, 중국, 미국으로 갔습니다."

오호츠키가 의자에 털썩 앉았다.

"그럴 리가 없어! 비록……." 오호츠키가 한참 생각한 후에 덧붙
여 말했다.

"그가 떠나지 않았다는 어떤 증거라도 있습니까?" 제츠키가 작
은 소리로 물었다.

"그런 증거는 없지만, 그러나 갑작스러운 결정이 이상한데……
제가 여기서 그와 마지막으로 있었을 때, 그가 저에게 어떤 일을
해결하겠다고 약속했는데…… 그런데……."

"과거의 보쿨스키는 틀림없이 그 일을 해결할 것입니다. 새로운
보쿨스키는 당신의 일을 잊어버렸을 뿐만 아니라…… 무엇보다
자기 일조차도……."

"그가 떠나는 것……." 오호츠키가 마치 혼자서 말하는 것 같
았다. "그것을 예상할 수는 있었지만, 그렇게 갑자기 갔다는 건 마
음에 드는 일이 아닌데. 편지라도 옵니까?"

"한 자도, 아무에게도 안 씁니다." 늙은 점원이 말했다.

그럴 수 없다는 듯 오호츠키가 고개를 흔들었다.

"그럴 수밖에 없겠지." 그가 중얼거렸다.

"왜 그럴 수밖에 없어요?" 제츠키가 격하게 반응했다. "그가 파
산했거나 직업이 없었습니까? 가게와 회사가 하찮은 것이었습니
까? 그는 아름답고 고결한 여성과 결혼할 수도 있었습니다."

"그런 여자들을 더 많이 발견할 수 있습니다." 오호츠키가 말했다. "모든 것이 좋습니다. 하지만 그와 같은 성격의 사람에게는 아닙니다……."

"당신은 그것을 어떻게 이해합니까?" 제츠키가 물었다. 그에게 보쿨스키 이야기는 마치 애인에 대한 이야기처럼 즐거웠다. "당신은 그걸 이해하세요? 당신은 그를 좀 더 가까이 알게 되었습니까?" 그가 다그치듯 물었다. 그의 눈이 빛났다.

"그를 아는 것은 어렵지 않습니다. 그는, 한마디로 말하면 생각이 넓은 사람입니다."

"바로 그렇습니다!" 제츠키가 손가락으로 박자를 맞추며 오호츠키를 그림 보듯 쳐다보면서 말했다. "그 넓다는 것을 당신은 어떻게 이해하십니까? 아름다운 표현입니다…… 당신은 명확히 설명했습니다!"

오호츠키가 미소 지었다.

"있잖아요……." 오호츠키가 말했다. "생각이 작은 사람은 자기 일에만 관심이 있고, 생각이 오늘밖에는 미치지 못하고, 알지 못하는 일은 싫어합니다. 그들에게는 평온하고 풍요롭기만 하면 됩니다. 그러나 보쿨스키 같은 사람은 수천 가지의 일을 돌보고, 가끔 10년 앞을 내다봅니다. 그리고 알지 못하고 아직 결정되지 않은 모든 일들이 그를 저항할 수 없는 힘으로 끌어당깁니다. 업적 때문이 아니라, 해야 하기 때문입니다. 금속이 자석에 달라붙듯 혹은 벌들이 벌집에 집착하듯, 그런 종류의 인간들은 위대한 이상이나 비범한 일에 몰려듭니다……."

제츠키가 감동으로 몸을 떨면서 그를 두 손으로 꼭 잡았다.

"슈만이……." 제츠키가 말했다. "현명한 의사 슈만이 스타흐는 미친 사람이고, 폴란드 낭만주의자라고 말했습니다."

"자신의 유대인 고전주의에 매여 있는 어리석은 슈만!" 오호츠키의 반응이었다. "그는 문명이 소인배와 투기꾼에 의해서가 아니라, 바로 그 미친 사람들에 의해서 창조되었다는 것을 추측도 못합니다. 만일 인간의 이성이 수입에 대한 생각에 의존해 있었다면, 인간은 오늘날까지도 원숭이에 머물러 있었을 겁니다……"

"성스러운 말입니다…… 아름다운 말입니다!" 제츠키가 반복했다. "그런데 보쿨스키 같은 사람이 어떤 식으로…… 그런 모험을 하게 되는 것인지 설명해 주세요."

"있잖아요, 그렇게 늦게 그런 일이 일어나서 저도 놀랐습니다." 오호츠키가 어깨를 으쓱하면서 대답했다. "저는 그의 삶을 알고 있습니다. 그는 이곳에서 어린 시절부터 거의 질식할 만큼 어렵게 살았습니다. 그에게는 학문적 야심이 있었지만 그것을 만족시킬 방법이 없었습니다. 그는 광범위한 사회적 본능을 가지고 있었지만, 이 분야에서 그가 손대는 것은 모두 잘되지 않았습니다…… 심지어 그가 만든 회사도 그의 머리 위에 불만과 증오만 쏟아 놓았습니다."

"당신 말이 맞습니다! 맞는 말씀입니다!" 제츠키가 반복했다. "이제 그 이자벨라 양은……"

"그래요, 그녀가 그를 안정시킬 수 있었습니다. 개인적인 행복을 누리면서 그는 주위와 더 쉽게 조화할 수 있었고, 여기에서 가능한 방향에 그의 에너지를 쓸 수 있었습니다. 그러나…… 그는 방향을 잘못 잡았습니다."

"이젠 어떻게 될까요?"

"모르지요……" 오호츠키가 작은 소리로 말했다. "지금 그는 뿌리 뽑힌 나무와 같습니다. 만일 그가 자기에게 맞는 땅을 발견한다면, 유럽에서 찾게 될 것입니다. 그에게 아직 에너지가 남아 있다면, 어떤 일에 그 힘을 쏟게 될 것입니다. 그가 정말로 한번 살아 보려고 시도하지 않을지도 모르는 일입니다. 만일 그에게서 힘이 모두 소진했다면, 그의 나이에 그것도 가능한 일입니다……"

제츠키가 손가락을 입에 댔다.

"조용히…… 조용히 하세요!" 제츠키가 말을 막았다. "스타흐에게는 힘이 있습니다…… 오, 있고말고요! 그에게서는 아직 힘이 솟아나요…… 솟아나고말고요."

그가 창문에서 한 발짝 떨어져 문설주에 기대고 흐느꼈다.

"제가 아픕니다. 많이 흥분했습니다. 저도 심장에 이상이 있는 것 같습니다. 그러나 곧 지나갈 겁니다. 괜찮아질 겁니다. 그는 왜 도망치듯 떠났을까요…… 숨어서…… 편지도 안 쓸까요?"

"아, 저는 이해합니다." 오호츠키가 말했다. "비탄에 빠진 사람이 과거를 회상시키는 물건들을 보기 싫어하는 것을……! 제가 김나지움 졸업 시험을 볼 때, 그리스어와 라틴어 7등급 5주 코스를 마쳐야 했습니다. 그러나 조금도 배우고 싶지 않은 것들이었습니다. 시험은 어찌어찌 겨우 통과했지만, 그전에 너무 질릴 만큼 무리하게 공부했습니다.

이후 저는 그리스어나 라틴어 책을 쳐다볼 수 없을 뿐만 아니라, 그것들을 생각할 수도 없었습니다. 학교 건물도 쳐다볼 수 없었고, 그때 같이 공부했던 친구들을 만나는 것도 피했습니다. 심지어 제가 밤낮으로 공부했던 그 집도 버리고 떠났습니다. 그것이 몇 달 동안 지속되었습니다. 정말 처음엔 마음이 안정되지 않았습니다. 아시겠습니까, 제가 무엇을 했는지……? 모든 그리스어와 라틴어 교과서들을 난로에 넣고 그 지겨운 것들을 태워 버렸습니다! 한 시간 동안 지저분했습니다. 그러나 재들을 쓰레기통에 버리라고 지시한 뒤에야 정상을 되찾았습니다! 지금도 그리스어 글자나 panis(빵), piscis(물고기), crinis(머리카락)…… 같은 라틴어 단어를 보면 가슴에 충격을 느낍니다. 아…… 얼마나 역겨운 일인지……. 놀라지 마십시오." 오호츠키가 말을 마쳤다. "보쿨스키가 중국까지 간 것을……. 오랫동안의 고통이 사람을 미치게 할 수도 있습니다, 비록 그것이 곧 끝나기는 하지만……."

"선생, 그는 마흔여섯이나 되었는데……?" 제츠키가 물었다.

"몸이 정상이잖아요? 두뇌 활동도 활발하고……. 그러면 이만, 제가 말을 많이 했습니다…… 안녕히 계세요."

"선생께서도 어디로 떠나십니까?"

"페테르부르크에 갑니다." 오호츠키가 말했다. "돌아가신 회장 부인님의 유서를 감시해야 하거든요. 회장 부인님께 고마워하는 가족들이 그것을 무효화시키려 애쓰고 있습니다. 아마 10월 말까지 그곳에 머물게 될 것 같습니다."

"스타흐에게서 소식이 오는 대로 바로 선생께 알려 드리겠습니다. 저에게 주소를 보내 주십시오."

"저도 선생께 알리겠습니다. 먼저 사람들에게 알아보고……. 회의적이긴 하지만……. 그럼 안녕히 계십시오!"

"빨리 돌아오시기 바랍니다……."

오호츠키와의 대화가 이그나치에게 활기를 불어넣었다. 그와 이야기한 후에 늙은 점원이 힘을 얻은 것 같았다. 오호츠키는 스타흐를 제대로 이해하고 있을 뿐만 아니라, 제츠키에게 여러 가지 일들을 상기시켰다.

'스타흐는…….' 제츠키가 생각했다. '힘이 넘쳤고, 냉정했고, 그러면서도 항상 이상적인 욕구로 충만해 있었다…….'

그날부터 이그나치의 병이 회복되기 시작했다고 말할 수 있다. 그는 침대에서 일어나 잠옷을 프록코트로 갈아입고 자주 가게에도 가고 거리에도 나갔다. 슈만은 심장병이 더 이상 악화되는 것을 막은 자신의 치료에 만족했다.

"앞으로 어떻게 될지……" 슈만이 슐랑바움에게 말했다. "알 수 없지요. 그러나 며칠 전부터 그 늙은이가 좋아진 건 사실입니다. 식욕도 돌아왔고, 잠도 잘 자고, 무엇보다 무기력 상태에서 벗어났습니다. 보쿨스키도 똑같은 증상이었지요."

실제로 제츠키는 조만간 스타흐에게서 편지가 올 것이라는 희망을 품었다.

'그는 인도에 있을지도 몰라.' 제츠키는 생각했다. '그러면 9월 말에는 소식을 듣게 될 거야……. 그런 일은 조금 늦을 수는 있겠지만, 10월에는 틀림없어.'

실제로 예상했던 시기에 보쿨스키에 대한 소식이 왔다. 그러나 아주 이상한 소식이었다.

9월 말의 어느 날 저녁에 슈만이 제츠키를 찾아와 웃으면서 말했다.

"잘 들어 보세요, 그 바보 같은 친구가 사람들의 관심을 어떻게 끌고 있는지. 자스와벡에 사는 소작농 하나가 슐랑바움에게 돌아가신 회장 부인의 마부가 얼마 전에 자스와프의 숲에서 보쿨스키를 보았다고 말했답니다. 그는 보쿨스키가 어떤 옷을 입고 있었으며, 어떤 말을 타고 있었는지도 말했다오……."

"충분히 그럴 수 있는 일입니다." 이그나치가 생기 있는 목소리로 말했다.

"코미디죠! 크리미아, 로마, 인도는 어디에 있고, 또 자스와벡은 또 어디에 있는 거요?" 의사가 말했다. "한술 더 떠서 같은 시간에 석탄 장사 하는 다른 유대인이 돔브로바에서 보쿨스키를 보았다고 합니다. 더 놀라운 것은 보쿨스키가 술꾼인 탄광업자에게서 다이너마이트를 두 통 샀다는 사실까지 알고 있다는 겁니다. 그런 바보 같은 말들을 당신은 차마 믿고 싶지 않겠지요?"

"그런 말들이 무슨 뜻일까요……?"

"아무 의미도 없지요. 분명히 슐랑바움이 유대인들에게 보쿨스키에 대한 소식을 가져오면 상을 준다고 했을 겁니다. 그래서 지금 모두들 쥐구멍을 뒤져서라도 보쿨스키를 찾으려고 혈안이 되어 있습니다. 돈은 성스럽습니다. 천리안도 만들어 내지요!" 의사가 말을 마치면서 얄궂은 웃음을 지었다.

제츠키는 아무 의미 없는 소문보다 소문에 대한 슈만의 합리적인 해석을 받아들이지 않을 수 없었다. 그럼에도 불구하고 보쿨스키에 대한 불안감이 점점 더 커졌다.

그 불안은 조금도 의심할 수 없는 사실 앞에서 초조와 두려움으로 변했다. 10월 1일에 공증인 중 한 명이 이그나치를 자기 사무실로 불러 보쿨스키가 모스크바로 떠나기 전에 작성한 서류를 보여 주었다. 그것은 공식적인 유언이었다. 그 유언장에서 보쿨스키는 바르샤바에 남아 있는 돈을 양도하고 있었다. 그중 7만 루블은 은행에 있었고, 12만 루블은 슐랑바움에게 있었다.

모르는 사람들 눈에는 이런 유언이 보쿨스키에게 책임 능력이 없다는 증거였다. 그러나 제츠키에게는 완전히 논리적인 조치로 보였다. 유언장은 이렇게 명시하고 있었다. 14만 루블이라는 거액을 오호츠키에게 유증하고, 2만 5천 루블을 제츠키에게 양도하고, 2만 루블을 헬렝카 스타프스카에게 양여했다. 나머지 5천 루블은 그의 하인과 그와 인연이 있는 가난한 사람들에게 나누어 주었다. 그 돈에서 각 5백 루블씩 자스와벡의 목공 벵기엑, 바르샤바의 마부 비소츠키와 마부의 형인 스키에르니에비체의 철도 건널목지기가 받았다.

보쿨스키는 재산을 양도받는 사람들이 유언을 마치 죽은 사람에게서 받는 것처럼 받아들여 주길 슬픔을 자아내는 글로 부탁했다. 그리고 이 유언장은 10월 1일 이전에는 공개하지 않도록 되어 있었다.

보쿨스키를 아는 사람들 사이에서 시끄러운 소리가 일어났다. 온갖 소문과 비난과 인간적 모욕 등이 퍼졌다. 슈만은 제츠키와의 대화에서 자기 생각을 이렇게 말했다.

"당신을 위한 유언은 이미 오래 전부터 알고 있었소. 오호츠키에게 백만 즈오티가량을 준 것은 그에게서 자기와 같은 종류의 미친 사람을 발견했기 때문이라오. 아름다운 스타프스카의 어린 딸을 위한 선물도 이해가 됩니다." 그가 웃으면서 말했다. "그런데 한 가지 흥미로운 것은……."

"그게 뭔데요?" 제츠키가 수염을 씹으면서 물었다.

"증여를 받는 사람들 중에 건널목지기 비소츠키가 왜 끼었을까요?" 슈만이 말을 마쳤다.

슈만이 그의 이름과 성을 적은 뒤 생각에 잠겨서 나갔다.

보쿨스키에게 무슨 일이 있었을까? 제츠키의 불안이 점점 커지기 시작했다. 그는 왜 유언을 남겼으며, 유언장을 마치 곧 죽음을 맞이하는 사람처럼 썼을까……? 그때 한 가지 일이 생겼다. 그 일로 인해 이그나치는 한 줄기 희망의 빛을 보았고, 보쿨스키의 이상한 행동을 어느 정도 이해하게 되었다.

무엇보다 증여 소식을 들은 오호츠키가 페테르부르크에서 즉답을 보내왔다. 그는 증여를 수락하고 전액 현금으로 11월 초에 받기를 원하며, 슐랑바움에게서 10월분 이자도 수령하기 바란다고 통보했다.

그 밖에도 그는 제츠키에게 따로 편지를 보내 자기에게 2만 1천 루블을 현금으로 줄 수 없겠느냐고 물었다. 그 대신 오호츠키는 여름에 세례 요한 축일 때 받기로 되어 있는 시골 토지에 대한 담보 금액을 제츠키에게 양도하겠다고 했다.

'저에겐 아주 중요한 일입니다.' 오호츠키는 이렇게 편지를 마쳤다. '제가 소유하고 있는 모든 것을 현금화하는 것이. 왜냐하면 11월에 저는 반드시 외국으로 떠나야 합니다. 그 설명은 돌아가서 만났을 때 하겠습니다……'

'그는 왜 갑자기 외국으로 가려는 걸까? 그리고 왜 모든 돈을 함께 모으려 할까?' 제츠키는 스스로에게 물었다. '그리고 무슨 이유로 그에 대한 설명은 만났을 때 하겠다고 미뤘을까?'

물론 제츠키는 오호츠키의 제안을 받아들였다. 갑작스러운 출국과 의도적인 침묵 속에 어떤 희망의 빛이 있을 것이라고 제츠키는 생각했다.

'누가 아나?' 그는 생각했다. '스타흐가 50만 루블을 가지고 인도에 갔을 수도 있잖아? 아마 두 사람이 파리로 갔을지도 모르지, 그 이상한 가이스트에게…… 어떤 금속인지…… 어떤 기구인지……! 분명 그들은 비밀을 지켜야 했을 거야, 적어도 시간이 될 때까지는……'

그러나 슈만의 이야기를 듣고 나서 제츠키의 생각에 혼란이 생겼다.

"파리에서 그 유명한 가이스트에 대해 알게 되었어요. 가이스트는 스타흐가 자기에게 합류할 것으로 생각하고 있습니다. 그런데 한때 대단한 능력을 가지고 있던 화학자 가이스트는 지금은 완전히 미친 사람입니다…… 학술원 사람들이 그의 생각을 조롱하고 있어요!"

학술원 사람들이 가이스트를 조롱하고 있다는 말이 제츠키의 희망을 흔들어 놓았다. '그래, 누가 할 수 있다면, 그것은 오로지 프랑스 학술원만이 그 금속과 기구들의 가치를 평가할 수 있을 거야……. 만일 현명한 사람들이 가이스트가 미친 사람이라고 결론을 내렸다면, 보쿨스키가 그와 함께할 일은 없겠지.

그렇다면 스타흐는 어디로, 무엇하러 갔단 말인가?' 제츠키는 생각했다. '하, 물론 그냥 여행 간 거지. 이곳이 그에겐 좋지 않았으니까……. 그리스어 문법 때문에 고통당했던 집을 오호츠키가 버리고 떠나야 했다면, 보쿨스키는 여자 때문에 괴로워했던 도시를 떠날 수밖에 없었겠지. 만일 오로지 그 여자 때문이라면…… 보쿨스키보다 더 많은 중상모략을 당한 사람이 있었을까……?'

'그런데 왜 그는 유언장을 썼으며, 유언장에서 죽음을 언급했을까……?' 이그나치는 계속 생각했다.

므라체프스키의 방문이 그런 의심을 더 분명하게 했다. 그 젊은 이가 바르샤바에 예고 없이 와서 근심 어린 얼굴로 제츠키를 찾아왔다. 그는 이런저런 이야기를 하다가 끝에 가서 스타프스카 부인이 보쿨스키의 선물을 받는 데 주저하고 있으며, 자기에게도 그 선물이 불편하게 생각된다고 말했다.

"이보게, 자네가 어린애인가!" 이그나치가 화를 냈다. "보쿨스키는 부인에게 혹은 헬치아에게 2만 루블을 유언으로 남겼네. 왜냐하면 부인을 좋아했기 때문에. 그는 부인을 좋아했네. 왜냐하면 그가 가장 힘든 시기에 부인의 집에서 편안함을 느꼈기 때문이라네……. 그건 자네도 알고 있잖아, 그가 이자벨라 양을 사랑하고 있었다는 것을……?"

"그건 저도 알고 있습니다." 므라체프스키가 어느 정도 차분한 태도로 대답했다. "그러나 스타프스카 부인이 보쿨스키를 사랑했다는 것도 알고 있습니다……."

"그래서 뭔데……. 지금 보쿨스키는 우리 모두에게 거의 죽은 사람이라네. 우리가 그를 언제 보게 될지 아무도 모르는 일이라네……."

므라체프스키의 얼굴이 밝아졌다.

"그건 사실입니다." 그가 말했다. "그건 사실이지요! 스타프스카 부인도 죽은 사람으로부터는 유산을 받을 겁니다. 저도 그에 대한 언급에 신경 쓸 필요가 없습니다……."

그는 보쿨스키가 이미 죽었을 수도 있다는 것을 만족스럽게 생각하고 돌아갔다.

'스타흐가 옳았어.' 이그나치는 생각했다. '유언장에 그런 문구를 집어 넣은 것은. 그렇게 함으로써 그는 증여받는 사람들의 부담을 덜어 준 거야, 무엇보다도 그 정직한 스타프스카 부인의 부담감을…….'

제츠키는 며칠에 한 번씩 가게에 나타났다. 그가 가게에서 하는 유일한 일은 창가에 물건들을 진열하는 것이었다. 그것도 아무 대가 없이. 그는 그 일을 보통 토요일 밤에 했다. 늙은 점원은 그 일을 아주 좋아했다. 슐랑바움 자신이 그 일을 부탁했는데, 그것은 이그나치가 낮은 이자로 자기에게 자금을 맡길 것이라는 희망 때문이었다.

비록 어쩌다 가게에 들르지만 이그나치는 가게가 점점 나빠지고 있다는 것을 느끼고 있었다. 창가에 진열한 물건들도 가격은 좀 낮지만 품질이 형편없는 것들이었다. 점원들도 손님을 오만하게 대했고, 작은 데서 부정을 저지르고 있는 것이 제츠키의 눈에 띄었다. 드디어 새로 온 두 명의 경리 직원이 천 몇백 루블을 횡령했다.

이그나치가 슐랑바움에게 그 일에 대해 이야기했을 때, 그에게서 이런 대답을 들었다.

"이보세요, 손님들은 좋은 상품을 모르고, 그런 싸구려 상품만 알아요. 그리고 횡령은 어디에나 있는 일 아니에요. 그러니 다른 사람들을 어디서 구하겠어요?"

슐랑바움의 얼굴은 태연했으나 그는 내심 걱정하고 있었다. 슈만이 그를 심하게 조롱했다.

"슐랑바움 씨, 그건 사실이오." 의사가 말했다. "이 나라에 유대인들만 있다면, 우리는 사업하다 거지가 될 겁니다! 한쪽은 우리를 속이려 할 것이고, 다른 쪽은 그 속임수에 넘어가지 않을 것입니다……."

자유로운 시간이 많이 생기면서 이그나치는 전에는 생각하지 못했지만, 지금은 하루 종일 그의 관심을 끌고 있는 문제들에 대해 깊이 생각하고 의아하게 여기게 되었다.

"왜 우리 가게는 망했을까?" 그는 혼자 중얼거렸다. "보쿨스키가 아니라 슐랑바움이 가게를 경영하기 때문이야. 그런데 왜 보쿨스키가 경영하지 않을까? 왜냐하면 오호츠키가 말한 것처럼, 스타흐는 이곳에서 어린 시절부터 거의 숨 막힐 것 같은 환경에서 살았기 때문에 신선한 공기가 있는 다른 세계로 나가지 않으면 안 되었던 거야……."

그는 보쿨스키의 생애에서 가장 잊을 수 없는 사건들을 회상했다. 보쿨스키가 호퍼 가게 점원으로 일하면서 공부하려 했을 때, 모두가 그를 괴롭혔다. 그가 대학에 들어갔을 때에는 사람들이 그에게 희생을 요구했다. 그가 폴란드로 돌아왔을 때에는 취업이 거절되었다. 그가 재산을 모았을 때, 사람들은 그를 의심스러운 눈으로 바라보았다. 그가 사랑에 빠졌을 때, 그가 여신처럼 숭배하던 여자는 가장 비열한 방법으로 그를 배신했다…….

"인정해야 해." 이그나치가 혼자 중얼거렸다. "그런 여건에서 그는 최선을 다했다는 것을……."

그러나 만일 보쿨스키를 괴롭힌 사실들의 압력이 그를 나라 밖으로 밀어냈다면, 왜 제츠키 자신이 가게를 이어받지 못했을까……?

왜냐하면 제츠키는 자기 가게를 가져야겠다는 생각을 한 번도 해 본 적이 없기 때문이다. 그는 헝가리인들의 이익을 위해 싸웠고, 나폴레옹 가문 사람들이 세상을 다시 건설하기를 기다렸다. 하지만 결과는 어떻게 되었나……? 세상은 조금도 나아지지 않았고, 나폴레옹 가문 사람들은 몰락했다. 그리고 가게의 주인은 슐랑바움이 되었다.

'스타흐, 얼마나 많은 정직한 사람들이 우리 나라에서 사라졌는가.' 제츠키는 생각했다. '카츠는 스스로 머리에 총을 쏘았고, 보쿨스키는 출국했고, 클레인은 어디에 있는지 아무도 모르고, 리시에츠키도 틀림없이 떠났어. 여기엔 그에게 맞는 곳이 없으니까…….'

그런 생각을 하면서 이그나치는 양심의 가책을 느꼈다. 그래서 그는 미래를 위한 하나의 계획을 구상했다.

'내가 스타프스카 부인과 므라체프스키와 함께 회사를 만들 거야. 그들에게 2만 3천 루블이 있고 내가 2만 5천 루블을 가지고 있으니까, 이 돈으로 슐랑바움의 가게 옆에 버젓한 가게를 하나 열 수 있다…….'

그 계획이 그의 생각을 사로잡으면서 그는 더욱 건강해지는 것을 느꼈다. 사실은 어깨 통증과 호흡 곤란 증세가 점점 자주 나타났지만, 그는 별로 신경을 쓰지 않았다…….

'치료를 위해 외국으로라도 가야겠어.' 그는 생각했다. '숨이 막히는 이런 바보 같은 병에서 벗어나 정말 일을 한번 해야겠어. 우

리 나라에서 슐랑바움만 돈을 벌라는 법이 어디 있나……?'

비록 슈만이 외출도 삼가고 흥분하지 말 것을 그에게 충고하고 있지만, 그는 더 젊어지고 더 생기가 도는 것을 느꼈다.

게다가 의사 자신도 환자에게 말한 것을 자주 잊었다.

한번은 그가 아침 일찍 제츠키에게 왔다. 그는 너무 흥분해 있어서 넥타이를 매는 것조차 잊고 있었다.

"있잖아요." 그가 큰 소리로 말했다. "보쿨스키에 대한 아주 재미있는 이야기를 들었어요!"

이그나치가 식탁에 나이프와 포크를 내려놓았다. 마침 그는 월귤과 함께 스테이크를 먹고 있는 중이었는데, 갑자기 어깨에 통증을 느꼈다.

"무슨 일이 있었나요?" 가는 목소리로 제츠키가 물었다.

"스타흐는 대단해!" 슈만이 말했다. "내가 스키에르니에비체에 있는 그 건널목지기 비소츠키를 찾아냈어. 그리고 무엇을 알아냈는지 아세요?"

"내가 그걸 어찌 알겠어요?" 제츠키가 물었다. 순간적으로 그의 눈앞이 캄캄해졌다.

"생각해 보세요." 흥분한 슈만이 말했다. "그것은…… 짐승이지, 동물 같은 짓이지. 5월에 그가 웽츠키네 부녀와 크라쿠프에 가던 길에 그가 스키에르니에비체에서 기차에 뛰어들었어요! 그때 비소츠키가 그를 구했던 겁니다."

"에……!" 제츠키가 중얼거렸다.

"에……! 라니! 그건 사실이오. 그것으로 알 수 있어요. 우리의 사랑하는 스타흐는 낭만주의자일 뿐만 아니라 자살광이라는 것을……. 내 재산을 다 걸고 내기를 할 수도 있어요. 그는 이미 죽었어요!"

무섭게 변한 이그나치의 얼굴을 보고 슈만이 갑자기 입을 다물었다. 제츠키가 의식을 잃었기 때문에 슈만이 겨우 그를 침대에 눕혔다. 다시는 이런 이야기를 꺼내지 않겠다고 슈만은 속으로 다짐했다.

그러나 운명은 다르게 진행되었다.

10월 말에 우편집배원이 보쿨스키 앞으로 온 편지를 제츠키에게 주었다. 편지는 자스와프에서 왔는데, 글씨를 알아보기 힘들었다.

'벵기엑에게서 왔나…….' 이그나치가 생각하면서 봉투를 뜯었다. 예상대로 벵기엑의 편지였다.


어르신! 먼저 저희들을 잊지 않으신 데 대해, 그리고 어르신께서 저희에게 주신 5백 루블에 대해서, 또 어르신께서 저희에게 넉넉히 베풀어 주신 모든 은혜에 대해 제 어머니와 제 아내와 제가 감사드립니다……. 다음으로는 저희 셋이 어르신께서 안녕하신지 안부를 여쭙니다. 그리고 댁에 잘 돌아가셨는지요? 댁에 편히 가셨으리라 믿습니다. 그렇지 않으면 저희에게 그 많은 선물을 보내 주시지 못했을 테니까요. 제 아내가 어르신 걱정을 많이 하고 있어 밤에는 잠도 못 잡니다. 제 아내는 제가 직접 바르샤바에 가기를 바랍니다. 여자들은 흔히 그렇습니다.

어르신, 이곳에서, 9월에, 어르신께서 성으로 가는 길에 감자밭에서 일하고 있던 제 어머니를 만나셨던 바로 그날 큰 사건이 있었습니다. 어머니가 밭에서 오셔서 저녁 준비를 하실 때 성에서 두 차례 벼락 떨어지는 소리가 무섭게 났습니다. 마을 유리창이 모두 흔들거릴 정도였습니다. 놀란 어머니는 냄비를 떨어뜨리고 즉시 저에게 말했습니다.

'빨리 가 봐라. 그곳에 아직 보쿨스키 양반이 계실지 모른다. 그분에게 불행이 닥치지 않았길 빈다.' 저는 바로 달려갔습니다.

세상에! 언덕을 알아보기 힘들 정도였습니다. 단단하게 남아 있던 네 개의 성벽 중 하나만 겨우 온전했습니다. 그리고 세 개는 거의 가루처럼 부서졌습니다. 1년 전에 시를 새겼던 바위는 대략 스무 조각으로 부서졌고, 메워진 우물이 있던 자리에 구덩이가 생겼고 파편들이 창고보다 더 많이 그 위에 쌓여 있었습니다. 저는 벽이 오래되어 무너졌다고 생각했는데, 어머니는 제가 어르신과 어르신과 같이 계셨던 숙녀분에게 이야기했던 그 죽은 대장장이가 한 짓이라고 말하셨습니다.

어르신께서 성으로 가셨다는 말을 아무에게도 하지 않고 제가 일주일 동안 파편들 사이를 파헤쳐 보았습니다. 하느님 제발, 불행한 일이 없었기를 빌었습니다. 그리고 아무 흔적도 찾지 못해서 저는 너무 기뻤습니다. 그래서 그 자리에 성스러운 십자가를 세웠습니다. 어르신이 불행으로부터 구원을 받으신 기념으로 참나무 십자가에 아무런 칠도 하지 않았습니다. 그러나 제 아내는 여자들의 습관대로 여전히 걱정하고 있습니다……. 그러하오니 어르신께서 건강히 잘 계시다는 소식을 저희에게 알려 주시길 간곡히 애원합니다…….

교구 신부님은 십자가에 이렇게 새기는 것이 좋겠다고 저에게 말씀하십니다.

Non omnis moriar……(나는 다 죽지 않으리).

오랜 옛날의 기념물이었던 오래된 성이 비록 파편으로 부서졌지만, 모든 게 없어진 것은 아니고 우리의 손자들을 위해 아직도 적잖이 남아 있다는 것을 사람들이 알 수 있도록…….

"그렇다면 보쿨스키가 우리 나라에 있었다는 거야!" 기쁨에 찬 제츠키가 큰 소리로 말하고, 의사에게 사람을 보내 바로 자기에게 오라고 했다.

채 15분도 안 되어 슈만이 나타났다. 그는 건네받은 편지를 두 번이나 읽고 나서 활기에 차 있는 이그나치의 얼굴을 이상한 표정으로 바라보았다.

"의사 선생께서는 어떻게 생각하세요?" 제츠키가 의기양양하게 물었다.

슈만은 더욱 당혹스러워졌다.

"내가 어떻게 생각하느냐고요?" 슈만이 제츠키에게 되물었다. "보쿨스키가 불가리아로 떠나기 전에 내가 그에게 했던 말이 사실로 나타난 것입니다…… 분명한 것은 스타흐가 자스와프에서 자살한 것입니다."

제츠키가 웃었다.

"이그나치 씨 잘 생각해보세요." 의사가 말했다. 그는 감정을 겨우 억눌렀다. "생각해 봐요. 그가 돔브로바에서 다이너마이트를 사는 것을 사람들이 보았고, 나중에 자스와벡 근처에서도 보았고, 바로 자스와프에서 그를 본 사람이 있잖아요. 내 생각에는 그와 그…… 저주받을 여자 사이에 그 성에서 무슨 일이 있었던 겁니다. 그가 언젠가 나에게 자스와프에 있는 우물처럼 깊은 곳으로 빠지고 싶다는 말을 한 적이 있습니다."

"만일 그가 죽고 싶었다면, 오래전에 죽을 수도 있지 않습니까? 다이너마이트가 아니라 권총 한 방으로 끝낼 수도 있었는데……." 제츠키가 응답했다.

"그래서 자살한 겁니다. 어떻게 보든 그건 미친 짓입니다. 그에

게 권총으로는 부족했던 겁니다…… 그에겐 기관차 정도는 되어
야지요, 죽기 위해서……. 자살하는 사람들이 아주 까다롭습니
다. 내가 잘 알고 있어요!"

제츠키가 이해하지 못하겠다는 듯 고개를 흔들면서 웃었다.

"제기랄, 그러면 당신은 어떻게 생각하세요?" 슈만이 참지 못하
고 소리쳤다. "다른 가정이라도 있다는 거요?"

"있지요. 그 성에 대한 기억들이 스타흐를 괴롭혔던 것입니다. 그
래서 그는 성을 없애고 싶었던 것입니다. 마치 오호츠키가 한때
지겨울 정도로 공부했던 그리스어 문법책을 없애 버렸듯이. 그것
은 또한 매일 그리움을 달래기 위해 성터에 갔다는 그 아가씨에
대한 대답이기도 합니다……."

"그건 어린애 같은 짓이지요! 마흔 살 먹은 총각이 어린 학생처
럼 행동할 순 없어요……."

"그거야 기질 문제지요." 제츠키가 차분하게 말했다. "둘시네아*
가 그 폐허에 없었다는 게 유감스러운 일입니다."

의사가 생각에 잠겼다.

"미친 사람이야! 도대체 어디 숨어 있는 거야, 만일 그가 살아
있다면……?"

"그는 지금 홀가분한 마음으로 여행하고 있을 겁니다. 그에게는
모두가 역겹게 보이기 때문에 그는 편지도 쓰지 않는 것입니다."
이그나치가 조용히 말을 마쳤다. "그가 만일 그곳에서 죽었다면
어떤 흔적이라도 있을 것 아닙니까……."

"그건 그렇고, 당신이 틀리다고 확실히 말할 수는 없지만, 그래
도…… 나는 그것을 믿을 수가 없어요." 슈만이 중얼거렸다.

"낭만주의자들은 죽게 되어 있습니다. 아무 의미 없는 일이지
요. 오늘날의 세계는 그들에게 맞지 않아요……. 일반적으로 누구

나 알고 있는 사실은, 천사 같은 여성의 존재도, 이상의 실현 가능성도 믿는 사람이 없다는 것입니다. 그걸 이해하지 못하는 사람은 사라지든가 스스로 물러나는 수밖에 없습니다……."

"독특한 스타일의 사람이야!" 슈만이 말을 마쳤다. "그는 봉건주의의 잔재에 짓눌려 죽은 겁니다. 그는 죽었어요, 땅이 흔들릴 정도로……. 흥미로운 타입이야, 흥미로워……."

그가 갑자기 모자를 집어 들더니 중얼거리며 방에서 나갔다.

"미친 사람들…… 미친 사람들……! 그들이 온 세상을 광기로 오염시킬 수도 있어……."

제츠키는 여전히 웃고 있었다.

"악마가 나를 데려가도 좋아." 그가 중얼거렸다. "만일 스타흐에 대한 내 생각이 틀렸다면……! 그는 아가씨에게 adieu! 라고 말하고 떠난 거야. 그건 비밀이야. 오호츠키가 돌아오면, 우리는 진실을 알게 되겠지……."

그는 기분이 좋아져서 침대 밑의 기타를 꺼내 줄을 튕겨 보았다. 그리고 반주에 맞추어 작은 소리로 노래를 불렀다.

온 세상에 봄이 깨어났어요,
나이팅게일의 애틋한 노래가 맞이하네요……
초록의 숲, 작은 개울가에
두 송이 아름다운 장미가 피었어요……

가슴에서 느끼는 날카로운 통증이 몸을 피곤하게 하면 안 된다고 알려 주었다!

하지만 그는 힘이 차오르는 것을 느꼈다.

'스타흐는…….' 그는 생각했다. '어떤 위대한 일을 시작한 거야.

오호츠키도 그에게 갈 것이고, 나도 내가 할 수 있는 것을 보여 주어야야……. 꿈들은 집어치워! 나폴레옹 가문 사람들은 세상을 바로잡지 못해. 그리고 아무도 세상을 개선시키지 못해, 우리가 몽유병자들처럼 행동하는 한……. 나는 므라체프스키와 함께 회사를 차릴 거야, 리시에츠키를 끌어들이고, 클레인을 찾아낼 거야. 슐랑바움 씨, 당신만 이성이 있는지 한번 시험해 봅시다. 제기랄, 원하기만 하면 돈 버는 것보다 더 쉬운 일이 뭐가 있겠나? 거기다 그만한 자본과 그만한 사람들을 가지고……!'

토요일 점원들이 퇴근하고 난 후 이그나치는 슐랑바움에게 후문 열쇠를 받았다. 창가에 물건들을 진열하기 위해서였다.

그는 등불을 켜고, 제일 큰 유리창 가에서 하인 카지미에스의 도움을 받으며 수반과 독일 작센 꽃병 두 개를 끄집어내고, 그 자리에 일본 꽃병들과 고대 로마 탁자를 진열했다. 그런 다음에 그는 하인에게 가서 자라고 말했다. 그는 항상 그렇듯 자기가 직접 자질구레한 물건들과 특히 기계처럼 움직이는 장난감들을 진열했다. 그 밖에도 그는 가게 안의 장난감들과 혼자 즐기는 것을 다른 사람이 알게 되는 것을 원하지 않았다.

항상 그렇듯 그는 이번에도 장난감들을 모두 꺼내 판매대 위에 가득 올려놓고, 동시에 태엽을 감았다. 그는 지금까지 담배통 열 때 나는 멜로디를 천 번도 더 들었고, 또 그만큼 많이 곰이 기둥을 타고 올라가는 것을, 유리물이 물방아를 돌리는 것을, 고양이가 쥐를 쫓는 것을, 크라쿠프 민속 춤 추는 인형들을, 다리를 길게 뻗은 말을 타고 있는 기수를 보았다.

생명 없는 움직이는 형체들을 바라보며 그는 지금까지 천 번도 더 반복해서 중얼거렸다.

"꼭두각시! 모든 것이 꼭두각시야! 내 생각에 저것들은 자기들이 원해서 움직이는 것 같지만, 저것들과 마찬가지로 눈먼 태엽이 시키는 대로 움직일 뿐이야……."

잘못 조절된 기수가 춤추고 있는 인형 한 쌍을 덮쳤을 때, 이그나치는 슬펐다.

"하나가 다른 것의 행복을 위해 도움을 줄 수는 없지만, 사람처럼 다른 것의 삶을 파괴하기는 쉽구나……."

그때 갑자기 뭔가 부딪치는 소리가 들렸다. 그가 가게 안쪽을 쳐다보았을 때 진열대 뒤에서 나오는 사람의 모습을 보았다.

'도둑일까……?' 순간 한기가 그의 머리를 스쳤다.

"대단히 미안합니다, 제츠키 씨…… 금방 올게요……." 올리브 빛 얼굴에 검은 머리의 형상이 말했다. 그는 출입문 쪽으로 가더니 문을 열고 이내 사라졌다.

이그나치는 소파에서 일어날 수 없었다. 손은 아래로 처졌고, 발은 말을 듣지 않았다. 심장은 종처럼 요란하게 뛰었고, 눈앞이 캄캄해졌다.

"세상에, 내가 놀란 거야?" 그가 작은 소리로 말했다. "그런데 그는…… 그 이지도르 굿모르겐이잖아…… 이 가게 점원. 틀림없이 그가 뭔가를 훔쳐서 도망갔어. 그런데 내가 왜 놀라지?"

그사이 이지도르 굿모르겐이 한참 만에 가게로 돌아왔다. 그것이 제츠키를 더욱 놀라게 했다.

"여기에 왜 온 거요? 뭘 원하세요?" 이그나치가 그에게 물었다.

굿모르겐은 몹시 당황하고 있었다. 잘못을 저지른 사람처럼 고개를 숙인 채 손가락으로 판매대를 만지면서 말했다.

"미안합니다. 제츠키 씨. 당신은 제가 무엇을 훔쳤다고 생각하시겠죠? 제 몸을 뒤져 보세요."

"그런데 당신은 여기서 뭐하세요?" 제츠키가 물었다. 그는 소파에서 일어나려 했으나 일어날 수 없었다.

"슐랑바움 씨가 저더러 오늘 밤에 여기 있으라고 했어요."

"무엇 때문에……?"

"아시잖아요, 제츠키 씨…… 카지미에스가 당신과 같이 진열하러 오잖아요. 슐랑바움 씨가 저더러 그가 무엇을 훔치지 않는지 감시하라고 했어요. 그러나 그 일이 약간 꺼림칙했어요. 당신에게 아주 미안합니다……."

제츠키는 이미 소파에서 일어났다.

"아, 개 같은 사람!" 제츠키가 극도로 흥분해서 소리쳤다. "당신들이 나를 도둑으로 간주하고 있었다는 거죠? 내가 돈도 받지 않고 일하니까?"

"제츠키 씨, 미안합니다." 굿모르겐이 아주 조심스럽게 말했다. "그런데…… 당신은 왜 돈도 받지 않고 일하세요?"

"당신들, 악마의 저주를 받을 거야!" 이그나치가 소리쳤다. 그는 가게에서 나가 열쇠로 문을 잠갔다.

"기분이 어떤지 아침까지 그대로 있어 봐! 당신 사장에게 기념품을 남겨야지." 제츠키가 중얼거렸다.

이그나치는 밤새 잠을 잘 수가 없었다. 그의 집은 가게와 현관 하나만 사이에 두고 있었다. 2시쯤 가게 안에서 두드리는 소리와 굿모르겐이 조그맣게 말하는 소리가 들렸다.

"제츠키 씨, 문 좀 열어 주세요…… 금방 돌아오겠습니다."

그러나 금방 모든 것이 조용해졌다.

'오, 쓰레기 같은 놈들!' 제츠키가 침대에서 뒤척이며 생각했다. '당신들이 나를 도둑 취급했다 이거지…… 어디 두고 보자!'

아침 9시경에 슐랑바움이 굿모르겐을 해방시키는 소리가 들렸다. 그리고 곧이어 그가 제츠키의 문을 두드리기 시작했다. 그러나 제츠키는 아무 대답도 하지 않았다. 카지미에스가 왔을 때, 제츠키가 그에게 슐랑바움을 절대 들여보내지 말라고 말했던 것이다.

"여기서 나가야겠다." 제츠키가 말했다. "1월 1일부터라도……다락방에서 살든 호텔 방을 빌리든 해서라도……. 그들이 나를 도둑으로 생각했다니! 스타흐는 나에게 그 많은 현금을 맡겼는데, 그 짐승만도 못한 사람은 내가 자기의 그 싸구려 물건을 훔칠 것이라고 생각했단 말이야……."

정오가 되기 전에 그는 두 개의 편지를 길게 썼다. 하나는 스타프스카 부인에게 바르샤바로 와서 자기와 함께 가게를 열자는 제안이었고, 다른 하나는 리시에츠키에게 자기 가게에서 일하지 않겠느냐고 묻는 것이었다.

편지를 쓰고 읽는 동안 내내 제츠키의 얼굴에서 심술궂은 웃음이 떠나지 않았다.

'슐랑바움의 얼굴을 상상해 보자.' 그가 생각했다. '내가 그의 가게와 경쟁하기 위해 바로 옆에 가게를 열게 되면…… 헤! 헤! 헤! 그가 나를 감시하라고 시켰다. 내가 그 교활한 사람을 꼼짝 못하게 만들고 말 거야…… 헤! 헤! 헤!'

순간 그가 옷소매로 펜을 건드렸다. 그러자 펜이 책상에서 바닥으로 떨어졌다. 제츠키가 펜을 집으려고 몸을 굽혔다. 그는 갑자기 누가 날카로운 칼로 허파를 찌르는 것 같은 이상한 통증을 가슴에서 느꼈다. 순간적으로 눈앞이 캄캄해지고 가벼운 구토증을 느꼈다. 그는 펜을 집지도 못하고 의자에서 일어나 소파에 누웠다.

'내가 마지막 얼간이가 될 것이다.' 그는 생각했다. '만일 몇 년 안에 슐랑바움이 파산하지 않으면…… 나는 늙은 바보가 되고……!

나는 보나파르트 가문과 전 유럽을 걱정했는데, 그사이 바로 내 옆에서 싸구려 물건 장수가 커서 나를 도둑으로 여겨 감시하라고 시켰다. 그래, 하지만 나는 적어도 경험을 쌓았지. 그것이면 살아가는 데 충분해…… 당신들, 이제부턴 나를 낭만주의자나 몽상가라고 부르지 마시오.'

윈쪽 폐가 막히는 듯한 느낌이 들었다.

"천식일까?" 그는 중얼거렸다. "진지하게 치료를 받지 않으면 안 되겠어. 이러다가 5년이나 6년 뒤에는 완전히 불구가 될 거야. 아, 10년 전에 이걸 알아차렸더라면……!"

그는 눈을 감았다. 그의 전 생애가 보이는 것 같았다. 지금 이 순간부터 어린 시절까지 파노라마처럼 펼쳐졌다. 그 속에서 자기 혼자 이상하게 차분한 동작으로 흘러갔다……. 한 가지 이상한 점은 모든 지나간 영상들이 돌이킬 수 없게 완전히 사라진다는 것이었다. 그래서 조금 전에 본 것들을 전혀 기억할 수 없었다. 새로 가게를 연 기념으로 마련한 유럽 호텔에서의 만찬…… 웽츠카가 므라체프스키와 대화를 나누었던 옛날 가게…… 창문에 쇠창살이 있는 그의 방, 불가리아에서 돌아온 보쿨스키가 조금 전 이 방으로 들어왔다…….

'잠깐…… 내가 조금 전에 본 게 뭐였지?' 그는 생각했다.

그것은 보쿨스키를 알았던 호퍼의 지하실이었다. 그리고 저것은 짙은 푸른색과 흰 제복의 대열 위로 푸르스름한 연기가 피어오르던 전쟁터……. 아, 저기에 늙은 민첼이 앉아서 창에 걸린 코작의 줄을 잡아당기고 있다…….

"내가 정말 이 모든 것을 본 것일까, 아니면 꿈을 꾼 것일까? 하느님, 맙소사……." 그는 작은 소리로 말했다.

이제 그에게 보였다, 그가 어린 소년이고, 그의 아버지가 라첵

씨와 나폴레옹 황제에 대해 이야기하고 있을 때, 그가 다락방으로 빠져나가 연기 구멍을 통해 프라가 쪽 비스와 강을 바라보고 있는 모습이…… 그러나 도시 변두리가 점점 눈앞에서 사라지고, 연기 구멍만 남았다. 처음에는 그것이 커다란 접시만 했는데, 나중에는 찻잔 받침 접시만큼 작아지더니, 마지막에는 10루블짜리 은화 정도로 작아졌다.

동시에 사방에서 망각과 어둠이 그를 덮쳤다. 깊은 암흑 속에서 끊임없이 빛이 희미해지는 별처럼 그 연기 구멍만 빛을 발하고 있었다.

드디어 그 마지막 별도 사라졌다…….

그 별을 다시 볼 수 있을까, 그러나 지상의 지평선 위에서는 불가능한 일이다.

\*    \*    \*

오후 2시경에 이그나치의 하인 카지미에스가 접시 바구니를 들고 들어왔다. 그는 소란스럽게 식탁을 준비하다 주인이 아직 일어나지 않은 것을 보고 큰 소리로 말했다.

"주인어른, 점심 식사가 식겠습니다."

이그나치가 미동도 하지 않는 것을 보고 카지미에스는 소파 가까이 가서 말했다.

"주인어른……"

갑자기 그가 뒤로 물러나더니 현관으로 달려가 가게 뒷문을 두드렸다. 가게에는 슐랑바움과 그의 점원 한 사람이 있었다.

슐랑바움이 문을 열었다.

"무슨 일이야?" 그가 하인에게 무뚝뚝하게 물었다.

"있잖아요…… 제 주인에게 무슨 일이 일어났어요."

슐랑바움이 조심스럽게 방으로 들어왔다. 그가 소파를 보더니 역시 뒤로 물러났다.

"빨리 의사 슈만을 불러와!" 그가 큰 소리로 말했다. "나는 이곳에 들어오고 싶지 않아……."

그 시간에 슈만에게는 오호츠키가 와 있었다. 그가 슈만에게 어제 아침 페테르부르크에서 돌아왔으며, 정오에는 외국으로 가는 자기 사촌 이자벨라를 빈행 열차로 데려다주어야 한다고 말했다.

"생각해 보세요." 그가 말을 마쳤다. "그녀가 수도원으로 들어간답니다!"

"이자벨라 양이?" 슈만이 물었다. "그건 또 무슨 말이오, 이번에는 신을 유혹할 계획인가요, 아니면 정신적으로 혼란스러웠으니 좀 쉬었다가 보다 확실하게 결혼할 생각인가요?"

"이제 그녀를 가만히 놔두세요…… 이상한 여자입니다." 오호츠키가 작은 소리로 말했다.

"그런 여자들은 모두 우리에게는 이상하게 보입니다." 화난 목소리로 의사가 말했다. "그녀들이 단지 어리석은 것인지 아니면 천박한 것인지 우리가 확인하기 전에는……. 보쿨스키에 대해 들은 것은 없습니까?"

"아, 그렇지 않아도……." 오호츠키가 대답했다. 그러나 그가 갑자기 멈추더니 침묵했다.

"그에 대해 뭔가를 알고 있습니까? 당신이 비밀을 유지할 수 있겠습니까?" 의사가 독촉했다. 그 순간 카지미에스가 급히 들어오면서 큰 소리로 말했다.

"의사 선생님, 우리 주인에게 일이 생겼습니다. 빨리요, 선생님!"

슈만이 자리를 박차고 일어났다. 오호츠키도 그와 함께 나섰다. 그들은 급히 마차를 타고 가서 제츠키가 살고 있는 집 앞에서 멈추었다.

그들은 문 앞에서 침통한 얼굴을 한 마루세비츠를 만났다. 그가 의사에게 말했다. "저에게는 그와 해결해야 할 중요한 일이 있습니다. 그것은 제 명예에 관한 일입니다. 그런데 그가 죽고 말았습니다……!"

의사와 오호츠키가 마루세비츠를 동반하고 제츠키의 집 안으로 들어갔다. 첫 번째 방에 이미 슐랑바움과 뱅그로비츠 자문 그리고 무역 에이전트 슈프로트가 와 있었다.

"그가 맥주 한잔 마셨더라면……." 뱅그로비츠가 말했다. "백 살까지 살았을 텐데……. 아, 이렇게 되다니……."

슐랑바움이 오호츠키를 보더니 그의 손을 잡고 물었다.

"당신은 꼭 이번 주 내로 돈을 가져가길 원하십니까?"

"그렇습니다."

"왜 그렇게 빨리 원하십니까?"

"외국으로 나가기 때문에."

"얼마나 오래 계시는데……?"

"아마 돌아오지 않을 겁니다." 그가 냉정하게 대답하고 의사를 따라 시체가 누워 있는 방으로 들어갔다.

그의 뒤를 따라 모두 조심스럽게 안으로 들어갔다.

"무서운 일이야!" 의사가 말했다. "저들은 죽고, 당신은 떠나고…… 결국 여기엔 누가 남지요?"

"우리가!" 마루세비츠와 슐랑바움이 동시에 대답했다.

"사람은 얼마든지 있습니다." 뱅그로비츠 자문이 덧붙였다.

"사람은 얼마든지 있다……. 그러나 여러분들, 여기서 잠깐 나가 주십시오!" 의사가 큰 소리로 말했다.

모두들 불만스러운 표정을 지으며 앞방으로 나가고, 슈만과 오호츠키만 남았다.

"그를 좀 보세요." 의사가 시체를 가리키면서 말했다. "마지막 낭만주의자입니다! 그들이 어떻게 사라지는지…… 그들이 어떻게 사라지는지……."

그가 수염을 잡아당기고 창문 쪽으로 몸을 돌렸다.

오호츠키가 이미 차갑게 식은 제츠키의 손을 잡고 몸을 숙였다. 마치 그의 귀에 무슨 말을 하려는 것처럼 보였다. 그때 죽은 사람의 호주머니에서 반쯤 삐져나온 벵기엑의 편지를 보았다. 그는 대문자로 쓰인 문장을 자동적으로 읽었다.


Non omnis moriar……


"당신 말이 맞아……." 스스로에게 말하듯 그가 말했다.

"내 말이 맞다고……?" 의사가 물었다. "나는 전부터 그걸 알고 있었지."

오호츠키는 침묵했다.

# 부록


(러시아 정부의 검열에서 삭제되었던 부분)


제츠키가 웽츠키네 집 경매 현장에 가 있을 때와 거의 같은 시간에 바로 그의 집에서 두 신사가 서로 상의하고 있었다. 한 사람은 보쿨스키이고, 다른 한 사람은 모스크바의 상인 수진이었다.

수진은 키는 크지 않았지만 거인 같았다. 크고 단단한 머리, 넓은 등, 힘이 넘치는 커다란 손은 마치 서툰 솜씨로 재단한 아주 엷은 천으로 된 프록코트를 입고 있는, 불에도 타지 않는 금고 같은 인상을 주었다. 그의 몸에서는 무한한 힘이 보였고, 붉은 얼굴과 불균형적인 얼굴 윤곽은 웃음거리가 될 것 같은 건강을 발산하고 있었다. 이미 회색빛으로 물들인 삼베 빛깔의 긴 머리는 상의 칼라 근방에서 잘려 있었고, 이마 위에서 두 갈래로 나뉘어 있었다. 풍성한 턱수염도 삼베 빛깔이었는데 역시 흰 줄이 많이 섞여 있었다. 굵은 손가락에는 커다란 다이아몬드 반지가 몇 개 끼워져 있었고, 목에는 금목걸이를 걸고 있었는데, 거기에 시계보다는 조각배를 매달 수도 있을 것 같았다. 덤불을 연상시키는 눈썹 밑엔 재치로 번득이는 작은 회색 눈이 반짝이고 있었다.

보쿨스키는 생각에 잠긴 채 소파에 앉아 있었고, 수진은 서류를 들여다보면서 소다수와 따뜻하게 데운 코냑을 마시고 있었다. 그가 말했다.

"스타니스와프 표트로비츠, 자네가 알고 있는 늙고 고리타분한 사람들은 나무랄 데 없는 폴란드 귀족들이군……. 그러나 우리 사람들과는 비교할 수 없지! 슐라이만이라고 하나? 자네 가게를 가지게 될 것으로 보이는 그 유대인 말이야……. 스타니스와프 표트로비츠! 유대인들은 내쫓게. 그러나 자네가 원하는 대로 하게……. 아, 클레인은 니힐리스트이네. 므라체프스키도 니힐리스트이고, 그러나 그는 여자들 뒤꽁무니만 쫓아다니지. 그리고 클레인은 몸이 마르고 초라한 니힐리스트이고, 그가 잘못을 저지르고 있어, 그걸 말려야 해……!"

그는 다시 서류들을 읽었다. 그가 코냑과 함께 물을 마시면서 말을 계속했다.

"나는 항상 우리 사람들에게 말해……. 항상 카르타고를 파괴해야 한다고 말했던 그 로마의 총통처럼(자네 그의 이름 기억하나?). 나도 자네에게 항상 말할 거야. 나와 함께 오늘 밤 파리로 가자고. 자네에게 당장 1만 5천 루블을 보장하겠네. 한 가지 일만 잘 되면 5만 루블도 가능해……. 아, 보쿨스키 씨, 그 돈이 아깝지 않은가. 나에게 동정 좀 베풀게. 그리고 나와 같이 오늘 떠나세. 무엇 때문에 여기 앉아 있는 거야? 왜 죽치고 있어? 자네는 완전히 변했어……. 혹시 자네 정신적으로 병을 앓고 있는 것 아니야? 모스크바는 쳐다보지도 않고, 편지에는 답도 하지 않고, 그런 돈을 거들떠보지도 않고……! 늙은 수진은 자네에게 개만도 못하게 되었군. 자네, 의사들을 부르고, 카를스바트*에 가야 하는 것 아니야, 어때……?"

그 순간 문이 열리고, 초라한 모습의 클레인이 들어와 보쿨스키에게 편지를 건네주었다. 옅은 푸른색 봉투에는 물망초 도장이 찍혀 있었다. 보쿨스키가 빠른 동작으로 편지를 받고 나서 창백해지더니 얼굴이 붉어졌다. 그는 봉투를 책상 위에 던지고 읽기 시작했다.

화환은 아주 아름다웠어요. 그것을 당신에게 돌려보냅니다. 미리 로시의 이름으로 당신께 감사드립니다. 내일 점심에 우리 집으로 꼭 오세요. 반드시 오셔야 합니다, 그 문제에 대해 우리가 할 이야기가 있습니다.

이자벨라 웽츠카 드림

"회신을 보내야 합니까?" 작은 목소리로 클레인이 물었다.
"아니."
클레인이 커튼 사이로 사라지는 극 중의 유령처럼 없어졌다. 보쿨스키는 여전히 편지를 읽고 있었다, 한 번, 두 번, 세 번, 네 번. 수진이 서류들을 한쪽으로 밀고 최대한 집중하여 그의 작은 눈으로 보쿨스키를 바라보기 시작했다. 나중에 그는 옅은 푸른색 봉투를 집어 들고 살펴보더니 다시 보쿨스키를 뚫어지게 쳐다보았다. 그의 얼굴에 가볍게 비꼬는 투의 웃음이 보일 듯 말 듯 번졌다.

보쿨스키가 마치 금방 잠에서 깨어난 사람처럼 주위를 두리번거리면서 편지를 간직했을 때, 수진이 봉투를 가리키며 말했다.
"뻔하지, 여자에게서 온 편지는……. 악마가 여자들이나 데려갔으면! 방에 들어가지 않아도 그녀가 방에 있다는 걸 자네는 알거야…… 후각으로. 언젠가 어떤 분이 나에게 말했어. 아담은 낙원에서 금지된 과일을 먹을 수밖에 없었다고. 왜냐하면 나무에서 여자 냄새가 났기 때문에……. 악마가 여자들이나 데려갔으면……! 하여튼 그녀는 자네에게 언제나 문젯거리를 만들지 않으면 안 되는 거야……."

"누가?"

"이 봉투를 보낸 여자. 자네는 내가 놀랄 만큼 변했어. 그 여자와 빨리 끝내게. 그렇지 않으면 자네가 불행에 빠질 테니까……."

"끝낼 수만 있다면……." 보쿨스키가 한숨을 쉬었다.

수진이 큰 소리로 웃었다.

"아, 이보게! 뭐가 불가능해……? 모든 게 가능해……. 내가 독일 오페라를 본 적이 있는데, (실례, 독일 사람들에게는 이성이 있어!) 악마조차도 여자들에게 다이아몬드보다 더 좋은 방법을 찾지 못했어……. 악마가 여자에게 다이아몬드들을 가져다준 거야……. (아마 1만 루블이나 1만 5천 루블짜리쯤 될 거야.) 그리고 모든 것이 잘됐지……."

"무슨 소리 하고 있는 거야, 수진!" 보쿨스키가 머리를 손에 기대면서 작은 소리로 말했다.

"아, 이보세요! 아, 자네, 이성이 없는 폴란드 귀족 양반!" 수진이 웃었다. "이것이 바로 모든 폴란드인들을 파멸로 이끌었던 것이라네. 장사에서나, 정치에서나, 여자에게나, 모든 것에, 감성, 감성……. 그것이 바로 당신들의 어리석음이라네. 모든 것에 필요한 돈이 가득 차 있는 호주머니를 가져야지. 그리고 감성은 오로지 자신을 위해서, 돈으로 산 것에 대해 기뻐하기 위해서 간직해야지. 이상하게 여자는 그런 피조물이라서 여자와는 감성의 대가로 아무것도 흥정할 수 없어요, 기도의 대가로 유대인에게 아무것도 얻어낼 수 없듯이……. 그 여자는 자네의 감성으로 가구를 장만할 것이네. 그리고 감성이 없는 다른 사람이 오면 그녀는 또 그와 사랑에 빠지고 자네 눈앞에서 그 사람과 키스할 것이네……. 나를 그여자에게 보내 주게, 스타니스와프 표트로비츠, 그러면 내가 그녀에게 '리틀 레이디, 당신이 귀족이신 보쿨스키 님에게 고통을 주고, 그에게서 이성을 가져갔소. 그에게 이성을 돌려주시오. 그러면내가 당신에게 꿀빵 열두 개의 열두 배를 주겠소. 적다고……? 그것의 두 배를 주지, 그거면 충분해……!' 이렇게 짧게 말해 주지."

보쿨스키가 너무 무섭게 보여서 수진은 말을 중단했다. 나중에그가 화제를 다른 쪽으로 돌렸다.

"자네 아나?" 그가 말을 계속했다. "내가 떠나기 전에 마리아 시에르기예브나가 자기 딸에 대해 나에게 뭐라고 했는지……? 이렇게 말했다네. '어리석은 루보츠카! 여전히 그 못된 보쿨스키 씨를 그리워하고 있어요. 제가 딸에게 설명했어요. 너는 보쿨스키씨를 생각하지 마라. 보쿨스키 씨는 바르샤바에서 「아직 폴란드는 죽지 않았다」*를 피아노로 연주하고 있단다. 그는 너 같은 어리석은 계집애를 생각도 하지 않아……. 그러나 루보츠카는 돌처럼 꿈쩍도 하지 않아요……' 그리고 마리아 시에르기예브나가 또이렇게 말했다네. '악마가 나를 그들의 옴 같은 폴란드로 데려가면 좋겠어요, 폴란드는 죽지 말라지, 그러나 우리 딸이, 마음이 아파요……' 그래, 한번 생각해 보게, 스타니스와프 표트로비츠, 아가씨는 뛰어나게 아름답고, 유명한 기숙 학교인 스몰렌을 우등생으로 졸업했다네. 당장 3백만 루블을 자네 책상 위에 놓을 수 있어. 그 아가씨는 춤도 잘 추고 그림도 잘 그린다네. 근위대 대령 하나가 그 아가씨에게 청혼하고 있다네……. 그 아가씨와 결혼하게……. 자네는 여기에 세 여자를 거느릴 수 있는 돈을 가지게 되는 거야. 신이 건강을 허락하는 한. 여자들은 그런 삼손들을 먹어

치우지 않았으니까."

문이 다시 열렸다.

"웽츠키 씨가 주인님을 찾습니다." 클레인이 말했다. 그의 상의 소맷부리와 머리만 문틈으로 보였다.

보쿨스키가 몸을 떨었다. 수진이 힘겹게 소파에서 일어났다.

"그러면 스타니스와프 표트로비츠, 나는 자러 가겠네. 모든 것을 던져 버리게. 자네에게 충고하는데, 나와 함께 오늘 파리로 가세. 오늘 어려우면 내일이나 모레라도. 나는 비스마르크를 보러 베를린으로 가겠네, 자네도 오게……."

두 사람은 껴안고 키스했다. 수진이 머리를 흔들면서 나갔다.

"웽츠키 씨는 어디 계신가?" 보쿨스키가 쿨레인에게 물었다.

"사무실에 계십니다."

"곧 가겠네."

클레인이 나갔다. 보쿨스키가 바쁘게 책상에 있는 서류들을 챙겼다. 그도 이그나치의 방에서 나갔다.

**43**  **카를 베데커**  Karl Baedeker(1801~1859). 독일의 도서 출판업
자. 여행 안내 책자를 전문적으로 출판했음.

**110**  **펠라**  펠리치아의 애칭. 펠루로도 불림.

**120**  **아침은 1시에 있습니다**  폴란드에서는 아침 식사(śniadanie)를
두 번 하는 경우가 있는데, 오후 1시에 있는 아침 식사는 두 번째 아
침 식사(drugie śniadanie)임. 점심(obiad)은 'dinner'에 해당함.
오후 늦게 혹은 저녁에 먹는 경우도 있음. 저녁 식사(kolacja)는 주
로 간단히 함.

**128**  **야드비가**  Jadwiga(1374~1399). 폴란드 여왕. 12세에 리투아니
아의 대공 야기에오(Jagiełło)와 결혼하여 폴란드를 독일 기사단의
위협으로부터 수호하고, 폴란드 영토를 크게 확장했으며, 폴란드가
중부 유럽의 강대국으로 부상하는 데 기여했음. 사재를 털어 크라
쿠프 대학을 중흥시켰음.

**마리아 레스친스카**  Maria Leszczyński(1703~1768). 폴란드 왕
스타니스와프 레스친스키(Stanisław Leszczyński, 1677~1766)의
딸. 프랑스 왕 루이 15세와 결혼했음.

**스테판 바토리**  Stefan Batory(1533~1586). 트란실바니아 공국

의 지배자로서 폴란드 여왕(Anna Jagiellonka)과 결혼한 뒤 왕이 되어 폴란드의 국력과 왕권을 강화했음.

**146  피오트르 아미엥**  Piotr z Amiens(1050~1115). 방랑 설교사. 민중 십자군을 조직(1096)했으나, 터키에 의해 파괴되었음.

**214  카푸아**  Kapua. 이탈리아의 소도시. 기원전 3세기에 이 도시를 점령했던 한니발의 카르타고 병사들이 이 도시에서 남성적 기질을 상실했다고 전해짐.

**224  우치**  Łódź. 폴란드 중남부에 있는 산업 도시. 19세기 후반에 특히 섬유 산업이 크게 발달했음.

**228  그룬발트 전투**  Bitwa pod Grunwaldem. 1410년에 있었던 폴란드와 독일 기사단의 전투. 야기에오 폴란드 왕이 이끄는 군대가 승리함으로써 폴란드를 오랫동안 위협하던 독일 기사단의 세력을 꺾고 폴란드가 강국으로 발전하는 계기를 마련했음. 폴란드 역사에서 가장 중요한 전투 중 하나에 속함.

**310  알도나, 그라지나, 마릴라 등~작품에 등장하는 여주인공들**  아담 미츠키에비츠의 작품에 등장하는 여주인공들. 알도나(Aldona)는 미츠키에비츠의 낭만주의적 극시 「콘라드 발렌로드」에 나오는 여주인공이고, 그라지나(Grażyna)는 미츠키에비츠의 작품 「그라지나」의 여주인공이다. 마릴라는 미츠키에비츠가 사랑했던 돈 많은 지주의 딸 마릴라 베레스차쿠브나(Maryla Wereszczakówna)이다. 마릴라는 부모의 뜻에 따라 가난한 시인을 버리고 푸테르캄머(Putterkammer) 백작과 결혼했다. 미츠키에비츠의 마릴라에 대한 불행한 사랑은 그의 여러 작품에 뚜렷한 흔적을 남기고 있다.

**373  오사디 롤르네**  Osady Rolne. 농업 및 수공업 협회가 1879년 사순절에 개최했던 일련의 낭독회.

**442  미츠키에비츠, 크라신스키, 스오바츠키**  아담 미츠키에비츠(Adam Mickiewicz), 지그문트 크라신스키(Zygmunt Krasiński), 율리우시 스오바츠키(Juliusz Słowacki, 1809~1849)는 19세기 전

반 폴란드 낭만주의 문학을 대표하는 폴란드 3대 민족 시인.

**452** **이슈트반 튀르** István Türr(1825~1908). 1849년 이탈리아 편에서 오스트리아에 대항해 싸운 헝가리 의용군 사령관. 1860년 가리발디의 시칠리아 원정에도 참여했음.

**454** **푸트카머 집안은 미츠키에비츠와 혈연관계에 있다** 미츠키에비츠가 비스마르크와 혈연관계라는 제츠키의 말은 사실이 아님. 미츠키에비츠는 프로이센의 융커(대지주)인 푸트카머(Puttkammer) 집안과 아무 관련이 없음.

**476** **에른스트 포이흐테르스레벤** Ernst Feuchtersleben(1806~ 1849). 오스트리아의 시인, 의사.

**477** **귀스타브 도레** Gustave Doré(1832~1883). 프랑스의 화가.

**윌리엄 호가스** William Hogarth(1697~1764). 영국의 화가.

**478** **성 게노베파의 일생, 탄넨부르크의 장미** 독일 작가이며 성당의 참사회원(Domherr)인 슈미트 (Kristopf Schmid, 1768~1854)의 작품. 『성 게노베파의 일생』은 19세기에 대중을 위한 종교 서적으로 가장 인기 있던 작품 중 하나. 폴란드에 10여 판이 인쇄되었음. 그의『탄넨부르크의 장미』는 청소년들을 위한 교훈적인 소설.

**리날도 리날디니** Rinaldo Rinaldini. 독일 작가 크리스티안 아우구스트 불피우스(Christian August Vulpius, 1762~1827)의 강도 소설.

**487** **시너고그** synagog. 유대교 회당.

**507** **이디시** Yiddish. 독일어 방언, 로망스어, 히브리어, 슬라브어 요소들로 이루어진 유대인들의 일상어.

**555** **그리스도가 예루살렘으로 들어오실 때~보호자의 긴 귀가 자네 옆에 있는 것이 보이네** 복음서에 의하면, 그리스도가 예루살렘에 들어오실 때 당나귀를 타고 왔음.

**574** **케니히나 술리츠키** 유제프 케니히(Józef Kenig, 1821~1900)는 보수적인「바르샤바 신문(Gazeta Warszawska)」편집장, 에드문

트 슬리츠키(Edmund Sulicki, 1833~1884)는 보수적 성향의 「폴란드 신문(Gazeta Polska)」 정치부 편집장.

**611**  **둘시네아**  Dulcinea. 돈키호테의 연인.

**623**  **카를스바트**  Karlsbad. 체코에 있는 온천 휴양지.

**626**  **아직 폴란드는 죽지 않았다**  폴란드 국가의 첫 구절. "우리가 살아 있는 한 폴란드는 죽지 않았다. 외세가 우리에게서 힘으로 뺏어 간 것을 우리는 칼로써 되찾으리라(Jeszcze Polska nie zginęła, kiedy my żyjemy, co nam obca przemoc wzięła, szablą odbierzemy)." 폴란드 국가는 폴란드 민족이 나라를 잃고 있을 때 독립운동을 목적으로 조직된 폴란드 의용군의 노래였음.

# 폴란드 실증주의 문학을 대변하는 소설 『인형』

정병권(한국외대 폴란드어과 명예교수)

## 1. 역사적 배경

폴란드는 1795년 러시아, 프로이센, 오스트리아에 의해 완전히 분할되어 유럽 정치 지도에서 사라졌다. 분할 당시 폴란드의 국체는 군주국이 아니라 귀족 공화국(Rzeczpospolita)이었다. 폴란드 왕은 세습이 아니라 대귀족들에 의해 선출되었다. 폴란드는 전쟁에 패해서 망한 것이 아니라, 주변 강대국들 간의 모의에 의해서 나라가 없어진 것이다. 17세기에 폴란드는 모스크바를 점령했고(1610), 터키 10만 대군의 침입으로 위기에 처한 유럽 문명을 구했던(1683) 중부 유럽의 강대국이었다. 그 때문에 폴란드의 멸망은 폴란드 민족으로선 결코 받아들일 수 없는 부당함의 극치였다. 당시 폴란드인들은 죄 없는 폴란드를 사악한 이웃 전제 군주국들이 점령했다고 믿고 있었다. 현재 폴란드 국가가 된 「폴란드 독립군들의 노래(Mazurek Dąbrowskiego)」도 이러한 인식을 잘 보여 주고 있다. "외세가 우리에게서 강탈한 것을, 우리는 칼로 다시 찾으리라……(Co nam obca przemoc wzięła, Szblą odbierzemy……)."

폴란드가 몰락했을 때 서유럽에서는 나폴레옹이 부상하고 있었다. 폴란드인들은 폴란드를 분할한 러시아, 프로이센, 오스트리아와 싸우는 나폴레옹이 폴란드를 구제해 줄 것이라는 희망에 부풀어 있었다. 그런 이유로 나폴레옹 군대에 수많은 폴란드인들이 합류하여 나폴레옹 군대의 기치 아래 싸웠고, 나폴레옹의 러시아원정(1812~1813)에는 폴란드인 10만 명이 참가했다.

크리미아 전쟁(1853~1856)에서 패한 러시아에서는 정치적으로 중요한 두 가지 사건이 일어났다. 30년 동안 러시아를 경찰국가 체제(Polizeiregime)로 지배하던 니콜라이 1세가 사망(1855)하고, 새로운 차르가 된 알렉산드르 2세가 농노 해방(1861)을 단행했다. 그러나 패전으로 인해 국가의 권위가 실추했고, 개혁 군주로 알려진 알렉산드르 2세의 정책이 국민들의 기대에 부응하지 못했기 때문에 러시아와 폴란드에서 차르 체제에 대한 저항이 우후죽순처럼 일어났다. 러시아에서는 혁명을 꿈꾸는 많은 비밀 단체가 활동하기 시작했고, 폴란드에서는 1860년 초부터 반러시아 시위가 대대적으로 일어나기 시작했다. 진압 과정에서 부상자가 발생하면서 시위가 더욱 거세지자 러시아 정부는 1861년 10월 14일 '폴란드 왕국(Królestwo polskie, 1815년 빈 회의 이후 러시아 지배하의 구폴란드 지역)' 전역에 전시 비상사태를 선포했다. 이에 맞서 10월 17일에 '적색파(Czerwoni)'로 불리는 폴란드 애국자들은 무장봉기를 준비하기 위해 '도시 위원회(Komitet Miejskie)'를 가동시켰다. 봉기를 사전에 무산시키기 위해 '폴란드 왕국' 행정 수반 비엘로폴스키(Aleksander Wielopolski, 1803~1877)는 봉기에 가담할 것으로 추정되는 지식인, 노동자, 수공업자 1만 명에 대한 강제 징집(branka)을 1863년 1월 14일에 갑자기 실시했다. 그러나 대상자들 대부분이 이미 피신한 상태였다. 그사이 '임시 민족 정부(Tymczasowy Rząd Narodowy)'로 개명한 혁명 진영이 서둘러 1월 22일에 전국에 무장봉기를 선포했다. 이것이 폴란드 역사상 중요한 '1월 봉기'이다. 처음에는 봉기에 대해 회의적인 태도를 보이면서, 러시아 정부와의 협력을 주장하는 지주 계급들과 지식인들로 구성된 '백색파(Biali)'도 봉기에 합류하고 3월부터는 봉기의 주도권을 잡았으나 봉기는 처음부터 승산이 없었다. 15개월 동안 주로 게릴라 전투 형태로 진행된 봉기는 결국 실패로 끝나고, 차르 정부의 보복적인 처벌이 시작되었다. 378명이 교수형으로 사라지고, 2천5백 명이 강제 노동 형을 받았으며, 1만 9천 명이 시베리아 유형 길에 올랐다. 또 수많은 토지가 몰수되고, 수만 가구가 파괴되었다. 뿐만 아니라 학교와 행정에서 본격적인 러시아화(Russification) 정책이 강행되었다. 이와 같은 참담한 현실을 목격하면서 받은 충격 때문에 폴란드인들은 무장 투쟁을 통한 독립을 꿈꾸는 '정치적 낭만주의'에 극심한 반감을 가지게 되었다.


## 2. 사회적 여건

봉기 이후 폴란드인들의 의식에 커다란 변화가 일어났다. 19세기 후반은 유럽에서 산업이 비약적으로 발전하던 시기이다. 우렁찬 기계 소리와 기차 소리에 시인들의 목소리는 짓눌려 일반인들의 관심을 끌지 못하게 된 반면에, 산업화의 그늘에 파묻힌 노동자들과 농민들의 목소리를 대변하는 언론인들과 산문 작가들이 급변하는 사회 현상 속에서 방향을 잃고 있는 대중들에게 지대한 영향을 미치게 되었다. 시가 주류를 이루었던 감성과 환상

의 낭만주의 문학이 점차 쇠퇴하고, 이성에 바탕을 둔 실증주의
(pozytywizm)가 문학계의 대세가 되었다. 토지에 기반을 둔 봉건
주의 체제가 빠른 속도로 붕괴하기 시작하고, 산업과 상업을 바
탕으로 한 새로운 시민 계급이 빠르게 발전했으며, 과학과 교육이
중시되고 노동의 가치가 인정되는 새 시대가 도래한 것이다. 노동
은 노예와 하인들이 하는 것이 아니라, 노동이야말로 사회 발전의
원동력이라는 의식이 확산되기 시작했다. 비록 폴란드의 산업화
는 외국 자본과 외국 기업가들에 의해 주도되었지만 폴란드 사회
는 자본주의라는 거대한 물결에서 벗어날 수 없었다.

차르 정부의 엄격한 검열과 통제 때문에 정치적 욕구의 표출이
불가능한 상황에서 폴란드 지식인들은 과학과 경제적 발전에서 희
망을 찾았다. 1868년부터 수많은 잡지와 신문들이 발간되었고, 외
국의 과학, 문학 도서들이 활발하게 번역 소개되었다. 이 시대 언
론의 주요 경향은 '바르샤바 실증주의(pozytywizm warszawski)'
의 표방이었다. 바르샤바 실증주의자들은 사회를 하나의 거대한
유기체로 보고 구성원 하나하나의 역할을 중시했다. 또한 진화론
의 영향을 받아 자연계가 점진적 진화에 의해 발전한다면, 사회
도 혁명과 같은 돌발적인 사건이 아니라 단계적 개선을 통해 발
전할 수 있다고 믿었다. 폴란드 언론은 산업과 상업을 발전시키고
교육을 진흥시키는 것이 시민의 의무이고, 민족의 독립에 앞서 경
제와 문화 발전에 기여하는 것이 더 중요한 과제라고 역설했다. 또
한 언론은 윤리적인 면을 강조하면서 폴란드 귀족들의 반계몽주
의(obscurantism), 가톨릭 성직자들의 교조주의(clericalism)와 폴
란드 사회의 병폐인 신분 장벽을 공격했고, 차별적 대우를 받아
온 농민, 유대인, 여성의 동등권을 주장했다. 언론은 폴란드 귀족
들의 시대착오적 봉건적 정신 상태가 폴란드가 근대적 산업 사회

로 발전하는 데 커다란 장애가 되고 있다고 비난했다. 폴란드 실증주의 문학을 대표하는 프루스는 40년 동안 언론인으로 활동하면서 폴란드의 진보적 지식인들에게 많은 영향을 미쳤다. 그는 노동의 가치를 역설하고, 과학과 기술 및 합리적인 사고의 중요성을 강조하면서, 무지 상태의 농민 계몽의 필요성을 알리고, 경제적 자립이 민족의 독립에 선행되어야 한다고 설파했다. 그렇다고 폴란드인들에게서 독립의 염원이 사라진 것은 아니다. 민족의 독립 문제는 1990년대 초반부터 나타나기 시작한 폴란드 사회당(PPS, Polska Partia Socjalistyczna)과 민족민주당(ND, Narodowa Demokracja)이 주도했다. 폴란드 사회당은 어느 정도 친서방적이고, 민족민주당은 러시아와의 협력을 중시하는 보수적 성향을 띠고 있었다. 대세는 폴란드 사회당으로 기울어 있었고, 제1차 대전 후 폴란드 건국(1918)도 폴란드 사회당의 주도로 이루어졌다.

19세기 후반 산업 혁명 시기에 자유주의 이데올로기를 신뢰하는 실증주의자들은 과학과 산업의 발전이 인류에게 조화로운 진보를 보장할 것으로 기대하고 있었다. 프랑스의 실증주의 철학자 콩트(Auguste Comte, 1798~1857)는 산업 혁명에 바탕을 둔 부르주아의 무한한 진보를 믿었고, 과학이 종교까지 대체할 수 있다고 선언할 만큼 과학의 발전에 모든 희망을 걸었다. 또한 개인과 사회의 유용성을 최고의 선으로 간주하는 영국 공리주의 윤리관도 폴란드 실증주의 발달에 지대한 영향을 미쳤다.

폴란드는 전통적으로 다민족 국가였다. 제2차 대전 이전의 폴란드 인구 3분의 1이 리투아니아인, 백러시아인, 우크라이나인, 독일인, 유대인 등 이민족이었다. 폴란드는 유럽에서 유대인들이 가장 많이 거주하는 나라 중 하나였다. 전 세계에 흩어져 살고 있는 1천6백만여 명의 유대인 중 폴란드계가 약 50퍼센트를 차지하고 있다. 그리고 유대인들의 정신적 지도자 대부분은 폴란드계 유대인이다. 유대인 사회의 일상어인 이디시(Yiddish)로 발표된 작품으로 유일하게 노벨 문학상(1978)을 받은 싱어(Isaac Bashevis Singer, 1904~1991)도 폴란드 출신 유대인이고, 그의 작품 배경도 대부분 폴란드 내 유대인 사회이다. 유대인들은 11세기 말부터 박해를 피해 프라하에서 폴란드로 이주하기 시작했다. 유대인들은 폴란드에서 보호를 받으며 종교의 자유를 누리고, 직업의 자유 및 자치권을 보장받았다. 그러나 유대인들이 상업, 수공업, 임대, 무역, 대부, 숙박업 등의 분야에서 주도권을 잡으면서부터 기독교도들의 반감을 사게 되어 반유대주의(anti-Semitism)가 싹트기 시작했다. 19세기 후반에 반유대주의 분위기가 가열되고 있을 때 폴란드 실증주의자들은 폴란드 사회의 반유대주의 분위기를 끊임없이 비판했다. 오제스코바(Eliza Orzeszkowa, 1841~1910)와 코노프니츠카(Maria Konopnicka, 1842~1910) 등 저명한 실증주의 작가들은 유대인들에 대한 테러를 "윤리적으로 미친 짓(moralny obłęd)"이라고 비난하면서, 문학 작품을 통해 반유대주의가 폴란드 사회에 얼마나 큰 손실과 해악을 초래하는지를 경고했다.

## 3. 19세기 폴란드 문학

문학사적 관점에서 19세기 전반은 낭만주의 시기이다. 이때가 폴란드 문학의 전성기다. 폴란드에는 세 명의 민족 시인(wieszcz)이 있는데, 모두 낭만주의 시인들이다. 미츠키에비츠, 스오바츠키, 크라신스키는 나라가 없는 민족에게 민족의 사표로서 존경의 대상이었다. 지금도 폴란드 어느 도시를 가든 민족 시인들의 동상이나 거리 이름이 없는 곳이 없다.

국권을 상실하고 있던 123년(1795~1918) 동안 폴란드 문학은 민족의 비극적인 현실과 깊이 연결되어 있었다. 폴란드 문학만큼 역사와 밀접한 관계를 가진 문학을 유럽 다른 나라에서는 찾아보기 어렵다. 불행한 민족의 운명이 낭만주의 문학에서는 물론 '1월 봉기'(1863) 이후 나타난 19세기 후반의 실증주의 문학에서도 가장 중요한 과제로 다루어졌다. 그러나 독립을 회복하기 위한 방법에서 낭만주의와 실증주의는 크게 차이가 난다. 우선 폴란드 패망의 원인도 낭만주의 시인들은 폴란드와 국경을 마주한 이웃 절대 군주국들의 탐욕 때문이라고 보는 반면에, 실증주의 작가들은 폴란드 대귀족들의 이기심과 분열, 국정의 혼란과 국력의 쇠퇴 등 폴란드 내부에서 찾고 있다. 낭만주의 시기에는 독립은 무장 투쟁을 통해서 회복할 수 있다고 믿었다. 그러나 폴란드 실증주의자들은 독립보다 먼저 국민 계몽과 경제 발전과 국민 각자의 경제적 자립이 더 중요하다고 주장했다. 그들에게 민족의 독립은 시급한 과제가 아니었다.

폴란드 실증주의 작가들의 주요 관심 대상은 귀족뿐만 아니라 시민, 은행가, 공장주, 상인, 농민, 유대인, 노동자 등 이전의 낭만주의 문학에서 찾아보기 어려운 소외 계층이었다. 평범한 시민들이 비로소 사회의 주인으로 등장하기 시작한 것이다.

## 4. 『인형』

프루스의 대표적인 작품 『인형』은 노벨 문학상(1980)을 받은 미워시(Czesław Miłosz, 1911~2004)를 비롯하여 많은 문학 평론가들이 폴란드 최고의 소설로 인정하고 있다. 이 소설은 무엇보다도 사실적이고 세부적이고 풍부한 묘사와 단순하고 명쾌한 언어가 돋보이는 작품이다. 제2차 대전 중 바르샤바가 완전히 파괴되기 전까지 바르샤바에 있는 한 아파트 건물 벽에는 이런 동판이 부착되어 있었다. "이 집에 1878년부터 1879년까지 볼레스와프 프루스가 소설 『인형』에 등장시킨 인물 스타니스와프 보쿨스키가 살았다. 그는 1863년 봉기에 가담했고, 시베리아에서 유형을 살았으며, 상인이었고, 수도 바르샤바의 시민이었다. 그는 불우하고 가난한 사람들을 도와준 자선가였고, 학자였다. 그는 1832년에 출생했다(W tym domu mieszkał w latach 1878~1879 Stanisław Wokulski, postać powołana do życia przez Bolesława Prusa w powieści pt. Lalka. Uczestnik powstania 1863, były zasłaniec syberyjski, były kupiec i obywatel M.St. Warszawy. Filantrop i uczony, urodzony w r. 1832)." 지금도 바르샤바 대학 정문 맞은편에 있는 '볼레스와프 프루스 학술 서점'이 있는 건물 벽엔 이런 석판이 박혀 있다. "여기에 볼레스와프 프루스가 소설 『인형』에 등장시킨 인물 이그나치 제츠키가 살았다. 그는 헝가리 보병 장교로 1848년 전투에 참가했다. 그는 상인이었고, 유명한 회고록을 쓴 사람이다. 그는 1879년에 사망했다(Tu mieszkał Ignacy Rzecki, postać powołana do życia przez Bolesława Prusa w powieści p,t. 'Lalka'. Były oficer piechoty węgierskiej, uczestnik kampanji roku 1848, handlowiec, sławny pamiętnikarz. Zmarły w roku 1879)." 이 기념물들은 애독자들이 그 건물에서 소설 속의 (가공의) 인물이 살았을 거라고 상상하며 만든 것이다. 즉 『인형』에 대한 독자들의 사랑의 표시이다. 이와 같은 기념물을 통해 작가에 대한 사랑과 존경을 보여 주는 경우는 세계 문학에서 거의 찾아 보기 어려운 일이다. 2015년 9월 5일 폴란드에서 개최된 '국민 책 읽는 『인형』의 날(Dzień Narodowego Czytania 'Lalki')' 행사 때 전국의 학교, 문화 회관, 도서관, 서점, 공중 독서실 등 1천6백여 장소에서 전 국민이 동시에 『인형』을 읽었다. 『인형』은 폴란드 국 민이 가장 사랑하는 폴란드 문학 작품 중 하나이다.

　이 소설의 줄거리는 자수성가한 사업가 보쿨스키의 대귀족 무 남독녀 이자벨라에 대한 비극적인 사랑과, 파노라마처럼 전개되 는 3세대에 걸쳐 일어난 바르샤바의 변화상이다. 보쿨스키는 의지 가 강하고, 모험을 두려워하지 않고, 근면하고, 이성적이고, 계산적 이면서도 동정심이 많고, 사회에 대해 강한 책임감을 느끼고 있는 뛰어난 사업가이며, 반봉건주의 자유주의자로서 폴란드 실증주의 를 대변하는 인물이다. 그러나 그에게는 치명적인 약점이 있다. 그 는 실현될 수 없는 이상적인 사랑을 꿈꾸는 '폴란드 낭만주의자' 이다. 그는 불행하게도 이기적이고, 허영심 강하고, 대귀족의 특권 의식에 사로잡혀 있는 바람둥이 아가씨 이자벨라에게 눈이 멀어 있었다. 그의 세 친구인 제츠키, 슈만, 오호츠키는 보쿨스키가 잘 못된 길로 가고 있다는 것을 알면서도, 그의 광적인 사랑을 잠재 우지 못하고, 파멸을 향해 돌진하는 그를 막지 못한다. 이 소설의 내용을 풍요롭게 하고 사건의 입체적 이해를 가능하게 해 주는 것 은 보쿨스키의 사업 대리인이며 친구인 순진하면서도 유머러스한 제츠키의 '회고록'이다. 제츠키는 폴란드가 잃어 가고 있는 '전통 적 가치'를 마지막까지 지키고 있는 인물이다. 그는 근면하고, 성 실하고, 책임감이 강하고, 검소하고, 시류에 영합하지 않고, 정의 감이 강하고, 자기가 하고 있는 일에 정통하다. 그는 1848년 헝가 리 독립 전쟁에 참가한 의용군이다. 헝가리를 지배하는 오스트리아는 폴란드를 분할한 폴란드의 '적국'이기도 하다. 전통적으로 헝가리와 폴란드는 서로 우호적인 나라이다. 정치적 이상주의자인 제츠키는 열렬한 나폴레옹주의자로서, 나폴레옹의 권력 복귀가 정의의 실현과 폴란드에 독립을 가져오리라 기대하고 있다. 작가는 러시아 정부의 검열을 의식하여 제츠키의 독립에 대한 염원을 그의 '나폴레옹 신화'를 통해 은유적으로 보여 주고 있는 것이다. 유대인 지식인 슈만의 유대인들에 대한 애증이 뒤섞인 견해는 흥미롭고, 유대인의 시각에서 본 폴란드 사회에 대한 진단은 설득력이 있다. 열렬한 자연 과학자 오호츠키는 폴란드 귀족 청년 중 유일하게 이지적이고, 마음이 따뜻하고 겸손하며 신뢰할 수 있는 인물이다. 그는 변화에 둔감하고 무기력증에 걸린 폴란드 지도층의 병폐와 폴란드 사회의 후진성을 절감하고 있다. 보쿨스키와 그의 세 친구가 꿈꾸는 이상주의는 결국 아무 결실도 맺지 못하고 공허하게 끝난다. 보쿨스키는 맹목적인 사랑으로 난파하고, 보쿨스키와 정신적으로 깊이 연결되어 있는 제츠키는 보쿨스키가 자살했으리라는 소식에 충격을 받아 갑자기 사망하고, 슈만은 자기가 비난했던 다른 유대인들처럼 결국 돈을 추구하게 되고, 오호츠키도 모든 자금을 모아서 외국으로 떠나려 한다. 그러나『인형』에서 사건들이 단정적으로 끝나는 경우는 많지 않다. 보쿨스키가 자살했으리라고 추정되지만, 아무런 증거도 발견되지 않고 있다. 슈만이 오호츠키에게 보쿨스키에 대해 들은 것이 없느냐고 물었을 때, 오호츠키가 말을 하려다가 갑자기 입을 다문다. 그리고 제츠키의 죽음 때문에 두 사람의 대화는 그대로 끊기고 만다. 보쿨스키의 죽음에 대한 논의는 아직도 계속되고 있다. 2015년 6월 1일에 발간된 폴란드 저명 주간지『정치(Polityka)』에『인형』에 대한 기사가 실렸는데, 제목이 '보쿨스키는 살아 있다(Wokulski żyje)'

이다. 이 기사도 보쿨스키의 생존 가능성에 무게를 두고 있다.

프루스는『인형』을 통해 폴란드 귀족들의 완고한 특권 의식, 이기심, 도덕적 해이, 경제관념의 부재, 노동에 대한 경시, 시대 변화에 대한 무지, 이성적 사고의 불능 등 폴란드의 근대화에 장애가 되는 봉건주의적 잔재를 신랄하게 비판했다. 또한 이 소설에는 작가의 온화한 심성과 인간에 대한 깊은 애정이 잘 반영되어 있다. 크세소프스키 부부나 마루세비츠 등 아무리 사악한 인물들도 인간적인 면이 있음을 보여 준다. 혹은 스타르스키처럼 많은 사람을 불행하게 만들었던 무위도식하는 철면피 같은 인물은 끝까지 스스로 반성하는 빛을 보이지 않지만, 그의 부도덕적인 행위 '덕택'에 다른 사람이 비로소 사실에 대해 눈을 뜨게 되고 새로운 세계를 경험할 수 있는 계기가 되었다고 해석함으로써 그의 악행에도 순기능이 있음을 지적하고 있다. 가장 유럽적인 소설로 평가되는 『인형』은 비전과 포용력을 보여 주는 폴란드 사실주의를 대표하는 작품이다. 이 소설은 20여 개 외국어로 번역되었고, 영화와 연극으로 상연되었으며, TV 연속극으로도 방영되었다.

# 판본 소개

소설 『인형(*Lalka*)』은 바르샤바에서 발행되던 「쿠리에르 신문 (Kurier Codzienny)」에 1887년부터 1889년까지 연재되면서 독자들에게 알려졌다. 연재가 끝난 이듬해인 1890년에 『인형』은 바르샤바에 있는 '게베트너 와 볼프(Gebethner i Wolff)' 출판사에서 한 권의 책으로 발간되었다. 하나의 책 안에서 1권(Tom I), 2권 (Tom II), 3권(Tom III)으로 나누어져 있고, 모두 38개의 장으로 구성되어 있다.

폴란드 문학 고전 작품 중에서 가장 많이 사랑받고 꾸준히 읽히는 작품 중 하나인 이 소설은 수많은 출판사에서 끊임없이 새로운 모습으로 출판되었다. 20세기에 발행된 『인형』은 어느 출판사에서 발행되었건 내용은 동일하지만 '권'과 '장'의 분류가 원본과 다른 경우도 있다. 바르샤바에 있는 '국립출판사(Państwowy Instytut Wydawniczy)'에서 1972년에 발행된 『인형』은 원본처럼 한 권의 책 안에서 1권, 2권, 3권으로 나누어져 있으나, '장'이 원본과 다르게 분류되어 있다. 예를 들면 원본 2권에 있는 제9장의 내용이 '국립출판사'판에서는 3권 제10장(맨 끝에서 두 번째 장)에 들어 있다. 브로츠와프(Wrocław)에 있는 '시에드미오룩 (Siedmioróg)' 출판사에서 2001년에 발행된 '명작들의 국립 도서관(Narodowa Biblioteka Arcydzieł)' 시리즈판 『인형』도 1972년 '국립출판사'판과 같은 순서로 '장'이 분류되어 있다. 다만 '국립출판사'판은 3권으로 되어 있으나 '시에드미오룩' 출판사에서 발행된 『인형』은 한 권의 책 안에 1권과 2권으로 분류되어 있다. 『인형』 최신판인 인터넷판(wolnelektury.pl)도 1권과 2권 두 부분으로 나누어져 있고 '장'의 순서도 '시에드미오룩'판과 동일하다. 그러나 '시에드미오룩'판에는 러시아 정부의 검열에서 삭제된 부분이 수록되어 있지 않다.

이 한국어판 『인형』은 '국립출판사'가 1972년에 발행한 *Lalka*를 번역한 것이다. 다만 '권'과 '장'은 '시에드미오룩'판처럼 분류했다. 안토니 우니에호프스키(Antoni Uniechowski)의 삽화가 있는 '국립출판사'판 『인형』은 하나의 책 안에서 '권'마다 쪽 번호가 마치 별개의 책처럼 매겨 있다. 1권이 335쪽에서 끝나고, 2권이 다시 1쪽부터 시작하여 393쪽까지 계속되고, 새로 1쪽부터 334쪽까지가 3권을 이루고 있다. 이러한 구성은 우리에게 너무 생소할 것으로 보였다.

## 볼레스와프 프루스 연보

**1847년 8월 20일**   오늘날 폴란드와 우크라이나 국경에 있는 소도시 흐루비
에수프(Hrubieszów)의 몰락한 귀족 집안에서 출생. 본명은 알렉산
더 그오바츠키(Aleksander Głowacki). 프루스(Prus)는 그의 집안 문
장 이름. 아버지는 지주의 농장에서 임금을 받고 있었으나 몹시 가난
했음.

**1850**   어머니 사망.

**1856**   아버지 사망. 이후 친척들 집에서 자람. 처음에는 중부 폴란드의 작
은 도시 푸와비(Puławy)에서, 나중에는 동부에 있는 도시 루블린
(Lublin)에 살면서 이곳에 있는 실업 학교에서 공부를 시작함.

**1861**   거처를 시에들체(Siedlce)로 옮겼다가 다시 키엘체(Kielce)로 바꿈.
이 시기에 반러시아 지하 혁명 조직인 '적색파(Czerwoni)' 조직원으
로 활동하는 형 레온(Leon)의 보호를 받음. 레온은 그의 소설 『인형』
에 등장하는 혁명가와 동명.

**1863**   그가 김나지움 학생일 때 러시아 지배에 저항하여 일어난 '1월 봉기
(powstanie styczniowe)'에 학교 친구들과 함께 가담했다가 부상을
입고 입원 후 루블린에 있는 감옥에 수감됨.

**1864**   미성년자라는 이유로(친척들이 그를 위해 출생 증명을 위조한 것으

로 추정됨) 석방된 후 학교로 돌아옴. 학교에서 그는 재치 있는 익살
꾼으로 알려짐. 그러나 그의 주된 관심 대상은 자연 과학이었음. 「일
요 신문(Kurier Niedzielny)」의 통신원으로 언론계에 데뷔함.

**1866** 「축제 신문(Kurier Świąteczny)」에 유머 칼럼을 기고함. 루블린에
있는 김나지움을 졸업하고 바르샤바 대학교의 전신인 '최고 학교
(Szkoła Główna)' 물리-수학부에 입학.

**1868** 경제적인 이유로 학교를 중퇴함. 타르고비스크(Targowisk)에서 가
정 교사로 일함. 푸와비에서 농촌 경제 및 임업 학교에서 수학. 바르
샤바로 돌아온 후에는 야금 공장에서 노동자로 근무.

**1872** 이해에 창간된 학술, 문학, 예술 격주간지 『니바(Niwa)』에 발표된 전
류에 관한 논문이 유명해짐. 폴란드 가정을 위한 정치, 사회, 학술 화
보 주간지 『가정 보호자(Opiekun Domowy)』에 「오래된 수용소에
서 온 편지」를 볼레스와프 프루스라는 익명으로 발표함.

**1873** 유머 주간지 『파리(Mucha)』 편집에 참여함. 평판이 좋지 않은 이 주
간지에서 일한 것이 오랫동안 누가 되었음. 이 주간지에 단편소설
「철학자와 무식꾼(Filozof i prostak)」과 유머 소설 「이것과 저것(To i
owo)」 발표.

**1874** 유머와 해학 화보 주간지 『가시들(Kolce)』에 글을 발표하기 시작함.
『니바』에 고정 칼럼 '옆길에서(Z ustronia)'를 가짐. 나중에 칼럼 제목
이 '지금 문제(Sprawa bieżąca)'로 바뀜. 「바르샤바 신문(Kurier
Warszawski)」에 칼럼 '바르샤바 스케치(Szkice warszawskie)'를 연
재하기 시작함. 해학 소설 『할머니의 걱정(Kłopoty babuni)』 발표.
「폴란드 신문(Gazeta Polska)」에 칼럼 「무제(Bez tytułu)」 발표.

**1875** 사촌 옥타비아 트렘빈스카(Oktawia Trembińska)와 결혼. 「바르샤
바 신문」에 「크로닉(Kronik)」을 연재하기 시작함. 주로 바르샤바에
서 일어난 크고 작은 사건들을 다루는 이 칼럼 연재를 통해 언론인으
로 유명해짐. 이 연재를 (중간에 10개월 중단) 1887년까지 계속했음.
이 시기에 역사, 철학, 문학, 예술 월간지 『아테네움(Athenaeum)』과
일간지 「새 소식(Nowiny)」에 칼럼 발표. 『니바』에 사회 비판 소설 「다

락방 세입자(Lokator poddasza)」 발표.

**1878** 대학생들로부터 물리적 공격을 받음. 폴(Wincenty Pol, 1807~1872)에 대한 스파소비츠(Włodzimierz Spasowicz, 1829~1906)의 강연을 보도하면서 스파소비츠의 폴에 대한 공격에 동조한 학생들의 반응을 "귀족들이 흔히 하는 찬양(piewca szlachetczyzny)"이라고 비꼬았기 때문임. 법률가 스파소비츠와 지리학자 폴은 당대 탁월한 학자들로 스파소비츠는 냉정한 현실주의자이며 러시아와의 화해를 주장하고, 폴은 폴란드 귀족 사회 전통을 중시했음. 폴은 시인이고 스파소비츠는 문학 평론가이기도 함.

**1879** 국제문학협회(Międzynarodowe Towarzystwo Literackie) 회원으로 선출됨. 소설『스타시의 모험(Przygoda Stasia)』 발표.

**1880** 단편소설「아니엘카(Anielka)」, 폴란드 문학에서 처음으로 노동자들의 파업을 묘사한 중편소설「돌아오는 물결(Powracająca fala)」, 단편소설「미하우코(Michałko)」 발표.

**1881** 타트리(Tatry) 산맥에 갔다가 평생 그를 괴롭힌 광장 공포증을 처음으로 경험함. 4차 국제문학회의에 참석. 여기서 7백 권의 작품을 남긴 유명한 역사 소설가 크라셰프스키(Józef Ignacy Kraszewski, 1812~1887)를 알게 됨. 중편소설「개 종자(Nawrócony)」, 단편소설「손풍금(Katarynka)」, 중편소설「안텍(Antek)」 발표. 단편 모음집『초기 단편들(Pierwsze opowiadania)』이 출판됨.

**1882** 일간지「새소식」편집장이 됨. 폴란드 문인들의 도시 나웽추프(Nałęczów)의 단골 고객이 되면서 집중적으로 소설을 쓰기 시작함. 소설『궁궐과 낡은 오막집(Pałac i rudera)』과 단편소설「조끼(Kamizelka)」,『그(On)』출간. 정치, 사회, 문학 주간지『프라브다』에 칼럼「만장일치(Liberum veto)」 발표. 'Liberum veto'는 폴란드가 분할되어 멸망하기 전 폴란드 의회의 중요 국사에 대한 의결 방식이었음. 이 제도가 폴란드 멸망의 중요한 원인이 되었음.

**1883**「새 소식」이 폐간된 후「바르샤바 신문」으로 복귀. 디킨스의 영향을 받은 소설「고아의 운명과 무도회 의상(Sieroca dola i Sukienka balowa)」, 애국적인 작품 「침묵하는 목소리들(Milknące głosy)」, 중편소설 「어린 시절의 죄(Grzechy dzieciństwa)」 발표.

**1884** 스파소비츠가 페테르부르크에서 발행하고 있는 정치, 사회 주간지 『나라(*Kraj*)』에 중편소설 「실수(Omyłka)」 발표. 예술 평론가인 비트키에비츠(Stanisław Witkiewicz, 1851~1915)와 사귐. 그를 통해 주간지 『방랑자(*Wędrowiec*)』와 접촉함.

**1885** 『방랑자』에 외국 자본의 유입으로 위기에 처한 폴란드 농촌의 암담한 실상을 다룬 폴란드 최초의 자연주의 소설 『초소(*Placówka*)』가 연재됨. 해학 소설 「스케치와 단편들(Szkice i Obrazki)」 발표.

**1886** 『초소』가 단행본으로 출간됨.

**1887** 장편소설 『인형(*Lalka*)』을 「쿠리에르 신문(Kurier Codzienny)」에 연재하기 시작하여 1889년까지 계속함.

**1890** 『인형』이 단행본으로 출간됨. 「쿠리에르 신문」에 여성의 사회적 중요성을 다룬 장편소설 『여성 해방론자들(*Emancypantki*)』을 연재하기 시작.

**1895** 『삽화 주간지(*Tygodnik Ilustracyjny*)』에 고대 이집트의 권력 메커니즘을 다룬 장편소설 『파라온(*Faraon*)』 연재 시작. 외국 여행 떠남. 베를린, 드레스덴, 카를스바트, 뉘른베르크, 슈투트가르트를 거쳐 스위스 라퍼스빌에 있는 폴란드 소설가 제롬스키(Stefan Żeromski, 1864~1925)를 방문하고 파리로 여행을 계속함.

**1896** 『여성 해방론자들』 단행본으로 출간.

**1897** 『파라온』 출간. 50회 생일 파티가 간소하게 열림. '볼레스와프 프루스 실용적인 위생 협회(Towarzystwo Higieny Praktycznej im. Bolesława Prusa)' 발족.

**1901** 프루스 사상의 종합적 정리를 시도한 책 『삶의 가장 일반적인 이상들(*Najogólniejsze ideały życiowe*)』 출간.

**1904** 나웽추프 근교에 '볼레스와프 프루스 값싼 수영장(Kąpiele Tanie im. Bolesława Prusa)' 개장.

**1905** 파업하다 해고되어 생계 수단이 막연한 노동자들을 돕기 위한 '시민

위원회(Komitet Obywatelski)' 위원으로 활동.

**1908** 1905년 혁명을 주제로 한 소설『어린이들(*Dzieci*)』을『삽화 주간지』에 연재.

**1909** 『어린이들』 단행본으로 출간.

**1911** 교육적인 소설『변화(*Przemiany*)』를 쓰기 시작했으나 이듬해 죽음으로 미완성으로 끝남. 이 작품은 1880년부터 1905년 혁명에 이르기까지 정치적 움직임을 다루면서 대귀족 사회를 풍자하고, 주인공의 삶의 철학이 성숙해 가는 과정을 그리고 있음.

**1912년 5월 19일** 65세로 바르샤바에서 사망. 바르샤바에 있는 포봉스키(Powązki) 묘지에 안장. 조각가 야츠코프스키(Stanisław Jackowski)가 만든 비석에는 "따뜻한 마음들 중 마음(Serce serc)"이라는 비문이 새겨져 있음.

# 새롭게 을유세계문학전집을 펴내며

을유문화사는 이미 지난 1959년부터 국내 최초로 세계문학전집을 출간한 바 있습니다. 이번에 을유세계문학전집을 완전히 새롭게 마련하게 된 것은 우리가 직면한 문화적 상황에 적극적으로 대응하기 위해서입니다. 새로운 을유세계문학전집은 세계문학의 역할이 그 어느 때보다 중요해졌다는 인식에서 출발했습니다. 오늘날 세계에서 타자에 대한 이해는 우리의 안전과 행복에 직결되고 있습니다. 세계문학은 지구상의 다양한 문화들이 평등하게 소통하고, 이질적인 구성원들이 평화롭게 공존할 수 있는 문화적인 힘을 길러 줍니다.

을유세계문학전집은 세계문학을 통해 우리가 이런 힘을 길러 나가야 한다는 믿음으로 만들어졌습니다. 지난 5년간 이를 준비하기 위해 많은 노력을 기울였습니다. 세계 각국의 다양한 삶의 방식과 문화적 성취가 살아 있는 작품들, 새로운 번역이 필요한 고전들과 새롭게 소개해야 할 우리 시대의 작품들을 선정했습니다. 우리나라 최고의 역자들이 이들 작품 속 한 문장 한 문장의 숨결을 생생히 전하기 위해 심혈을 기울였습니다. 또한 역자들은 단순히 번역만 한 것이 아니라 다른 작품의 번역을 꼼꼼히 검토해 주었습니다. 을유세계문학전집은 번역된 작품 하나하나가 정본(定本)으로 인정받고 대우받을 수 있도록 최선을 다했습니다. 세계문학이 여러 경계를 넘어 우리 사회 안에서 주어진 소임을 하게 되기를 바라며 을유세계문학전집을 내놓습니다.

**을유세계문학전집 편집위원단**(가나다 순)
김월회(서울대 중문과 교수)
김헌(서울대 인문학연구원 교수)
박종소(서울대 노문과 교수)
손영주(서울대 영문과 교수)
신정환(한국외대 스페인어통번역학과 교수)
정지용(성균관대 프랑스어문학과 교수)
최윤영(서울대 독문과 교수)

# 을유세계문학전집

을유세계문학전집은 계속 출간됩니다.

# 을유세계문학전집 연표